Ullstein

ÜBER DAS BUCH:

Dieses Buch vereint zwei Romane um den berühmten Seehelden Bolitho.
In ›Kanonenfutter‹ ist Richard Bolitho Leutnant geworden und läuft 1774
als Dritter Offizier auf der Fregatte *Destiny* nach Rio de Janeiro aus. Ihr
Auftrag ist die Suche nach einem verschwundenen Goldtransporter, denn
die Admiralität in London befürchtet, daß mit diesem Gold der Aufstand in
den jungen amerikanischen Kolonien unterstützt wird. Am schweren Bord-
dienst unter einem harten Kommandanten, am jähen Tod guter Freunde,
aber auch an einer ersten Liebe reift Richard Bolitho zu dem Mann heran,
der den späteren Helden schon ahnen läßt.
Als Vierter Offizier dient Leutnant Bolitho auf dem Linienschiff *Trojan* in
›Zerfetzte Flaggen‹. Seit Wochen liegt das Schiff untätig im Hafen von New
York. Dann aber kommt der Befehl, einen Munitionskonvoi von Halifax
gegen amerikanische Angreifer zu schützen, und damit beginnen *Trojans*
gefährliche Einsätze an der gesamten Ostküste der aufständischen Kolonien. Zunächst kann Bolitho den amerikanischen Schoner *Faithful* erobern, dann tut er sich bei der Erstürmung und Verteidigung von Fort
Exeter in Südkarolina so hervor, daß er zum Zweiten Offizier auf der *Trojan* befördert wird. Trotz seiner Verwundung nimmt Bolitho auch am nächsten Einsatz teil: weiter im Süden eine Nachschubbasis auf einer Insel zu
zerstören. Dies gelingt nach harten, blutigen Kämpfen, bei denen auch die
Brigg *White Hills* erobert wird. Als ihr Kommandant kehrt Leutnant Bolitho nach Antigua zurück, begleitet von einer weiteren Prise, der ehemals
britischen Brigg *Mischief*, die Bolitho dem Feind entreißen konnte.

DER AUTOR:

Alexander Kent kämpfte im Zweiten Weltkrieg als Marineoffizier im Atlantik und im Mittelmeer und erwarb sich danach einen weltweiten Ruf als
Verfasser spannender Seekriegsromane. Seine marinehistorische Romanse-
rie um Richard Bolitho machte ihn zum meistgelesenen Autor dieses Gen-
res nach C. S. Forester. Seit 1958 sein erstes Buch erschien *(Schnellbootpa-
trouille)*, hat er über vierzig Titel veröffentlicht, von denen die meisten bei
Ullstein vorliegen oder vorbereitet werden. Sie erreichten eine Gesamtauf-
lage von 15 Millionen und wurden bisher in 14 Sprachen übersetzt. – Alexander Kent, dessen wirklicher Name Douglas Reeman lautet, ist aktiver
Segler, Mitglied der Royal Navy Sailing Association und Governor der Fregatte *Foudroyant* in Portsmouth, des ältesten noch schwimmenden britischen Kriegsschiffes.

Alexander Kent

Bolitho in den Tropen

Kanonenfutter

Zerfetzte Flaggen

Zwei Romane

Ullstein

ein Ullstein Buch
Nr. 23527
im Verlag Ullstein GmbH,
Frankfurt/M – Berlin
Titel der Originalausgaben:
»Stand Into Danger«
Aus dem Englischen von
Fritz Wentzel
»In Gallant Company«
Aus dem Englischen von
Walter Klemm

Umschlaggestaltung:
Theodor Bayer-Eynck
Illustration:
Ernest Nisbet/Garden Studio
Alle Rechte vorbehalten
© Highseas Authors Ltd. 1980
© Bolitho Maritime Productions Ltd. 1977
© Übersetzungen 1981, 1978
Verlag Ullstein GmbH,
Frankfurt/M – Berlin
Printed in Germany 1995
Druck und Verarbeitung:
Ebner Ulm
ISBN 3 548 23527 1

Januar 1995
Gedruckt auf alterungs-
beständigem Papier mit
chlorfrei gebleichtem Zellstoff

Vom selben Autor
in der Reihe
der Ullstein Bücher:

Nahkampf der Giganten (3558)
Feind in Sicht (20006)
Der Stolz der Flotte (20014)
Eine letzte Breitseite (20022)
Galeeren in der Ostsee (20072)
Admiral Bolithos Erbe (20485)
Der Brander (20591)
Donner unter der Kimm (20973)
Die Seemannsbraut (22177)
Des Königs Konterbande (22330)
Fieber an Bord (22460)
Die Entscheidung (22725)
Mauern aus Holz,
Männer aus Eisen (22824)
Kanonenfutter (22933)
Klar Schiff zum Gefecht (23063)
Zerfetzte Flaggen (23192)
Brüderkampf (23219)
Die Feuertaufe/Strandwölfe (23405)

Die Deutsche Bibliothek –
CIP-Einheitsaufnahme

Kent, Alexander:
Bolitho in den Tropen : zwei Romane /
Alexander Kent. [Aus dem Engl. von Fritz
Wentzel ; Walter Klemm]. – Frankfurt/M ;
Berlin : Ullstein, 1995
   (Ullstein-Buch ; Nr. 23527)
   ISBN 3-548-23527-1
NE: GT
Vw: Reeman, Douglas [Wirkl. Name]
→ Kent, Alexander

Alexander Kent

Kanonenfutter

Leutnant Bolithos
Handstreich in Rio

Roman

Inhalt

FÜR WINIFRED,
IN LIEBE

I Willkommen an Bord

Richard Bolitho drückte dem Mann, der seine Seekiste zur Pier getragen hatte, ein paar Münzen in die Hand. Ihn fröstelte in der naßkalten Luft. Obwohl der Vormittag schon halb herum war, lagen die langgestreckten Häuserreihen von Plymouth und die Umgebung noch in Nebelschwaden gehüllt. Kein Windhauch war zu spüren, alles wirkte düster und unheimlich.

Bolitho reckte sich und ließ seine Blicke angestrengt über das kabbelige Wasser des Hamoaze schweifen. Dabei spürte er die ungewohnt steife Leutnantsuniform, die – wie alles in seiner Seekiste – funkelnagelneu war: die weißen Aufschläge auf seinem Rock ebenso wie der Hut mit der im Dreieck hochgeschlagenen Krempe, den er etwas ungeschickt auf sein schwarzes Haar gestülpt hatte. Sogar Kniehose und Schuhe stammten aus demselben Geschäft in Falmouth – seiner Heimatstadt in der Grafschaft auf der anderen Uferseite –, von demselben Schneider, der, wie schon seine Vorfahren, neuernannte Seeoffiziere eingekleidet hatte, seit man sich erinnern konnte.

Dies war ein großer Augenblick für Richard Bolitho, die Verwirklichung all seines Hoffens und Strebens: dieser erste, oft unerreichbar scheinende Schritt vom Kadettenlogis zur Offiziersmesse, zur Würde eines Königlichen Seeoffiziers.

Er drückte seinen Hut so fest in die Stirn, als wolle er sich damit noch einmal selber bestätigen. Es war tatsächlich ein großer Augenblick.

»Sie wollen auf die *Destiny*, Sir?«

Der Mann, der seine Seekiste getragen hatte, stand immer noch neben ihm. In dem trüben Licht wirkte er ärmlich und abgerissen, doch unverkennbar als das, was er einmal gewesen war: ein Seemann.

Bolitho sagte: »Ja, sie muß irgendwo da draußen liegen.«

Der Mann folgte seinem Blick über das Wasser, doch seine Augen schienen in unbekannte Fernen zu schauen.

»Eine schöne Fregatte, Sir. Knapp drei Jahre alt.« Er nickte traurig. »Sie wird schon seit Monaten ausgerüstet. Es heißt, für eine lange Reise.«

Bolitho dachte über den Mann und all die Hunderte von Männern nach, die in den Häfen und Küstenorten herumlungerten, Arbeit suchten und sich dabei nach der See sehnten, die sie so oft aus vollem

Herzen verflucht hatten.

Aber man schrieb jetzt Februar 1774, und bekanntlich befand sich England seit Jahren im Frieden. Sicherlich gab es hier und da auf der Welt kriegerische Zusammenstöße, aber dabei ging es meist um örtliche Handelsinteressen oder um Selbstbehauptung. Die alten Feinde blieben trotzdem die gleichen: entschlossen, ihre Zeit abzuwarten und den schwachen Punkt des Gegners zu finden, um diesen eines günstigen Tages zu benutzen.

Schiffe und Männer, die einst ihr Gewicht in Gold wert gewesen waren, hatte man ausgemustert. Die Schiffe verrotteten, die Seeleute – wie diese zerlumpte Gestalt mit fingerloser rechter Hand und einer tiefen Narbe auf der Backe – hatte man ohne Abfindung und Versorgung einfach an Land gesetzt.

Bolitho fragte: »Auf welchem Schiff sind Sie gefahren?«

Der Mann schien plötzlich zu wachsen, als er antwortete:

»Auf der *Torbay*, Sir. Unter Käpt'n Keppel.« Genauso schnell sank er wieder zusammen. »Gibt's eine Chance für mich bei Ihnen an Bord, Sir?«

Bolitho schüttelte den Kopf. »Ich bin neu und weiß noch nicht, wie es auf der *Destiny* aussieht.«

Der Mann seufzte. »Ich werde Ihnen ein Boot rufen, Sir.«

Er steckte zwei Finger seiner heilen Hand in den Mund und ließ einen durchdringenden Pfiff ertönen. Als Antwort hörte man durch den Nebel das Plätschern von Riemen, und dann näherte sich langsam ein Ruderboot.

Bolitho rief: »Zur *Destiny*, bitte!«

Als er sich umdrehte, um seinem abgerissenen Begleiter noch ein paar Münzen zuzustecken, war der schon wie ein Geist im Nebel verschwunden.

Bolitho kletterte ins Boot, zog seinen neuen Umhang fester und klemmte den Säbel zwischen die Knie. Das Warten war vorüber. Es hieß nicht länger: übermorgen oder morgen. Es war jetzt.

Das Boot dümpelte und gluckste in dem kabbeligen Wasser, während die Ruderer Bolitho mit wenig Sympathie musterte. Wieder so ein junger Fant, der armen Seeleuten das Leben zur Hölle machen wird, dachte er wohl. Und er mochte überlegen, ob der junge Offizier mit dem ernsten Gesicht und dem schwarzen, im Nacken zusammengebundenen Haar überhaupt wußte, was er für das Übersetzen bezahlen mußte. Er sprach mit dem Akzent eines Mannes aus dem Westen. Auch wenn er nur ein »Ausländer« vom jenseitigen Ufer war, aus Cornwall, so würde er sich doch von ihm nicht anschmieren lassen.

Bolitho rekapitulierte noch einmal, was er bisher über sein neues Schiff erfahren hatte: drei Jahre alt, hatte der zerlumpte Träger gesagt. Er sollte es wissen. Denn ganz Plymouth grübelte darüber, warum man sich in diesen schweren Zeiten solche Mühe mit der Ausrüstung und Bemannung einer Fregatte machte.

Im übrigen: Mit achtundzwanzig Kanonen bestückt, dabei schnell und beweglich, war die *Destiny* ein Schiffstyp, von dem die meisten jungen Offiziere träumten. Im Krieg war eine Fregatte nur lose der Flotte zugeordnet, war schneller als jedes größere Schiff und stärker als jedes kleinere: kurz, ein Faktor, mit dem man rechnen mußte. An Bord einer Fregatte gab es auch bessere Aussichten auf frühzeitige Beförderung, und später – wenn man den Gipfel, nämlich das Kommando über solch ein Schiff, erreicht hatte – bot sie auch Aussicht auf kühne Unternehmungen und reiche Prisengelder.

Bolitho dachte an sein letztes Schiff, das Linienschiff *Gorgon*: vierundsiebzig Kanonen, riesengroß und plump, mit einem Gewimmel von Menschen, mit gewaltigen Segeln, meilenlangem Tauwerk und riesigen Masten und Rahen. Es war außerdem eine Schule gewesen, eine sehr strenge Schule, in der die jungen Kadetten und Fähnriche vieles lernen mußten, vor allem aber, ihre Gefühle zu beherrschen und auch Ungerechtigkeiten zu ertragen.

Bolitho schaute hoch, als der Bootsmann sagte: »Müßte jetzt in Sicht kommen, Sir.«

Bolitho spähte nach vorn, froh über die Unterbrechung. Was hatte seine Mutter gesagt, als er sich von ihr in dem großen grauen Haus in Falmouth verabschiedet hatte? »Wirf alles hinter dich, Dick. Du kannst nichts ungeschehen machen. Darum paß jetzt auf dich auf. Die See taugt nicht für Träumer.«

Die Nebelwand wurde erst dunkler und teilte sich dann, als das vor Anker liegende Schiff aus dem Dunst auftauchte. Das Boot naherte sich seinem Bug von der Steuerbordseite und schwabberte unter dem weit vorragenden Klüverbaum nach achtern. Wie Bolithos neue Uniform auf der nassen Pier, so schien die *Destiny* in den trüben Nebelschwaden zu schimmern.

Von ihrer schlank wirkenden, schwarz-gelben Bordwand bis zu den drei Mastspitzen war sie ein Vollblut. Ihre Wanten, Stage und Pardunen waren neu geteert, ihre Rahen sauber quergebraßt, und jedes Segel war sorgfältig aufgetucht.

Bolitho schaute zur Galionsfigur empor, die ihn zu begrüßen schien. Es war die schönste Figur, die er je gesehen hatte: ein barbusiges Mädchen, dessen ausgestreckter Arm auf den fernen Horizont zu weisen schien. In der anderen Hand hielt es einen Lorbeerkranz. Nur die goldenen Blätter und die starren blauen Augen setzten Farbakzente in das reine Weiß der Gestalt.

Zwischen zwei Riemenschlägen erläuterte der Bootsmann: »Man sagt, der Holzschnitzer hat seine junge Braut als Modell für die Figur benutzt, Sir.« Er zeigte grinsend seine häßlichen Zähne. »Ich wette, er hat ein paar Kerls wegboxen müssen, ehe er sie bekam.«

Bolitho musterte die Fregatte, als sie an ihrer Bordwand entlangdümpelten, und sah, daß sich ein paar Leute auf der Laufbrücke hoch über ihm zu schaffen machten. Sie war ein schönes Schiff. Er hatte Glück gehabt.

»Boot ahoi!«

Sein Bootsmann antwortete: »Aye! Zur *Destiny*!«

Bolitho bemerkte einige Bewegung an der Fallreepspforte, aber keine große Aufregung. Die Antwort auf den Anruf hatte genug ausgesagt. »Aye« hieß: Das Boot brachte einen Offizier, der aber nicht alt genug war, um jemanden an Bord zu beunruhigen, geschweige denn den Kommandanten.

Bolitho stand auf, als zwei Matrosen ins Boot sprangen, um es festzuhalten und seine Kiste herauszuholen. Bolitho musterte sie kurz. Er war noch nicht ganz achtzehn Jahre, aber seit seinem zwölften Lebensjahr auf See und hatte in dieser Zeit gelernt, Matrosen einzuschätzen.

Sie sahen kräftig und zäh aus, aber das Äußere konnte manches verbergen. Viele Seeleute waren der Auswurf von Gefängnissen und Schwurgerichten, die man an Bord geschickt hatte, anstatt sie zu deportieren oder dem Henker zu übergeben.

Die Matrosen traten in dem dümpelnden Boot beiseite, als Bolitho dem Ruderer Geld gab. Der Mann steckte es in sein Wams und grinste. »Danke, Sir. Und viel Glück!«

Bolitho kletterte das Fallreep hoch und trat durch die Pforte im Schanzkleid aufs Deck der Fregatte. Er staunte über den Unterschied zu einem Linienschiff, obwohl er ihn erwartet hatte. Die *Destiny* schien nahezu chaotisch vollgestopft mit vielerlei Dingen; von den zwanzig Zwölfpfündern auf ihrem Oberdeck bis zu den kleineren Stücken weiter achtern schien jeder Quadratzoll sinnvoll genutzt. Da lagen und hingen sauber aufgeschossene Schoten,

Fallen und Brassen, standen in ihren Klampen festgezurrte Beiboote und exakt ausgerichtete Musketen in ihren Gestellen am Fuß jedes Mastes, während dazwischen und überall sonst, wo noch Platz war, Männer hantierten, die er alle bald namentlich kennen würde.

Ein Leutnant trat zwischen den Fallreepsgästen vor und fragte: »Mr. Bolitho?«

Bolitho rückte seinen Hut zurecht. »Aye, Sir. Melde mich an Bord!«

Der Leutnant nickte nur kurz. »Folgen Sie mir. Ihre Sachen lasse ich nach achtern bringen.« Er gab einem Matrosen eine leise Anweisung und rief dann laut: »Mr. Timbrell! Schicken Sie ein paar Leute in den Vortopp! Es sah da oben aus wie in einem Affenstall, als ich das letztemal nachschaute.«

Bolitho zog im letzten Augenblick den Kopf ein, als sie unter den Überhang des Achterdecks traten. Auch hier schien ihm alles eng und überfüllt: noch mehr Kanonen, jede sorgsam hinter ihrer geschlossenen Stückpforte festgezurrt, dazu der Geruch von Teer und Tauwerk, frischer Farbe und eng zusammengedrängten Menschen – das Flair eines lebenden Schiffes.

Er versuchte, den Leutnant, der ihn nach achtern zur Offiziersmesse führte, abzuschätzen. Er war schlank, hatte ein rundes Gesicht und den etwas gequälten Ausdruck eines Mannes, der zeitweise Verantwortung trägt.

»Da wären wir.«

Der Leutnant öffnete eine Lamellentür, und Bolitho trat in sein neues Heim. Trotz der Zwölfpfünder mit ihren schwarzen Mündungen, die daran erinnerten, daß es an Bord eines Kriegsschiffes keinen Platz gab, der vor herumfliegendem Eisen sicher war, sah der Raum überraschend gemütlich aus. Er enthielt einen langen Tisch wie in einem Kadettenlogis, aber mit hochlehnigen Stühlen statt der Bänke, wie er sie jahrelang gewohnt gewesen war. Dann gab es Wandgestelle für Trinkgläser, andere für Säbel und Pistolen, und der Fußboden war mit bemaltem Segeltuch bespannt.

Der Leutnant wandte sich zu Bolitho um und musterte ihn aufmerksam. »Ich heiße Stephen Rhodes und bin der Zweite Offizier.« Er lachelte und wirkte dadurch jünger, als Bolitho ihn eingeschätzt hatte. »Da dies Ihr erstes Kommando als Offizier ist, will ich versuchen, es Ihnen so leicht wie möglich zu machen. Nennen Sie mich Stephen, wenn Sie wollen, aber vor den Leuten ›Sir‹.« Rhodes wandte den Kopf und rief: »Poad!«

Ein kleiner hagerer Mann in blauem Jackett huschte durch eine andere Tür herein.

»Bringen Sie Wein, Poad. Dies ist unser neuer Dritter Offizier.«

Poad machte eine kleine Verbeugung. »Ist mir ein Vergnügen, Sir.«

Als er davoneilte, bermerkte Rhodes: »Ein guter Steward, aber er klaut. Sie lassen also besser nichts Wertvolles herumliegen.« Er wurde wieder ernst. »Unser Erster Offizier ist in Plymouth, hat da irgendwas zu erledigen. Er heißt Charles Palliser. Anfangs wirkt er etwas barsch. Er ist schon seit Indienststellung der *Destiny* mit unserem Kommandanten an Bord.« Unvermittelt wechselte er das Thema. »Sie können froh sein, dieses Kommando bekommen zu haben.« Es klang wie ein Vorwurf. »Sie sind noch sehr jung. Ich bin dreiundzwanzig und nur darum schon Zweiter Offizier, weil mein Vorgänger umgekommen ist.«

»Im Kampf gefallen?«

Rhodes grinste. »Nein, nichts Heroisches. Er wurde von einem Pferd abgeworfen und brach sich das Genick. Ein prima Bursche in seiner Art, aber so ist es nun einmal.«

Bolitho beobachtete den Messe-Steward, der Gläser und eine Flasche in Reichweite von Rhodes abstellte. Er sagte: »Ich war selber überrascht, als ich diese Kommandierung bekam.«

Rhodes sah ihn forschend an. »Das klingt nicht sehr begeistert. Sind Sie nicht gern zu uns gekommen? Mann, es gibt Hunderte, die vor Freude an die Decke springen würden, wenn sich ihnen eine solche Chance böte.«

Bolitho schaute weg. Ein schlechter Anfang.

»Das ist es nicht. Aber mein bester Freund wurde vor einem Monat getötet.« Jetzt war es heraus. »Ich kann es immer noch nicht glauben.«

Rhodes' Blick wurde milder; er schob ihm ein Glas hin.

»Trinken Sie, Richard. Das wußte ich nicht. Manchmal kann ich es nicht begreifen, warum wir all dies hier auf uns nehmen, anstatt – wie andere – bequem an Land zu leben.«

Bolitho lächelte ihn an. Außer seiner Mutter zuliebe hatte er in letzter Zeit kaum einmal gelächelt.

»Was haben wir für Befehle, Stephen?«

Rhodes ließ sich in seinen Stuhl zurückfallen. »Niemand außer unserem Kommandanten weiß Bestimmtes. Wir machen eine lange Reise südwärts, das ist gewiß. In die Karibik vielleicht oder noch weiter.« Er schüttelte sich und starrte auf die nächste Stückpforte. »Gott, bin ich froh, daß wir diese Nässe hier bald hinter uns haben.« Er nahm einen schnellen Schluck. »Wir haben eine gute Besatzung, zum größten Teil wenigstens, mit den üblichen Galgenvögeln dazwischen. Der Steuermann ist erst kürzlich vom Maat zum Deckoffizier befördert worden, aber er ist ein guter Navigator, wenn er auch gegenüber seinen Vorgesetzten manchmal etwas wichtig tut. Und heute abend werden wir unser volles Kontingent an Midshipmen bekommen. Zwei davon sind erst zwölf, beziehungsweise dreizehn Jahre alt.« Er grinste. »Seien Sie nicht zu lasch mit ihnen, Richard, nur weil Sie selber vor kurzem Midshipman waren. Wenn etwas schiefgeht, sind nämlich Sie dran, nicht die Jungen.«

Rhodes zog eine Uhr aus der Hosentasche. »Der Erste Offizier muß jeden Augenblick zurückkommen. Ich scheuche jetzt besser schon die Fallreepsgäste raus. Er liebt eine tadellose Vorstellung, wenn er an Bord kommt.«

Er zeigte auf eine kleine, mit Segeltuchwänden abgeteilte Kammer. »Die gehört Ihnen, Richard. Sagen Sie Poad, was Sie brauchen, dann wird er die anderen Stewards anweisen, sich darum zu kümmern.« Impulsiv streckte er Bolitho die Hand hin. »Schön, daß Sie bei uns sind. Willkommen!«

Bolitho saß in der leeren Messe und lauschte auf das Geräusch der Blöcke und Leinen und der trappelnden Füße über seinem Kopf. Er hörte rauhe Stimmen, das Trillern einer Bootsmannsmaatenpfeife, als irgendein Ausrüstungsstück aus einem längsseit liegenden Boot an Bord gehievt wurde, um dort registriert und in irgendeiner Last verstaut zu werden.

Bald würde Bolitho die Gesichter der Mannschaft kennen, ihre Stärken und ihre Schwächen. Und in dieser niedrigen Messe würde er sein tägliches Leben, seine Hoffnungen und Enttäuschungen mit seinen Messkameraden teilen: mit den beiden anderen Wachoffizieren, mit dem Offizier der Seesoldaten, dem neuernannten Steuermann, dem Schiffsarzt und dem Zahlmeister – den wenigen Auserwählten unter der Besatzung von rund zweihundert Seelen.

Er hätte den Zweiten Offizier gern noch nach dem Kommandanten gefragt. Aber Bolitho war zwar sehr jung für seinen Rang, doch immerhin erfahren genug, um zu wissen, daß die Frage ungehörig gewesen wäre. Aus Rhodes' Sicht wäre es Wahnsinn gewesen, einem eben an Bord Gekommenen zu vertrauen und ihm gegenüber seine persönliche Meinung über den Kommandanten der *Destiny* zu äußern.

Bolitho öffnete die Tür zu seiner kleinen Kammer. Sie war kaum länger als die pendelnd aufgehängte Koje, bot aber daneben genügend Platz zum Sitzen. Ein Stück privates Territorium, soweit man in einem kleinen, von Leben überquellenden Kriegsschiff davon reden konnte. Doch im Vergleich zu seiner Hängematte im übervollen Kadettenlogis des Orlopdecks war dies ein Palast.

Seine Beförderung war sehr schnell gekommen, wie Rhodes bemerkt hatte. Wenn der ihm unbekannte Leutnant nicht durch einen Sturz vom Pferd umgekommen wäre, hätte es diese freie Stelle kaum gegeben.

Bolitho öffnete die obere Hälfte seiner Seekiste und hängte einen Spiegel an einen der massiven Balken neben der Koje. Er betrachtete sich darin und bemerkte die dünnen Linien, die sich infolge der Anstrengungen der letzten Jahre um seinen Mund und seine Augen eingegraben hatten. Er war auch magerer geworden, muskulös und sehnig, wie es nur Bordernährung und harte Arbeit fertigbringen.

Poad schaute zu ihm herein. »Ich könnte ein Mietboot anheuern und in die Stadt schicken, um etwas Sonderproviant für Sie zu besorgen, Sir.«

Bolitho lächelte. Poad war wie ein Standbesitzer auf einem Markt in Cornwall.

»Ich habe mir schon einiges herbestellt, danke.« Er bemerkte Poads Enttäuschung und fügte hinzu: »Aber wenn Sie sich darum kümmern wollen, daß es richtig verstaut wird, wäre ich Ihnen verbunden.«

Poad nickte kurz und trollte sich. Er hatte sein Angebot gemacht, und Bolitho hatte richtig reagiert. Irgendwann würde schon etwas für ihn dabei herausspringen, wenn Poad die privaten Vorräte der Offiziere unter seine Obhut nahm.

Eine Tür ging geräuschvoll auf, und ein hochgewachsener Offizier trat in die Messe, warf seinen Hut auf eine Kanone und rief gleichzeitig nach Poad.

Er musterte Bolitho ausgiebig, wobei er alles, von den neuen Schuhschnallen bis zur Haartolle, in sich aufzunehmen schien.

Er sagte: »Ich bin Palliser, die Nummer Eins.«

Er hatte eine lebhafte Art zu sprechen. Als Poad mit einem Krug Wein hereinkam, blickte er zu ihm hinüber.

Bolitho betrachtete den Ersten Offizier neugierig. Er war sehr

14

groß und mußte sich daher unter die niedrigen Decksbalken bücken. Ende der Zwanzig, schien er aber die Erfahrungen eines weit Älteren zu besitzen. Er und Bolitho trugen die gleiche Uniform, doch waren sie so verschieden voneinander, als ob ein Abgrund zwischen ihnen läge.

»Sie sind also Bolitho.« Seine Augen wanderten über den Rand des Bechers zu ihm. »Sie haben ein gutes Führungszeugnis; das heißt: auf dem Papier. Aber dies ist eine Fregatte, Mr. Bolitho, und kein überbemanntes Linienschiff Dritten Ranges. Hier ist es erforderlich, daß sich jeder Offizier und jeder Mann voll einsetzt, damit dieses Schiff schnellstens seeklar wird.« Er nahm noch einen kräftigen Schluck. »Melden Sie sich also bitte an Deck. Nehmen Sie die Barkasse, und fahren Sie an Land. Sie müssen die Umgebung hier doch kennen, wie?« Ein Lächeln huschte über sein Gesicht. »Gehen Sie mit einem Rekrutierungskommando ans Westufer und durchkämmen Sie die umliegenden Ortschaften. Little, der Stückmeistersmaat, wird Sie begleiten. Er kennt das Geschäft. Wir haben auch ein paar Plakate, die Sie in den Gasthöfen aufhängen können. Wir brauchen etwa zwanzig tüchtige Burschen, kein Gesindel. Unsere Besatzung ist zwar komplett, aber wie es damit am Ende einer langen Reise aussieht, ist ein anderes Kapitel. Ein paar Leute werden wir zweifellos verlieren. Jedenfalls hat es der Kommandant so befohlen.«

Bolitho hatte geglaubt, er könne erst einmal auspacken, seine Leute kennenlernen und nach der langen Fahrt von Falmouth etwas zu sich nehmen.

Um seine Anordnung abzurunden, sagte Palliser fast nebenbei: »Heute ist Dienstag. Seien Sie bis Freitag mittag zurück. Verlieren Sie keinen von Ihren Leuten, und lassen Sie sich nicht übers Ohr hauen!«

Mit lautem Türknall rauschte Palliser aus der Messe und rief draußen irgendeinen Namen.

Rhodes tauchte in der offenen Tür auf und lächelte ihm ermutigend zu. »Pech gehabt, Richard. Aber er gibt sich härter, als er ist. Er hat Ihnen eine gute Gruppe für die Aufgabe ausgesucht. Ich habe Erste Offiziere kennengelernt, die einem Anfänger eine Auslese von Halunken mitgegeben hätten, nur um ihm nach erfolgloser Rückkehr tüchtig Zunder geben zu können.« Er zwinkerte ihm zu. »Mr. Palliser wird bald selber ein Schiff haben. Denken Sie immer daran, es hilft einem beträchtlich.«

Bolitho lächelte. »In diesem Fall mache ich mich besser gleich auf den Weg.« Er hielt einen Moment inne. »Und vielen Dank noch für den Willkommensgruß.«

Rhodes ließ sich in einen Stuhl fallen und dachte ans Mittagessen. Er hörte, wie draußen in der Barkasse die Riemen klargelegt wurden und der Bootssteurer seine Befehle gab. Was er bisher von Bolitho gesehen hatte, gefiel ihm. Gewiß, er war noch sehr jung, aber er machte den Eindruck, als ob er im Kampf oder bei schwerem Wetter seinen Mann stehen würde.

Seltsam, daß man sich niemals Gedanken über die Sorgen und Probleme seiner Vorgesetzten machte, so lange man noch Midshipman war. Ein Offizier, ob jung oder alt, war einfach eine Art höheres Wesen. Eines, das schimpfte und schnell die Mängel bei einem Anfänger entdeckte. Aber jetzt wußte er es besser. Selbst Palliser hatte Angst vor dem Kommandanten. Und wahrscheinlich fürchtete dieser wiederum, bei seinem Admiral oder einem noch Höherstehenden aufzufallen.

Rhodes lächelte. Denn ein paar kostbare Augenblicke lang war er mit sich und der Welt zufrieden.

Little, der Stückmeistersmaat, trat – die großen Hände in die Seite gestemmt – einen Schritt zurück und sah zu, wie seine Männer ein weiteres Werbeplakat aufhängten.

Bolitho zog seine Uhr heraus und blickte über den Dorfanger, als die Kirchenuhr die Mittagsstunde schlug.

Little sagte verdrießlich: »Wär's vielleicht Zeit für einen Schluck, Sir?«

Bolitho holte tief Luft. Wieder ein Tag nach einer schlaflosen Nacht in einem kleinen, nicht besonders sauberen Gasthof, und immer mit der Sorge, daß sein Rekrutierungskommando selber desertieren könnte, trotz Rhodes beruhigender Worte über die gute Auswahl. Aber Little hatte dafür gesorgt, daß es bisher glatt gegangen war. Sein Name paßte überhaupt nicht zu ihm, er war stämmig und übergewichtig, ja dick, und sein Bauch hing wie ein Sack über den Gurt seines Entermessers. Wie er das bei den schmalen Rationen des Zahlmeisters schaffte, war ein Rätsel. Aber er war ein guter Mann, erfahren und ausgekocht, ihn legte niemand herein.

Bolitho sagte: »Noch eine Station, Little, und dann . . .« Er lächelte ihm schuldbewußt zu. »Dann gebe ich für alle einen aus.«

Da strahlten sie: sechs Matrosen, ein Korporal der Seesoldaten und die beiden jungen Spielleute, die wie Zinnsoldaten aussahen.

Ihnen machte es nichts aus, daß der Erfolg ihres Werbezugs miserabel gewesen war. Das Auftauchen von Bolithos Werbern erregte gewöhnlich wenig Interesse, ausgenommen bei Kindern und kläffenden Dorfkötern. Alte Erfahrungen wurden hier – so nahe der See – nicht so schnell vergessen. Viele erinnerten sich noch an die gefürchteten Preßkommandos, die rücksichtslos Männer von ihren Familien weggerissen und auf die Schiffe des Königs gezerrt hatten, wo sie den harten Bedingungen eines Krieges ausgesetzt waren, dessen Ursache sie nicht einmal kannten. Und wie viele dieser Leute waren nie zurückgekehrt!

Bolitho hatte bisher vier Freiwillige gewonnen – aber Palliser erwartete zwanzig – und sie mit einem Begleiter zur *Destiny* geschickt, bevor sie es sich wieder anders überlegen konnten. Zwei von ihnen waren Berufsseeleute, die anderen Knechte, die ihren Arbeitsplatz verloren hatten – ungerechterweise, wie beide versicherten. Bolitho hatte den Verdacht, daß es vielleicht dringendere Gründe für ihre freiwillige Meldung gab, doch blieb ihm keine Zeit, sie auszufragen.

Sie trampelten über den ungepflegten Dorfanger, dessen hohes nasses Gras Bolithos schöne neue Schuhe und Strümpfe beschmutzte. Little legte einen Schritt zu, und Bolitho überlegte, ob es richtig gewesen war, ihnen allen einen Drink zu versprechen. Er gab sich innerlich einen Ruck. Bisher hatte nichts ordentlich geklappt, nun konnte es kaum noch schlimmer kommen.

Little stieß einen Pfiff aus. »Vor der Kneipe stehen Männer, Sir.« Er rieb sich die großen Hände und sagte zu dem Korporal: »Auf, Dipper, laß deine Spielleute loslegen!«

Die beiden Winzlinge in Soldatenuniform warteten, bis ihr Korporal den Befehl an sie weitergab; während der eine dann einen Wirbel auf seiner Trommel schlug, zog der andere eine Querpfeife aus dem Brustriemen und stimmte eine Tanzmelodie an.

Der Korporal hieß Dyer. Bolitho fragte: »Warum nennen Sie ihn Dipper*?«

Little grinste mit abgebrochenen Zähnen, dem untrüglichen Kennzeichen eines Berufsboxers.

»Du meine Güte, Sir, weil er Taschendieb war, bevor ihm die Erleuchtung kam, sich zu den Ochsen** zu melden.«

---

* Dipper = (Ein-)Taucher
** Ochsen = Spitzname der Matrosen für die Seesoldaten an Bord

Die Männergruppe vor dem Gasthaus schien sich zu zerstreuen, als die Matrosen und Seesoldaten näherkamen. Nur zwei Gestalten blieben stehen, und ein ungleicheres Paar konnte man sich kaum denken.

Der eine war klein und quirlig und hatte eine scharfe Stimme, die Trommel und Querpfeife leicht übertönte. Der andere war groß und kräftig, bis zum Gürtel nackt, und seine Arme und Fäuste hingen herunter wie Waffen, die nur auf ihren Einsatz warteten.

Der kleine Mann, ein Ausrufer vom Jahrmarkt, der sich zunächst über das plötzliche Verschwinden seines Publikums geärgert hatte, sah nun die Seeleute und wandte sich ihnen munter zu.

»Well, well, well, wen haben wir denn da? Söhne des Meeres, echte britische Teerjacken!« Er zog seinen Hut vor Bolitho. »Und ein richtiger Gentleman an ihrer Spitze, zweifellos!«

Bolitho sagte müde: »Lassen Sie die Leute wegtreten, Little. Ich sorge inzwischen dafür, daß der Wirt Bier und Käse herausbringt.«

Der Schausteller schrie: »Wer von euch Tapferen wagt einen Kampf mit meinem Boxer?« Sein Blick wanderte von Mann zu Mann. »Eine Guinee* demjenigen, der gegen ihn zwei Minuten auf den Füßen bleibt!« Die Münze blitzte zwischen seinen Fingern. »Ihr braucht nicht zu gewinnen, Jungs, nur zwei Minuten kämpfen und auf den Füßen bleiben!«

Er hatte jetzt ihre volle Aufmerksamkeit gewonnen, und Bolitho hörte, wie der Korporal Little zuflüsterte: »Wie wär's, Josh? Eine ganze Guinee!«

Bolitho hielt an der Tür des Wirtshauses inne und schaute sich den Preisboxer zum erstenmal näher an. Er sah aus, als habe er Kräfte für zehn, wirkte aber trotzdem verzweifelt und bemitleidenswert, wie er so ins Leere starrte. Seine Nase war deformiert, und sein Gesicht zeigte die Spuren vieler Kämpfe: auf Jahrmärkten, vor dem Landadel, vor jedem, der dafür zahlte, Männer um einen blutigen Sieg kämpfen zu sehen. Bolitho wußte nicht, wen er mehr verachtete, den Mann, der von dem Boxer lebte, oder denjenigen, der auf ihn und seine Schmerzen wettete.

Er sagte nur kurz: »Ich bin drin zu finden, Little.« Der Gedanke an ein Glas Bier oder Apfelwein belebte ihn wieder.

Little dachte bereits an andere Dinge. »Aye, Sir.«

* Guinee = 21 Shilling

Es war ein freundlicher kleiner Gasthof. Der Wirt eilte herbei, um Bolitho zu begrüßen, wobei sein Kopf fast an die Decke stieß. Ein Feuer prasselte im Kamin, und es roch nach frisch gebackenem Brot und geräuchertem Schinken.

»Setzen Sie sich dorthin, Herr Leutnant. Ich kümmere mich um Ihre Leute.« Er bemerkte Bolithos Gesichtsausdruck. »Tut mir leid, Sir, aber Sie verschwenden Ihre Zeit in dieser Gegend. Im Krieg sind hier viele gepreßt worden, und wer zurückkam, ist in die großen Städte wie Truro und Exeter gegangen und hat sich dort Arbeit gesucht.« Er schüttelte den Kopf. »Wenn ich zwanzig Jahre jünger wäre, hätte ich vielleicht unterschrieben.« Er grinste. »Aber so . . .«

Etwas später saß Bolitho am Feuer, ließ den Matsch auf Strümpfen und Schuhen trocknen und hatte seinen Rock aufgeknöpft, der nach der ausgezeichneten Pastete der Wirtin recht stramm saß. Ein großer alter Hund hatte sich zu seinen Füßen niedergelassen und schnarchte wohlig in der Wärme.

Der Wirt flüsterte seiner Frau zu: »Hast du ihn dir angesehen? Ein Offizier des Königs – aber er ist noch ein halbes Kind!«

Bolitho fuhr aus seinem Halbschlaf auf und reckte sich; in halber Höhe schienen seine Arme zu erstarren, als er von draußen lautes Geschimpfe und brüllendes Gelächter hörte. Er sprang auf, griff nach Hut und Säbel und versuchte zur gleichen Zeit, seinen Uniformrock zuzuknöpfen.

Er rannte fast zur Tür; als er ins helle Licht hinaustrat, sah er, wie sich Matrosen und Seesoldaten vor Lachen bogen, während der kleine Schausteller schrie: »Ihr habt geschummelt! Ihr müßt geschummelt haben!«

Little warf die Goldmünze hoch und fing sie wieder in seiner kräftigen Hand auf. »Ich nicht, Kamerad. Offen und ehrlich, wie's bei Josh Little immer zugeht!«

Bolitho mischte sich ein. »Was ist hier los?«

Korporal Dyer erklärte, immer wieder prustend vor Lachen: »Er hat den großen Preisboxer auf den Rücken gelegt, Sir. So was hab' ich im Leben nicht gesehen!«

Bolitho blickte Little an. »Wir sprechen uns später. Jetzt lassen Sie die Leute antreten. Wir haben noch mehrere Meilen bis zum nächsten Ort.«

Als er sich umdrehte, sah er mit Verwunderung, wie der kleine Schausteller auf den Boxer losging. Letzterer stand da wie zuvor, als ob er sich die ganze Zeit nicht bewegt hätte oder gar zu Boden geworfen worden wäre.

Der Schausteller ergriff eine kurze Kette und schrie: »Das ist für deine verdammte Dummheit!« Die Kette landete klirrend auf dem nackten Rücken des Mannes. »Und dies dafür, daß du mich um mein Geld gebracht hast.« Wieder schlug er zu.

Little schaute Bolitho unbehaglich an. »Hier, Sir, ich gebe dem Burschen sein Geld zurück. Ich kann's nicht mit ansehen, daß der arme Kerl wie ein Hund verprügelt wird.«

Bolitho mußte heftig schlucken. Der große Preisboxer hätte seinen Peiniger mit einem einzigen Schlag töten können. Aber vielleicht war er schon so weit abgestumpft, daß er weder Schmerz noch sonst etwas empfand.

Bolitho hatte einfach genug. Erst dieser schlechte Auftakt auf der *Destiny,* dann sein Mißerfolg bei der Rekrutierung – und nun dieser entwürdigende Anblick. Er brachte das Faß einfach zum Überlaufen.

»Sie da, hören Sie sofort auf!« Bolitho machte ein paar Schritte vorwärts, während ihm seine Leute teils bewundernd, teils amüsiert zuschauten. »Legen Sie die Kette augenblicklich hin!«

Der Schausteller schien zunächst eingeschüchtert, gewann aber schnell sein früheres Selbstvertrauen zurück. Von einem so jungen Leutnant hatte er nichts zu befürchten, erst recht nicht hier in der Gegend, wo er oft auftrat und beliebt war.

»Es ist mein gutes Recht!«

Little knurrte: »Überlassen Sie den Lumpen mir, Sir. Ich werde ihm sein ›gutes Recht‹ zeigen!«

Die Angelegenheit schien Bolitho aus den Händen zu gleiten. Einige Dorfbewohner waren hinzugekommen, und Bolitho sah schon seine Leute in eine regelrechte Schlacht mit der Bevölkerung verwickelt, bevor sie sich zu ihrer Barkasse durchschlagen konnten.

Er drehte dem frechen Schausteller den Rücken zu und trat an den Boxer heran. Aus der Nähe wirkte er sogar noch größer, aber statt seiner Größe und Muskeln sah Bolitho nur die Augen, die halb unter vernarbten Brauen verborgen lagen.

»Sie wissen, wer ich bin?«

Der Mann nickte, wobei sein Blick auf Bolithos Mund gerichtet war, als lese er die Worte dort ab.

Freundlich fragte Bolitho: »Wollen Sie in den Dienst des Königs treten? Auf der Fregatte *Destiny* in Plymouth?« Er stockte, als er das mühsame Verstehen in den Augen des Mannes sah. »Wollen Sie mit mir kommen?«

Genauso langsam, wie der Mann nickte, nahm er – ohne einen Blick auf den mit offenem Mund dastehenden Schausteller zu werfen – sein Hemd und eine kleine Tasche auf.

Bolitho wandte sich zu dem Schausteller um, sein Ärger war nun dem Gefühl billigen Triumphes gewichen. Wenn sie das Dorf hinter sich hatten, würde er den Boxer sowieso freilassen.

Der Schausteller schrie: »Das können Sie nicht machen!«

Little näherte sich ihm drohend. »Hör auf, Kamerad! Mehr Respekt vor einem Offizier des Königs, oder . . .« Er ließ keinen Zweifel über das »Oder«.

Bolitho befeuchtete sich die Lippen. »Antreten, Leute! Korporal, übernehmen Sie das Kommando!« Er sah, daß der Boxer die Seeleute beobachtete, und fragte: »Ihr Name? Wie heißen Sie?«

»Stockdale, Sir.« Selbst der Name kam nur mühsam heraus, seine Stimmbänder mußten in vielen Kämpfen Schaden gelitten haben, so daß sie nur noch heisere Töne hervorbrachten.

Bolitho lächelte ihm zu. »Also Stockdale. Ich werde Sie nicht vergessen. Sie können uns verlassen, wann Sie wollen.« Er blinzelte Little zu. »Jedenfalls bevor wir unser Boot erreichen.«

Stockdale schaute den kleinen Schausteller an, der auf einer Bank saß und die Kette noch immer in der Hand baumeln ließ. Dann brach es keuchend aus ihm heraus: »Nein, Sir, ich werde Sie nicht verlassen. Jetzt nicht und nie.«

Bolitho sah, wie er sich bei den anderen einreihte. Die offensichtliche Ernsthaftigkeit des Mannes rührte ihn.

Little sagte ruhig: »Machen Sie sich keine Sorgen, Sir. Diese Geschichte wird im Nu an Bord bekannt sein.« Er beugte sich vor, so daß Bolitho Bier und Käse riechen konnte. »Ich bin in Ihrer Division, Sir, und werde jeden Lumpen zusammenschlagen, der es wagt, Ihnen Ärger zu machen!«

Ein Strahl blassen Sonnenlichts fiel auf die Kirchturmuhr, als das Rekrutierungskommando schweigend dem nächsten Dorf entgegenmarschierte; Bolitho war froh über das, was er eben getan hatte.

Dann begann es zu regnen, und er hörte Little sagen: »Nicht mehr lange, Dipper, dann geht's zurück an Bord und zu einem kräftigen Schluck.«

Bolitho musterte Stockdales breite Schultern. Ein weiterer Freiwilliger, das machte im ganzen fünf. Er neigte den Kopf unter dem

Regen. Fehlten aber noch fünfzehn.

Im nächsten Dorf war es eher noch schlimmer, und es gab dort nicht einmal einen Gasthof. Der Gutsbesitzer erlaubte ihnen mit offensichtlichem Widerstreben, in einer unbenutzten Scheune zu schlafen. Er behauptete, das Haus voller Gäste zu haben, und außerdem . . . Das Wort sprach Bände.

Die Scheune war an einem Dutzend Stellen undicht und stank wie eine Kloake. Die Seeleute, die an äußerste Sauberkeit in ihren engen Quartieren gewohnt waren, gaben ihrer Unzufriedenheit laut Ausdruck.

Bolitho konnte sie dafür nicht tadeln; als Korporal Dyer ihm meldete, daß Stockdale verschwunden sei, antwortete er: »Das überrascht mich nicht, Korporal. Aber halten Sie ein Auge auf die übrigen!«

Eine Weile noch dachte er über den verschwundenen Stockdale nach und wunderte sich, daß ihm der Verlust naheging. Vielleicht hatten Stockdales schlichte Worte ihn doch tiefer berührt, als er selber glaubte. Er schien ihm einen Wendepunkt zu markieren, eine Art Glücksbringer zu sein.

Little rief plötzlich: »Allmächtiger Himmel! Sehen Sie sich das an!«

Stockdale trat pudelnaß ins Licht ihrer Laternen und legte einen Sack vor Bolithos Füße. Die Männer traten heran, als die Schätze daraus im spärlichen Licht sichtbar wurden: mehrere Hühner, frisches Brot, Töpfe mit Butter, eine halbe Fleischpastete und – als Höhepunkt – zwei große Krüge voll Apfelwein.

Little schnaufte: »Ihr beiden rupft die Hühner! Du, Thomas, paßt auf, daß keine ungebetenen Gäste kommen!« Er sah Stockdale an und holte die Guinee heraus. »Hier, Kamerad, die hast du sauer verdient!«

Stockdale hörte kaum hin. Als er sich über den Sack beugte, krächzte er: »Es war *sein* Geld. Behalten Sie's.« Zu Bolitho sagte er: »Dies ist für Sie, Sir.« Er hielt ihm eine Flasche hin, die aussah, als enthielte sie echten Kognak. Das rundete das Bild ab: Der Gutsbesitzer hatte sicher die Finger im örtlichen Schmuggel an der Küste.

Stockdale sah Bolitho an. »Ich sorge schon für Sie, Sir.« Bolitho fiel auf, daß er sich unter den geschäftigen Seeleuten bewegte, als hätte er sein ganzes Leben dazugehört.

Little bemerkte ruhig: »Schätze, Sie können aufhören, sich Sorgen zu machen, Sir. Der gute Stockdale ist allein so viel wert wie fünfzehn Mann, jedenfalls nach meiner Schätzung.«

Bolitho trank einen Schluck Kognak, während Fett aus einem Hühnerschenkel auf die Manschette seines neuen Hemdes tropfte. Er hatte eine Menge dazugelernt, nicht zuletzt über sich selber.

Sein Kopf sank nach hinten, und er fühlte nicht mehr, wie Stockdale ihm den Becher vorsichtig aus der Hand nahm.

II Bruch mit der Vergangenheit

Bolitho kletterte das Fallreep an der Bordwand der *Destiny* hoch und lüpfte seinen Hut kurz zum Achterdeck* hin. Die dicken Wolken und der Nebel waren verschwunden, und die Häuser von Plymouth jenseits des Homoaze schienen sich im warmen Mittagslicht zu sonnen.

Er war müde und steif von dem langen Marsch, außerdem verschmutzt vom Nachtquartier in Scheunen oder bescheidenen Gasthöfen. Der Anblick seiner sechs Rekruten, die vom Wachtmeister gemustert und dann nach vorn gebracht wurden, trug wenig dazu bei, seine Stimmung zu heben. Der sechste Freiwillige war erst vor knapp einer Stunde zu ihnen gestoßen, kurz ehe sie ihr Boot erreichten: ein sauber gekleideter, keineswegs wie ein Matrose aussehender Mann von etwa dreißig, der angab, Apothekergehilfe zu sein. Er wolle eine lange Seereise machen, um Lebenserfahrung zu sammeln und zu sich selber zu kommen, behauptete er. Seine Geschichte klang ebenso unwahrscheinlich wie die der beiden Knechte, aber Bolitho war zu müde, um sich lange Gedanken darüber zu machen.

»Ah, Sie sind also zurück, Mr. Bolitho!«

Der Erste Offizier stand an der Querreling des Achterdecks, seine schlanke Gestalt hob sich nur als Silhouette vom blassen Winterhimmel ab. Er hielt die Arme vor der Brust verschränkt und hatte die Neuankömmlinge offenbar schon die ganze Zeit, seit die Barkasse längsseit gekommen war, beobachtet. Knapp fügte er hinzu: »Kommen Sie bitte gleich nach achtern.«

Bolitho stieg zur Backbord-Laufbrücke hinauf und begab sich zum Achterdeck. Sein Gefährte der letzten Tage, Stückmeistersmaat Little, strebte einem Niedergang zu, wahrscheinlich, um sich mit

* Traditionelle Ehrenbezeigung zur Flagge beim Anbordkommen

23

seinen Freunden einen »kräftigen Schluck« zu genehmigen. Im Nu war er unter Deck verschwunden und damit in seiner eigenen Welt. Bolitho fühlte sich plötzlich fast so fremd wie vor drei Tagen, als er das Deck zum erstenmal betreten hatte.

Er stand vor dem Ersten Offizier und legte grüßend die Hand an den Hut. Palliser sah ausgeruht und gepflegt aus, wogegen sich Bolitho noch mehr wie ein Landstreicher vorkam.

Bolitho meldete: »Sechs Rekruten, Sir. Der große Bursche war Boxer und könnte ein wertvoller Zuwachs werden. Der als letzter an Bord kam, hat für einen Apotheker in Plymouth gearbeitet.« Sein Bericht klang ihm selbst schwerfällig. Palliser hatte sich nicht gerührt, und auf dem Achterdeck war es ungewöhnlich still. Bolitho schloß: »Ich habe mein Bestes getan, Sir.«

Palliser zog seine Uhr heraus. »Gut. Während Sie weg waren, ist der Kommandant an Bord gekommen. Er wollte Sie sehen, sobald Sie zurück sind.«

Bolitho starrte ihn an. Er hatte ein Donnerwetter erwartet. Sechs statt zwanzig, und darunter einer, der nie ein Seemann werden würde!

Palliser ließ seinen Uhrdeckel zuschnappen und sah Bolitho kühl an. »Hat der lange Landaufenthalt Ihr Gehör beeinträchtigt? Der Kommandant will Sie sehen. Das heißt an Bord dieses Schiffes nicht ›nachher‹ oder ›gleich‹, sondern in dem Augenblick, in dem der Kommandant diesen Gedanken ausgesprochen hat.«

Bolitho blickte entschuldigend auf seine schmutzigen Strümpfe und Schuhe. »Tut mir leid, Sir, aber ich dachte, Sie hätten befohlen . . .«

Palliser schaute schon woanders hin; er beobachtete einige Leute, die auf dem Vorschiff arbeiteten. »Ich hatte Ihnen befohlen, zwanzig Mann zu bringen. Hätte ich sechs Mann verlangt, wie viele hätten Sie dann wohl gebracht? Zwei? Überhaupt keinen?« Überraschenderweise lächelte er plötzlich. »Sechs, das ist schon ausgezeichnet. Nun aber ab zum Kommandanten. Es gibt Schweinepastete zu Mittag, also beeilen Sie sich, sonst ist nachher nichts übrig.« Er wandte sich energisch um und rief: »Mr. Slade, was machen diese Faulpelze da eigentlich? Verdammt noch mal!«

Bolitho eilte leicht benommen den Niedergang hinunter und durchs Achterschiff. Gesichter wurden im Halblicht zwischen den Decks undeutlich sichtbar, Gespräche verstummten, als er vorbeihastete. Der neue Offizier geht zum Kommandanten. Wie mag er sein?

Zu lasch – oder zu hart?

Ein Seesoldat stand, Muskete bei Fuß, als Ehrenposten vor der Kajüte. Sein Oberkörper schwankte leicht im Rhythmus des an seiner Ankertrosse zerrenden Schiffes. Seine Augen funkelten im Lichtschein der Laterne, die an einem Decksbalken über ihm hin und her schaukelte. Sie brannte Tag und Nacht, wenn der Kommandant an Bord war.

Bolitho bemühte sich, wenigstens sein Halstuch etwas zurechtzuzupfen und die rebellische Haartolle aus dem Gesicht zu streichen. Der Posten gab ihm dazu genau fünf Sekunden Zeit, dann stieß er kurz mit der Muskete aufs Deck.

»Der Dritte Offizier, Sir!«

Der Türvorhang öffnete sich, und ein struppiger Mann in schwarzer Jacke, wahrscheinlich der Schreiber des Kommandanten, warf einen ungeduldigen, auffordernden Blick heraus: wie ein Lehrer, der einen zu spät kommenden Schüler hereinruft.

Bolitho preßte seinen Hut fester unter den Arm und betrat die Kajüte. Im Vergleich zum übrigen Schiff war sie geräumig. Ein zweiter Vorhang trennte den hintersten Teil vom Speiseraum und der danebenliegenden Schlafkammer. Die schrägen Heckfenster, welche die ganze Breite des Achterschiffs einnahmen, leuchteten warm in der Sonne, während Decksbalken und Möbelstücke in dem vom Wasser reflektierten Licht schimmerten.

Kapitän Henry Vere Dumaresq hatte offenbar an einem Fenster gestanden und aufs Wasser hinuntergeschaut: er drehte sich ungewöhnlich behende um, als Bolitho den Raum betrat.

Bolitho bemühte sich, ruhig und entspannt zu wirken, aber es gelang ihm nicht. Solch einen Menschen wie den Kommandanten hatte er noch nie gesehen. Sein Körper war breit und untersetzt, und der Kopf saß so dicht auf den Schultern, als hätte er keinen Hals; er wirkte genau wie der übrige Mann: mächtig. Alles an Dumaresq machte den Eindruck ungewöhnlicher Kraft. Little hatte gesagt, der Kommandant sei erst achtundzwanzig, aber er sah so alterslos aus, als ob er sich nie verändert hätte und nie verändern würde.

Er ging Bolitho entgegen, um ihn zu begrüßen, und setzte dabei die Füße wie mit bewußt gebändigter Kraft auf. Bolithos Blick fiel auf seine Beine, die durch teure weiße Strümpfe auffielen. Die Waden schienen so dick zu sein wie anderer Leute Oberschenkel.

»Sie sehen etwas ramponiert aus, Mr. Bolitho.« Dumaresq hatte eine tiefe, wohlklingende Stimme, mit der er bei Sturm an Deck sicher gut durchdrang; doch Bolitho vermutete, daß sie auch Wärme und Sympathie ausdrücken konnte.

Er sagte verlegen: »Aye, Sir. Ich habe . . . Ich war mit dem Rekrutierungskommando unterwegs.«

Dumaresq wies mit dem Kopf auf einen Stuhl. »Setzen Sie sich.« Er hob die Stimme: »Rotwein!«

Fast augenblicklich erschien ein Steward und goß Wein in zwei schön geschliffene Gläser. Danach zog er sich genauso unauffällig zurück.

Dumaresq setzte sich – kaum einen Meter entfernt – Bolitho gegenüber. Sein Auftreten und seine Energie wirkten einschüchternd. Bolitho verglich ihn mit seinem letzten Kommandanten. Auf dem riesigen Vierundsiebzig-Kanonen-Schiff war der Kommandant immer ungeheuer weit weg gewesen, fern vom Geschehen in Offiziersmesse und Kadettenlogis. Nur in kritischen Lagen oder bei zeremoniellen Anlässen hatte er seine Anwesenheit spüren lassen, blieb aber auch dann immer auf Distanz.

Dumaresq sagte: »Mein Vater hatte die Ehre, vor einigen Jahren unter dem Ihren dienen zu dürfen. Wie geht es ihm?«

Bolitho dachte an Mutter und Schwester in dem alten Haus in Falmouth: wie sie auf die Heimkehr von Kapitän James Bolitho warteten; wie seine Mutter die Tage zählte und vielleicht auch davor bangte, daß er sich sehr verändert hatte. James Bolitho hatte in Indien einen Arm verloren, und als sein Schiff außer Dienst gestellt wurde, hatte man ihn auf unbestimmte Zeit auf die Reserveliste gesetzt.

Bolitho sagte: »Er müßte jetzt wieder zu Hause sein, Sir. Aber da er einen Arm verloren hat und damit die Aussicht, im Dienst des Königs zu bleiben, weiß ich nicht, wie es mit ihm weitergehen wird.« Er brach ab, erschrocken darüber, daß er seine Gedanken offen ausgesprochen hatte.

Aber Dumaresq deutete nur auf das Glas. »Trinken Sie, Mr. Bolitho, und sprechen Sie sich aus. Mir ist wichtiger, daß ich erfahre, was Sie denken, als daß Sie über meine Reaktion nachdenken.« Der Satz schien ihn selber zu belustigen. »Es geht uns allen ähnlich. Wir können uns wirklich glücklich schätzen, daß wir dies hier haben.« Sein großer Kopf drehte sich nach links und rechts, als er die Blicke durch die Kajüte schweifen ließ. Er sprach vom Schiff, von seinem Schiff, das er offenbar mehr als alles andere liebte.

Bolitho sagte: »Ein schönes Schiff, Sir. Es ist eine Auszeichnung für mich, hierher kommandiert worden zu sein.«

»Ja.«

Dumaresq beugte sich vor, um die Gläser neu zu füllen. Wieder bewegte er sich mit katzenhafter Geschmeidigkeit und setzte seine Kräfte wie seine Stimme nur sparsam ein.

Er sagte: »Ich habe von Ihrem großen Kummer gehört.« Er hob eine Hand. »Nein, nicht von jemandem an Bord. Ich habe eigene Quellen, denn ich will meine Offiziere ebensogut kennen wie mein Schiff. Wir werden in Kürze auf eine Reise gehen, die eine Menge einbringen, aber auch nutzlos ausgehen kann. Auf jeden Fall wird sie nicht leicht. Wir müssen alle traurigen Erinnerungen hinter uns lassen, ohne sie deswegen zu vergessen. Dies ist ein kleines Schiff, jeder Mann an Bord muß seinen Platz voll ausfüllen. Sie haben unter einigen hervorragenden Kommandanten gedient und dabei sicherlich viel gelernt. Doch auf einer Fregatte ist manches anders. Hier gibt es nur wenige Leute, die sich nicht voll einsetzen müssen, und ein Offizier gehört bestimmt nicht zu ihnen. Sie werden anfangs vielleicht Fehler machen, die werde ich milde beurteilen; aber wenn Sie Ihre Autorität mißbrauchen, werde ich gnadenlos dazwischenfahren. Vermeiden Sie es, bestimmte Leute zu bevorzugen, denn die würden Sie eines Tages ausnutzen.«

Er lachte in sich hinein, als er Bolithos ernstes Gesicht sah. »Leutnant zu sein ist schwerer, als es zu werden. Denken Sie immer daran: Die Leute schauen auf Sie, wenn Schwierigkeiten auftreten; Sie müssen dann so handeln, wie es Ihnen richtig scheint. Ihr bisheriges Leben hat in dem Augenblick aufgehört, als Sie das Kadettenlogis verließen. Auf einem kleinen Schiff ist kein Platz für Einzelgänger mit Anpassungsschwierigkeiten. Sie müssen ein Teil des Ganzen werden, verstehen Sie?«

Bolitho saß wie gebannt auf seiner Stuhlkante. Dieser seltsame Mann hielt ihn mit dem zwingenden Blick seiner weit auseinanderstehenden Augen wie in einem Schraubstock gefangen.

Bolitho nickte. »Ja, Sir, ich verstehe.«

Dumaresqs Blick entspannte sich, als vorn im Schiff die Glocke zweimal angeschlagen wurde.

»Gehen Sie jetzt zum Essen. Ich bin sicher, daß Sie Hunger haben. Mr. Pallisers schlaue Methoden, zu neuen Leuten zu kommen, produzieren gewöhnlich Appetit, wenn schon nicht mehr.«

Als Bolitho aufstand, fügte Dumaresq ruhig hinzu: »Diese Reise ist für viele Leute sehr wichtig. Unsere Kadetten haben meist einflußreiche Eltern, die wünschen, daß ihre Sprößlinge sich auszeichnen und vorwärtskommen – in einer Zeit, da der größte Teil der Flotte aufgelegt ist und langsam vermodert. Unsere Fachkräfte, die Deckoffiziere, sind ausgezeichnet, und wir haben einen guten Stamm erstklassiger Seeleute. Die Neuen müssen sich anstrengen, da mitzuhalten . . . Ein letzter Punkt, Mr. Bolitho, und ich hoffe, mich hierin nicht wiederholen zu müssen: Auf der *Destiny* steht Loyalität obenan. Loyalität mir gegenüber, Treue zum Schiff und zu Seiner Britischen Majestät. In dieser Reihenfolge!«

Bolitho fand sich – noch immer verwirrt von dem kurzen Gespräch – außerhalb des Türvorhangs wieder.

Poad tauchte auf und fragte aufgeregt: »Alles erledigt, Sir? Ich habe Ihre Sachen an einem sicheren Platz verstaut, wie befohlen.« Er lief ihm zur Offiziersmesse voran. »Den Beginn der Mahlzeit habe ich so lange hinausgeschoben, bis Sie fertig waren, Sir.«

Bolitho betrat die Messe, die – im Gegensatz zum letztenmal – voller Männner war, die sich laut unterhielten.

Palliser stand auf und sagte in den Lärm hinein: »Meine Herren, unser neuer Kamerad.«

Bolitho sah, daß Rhodes ihn anlächelte, und war froh über dieses freundliche Gesicht. Er schüttelte Hände und murmelte etwas, das ihm angebracht schien. Obersteuermann Julius Gulliver war genauso, wie ihn Rhodes beschrieben hatte: unfrei, gezwungen, irgendwie hinterhältig. Leutnant John Colpoys, der die Seesoldaten an Bord befehligte, errötete leicht, als er Bolitho die Hand schüttelte und etwas affektiert sagte: »Sehr erfreut, mein Lieber.«

Der Schiffsarzt wirkte rund und gemütlich wie eine aufgeplusterte Eule und roch nach Schnaps und Tabak. Und da war noch Samuel Codd, der Zahlmeister, ein – wie Bolitho schien – ungewöhnlich heiterer Vertreter seines Berufsstandes. Schönheit zeichnete ihn nicht aus, denn er hatte sehr große Schneidezähne im Oberkiefer und ein so kleines, fliehendes Kinn, daß die obere Hälfte seines Gesichts ständig die untere zu vertilgen schien.

Colpoys sagte: »Hoffentlich können Sie Karten spielen.«

Rhodes lächelte. »Probieren Sie's doch mal mit ihm.« Zu Bolitho sagte er: »Er wird Ihnen das Fell über die Ohren ziehen, wenn Sie sich mit ihm einlassen.«

Bolitho setzte sich neben dem Arzt an den Tisch. Dieser holte einen goldgefaßten Kneifer heraus, der zu seinen roten Pausbacken wenig paßte, und stellte fest: »Pastete vom Schwein. Ein sicheres Zeichen dafür, daß wir bald auslaufen. Danach«, er warf dem Zahlmeister einen Blick zu, »sind wir wieder auf Samuels Vorräte angewiesen, von denen die meisten schon vor zwanzig Jahren als ungenießbar erklärt wurden.«

Gläser klirrten, und die Luft wurde schwer von Dampf und Essensdüften. Bolitho musterte die Tischrunde. So also sahen Offiziere aus, wenn sie sich außer Sichtweite ihrer Untergebenen befanden.

Rhodes flüsterte: »Was halten Sie von ihm?«

»Vom Kommandanten?« Bolitho versuchte, seine Gedanken zu ordnen. »Ich bin beeindruckt. Er ist so, so . . .«

Rhodes winkte Poad, ihm die Karaffe mit Wein zu bringen. »Gefährlich?«

Bolitho lächelte. »Anders. Aber etwas Angst macht er einem schon.«

Palliser unterbrach ihre Unterhaltung. »Wenn Sie gegessen haben, machen Sie sich mit dem Schiff vertraut, Richard. Vom Kiel bis zum Flaggenknopf, vom Klüverbaum bis zur Hecklaterne. Wenn Ihnen etwas unklar ist, fragen Sie mich. Machen Sie sich möglichst schon mit den Deckoffizieren und den jungen Unteroffizieren bekannt, und prägen Sie sich die Namen Ihrer eigenen Division ein.« Er zwinkerte dem Leutnant der Seesoldaten zu, aber nicht schnell genug, so daß Bolitho es noch bemerkte. »Ich bin sicher, Mr. Bolitho wird alles daransetzen, daß seine Leute es bald mit denen aufnehmen können, die er uns heute so erfolgreich an Bord gebracht hat.«

Bolitho sah auf den Teller nieder, den ein Steward vor ihn hingestellt hatte. Das heißt: Von dem Teller war wenig zu sehen, da er bis zum Rand mit Essen überhäuft war. Palliser hatte ihn also mit seinem Vornamen angesprochen und sogar einen Witz über seine Freiwilligen gemacht. Demnach waren das die wirklichen Menschen hinter der starren Haltung und den Fesseln der Rangordnung draußen an Deck. Er hob den Blick und ließ ihn über den Tisch wandern. Wenn man ihm Zeit ließ, würde er sich unter ihnen wohlfühlen, dachte er.

Rhodes sagte zwischen zwei Bissen: »Ich habe gehört, daß wir mit der Montagstide auslaufen. Ein Bursche der Admiralität war gestern an Bord. Er weiß gewöhnlich Bescheid.«

Bolitho versuchte sich zu erinnern, was der Kommandant gesagt hatte: Loyalität steht obenan. Dumaresq hatte fast die letzten Worte seiner Mutter wiederholt: Die See ist kein Ort für Träumer.

Füße trappelten über ihren Köpfen. Bolitho hörte, wie weitere schwere Netze mit Vorräten zum Gezwitscher einer Bootsmannsmaatenpfeife an Bord gehievt wurden.

Bald würden sie weit weg vom Land sein, weg von den schmerzlichen Erinnerungen, den Gedanken an das, was er verloren hatte. Ja, es war gut, wieder unterwegs zu sein.

Wie Leutnant Rhodes vorausgesagt hatte, machte Seiner Majestät Fregatte *Destiny* am Morgen des nächsten Montag klar zum Ankerlichten. Die letzten Tage waren für Bolitho so schnell vergangen, daß er hoffte, auf See würde es an Bord etwas ruhiger zugehen als zuletzt im Hafen. Palliser hatte ihn jede Wache in Trab gehalten. Der Erste Offizier gab sich nie mit dem äußeren Schein zufrieden, sondern legte Wert darauf, daß Bolitho ihm den Sinn seiner Arbeit erklärte, seine Meinung äußerte und Vorschläge – zum Beispiel über den Austausch von Leuten seiner Wache – machte. So schnell er mit sarkastischen Bemerkungen zur Hand war, so flink war Palliser auch darin, die Gedanken eines Untergebenen in die Tat umzusetzen.

Bolitho dachte oft daran, was Rhodes über den Ersten Offizier gesagt hatte: »Hinter einem eigenen Kommando her.« Palliser würde bestimmt sein Bestes für das Schiff geben und ebenso entschieden jedes Versagen bekämpfen, dessen Folgen ihm angelastet werden könnten.

Bolitho hatte sich eifrig bemüht, die Männer, mit denen er direkt zusammenarbeiten mußte, kennenzulernen. Anders als auf den gewaltigen Linienschiffen, hing das Überleben einer Fregatte nicht von der Dicke ihrer hölzernen Bordwände, sondern von ihrer Beweglichkeit ab. Die Besatzung war in Divisionen eingeteilt, weil sie so am besten eingesetzt werden konnte.

Der Fockmast mit seinen Rahsegeln – zuunterst Fock, darüber Mars, Bram und Royal; dazu die Stagsegel: Klüver und Außenklüver – war entscheidend für schnelle Halsemanöver, aber auch bei der Wende, wenn das Schiff mit dem Bug durch den Wind ging. Wichtig war er auch im Gefecht, wenn der Kommandant plötzlich abfallen wollte, um das empfindliche Heck des Gegners mit einer Breitseite zu beharken. Am achteren Ende des Schiffes standen Steuermann und Rudergänger und nutzten jeden Mast, jeden Zoll Segel, um das Schiff mit den sparsamsten Kommandos auf Kurs zu halten.

Bolitho hatte die Aufsicht am Großmast. Als höchster der drei

Masten war er in Abschnitte unterteilt, ebenso die Männer, die an ihm aufenterten, ohne Rücksicht darauf, was sie bei schlechtem Wetter dort oben erwartete.

Diese flinken Toppsgasten waren die Elite der Mannschaft, während an Deck zur Bedienung der Fallen, Schoten, Halsen und Brassen die weniger gewandten Leute abgestellt waren, die neu rekrutierten oder älteren Matrosen, denen man die Arbeit mit der vom Salzwasser steifen Leinwand, einhundert Fuß und mehr über Deck, noch nicht oder nicht mehr zumuten konnte.

Rhodes befehligte am Fockmast, während ein Steuermannsmaat den Besanmast unter sich hatte, der wegen seiner geringeren Segelzahl am leichtesten zu bedienen war und zur Handhabung seines Gaffelsegels vor allem Körperkräfte brauchte. Die Wache der Seesoldaten auf dem Achterdeck und eine Handvoll Matrosen genügten, um mit dem Besan fertig zu werden.

Bolitho gab sich große Mühe, mit dem Oberbootsmann, einem furchterregenden Mann namens Timbrell, gut auszukommen. Timbrell hatte ein von Wind und Wetter gezeichnetes Gesicht und war wie ein antiker Krieger über und über mit Narben bedeckt. Er war der Erste unter den Seeleuten. Sobald sie frei von Land waren, trat Timbrell nach Anweisung des Ersten Offiziers in Aktion. Er beseitigte Sturmschäden, besserte Stengen und Rahen aus, erneuerte – wo es erforderlich war – den Farbanstrich und sorgte dafür, daß alle Fugen dicht, das stehende und laufende Gut in Ordnung waren, und hatte noch ein Auge auf die Fachleute, die sich mit diesen verschiedenen Arbeiten beschäftigten: Schiffszimmermann, Segelmacher und viele andere.

Timbrell war Seemann bis in die Fingerspitzen und konnte für einen jungen Offizier ein guter Freund sein, aber auch ein schlimmer Feind, wenn er falsch behandelt wurde.

An diesem speziellen Montagmorgen ging der Betrieb auf der *Destiny* noch vor dem ersten Tageslicht los. Der Koch hatte eine schnelle Mahlzeit bereitet, als ob er dafür verantwortlich sei, daß sie bald in Fahrt kamen.

Listen wurden noch einmal überprüft, Namen aufgerufen, Männer auf ihre Plätze geschickt. Für eine Landratte hätte alles wie ein wildes Durcheinander ausgesehen: das viele Tauwerk, das sich an Deck schlängelte, die Männer auf den großen Rahen, welche die Segel, die über Nacht durch unerwarteten Frost hartgefroren waren, losmachten.

Bolitho hatte den Kommandanten mehrmals an Deck kommen sehen. Er redete mit Palliser oder besprach etwas mit Gulliver, dem Obersteuermann. Falls er erregt war, so zeigte er es jedenfalls nicht, sondern marschierte in seiner festen Gangart über das Achterdeck, als denke er an ganz etwas anderes als an sein Schiff.

Die Offiziere und Deckoffiziere hatten ihre schon etwas abgetragenen See-Uniformen angezogen, wogegen sich Bolitho und die meisten jungen Kadetten in ihren neuen Jacken mit den blitzenden Knöpfen ganz fremd vorkamen.

Bolitho hatte mit der Post aus Falmouth zwei Briefe von seiner Mutter bekommen. Sie stand vor seinem geistigen Auge, wie er sie zuletzt gesehen hatte: zart und liebreizend, »eine Lady, die nie alt wird«, sagten einige Leute von ihr; das Mädchen aus Schottland, das Kapitän James Bolitho seit ihrem ersten Zusammentreffen bezaubert hatte. Sie war eigentlich zu schwach, um die Last der Bewirtschaftung des großen Hauses und des Gutes allein zu tragen. Seit Richards älterer Bruder Hugh wieder an Bord einer Fregatte diente, weit weg auf See, nachdem er einige Zeit den Zollkutter *Avenger* in Falmouth geführt hatte*, und so lange sein Vater noch nicht wieder zu Hause war, würde ihr die Last doppelt schwer werden. Richards inzwischen erwachsene Schwester Felicity hatte ihr Elternhaus verlassen, um einen Armeeoffizier zu heiraten, während auch die Jüngste der Familie, Nancy, wohl bald ans Heiraten denken würde.

Bolitho ging zur Laufbrücke, wo die Männer ihre Hängematten, die sie von unten heraufgebracht hatten, in die Finknetze verstauten. Arme Nancy, sie würde Bolithos toten Freund sehr vermissen und mußte nun ganz allein mit ihren enttäuschten Hoffnungen fertig werden.

Jemand stand neben ihm: der Schiffsarzt, der zum Ufer blickte. Jedesmal, wenn sich Bolitho bisher mit dem rundlichen Doktor unterhalten hatte, war es ein Gewinn für ihn gewesen. Bulkley war ein wunderliches Mitglied ihrer Gemeinschaft. Schiffsärzte waren – soweit Bolitho bisher erfahren hatte – geringe Vertreter ihres Berufsstandes, meist nichts anderes als Schlächter; ihre blutige Kunst mit Messer und Säge wurde von den Seeleuten mehr gefürchtet als eine Breitseite des Gegners.

Aber Henry Bulkley war eine Ausnahme. Er hatte in London ein angenehmes Leben geführt, hatte eine Praxis in einer vornehmen

* siehe Kent: *Strandwölfe*

32

Gegend besessen und Patienten, die reich, aber auch anspruchsvoll waren.

Bulkley hatte es Bolitho in der Stille einer Nachtwache erklärt: »Ich begann, die Tyrannei der Kranken zu hassen, die Selbstsucht von Leuten, die nur zufrieden sind, wenn man sie verwöhnt. Ich bin zur See gegangen, um dem zu entkommen. Hier habe ich eine Aufgabe und brauche nicht Zeit an Leute zu vergeuden, die zu reich sind, um sich die Mühe zu machen, ihren Körper kennenzulernen. Hier bin ich genauso ein Spezialist wie Mr. Vallance, unser Oberstückmeister, oder wie der Zimmermeister, und leiste den gleichen Dienst wie sie. Oder wie der arme Mr. Codd, der Zahl- und Proviantmeister, der sich über jede zurückgelegte Meile grämt und errechnet, wieviel Käse, Salzfleisch, Kerzen und Leinwand sie ihn gekostet hat.« Er hatte zufrieden gelächelt. »Und ich genieße das Vergnügen, andere Länder zu sehen. Jetzt bin ich drei Jahre bei Kapitän Dumaresq, und es mögen noch zwei oder drei hinzukommen. Er selber ist natürlich niemals krank. Er würde es einfach nicht erlauben, daß so etwas passiert.«

Bolitho sagte: »Es ist ein seltsames Gefühl, so fortzusegeln zu einem Ziel, das nur der Kommandant und vielleicht zwei oder drei weitere Personen kennen. Wir haben keinen Krieg, aber trotzdem Gefechtsbereitschaft.«

Er sah den großen Menschen, der sich Stockdale nannte, mit den anderen Matrosen am Fuß des Großmastes antreten.

Der Arzt folgte seinem Blick. »Ich habe gehört, was an Land geschehen ist. Sie haben an ihm einen treuen Gefolgsmann. Mein Gott, ein Kerl wie ein Eichbaum! Ich glaube, Little muß ihm ein Bein gestellt haben, um die Guinee zu gewinnen.« Er warf einen Blick auf Bolithos Profil. »Es sei denn, er wollte von vornherein mit Ihnen kommen – um vor irgend etwas zu fliehen wie die meisten von uns.«

Bolitho lächelte. Bulkley kannte nur die Hälfte der Geschichte. Stockdale war für Segelmanöver dem Besanmast zugeteilt worden und für den Gefechtsfall den Sechspfündern auf dem Achterdeck. So war es schriftlich festgelegt und mit Pallisers schwungvollem Namenszug gegengezeichnet worden. Aber irgendwie hatte es Stockdale geschafft, diese Dinge zu ändern. Jetzt gehörte er zu Bolithos Division am Großmast und zu den Zwölfpfündern der Steuerbord-Batterie, die Bolithos Kommando unterstand.

Eines ihrer Beiboote näherte sich mit kräftigem Ruderschlag vom Ufer, alle anderen waren schon vor dem ersten Hahnenschrei in ihren Halterungen an Deck eingesetzt und festgelascht worden.

Das Beiboot war ihre letzte Verbindung mit dem Land und hatte Dumaresqs abschließende Briefe und Berichte zum Kurier nach London gebracht. Am Ende würden sie auf irgendeinem Schreibtisch in der Admiralität landen, eine Notiz würde dem Ersten Seelord zugehen, dort würde ein Kreuzzeichen auf einer der großen Seekarten eingezeichnet werden: Ein kleines Schiff war mit versiegelten Befehlen in See gegangen. Nichts Neues, nur die Zeiten hatten sich geändert.

Palliser schlenderte zur Querreling, das Megaphon unter dem Arm; sein Blick kreiste wie der eines Raubvogels und spähte nach einem neuen Opfer aus.

Bolitho schaute am Großmast empor und konnte gerade noch den langen roten Wimpel hoch oben erkennen, der in einer Bö achtern auswehte. Nordwestwind. Dumaresq würde ihn auch brauchen, um vom Ankerplatz freizukommen. Das war immer schwierig, aber jetzt – nach dreimonatiger Liegezeit – genügte es, daß ein unaufmerksamer Matrose oder Maat einen Befehl falsch weitergab, um ein stolzes Ablegen innerhalb von Minuten in ein Desaster zu verwandeln.

Palliser rief: »Alle Offiziere bitte nach achtern!« Es klang gereizt, er war sich der Bedeutung des Augenblicks offenbar bewußt.

Bolitho trat zu Rhodes und Colpoys auf das Achterdeck, während Steuermann und Schiffsarzt sich wie Eindringlinge im Hintergrund hielten.

Palliser sagte: »In einer halben Stunde lichten wir Anker. Gehen Sie auf Ihre Station und behalten Sie jeden Mann im Auge. Sagen Sie Ihren Bootsmannsmaaten, daß sie den Leuten Beine machen und jeden zur Bestrafung notieren sollen, der nicht richtig zufaßt.« Er warf Bolitho einen merkwürdigen Blick zu. »Ich habe diesen Stockdale Ihnen zugeteilt. Mit ist selber nicht klar, warum, aber er meinte, da sei sein Platz. Sie müssen eine besondere Anziehungskraft haben, Mr. Bolitho, obwohl ich bei Gott nicht ahne, worin die bestehen sollte.«

Sie legten die Hand grüßend an ihre Hüte und begaben sich auf ihre verschiedenen Stationen. Pallisers Stimme folgte ihnen, durch das Megaphon hohl und eindringlich: »Mr. Timbrell! Noch zehn Männer ans Ankerspill! Wo ist der verdammte Vorsänger?« Das Sprachrohr schwenkte herum wie die Peitsche eines Kutschers. »Zum Teufel, Mr. Rhodes, ich möchte den Anker noch heute kurzstag gehievt haben, nicht erst nächste Woche.«

Klink, klink, klink – das Spill drehte sich widerwillig, als die Männer sich kräftig in die Spillspaken warfen. Kopfschläge und aufgeschossene Buchten der Fallen und Schoten wurden von ihren Belegnägeln gelöst, und während Offiziere und Kadetten in der bewegten Flut der an Deck aufgereihten Matrosen wie blau-weiße Inseln wirkten, schien es, als erwache das Schiff selber zum Leben.

Bolitho warf einen Blick hinüber zum Land. Noch immer keine Sonne; ein leichter Regenschauer malte Kräuselmuster aufs Wasser, die sich dem Schiff näherten. Die wartenden Männer zitterten vor Kälte und trampelten mit nackten Füßen aufs Deck.

Little sprach leise, aber eindringlich auf zwei neue Leute ein, wobei seine großen Hände wie Spaten durch die Luft fuhren, um seine Erklärungen zu verdeutlichen. Er bemerkte Bolitho und stöhnte: »Großer Gott, Sir, die sind wie Holzklötze!«

Bolitho beobachtete seine beiden Kadetten und überlegte, wie er die Mauer durchbrechen könne, die zwischen ihm und den beiden stand. Er hatte erst am Tag zuvor kurz mit ihnen gesprochen. Die *Destiny* war ihr erstes Bordkommando, was auch – mit zwei Ausnahmen – für die übrigen Kadetten galt. Peter Merrett war so klein, daß man ihn kaum zwischen den Taurollen und den hin und her eilenden Seeleuten wiederfand. Er war zwölf Jahre alt, Sohn eines prominenten Anwalts aus Exeter, der wiederum einen Admiral zum Bruder hatte: eine furchteinflößende Kombination. Eines schönen Tages – wenn er ihn erlebte – konnte der kleine Merrett sie zu seinem Vorteil nutzen, wahrscheinlich auf Kosten anderer. Aber jetzt, wie er so zitternd vor Kälte und ziemlich verängstigt dastand, sah er nur wie ein Häufchen Unglück aus. Der andere hieß Jan Jury, war vierzehn Jahre alt und kam aus Weymouth. Sein Vater, ein verdienter Seeoffizier, war bei einem Schiffsunglück ums Leben gekommen. Den Verwandten des toten Kapitäns mußte die Marine als der geeignete Platz für den jungen Jury erschienen sein. Jedenfalls waren sie damit alle Sorgen um ihn los.

Bolitho nickte ihm zu.

Jury war groß für sein Alter, hatte ein freundliches Gesicht, einen blonden Haarschopf, und konnte seine Aufregung kaum beherrschen. Er sprach auch als erster. »Wissen wir eigentlich, wohin die Fahrt geht, Sir?«

Bolitho sah ihn ernst an. Nur vier Jahre trennten sie. Jury ähnelte zwar nicht seinem toten Freund, doch er hatte die gleiche Haarfarbe.

Er tadelte sich selber für seine Gedanken und antwortete: »Das werden wir früh genug erfahren.« Seine Worte kamen schärfer heraus, als er beabsichtigt hatte, darum fügte er hinzu: »Es ist ein gut gehütetes Geheimnis, jedenfalls soweit es mich betrifft.«

Jury beobachtete ihn neugierig. Bolitho wußte, was er dachte, kannte die vielen Fragen, die er gern gestellt hätte, um diese neue, so vieles von ihm fordernde Welt zu entdecken. Genauso war er selber einmal gewesen.

Bolitho sagte: »Ich möchte, daß Sie im Großmast aufentern, Mr. Jury, und die Arbeit der Leute oben beaufsichtigen. Sie, Mr. Merrett, bleiben bei mir, um Meldungen nach vorn oder achtern zu überbringen, wenn nötig.«

Er lächelte, als ihre Blicke über die Wanten zum drohenden Gewirr der Takelage emporwanderten, zur riesigen Großrah und den kleineren Rahen darüber, die nach jeder Seite wie Bogenenden weit über Bord ragten.

Die beiden älteren Offiziersanwärter, die Fähnriche Henderson und Cowdroy, hatten ihre Posten achtern am Besanmast, während die restlichen beiden zu Rhodes am Fockmast gehörten.

Stockdale stand wie zufällig in Bolithos Nähe und schnaufte: »Guten Morgen auch, Sir!«

Bolitho lächelte ihn an. »Nichts bereut, Stockdale?«

Der riesige Mann schüttelte den Kopf. »Nein, Sir. Brauchte 'ne Veränderung. Wird mir guttun.«

Little grinste über das Rohr eines Zwölfpfünders hinweg. »Ich wette, er könnte die Großbrasse allein bedienen!«

Einige Matrosen tuschelten miteinander und zeigten, als das Tageslicht zunahm, auf Gebäude an Land.

Vom Achterdeck kam prompt die Rüge: »Mr. Bolitho, sorgen Sie bitte für Ordnung bei Ihren Leuten! Das sieht mehr nach einer Hammelherde aus als nach einer Kriegsschiffsbesatzung!«

Bolitho grinste. »Aye, aye, Sir!« Und für Little fügte er hinzu: »Schreiben Sie jeden Mann auf, der . . .«

Er konnte den Satz nicht beenden, denn Kapitän Dumaresqs Hut tauchte am achteren Niedergang auf und darunter seine massige Gestalt, die sich mit offensichtlichem Gleichmut auf die Luvseite des Achterdecks begab.

Bolitho gab den beiden Kadetten noch einmal leise Instruktionen. »Hört zu, ihr beiden: Geschwindigkeit ist wichtig, aber nur insoweit, als Befehle trotzdem korrekt ausgeführt werden. Hetzen Sie die

Leute nicht unnötig, die meisten von ihnen sind alte Hasen und schon seit Jahren auf See. Beobachten Sie, lernen Sie, aber packen Sie zu, wenn einer der neuen Leute Mist macht.«

Beide nickten eifrig, als hätten sie eben fundamentale Weisheiten vernommen.

»Vorn alles klar, Sir!«

Das war Timbrell, der Oberbootsmann. Er schien überall zugleich zu sein. Mal war er hier, um die Finger eines Mannes richtig um eine Brasse zu legen und sie davor zu bewahren, daß sie in einen Block gerieten und zerquetscht wurden; mal war er da, um seinen Rohrstock auf die Schultern eines anderen niedersausen zu lassen, der sich blöde anstellte. Die Wirkung war meist ein kurzer Aufschrei des Betroffenen und schadenfrohes Grinsen der anderen.

Bolitho hörte den Kommandanten etwas sagen; Sekunden später stieg die rote Nationalflagge zur Mastspitze empor und stand so steif im Wind wie eine bemalte Metallplatte.

Wieder Timbrells Stimme: »Anker ist kurzstag, Sir!« Er beugte sich über die Backsreling vorn und beobachtete aufmerksam die Strömung unter dem Bugspriet.

»Am Ankerspill – Achtung!«

Bolitho warf noch einen schnellen Blick nach achtern: auf den Kommandostand, auf Gulliver mit seinen drei Rudergängern am großen Doppelrad; auf Colpoys mit seinen Seesoldaten an den Kreuzbrassen, den Fähnrich der Wache und Henderson, den Signalfähnrich, der immer noch zur wild killenden Flagge emporschaute, weil er fürchtete, daß sie sich in ihrer Leine vertörnen könnte. Im Augenblick war ihm das wichtiger als sein Leben.

An der Querreling stand Palliser mit einem Steuermannsmaaten und – etwas abseits – der Kommandant auf fest verwurzelten, stämmigen Beinen, die Hände unter den Rockschößen, mit einem Blick seinen gesamten Befehlsbereich umfassend. Zu seinem Erstaunen sah Bolitho, daß Dumaresq unterm Rock eine scharlachrote Weste trug.

»Vorsegel los!«

Die Männer auf der Back vorn erwachten zum Leben. Ein verträumter Neuling wäre fast von ihnen niedergetrampelt worden, als die großen Leinwandflächen der vorderen Stagsegel in plötzlicher Freiheit flatterten und schlugen.

Palliser warf dem Kommandanten einen Blick zu und erntete ein fast unmerkliches Nicken. Darauf hob der Erste Offizier das Megaphon und rief: »Enter auf! Marssegel los!«

Die Webeleinen über beiden Laufbrücken hingen plötzlich voller Matrosen, die wie Affen zu ihren Rahen aufenterten, während die fixesten Burschen noch höher hinaufkletterten, um etwas später, wenn das Schiff in Fahrt war, dort ihren Teil der Arbeit zu leisten.

Bolitho verbarg seine Besorgnis unter einem Lächeln, als Jury hinter den sicher zupackenden und wieselschnellen Matrosen aufenterte.

Neben ihm krächzte Merrett: »Mir wird übel, Sir.«

Slade, der älteste Steuermannsmaat, der gerade vorbeieilte, knurrte: »Dann schluck's runter! Wenn du hier spuckst, Bürschchen, lege ich dich übers Kanonenrohr und verpaße dir sechs Schläge, damit du's lernst!« Er eilte weiter, gab Befehle, schubste Männer auf ihre Station und hatte den kleinen Kadetten schon wieder vergessen.

Merrett schluchzte: »Mir ist wirklich furchtbar schlecht!«

Bolitho sagte: »Gehen Sie nach Lee hinüber.«

Er schaute nach Pallisers Megaphon aus und dann hinauf zu seinen Männern auf den Rahen und in die wogende Leinwand des Großmarssegels, in die der Wind schon hier und da hineingefaßt hatte und die sich nun vollends zu befreien suchte.

»An die Brassen! Alle Mann – Achtung!«

»Anker ist los, Sir!«

Wie ein befreites Tier schüttelte sich die *Destiny* und trieb zunächst achteraus, bis die wild schlagenden Vorsegel dichtgeholt, die Marsegel angebraßt waren und sich mit Wind füllten. Da gehorchte das Schiff endlich dem hart gelegten Ruder und nahm Fahrt voraus auf.

Bolitho erschrak, als ein Mann auf der Großrah ausrutschte, aber seine Kameraden packten ihn und zogen ihn in Sicherheit.

Das Schiff drehte weiter, bis die Küste wie in einem wilden Reigen am Bugspriet und der grazilen Galionsfigur vorbeizutanzen schien.

»Mehr Leute an die Luv-Fockbrassen! Schreiben Sie den Mann auf, Mr. Slade! Lassen Sie den Anker festzurren – Beeilung jetzt!«

Pallisers Stimme war überall. Als der Anker tropfend unter dem Kranbalken hing und schnell beigeholt und festgezurrt wurde, damit er nicht gegen die Bordwand schlug, wurden die damit beschäftigten Leute von Pallisers alles übertönendem Sprachrohr schon wieder anderswohin kommandiert.

»Setzt Fock und Großsegel!«

Die beiden größten Segel des Schiffes entfalteten sich an ihren Rahen und blähten sich in dem frischen Wind wie eiserne Brustpanzer. Bolitho machte eine kleine Pause, um Atem zu holen und seinen Hut zurechtzurücken. Die Landschaft, durch die er auf der Suche nach Freiwilligen gestreift war, lag querab in Lee, während der Bug der *Destiny* auf die enge Ausfahrt wies, hinter der die offene See wie ein riesiges graues Feld auf sie wartete.

Männer kämpften mit verheddertem Tauwerk, über sich das Quietschen der Blöcke, als Brassen und Schoten statt der Muskeln nun den Kampf gegen Wind, Seegang und die wachsende Pyramide aus Leinwand aufnahmen.

Dumaresq hatte sich anscheinend überhaupt nicht bewegt. Das Kinn im Halstuch vergraben, beobachtete er das Ufer, das an ihnen vorbeiglitt.

Bolitho wischte sich ein paar Wassertropfen – war es Regen oder salzige Gischt? – aus den Augen. Er war aufgeregt und freute sich plötzlich, daß er dazu noch fähig war.

Durch die enge Ausfahrt ging es in den Sund hinaus, wo Drake einmal der spanischen Armada aufgelauert hatte, wo schon hundert Admiräle Pläne geschmiedet hatten, die über ihre nächste Zukunft entscheiden sollten. Wohin hatte das alles geführt?

»Lotgast in die Luv-Rüsten, Mr. Slade!«

Bolitho merkte jetzt, daß er auf einer Fregatte war. Hier gab es kein vorsichtiges Abwägen, keine behäbigen Manöver. Dumaresq wußte, daß viele Augen an Land sie selbst zu dieser frühen Stunde beobachteten. Er würde so nahe an die Landzunge herangehen wie möglich, mit nur knapp einem Faden Wasser zwischen Kiel und Katastrophe. Er hatte den richtigen Wind und das Schiff, mit dem er dies riskieren konnte.

Hinter sich hörte Bolitho, wie Merrett sich übergab, und hoffte, Palliser würde es nicht bemerken.

Stockdale schoß die Leine um Handballen und Ellenbogen auf, als sei er es von jung auf nicht anders gewohnt. Gegen seine kräftigen Unterarme wirkte die dicke Leine wie Kabelgarn. Er brummte mit seiner heiseren Stimme: »Jetzt bin ich frei, so frei, wie ich's mir wünsche.«

Bolitho antwortete nicht, denn er erkannte, daß der in vielen Kämpfen ausgelaugte Boxer zu sich selber gesprochen hatte.

Pallisers Stimme weckte ihn wie ein Peitschenhieb. »Mr. Bolitho! Ich sage Ihnen schon jetzt, daß ich die Bramsegel gesetzt haben möchte, sowie wir durch die Enge sind. Damit haben Sie Zeit, Ihren Traum zu beenden und sich wieder um Ihren Dienst zu kümmern, mein Herr!«

Bolitho berührte seinen Hut und nickte seinen Unteroffizieren zu. Palliser war in Ordnung, so lange sie sich in der Messe befanden. Aber an Deck war er ein Tyrann.

Merrett hatte sich über die Kanone gebeugt und erbrach sich in den Wassergang.

»Verdammt noch mal, Mr. Merrett! Machen Sie das bloß schön sauber, bevor Sie abtreten. Und reißen Sie sich zusammen!« Bolitho wandte sich ab, aufgebracht und gleichzeitig über sich selber erstaunt. Pallisers Art war offenbar ansteckend.

III   Jäher Tod

Die Woche nach dem Auslaufen der *Destiny* aus Plymouth wurde die arbeitsreichste und anstrengendste in Bolithos jungem Leben.

Sobald sie frei von Land waren, ließ Dumaresq so viele Segel setzen, wie sein Schiff bei dem ständig zunehmenden Wind ohne Gefahr tragen konnte. Das Leben war nun begrenzt auf einen Alptraum aus beißendem, eiskaltem Sprühwasser, das sich in wilden Kaskaden immer dann über sie ergoß, wenn die Fregatte, aus einem Wellental auftauchend, den nächsten haushohen Wellenberg anschnitt. Es schien niemals zu enden. Seit Tagen steckten sie in nassen Kleidern, die zu trocknen keine Gelegenheit war, und aßen das, was der Smutje bei dem Wetter mit Mühe zustande und heil nach achtern brachte, wo sie es möglichst schnell hinunterschlangen.

Einmal, als Rhodes Bolitho auf Wache ablöste, schrie er ihm über das Getöse wild schlagender Leinwand und tobender See ins Ohr: »Das ist typisch für unseren › Herrn und Meister‹: Er treibt das Schiff bis an die Grenze und prüft dabei jeden Mann auf Herz und Nieren.« Er duckte sich, als ein neuer Schauer eiskalten Sprühwassers über sie hinwegzog. »Die Offiziere prüft er dabei natürlich auch, das wollen wir nicht vergessen.«

Die Stimmung an Bord war gereizt, und ein- oder zweimal flackerte Ungehorsam auf, der aber durch die kräftigen Fäuste eines Maates oder die Drohung mit offizieller Meldung und Auspeitschen unterdrückt wurde.

Der Kommandant war viel an Deck und ging ruhelos zwischen Kompaß und Kartenraum hin und her, wobei er ihr Vorankommen mit Gulliver, dem Master, oder mit dem Ersten Offizier besprach.

Nachts war es noch schlimmer. Bolitho kam es vor, als wäre es ihm noch kein einziges Mal gelungen, den Kopf während der Freiwache in sein muffiges Kopfkissen zu vergraben, bevor ihn nicht ein heiserer »Alle-Mann«-Ruf wieder aufstörte.

»Alle Mann! Ein Reff ins Marssegel!«

In solchen Augenblicken erkannte Bolitho den Unterschied: Auf einem Linienschiff hatte er sich mit den übrigen nach einem solchen Kommando in die Masten arbeiten und seine Schwindelanfälle niederkämpfen müssen, ohne die anderen etwas von seiner Angst merken zu lassen. Aber wenn er es dann geschafft hatte, war es vorbei. Jetzt, als Offizier, kam dagegen alles so, wie Dumaresq vorausgesagt hatte,

Mitten im heftigsten Sturm, gegen den die *Destiny* in der Biskaya ankreuzte, kam der Befehl, ein weiteres Reff einzustekken. Es war eine Nacht ohne Mond und Sterne, sie sahen lediglich eine sich immer neu auftürmende, weißgekrönte Wasserwand. Sie brachte ihnen zu Bewußtsein, wie winzig ihr Schiff in Wirklichkeit war.

Die Männer taumelten auf ihre Stationen, benommen von der nicht endenwollenden, harten Arbeit und halb blind vom Salzwasser, das sie unaufhörlich übergoß. Zögernd arbeiteten sie sich die vibrierenden Webeleinen hinauf und legten auf den Marsrahen aus. Die *Destiny* lag so stark nach Lee über, daß es schien, als tauche sie mit der Nock ihrer Großrah in die brechenden Wellenkämme ein.

Forster, befehlshabender Deckoffizier am Großmast und Bolithos rechte Hand, hatte ihm zugerufen: »Dieser Mann hier will nicht nach oben, ums Verrecken nicht!«

Bolitho, der sich an einem Stag festhielt, um nicht weggerissen zu werden, schrie zurück: »Dann gehen Sie, um Himmel willen, selber, Forster! Wenn Sie nicht oben sind, passiert Gott weiß was!« Dabei schaute er zu den übrigen Leuten hinauf, während der Sturm unaufhörlich jaulte und schrie wie ein Lebewesen, das sich an ihrer Qual weidete.

Jury war mit oben gewesen und beim Hinabklettern von der Macht des Windes an die Wanten gepreßt worden. Am Fockmast hatten sie die gleichen Probleme mit Menschen und Tauwerk, Segeln und Rahen, während das Schiff sein Möglichstes tat, sie alle

41

in die tobende See zu schleudern.

Da erinnerte sich Bolitho, was Forster ihm zugerufen hatte. Der Befehlsverweigerer starrte ihn trotzig an, eine magere Gestalt in halb zerrissenem kariertem Hemd und Seemannshose.

»Was ist los mit Ihnen?« Bolitho mußte schreien, um sich in dem Getöse verständlich zu machen.

»Ich kann nicht!« schrie der Mann zurück und schüttelte wild den Kopf. »Kann nicht!«

Gerade kämpfte sich Little fluchend vorbei und schleppte mit dem Bootsmann neues Tauwerk als Reserve für den Großmast heran. Er brüllte: »Ich hieve ihn persönlich nach oben, Sir!« Bolitho aber rief dem Matrosen zu: »Helfen Sie unter Deck an den Pumpen!«

Zwei Tage danach wurde der Mann als verschwunden gemeldet. Eine sorgfältige Durchsuchung des Schiffes blieb ergebnislos.

Little hatte seine Ansicht zu erläutern versucht. »Die Sache ist so, Sir: Sie hätten ihn zum Aufentern zwingen sollen, selbst wenn er dann abgestürzt wäre und sich die Knochen gebrochen hätte. Oder Sie hätten ihn zur Bestrafung melden müssen. Er hätte drei Dutzend Schläge bekommen, aber das hätte ihn zum Mann gemacht.«

Zögernd mußte Bolitho Little recht geben. Er hatte den Stolz des Mannes verletzt. Seine Kameraden hätten mit ihm gefühlt, wenn er auf der Gräting festgebunden und ausgepeitscht worden wäre. So aber traf ihn nur Verachtung, und das war mehr, als dieser eigenbrötlerische und halsstarrige Matrose ertragen konnte.

Auch am sechsten Tag hielt der Sturm noch an und machte sie durch seine Heftigkeit mutlos und benommen. Zerrissene Segel wurden ausgetauscht, und das Reparieren von Schäden und immer wieder nötige Aufklaren an Deck verhinderten jeden Gedanken an eine Verschnaufpause.

Inzwischen wußte jedermann an Bord, wohin die Reise zunächst ging: zur portugiesischen Insel Madeira. Aber der Anlaß blieb weiterhin ein Geheimnis. Außer für Rhodes, der streng vertraulich mitteilte, daß sie dort lediglich einen ordentlichen Vorrat Wein für den persönlichen Bedarf des Schiffsarztes übernehmen wollten.

Dumaresq hatte den Bericht über den Tod des Matrosen offenbar im Logbuch gelesen, aber Bolitho nicht daraufhin angesprochen. Auf See kamen mehr Männer durch Unfälle um als durch Kugeln und Enterbeile.

Doch Bolitho fühlte sich schuldig. Little und Forster, ihm an Lebensjahren und Erfahrung weit voraus, hielten seiner Meinung nach nur zu ihm, weil er ihr Vorgesetzter war.

Forster hatte lediglich bemerkt: »Tja, wir waren in dem Augenblick vielleicht nicht ganz auf Draht, Sir.«

Und alles, was Little dazu sagte, war: »Hätte schlimmer kommen können, Sir.«

Es war erstaunlich, welche Wandlung die schließliche Wetterbesserung brachte. Das Schiff erwachte wieder zum Leben, und die Männer packten zu, ohne sich erst ängstlich umzuschauen oder sich mit beiden Händen an den Wanten festzuklammern, wenn sie aufentern sollten.

Am Morgen des siebten Tages, als die Düfte aus der Kombüse zu ersten Wetten verführten, was es wohl zu essen gab, rief plötzlich der Ausguck im Vortopp: »An Deck! Land in Sicht! Land voraus in Lee!«

Bolitho hatte gerade Wache und bat Merrett, ihm ein Fernrohr zu bringen. Der Midshipman sah nach dem Sturm und einer Woche härtester Anstrengungen aus wie ein geschrumpfter alter Mann, aber er war noch ganz munter und kam beim Wachwechsel nie zu spät.

»Lassen Sie mich sehen.« Bolitho richtete das Fernrohr durch eine Lücke in den schwarzen Wanten in die vom Ausguck gemeldete Richtung.

Dumaresq Stimme ließ ihn zusammenfahren. »Das ist Madeira, Mr. Bolitho. Eine zauberhafte Insel.«

Bolitho tippte an seinen Hut. Für einen Mann seiner Statur bewegte der Kommandant sich erstaunlich geräuschlos.

»Es – hm – entschuldigen Sie, Sir.«

Dumaresq lächelte und nahm das Teleskop aus Bolithos Händen. Während er es auf die ferne Insel richtete, sagte er: »Als ich Wachoffizier war, habe ich immer dafür gesorgt, daß ein Mann meiner Wache aufpaßte und mich warnte, wenn der Kommandant auftauchte.«

Er sah Bolitho an, wobei seine weit auseinanderstehenden, durchdringenden Augen irgend etwas in ihm zu suchen schienen. »Aber Sie machen so etwas natürlich nicht, nehme ich an. Noch nicht.«

Er übergab Merrett das Glas und setzte hinzu: »Schließen Sie sich mir an. Etwas Bewegung ist gut für das innere Gleichgewicht.«

So marschierten Kommandant und jüngster Offizier der *Destiny* gemeinsam auf der Luvseite des Achterdecks auf und ab, wobei sie automatisch den Ringbolzen im Deck und den Taljen der Kanonen auswichen.

Dumaresq erzählte von seiner Heimat in Norfolk, aber nur von den Örtlichkeiten; von den Menschen dort erwähnte er nichts, sprach weder über Freunde noch über eine Frau. Bolitho versuchte, sich an Dumaresqs Stelle zu versetzen. Hier ging dieser lässig spazieren und unterhielt sich über unwichtige Dinge, während sein Schiff mit sauber getrimmten Segeln von einer gleichmäßigen Brise vorangetrieben wurde. Er trug die Verantwortung für alle, Offiziere, Matrosen und Seesoldaten, und für all das, was ihnen bevorstand, ob sie nun segelten oder kämpften. In diesem Augenblick steuerten sie eine fremde Insel an, und danach würde die Reise sie sehr viel weiter führen. »Verantwortung kennt keine Grenzen«, hatte Bolithos Vater einmal gesagt. Und: »Für jeden Kommandanten gibt es nur ein Gesetz: Wenn er Erfolg hat, werden andere die Früchte ernten. Bleibt der Erfolg aus, fällt alle Schuld auf ihn.«

Dumaresq fragte plötzlich: »Haben Sie sich eingelebt?«

»Ich denke schon.«

»Gut. Falls Sie immer noch über den Tod des Matrosen grübeln, muß ich Ihnen sagen: Hören Sie auf damit. Das Leben ist Gottes größte Gabe. Es aufs Spiel zu setzen, ist eine Sache; aber es wegzuwerfen, ist Betrug. Der Mann hatte kein Recht dazu. Wir vergessen es am besten.«

Als Palliser an Deck erschien, wandte sich Dumaresq diesem zu.

Palliser lüpfte seinen Hut vor dem Kommandanten, doch sein Blick war auf Bolitho gerichtet.

»Zwei Männer zur Bestrafung, Sir.« Er hielt ihm sein Notizbuch hin. »Sie kennen beide.«

Dumaresq verlagerte sein Gewicht auf die Fußspitzen, bis es schien, als würde sein schwerer Körper gleich die Balance verlieren.

»Erledigen Sie das bis zwei Glasen, Mr. Palliser. Wir wollen es hinter uns bringen, die Leute brauchen deswegen nicht ihre Mahlzeit aufzuschieben.« Er schlenderte nach achtern und nickte dabei dem Steuermannsmaat der Wache zu wie ein Gutsherr seinem Wildhüter.

Palliser schloß sein Notizbuch mit einem Knall. »Empfehlung an Mr. Timbrell, und sagen Sie ihm, er möchte eine Gräting zur Bestrafung vorbereiten.« Dann kam er auf Bolithos Seite herüber. »Nun, was gab es?«

Bolitho berichtete: »Der Kommandant hat mir von seinem Heim in Norfolk erzählt, Sir.«

Palliser schien irgendwie enttäuscht. »Verstehe.«

»Warum trägt er eigentlich eine rote Weste, Sir?«

Palliser bemerkte, daß der Wachtmeister mit dem Bootsmann zurückkam. »Ich bin überrascht, daß er Sie nicht auch in diesem Punkt ins Vertrauen gezogen hat.«

Bolitho verbarg ein Lächeln, als Palliser sich entfernte. Also wußte der's offenbar auch nicht. Nach drei Jahren gemeinsamer Seefahrt war das immerhin erstaunlich.

Bolitho stand neben Rhodes an der Heckreling und betrachtete das farbenfrohe Bild im Hafen und an der Pier von Funchal. Die *Destiny* lag vor Anker, nur die Gig des Kommandanten und ein Kutter waren bisher ausgesetzt und schaukelten an der Backspier. Es sah nicht so aus, als ob es Landurlaub für alle geben würde, dachte Bolitho.

Einheimische Boote mit seltsam geschwungenen Vor- und Achtersteven umruderten die Fregatte, und die Insassen hielten Früchte und bunte Schals, große Weinflaschen und viele andere Dinge hoch, um die Seeleute, die auf den Laufbrücken oder in den Wanten herumlungerten, zum Kauf zu animieren.

Die *Destiny* hatte sich am frühen Nachmittag ihrem Ankerplatz genähert, und alle Leute waren an Deck, um sich nichts von dem Anblick der Insel, die Dumaresq mit Recht »zauberhaft« genannt hatte, entgehen zu lassen. Die Hügel hinter den weißen Häusern bedeckten wunderschöne Blumen und Büsche, ein Anblick, der nach der wilden Fahrt durch die Biskaya den Augen besonders wohl tat. Diese Strapazen waren nun ebenso wie die beiden Auspeitschungen auf dem letzten Schlag vor dem Einlaufen vergessen.

Rhodes zeigte lächelnd auf ein Boot mit drei dunkelhaarigen Mädchen, die sich in ihre Kissen zurücklehnten und auffordernd zu den jungen Offizieren hinaufschauten. Es war klar, was sie zum Verkauf boten.

Kapitän Dumaresq war an Land gegangen, kaum daß sich der Pulverqualm ihrer Salutschüsse für den portugiesischen Gouverneur verzogen hatte. Palliser gegenüber hatte er geäußert, daß er zum Gouverneur gehe, um den üblichen Höflichkeitsbesuch abzustatten: aber Rhodes sagte später: »Für einen rein gesellschaftlichen Besuch war er viel zu aufgeregt, Dick. Da lag Verschwörung in der Luft oder ähnliches.«

Die Gig war mit dem Befehl zurückgekehrt, daß Lockyer, der Schreiber des Kommandanten, mit einigen Papieren aus dem Safe nachkommen solle. Jetzt stand er am Schanzkleid und machte sich mit seiner Dokumententasche wichtig, während die Fallreepsgasten einen Bootsmannsstuhl an der Nock der Großrah befestigten, mit dem sie ihn in die Gig hinunterlassen wollten.

Palliser trat zu ihnen und sagte verächtlich: »Schaut euch den alten Narren an. Geht nie an Land, aber wenn doch, dann muß erst ein Fahrstuhl für ihn aufgeriggt werden, damit er nicht vom Fallreep fällt und ertrinkt.«

Rhodes grinste, als es endlich gelungen war, den Schreiber ins Boot zu fieren. »Er ist offenbar der Älteste an Bord.«

Über den Satz dachte Bolitho nach. Das war nämlich eine der Entdeckungen, die er gemacht hatte: Sie waren eine sehr junge Besatzung, mit nur wenigen von den älteren Leuten dazwischen, wie er sie auf den großen Linienschiffen gewohnt gewesen war. Der Sailing Master eines Linienschiffs zum Beispiel war üblicherweise schon bejahrt, wenn er solch einen verantwortungsvollen Posten erreichte; aber ihr Gulliver war noch keine dreißig.

Die meisten Männer, die an den Netzen lehnten oder an Deck herumlungerten, sahen gesund aus: hauptsächlich ein Verdienst ihres Schiffsarztes, hatte Rhodes behauptet. Darin zeigte sich der Wert eines Arztes, der sich um die Leute kümmerte und wußte, wie man dem gefürchteten Skorbut und anderen Krankheiten vorbeugte, die ein ganzes Schiff lähmen konnten.

Bulkley war einer der wenigen Bevorzugten, die an Land gehen durften. Der Kommandant hatte ihm befohlen, so viel frisches Obst und Fruchtsäfte einzukaufen, wie er für erforderlich hielt; Codd, der Zahlmeister, hatte ähnliche Anweisungen für alles erreichbare Gemüse.

Bolitho nahm den Hut ab und ließ die Sonne sein Gesicht wärmen. Es wäre schön gewesen, Funchal zu durchstreifen und dann in einer der schattigen Tavernen auszuruhen, von denen ihm Bulkley und andere erzählt hatten.

Die Gig hatte jetzt die Landungsbrücke erreicht, und einige Seesoldaten der *Destiny* bahnten dem alten Lockyer einen Weg durch die gaffende Menge.

Palliser sagte: »Wie ich sehe, ist Ihr Schatten nicht fern.«

Bolitho wandte den Kopf und sah Stockdale auf dem Batteriedeck neben einem Zwölfpfünder knien. Er hörte Vallance, dem Oberfeuerwerker, aufmerksam zu und zeigte dann auf die Lafette. Bolitho sah, daß Vallance nickte und dann Stockdale anerkennend auf die Schulter klopfte.

Das war ungewöhnlich. Bolitho hatte schon mitbekommen, daß Vallance nicht gerade der umgänglichste Deckoffizier an Bord war. Er wachte eifersüchtig über seinen Bereich, der von der Pulverkammer bis zur Geschützbedienung reichte. Jetzt kam er nach achtern und tippte vor Palliser grüßend an den Hut.

»Dieser neue Mann Stockdale, Sir, hat ein Problem an der Kanone gelöst, mit dem ich mich schon seit Monaten herumschlug. Es handelte sich um eine Neuerung, mit der ich bisher nicht glücklich war.« Er lächelte, was bei ihm selten vorkam. »Stockdale meint, wir könnten die Lafette so umsetzen, daß . . .«

Palliser hob beide Hände. »Sie überraschen mich, Mr. Vallance. Aber tun Sie, was Sie für richtig halten.« Er warf Bolitho einen Blick zu. »Ihr Stockdale ist zwar ziemlich schweigsam, scheint sich aber hier an Bord wohl zu fühlen.«

Bolitho bemerkte, daß Stockdale vom Batteriedeck zu ihm heraufschaute. Als er ihm zunickte, leuchtete das zerschlagene Gesicht des Mannes im Sonnenlicht auf und warf ein Lächeln zurück.

Jury, der Midshipman der Wache, rief: »Gig stößt von Land ab, Sir!«

»Das ging aber schnell.« Rhodes griff nach einem Fernrohr. »Wenn der Kommandant schon zurückkommt, lasse ich am besten . . .« Er schnappte nach Luft und setzte schnell hinzu: »Sir, sie bringen Lockyer zurück!«

Palliser nahm ein zweites Glas und richtete es auf die grüngestrichene Gig. Dann sagte er ruhig: »Der Schreiber ist tot. Sergeant Barmouth hält ihn.«

Bolitho ließ sich das Teleskop von Rhodes geben. Im ersten Augenblick bemerkte er nichts Ungewöhnliches. Die schlanke Gig näherte sich schnell, die weißen Riemenblätter hoben und senkten sich in flottem Takt, denn die Männer in ihren rot-weiß-karierten Hemden und mit den geteerten Hüten legten sich kräftig ins Zeug.

Als die Gig einen Bogen fuhr, um einem treibenden Baumstamm auszuweichen, sah Bolitho, daß Barmouth, der Sergeant der Seesoldaten, den spärlich behaarten Kopf des Schreibers so hielt, daß er nicht auf die Kissen des Hecksitzes fiel. Eine schreckliche Wunde lief quer über Lockyers Kehle; im Sonnenlicht hatte sie die gleiche rote Farbe wie der Waffenrock des Soldaten.

Rhodes murmelte: »Ausgerechnet jetzt ist der Schiffsarzt an Land. Mein Gott, das wird eine schöne Bescherung!«

Palliser schnippte mit den Fingern. »Wo ist dieser Mann, den Sie mit den anderen Neuen an Bord brachten? Dieser Apothekergehilfe, Mr. Bolitho!«

Rhodes antwortete schnell: »Ich hole ihn, Sir. Er hat schon Aushilfsdienst im Krankenrevier gemacht.«

Palliser sah Jury an. »Sagen Sie dem Bootsmannsmaat der Wache, er soll Leute zum Bootsheißen holen!« Er rieb sich das Kinn. »Das war kein Unfall.«

Die Boote der Einheimischen machten Platz, damit die Gig an den Großrüsten anlegen konnte.

Als die schlanke, unaufgeklarte Gig hochgeheißt und über die Laufbrücke eingeschwungen wurde, ging es wie ein Aufstöhnen durchs Schiff. Blut rann aus dem Boot an Deck, und Bolitho sah, wie der Apothekergehilfe mit Rhodes herbeieilte, um den leblosen Körper in Empfang zu nehmen.

Der Name des Apothekergehilfen war Spillane: ein stets ordentlich gekleideter, aber verschlossener Mann, eigentlich nicht der Typ, der eine sichere Stellung an Land einem Abenteuer zuliebe oder »um Erfahrungen zu sammeln« verließ, dachte Bolitho. Aber jetzt schien er sich kompetent zu fühlen; als Bolitho sah, wie er den Matrosen Anweisungen gab, war er froh, daß sie ihn an Bord hatten.

Sergeant Barmouth berichtete: »Also, Sir, ich hatte dafür gesorgt, daß der Schreiber sicher durch die Menge kam, und wollte gerade meinen Platz an der Landungsbrücke wieder einnehmen, als ich einen Schrei hörte. Gleich darauf brüllten alle durcheinander – Sie wissen ja, wie das in dieser Weltgegend üblich ist, Sir.«

Palliser nickte. »Verstehe, Sergeant. Und was geschah dann?«

»Ich fand Lockyer in einer Gasse, Sir. Mit durchgeschnittener Kehle.« Barmouth wurde blaß, als er seinen eigenen Vorgesetzten über das Achterdeck auf sich zukommen sah. Nun würde er alles noch einmal für Colpoys wiederholen müssen. Der Leutnant der Seesoldaten liebte es nicht – wie die meisten seiner Zunft –, wenn die Marineoffiziere sich in seine Angelegenheiten mischten, egal, wie dringend sie waren.

Palliser fragte kühl: »Lockyers Tasche fehlte?«

»Jawohl, Sir!«

Palliser kam zu einem Entschluß. »Mr. Bolitho, nehmen Sie den Kutter, einen Midshipman und sechs Mann. Ich gebe Ihnen die Adresse, wo Sie den Kommandanten finden. Melden Sie ihm, was geschehen ist. Keine Dramatisierung, nur die Tatsachen, soweit

Sie sie kennen.«

Bolitho berührte kurz seinen Hut. Er war überrascht, obwohl er noch unter dem Schock des plötzlichen Todes von Lockyer stand. Also wußte Palliser doch mehr von der Mission des Kommandanten, als er bisher zugegeben hatte. Und als Bolitho den Zettel mit dem Straßennamen und einer kleinen Kartenskizze musterte, den Palliser ihm in die Hand drückte, wußte er, daß dies weder die Residenz des Gouverneurs war noch irgendein anderes offizielles Gebäude.

»Nehmen Sie Mr. Jury, und suchen Sie sich selber die sechs Männer zusammen. Ich möchte aber, daß sie anständig aussehen.«

Bolitho nickte Jury zu und hörte noch, wie Palliser zu Rhodes sagte: »Ich hätte Sie schicken können, aber Bolitho und Jury haben noch nagelneue Uniformen und bringen damit unser Schiff weniger in Mißkredit.«

In kürzester Zeit saßen sie im Kutter und pullten zum Ufer. Bolitho war erst eine Woche auf See, aber die Zeit schien ihm viel länger, so stark war der Wechsel seiner Umgebung.

Jury sagte: »Vielen Dank, daß Sie mich mitgenommen haben, Sir.«

Bolitho dachte an Pallisers letzten Satz; dieser konnte es einfach nicht lassen, einen sarkastischen Hieb auszuteilen. Und doch war er es gewesen, der an Spillane gedacht und außerdem gesehen hatte, was Stockdale mit der Kanone anfing. Ein Mann mit vielen Gesichtern, dachte Bolitho.

Er antwortete: »Achten Sie darauf, daß die Männer sich nachher nicht zerstreuen.« Er brach ab, als er Stockdale entdeckte, der – halb von den Ruderern verdeckt – vorn im Boot saß. Irgendwie hatte er es geschafft, sich schnell in ein kariertes Hemd und eine weiße Hose zu werfen und mit einem Entermesser zu bewaffnen.

Stockdale tat, als bemerke er Bolithos Verwunderung nicht.

Bolitho schüttelte den Kopf. »Vergessen Sie, was ich gesagt habe. Ich glaube nicht, daß Sie Ärger mit den Leuten haben werden.«

Was hatte der große Boxer gesagt? »Ich werde Sie nicht verlassen. Niemals.«

Der Bootssteurer schätzte den Abstand zur Landungsbrücke, legte dann hart Ruder und befahl: »Riemen ein!«

Der Kutter kam an ein paar Steinstufen zum Stehen, der Bugmann piekte den Bootshaken in einen rostigen Eisenring. Bolitho zog sein Säbelgehänge zurecht und schaute zu der neugierigen Menge auf. Sie schien freundlich gesonnen; doch wenige Meter entfernt war ein Mann ermordet worden.

Er befahl: »Auf der Pier antreten!«

Am Kopf der Treppe grüßte er Colpoys' Wachtposten. Die Seesoldaten machten einen recht fröhlichen Eindruck und rochen trotz ihrer strammen Haltung stark nach Alkohol. Einer von ihnen trug sogar eine Blume am Kragen.

Bolitho schaute sich um und steuerte mit so viel Selbstvertrauen, wie er aufbringen konnte, auf die nächste Straße zu. Die sechs Matrosen marschierten hinter ihm her und tauschten dabei Blicke und Winke mit der auf Balkons und in Fenstern ausliegenden Weiblichkeit.

Jury fragte: »Wer konnte ein Interesse daran haben, den armen Lockyer zu ermorden, Sir?«

»Das frage ich mich auch.« Er zögerte einen Augenblick und wandte sich dann in eine enge Gasse, über der sich die Dächer der anliegenden Häuser so nahe kamen, als wollten sie den Himmel ganz ausschließen. Es duftete intensiv nach Blumen, und in einem der Häuser spielte jemand auf einem Saiteninstrument.

Bolitho studierte noch einmal seinen Zettel und musterte dann ein schmiedeeisernes Tor, das auf einen Hof führte, in dessen Mitte ein Brunnen plätscherte. Sie waren da.

Er sah, wie Jury mit großen Augen all die fremden Dinge betrachtete, und erinnerte sich, wie er selber einst bei ähnlicher Gelegenheit gestaunt hatte.

Leise sagte er: »Sie kommen mit.« Dann hob er die Stimme. »Stockdale, Sie haben hier die Aufsicht. Niemand entfernt sich ohne meinen ausdrücklichen Befehl. Verstanden?«

Stockdale nickte grimmig. Er plante sicherlich, jeden, der gegen den Befehl verstieß, zusammenzuschlagen.

Ein Diener führte Bolitho in einen kühlen Raum über dem Hof, wo Dumaresq und ein älterer Herr mit weißem Spitzbart und einer Haut, die wie weiches Wildleder aussah, saßen und Wein tranken.

Dumaresq stand nicht auf. »Nun, Mr. Bolitho?« Wenn er über ihr unerwartetes Kommen beunruhigt war, so verbarg er es gut. »Was gibt es?«

Bolitho warf einen zweifelnden Blick auf den alten Herrn, doch Dumaresq sagte kurz: »Wir sind unter Freunden.«

Bolitho erzählte, was von dem Augenblick an geschehen war, als der Schreiber das Schiff mit seiner Tasche verlassen hatte.

Dumaresq stellte fest: »Sergeant Barmouth ist kein Dummkopf. Wenn die Tasche noch da gewesen wäre, hätte er sie gefunden.« Er wandte sich um und sagte etwas zu seinem Gastgeber. Dieser schien zu erschrecken, bevor er seine ursprüngliche Haltung zurückgewann.

Bolitho spitzte die Ohren. Dumaresqs Gastgeber lebte zwar auf dem portugiesischen Madeira, doch der Kommandant hatte offenbar mit ihm spanisch gesprochen.

Dumaresq befahl: »Gehen Sie zurück an Bord, Mr. Bolitho. Eine Empfehlung an den Ersten Offizier, und melden Sie ihm, er soll den Schiffsarzt und alle anderen Leute an Land sofort zurückrufen. Ich beabsichtige, noch vor Anbruch der Nacht Anker zu lichten.«

Bolitho dachte jetzt nicht an die Schwierigkeiten, ja an das offensichtliche Risiko, den Hafen bei Dunkelheit zu verlassen. Er verstand die plötzliche Eile und die Dringlichkeit, die durch die Ermordung Lockyers ausgelöst worden war.

Er machte eine Verbeugung vor dem alten Herrn und sagte: »Ein wunderschönes Haus, Sir.«

Der alte Herr lächelte und verneigte sich leicht.

Bolitho ging die Treppe hinunter, Jury immer hinter sich, und überlegte, daß sein Gastgeber offensichtlich verstand, was er über das schöne Haus gesagt hatte. Wenn Dumaresq also mit ihm spanisch und nicht englisch gesprochen hatte, dann nur, damit er und Jury ihn nicht verstanden.

Er beschloß, diese Erkenntnis als einen Teil des Rätsels für sich zu behalten.

Noch in derselben Nacht führte Dumaresq sein Schiff wie angekündigt wieder auf See. Bei leichtem Wind lediglich unter Marssegeln und Klüver, wand sich die *Destiny* – geführt von einem Kutter mit einer Laterne am Heck, die ihr wie ein Glühwürmchen den Weg wies – zwischen den anderen vor Anker liegenden Schiffen hindurch.

Bei Tagesanbruch lag Madeira schon wie ein purpurfarbener Höcker weit achteraus am Horizont. Aber Bolitho war gar nicht sicher, daß das Geheimnis mit der Gasse hinter ihnen zurückbleiben würde, in der Lockyer seinen letzten Atemzug getan hatte.

IV Spanisches Gold

Leutnant Charles Palliser schloß die beiden äußeren Lamellentüren von Dumaresqs Kajüte und meldete: »Alle versammelt, Sir.«

Offiziere und ältere Deckoffiziere der *Destiny* schauten in unterschiedlicher Haltung Dumaresq erwartungsvoll entgegen. Es war zwei Tage nach ihrem Auslaufen von Madeira, am späten Nachmittag. Auf dem Schiff war eine Art lässiger Ruhe eingekehrt. Ein leichter Nordostwind trieb es auf Backbordbug stetig in die Weite des Atlantiks hinaus.

Dumaresq warf einen Blick zum Oberlicht hinauf, auf das ein Schatten gefallen war, wahrscheinlich vom Steuermannsmaat der Wache.

»Schließen Sie auch das!«

Bolitho musterte seine Gefährten und fragte sich, ob sie seine wachsende Neugierde teilten.

Diese Zusammenkunft war unvermeidbar gewesen, aber Dumaresq hatte es große Mühe gekostet, ihnen mitzuteilen, daß sie einberufen würde, sobald das Schiff frei von Land sei.

Dumaresq wartete, bis Palliser sich wieder gesetzt hatte. Dann sah er sie der Reihe nach an. Sein Blick wanderte vom Offizier der Seesoldaten über den Arzt, den Master und den Zahlmeister schließlich zu seinen drei Seeoffizieren.

Er sagte: »Sie alle sind über den Tod meines Schreibers informiert. Ein zuverlässiger Mann, auch wenn er einige sonderbare Gewohnheiten hatte. Es wird schwer sein, ihn zu ersetzen. Indessen bedeutet seine Ermordung durch unbekannte Täter mehr als nur den Verlust eines Gefährten. Ich habe einige Geheimbefehle, über die ich Sie nun, da die Zeit dafür gekommen ist, in groben Zügen ins Bild setzen muß. Es heißt zwar, wenn zwei Leute von einer Sache wissen, ist sie nicht länger ein Geheimnis. Doch ein sehr viel ärgerer Feind auf einem kleinen Schiff sind Gerüchte und das, was sie anrichten können.«

Bolitho zuckte zusammen, als der fordernde Blick des Kommandanten einen Augenblick auf ihm ruhte, bevor er weiter in der Kajüte herumwanderte.

Dumaresq sagte: »Vor dreißig Jahren, also bevor die meisten in unserer Mannschaft ihren ersten Atemzug taten, führte ein Kommodore Anson eine Expedition um Kap Hoorn in die Große Südsee. Seine Aufgabe war es, spanische Niederlassungen zu beunruhigen, denn – wie Sie wissen sollten – wir standen damals im Krieg mit den Dons.« Er nickte grimmig. »Wieder einmal.«

Bolitho dachte an den vornehmen Spanier in dem Haus hinter dem Hafen von Funchal, an die Geheimnistuerei und an die verschwundene Dokumententasche, für die ein Mann hatte sterben müssen.

Dumaresq fuhr fort: »Eines ist sicher: Kommodore Anson mag ein mutiger Mann gewesen sein, aber was ihm für die Gesunderhaltung seiner Besatzungen einfiel, war mehr als bescheiden.« Er schaute seinen rundlichen Schiffsarzt an und erlaubte seinen Zügen, sich zu entspannen. »Anders als bei uns. Aber vielleicht hatte er keine erfahrenen Ärzte, die ihn beraten konnten.«

Einige kicherten, und Bolitho nahm an, die Bemerkung war zur allgemeinen Entspannung eingeflochten worden.

Dumaresq fuhr fort: »Mag dem gewesen sein, wie es will, jedenfalls hatte Anson innerhalb von drei Jahren alle Schiffe seines Geschwaders außer der *Centurion* eingebüßt und dreizehnhundert seiner Leute auf See bestattet. Die meisten starben an Seuchen, Skorbut und schlechter Ernährung. Es ist anzunehmen, daß man Anson vor ein Kriegsgericht gestellt hätte, auch wenn er ohne weitere Zwischenfälle heimgekommen wäre.«

Rhodes rutschte auf seinem Stuhl, und seine Augen glänzten, als er Bolitho zuflüsterte: »So etwas habe ich mir doch gedacht, Dick.«

Ein Blick von Dumaresq unterband, was Rhodes sonst noch hatte mitteilen wollen.

Der Kommandant schnippte unsichtbaren Staub von seiner Weste. »Anson stieß auf ein spanisches Schatzschiff, das mit Goldbarren im Schätzwert von über einer Million Guineen heimwärts segelte.«

Bolitho erinnerte sich dunkel, daß er etwas von dem Vorfall gelesen hatte. Anson hatte das Schiff nach kurzem Gefecht genommen. Er hatte seine Aktion zeitweise sogar unterbrochen, damit die Spanier ein Feuer, das in ihrer Takelage ausgebrochen war, löschen konnten. Er war nämlich erpicht darauf gewesen, das Schatzschiff – die *Nuestra Senora de Covadonga* – intakt in die Hand zu bekommen. Prisengerichte und die Gewaltigen der Admiralität hatten seit langem auf solch einen Erfolg gewartet, der ihnen wichtiger war als die Menschenleben, die seinetwegen verloren wurden.

Dumaresq hob den Kopf und gab seine entspannte Haltung einen Augenblick auf. Auch Bolitho hörte den Ruf vom Ausguck im Masttopp, der ein entferntes Segel in Richtung Nord meldete. Sie hatten es schon zweimal an diesem Tag gesichtet, denn es war unwahrscheinlich, daß sich mehr als ein fremdes Schiff auf diesem abgelegenen Kurs befand.

Der Kommandant zuckte mit den Schultern. »Später.« Er verbreitete sich nicht weiter darüber, sondern fuhr fort: »Bis vor kurzem war nicht bekannt, daß damals ein zweites Schatzschiff nach Spanien unterwegs war. Es war die *Asturias*, und sie war größer als Ansons Prise und schwerer beladen.« Er warf dem Arzt einen Blick zu. »Ich sehe, Sie haben davon gehört?«

Bulkley lehnte sich zurück und verschränkte die Hände über seinem ansehnlichen Bauch. »Das habe ich, Sir. Die *Asturias* wurde von einem britischen Freibeuter unter dem Kommando eines jungen Mannes aus Dorset, Kapitän Piers Garrick, angegriffen. Sein königlicher Kaperbrief rettete ihn mehrmals vor dem Galgen, an dem er als gemeiner Pirat gelandet wäre, und heute ist er Sir Piers Garrick, ein hochangesehener Mann und bis vor kurzem Inhaber mehrerer Regierungsämter in der Karibik.«

Dumaresq lächelte ingrimmig. »Das ist wahr, aber ich empfehle, daß Sie Ihre sonstigen Vermutungen auf den Bereich der Offiziersmesse beschränken. Die *Asturias* wurde nie gefunden, und Garricks Freibeuter wurde bei der Auseinandersetzung so schwer beschädigt, daß er ebenfalls aufgegeben werden mußte.«

Er schaute irritiert in die Runde, als der Posten vor der Kajüte durch die Tür rief: »Midshipman der Wache, Sir!«

Bolitho konnte sich die Aufregung auf dem Achterdeck vorstellen: Sollten sie die Zusammenkunft unter ihren Füßen stören und Dumaresqs Unwillen in Kauf nehmen? Oder sollten sie das Verhalten des fremden Schiffes einfach in die Logkladde eintragen und das Beste hoffen?

Dumaresq sagte: »Soll hereinkommen!« Er schien seine Stimme nicht ein bißchen zu heben, und doch drang sie mühelos bis zum vorderen Teil der Kajüte.

Es war Midshipman Cowdroy, ein sechzehn Jahre alter Bursche, den Dumaresq schon einmal wegen unnötiger Strenge gegen Leute seiner Wache bestraft hatte.

Er sagte: »Meldung von Mr. Slade, Sir: Der Ausguck hat das fremde Segel wieder in nördlicher Richtung gesichtet.« Er schluckte vor Aufregung und schien unter dem Blick des Kommandanten zusammenzuschrumpfen.

Dumaresq sagte schließlich: »Verstanden. Aber wir werden nichts unternehmen.« Als die Tür sich hinter Cowdroy geschlossen hatte, setzte er hinzu: »Obwohl ich annehme, daß der Fremde nicht rein zufällig hinter uns hersegelt.«

Auf der Back wurde die Schiffsglocke angeschlagen. Dumaresq fuhr unbeirrt fort: »Nach neuesten, zuverlässigen Informationen ist der größte Teil des Schatzes noch vorhanden: eineinhalb Millionen in Goldbarren.«

Sie starrten ihn an, als hätte er eine ungeheuerliche Obszönität von sich gegeben.

Rhodes faßte sich als erster. »Und wir sollen ihn finden, Sir?«

Dumaresq lächelte ihn an. »Wie Sie es ausdrücken, klingt es sehr einfach, Mr. Rhodes, und vielleicht finden wir ihn auch einfach so. Aber solch ein riesiger Schatz hat sicherlich bereits einiges Aufsehen erregt. Die Dons werden ihn als rechtmäßiges Eigentum reklamieren. Ein Prisengericht wird dagegen vielleicht argumentieren, daß das Schiff bereits von Garrick erobert war, bevor es flüchten und sich verbergen konnte. Der Goldschatz sei damit Eigentum Seiner Britischen Majestät.« Er senkte die Stimme. »Und dann gibt es noch andere, die gern die Hand darauf legen und einen Fall daraus machen würden, der uns nichts als Unheil bringen dürfte. So, meine Herren, jetzt wissen Sie Bescheid. Unser Auftrag heißt nach außen hin, daß wir einen Auftrag des Königs erledigen. Aber wenn die Nachricht von dem Schatz sich plötzlich überall herumgesprochen hat, möchte ich wissen, wer dahintersteckt.«

Palliser erhob sich, vergaß dabei aber nicht, den Kopf einzuziehen, der sonst an die Decksbalken gestoßen wäre. Die übrigen taten es ihm nach.

Dumaresq wandte sich um und schaute auf die glitzernde See, die sich achteraus bis zum Horizont erstreckte.

»Wir segeln zunächst nach Rio. Dort hoffe ich, mehr zu erfahren.«

Bolitho hielt den Atem an. Südamerika, Rio de Janeiro, das lag über fünftausend Meilen von Falmouth entfernt. So weit weg von zu Hause war er noch nie gewesen.

Als sie Anstalten machten zu gehen, sagte Dumaresq: »Mr. Palliser und Mr. Gulliver bleiben noch hier.«

Palliser rief Bolitho nach: »Übernehmen Sie bitte meine Wache, bis ich Sie ablöse!«

Sie verließen die Kajüte, jeder mit seinen Gedanken beschäftigt. Ihr ferner Bestimmungsort würde den Matrosen ziemlich gleichgültig sein. Ob nah oder fern, überall war Ozean, immer blieb das Schiff sich gleich. Da mußten Segel gesetzt, getrimmt, geborgen werden – was auch geschah, am harten Leben des Seemanns änderte sich nicht viel, ob nun England oder die Arktis ihr Ziel war. Aber wenn erst das

Gerücht über einen Goldschatz im Schiff herum war, mochte sich manches ändern.

Als er zum Achterdeck hinaufstieg, bemerkte Bolitho, daß die Leute, die sich zur Wachablösung versammelten, ihn neugierig anschauten, aber wegsahen, wenn sein Blick auf sie fiel. Es hatte den Anschein, daß sie schon alles wußten.

Slade berührte seinen Hut: »Die Wache ist angetreten, Sir.«

Er war ein harter Steuermannsmaat und bei vielen Leuten unbeliebt, besonders bei denen, die seinen hohen Anforderungen an seemännisches Können nicht gerecht wurden.

Bolitho wartete, daß die Leute am Ruderrad abgelöst wurden, der übliche Vorgang bei Übergabe einer Wache. Ein Blick dann nach oben zum Stand der Segel und Rahen, Überprüfung des Kompasses und der Notizen, die der Midshipman der Wache mit Kreide auf eine Schiefertafel geschrieben hatte.

Gulliver kam an Deck und preßte die Handflächen zusammen wie immer, wenn er nervös war.

Slade fragte: »Schwierigkeiten, Sir?«

Gulliver sah ihn nachdenklich an. Es war zu kurze Zeit her, daß er selber sich noch in Slades Stellung befunden hatte, um die Bemerkung als harmlos anzusehen. Wollte Slade sich damit beliebt machen? Oder sollte anklingen, daß er sich schon den Offizieren der Messe zugehörig fühlte?

Er befahl kurz: »Beim nächsten Wechsel des Halbstundenglases werden wir Kurs ändern.« Er warf einen Blick auf den kardanisch aufgehängten Kompaß. »Neuer Kurs dann Südwest zu West. Der Kommandant beabsichtigt, die Bramsegel zu setzen, obwohl ich bezweifle, daß wir ihr bei diesem leichten Wind damit auch nur einen weiteren Knoten herauskitzeln können.«

Slade schielte zum Ausguck im Vortopp hinauf. »Das fremde Segel hat also doch etwas zu bedeuten.«

Pallisers Stimme eilte ihm beim Hochkommen auf dem Niedergang voraus: »Es bedeutet, Mr. Slade, daß – wenn das Segel morgen früh immer noch da ist – es uns tatsächlich verfolgt.«

Bolitho bemerkte Besorgnis in Gullivers Blick und erriet, was Dumaresq ihm und Palliser gesagt haben mochte.

»Ich nehme an, wir können nichts dagegen unternehmen, Sir. Wir sind nicht im Krieg.«

Palliser sah ihn ruhig an. »Wir können eine ganze Menge dagegen tun.« Er nickte, um diese Feststellung zu bekräftigen. »Seien Sie also auf alles gefaßt.«

Als Bolitho sich anschickte, das Achterdeck Pallisers Aufsicht zu überlassen, rief dieser ihm nach: »Und ich werde genau darauf achten, wie lange Ihre Bummelanten brauchen, wenn ich alle Mann zum Bramsegelsetzen rufen lasse!«

Bolitho deutete eine Verbeugung an. »Es wird mir eine Ehre sein, Sir.«

Rhodes erwartete ihn unten auf dem Batteriedeck. »Gut gemacht, Dick. Er wird Sie respektieren, wenn Sie ihm kontra geben.«

Sie gingen nach achtern zur Messe, und Rhodes sagte: »Sie wissen, daß unser ›Herr und Meister‹ beabsichtigt, das andere Schiff aufzubringen, nicht wahr, Dick?«

Bolitho warf seinen Hut auf eine der Kanonen und ließ sich am Tisch nieder.

»Ich nehme es an.« Seine Gedanken wanderten wieder zurück zu den Klippen und Buchten von Cornwall. »Voriges Jahr, Stephen, machte ich Vertretungsdienst auf einem Zollkutter.«

Rhodes wollte gerade eine witzige Bemerkung dazu machen, als er in Bolithos Augen aufsteigenden Kummer gewahrte.

Bolitho sagte: »Es gab da einen Mann, einen großen und angesehenen Gutsbesitzer. Er starb bei dem Versuch, aus dem Lande zu flüchten. Ihm war nachgewiesen worden, daß er Waffen für den Aufstand in Amerika geschmuggelt hatte. Vielleicht denkt der fremde Kommandant, hier liege ein ähnlicher Fall vor, und all die Jahre habe das Gold nur auf die richtige Verwendung gewartet.« Überrascht von seinem eigenen Ernst, zog Bolitho ein Gesicht. »Aber lassen Sie uns über Rio sprechen. Ich freue mich schon darauf.«

Colpoys schendertе herein und ließ sich umständlich auf einem Stuhl nieder.

Er sagte zu Rhodes: »Der Erste Offizier läßt Ihnen sagen, Sie möchten einen Midshipman zur Schreibarbeit in der Kajüte abstellen.« Er schlug die Beine übereinander und bemerkte spöttisch: »Wußte gar nicht, daß unsere jungen Herren des Lesens und Schreibens kundig sind.«

Ihr Gelächter erstarrte, als der Schiffsarzt mit ungewöhnlich ernster Miene eintrat und nach einem prüfenden Blick in die Runde sagte: »Der Oberfeuerwerker hat mir gerade interessante Dinge erzählt. Einer seine Maate hat ihn gefragt, ob sie die Kugeln der Zwölfpfünder umstauen sollten, um Platz für die Goldbarren zu

57

schaffen.« Er ließ seine Worte einsickern. »Wie lange ist es her? Fünfzehn Minuten, zehn? Es wird das am kürzesten bewahrte Geheimnis aller Zeiten gewesen sein.«

Bolitho lauschte dem regelmäßigen Knarren und Quietschen der Takelage und den Schritten der Wache auf dem Deck über ihnen.

»Seien Sie auf alles gefaßt«, hatte Palliser gesagt. Der Satz hatte plötzlich noch eine andere Bedeutung bekommen.

Am Morgen nach Dumaresqs Enthüllungen über das Schatzschiff stand das fremde Segel noch immer weit achteraus.

Bolitho hatte die Morgenwache und spürte die wachsende Spannung, als das Licht über dem östlichen Horizont zunahm und die Gesichter um ihn herum Form und persönliche Züge gewannen.

Dann kam der Ruf: »An Deck! Segel in Nordost!«

Dumaresq schien darauf gewartet zu haben. Innerhalb weniger Minuten erschien er an Deck, und nach einem flüchtigen Blick auf den Kompaß und die lose killenden Segel bemerkte er: »Der Wind hat abgeflaut.« Er schaute Bolitho an. »Das ist ein mieses Geschäft!« Er riß sich sofort wieder zusammen und sagte: »Ich werde jetzt erst einmal frühstücken. Schicken Sie Mr. Slade nach oben, sobald er auf Wache kommt. Er hat ein Auge für Schiffe aller Art. Er soll sich den Fremdling anschauen, der – weiß Gott, wie er es macht – gewitzt genug ist, Fühlung zu halten, ohne uns aus den Augen zu verlieren.«

Bolitho sah Dumaresq nach, bis er nach unten verschwunden war, und blickte dann über die ganze Länge der *Destiny*. Es war die geschäftigste Zeit an Bord. Matrosen schrubbten kniend mit Sandsteinen –»Gebetbuch« genannt – die Decksplanken, andere reinigten Kanonen oder überholten unter Timbrells kritischen Blicken das stehende und laufende Gut der Masten. Die Seesoldaten übten sich im komplizierten Exerzieren mit Musketen und aufgepflanzten Bajonetten, wobei Colpoys sich im Hintergrund hielt und die Arbeit seinem Sergeanten überließ.

Beckett, der Schiffszimmermann, reparierte mit einigen Leuten die Backbord-Laufbrücke, die beschädigt worden war, als bei der Proviantübernahme ein Hilfskran über ihr zusammengebrochen war. Das Oberdeck mit seiner doppelten Reihe von Zwölfpfündern wirkte wie Geschäftsstraße und Marktplatz in einem, wo hart gearbeitet, aber auch munter geklatscht wurde; wo der einzelne sich drücken, aber auch seinen Vorgesetzten angenehm auffallen konnte.

Später, als die Decks aufgeklart waren, wurden die Männer zum Segelexerzieren gerufen, wobei Palliser seinen Stammplatz auf dem Achterdeck einnahm und ihre verzweifelten Bemühungen überwachte, ein Segel noch ein paar Sekunden schneller als das letztemal zu reffen oder neu zu setzen.

Und während der ganzen Zeit, in der sie den Alltagsdienst auf einem Kriegsschiff erledigten, blieb das fremde Schiff stets hinter ihnen. Wie eine kleine Motte am Horizont war es immer da. Wenn die *Destiny* Segel wegnahm und dadurch ihr Fahrt verringerte, machte der Fremdling es ihr nach. Wurde mehr Leinwand gesetzt, meldete der Ausguck sofort das gleiche Manöver bei dem Fremden.

Dumaresq kam an Deck, als Gulliver gerade die Bemühungen des Midshipman der Wache beaufsichtigte, die Mittagshöhe der Sonne zu messen und damit ihren Standort zu bestimmen. Bolitho stand nahe genug, um seine Frage zu hören: »Nun, Mr. Gulliver, wie wird das Wetter heute nacht?« Er schien ungeduldig, ja ärgerlich darüber zu sein, daß Gulliver seinen normalen Dienstobliegenheiten nachging.

Der Master warf einen Blick zum Himmel und dann auf den roten Wimpel an der Mastspitze. »Der Wind hat etwas geraumt, Sir, aber seine Stärke ist unverändert. Wir werden heute nacht keine Sterne haben, zu viele Wolken über der Kimm.«

Dumaresq biß sich auf die Unterlippe. »Gut. Dann soll's geschehen.« Er wandte sich um und rief: »Holen Sie Mr. Palliser!« Er sah Bolitho. »Sie haben heute nachmittag die Hundewache. Sorgen Sie dafür, daß ein paar Lampen am Besanmast bereitgestellt werden. Ich möchte, daß unser Freund ständig unsere Lichter sieht, es wird ihn beruhigen.«

Bolitho bemerkte die Veränderung in dem Mann, die Kraft, die ihn wie eine Woge durchlief und seinen Verfolger zu vernichten drohte.

Palliser kam nach achtern geeilt und blickte vorwurfsvoll drein, als er den Kommandanten wieder mit dem jüngsten Offizier sprechen sah.

»Ah, Mr. Palliser, ich habe Arbeit für Sie.«

Dumaresq lächelte; aber an der Art, wie seine Gesichtsmuskeln zuckten und Rücken und Schultern sich strafften, konnte Bolitho erkennen, daß er nicht so gelassen war, wie er sich gab.

Dumaresq machte eine weit ausholende Gebärde. »Ich möchte, daß die Barkasse bei Anbruch der Dunkelheit, bei schlechtem Licht noch früher, bereit zum Aussetzen ist. Geben Sie bitte einem guten

Mann das Kommando, und teilen Sie einige zusätzliche Leute ein, die den Mast in der Barkasse aufrichten und Segel setzen, sobald sie abgelegt hat.« Er beobachtete Pallisers undurchdringliche Miene und setzte hinzu: »Ich möchte, daß sie einige große Lampen mitnehmen. Wir werden unsere eigenen löschen und das ganze Schiff verdunkeln, sobald die Barkasse von uns frei ist. Danach beabsichtige ich, einen Schlag nach Luv zu machen, dann zu wenden und abzuwarten.«

Bolitho wandte sich um und schaute Palliser an. Ein anderes Schiff bei Dunkelheit anzugreifen, war nicht auf die leichte Schulter zu nehmen.

Dumaresq fügte hinzu: »Ich lasse jeden Mann an Bord auspeitschen, der auch nur so viel Licht zeigt wie ein Glühwürmchen.«

Palliser berührte seinen Hut. »Ich kümmere mich darum, Sir. Und das Kommando im Boot kann Mr. Slade übernehmen. Er ist so scharf auf Beförderung, daß er sich darüber freuen wird.«

Bolitho bemerkte mit Staunen, daß Dumaresq und der Erste Offizier einander anlachten wie zwei Schuljungen nach einem gelungenen Streich.

Dumaresq schaute zum Himmel auf und wandte den Blick dann nach achtern. Nur vom Masttopp aus konnte man das andere Schiff sehen, aber es hatte den Anschein, als könne Dumaresq bis hinter den Horizont blicken. Er war jetzt wieder ganz ruhig und Herr seiner Gefühle.

Er sagte: »Davon werden Sie Ihrem Vater erzählen können, Mr. Bolitho. Es würde ihm gefallen.«

Ein Matrose mit einem Bunsch Tauwerk wie einem Bündel toter Schlangen über der Schulter schlenderte vorbei: Stockdale. Als der Kommandant nach unten verschwand, flüsterte er: »Greifen wir den da hinten an, Sir?«

Bolitho zuckte die Achseln. »Ich – hm – ich glaube, ja.«

Stockdale nickte kräftig. »Dann schleife ich mal mein Entermesser.« Und damit war der Fall für ihn zunächst klar.

Wieder allein mit seinen Gedanken, ging Bolitho zur Querreling und schaute hinab auf die Männer, die damit beschäftigt waren, die Barkasse aus der Reihe der übrigen Boote freizulegen. Ob Slade wußte, überlegte er, wie gefährlich sein Auftrag war? Wenn nun der Wind zunahm, nachdem die Barkasse losgeworfen hatte? Slade konnte Meilen von ihrem Kurs abgetrieben werden. Ihn wiederzufinden, würde dann so schwer sein wie die Suche nach der berühmten

Stecknadel im Heuhaufen.

Jury kam an Deck und trat nach einigem Zögern zu ihm an die Reling. Bolitho sah ihn erstaunt an. »Ich dachte, Sie wären achtern für den armen Lockyer eingesprungen?«

Jury hielt seinem Blick stand. »Ich habe den Ersten Offizier gefragt, ob er an meiner Stelle nicht Midshipman Ingrave einteilen könne.« Unter dem prüfenden Blick Bolithos verlor er etwas von seiner gespielten Gelassenheit. »Ich wollte lieber in Ihrer Wache bleiben, Sir.«

Bolitho klopfte ihm auf die Schulter. »Auf Ihre eigene Verantwortung.« Aber er fühlte sich trotzdem etwas geschmeichelt.

Die Bootsmannsmaaten eilten von Luk zu Luk, ließen ihre Silberpfeifen trillern und riefen dazwischen mit heiseren Stimmen die Wache nach oben, um die Barkasse auszusetzen.

Jury lauschte dem Trillern und sagte: »Die Nachtigallen von Spithead sind heute abend mal wieder groß in Form, Sir.«

Bolitho verbarg ein Lächeln. Jury drückte sich wie ein Matrose aus, wie ein alter Seebär. Er sah ihn ernst an. »Sie setzen sich besser in Bewegung und schauen nach, ob mit den Lampen alles klappt. Anderenfalls wird Mr. Palliser uns beide in Stücke reißen, fürchte ich.«

Als sich die Dämmerung herabsenkte und ihre Vorbereitungen verhüllte, meldete der Ausguck im Mast, daß das andere Segel noch immer in Sicht sei.

Palliser tippte an seinen Hut, als der Kommandant an Deck kam. »Alles klar, Sir.«

»Sehr gut.« Dumaresqs Augen blitzten im Widerschein der aufgereihten Lampen. »Nehmen Sie ein paar Segel weg, und dann klar zum Aussetzen des Bootes!« Er schaute hinauf, als das Großmarssegel aufgegeit wurde und träge an seiner Rah schlug. »Danach setzen wir sofort wieder jeden Fetzen, den wir haben. Wenn das Frettchen hinter uns ein Freund ist und sich nur bei uns angehängt hat, um unseren Schutz zu genießen, werden wir es bald erfahren. Wenn nicht, Mr. Palliser, wird *er* einiges erfahren, das verspreche ich Ihnen.«

Eine anonyme Stimme flüsterte: »Kommandant kommt, Sir.«

Palliser drehte sich um und wartete, daß Dumaresq zu ihm an die Reling trat.

Schattenhaft schob sich Gulliver durch das Dunkel. »Kurs Ost zu

Süd, Sir, voll und bei.*«

Dumaresqs Antwort war ein kurzes Grunzen. »Sie hatten recht mit der sternenlosen Nacht, Mr. Gulliver, obwohl der Wind frischer ist als erwartet.«

Bolitho stand mit Rhodes und drei Midshipmen auf der Leeseite des Achterdecks bereit, jeden plötzlich gegebenen Befehl auszuführen. Und natürlich waren sie damit auch nahe genug, um an der weiteren Entwicklung und wachsenden Spannung teilzunehmen. Dumaresqs Bemerkung hatte geklungen, als mache er den Master für den Wind veranwortlich.

Bolitho schaute hinauf, und es überlief ihn ein Schauer. Nachdem die *Destiny* sich mühsam ein gutes Stück nach Luv hochgearbeitet hatte, war sie, wie von Dumaresq geplant, durch den Wind gegangen und stürzte sich nun mit einer steifen Brise von Backbord gegen die anstürmenden Seen, die an der Luvseite Gischt bis zur Takelage hinaufschickten und die an Deck hockenden Seeleute wie mit einem Tropenregen übergossen.

Die Segel der *Destiny* waren bis auf Marssegel und Klüver weggenommen; in die große Breitfock jedoch waren nur zwei Reffs eingesteckt, für den Fall, daß sie bei einer plötzlichen Kursänderung gesetzt werden mußte.

Rhodes murmelte: »Irgendwo da vorn ist das andere Schiff, Dick.«

Bolitho nickte und versuchte, nicht an die Barkasse zu denken, die in der zunehmenden Dunkelheit bis auf ihre Lichter, die sich lebhaft im Wasser spiegelten, verschwunden war.

Es war unheimlich, dieses totenstille, dunkle Schiff. Niemand sagte etwas, und die stark eingefetteten Blöcke und Taljen ließen ihr sonstiges Knarren und Quietschen vermissen. Zu hören waren nur die vorbeirauschenden Seen und das Gurgeln des durch die Speigatten ablaufenden Wassers, wenn die *Destiny* den Bug wieder einmal tief in ein Wellental gesteckt hatte.

Bolitho versuchte, sich auf das zu konzentrieren, was vor ihnen lag. Palliser hatte die besten Seeleute als Enterkommando ausgesucht, falls es dazu kam. Doch der auffrischende Wind konnte Dumaresqs Pläne durchkreuzt haben, dachte Bolitho. Er hörte Jury, der ruhelos an den Netzen hin und her ging, und Cowdroy, Rhodes' Midshipman, der schon zwei Jahre an Bord war: ein mürrischer und

---

* Ausdruck für ein hoch am Wind segelndes Schiff, dessen Segel trotzdem vollstehen.

überheblicher Bursche von sechzehn Jahren, als Offizier ungeeignet. Rhodes hatte mehr als einmal Anlaß gehabt, ihn beim Kommandanten zu melden, und das letztemal war er vom Bootsmann schändlich über einen Sechspfünder gelegt und mit dem Stock gezüchtigt worden. Das schien ihn aber nicht geändert zu haben. Als dritter vervollständigte der kleine Merrett, der sich wie üblich möglichst außer Sichtweite hielt, das Trio.

Rhodes sagte leise: »Jetzt ist es bald soweit, Dick.« Er lockerte den Säbel an seinem Gürtel. »Könnte ein Sklavenhändler sein, wer weiß?«

Yeames, Steuermannsmaat der Wache, sagte heiter: »Wohl kaum, Sir. Ein Schiff voll Sklaven würden Sie jetzt schon riechen.«

Palliser brummte ärgerlich: »Haltet den Mund!«

Bolitho beobachtete, wie die See weiß schäumend über die Leereling schlug. Dahinter sah er nichts als eine tiefschwarze Wand, nach oben durch eine gezackte Linie abgeschlossen. Schwarz wie Stiefelwichse, hatte Colpoys bemerkt. Seine Scharfschützen hockten schon oben in den Masten, bemühten sich, ihre Musketen trocken und gleichzeitig nach dem Fremdling Ausschau zu halten.

Wenn der Kommandant und Gulliver die Zeit richtig berechnet hatten, mußte der Fremde jetzt an Steuerbord voraus in Sicht kommen. Die *Destiny* würde die bessere Position zum Wind haben und dadurch verhindern können, daß das andere Schiff ausriß. Die Männer der Steuerbordbatterie standen bereit, die Geschützführer knieten hinter den Rohren, um sie gleich nach dem Ausrennen auf den Feind richten zu können.

Einer Zivilperson, die daheim in England am Kamin saß, mochte das alles verrückt erscheinen. Aber für Kapitän Dumaresq war es etwas ganz anderes, und darauf kam es an. Das andere Schiff, wer es auch sein mochte, mischte sich in Angelegenheiten des Königs. Und das machte es zu seiner persönlichen Angelegenheit, die nicht auf die leichte Schulter zu nehmen war.

Bolitho überlief ein neuer Schauer, als er an seine erste Begegnung mit dem Kommandanten dachte: »Loyalität für mich, das Schiff und seine Britannische Majestät, in dieser Reihenfolge.«

Die *Destiny* hob ihren bebenden Klüverbaum wie eine Lanze und schien einen Augenblick bewegungslos über dem nächsten Wellental zu schweben, bevor sie hinabfiel und mit ihrem Bug den nächsten Wasserberg teilte, wodurch eine Flut von Gischt über der Back zusammenschlug.

Aus dem Augenwinkel sah Bolitho, daß etwas von oben herunterfiel. Es schlug an Deck auf und explodierte mit lautem Knall.

Rhodes duckte sich, als eine Kugel gefährlich nahe an seinem Gesicht vorbeipfiff. Er schnappte nach Luft. »Da hat doch so ein verdammter Ochse seine Muskete fallen lassen!«

Erschreckte Stimmen und wilde Flüche klangen vom Batteriedeck hoch, und Leutnant Colpoys rannte zum Hüttenaufgang, um sich den Sünder zu kaufen.

Das alles ereignete sich in schneller Folge. Die Explosion lenkte die Aufmerksamkeit der Offiziere und Seeleute nur wenige Augenblicke ab, während sich die *Destiny* unbeirrt den nächsten Wellenbergen entgegenwarf.

Palliser sagte ärgerlich: »Ruhe da, verdammt noch mal!«

Bolitho wandte sich um und erstarrte, als aus der Finsternis, vor dem Winde herlaufend, das andere Schiff auftauchte, und zwar nicht in sicherem Abstand an Steuerbord, sondern ganz nahe an Backbord, wie ein Phantom über ihrer Reling.

»Ruder hart Steuerbord!« Dumaresqs mächtige Stimme brachte die verschreckten Leute wieder zu Besinnung. »An die Schoten, Halsen und Brassen! Soldaten auf dem Achterdeck – Achtung!«

Sich aufbäumend und wieder tief eintauchend, mit donnernd schlagenden Segeln, drehte die *Destiny* von dem auf sie zukommenden Schiff weg. Geschützbedienungen, die noch vor wenigen Minuten ihre Waffen für das bevorstehende Gefecht klariert hatten, stürzten nach der ersten Überraschung auf die andere Seite, um ihren Kameraden zu helfen, deren Zwölfpfünder noch festgezurrt hinter dichtverschlossenen Stückpforten standen.

Ein Brecher ergoß sich über das Achterdeck und durchnäßte alle dort Stehenden bis auf die Haut. Die Ordnung war jedoch schnell wiederhergestellt, und Bolitho sah Matrosen, die sich so stark in die Brassen legten, daß sie mit ihren Rücken fast das Deck berührten.

Er brüllte: »Achtung, Leute!«, und griff nach seinem Säbel, während Rhodes und seine Midshipmen zum Vorschiff rannten. »Sie steuern direkt auf uns zu!«

Ein Schuß warf sein Echo über das Getöse von See und Wind, doch ob er versehentlich oder gezielt abgefeuert worden war, interessierte Bolitho jetzt nicht.

Er spürte Jury an seiner Seite.

»Was sollen wir tun, Sir?«

Es klang verängstigt. Mit gutem Recht, dachte Bolitho. Merrett hatte sich an die Netze geklammert, als wolle er sie nie wieder loslassen.

Bolitho kostete es große Anstrengung, seine jagenden Gedanken unter Kontrolle zu bekommen. Er mußte handeln. Niemand war da, der ihm Ratschläge oder Befehle gab. Jedermann auf dem Achterdeck war voll von seinen eigenen Aufgaben in Anspruch genommen.

Er brachte es fertig zu sagen: »Bleiben Sie bei mir!« Dann rief er einem vorbeirennenden Mann zu: »Sie da, holen Sie die Leute von der Steuerbord-Batterie nach oben, wir müssen Enterer zurückschlagen!«

Während Männer fluchend und schreiend in alle Richtungen rannten, hörte Bolitho die Stimme Dumaresqs. Er stand auf der entgegengesetzten Seite des Achterdecks, aber es hörte sich an, als spräche er direkt an Bolithos Ohr.

»Klar zum Entern, Mr. Bolitho!« Er wandte sich um, als Palliser weitere Leute an die Fallen, Geitaue und Gordings schickte, um durch Abdrehen die Gewalt des Zusammenstoßes zu mildern. »Er darf uns nicht entwischen!«

Bolitho starrte ihn entschlossen an. »Aye, Sir!« Er war gerade dabei, seinen Säbel zu ziehen, als das andere Schiff mit einem splitternden Dröhnen breitseits gegen ihre Bordwand stieß. Wenn Dumaresq nicht so schnell gehandelt hätte, wäre es mit dem Bug in sie hineingefahren und hätte sie wie mit einer gewaltigen Axt in zwei Teile gespalten.

Schreie verwandelten sich in Hilferufe, als eine wild durcheinandergeratene Masse von Tauwerk und gebrochenen Spieren auf Deck und zwischen die beiden Schiffsrümpfe prasselte. Männer wurden von den Füßen gerissen, als die See die Schiffe anhob und noch einmal gegeneinanderwarf, wobei ein weiteres Gewirr von Takelagenteilen und Blöcken von oben kam. Einige Männer lagen darunter, aber Bolitho zog Jury am Arm und schrie: »Komm mit!« Er schwang seinen Säbel und schaute krampfhaft nicht auf das Wasser nieder, das zwischen den beiden Schiffen hochbrodelte. Ein Fehltritt, und alles war vorbei. Er sah Little ein Enterbeil schwingen und Stockdale, der sein Entermesser wie einen Dolch vor die breite Brust hielt.

Bolitho biß die Zähne zusammen und machte einen Satz in die Wanten des anderen Schiffes. Seine Füße traten ins Leere, als sie nach einem Halt suchten. Sein Säbel war seiner Hand, die ein Stag gefaßt hatte, entglitten und schaukelte am Riemen bedrohlich von seinem

Handgelenk, während er keuchend um Halt kämpfte. Andere Männer, die ebenfalls den Sprung gewagt hatten, tauchten neben ihm auf, doch einer hatte es nicht geschafft und war zwischen die beiden Schiffsrümpfe gefallen. Es würgte Bolitho im Hals, als der Schrei des Mannes plötzlich abbrach wie eine Tür, die zugeschlagen wurde.

Als er auf das fremde Deck hinuntersprang, hörte er andere Stimmen und sah vage Gestalten sich durch heruntergefallene Takelage arbeiten, während achtern eine Pistole knallte.

Er griff nach seinem Säbel und schrie: »Werft die Waffen weg! Im Namen des Königs!«

Das wilde Geschrei, das seiner kläglichen Aufforderung folgte, war fast schlimmer als die Gefahr, in der er sich befand. Vielleicht hatte er geglaubt, Spanier oder Franzosen vor sich zu haben. Aber die Stimmen, die seinem hocherhobenen Säbel entgegenbrüllten, waren so englisch wie seine eigene.

Eine Stenge fiel krachend aufs Deck, zerschmetterte eine der Gestalten zu Brei und trennte die Gegner einen Augenblick. Mit einem letzten Zittern lösten sich die beiden Schiffe voneinander. In diesem Augenblick, als eine Säbelklinge aus dem Dunkel auf ihn zustieß, erkannte Bolitho, daß die *Destiny* fort war und er nun um sein Leben kämpfen mußte.

V   Klinge gegen Klinge

Das kleine Enterkommando der *Destiny* rückte, sich gegenseitig im Dunkeln rufend und Flüche mit den Gegnern tauschend, von allen Seiten zusammen. Dabei wurde das Deck ständig von Brechern überspült und jede Bewegung durch herabgefallene Takelageteile und wild durcheinanderliegendes Tauwerk erschwert. Auch hingen Wrackteile über die Bordwand ins Wasser und zogen das Schiff wie Seeanker in die Wellentäler hinab.

Bolitho hieb nach irgendeinem Gegenüber, wobei seine Klinge auf harten Stahl traf, während er gleichzeitig einen anderen Angriff abwehrte. Bolitho war ein guter Fechter, aber sein leichter Marinesäbel war eine ärmliche Waffe gegen ein hartgeschmiedetes Enterbeil. Um ihn herum brüllten und keuchten ineinanderverschlungene Männer, die sich mit Dolchen, Entermessern oder anderen Waffen fanatisch bekämpften.

Little schrie: »Nach achtern, Männer, nach achtern!« Er bahnte sich einen Weg durch das trümmerübersäte Deck, schlug im Lauf einen Gegner mit seinem Enterbeil nieder und zog die Hälfte seiner Leute hinter sich her.

In Bolithos Nähe rutschte ein Mann aus und rollte sich im Fallen herum, um sein Gesicht vor dem Mann, der mit erhobenem Entermesser über ihm stand, zu schützen. Bolitho hörte das Sausen des Stahls und den ekelerregenden, dumpfen Ton, mit dem er Knochen spaltete. Als er sich umwandte, sah er, daß es Stockdale war, der die Klinge seines langen Entermessers herausriß und den toten Gegener ohne Umstände über Bord stieß.

Es war ein wildes Durcheinander, ein entfesselter Alptraum fern aller Wirklichkeit. Bolitho wehrte einen weiteren Gegner ab, der sich wie ein Kletteraffe an einem Stag hatte heruntergleiten lassen. Er duckte sich, als er den Mann über seinem Kopf spürte, und hörte ihn ausatmen, als er seinen Schwung abbremste. Bolitho stieß ihm den Griff seines Säbels in die Magengrube, und als er sich wegduckte, schlug er ihm den Säbel mit aller Kraft über den Nacken. Dabei fühlte er einen Schmerz im Arm, als ob er selber niedergehauen worden wäre.

Ungeachtet all des Schrecklichen um ihn herum, blieben Bolithos Sinne hellwach, aber eher wie die eines Zuschauers, der an dem blutigen Massaker völlig unbeteiligt war. Das Schiff war eine Brigantine. Ihre Rahen standen kreuz und quer durcheinander, so daß sie hilflos nach Lee abtrieb. Alles auf diesem Schiff roch neu, es mußte gerade erst gebaut worden sein. Seine Besatzung schien völlig überrascht, als die Segel der *Destiny* vor ihrem Bug auftauchten, und dieser Schreck wirkte bis jetzt nach und hatte das kleine Enterkommando bisher vor Schlimmerem bewahrt.

Ein Mann bahnte sich den Weg nach vorn, ungeachtet der wimmernden und zerfetzten Gestalten, auf die er dabei trat. Bolitho, durch dessen Kopf viele Überlegungen jagten, war es sofort klar, daß diese hagere Gestalt im blauen Rock der Kapitän des Schiffes sein mußte.

Die Brigantine war zur Zeit außer Kontrolle, aber das ließ sich in wenigen Sekunden ändern. Doch die *Destiny* war nirgends zu sehen. Vielleicht waren ihre Beschädigungen schlimmer, als er vermutet hatte. Man glaubte ja nie, daß auch dem eigenen Schiff passieren konnte, was man dem Gegner wünschte.

Bolitho sah den matten Schimmer von Stahl und schloß daraus, daß die Morgendämmerung nicht mehr fern war. Überraschenderweise mußte er plötzlich an seine Mutter denken. Er war froh, daß sie es nicht mit ansehen mußte, wenn er fiel.

Der hagere Mann schrie: »Weg mit der Waffe, Stinktier!«

Bolitho versuchte, zurückzubrüllen, seine Männer um sich zu sammeln und sich selber zum äußersten Widerstand anzuspornen.

Dann trafen die Klingen aufeinander. Bolitho fühlte die Stärke des Mannes durch die Waffe, als wäre sie die Verlängerung seines Armes.

Die Säbel klirrten, Bolitho parierte und schlug nach dem anderen Mann, der nach jedem Ausfall zurückschlug und vorwärtsdrängte.

Plötzlich ein scharfes Klingen. Bolitho fühlte, daß ihm der Säbel aus der Hand geglitten und auch die Schlaufe ums Gelenk durch die Gewalt des Schlages gerissen war.

Er hörte eine gellende Stimme schreien: »Hier, Sir!« Es war Jury, der ihm mit dem Griff voran einen Degen zuwarf.

Wut kam Bolitho zu Hilfe. Irgendwie fing er die Waffe auf und bekam sie in den Griff, wobei er sich ihres Gewichts und ihrer Länge bewußt wurde. Nebelhafte Bilder schossen ihm durch den Kopf: sein Vater, der ihm und seinem Bruder Hugh im Küchengarten von Falmouth ersten Fechtunterricht gab; der ihm später beibrachte, jede Bewegung sorgfältig abzuwägen.

Er zuckte zusammen, als der Säbel des anderen seinen Ärmel dicht unterhalb der Achselhöhle durchschnitt. Ein paar Zoll weiter und . . . Er fühlte, wie Wut alle anderen Empfindungen hinwegschwemmte: ein Zustand des Wahnsinns, der ihm Kraft und Selbstvertrauen zurückgab.

Bolitho parierte einen neuen Hieb und spürte dabei die Kraft und den Haß seines Gegners, roch seinen Schweiß. Er hörte Stockdales heisere Stimme und wußte, daß dieser zu hart bedrängt war, um ihm beistehen zu können. Andere hatten aufgehört zu kämpfen und starrten, als wäre ihre eigene Wut verraucht, gebannt auf die beiden Fechter in ihrer Mitte.

Wie in einer anderen Welt fiel ein Kanonenschuß. Eine Kugel pfiff über das Deck und schlug wie eine eiserne Faust durch ein killendes Segel. Die *Destiny* war also nahe, und Dumaresq hatte das Risiko gewagt, möglicherweise einige seiner eigenen Leute zu töten, um seine Gegenwart fühlbar zu machen.

Einige Leute der Brigantine warfen sofort ihre Waffen weg. Andere waren weniger glücklich und wurden von den mit neuem Mut erfüllten Enterern niedergemacht, bevor sie begriffen hatten, was vorging.

Bolithos Gegner brüllte: »Zu spät für Sie, Sir!« Er stieß Bolitho mit der Faust zurück, schätzte den Abstand und machte einen Ausfall.

Bolitho hörte Jury aufschreien, sah Little mit gefletschten Zähnen auf sich zurennen.

Nach so viel Haß und Todesangst war es fast zu einfach und ohne Würde: Er behielt sein Gleichgewicht und brauchte seinen Füßen und Armen nicht einmal zu kommandieren, als er geschickt auswich und die Wucht des gegnerischen Angriffs dazu nutzte, seine eigene Waffe mit einer Drehbewegung freizubekommen und sie ihm in die Brust zu stoßen.

Little zog den Mann beiseite und hob sein blutiges Beil, als er sich loszureißen versuchte.

Bolitho rief: »Halt! Laß ihn leben!«

Er sah sich benommen und angewidert um, während einige seiner Männer ihm lauthals zujubelten.

Little ließ den verwundeten Mann aufs Deck fallen und wischte sich das Gesicht mit dem Handrücken, als entweiche auch aus ihm langsam der Wahnsinn der Kampfeswut. Bis zum nächstenmal.

Bolitho sah, daß Jury mit dem Rücken an einer gebrochenen Spier lehnte und beide Hände in den Bauch preßte. Er kniete neben ihm nieder und versuchte, Jurys Finger wegzuziehen. Nicht er, dachte er, nicht so früh!

Ein Matrose, den Bolitho als einen seiner besten Leute vom Großmast erkannte, bückte sich und zog die Hände des Midshipman mit einem Ruck auseinander.

Bolitho schluckte, riß das Hemd auf und erinnerte sich dabei an Jurys Heldentat und an sein Vertrauen im Augenblick des Enterns. Bolitho war selber noch jung, aber er hatte solche Aktionen immerhin schon mitgemacht.

Er schaute auf die Wunde herab und hätte gern gebetet. Die Spitze der Klinge mußte durch das große, vergoldete Schloß an Jurys Gürtel abgelenkt worden sein. Bolitho konnte selbst bei diesem schwachen Licht erkennen, daß vor allem das Metall getroffen worden war. Es hatte die Wucht des Stoßes aufgefangen, und der Angreifer hatte dadurch den Bauch des Jungen nur geritzt.

Der Matrose grinste und riß ein Stück von Jurys Hemd als Notverband ab. »Nur ein Kratzer, Sir. Das kommt wieder in Ordnung.«

Noch zitternd richtete Bolitho sich auf und stützte sich dabei mit einer Hand auf die Schulter des Mannes.

»Danke, Murray.«

Der Mann schaute zu ihm auf. »Ich sah, wie er Ihnen den Degen zuwarf, Sir. Im selben Augenblick hat irgendein anderer Kerl zugestoßen.« Er wischte sein Entermesser gedankenlos an einem Stück Segeltuch ab. »Das war aber der verdammt letzte Streich, den er auf dieser Erde tat.«

Bolitho kämpfte sich zu dem verlassenen Ruder durch. Stimmen aus der Vergangenheit schienen ihm zu folgen und ihn zu ermahnen: »Sie werden jetzt auf dich schauen, jetzt, da der Kampfgeist und die Raserei aus ihnen entwichen sind.«

Er wandte sich um und befahl energisch: »Bringt die Gefangenen nach unten und bewacht sie gut.« Er suchte nach einem bekannten Gesicht unter den Leuten, die ihm blindlings gefolgt waren, ohne daß sie wirklich wußten, was sie taten.

»Sie, Southmead, übernehmen das Ruder. Die übrigen helfen Maat Little, die über Bord hängende Takelage zu klarieren.«

Er warf einen schnellen Blick auf Jury. Die Augen des Jungen standen weit offen, als ob er sich Mühe gäbe, nicht vor Schmerzen zu weinen. Bolitho zwang sich zu einem Lächeln, das etwas schief ausfiel. »Wir haben ein Prise erobert, Mr. Jury. Vielen Dank für Ihren Degen. Das war sehr mutig von Ihnen.« Jury wollte antworten, aber er verlor das Bewußtsein. Durch das Getöse von Wind und See hörte Bolitho die mächtige, durch ein Megaphon verstärkte Stimme von Kapitän Dumaresq.

Bolitho rief Stockdale zu: »Antworten Sie für mich, ich bin zu erschöpft.«

Als die beiden Schiffe, deren schöne Linien durch gebrochene Rahen und herunterhängendes Tauwerk verunziert wurden, einander wieder näher kamen, hob Stockdale seine riesigen Hände an den Mund und rief: »Das Schiff ist unser, Sir!«

Man hörte rauhe Hurrarufe von der Fregatte herüberschallen. Offensichtlich hatte Dumaresq nicht erwartet, noch einen einzigen von ihnen lebend wiederzusehen.

Pallisers scharfe Befehle traten an die Stelle der sonoren Stimme des Kommandanten: »Bleiben Sie beigedreht liegen, wenn Sie können! Wir müssen erst Mr. Slade und sein Boot suchen!«

War es Einbildung, als Bolitho meinte, jemanden lachen zu hören? Er hob die Hand, als die Fregatte sich langsam und schwerfällig entfernte, während schon Männer auf ihren Rahen dabei waren, neue Segel anzuschlagen und Tauwerk durch Ersatzblöcke zu scheren.

Dann schaute er über das Deck der Brigantine, auf die verwundeten Männer, die leise stöhnten oder wie kranke Tiere wegzukriechen versuchten.

Einige würden sich nie mehr bewegen.

Als das Tageslicht weiter zunahm, prüfte Bolitho den Degen, den Jury ihm zu seiner Rettung zugeworfen hatte. In dem schwachen Licht sah das Blut auf dem Griff und auf seinem Handgelenk wie schwarze Farbe aus.

Little kam wieder nach achtern. Der neue Dritte Offizier schien ihm noch sehr jung. Im nächsten Augenblick würde er die Waffe in einer Aufwallung des Ekels darüber, was er mit ihr angerichtet hatte, über Bord werfen. Das wäre ein Jammer. Später würde ihm einfallen, daß er sie seinem Vater oder seiner Braut hätte schenken sollen.

Little sagte: »Geben Sie her, Sir, ich werde sie für Sie reinigen.« Er sah, daß Bolitho zögerte, und fügte warm hinzu: »Sie war ein guter Kamerad für Sie, und zu seinen Kameraden soll man halten, das sagt Ihnen Josh Little, Sir.«

Bolitho gab ihm die Waffe. »Ich glaube, Sie haben recht.« Er richtete sich straff auf, obwohl ihn jeder Muskel und jede Sehne schmerzten.

»Lebhaft, Leute! Wir haben noch viel zu tun.« Er rief sich die Worte des Kommandanten in Erinnerung: »Nichts geschieht von allein.«

Vom Fuß des Fockmastes aus, neben dem ein Haufen herabgefallener Takelage lag, beobachtete ihn Stockdale. Er nickte befriedigt. Wieder war ein Kampf vorüber.

Bolitho wartete müde neben Dumaresqs Tisch in der Kajüte der *Destiny*. Er war so erschöpft, daß seine Glieder nicht mehr automatisch die Schlingerbewegungen der Fregatte auffingen. Im trüben Morgenlicht hatten sie lesen können, daß die Brigantine *Heloise* hieß, von Bridport in der Grafschaft Dorset kam und in die Karibik kommandiert war. Unterwegs hatte sie in Madeira eine Ladung Wein übernehmen sollen.

Als Dumaresq das Logbuch der Brigantine durchgeblättert hatte, warf er Bolitho eine Blick zu.

»Setzen Sie sich, Mr. Bolitho, bevor Sie umfallen!«

Er erhob sich und ging zu den achteren Seitenfenstern, preßte sein Gesicht gegen das dicke Glas und schaute auf die Brigantine, die in Lee der *Destiny* lag. Palliser und ein frisches Prisenkommando hatten vor einiger Zeit übergesetzt, und die Erfahrung des Ersten Offiziers war jetzt auch nötig, um die Schäden auszubessern und das Schiff baldmöglichst wieder flott zu machen.

Dumaresq sagte: »Sie haben sich gut gehalten. Außerordentlich gut. Für einen so jungen Offizier mit so geringer Erfahrung in der Führung von Leuten haben Sie mehr erreicht, als ich zu hoffen wagte.« Er verschränkte die Hände unter den Rockschößen, als müsse er Ärger unterdrücken. »Aber sieben unserer Leute sind tot, weitere schwer verwundet.« Er griff nach oben und drückte mit dem Handrücken das Oberlicht auf. »Mr. Rhodes, versuchen Sie, herauszufinden, wo sich der verdammte Doktor herumtreibt!«

Bolitho vergaß seine Müdigkeit, seine Enttäuschung darüber, daß er das Kommando über die Prise an den Ersten Offizier hatte abgeben müssen. Es faszinierte ihn zu beobachten, wie der Zorn in Dumaresq hochstieg: wie eine glimmende Zündschnur, deren Feuer sich dem Pulverfaß näherte. Sie hatte bewirkt, daß der arme Rhodes oben, als er die Stimme seines Kommandanten unter seinen Füßen hörte, aufsprang.

Dumaresq wandte sich wieder Bolitho zu. »Gute Männer haben ihr Leben verloren – durch Piraten und Mörder, niemand anderen!« Von der falschen Berechnung, die beide Schiffe fast zu Wracks gemacht, auf jeden Fall aber schwer beschädigt hatte, kein Wort. Dagegen: »Ich wußte, daß sie etwas vorhatten. Es wurde mir in Funchal klar, daß es daheim zu viele Augen und Ohren gegeben hatte.« Er zählte die Argumente an seinen dicken Fingern ab: »Erst mein Schreiber, nur wegen des Inhalts der Tasche. Dann die Brigantine, die England zur gleichen Zeit verließ, als wir aus Plymouth ausliefen, und die dann ›zufällig‹ zur gleichen Zeit mit uns in Madeira lag. Ihr Kapitän muß gewußt haben, daß ich nicht gegen den Wind aufkreuzen und ihn jagen konnte. So lange er sich in gebührender Entfernung hielt, war er sicher.«

Bolitho verstand. Hätte die *Destiny* ihren Vorstoß bei Tageslicht unternommen, hätte die *Heloise* den Vorteil ihrer Position nutzen können. Die Fregatte hätte sie zwar in jedem fairen Wettkampf ausgesegelt, doch bevor sie sie erreicht hätte, wäre es dunkel geworden, und im Schutz der Dunkelheit konnte die Brigantine, wenn sie gut geführt wurde, mühelos entwischen. Bolitho dachte an den hageren Mann, den er im Kampf niedergestochen hatte. Er tat ihm jetzt beinahe leid. Dumaresq hatte befohlen, daß er herübergebracht wurde, damit Bulkley, der Schiffsarzt, sein Leben rettete, wenn es möglich war.

Dumaresq fügte hinzu: »Wahrhaftig, es paßt alles zusammen. Wir sind auf der richtigen Fährte.«

Der Posten draußen rief: »Der Schiffsarzt, Sir!«

Dumaresq warf dem schwitzenden Doktor einen kurzen Blick zu. »Es wird auch verdammt Zeit, Mann!«

Bulkley zuckte die Achseln, entweder weil ihn Dumaresqs explosives Temperament kalt ließ, oder weil er so daran gewöhnt war, daß es ihm nichts mehr ausmachte.

»Der Mann lebt, Sir. Eine schlimme Wunde, aber ohne Verunreinigungen.« Er warf Bolitho einen neugierigen Blick zu. »Außerdem ist er ein kräftiger Bursche. Ich bin überrascht und befriedigt, Sie noch in einem Stück vorzufinden, junger Mann.«

Dumaresq fuhr ungeduldig dazwischen: »Lassen wir das jetzt. Wie darf der Schurke es wagen, ein Schiff des Königs herauszufordern! Er hat von mir keine Milde zu erwarten, dessen seien Sie sicher.«

Langsam beruhigte er sich. Es war wie nachlassender Seegang, dachte Bolitho.

»Ich muß so viel wie möglich aus ihm herausholen. Mr. Palliser durchsucht inzwischen die *Heloise,* aber in Anbetracht dessen, was Mr. Bolitho schon tat, um etwas zu finden, habe ich wenig Hoffnung auf Erfolg. Aus ihrem Logbuch ist zu entnehmen, daß die *Heloise* im vorigen Jahr von Stapel gelaufen ist und erst vor einem knappen Monat fertiggestellt wurde. Für ein Handelsschiff, das Gewinn einfahren soll, ist sie aber kaum groß genug.«

Der Doktor bemerkte: »Mr. Jury geht's leidlich. Ein häßlicher Schnitt, aber er ist ein gesunder Junge. Es wird sicher nichts davon bleiben.«

Dumaresq mußte lächeln. »Ich habe mit ihm gesprochen, als er vom Kutter hochgetragen wurde. Da spielt wohl etwas Heldenverehrung mit, nicht wahr, Mr. Bolitho?«

»Er hat mir das Leben gerettet, Sir. Er hätte also keinen Grund, mich zu rühmen.«

Dumaresq nickte. »Hm, wir werden sehen.« Er wechselte das Thema. »Wir wollen noch vor Anbruch der Dunkelheit gemeinsam lossegeln. Bis dahin müssen alle Mann kräftig zupacken. Mr. Palliser wird auf dem verdammten Piraten einen Ersatzmast aufriggen müssen.« Er schaute Bolitho an. »Informieren Sie das Achterdeck: Der Ausguck im Mast soll stündlich wechseln. Wir werden wegen der uns aufgezwungenen Verzögerung die Augen besonders offenhalten müssen, ob weitere Verfolger hinter uns her sind. Wie die Dinge liegen, haben wir eine nette kleine Prise, und niemand weiß etwas von dem Zwischenfall. Das mag uns in gewisser Weise sogar helfen.«

Bolitho stand mit schweren Beinen auf. Es würde also keine Ruhepause geben.

Dumaresq sagte: »Lassen Sie die Leute um zwölf Uhr zur Beisetzungsfeier antreten, Mr. Bolitho. Wir werden die armen Burschen auf ihre letzte Reise schicken, solange wir noch beigedreht liegen.« Er zerstreute aufkommende Gefühle durch den Nachsatz: »Es hat keinen Sinn, damit Zeit zu vertrödeln, wenn wir erst wieder in Fahrt sind.«

Bulkley folgte Bolitho am Posten draußen vorbei und bis zum Niedergang, der ins Hauptdeck hinunterführte.

Der Arzt seufzte. »Er muß den Bissen erst verdauen.«

Bolitho sah ihn an und versuchte, seine Gedanken zu lesen. Aber zwischen den Decks war es zu dunkel, man konnte lediglich die Geräusche und Gerüche des Schiffes wahrnehmen.

»Sind es die Goldbarren?«

Bulkley hob den Kopf, um die gedämpften Rufe von einem längsseits kommenden Boot, das von der Dünung gegen die Bordwand gedrückt wurde, zu verstehen.

»Sie sind noch zu jung, um alles zu begreifen, Richard.« Er legte seine rundliche Hand auf Bolithos Arm. »Und das soll keine Kritik sein, glauben Sie mir. Aber ich habe andere Männer wie unseren Kommandanten kennengelernt, und ihn kenne ich besser als manche anderen. Er ist in vieler Hinsicht ein makelloser Offizier, wenn auch etwas starrsinnig. Aber er lechzt nach Taten wie ein Trinker nach der Flasche. Er befehligt diese schöne Fregatte, aber insgeheim fühlt er, daß er zu früh oder zu spät geboren ist. In einem England, das sich im Friedenszustand befindet, sind die Aussichten gering, sich hervorzutun. Das paßt mir zwar sehr gut, aber . . .« Er schüttelte den Kopf. »Ich habe genug gesagt. Aber ich weiß, Sie werden mein Vertrauen nicht mißbrauchen.«

Er ging gemächlich Richtung Niedergang und hinterließ ein Aroma von Schnaps und Tabak, das sich mit den anderen im Raum schwebenden Gerüchen mischte.

Bolitho trat hinaus ins Tageslicht und kletterte schnell die Leiter zum Achterdeck hoch. Er wußte, daß er sofort stehend einschlafen würde, wenn er nicht in Bewegung blieb.

Das Batteriedeck der *Destiny* war übersät mit heruntergekommenen Teilen der Takelage. Mittendrin standen Bootsmann und Segelmacher und berieten, was davon noch zu gebrauchen war. Oben waren Matrosen dabei, Tauwerk zu spleißen und zerrissene Segel herunterzuholen, damit sie geflickt und für spätere Notfälle verstaut werden konnten. Ein Kriegsschiff war völlig autark, nichts wurde daher verschwendet oder weggeworfen. Teile dieser Leinwand würden bald, beschwert mit einer Kanonenkugel, ins Meer gleiten und die Toten, die sie umhüllten, hinabziehen an einen Ort, an dem es nur Dunkel und Stille gab.

Rhodes trat an seine Seite. »Gut, daß Sie wieder da sind, Dick.« Er senkte die Stimme, als sie sich zu der neben ihnen treibenden Brigantine umwandten. »Der ›Herr und Meister‹ rannte herum wie ein rasender Löwe, als Sie sich von unserer Bordwand gelöst hatten. Ich würde ihn eine Woche lang lieber mit äußerster Vorsicht behandeln.«

Bolitho betrachtete aufmerksam das andere Schiff. Es kam ihm jetzt mehr denn je wie ein Traum vor. Kaum zu glauben, daß er es geschafft hatte, seine Leute zu sammeln und die *Heloise* zu nehmen, nachdem es anfangs so kritisch ausgesehen hatte. Männer waren gefallen, zumindest einen davon hatte er selber getötet. Aber was bedeutete das jetzt noch? So gut wie nichts.

Er ging zur Querreling und sah, wie sich mehrere Gesichter ihm auf dem Hauptdeck unten zuwandten. Was mochten sie jetzt denken? Rhodes war ehrlich begeistert, aber es gab sicher auch Neider. Andere würden meinen, er habe eben Glück gehabt oder auch zuviel Erfolg für einen so jungen Offizier.

Spillane, der neue Assistent des Schiffsarztes, erschien auf der Lee-Laufbrücke und warf ein Paket über Bord. Bolitho wurde es übel. Was war darin, ein Bein oder ein Arm? Es hätte von ihm stammen können.

Er hörte Slade, den Steuermannsmaat, irgendeinen unglücklichen Matrosen lauthals beschimpfen. Daß die *Destiny* seine Barkasse wiedergefunden hatte, schien ihn ebensowenig milder gestimmt zu haben wie die dankbaren Rufe seiner erschöpften Leute, als man sie zurück an Bord holte.

Zur befohlenen Zeit wurden die Toten beigesetzt, während die Lebenden mit entblößten Häuptern dastanden und der Kommandant einige Worte aus dem Gebetbuch verlas.

Dann, nach einer schnell eingenommenen Mahlzeit mit einer Extraportion Rum, war die Luft wieder erfüllt vom Lärm der Hämmer und Sägen und dem durchdringenden Geruch nach Farbe und Teer, mit dem die Fugen kalfatert wurden.

Dumaresq kam zum Ende der Nachmittagswache für einige Minuten an Deck, musterte sein Schiff und dann den aufklarenden Himmel, der ihm mehr verriet als jedes Instrument. Zu Bolitho, der wieder einmal Wache hatte, sagte er: »Schauen Sie sich unsere Leute bei der Arbeit an. Zu Hause werden sie als Raufbolde und nichtsnutzige Säufer gebrandmarkt, aber geben Sie ihnen ein Tauende und ein Stück Holz, und Sie werden staunen, was sie daraus machen.«

Er sprach mit so viel Gefühl, daß Bolitho zu fragen wagte: »Glauben Sie, daß es bald wieder Krieg gibt, Sir?«

Einen Augenblick dachte er, er wäre zu weit gegangen. Dumaresq fuhr schnell auf seinen kräftigen Beinen herum, und sein Blick war hart, als er sagte: »Sie haben mit dem verdammten Knochensäbler gesprochen, nicht wahr?« Dann lachte er in sich hinein. »Auf diese Frage gibt es keine Antwort. Sie haben noch keine Ränke kennengelernt.« Er ging für seinen gewohnten Spaziergang auf die andere Seite und sagte nur noch: »Krieg? Ich verlasse mich darauf!«

Bevor die Dunkelheit einbrach und die beiden Schiffe voreinander verbarg, meldete Palliser, daß er auf der Brigantine soweit sei. Die weniger starken Beschädigungen konnten während der Weiterfahrt nach Rio beseitigt werden.

Slade war zur *Heloise* hinübergerudert worden, um das Kommando auf der Prise zu übernehmen, und Palliser kehrte in der Jolle zurück, als die Nacht sich gerade wie ein Vorhang zum Horizont herabsenkte.

Bolitho staunte über Pallisers Ausdauer. Er zeigte keinerlei Ermüdung und schonte sich nicht, als er mit einer Laterne bewaffnet eifrig im Schiff herumstöberte und die Ausführung der Reparaturen überprüfte. Wenn er etwas entdeckte, das er für schlampige Arbeit hielt, setzte es harte Worte für den Schuldigen.

Dankbar kletterte Bolitho in seine Koje und ließ seine Sachen liegen, wo sie hingefallen waren. Um ihn herum vibrierte und knarrte die *Destiny* vor einer achterlichen See, als sei auch sie dankbar für die Ruhepause.

Den Menschen an Bord ging es nicht anders. Bulkley saß in seinem Krankenrevier, sog an einer langen Tonpfeife und teilte einiges von seinen Alkoholvorräten mit Codd, dem Zahlmeister.

Nebenan, vom Orlopdeck aus kaum sichtbar, schliefen die Verwundeten oder wimmerten leise in der Finsternis.

In der Kajüte saß Dumaresq in Hemdsärmeln und bis zur Taille aufgeknöpft und schrieb eifrig in sein privates Tagebuch. Von Zeit zu Zeit sah er scharf zur Tür, als wolle er sie mit Blicken durchbohren und die ganze Länge seines Schiffes kontrollieren. Manchmal sah er auch zu den Decksbalken über sich auf, weil Gullivers Schritte auf dem Achterdeck ihm sagten, daß der Master noch immer über die Ursachen der Kollision grübelte und befürchtete, daß die Schuld daran ihm in die Schuhe geschoben werden könnte.

Im Hauptdeck, das kaum Stehhöhe bot, schaukelte die Mehrzahl der Besatzung in ihren Hängematten, die im Takt der Schiffsbewegungen hin und her pendelten: wie sauber aufgereihte Erbsenhülsen, die darauf warteten, sich im Nu zu öffnen und ihren Inhalt freizugeben, wenn die Wetterlage es verlangte oder die Trommeln zum Gefecht riefen.

Nur einige der Männer, die entweder Wache an Deck gingen oder keinen Schlaf finden konnten, dachten noch an den kurzen, erbitterten Kampf und an die Augenblicke, in denen sie Todesangst kennengelernt hatten; an vertraute Gesichter, die nun ausgelöscht waren, oder an das Prisengeld, das die hübsche Brigantine ihnen einbringen würde.

Auch Midshipman Jury, der sich in seiner Koje im Krankenrevier hin und her warf, durchlebte den Kampf noch einmal. Er dachte an den schrecklichen Augenblick, als Leutnant Bolithos Säbel weggeschlagen worden war, an sein verzweifeltes Bemühen, ihm zu helfen, und an den plötzlichen Schmerz in der Magengrube, als hätte ihn heißes Eisen versengt. Er dachte an seinen toten Vater, an den er sich kaum erinnern konnte, von dem er aber annahm, daß er jetzt stolz auf ihn gewesen wäre.

Die *Destiny* trug alle unterschiedslos: den finsterblickenden Palliser, der Colpoys in der sonst leeren Messe gegenübersaß, vor sich auf dem Tisch die Karten, die ihn zu verhöhnen schienen, bis zu Steward Poad, der in seiner Hängematte schnarchte. Sie alle waren auf Gnade oder Ungnade dem Schiff ausgeliefert, dessen

Galionsfigur nach dem Horizont zu greifen schien und ihm doch nie näherkam.

Zwei Wochen nach Eroberung der Brigantine kreuzte die *Destiny* mit Südkurs den Äquator. Sogar der Master schien über ihr flottes Vorankommen und die zurückgelegte Strecke erfreut. Der ihnen günstige Passat und die milde, warme Luft trugen dazu bei, die Stimmung der Leute zu heben und Krankheiten fernzuhalten.

Über ein Drittel der Besatzung überquerte den Äquator zum erstenmal. Allerlei Ulk und rauhe Scherze, welche die traditionelle Zeremonie begleiteten, wurden beflügelt durch eine Viertageration Rum und Wein für alle Mann.

Little, der Stückmeistersmaat, gab einen majestätischen Neptun mit goldgemalter Papierkrone und einem Vollbart aus Schiemannsgarn ab. Als verschämte Königin an seiner Seite posierte ein entsprechend ausgestopfter Schiffsjunge. Alle Neuankömmlinge in Neptuns Königreich wurden gründlich abgeseift und untergetaucht.

Hinterher kam Dumaresq zu seinen Offizieren in die Messe und drückte ihnen seine Zufriedenheit mit Schiff und Besatzung und ihrer flotten Reise aus. Die *Heloise* war weit zurückgefallen, da sie immer noch mit der Reparatur ihrer Schäden beschäftigt war. Dumaresq hatte offenbar nicht die Absicht, deshalb seinen eigenen Landfall hinauszuschieben. Slade hatte Befehl, so schnell wie möglich in Rio zu ihm zu stoßen.

An den meisten Tagen zog die *Destiny* unter sämtlichen Segeln ihre Bahn und hätte ein prächtiges Bild für ein anderes Schiff, das mit ihnen den Ozean teilte, abgegeben. Die neuen Leute, die hoch über Deck bei der Arbeit waren oder am regelmäßigen Segel- und Geschützexerzieren teilnahmen, begannen sich mehr und mehr einzuleben, und Bolitho beobachtete, wie die bleiche Haut derjenigen, die aus dem Schuldturm oder noch Schlimmerem kamen, in der täglich stärker brennenden Sonne eine dunklere Tönung annahm.

Ein weiterer Mann, der in dem Gefecht verwundet worden war, starb und erhöhte ihre Verluste damit auf acht. Der Kapitän der *Heloise,* der Tag und Nacht von einem Seesoldaten bewacht wurde, kam langsam wieder zu Kräften. Bolitho nahm an, daß Dumaresq ihn nur darum unbedingt am Leben erhalten wollte, damit er ihn später wegen Piraterie aufknüpfen lassen konnte.

Midshipman Jury durfte wieder Dienst tun, allerdings nur an Deck oder auf Wache achtern. Seltsamerweise schien die Erinnerung an die gemeinsam geteilte Gefahr ihn und Bolitho eher voneinander fernzuhalten; obwohl sie einander täglich mehrmals begegneten, spürte Bolitho ein gewisses Unbehagen zwischen ihnen.

Möglicherweise hatte der Kommandant recht. Vielleicht hatte Jurys »Heldenverehrung«, wie er es bezeichnet hatte, eher eine Verlegenheit als eine Bindung zwischen ihnen geschaffen. Der kleine Merrett dagegen schien mehr Selbstvertrauen gewonnen zu haben. Es war, als ob er mit seinem sicheren Tod gerechnet hätte und nun überzeugt sei, ihm könne nichts Schlimmeres mehr passieren. Er enterte mit den anderen Midships in den Wanten auf, und während der Hundewachen hörte man seine helle Stimme oft mit seinen Kameraden diskutieren oder streiten.

Eines Abends, als die *Destiny* unter Mars- und Untersegeln ihre Bahn zog und Bolitho die erste Wache von Leutnant Rhodes übernahm, sah er, wie Jury die anderen Midshipmen auf den Gefechtsständen in den Marsen beobachtete, die dort allerlei Unsinn trieben. Sicherlich wünschte er sich, bei ihnen oben zu sein.

Bolitho wartete, bis der Rudergänger rief: »Ruder übernommen, Kurs Süd-Süd-West liegt an!« Danach ging er hinüber auf die andere Seite, wo Jury stand, und fragte: »Was macht die Wunde?«

Jury sah ihn an und lächelte. »Tut nicht mehr weh, Sir. Ich hatte Glück.« Seine Finger strichen über den Ledergürtel und berührten den Kratzer auf dem Metallschloß. »Waren es wirklich Piraten?«

Bolitho zuckte die Schulter. »Jedenfalls waren sie darauf aus, uns zu verfolgen. Spione vielleicht, doch nach den Buchstaben des Gesetzes gelten sie als Piraten.«

Darüber hatte er nach jener schrecklichen Nacht viel nachgedacht. Er vermutete, daß Dumaresq und Palliser mehr wußten, als sie sagten, und daß die eroberte Brigantine irgendwie mit Dumaresqs geheimer Mission und ihrem kurzen Aufenthalt in Funchal zu tun hatte.

Er sagte: »Wenn wir dieses Tempo beibehalten, sind wir in einer Woche in Rio. Dann werden wir sicherlich die Wahrheit erfahren.«

Gulliver erschien auf dem Achterdeck und schaute lange schweigend zu der steifer werdenden Leinwand hinauf. Schließlich meinte er: »Der Wind wird stärker. Ich glaube, wir sollten einige Segel wegnehmen.« Er zögerte und sah Bolitho an. »Wollen Sie es dem Kommandanten melden, oder soll ich es tun?«

Bolitho sah, wie die Marssegel sich im Wind blähten. Im scheidenden Sonnenlicht wirkten sie wie große, rosafarbene Muscheln. Aber

Gulliver hatte recht, und er hätte es selbst erkennen müssen.

»Ich werde es ihm melden.«

Gulliver ging zum Kompaß hinüber, als sei er von einer inneren Unruhe getrieben. »Das Wetter ist zu schön, um sich zu halten. Ich kenne das.«

Bolitho winkte Midshipman Cowdroy heran, der zur Zeit – bis Jury ganz wiederhergestellt war – die Wache mit ihm teilte. »Meine Empfehlung an den Kommandanten, und ich lasse ihm melden, daß der Nordost auffrischt.«

Cowdroy tippte an seinen Hut und eilte zum Niedergang. Bolitho schluckte seine Abneigung gegen ihn herunter; ein arroganter, intoleranter Geselle. Er wunderte sich, daß Rhodes mit ihm zurechtkam.

Jury fragte leise: »Bekommen wir Sturm, Sir?«

»Kaum. Aber es ist gut, wenn wir darauf vorbereitet sind.« Er sah etwas in Jurys Hand glitzern und sagte: »Das ist aber eine schöne Uhr.«

Jury hielt sie ihm hin, sein Gesicht strahlte. »Sie gehörte meinem Vater.«

Bolitho öffnete vorsichtig den Deckel und entdeckte darin das winzige, aber ausgezeichnete Porträt eines Seeoffiziers, dem Jury sehr ähnlich sah. Es war eine wunderschöne Uhr, von einem der besten Handwerker Londons hergestellt.

Bolitho gab sie Jury zurück und sagte: »Gehen Sie sorgsam mit ihr um. Sie muß sehr wertvoll sein.«

Jury steckte sie wieder in die Hosentasche. »Sie ist das einzige, was ich von meinem Vater besitze.«

Irgend etwas in seinem Ton berührte Bolitho tief und bewirkte, daß er sich unbeholfen vorkam. Es ärgerte ihn, daß er Jurys Bemühen, ihm zu gefallen, nicht eher durchschaut hatte. Der Junge hatte sonst niemand in der Welt, der sich um ihn kümmerte.

Er sagte: »Schön, Mr. Jury, wenn Sie auf dieser Reise gut aufpassen, wird es Ihnen später sicher zustatten kommen.« Er lächelte. »Wer hat vor ein paar Jahren von James Cook gewußt, möchte ich wissen. Nun ist er ein Volksheld, und wenn er von seiner letzten Reise zurückkommt, wird er zweifellos wieder befördert werden.«

Die Stimme Dumaresqs ließ ihn herumfahren. »Machen Sie mir den Jungen nicht verrückt, Mr. Bolitho. In Kürze wird er noch meinen Posten verlangen.«

Bolitho wartete auf Dumaresqs Entscheidung wegen der Segel. Man wußte nie genau, woran man mit ihm war.

»Wir werden beizeiten Segel wegnehmen, Mr. Bolitho.« Er wippte auf den Fersen und prüfte ein Segel nach dem anderen. »Aber wir wollen rennen, so lange wir können.«

Als er im Niedergang verschwunden war, rief der Steuermannsmaat der Wache: »Der Kutter hat sich aus der Halterung gelöst. Sir.«

»Danke.« Bolitho sah sich wieder nach Midshipman Cowdroy um. »Nehmen Sie ein paar Leute und sichern Sie den Kutter, bitte.« Er spürte den Widerstand des Kadetten und wußte auch den Grund: Cowdroy mußte es merken, daß er froh war, ihn während der Wache los zu sein.

Jury hatte erraten, was vorging. »Ich mache das, Sir. So etwas ist mir vom Arzt erlaubt.«

Cowdroy wandte sich um und fuhr ihn an: »Sie sind krank, Mr. Jury. Sie brauchen sich meinetwegen nicht zu bemühen.« Er ging weg und rief nach einem Bootsmannsmaat.

Wie Gulliver prophezeit hatte, nahm der Wind weiter zu; die See veränderte ihr Gesicht und setzte weiße Schaumkronen auf. Bolitho vergaß den kleinen Streit zwischen den beiden Midshipmen, den er verursacht hatte.

Erst wurde ein Segel weggenommen, dann ein anderes, aber als das Schiff im zunehmenden Seegang immer stärker stampfte, schickte Dumaresq alle Mann nach oben und ließ sämtliches Tuch außer dem Großmarssegel bergen, damit die *Destiny* den Sturm beigedreht abreiten konnte.

Dann – wie um zu beweisen, daß er ebenso freundlich wie böse sein konnte – flaute der Wind ab, und als das Tageslicht zurückkehrte, war es bald so warm, daß das Schiff im Sonnenschein trocknete und Dampfwolken von den Decks aufstiegen.

Bolitho exerzierte mit der Steuerbordbatterie von Zwölfpfündern, als Jury meldete, daß er wieder voll dienstfähig erklärt worden sei und nicht mehr im Krankenrevier schlafen müsse.

Bolitho hatte das Gefühl, daß etwas mit ihm nicht stimmte, war aber entschlossen, sich nicht einzumischen. Er sagte: »Der Kommandant erwartet, daß unser Salut der beste sein wird, den sie in Rio je gehört haben.« Er sah einige der halbnackten Seeleute grinsen und sich die Hände reiben. »Deshalb veranstalten wir jetzt einen kleinen Wettbewerb: erste Division gegen die zweite. Für die Sieger gibt's eine Extraration Wein.« Er hatte sich dafür schon die Zustimmung des Zahlmeisters geholt.

Codd stieß seine großen Schneidezähne wie den Schnabel einer Galeere vor und stimmte fröhlich zu: »Wenn Sie bezahlen, Mr. Bolitho? Alles, wenn Sie zahlen!«

Little rief: »Wir sind bereit, Sir.«

Bolitho wandte sich zu Jury um. »Sie können die Zeit nehmen. Die Division, die ihre Kanonen als erste ausgerannt hat, und zwar zweimal bei drei Durchgängen, bekommt den Preis.«

Er wußte, daß die Männer schon ungeduldig wurden und mit Handspaken und Taljen hantierten, als bereiteten sie sich auf ein Gefecht vor.

Jury versuchte, Bolithos Blick aufzufangen. »Ich habe keine Uhr, Sir.«

Bolitho starrte ihn an und bemerkte gleichzeitig, daß der Kommandant und Palliser an der Achterdecksreling standen, um dem Wettkampf der Leute zuzuschauen.

»Sie haben sie verloren? Die Uhr Ihres Vaters?« Er erinnerte sich, wie stolz Jury auf sie gewesen war und wie traurig, als er sie ihm am vorherigen Abend gezeigt hatte. »Erzählen Sie, wie das kam.«

Jury schüttelte unglücklich den Kopf. »Sie ist weg, Sir. Mehr weiß ich nicht.«

Bolitho legte Jury die Hand auf die Schulter. »Warten Sie ab, ich werde mich der Sache annehmen.« Er zog seine eigene Uhr, ein Geschenk seines Vaters. »Nehmen Sie meine.«

Stockdale, der an einer der Kanonen kauerte, hatte alles mitangehört und dabei die Gesichter ringsum studiert. Er hatte noch nie eine Uhr besessen und würde auch kaum je eine besitzen, aber irgendwie begriff er, daß es mit dieser etwas Besonderes auf sich hatte. In der engen Gemeinschaft einer Schiffsbesatzung war ein Dieb gefährlich. Seeleute besaßen zu wenig, um ein solches Verbrechen ungestraft zu lassen. Am besten fing man den Dieb, bevor Schlimmeres passierte, seinetwegen und im Interesse aller.

Bolitho schwenkte den Arm. »Rennt aus!«

Die zweite Division gewann spielend. Das war zu erwarten gewesen, schimpften die Verlierer, denn ihr gehörten Little und Stockdale an, die beiden stärksten Männer an Bord.

Aber als der Wein ausgeteilt war und sie sich mit ihren Bechern im Schatten des Großsegels ausruhten, wußte Bolitho, daß zumindest für Jury der Spaß verdorben war.

Er sagte zu Little: »Lassen Sie die Kanonen wieder festzurren.« Er ging nach achtern. Einige Leute nickten ihm zu, als er an ihnen vorbeikam.

Dumaresq wartete, bis er das Achterdeck erreicht hatte. »Das haben Sie gut gemacht!«

Palliser lächelte bittersüß. »Wenn wir unsere Leute immer mit Wein bestechen müssen, bevor sie die Kanonen bedienen, sind wir bald ein ›trockenes‹ Schiff.«

Bolitho stieß hervor: »Mr. Jurys Uhr ist gestohlen worden, Sir.«

Dumaresq sah ihn ruhig an. »Na und? Was soll ich tun, Mr. Bolitho?«

Bolitho bekam einen roten Kopf. »Tut mir leid, Sir. Ich – ich dachte . . .«

Dumaresq beschattete seine Augen, um drei kleine Vögel zu beobachten, die dicht über der Wasseroberfläche dahinjagten. »Ich kann das Land fast schon riechen.« Er wandte sich wieder Bolitho zu. »Es ist Ihnen gemeldet worden, also kümmern Sie sich darum.«

Bolitho berührte seinen Hut, als der Kommandant und der Erste Offizier ihren Spaziergang auf der Luvseite des Decks wieder aufnahmen.

Er hatte noch eine Menge zu lernen.

VI Eine Frage der Disziplin

Lediglich unter Marssegeln und Klüver – alle anderen Segel waren aufgegeit – glitt die *Destiny* langsam über das tiefblaue Wasser von Rios äußerer Reede. Es war drückend heiß und kaum genug Wind, um mehr als ein leichtes Kräuseln unter dem Bug hervorzurufen, doch Bolitho spürte die Aufregung und Neugier an Bord, als sie sich den geschützten Ankerplätzen näherten.

Selbst der abgebrühteste Seemann konnte nicht abstreiten, daß der Anblick, der sich ihnen bot, majestätisch war. Sie hatten die Küste aus dem Morgennebel emporwachsen sehen, und nun lag sie ausgebreitet zu beiden Seiten vor ihnen, als wolle sie das Schiff umarmen. So etwas wie Rios großen Bergkegel hatte Bolitho noch nie gesehen. Er machte alle anderen zu Zwergen. Und dahinter gab es – verstreut zwischen üppig grünen Wäldern – weitere Hügel, die mit ihren steilen Gipfeln wie zu Stein erstarrte Wellen aussahen. Helle Strände, schäumende Brandung, und eingebettet zwischen

Hügeln und Meer die Stadt; weiße Häuser, kantige Türme und nickende Palmen – welch ein Gegensatz zum Englischen Kanal!

An Backbord entdeckte Bolitho die erste Festungsbatterie unter der portugiesischen Flagge, die nur gelegentlich etwas auswehte und dann im harten Sonnenlicht zu erkennen war. Rio war gut befestigt und besaß genügend Batterien, um auch die kühnsten Angreifer abzuschrecken.

Dumaresq musterte die Stadt und die vor Anker liegenden Schiffe durch ein Fernglas. Er sagte: »Fallen Sie einen Strich ab.«

»Kurs West-Nord-West, Sir!«

Palliser schaute auf seinen Kommandanten. »Ein Wachboot nähert sich.«

Dumaresq lächelte knapp. »Der fragt sich bestimmt, was, zum Teufel, wir hier wollen.«

Bolitho zupfte sein Hemd von der schweißnassen Haut ab und beneidete die halbnackten Matrosen, die nicht wie die Offiziere in Gala-Uniformen schwitzen mußten.

Mr. Vallance, der Oberfeuerwerker, musterte bereits die ausgesuchten Geschützbedienungen, um sicherzustellen, daß beim Flaggensalut nichts schiefging.

Bolitho fragte sich, wie viele unsichtbare Augen wohl die langsame Annäherung der englischen Fregatte beobachteten. Ein Kriegsschiff! Was wollte es? Kam es in friedlicher Absicht oder mit Nachrichten über einen weiteren Vertragsbruch in Europa?

»Fangen Sie an mit dem Salut!«

Geschütz für Geschütz krachten die Salutschüsse. In der drückenden Luft blieb der Pulverqualm auf dem Wasser liegen und nahm ihnen die Sicht auf das Land.

Das portugiesische Wachboot hatte mit einigen kräftigen Ruderschlägen um seine ganze Länge gedreht. Es sah aus wie ein großer Wasserkäfer.

Jemand bemerkte: »Er will uns hineinlotsen.«

Die letzte Kanone rollte beim Abschuß zurück, und die Bedienungen beeilten sich mit dem Auswischen der noch rauchenden Rohre und dem Festzurren jeder Waffe, als endgültiges Zeichen ihrer friedlichen Absicht.

Eine Gestalt auf dem Wachboot schwenkte eine Flagge, und als sich die langen Riemen tropfend aus dem Wasser hoben und so verharrten, bemerkte Dumaresq trocken: »Nicht zu weit hinein, Mr. Palliser. Sie trauen uns noch nicht ganz.«

Palliser hob das Sprachrohr an den Mund: »Klar zum Ankern! An die Brassen, Fallen und Schoten!«

Nach festgelegtem Plan eilten die Matrosen und Maaten auf ihre Stationen.

»Los die Schoten!« Pallisers Stimme scheuchte die Möwen auf, die sich nach den Salutschüssen gerade wieder auf dem Wasser niedergelassen hatten. »Gei auf die Marssegel! Laß fallen Klüver!«

Dumaresq sagte: »Es ist soweit, Mr. Palliser. Ankern!«

»Ruder nach Luv*!«

Langsam drehte die *Destiny* in den Wind und verlor dabei an Fahrt.

»Laß fallen Anker!«

Das Wasser spritzte auf, als der große Anker fiel, während oben auf den Marsrahen die Matrosen auslegten und die Segel aufholten und festbanden, als ob eine unsichtbare Hand sie wie Marionettenfiguren bewegte.

»Klar zum Aussetzen der Gig und des Kutters!«

Nackte Füße stampften über die heißen Decks, während die *Destiny* sich, jetzt an ihrer Ankertrosse hängend, in der Dünung des Ozeans wiegte.

Dumaresq verschränkte die Hände hinter dem Rücken. »Rufen Sie bitte das Wachboot längsseit. Ich werde an Land gehen und dem Vizekönig einen Höflichkeitsbesuch abstatten. Am besten erledigt man solch unangenehme Dinge möglichst bald.« Er nickte Gulliver und seinen Leuten am Ruder zu. »Gut gemacht!«

Gulliver suchte im Gesicht des Kommandanten nach einem Hintergedanken. Als er nichts dergleichen fand, antwortete er dankbar: »Es ist das erstemal, daß ich hier als Master einlaufe, Sir.«

Ihre Blicke trafen sich. Wäre der Zusammenstoß nicht so glimpflich ausgegangen, wäre es für beide das letztemal gewesen.

Bolitho war mit seinen Leuten bei der Arbeit und hatte keine Zeit zu beobachten, wie die portugiesischen Offiziere an Bord kamen. Sie sahen in ihren stolzen Uniformen prachtvoll aus und litten offenbar nicht unter der Hitze. Die Stadt lag nun fast verborgen in Dunst und flimmerndem Licht, was ihr zusätzlichen Zauber verlieh.

---

* Im Englischen: »Helm a'lee!« – »Hart nach Lee!«, weil zu der Zeit Ruderkommandos noch auf eine Pinne bezogen wurden, die nach Lee gelegt werden mußte, wenn das Ruderblatt nach Luv weisen sollte (indirektes Ruderkommando). Um den deutschen Leser nicht zu verwirren, ist hier stets das »direkte« Ruderkommando angegeben (Anm. d. Übers.).

Dazu trugen auch die hell gestrichenen Häuser und die malerischen Boote bei, die wie arabische Handelsschiffe getakelt waren, wie Bolitho sie oft an der Küste Afrikas gesehen hatte.

»Lassen Sie die Wache wegtreten, Mr. Bolitho.« Pallisers scharfe Stimme holte Bolitho in diese Welt zurück. »Und dann halten Sie sich mit dem Kommando der Seesoldaten bereit, den Kommandanten an Land zu begleiten.«

Dankbar verschwand Bolitho unter Deck und begab sich nach achtern. Im Gegensatz zum Oberdeck war es hier fast kühl.

Im Halbdunkel stieß er beinahe mit dem Schiffsarzt zusammen, der gerade vom Hauptdeck hochkam. Er schien ungewöhnlich erregt und sagte: »Ich muß den Kommandanten sprechen. Ich fürchte, der Kapitän der Brigantine stirbt.«

Bolitho ging durch die Messe in seine Kammer, um seinen Säbel und seinen besten Hut für den Landgang zu holen.

Sie hatten bisher wenig über den Kapitän der *Heloise* erfahren, außer daß er Jacob Triscott hieß und aus Dorset stammte. Wie Bulkley schon festgestellt hatte, bot es keinen besonderen Anreiz, am Leben zu bleiben, daß der Strick des Henkers auf einen wartete. Bolitho merkte, wie die Neuigkeit ihn berührte. Daß man einen Mann in Notwehr oder in Erfüllung seines dienstlichen Auftrags tötete, damit mußte man rechnen. Aber nun sollte der Mann, der versucht hatte, ihn niederzustechen, nach längerem Krankenlager sterben. Die Verzögerung schien ihm würdelos und unfair.

Rhodes stürzte hinter ihm in die Messe. »Ich bin am Verdursten! All diese Besucher an Bord, ich bin völlig geschafft!«

Als Bolitho aus seiner Kammer trat, rief Rhodes aus: »Was ist mit Ihnen los?«

»Der Kapitän der Brigantine stirbt.«

»Ich weiß.« Er zuckte die Achseln. »Er oder Sie. Nur so sollten Sie es betrachten.« Er fügte hinzu: »Der ›Herr und Meister‹ ist davon am meisten betroffen. Er hatte auf die Information gesetzt, die er von dem Schurken bekommen wollte, bevor er den letzten Atemzug tat. So oder so.«

Er folgte Bolitho durch den Türvorhang, und zusammen schauten sie nach vorn in das flirrende Licht auf dem Oberdeck.

Rhodes fragte: »Hat sich schon etwas mit Jurys Uhr ergeben?«

Bolitho lächelte grimmig. »Der Kommandant hat befohlen, daß ich mich darum kümmere.«

»Das habe ich erwartet.«

»Ich nehme an, er hat es inzwischen vergessen, aber ich muß etwas unternehmen. Jury hat schon Pech genug gehabt.«

Johns, der Bootssteurer des Kommandanten, ging in seinem besten blauen Jackett mit vergoldeten Knöpfen vorbei. Er sah Bolitho und sagte: »Die Gig liegt längsseit, Sir. Sie sollten einsteigen.«

Rhodes klopfte Bolitho auf die Schulter. »Unser Kommandant hat es nicht gern, wenn man ihn warten läßt.«

Als Bolitho sich anschickte, dem Bootssteurer zu folgen, sagte Rhodes leise: »Hören Sie, Dick, wenn es Ihnen recht ist, daß ich etwas wegen dieser verdammten Uhr unternehme, während Sie an Land . . .«

Bolitho schüttelte den Kopf. »Nein, aber vielen Dank. Der Dieb gehört sicherlich zu meiner Division. Doch jeden Mann zu durchsuchen und seine Habseligkeiten an Deck auszubreiten, würde das Vertrauen und die Loyalität ruinieren, die ich in dieser kurzen Zeit gewinnen konnte. Ich muß mir etwas anderes ausdenken.«

Rhodes sagte: »Ich hoffe, der junge Jury hat seinen Zeitmesser nur verloren. Ein Verlust wäre besser als ein Diebstahl.«

Sie verstummten, als sie sich auf der Steuerbord-Laufbrücke dem Fallreep näherten, wo eine Korporalschaft der Seesoldaten und die Fallreepsgasten angetreten waren, um ihrem Kommandanten die traditionellen Ehren beim Vonbordgehen zu erweisen.

Aber Dumaresq stand breitbeinig da, den Kopf vorgestreckt, und schrie den Schiffsarzt an: »Nein, mein Herr, er darf nicht sterben! Nicht bevor ich die Information habe!«

Bulkley hob hilflos die Hände. »Aber der Mann ist schon halb hinüber, Sir. Ich kann nichts mehr machen.«

Dumaresq schaute auf die wartende Gig und den Kutter hinunter, der mit Colpoys' Begleitkommando beladen war. Er wurde in der Residenz des Vizekönigs erwartet. Eine Verspätung würde Verstimmungen zur Folge haben, die er gerade jetzt vermeiden mußte, weil er das Entgegenkommen der Portugiesen brauchte.

Er wandte sich abrupt zu Palliser um. »Verdammt, machen Sie das. Sagen Sie diesem Halunken Triscott, daß ich – wenn er Einzelheiten über seine Mission und seinen Bestimmungsort preisgibt – einen Brief an seine Heimatgemeinde in Dorset schicken werde. Ich will dafür sorgen, daß er als ehrenwerter Mann in Erinnerung bleibt. Machen Sie ihm klar, was das für seine Familie und seine Freunde bedeutet.« Er bemerkte Pallisers zweifelnde Miene. »Herrgott noch mal, Mr. Palliser, denken Sie sich was aus. Verstanden?«

Palliser fragte sanft: »Und wenn er mir ins Gesicht spuckt?«

»Dann lasse ich ihn hier in aller Öffentlichkeit aufknüpfen. Mal sehen, was seine Familie *dazu* sagt.«

Bulkley trat vor. »Langsam, meine Herren. Der Mann liegt im Sterben und kann keinem mehr schaden.«

»Gehen Sie hinunter und tun Sie, was ich gesagt habe. Das ist ein Befehl.« Dumaresq drehte sich zu Palliser um. »Lassen Sie von Mr. Timbrell ein Jolltau an der Nock der Großrah anschlagen. Ich werde den Schurken persönlich daran hängen, ob er im Sterben liegt oder nicht, wenn er sich weigert, uns zu helfen.«

Palliser folgte dem Kommandanten zum Fallreep. »Es muß eine unterschriebene Erklärung sein, Sir.« Er nickte, wie um es zu bestätigen. »Ich werde einen Zeugen hinzuziehen, der seine Worte protokolliert.«

Dumaresq lächelte verkniffen. »Guter Mann! Sie machen das schon.« Er sah Bolitho und fuhr ihn an: »In die Gig mit Ihnen! Jetzt wollen wir den Vizekönig besuchen.«

Als das Boot frei von der Bordwand war, drehte Dumaresq sich um und musterte sein Schiff, wozu er die Augen wegen der starken Sonnenspiegelung zukneifen mußte.

»Bulkley ist ein guter Arzt, aber manchmal benimmt er sich wie ein altes Weib. Wir sind nicht zur Erholung hier, sondern um einen verschollenen Schatz zu bergen.«

Bolitho versuchte, seine Haltung zu ändern, da die Ducht, auf die er sich seinem Kommandanten gegenüber gesetzt hatte, kochend heiß war.

Der vertrauliche Ton Dumaresqs ermutigte ihn zu der Frage: »Gibt es wirklich einen Schatz, Sir?« Er sprach dabei so leise, daß der Schlagmann ihn nicht verstehen konnte.

Dumaresq packte seinen Säbelgriff fester und starrte auf das Land.

»Es gibt ihn irgendwo, das weiß ich. In welcher Form, bleibt herauszufinden. Aber dafür sind wir hier. Aus diesem Grund besuchte ich auch meinen alten Freund auf Madeira. Aber irgend etwas Unfaßbares geht im Hintergrund vor sich. Deshalb wurde mein Schreiber ermordet. Deswegen trieb die *Heloise* ihr gefährliches Spiel und versuchte, uns zu folgen. Und nun erwartet der arme Bulkley von mir, daß ich ein Gebet für einen Schurken lese, der vielleicht den Schlüssel zu allem besitzt; für einen Mann, der beinahe meinen jungen, sentimentalen Dritten Offizier getötet hätte.« Er wandte sich Bolitho zu und sah ihn merkwürdig an. »Sind Sie immer noch aufgebracht wegen Jurys Uhr?«

Bolitho schluckte. Der Kommandant hatte es tatsächlich nicht vergessen.

»Sobald wir zurück sind, werde ich die Sache in die Hand nehmen, Sir.«

»Hm. Machen Sie keine zu große Affäre daraus. Wenn ein Verbrechen geschehen ist, muß der Schuldige bestraft werden – streng. Aber diese armen Burschen besitzen kaum einen Heller. Ich möchte sie nicht alle gedemütigt sehen wegen eines gemeines Diebes, obwohl Gott weiß, daß viele von ihnen auf die Weise begannen.« Dumaresq hob weder die Stimme, noch schaute er seinen Bootssteurer an. »Sehen Sie mal zu, was Sie da machen können, Johns.«

Mehr sagte er nicht, doch Bolitho spürte, daß es ein starkes Band zwischen dem Kommandanten und seinem Bootssteurer gab.

Dumaresq schaute zur Landungsbrücke. Da standen weitere Uniformierte und einige Pferde. Auch eine Kutsche wartete, um die Besucher zur Residenz zu bringen.

Dumaresq spitzte die Lippen. »Sie werden mich begleiten, Mr. Bolitho. Dabei können Sie etwas lernen.« Er kicherte in sich hinein. »Als das Schatzschiff, die *Asturias*, vor dreißig Jahren das Gefecht abbrach, soll sie hinterher in Rio eingelaufen sein. Es wurde außerdem behauptet, daß die portugiesischen Behörden eine Hand mit im Spiel hatten, als die Goldbarren verschwanden.« Jetzt setzte er ein breites Lächeln auf. »Sicherlich sind einige Leute auf der Pier besorgter, als ich es im Augenblick bin.«

Der Bugmann hob seinen Bootshaken, und bei »Riemen hoch!« legte die Gig ohne den leisesten Stoß an der Landungstreppe an.

Dumaresqs Lächeln war verschwunden. »So, nun wollen wir sehen. Ich möchte so bald wie möglich zurückfahren und hören, welchen Erfolg Mr. Pallisers Überredungskünste gehabt haben.«

Oberhalb der Treppe nahm die in einer Reihe angetretene Gruppe von Colpoys' Seesoldaten Haltung an; ihre Gesichter hatten durch die brennende Sonne die rote Farbe ihrer Röcke angenommen. Ihnen gegenüber, in weißen Waffenröcken mit leuchtend gelben Aufschlägen, stand eine Korporalschaft portugiesischer Soldaten.

Dumaresq grüßte mit dem Hut und schüttelte die Hände verschiedener Würdenträger, während Begrüßungsfloskeln getauscht und übersetzt wurden. Bolitho war überrascht über die große Zahl schwarzer Gesichter in der Zuschauermenge. Sicher waren das Sklaven und Bedienstete von den großen Besitzungen und Plantagen, über Tausende von Meilen verschleppt, um, wenn sie Glück hatten, von einem freundlichen Dienstherrn gekauft zu werden. Wenn sie Pech hatten, lebten sie nicht mehr sehr lange.

Schließlich kletterte Dumaresq mit drei Portugiesen in die Kutsche, während die anderen Herren ihre Pferde bestiegen.

Colpoys steckte seinen Säbel in die Scheide, warf einen Blick auf die Residenz des Vizekönigs am Hang eines üppig bewachsenen Hügels und stöhnte: »Wir müssen marschieren, verflixt noch mal. Ich bin aber Seesoldat und kein dämlicher Infanterist.«

Bis sie das prächtig aussehende Gebäude erreicht hatten, war Bolitho völlig durchgeschwitzt. Während die Seesoldaten von einem Diener hinter das Gebäude geführt wurden, durften Bolitho und Colpoys in einen hohen Raum treten, dessen eine Seite sich zur See und zu einem Garten mit leuchtenden Blumen und schattenspendenden Palmen öffnete.

Weitere Diener brachten auf leisen Sohlen unauffällig Stühle und Wein für die beiden Offiziere, und über ihren Köpfen begann ein großer Fächer hin und her zu wedeln. Colpoys streckte die Beine von sich und trank genüßlich den Wein. »Süß wie das Halleluja in der Kirche.«

Bolitho lächelte. Die portugiesischen Beamten, Militärs und Kaufleute lebten offenbar gut. Sie mußten sich lediglich an die Hitze gewöhnen und gegen das Fieber und sonstige Krankheiten widerstandsfähig werden. Aber die Reichtümer des wachsenden Imperiums waren so groß, daß man sie nicht einmal schätzen konnte: Silber, Edelsteine, seltene Metalle und riesige Flächen mit gut gedeihenden Zuckerrohrplantagen, die wiederum ganze Armeen von Sklaven benötigten, um die Forderungen des fernen Lissabon zu erfüllen.

Colpoys setzte sein Glas ab und stand auf. In der Zeit, die sie für ihren Marsch von der Pier hierher benötigt hatten, war Dumaresq offenbar mit seinen Geschäften fertig geworden. Doch als er aus einem Bogengang erschien, entnahm Bolitho seinem Gesichtsausdruck, daß er alles andere als zufrieden war.

Dumaresq sagte: »Wir wollen zurück zum Schiff.«

Die Verabschiedungszeremonie fand gleich in der Residenz statt. Bolitho erfuhr, daß der Vizekönig nicht in Rio war, aber zurückkehren würde, sobald ihn die Nachricht vom Besuch der *Destiny* erreichte.

Dumaresq erklärte das Notwendigste, als sie hinaus ins Sonnenlicht traten, wobei er als Antwort für die salutierende Wache die Hand an den Hut legte. Mit seiner sonoren Stimme knurrte er: »Er besteht darauf, daß ich seine Rückkehr abwarte. Aber ich bin doch nicht von gestern, Bolitho. Diese Leute sind zwar unsere ältesten Verbündeten, aber einige davon sind halbe Piraten. Also, ob der Vizekönig nun kommt oder nicht: wenn die *Heloise* erst zu uns gestoßen ist, werde ich schleunigst Anker lichten.«

Zu Colpoys sagte er: »Führen Sie Ihre Leute zurück.« Als die scharlachroten Röcke in einer Staubwolke abmarschierten, kletterte Dumaresq in die Kutsche. »Sie kommen mit mir, Mr. Bolitho. Wenn wir die Pier erreichen, möchte ich, daß Sie eine Nachricht für mich überbringen.« Er zog einen schmalen Briefumschlag aus seinem Rock. »Ich rechne immer mit dem Schlimmsten und habe deshalb dies hier vorbereitet. Der Kutscher wird Sie hinfahren, und ich zweifle nicht daran, daß die Nachricht von Ihrem Besuch innerhalb einer Stunde in der ganzen Stadt herum ist.« Er lächelte grimmig. »Der Vizekönig ist nicht der einzige Schlaukopf.«

Als sie mit klappernden Hufen hinter Colpoys und seinen schwitzenden Seesoldaten herfuhren, ergänzte Dumaresq noch: »Nehmen Sie einen Mann mit, als persönlichen Schutz. Ich sah diesen ehemaligen Preisboxer im Kutter. Stockdale heißt er wohl. Nehmen Sie den mit.«

Bolitho wunderte sich. Wie war es möglich, daß Dumaresq so viele Dinge auf einmal im Kopf behielt? Da draußen lag ein Mann im Sterben, und auch Pallisers Leben war vielleicht bald nicht mehr lebenswert, wenn es ihm nicht gelang, die Informationen zu bekommen. Dann war da irgendwo in Rio jemand, der mit den verschwundenen Goldbarren in Verbindung stand, aber nicht der, zu dem Bolitho Dumaresqs Brief bringen sollte. Schließlich waren da das Schiff, seine Besatzung und die gekaperte *Heloise*, dazu Tausende von Meilen Fahrt, ehe sie wissen konnten, ob sie Erfolg hatten oder nicht. Für einen Kapitän von achtundzwanzig Jahren trug Dumaresq wahrlich eine große Bürde. Im Vergleich dazu war die Angelegenheit von Jurys verschwundener Uhr recht unbedeutend.

Ein schlankes, schwarzhaariges Halbblutmädchen mit einem Korb voller Früchte auf dem Kopf blieb stehen und schaute ihnen nach, als die Kutsche vorbeifuhr. Ihre nackten Schultern hatten die

Farbe von Honig, und sie warf ihnen einen kecken Blick zu, als sie merkte, daß die beiden Offiziere sie bewundernd ansahen.

Dumaresq sagte: »Ein schönes Mädchen. Und eine schönere Bugverzierung habe ich noch nie gesehen. Es würde das Risiko lohnen, sie umzulegen.«

Bolitho wußte nicht, was er sagen sollte. Er war derbe Kommentare von Matrosen gewöhnt, aber aus Dumaresqs Mund klang es vulgär und seiner nicht würdig.

Dumaresq sagte nichts mehr, bis die Kutsche hielt. Dann: »Machen Sie, so schnell Sie können. Ich beabsichtige, morgen Trinkwasser zu übernehmen, und bis dahin ist noch eine Menge zu erledigen.« Er verschwand in der Gig.

Bolitho dirigierte den Kutscher zu der auf dem Umschlag stehenden Adresse. Stockdale saß ihm gegenüber und füllte die halbe Kutsche aus.

Dumaresq hatte an alles gedacht. Bolitho oder ein anderer Fremder hätten angehalten und ausgefragt werden können, aber die Kutsche mit dem Wappen des Vizekönigs auf der Tür hatte überall freie Fahrt.

Das Haus, vor dem die Kutsche schließlich hielt, war ein niedriges Gebäude, von einer dicken Mauer umgeben. Bolitho hielt es für eines der ältesten Häuser Rios. Es besaß den zusätzlichen Luxus eines großen Gartens und einer gepflegten Auffahrt.

Ein farbiger Diener empfing Bolitho ohne das geringste Zeichen von Überraschung und führte ihn in eine große, kreisrunde Eingangshalle, in der Marmorvasen voll Blumen standen, wie Bolitho sie auch im Garten gesehen hatte, und einige Plastiken, die in ihren Nischen wie verliebte Wachtposten in Schilderhäuschen wirkten.

Bolitho blieb in der Mitte der Halle zögernd stehen, ungewiß, was er als nächstes tun solle. Ein weiterer Diener ging vorbei, schaute auf irgendeinen fernen Punkt und ignorierte den Brief in Bolithos Hand.

Stockdale grollte. »Ich werde die Burschen auf Trab bringen, Sir!«

Eine Tür öffnete sich geräuschlos, und Bolitho bemerkte einen schmächtig gebauten Mann in weißer Kniehose und plissiertem Hemd, der ihn musterte.

Er fragte: »Sind Sie vom Schiff?«

Bolitho staunte, denn der Mann war Engländer. »Ja, Sir. Ich bin Leutnant Richard Bolitho von Seiner Britannischen . . .«

Der Mann trat mit ausgestreckter Hand näher und begrüßte ihn.

»Ich kenne den Names des Schiffes, Leutnant. Ganz Rio kennt ihn inzwischen.«

Er führte ihn zu einem von Bücherregalen umsäumten Raum und bot ihm einen Stuhl an. Als die Tür von einem unsichtbaren Bediensteten geschlossen wurde, sah Bolitho, daß Stockdale auf dem gleichen Platz stand, wo er ihn verlassen hatte, bereit, ihn zu beschützen und – wenn er irgendeinen Verdacht schöpfte – das Haus Stein für Stein niederzureißen.

»Mein Name ist Jonathan Egmont.« Der Hausherr lächelte höflich. »Das wird Ihnen nichts sagen, denn Sie sind noch sehr jung für Ihren Rang.«

Bolitho ließ die Arme auf den Stuhllehnen ruhen. Es war ein schön geschnitzter Lehnstuhl, er mußte hier – wie das ganze Haus – schon lange stehen.

Eine weitere Tür öffnete sich, und ein Diener wartete darauf, daß Egmont ihn bemerkte.

»Etwas Wein, Leutnant?«

Bolithos Mund war wie ausgedörrt. »Ein Glas würde ich gern annehmen, Sir.«

»Ruhen Sie sich aus, während ich lese, was Ihr Kommandant mir mitzuteilen hat.«

Bolitho sah sich im Raum um, als Egmont zu einem Tisch hinüberging und Dumaresqs Brief mit einem goldenen Stilett aufschlitzte. Rundherum Bücher über Bücher, und auf dem Boden einige wertvolle Teppiche. Es war schwierig, Einzelheiten zu erkennen, weil seine Augen noch vom Sonnenlicht geblendet waren; außerdem waren die Fenster so dicht verhängt, daß es fast zu dunkel war, um den Gastgeber näher zu betrachten. Ein intelligentes Gesicht, dachte Bolitho. Der Mann schien um die Sechzig zu sein, aber die Menschen in diesem Klima alterten schneller. Es war schwierig zu erraten, was Egmont hier tat und wie Dumaresq ihn entdeckt hatte.

Egmont legte den Brief sorgsam auf den Tisch und schaute zu Bolitho hinüber.

»Ihr Kommandant hat Ihnen nichts über den Inhalt erzählt?« Er sah Bolithos Gesichtsausdruck und schüttelte den Kopf. »Nein, natürlich nicht. Es war falsch, Sie danach zu fragen.« Bolitho sagte: »Er befahl mir, den Brief unverzüglich zu überbringen. Das ist alles.«

»Verstehe.« Einen Augenblick schien er unsicher, sogar besorgt. Dann sagte er: »Ich werde tun, was ich kann. Es wird selbstverständlich einige Zeit dauern, aber da der Vizekönig nicht in der Residenz ist, wird Ihr Kommandant sicherlich noch bleiben .«

Bolitho öffnete den Mund, schloß ihn aber wieder, als die Tür sich öffnete und eine Frau mit einem Tablett eintrat. Er sprang auf und schämte sich sogleich seines zerknitterten Hemdes und seiner schweißverklebten Haare. Denn er kam sich wie ein Vagabund vor im Vergleich zu dieser Gestalt; sie war das schönste Wesen, das er je gesehen hatte.

Ganz in Weiß gehalten war ihr Gewand, in der Taille durch einen schmalen goldenen Gürtel zusammengerafft. Ihr Haar glänzte pechschwarz wie seines und fiel, obwohl im Nacken durch ein Band gebändigt, üppig auf ihre Schultern, deren Haut wie Seide glänzte.

Sie musterte ihn vom Scheitel bis zur Sohle, wobei sie den Kopf leicht auf die Schulter neigte.

Egmont war aufgestanden und sagte förmlich: »Das ist meine Frau, Leutnant Bolitho.«

Bolitho verbeugte sich. »Es ist mir eine Ehre, Madam.« Er wußte nicht, was er weiter sagen sollte. Ihre Erscheinung bewirkte, daß er sich unbeholfen vorkam und unfähig, auch nur einen Satz herauszubringen; aber auch sie hatte noch nichts zu ihm gesagt.

Sie setzte das Tablett auf einen Tisch und hielt ihm die Hand entgegen.

»Seien Sie uns willkommen hier, Leutnant. Sie dürfen meine Hand küssen.«

Bolitho ergriff die Hand, fühlte ihre weiche Haut und roch ihr Parfüm, das ihm vollends den Kopf verdrehte.

Ihre Schultern waren nackt, und trotz des Zwielichts im Raum sah er, daß sie violette Augen hatte. Sie war schön, ja, mehr als das. Auch ihre Stimme, als sie ihm die Hand geboten hatte, war aufregend. Wie kam es, daß sie Egmonts Frau war? Sie mußte beträchtlich jünger sein, Spanierin oder Portugiesin, gewiß keine Engländerin. Bolitho hätte sich nicht gewundert, wenn sie direkt vom Mond heruntergestiegen wäre.

Er stammelte: »Richard Bolitho, Madam.«

Sie trat einen Schritt zurück und hielt eine Hand vor den Mund. Dann lachte sie. »Bo-li-tho! Ich glaube, es ist leichter für mich, wenn ich Sie nur mit ›Leutnant‹ anrede.« Ihr Gewand schwang herum, als sie sich ihrem Mann zuwandte. »Später, denke ich, darf ich Sie einfach Richard nennen.«

94

Egmont sagte: »Ich werde einen Brief schreiben, den Sie mitnehmen können, Leutnant.« Er schien hinter seine Frau, ja, durch sie hindurchzuschauen, als ob sie nicht da wäre. »Ich werde tun, was ich kann.«

Sie wandte sich wieder Bolitho zu. »Bitte kommen Sie uns besuchen, so lange Sie in Rio sind.« Sie deutete einen kleinen Knicks an, und ihre Augen ruhten dabei auf seinem Gesicht. Dann sagte sie mit weicher Stimme: »Ich habe mich gefreut, Sie kennenzulernen.«

Dann war sie verschwunden, und Bolitho sank in seinen Stuhl, als ob ihm die Beine weggezogen worden wären.

Egmont sagte: »Es wird einen Augenblick dauern. Genießen Sie den Wein, während ich Tinte und Papier hole.«

Schließlich war es geschafft, und als Egmont den Umschlag mit feuerrotem Siegellack verschloß, bemerkte er kühl: »Erinnerungen wirken lange nach. Ich lebe hier nun schon viele Jahre und war nur selten – außer in geschäftlichen Angelegenheiten – verreist. Und dann kommt eines Tages ein Schiff des Königs, befehligt von dem Sohn eines Mannes, der mir einst sehr nahestand, und plötzlich ist alles verändert.« Er hielt ihm den Brief hin. »Ich wünsche Ihnen einen guten Tag.«

Stockdale betrachtete Bolitho neugierig, als er die Bibliothek verließ. »Alles erledigt, Sir?«

Bolitho hielt inne, weil sich eine andere Tür öffnete und er Mrs. Egmont dastehen sah. Sie sagte nichts und lächelte nicht einmal, sondern schaute ihn lediglich an – als ob sie sich etwas Unbekanntem ausliefere, dachte Bolitho. Dann bewegte sich ihre Hand und hob sich einen Augenblick an ihre Brust. Bolitho fühlte, daß sein Herz so heftig schlug, als wollte es sich zu ihrer Hand drängen.

Die Tür schloß sich, und Bolitho glaubte fast, er habe sich alles nur eingebildet oder der Wein sei zu stark gewesen. Als er aber Stockdales Gesicht sah, wußte er, daß es kein Trugbild gewesen war.

»Wir kehren besser zum Schiff zurück, Stockdale.«

Stockdale folgte ihm hinaus ins Sonnenlicht. Keinen Augenblick zu früh, dachte er.

Es war Dämmerung, als das Boot, das sie von der Landungsbrücke abgeholt hatte, an den Rüsteisen festmachte. Bolitho kletterte zur Fallreepspforte hinauf, mit seinen Gedanken noch bei der wunderschönen Frau im weißen Gewand.

Rhodes wartete auf ihn mit den Fallreepsgasten und flüsterte ihm schnell zu: »Der Erste Offizier erwartet Sie, Dick.«

»Kommen Sie nach achtern, Mr. Bolitho!« Pallisers brüsker Ton brachte Rhodes zum Schweigen, bevor er mehr sagen konnte.

Bolitho kletterte zum Achterdeck hinauf und berührte seinen Hut. »Sir?«

Palliser fuhr ihn an: »Ich warte schon eine Ewigkeit auf Sie!«

»Ja, Sir. Aber ich hatte einen Auftrag des Kommandanten.«

»Das hat ja lange Zeit in Anspruch genommen!«

Bolitho unterdrückte mit Mühe seinen aufsteigenden Ärger. Was er auch tat oder zu tun versuchte, Palliser war nie zufrieden.

Er sagte ruhig: »Gewiß, Sir. Und jetzt bin ich hier.«

Palliser starrte ihn an, als vermute er hinter seinen Worten eine Unverschämtheit. Dann sagte er: »Während Ihrer Abwesenheit hat der Wachtmeister auf meine Anordnung hin einige Wohnräume der Mannschaft durchsucht.« Er wartete auf eine Reaktion Bolithos. »Ich weiß zwar nicht, welche Art Disziplin Sie in Ihrer Division einzuführen versuchen, aber lassen Sie mich Ihnen versichern, daß es mehr als der Bestechung mit Schnaps und Wein bedarf, um etwas zu erreichen. Mr. Jurys Uhr wurde im Besitz eines Ihrer Männer vom Großmast gefunden. Murray heißt der Mann. Was sagen Sie nun?«

Bolitho sah Palliser ungläubig an. Murray hatte Jury das Leben gerettet. Ohne sein schnelles Handeln in jener Nacht an Deck der *Heloise* wäre der Midshipman jetzt tot gewesen. Und wenn Jury nicht ihm, Bolitho, den Degen zugeworfen hätte, um seinen verlorenen Säbel zu ersetzen, wäre auch er selbst jetzt eine Leiche. Das hatte sie miteinander verbunden, ohne daß einer davon gesprochen hätte.

Er protestierte: »Murray ist ein guter Mann, Sir. Ich kann nicht glauben, daß er ein Dieb sein soll.«

»Ich bin mir aber ganz sicher. Sie müssen eben noch eine Menge lernen, Mr. Bolitho. Männer wie Murray würden niemals einen Kameraden bestehlen, aber ein Offizier, selbst ein kleiner Kadett, ist für sie Freiwild.« Mit einiger Anstrengung dämpfte er seine Stimme. »Aber das ist noch nicht das Schlimmste. Mr. Jury hatte die Kühnheit, die unglaubliche Frechheit, mir zu sagen, er habe die Uhr Murray gegeben, als Geschenk! Das können doch selbst Sie nicht glauben!«

»Ich glaube, er sagte das, um Murray zu retten, Sir. Es war falsch, aber ich kann es verstehen.«

»Das habe ich mir gedacht.« Palliser beugte sich vor. »Ich werde dafür sorgen, daß Mr. Jury ausgeschifft wird und eine Rückfahrkarte nach England bekommt, sobald wir mit einer höheren Autorität zusammentreffen. Was halten Sie davon?«

Bolitho antwortete hitzig: »Ich glaube, da handeln Sie unfair.« Er fühlte, wie sein Ärger verzweifeltem Zorn Platz machte. Palliser hatte mehrfach versucht, ihn zu provozieren, aber diesmal war er zu weit gegangen. Er sagte: »Wenn Sie versuchen, über Mr. Jury mich zu treffen, werden Sie sicherlich Erfolg haben. Aber das zu erwägen, obwohl Sie genau wissen, daß er keine Familie hat und mit ganzem Herzen der Marine gehört – das ist gemein. An Ihrer Stelle, Sir, würde ich mich schämen.«

Palliser starrte ihn an, als wäre er geschlagen worden. »*Was* würden Sie tun?«

Eine kleine Gestalt trat aus dem Schatten hervor: Macmillan, der Kommandantensteward. Er sagte: »Verzeihung, meine Herren, aber der Kommandant bittet Sie sofort in seine Kajüte.«

Dumaresq stand breitbeinig in der Tageskajüte, die Hände in die Hüften gestemmt, und blickte seinen beiden Offizieren entgegen.

»Ich verbitte mir, daß Sie auf meinem Achterdeck wie zwei Straßenlümmel streiten! Was, zum Teufel, ist in Sie gefahren?«

Palliser sah empört, ja blaß aus, als er sagte: »Wenn Sie gehört haben, was Mr. Bolitho gesagt hat, Sir . . .«

»Gehört? Gehört?« Dumaresq stieß eine Faust in Richtung des Oberlichtfensters. »Ich glaube, das ganze Schiff hat es gehört.« Er schaute Bolitho an. »Wie können Sie sich eine solche Insubordination gegenüber dem Ersten Offizier erlauben? Sie haben ihm ohne Gegenrede zu gehorchen. Disziplin hat den Vorrang, wenn wir nicht zu einem Sauhaufen herabsinken wollen. Ich erwarte, nein: ich verlange, daß das Schiff jederzeit auf ein Wort von mir einsatzbereit ist. Über unwichtige Dinge in Hörweite aller Leute zu streiten, ist ein Wahnsinn, den ich nicht dulde.« Er prüfte Bolithos Gesicht und fügte milder hinzu: »Es darf nicht wieder vorkommen.«

Palliser versuchte es noch einmal. »Ich habe ihm gesagt, Sir . . .« Er verstummte, als sich ein Blitzstrahl aus den unwiderstehlichen Augen auf ihn richtete.

»Sie sind mein Erster Offizier, und ich stelle mich hinter alles, was Sie unter meinem Kommando tun. Aber ich möchte nicht, daß Sie Ihren Zorn an Kameraden auslassen, die zu jung sind, um sich gegen Sie zu wehren. Sie sind ein erfahrener und bewährter Offizier, während Mr. Bolitho ein Neuling in der Messe ist. Was Mr. Jury betrifft, so weiß er nicht mehr von den Bräuchen auf See als das, was er seit Plymouth gelernt hat. Können Sie diese Feststellung akzeptieren?«

Palliser schluckte, den Kopf unter die Decksbalken geneigt. »Jawohl, Sir.«

»Gut, darin stimmen wir also überein.«

Dumaresq ging zu den Heckfenstern und blickte auf die vom Wasser reflektierten Lichter.

»Mr. Palliser, Sie werden den Diebstahl weiter verfolgen. Ich möchte nicht, daß ein guter Mann wie Murray bestraft wird, wenn er nichts von der Sache weiß. Andererseits wird er der Strafe nicht entgehen, wenn er schuldig ist. Das ganze Schiff weiß inzwischen, was passiert ist. Wenn er wegen unserer Unfähigkeit, die Wahrheit herauszufinden, straflos ausginge, beraubten wir uns der Möglichkeit, die wirklichen Unruhestifter und selbsternannten Richter zu maßregeln.« Er streckte Bolitho die Hand entgegen. »Sie haben sicherlich einen Brief für mich.« Als er ihn an sich nahm, setzte er langsam hinzu: »Kümmern Sie sich um Mr. Jury. Sie haben es in der Hand, ihn fair, aber streng zu behandeln. Es wird ebenso eine Prüfung für Sie sein wie für ihn.« Er nickte ihm zu. »Abtreten!«

Als Bolitho die Tür hinter sich schloß, hörte er Dumaresq sagen: »Das war eine gute Aussage, die Sie von Triscott bekommen haben. Sie macht die vorangegangenen Fehlschläge wieder wett.«

Palliser murmelte etwas, und Dumaresq antwortete: »Noch ein Steinchen, und das Puzzlespiel könnte schneller aufgehen, als ich dachte.«

Bolitho machte sich unter den Blicken des Wachtpostens, die ihm bis in die Schattenzone folgten, davon. Er betrat die Messe und ließ sich so vorsichtig wie jemand, der gerade vom Pferd gefallen war, nieder.

Poad fragte: »Etwas zu trinken, Sir?«

Bolitho nickte, obwohl er kaum hingehört hatte. Er sah Bulkley an einem der dicken Holzbalken lehnen und fragte: »Ist der Kapitän der *Heloise* tot?«

Bulkley blickte müde auf und wartete, bis sein Blick Bolitho erfaßt hatte.

»Aye. Minuten, nachdem er seinen Namen unter die Aussage geschrieben hatte, starb er.« Der Arzt war kaum zu verstehen. »Ich hoffe nur, die Sache war es wert.«

Colpoys kam aus seiner Kammer und schwang ein elegantes, weiß gekleidetes Bein über einen Stuhl.

»Langsam werde ich verrückt. Man liegt hier draußen vor Anker und hat nichts zu tun . . .« Er blickte von Bolitho zu Bulkley und zog eine Grimasse. »Es scheint, ich hatte unrecht. Hier herrscht der reinste Frohsinn!«

Bulkley seufzte. »Ich habe das meiste mit angehört. Triscott sollte nur diese eine Reise als Kapitän machen. Es scheint, er hatte Befehl, uns in Funchal zu treffen und herauszufinden, was wir vorhatten.« Der Arzt stieß versehentlich ein Glas Branntwein um, schien es aber nicht zu bemerken. »Sobald er unser Ziel wußte, sollte er in die Karibik segeln und das Schiff seinem Besitzer, der den Bau bezahlt hatte, übergeben.« Er hüstelte und tupfte sich das Kinn mit einem roten Taschentuch ab. »Statt dessen wurde Triscott neugierig und versuchte, uns zu folgen.« Er schaute prüfend nach achtern, als suche er Dumaresq durch das Schott hindurch. »Stellen Sie sich vor: eine Maus, die den Tiger jagen wollte! Nun, dafür hat er bezahlt.«

Colpoys fragte ungeduldig: »Schon, aber wer ist dieser mysteriöse Käufer von Brigantinen?«

Bulkley drehte sich so langsam zu dem Leutnant um, als täte es ihm weh, sich zu bewegen. »Ich hätte Sie für schlauer gehalten. Sir Piers Garrick natürlich! Ehemals Freibeuter im Namen des Königs und jetzt ein verdammter Seeräuber auf eigene Faust!«

Rhodes betrat die Messe. »Ich habe das eben mitgehört. Wir hätten es wissen müssen, nachdem unser Kommandant schon seinen Namen genannt hatte. Nach so vielen Jahren! Der Mann muß jetzt über sechzig sein. Glauben Sie wirklich, daß er weiß, was aus den Goldbarren der *Asturias* wurde?«

Colpoys sagte gelangweilt: »Der Knochensäbler ist eingeschlafen, Stephen.«

Poad, der sich in der Nähe aufgehalten hatte, sagte: »Es gibt heute frisches Schweinefleisch, meine Herren. Eine Aufmerksamkeit, die uns ein Mr. Egmont mit besten Empfehlungen geschickt hat.« Er wartete auf den richtigen Augenblick, um fortzufahren: »Der Überbringer sagte, als Erinnerung an den Besuch Mr. Bolithos in seinem Haus.«

Bolitho errötete, als alle ihn anschauten.

Colpoys schüttelte bedauernd den Kopf. »Mein Gott, wir sind kaum angekommen, und schon hat eine Frau die Hand im Spiel.«

Als Gulliver sich zu Colpoys und dem Zahlmeister an den Tisch setzte, nahm Rhodes Bolitho beiseite.

»Hat er Ihnen hart zugesetzt, Dick?«

»Ich habe meine Selbstbeherrschung verloren.« Bolitho lächelte reuig.

»Lassen Sie sich nichts gefallen! Vergessen Sie nicht, was ich Ihnen gesagt habe.« Rhodes vergewisserte sich, daß niemand zuhörte. »Ich habe Jury gesagt, daß er im Kartenraum auf Sie warten soll. Sie werden dort einige Zeit ungestört sein, bringen Sie es hinter sich. Ich habe so etwas auch schon durchgemacht.« Er schnupperte und rief: »Ich rieche Schweinebraten, Dick. Sie müssen an Land tatsächlich großen Eindruck gemacht haben.«

Bolitho arbeitete sich zu dem kleinen Kartenraum durch, der neben dem Niedergang lag, und sah Jury neben dem leeren Kartentisch stehen. Wahrscheinlich glaubte er seine Karriere ebenso vom Tisch gewischt wie Gullivers Berechnungen.

Bolitho sagte: »Man hat mir berichtet, was Sie getan haben. Der Fall Murray wird untersucht, darauf hat der Kommandant mir sein Wort gegeben. Sie werden nicht ausgeschifft, wenn wir auf das karibische Geschwader stoßen, sondern bleiben auf der *Destiny*.« Er hörte, wie Jury aufatmete, und sagte: »Es liegt jetzt also an Ihnen.«

»Ich – ich weiß nicht, was ich sagen soll, Sir.«

Bolitho spürte seine innere Entschlossenheit wanken. Er war selbst einmal so unerfahren wie Jury gewesen und wußte, was es bedeutete, einer offensichtlichen Katastrophe entgegenzusehen.

Er zwang sich zu sagen: »Sie haben falsch gehandelt, indem Sie logen, um einen Mann zu schützen, der wahrscheinlich schuldig ist.« Er unterband Jurys Protestversuch. »Es war nicht richtig, so stark für einen Mann einzutreten, wie Sie es für einen anderen kaum getan hätten. Ich habe den gleichen Fehler begangen. Wenn ich gefragt worden wäre, ob ich mich so für Murray eingesetzt hätte, wenn er eine Niete wäre, oder für Sie, wenn Sie mich nicht gerettet hätten, hätte ich zugeben müssen, daß ich zu Ihren Gunsten voreingenommen war.«

Jury sagte gepreßt: »Ich bedaure den Ärger, den ich verursacht habe. Besonders Ihnen.«

Bolitho sah ihn zum erstenmal voll an und bemerkte den inneren Kampf, den er durchmachte. »Ich weiß. Wir haben beide aus all dem gelernt.« Er fiel in einen härteren Tonfall: »Andernfalls wären wir beide es nicht wert, des Königs Rock zu tragen. Und nun gehen Sie bitte wieder in Ihr Quartier.«

Er hörte Jury den Kartenraum verlassen und wartete einige Minuten, um sich zu sammeln.

Er hatte korrekt gehandelt, auch wenn es jetzt schon etwas spät dafür war. In Zukunft würde Jury sich in acht nehmen und weniger willig sein, sich an andere zu hängen. »Heldenverehrung« hatte der Kommandant es genannt.

Bolitho seufzte und begab sich in die Messe. Als er eintrat, schaute Rhodes ihn fragend an.

Bolitho zuckte die Schultern. »Es war nicht leicht.«

»Das ist es nie.« Rhodes grinste und schnupperte wieder. »Wir werden etwas später essen, aber mir scheint, das Warten lohnt.«

Bolitho nahm Poad ein Glas Wein ab und setzte sich in einen Armstuhl. Rhodes' Rezept war einfacher, dachte er: Lebe für das Heute und sorge dich nicht um das Morgen, auf diese Weise kann dich nichts verletzen. Aber dann dachte er an Jurys verzagtes Gesicht und wußte, daß das nicht stimmte.

VII Im Zwiespalt

Zwei weitere Tage vergingen ohne ein Anzeichen, daß der portugiesische Vizekönig zurückgekehrt war oder beabsichtigte, Dumaresq zu empfangen.

Unter der unbarmherzigen Sonne fast zerfließend, erledigten die Seeleute ihre tägliche Arbeit recht unlustig. Die Stimmung war allgemein gereizt, Streitigkeiten flammten leicht auf, und bei verschiedenen Anlässen wurden Leute nach achtern zur Bestrafung gebracht.

Wenn Dumaresq an Deck kam, schien er mit jedem von der Schiffsglocke angezeigten Wachwechsel ärgerlicher und unduldsamer zu werden. Ein Matrose bekam Strafarbeiten allein deshalb, weil er ihn angestarrt hatte, und Midshipman Ingrave, der als sein Schreiber eingesprungen war, wurde mit der Bemerkung: »Zu dämlich, um eine Feder zu halten«, die noch lange in seinen Ohren nachklang, zurück zu seinem normalen Dienst an Deck geschickt.

Selbst Bolitho, der wenig Erfahrung mit den Gepflogenheiten in ausländischen Häfen hatte, fiel die der *Destiny* aufgezwungene Isolierung auf. Ein paar Boote mit allerlei Handelswaren lungerten zwar voller Hoffnung auf Geschäfte um das Schiff herum, wurden aber von den aufmerksamen Wachbooten am Herankommen gehindert. Und ganz gewiß war, daß keine Nachricht von dem Mann namens Egmont kam.

Samuel Codd, der Zahlmeister, war nach achtern marschiert, um sich darüber zu beklagen, daß es ihm unmöglich sei, seine Vorräte an frischem Obst zu ergänzen. Das halbe Schiff mußte mit angehört haben, wie Dumaresqs Zorn sich sturzbachartig über ihn ergoß.

»Für was halten Sie mich eigentlich, Sie Geizkragen? Glauben Sie, ich habe nichts anderes zu tun als zu kaufen und zu verkaufen wie ein ambulanter Gemüsehändler? Nehmen Sie ein Boot und gehen Sie selber an Land, aber sagen Sie dem Kaufmann diesmal, die Vorräte seien für mich bestimmt!« Seine mächtige Stimme folgte Codd noch, als der längst die Kajüte verlassen hatte: »Und kommen Sie mir nicht mit leeren Händen zurück!«

Nur in der Offiziersmesse war die Stimmung kaum verändert. Es gab den üblichen Klatsch und aufgebauschte Berichte über die Ereignisse während der Tagesarbeit. Nur wenn Palliser erschien, wurde das Klima förmlich, fast frostig.

Bolitho hatte sich Murray kommen lassen und ihm die Beschuldigung, ein Dieb zu sein, eindringlich vor Augen gehalten. Murray hatte entschlossen verneint, irgend etwas mit der Angelegenheit zu tun zu haben, und Bolitho gebeten, für ihn einzutreten. Bolitho war von dem Ernst des Mannes beeindruckt. Murray war über die Aussicht auf eine zu unrecht erlassene Prügelstrafe weniger verängstigt als empört. Aber die Strafe war nicht mehr abzuwenden, wenn der wahre Dieb nicht gefunden werden konnte.

Poynter, der Oberwachtmeister, blieb unerbittlich. Er hatte die Uhr in Murrays Utensilienkasten bei einer kurzen Durchsuchung entdeckt. Jeder konnte sie da versteckt haben, aber aus welchem Grund? Es hatte festgestanden, daß etwas unternommen werden würde, um die verschwundene Uhr wiederzufinden. Ein vorsichtiger Dieb hätte hundert Möglichkeiten gehabt, sie an einem sicheren Ort zu verstecken. Aber so? Die Sache ergab keinen Sinn.

Am Abend des zweiten Tages kam die *Heloise* in Sicht. Sie näherte sich langsam der Küste. Ihre Segel schimmerten im scheidenden Sonnenlicht, als sie einen letzten Schlag in Richtung Hafeneinfahrt machte.

Dumaresq beobachtete sie durch sein Teleskop und brummte: »Braucht ja endlos! Da muß er sich schon etwas mehr anstrengen,

102

wenn er befördert werden will!«

Rhodes sagte: »Haben Sie es bemerkt, Dick? Die Trinkwasser-prähme sind nicht wie versprochen gekommen. Unser Vorrat muß ziemlich zu Ende sein. Kein Wunder, daß unser ›Herr und Meister‹ vor Zorn rot anläuft.«

Bolitho erinnerte sich an Dumaresqs Worte, daß die *Destiny* am Tag nach ihrer Ankunft Frischwasser übernehmen wolle. Das hatte er über all dem, was seine Gedanken inzwischen gefangennahm, vergessen.

»Mr. Rhodes!« Dumaresq trat an die Querreling des Achterdecks. »Signalisieren Sie der *Heloise*, daß sie auf der äußeren Reede ankern soll. Mr. Slade soll nicht versuchen, bei Dunkelheit näher ans Land heranzusegeln. Um ganz sicherzugehen, schicken Sie ihm ein Boot mit dem Befehl, daß er frei von der Landzunge vor Anker gehen soll.«

Das Trillern der Bootsmannsmaatenpfeife brachte die Bootscrew im Laufschritt nach achtern. Einige stöhnten, als sie sahen, wie weit die Brigantine entfernt war. Das gab eine lange Strecke zu pullen, und zwar hin und zurück.

Rhodes suchte den Midshipman der Wache. »Mr. Lovelace, Sie fahren mit!« Er ließ sich nichts anmerken, als er Bolitho zuzwinkerte. »Verdammte Kadetten, was, Dick? Müssen ein bißchen beschäftigt werden.«

»Mr. Bolitho!« Dumaresq hatte ihn beobachtet. »Kommen Sie bitte zu mir.«

Bolitho eilte nach achtern, bis sie beide außer Hörweite der anderen an der Heckreling standen.

»Ich muß Ihnen mitteilen, daß Mr. Palliser keinen anderen Schuldigen gefunden hat.« Dumaresq musterte Bolitho eindringlich. »Das beunruhigt Sie, wie ich sehe.«

»Ja, Sir. Ich habe keinen Gegenbeweis, aber ich bin überzeugt, daß Murray unschuldig ist.«

»Ich werde warten, bis wir wieder auf See sind. Aber dann muß die Bestrafung vollzogen werden. Jedoch empfiehlt es sich nicht, Leute vor den Augen Fremder auszupeitschen.«

Bolitho wartete ab, da er ahnte, daß noch mehr kommen würde.

Dumaresq beschattete seine Augen, als er zum Wimpel an der Mastspitze emporschaute. »Eine schöne Brise.« Dann sagte er: »Ich brauche einen neuen Schreiber. Auf einem Kriegsschiff gibt es mehr Schriftstücke und Listen als Pulver und Blei.« Sein Tonfall wurde schärfer. »Oder Trinkwasser, was das betrifft!«

Bolitho straffte sich, als Palliser nach achtern kam und wie vor einer unsichtbaren Linie stehenblieb.

Dumaresq sagte: »Wir sind fertig. Was ist, Mr. Palliser?«

»Ein Boot nähert sich, Sir.« Er beachtete Bolitho nicht. »Das gleiche, welches Schweinefleisch für die Messe gebracht hat.«

Dumaresq hob die Brauen. »Wirklich? Das interessiert mich.« Er machte abrupt kehrt und sagte: »Ich bin in meinen Räumen. Und was den Schreiber betrifft, so habe ich mich entschieden, den neuen Gehilfen des Schiffsarztes, Spillane, mit der Aufgabe zu betrauen. Er scheint ein gebildeter Mann zu sein und weiß, wie man sich Vorgesetzten gegenüber benimmt; außerdem will ich den guten Doktor nicht verwöhnen, er hat genügend andere Hilfskräfte, die sein Krankenrevier versorgen können.«

Palliser tippte an seinen Hut. »Zu Befehl, Sir.«

Bolitho ging zur Backbord-Laufbrücke, um das näherkommende Boot zu betrachten. Ohne Glas konnte er erkennen, daß niemand darin saß, den er kannte. Fast hätte er über sich selber gelacht, daß er so dumm sein konnte. Was hatte er erwartet? Daß Jonathan Egmont selbst herauskam, um den Kommandanten zu besuchen? Oder daß seine reizende Frau die unbequeme und anstrengende Fahrt unternahm, um ihm zuzuzwinkern? Er wurde offenbar schon kindisch. Vielleicht war er zu lange auf See gewesen, oder sein letzter Heimaturlaub in Falmouth, der so viel Unglück nach sich zog, hatte ihn anfällig für Phantastereien und unerfüllbare Träume gemacht?

Das Boot kam an die Großrüsten, und nach einer längeren Diskussion in Zeichensprache zwischen den Ruderern und dem Bootsmannsmaat der Wache wurde ein Briefumschlag zu Rhodes hinaufgereicht, den er sofort nach achtern zur Kajüte trug. Das Boot wartete ein paar Yards vom Schiff entfernt; seine dunkelhäutigen Insassen beobachteten die geschäftigen Matrosen und Seesoldaten und schätzten wahrscheinlich die Stärke einer Breitseite der *Destiny* ab.

Schließlich kam Rhodes zurück, rief das Boot heran und reichte dem Bootssteurer einen anderen Umschlag hinunter. Er sah, daß Bolitho zuschaute, und kam zu ihm an die Hängemattsnetze.

»Ich weiß, daß Sie es nicht gern hören werden, Dick«, und dabei konnte er ein inneres Lachen nicht ganz unterdrücken, »aber wir sind heute abend zum Essen eingeladen. Ich glaube, Sie kennen das Haus bereits.«

»Wer wird hingehen?« Bolitho bemühte sich, seine plötzliche Besorgnis nicht zu zeigen.

Rhodes grinste. »Der ›Herr und Meister‹, alle Offiziere und – als höfliche Geste – der Schiffsarzt.«

»Das kann ich nicht glauben! Der Kommandant würde das Schiff doch niemals verlassen, wenn nicht wenigstens ein Offizier an Bord bliebe.« Bolitho schaute nach achtern, wo Dumaresq gerade an Deck erschien. »Bestimmt nicht!«

Dumaresq rief: »Holen Sie Macmillan und meinen neuen Schreiber Spillane!« Sein Ton war frohlockend, anders als in den letzten Tagen. »In einer halben Stunde brauche ich meine Gig.«

Rhodes eilte schon davon, als Dumaresq ihm laut nachrief: »Ich möchte, daß Sie, Mr. Bolitho und unser tapferer Rotrock bis dahin anständig angezogen sind.« Er lächelte. »Der Doktor ebenfalls.« Er ging mit langen Schritten davon, während sein Steward wie ein Terrier hinterhertrippelte.

Bolitho schaute auf seine Hände. Sie wirkten ruhig, aber er hatte das Gefühl, als habe er die Herrschaft über sie – genau wie über sein Herz – verloren.

In der Messe herrschte wüstes Tohuwabohu. Poad und seine Gehilfen suchten nach sauberen Hemden und gebügelten Uniformröcken, um ihre Schützlinge aus wetterharten Seeoffizieren in geschniegelte Gentlemen zu verwandeln.

Colpoys verfluchte seinen Burschen wie ein Kavallerist, während der Mann seine Stiefel auf Hochglanz brachte und er sich selber im Handspiegel betrachtete.

Bulkley, zerknittert und eulenhaft wie immer, brummte: »Er nimmt mich nur mit, um das Unrecht, das er mir mit meinem Gehilfen angetan hat, wiedergutzumachen.«

Palliser hakte ein. »Ach du lieber Himmel! Wahrscheinlich will er nur nicht riskieren, Sie allein an Bord zurückzulassen.«

Gulliver war offensichtlich entzückt, daß er als zeitweilig Verantwortlicher für das Schiff fungieren sollte. Auf der langen Überfahrt von Funchal hierher hatte er sichtlich an Selbstvertrauen gewonnen, und außerdem haßte er die Gepflogenheiten der vornehmen Gesellschaft, wie er Codd einmal anvertraut hatte.

Bolitho war als erster am Fallreep. Er sah, daß Jury gerade die Wache auf dem Achterdeck übernahm. Ihre Blicke trafen sich und wanderten dann weiter. Es würde anders werden, wenn das Schiff erst wieder in See war. Dann konnten gemeinsame Aufgaben die

Spannung zwischen ihnen beseitigen, nur: Murrays Schicksal war auch dann noch nicht entschieden.

Dumaresq erschien an Deck und musterte seine Offiziere. »Gut! Recht gut!« Er musterte die längsseits liegende Gig unten, die Mannschaft in den karierten Hemden und mit den geteerten Hüten und den Bootssteurer, der zum Ablegen bereit wartete.

»Gut gemacht, Johns!«

Bolitho dachte daran, wie er das letztemal mit Dumaresq an Land gefahren war, der so nebenbei zu Johns gesagt hatte, er solle sich um die Angelegenheit mit Jurys verschwundener Uhr kümmern. Johns war als Bootssteurer des Kommandanten bei den Unteroffizieren und dienstälteren Leuten sehr angesehen. Ein Wort zur rechten Zeit, ein Wink an den Wachtmeister, der keines großen Anstoßes bedurfte, wenn es darauf ankam, die Leute unter Druck zu setzen, und eine schnelle Durchsuchung hätten das übrige getan.

»Ins Boot!«

In genauer Beachtung des Dienstalters und von einigen wachfreien Leuten auf der Laufbrücke beobachtet, kletterten die Offiziere der *Destiny* in die Gig hinunter.

Als letzter nahm Dumaresq in seinem goldbetreßten Rock mit den weißen Aufschlägen auf dem Hecksitz Platz.

Als das Boot vorsichtig von der Bordwand absetzte, sagte Rhodes: »Erlauben Sie mir zu sagen, Sir, daß wir Ihnen sehr dankbar für diese Einladung sind.«

Dumaresqs Zähne leuchteten sehr weiß in der Dunkelheit. »Ich habe alle meine Offiziere gebeten, mitzukommen, Mr. Rhodes, weil wir eines Geistes sind.« Sein Lächeln breitete sich über das ganze Gesicht aus. »Außerdem möchte ich die Leute an Land wissen lassen, daß wir alle anwesend sind.«

Rhodes erwiderte etwas lahm: »Verstehe, Sir«, aber es war klar, daß er nichts verstanden hatte.

Trotz seiner kürzlichen Mißerfolge und Sorgen hatte Bolitho sich wieder beruhigt. Er beobachtete die Lichter an Land und war entschlossen, sich gut zu amüsieren. Schließlich waren sie in einem fremden, exotischen Land, von dem er zu Hause in Falmouth nach seiner Rückkehr erzählen wollte.

Kein anderer Gedanke sollte ihm heute abend dazwischenkommen. Dann fiel ihm ein, wie sie ihn angeschaut hatte, als er das Haus verließ, und er fühlte seinen festen Vorsatz dahinschwinden. Es war lächerlich, aber mit diesem Blick hatte sie bewirkt, daß er sich wie ein erwachsener Mann vorkam.

Bolitho musterte die übervolle Tafel und fragte sich, wie er es schaffen sollte, all diesen Köstlichkeiten Gerechtigkeit widerfahren zu lassen. Schon wünschte er, Pallisers knappen Ratschlag beachtet zu haben, den dieser seinen jungen Kameraden kurz vor dem Verlassen der Gig gegeben hatte: »Man wird versuchen, Sie betrunken zu machen. Passen Sie also auf!« Das war vor fast zwei Stunden gewesen, aber es schien Bolitho viel länger her.

Sie saßen in einem Saal mit gewölbter Decke, an den Wänden hingen farbenfrohe Gobelins, deren Pracht noch verstärkt wurde durch Hunderte von Kerzen in den glitzernden Kristall-Lüstern über ihnen und auf den mehrarmigen Leuchtern, die in regelmäßigen Abständen auf der Tafel standen und aus purem Gold sein mußten.

Die Offiziere der *Destiny* waren sorgsam am Tisch verteilt und bildeten blau-weiße Flecken zwischen den prächtiger gekleideten übrigen Gästen, alles Portugiesen. Die meisten sprachen kaum englisch und riefen einander mit erhöhter Lautstärke zu, wenn sie sich etwas übersetzen lassen oder ihrem Tischnachbarn etwas erklären wollten. Der Kommandeur der Küstenbatterien, ein Faß von einem Mann, wurde an Lautstärke und Appetit nur von Dumaresq übertroffen. Gelegentlich neigte er sich einer der Damen zu, brüllte vor Lachen oder schlug mit der Faust auf den Tisch, um seine Bemerkungen zu unterstreichen.

Eine kleine Armee von Dienern trug eine nicht endenwollende Folge von Gerichten auf: von gekochtem, köstlich schmeckendem Fisch bis zu riesigen Platten mit geschmortem Rindfleisch. Und während der ganzen Zeit floß der Wein immer wieder wie von selbst in ihre Gläser, roter Wein aus Portugal oder Spanien, herber Weißwein aus Deutschland und milde Sorten aus Frankreich. Egmont war sehr großzügig. Bolitho hatte den Eindruck, daß er selber wenig trank und seine Gäste mit einem ironischen Lächeln beobachtete.

Es tat fast weh, Egmonts Frau am gegenüberliegenden Ende der Tafel anzuschauen. Sie hatte Bolitho kurz zugenickt, als er ankam, weiter nichts. Und jetzt fühlte er sich zwischen einem portugiesischen Schiffshändler und einer runzligen Dame, die unaufhörlich aß, unbeachtet und irgendwie verloren.

Mrs. Egmonts Anblick war atemberaubend. Sie hatte sich wieder in Weiß gekleidet, das ihre Haut golden schimmern ließ. Das Kleid war vorne tief ausgeschnitten, und um den Hals trug sie ein Geschmeide, das einen doppelköpfigen aztekischen Vogel darstellte, dessen lange Schwanzfedern mit Rubinen besetzt waren, wie Rhodes sachkundig festgestellt hatte.

Wenn sie den Kopf wandte, um mit einem Gast zu sprechen, tanzten die rubinbesetzten Schwanzfedern zwischen ihren Brüsten, und Bolitho stürzte ein weiteres Glas Rotwein hinunter, ohne zu bemerken, was er tat.

Colpoys war bereits halb betrunken und schilderte seiner Tischnachbarin ausführlich, wie er einmal im Schlafzimmer einer Dame von ihrem Ehemann überrascht worden war.

Palliser hingegen schien unverändert. Er aß bedächtig und hielt sein Glas immer halb gefüllt, während Rhodes seiner selbst nicht mehr ganz sicher schien. Seine Zunge war schwer, seine Bewegungen wirkten fahriger als zu Beginn des Mahls. Nur der Schiffsarzt genoß Essen und Trinken, ohne daß es ihm etwas antat.

Dumaresq war unglaublich in Form. Er wies kein Gericht zurück und schien völlig gelöst. Seine starke Stimme reichte über den ganzen Tisch, hielt hier eine einschlafende Konversation in Gang oder rief dort einen seiner Offiziere zur Ordnung.

Einmal rutschten Bolithos Ellenbogen vom Tisch, so daß er beinahe nach vorn zwischen die Teller gefallen wäre. Der Schock half ihm, sich zusammenzureißen und zu erkennen, wie stark die Getränke wirkten. Nie wieder!

Er hörte Egmont sagen: »Ich glaube, meine Herren, wenn die Damen sich jetzt zurückziehen, sollten wir in einen kühleren Raum überwechseln.«

Irgendwie schaffte es Bolitho, rechtzeitig auf die Füße zu kommen und der runzligen Dame aus ihrem Stuhl zu helfen. Als sie den anderen Damen zur Tür folgte, welche die Männer sich selber überließen, kaute sie immer noch.

Ein Diener öffnete eine andere Tür und wartete, daß Egmont seine Gäste in einen Raum mit Ausblick zur See führte. Dankbar trat Bolitho hinaus auf die Terrasse und lehnte sich an die Steinbrüstung. Nach der Hitze der Kerzen und dem vielen Wein wirkte die Luft hier rein wie ein Bergquell.

Er schaute zum Mond auf und dann hinüber zum Ankerplatz der *Destiny*, aus deren offenen Stückpforten Licht fiel und sich im

Wasser spiegelte, als ob das Schiff brenne.

Der Schiffsarzt trat zu Bolitho an die Brüstung und holte tief Luft. »Das war ein richtiges Gastmahl, mein Junge!« Er stieß kräftig auf. »Es hätte ausgereicht, ein ganzes Dorf einen Monat lang zu sättigen. Stellen Sie sich vor: Das alles muß aus Frankreich und Spanien herübergebracht werden – ohne Rücksicht auf die Kosten. Wenn man bedenkt, daß viele Menschen froh wären, wenn sie nur einen Laib Brot hätten, wird man ziemlich nachdenklich.«

Bolitho sah ihn an. Auch er hatte schon daran gedacht, allerdings nicht in Zusammenhang mit der Ungerechtigkeit. Er fragte sich, wie Egmont, ein Fremder in diesem Land, so reich hatte werden können. Reich genug, um sich alle Wünsche zu erfüllen, sogar den nach einer schönen Frau, die halb so alt war wie er. Der doppelköpfige Vogel an Mrs. Egmonts Hals war aus purem Gold gewesen und ein Vermögen wert. Gehörte er zum Schatz der *Asturias*? Egmont hatte Dumaresqs Vater gekannt, aber dessen Sohn offenbar bisher nicht kennengelernt. Die beiden hatten – soweit Bolitho beobachten konnte – kaum miteinander gesprochen oder höchstens in Gegenwart anderer und im üblichen leichten Plauderton.

Bulkley lehnte sich vor und rückte seine Brille zurecht. »Da fährt ein übereifriger Kapitän, der nicht bis zur Morgentide warten kann.«

Bolitho wandte sich um und schaute seewärts. Sein geübtes Auge entdeckte schnell ein Schiff, das gerade die Reede verließ.

Bulkley sagte beiläufig: »Muß ein Einheimischer sein. Jeder Fremde würde hier auf Grund laufen.«

Palliser rief aus der offenen Tür: »Kommen Sie herein, und leisten Sie uns Gesellschaft!«

Bulkley lachte in sich hinein. »Immer großzügig, wenn's nicht auf seine Kosten geht.«

Aber Bolitho blieb, wo er war. Aus dem Raum drang schon Lärm genug, Gelächter und Geklirr von Gläsern, dazu Colpoys' Stimme, die sich immer höher über die anderen erhob. Bolithos Abwesenheit schien gar nicht aufzufallen.

Er spazierte auf der mondbeschienenen Terrasse auf und ab und ließ den Seewind sein Gesicht kühlen. Als er an einem abgelegenen Raum vorbeikam, hörte er Dumaresq Stimme, sehr nahe, sehr eindringlich:

»Ich bin nicht so weit hergekommen, um mich mit Ausreden abspeisen zu lassen. Sie steckten von Anfang an bis zum Hals in der Sache drin. So viel hat mir mein Vater immerhin erzählt, bevor er starb.« Die Verachtung in seiner Stimme war schneidend wie ein Peitschenhieb. »Meines Vaters ›tapferer‹ Erster Offizier, der sich zurückzog, als er dringend gebraucht wurde!«

Bolitho wußte, daß er hätte weitergehen sollen, aber er konnte sich nicht bewegen. Dumaresqs Ton schien seine Beine zu lähmen. Es lag etwas darin, das sich in Jahren aufgestaut hatte und nicht länger zurückhalten ließ.

Egmont protestierte lahm: »Ich habe es nicht gewußt. Sie müssen mir glauben. Ich mochte Ihren Vater. Ich habe ihm treu gedient und ihn immer bewundert.«

Dumaresqs Stimme klang jetzt gedämpft. Er mußte sich ungeduldig abgewandt haben.

»Aber mein Vater, den Sie so bewundert haben, starb als armer Mann – das übliche Schicksal eines abgehalfterten Schiffskommandanten, der nur noch einen Arm und ein Bein besaß. Dennoch bewahrte er Ihr Geheimnis, Egmont, *er* zumindest hielt sich an das, was wir Loyalität nennen! Jetzt könnte das Ende für alles gekommen sein, was Ihnen lieb ist.«

»Wollen Sie mir drohen, Sir, in meinem eigenen Haus? Der Vizekönig schätzt mich. Er wird sich sehr schnell äußern, wenn ich mich bei ihm beschwere.«

»Wirklich?« Dumaresqs Stimme wurde gefährlich ruhig. »Piers Garrick war ein Pirat, vielleicht von vornehmer Herkunft, aber seinem Wesen nach ein verdammter Pirat. Wenn die Wahrheit über die *Asturias* herausgekommen wäre, hätte ihn selbst sein Kaperbrief nicht vor dem Galgen retten können. Das Schatzschiff hat sich tapfer gewehrt, und Garricks Kaperschiff wurde schwer beschädigt. Der Don strich die Flagge, weil er wahrscheinlich nicht erkannt hatte, daß Garricks Schiff völlig durchlöchert war. Das war das Dümmste, was er tun konnte.«

Bolitho wartete mit angehaltenem Atem und fürchtete, die plötzliche Stille könnte bedeuten, daß seine Anwesenheit bemerkt worden war.

Doch Dumaresq sagte unvermittelt: »Garrick versenkte sein eigenes Schiff und übernahm die *Asturias*. Wahrscheinlich tötete er die meisten Spanier oder ließ sie da, wo niemand sie finden konnte, verhungern. Es war ja alles so einfach für ihn. Unter irgendeinem Vorwand führte er das Schatzschiff in diesen Hafen. England und Spanien lagen im Krieg miteinander, so durfte die *Asturias* kurze Zeit bleiben, um – offiziell – Reparaturen auszuführen; in Wirklichkeit aber, um zu beweisen, daß sie nach dem Gefecht mit Garrick noch schwamm.«

Egmont sagte unsicher: »Das ist eine Vermutung.«

»Wirklich? Lassen Sie mich fortfahren, dann können Sie entscheiden, ob Sie immer noch den Vizekönig um Hilfe bitten wollen.« Seine Stimme war so schneidend, daß Bolitho fast Mitleid für Egmont empfand.

Dumaresq fuhr fort: »Ein englisches Kriegsschiff wurde ausgesandt, um den Verlust von Garricks Schiff und das Verschwinden des Schatzes, der eine rechtmäßige Prise des Königs gewesen wäre, zu untersuchen. Dieses Schiff wurde von meinem Vater geführt. Sie, sein Erster Offizier, wurden losgeschickt, um eine Erklärung von Garrick einzuholen; er muß erkannt haben, daß er reif für den Galgen war, wenn er Sie nicht auf seine Seite zog. Mit Ihrer Hilfe wurde er rehabilitiert. Und während er sein Gold aus dem Versteck holte, wo er es nach Versenkung der *Asturias* verborgen hatte, quittierten Sie den Dienst in der Marine und tauchten seltsamerweise ausgerechnet hier in Rio auf, wo alles begonnen hatte. Aber diesmal als reicher Mann, als sehr reicher Mann. Mein Vater hingegen diente weiter. Dann, im Jahr 1762, als er mit Admiral Rodney von Martinique aus die Franzosen von den Karibischen Inseln vertrieb, wurde er schwer verwundet, was ihm den Lebensnerv zerschnitt. Welche Folgerungen sind aus dieser Geschichte zu ziehen?«

»Was wünschen Sie von mir?« Egmont wirkte benommen, überwältigt von Dumaresqs totalem Sieg.

»Ich verlange eine beschworene Erklärung, die bestätigt, was ich soeben gesagt habe. Notfalls werde ich die Hilfe des Vizekönigs in Anspruch nehmen, sobald der Haftbefehl aus England eintrifft. Den Rest können Sie sich denken. Mit Ihrer Erklärung und der Vollmacht, die Seine Majestät und die Lords der Admiralität mir erteilt haben, beabsichtige ich, Sir Piers Garrick festzunehmen und nach England vor Gericht zu bringen. Außerdem will ich den Goldschatz oder vielmehr das, was noch davon übrig ist. Aber in erster Linie will ich Garrick!«

»Warum behandeln Sie mich dann so schlecht? Ich hatte nichts mit dem zu tun, was Ihrem Vater bei Martinique passierte. Damals war ich nicht mehr in der Marine, das wissen Sie doch!«

»Piers Garrick lieferte Waffen und sonstiges militärisches Material an die französischen Garnisonen in Martinique und Guadeloupe. Ohne ihn – und Sie – wäre mein Vater vielleicht unverwundet geblieben. Und Garrick hätte nicht ein zweites Mal Gelegenheit gehabt, sein Vaterland zu verraten.«

»Ich – weiß . . . Ich brauche Zeit, um darüber nachzudenken.«

»Ihre Zeit ist abgelaufen, Egmont. Sie hatten volle dreißig Jahre Frist. Ich verlange, daß Sie mir Garricks Schlupfwinkel nennen, mir sagen, was er tut, und alles, was Sie über den Goldschatz wissen. Alles! Wenn Sie meine Forderung erfüllen, segle ich weiter, und Sie sehen mich nicht wieder. Wenn nicht . . .« Dumaresq ließ den Rest ungesagt.

Egmont sagte: »Kann ich Ihnen trauen?«

»Mein Vater traute Ihnen.« Dumaresq stieß ein kurzes Lachen aus. »Wählen Sie.«

Bolitho preßte sich mit dem Rücken an die Wand und blickte zu den Sternen auf. Dumaresq wurde offenbar nicht nur von Pflichtgefühl und Tatkraft getrieben, sondern auch von Haß. Haß hatte ihn vage Informationen sammeln und nach dem Schlüssel suchen lassen, der die Tür zu dem Geheimnis um Garrick öffnen konnte. Kein Wunder, daß die Admiralität gerade ihn mit diesem Auftrag betraut hatte: Der zusätzliche Ansporn der Rachsucht gab Dumaresq einen meilenweiten Vorsprung vor jedem anderen Kommandanten.

Eine Tür flog krachend auf, und Bolitho hörte Rhodes singen und dann protestieren, als er von anderen in den Raum zurückgezogen wurde.

Er ging langsam über die Terrasse davon, verwirrt von dem eben Gehörten. Wie konnte er wieder Dienst tun, ohne sein Wissen preiszugeben? Dumaresq würde ihn in Sekunden durchschauen.

Plötzlich war Bolitho völlig nüchtern. Was würde aus Mrs. Egmont werden, wenn Dumaresq seine Drohung wahr machte?

Er drehte sich heftig um und ging auf die offenen Türen zu. Als er eintrat, bemerkte er, daß einige Gäste schon gegangen waren. Der Kommandeur der Festungsbatterien verneigte sich tief und schwenkte dabei den Hut vor seinem stattlichen Bauch.

Egmont stand neben seiner Frau, das Gesicht bleich, aber ausdruckslos. Dumaresq gab sich gewandt wie zu Beginn des Festes; er nickte den scheidenden Portugiesen freundlich zu und küßte behandschuhte Damenhände zum Abschied. Beide schienen von den Menschen, die Bolitho soeben ungewollt hatte streiten hören, himmelweit verschieden zu sein.

Dumaresq sagte: »Ich glaube, meine Offiziere sind mit mir einig in der Begeisterung für diese Festtafel, Mr. Egmont!« Sein Blick haftete nur einen Augenblick auf Bolitho, aber dieser spürte die Frage, als wäre sie laut hinausgeschrien worden. »Ich hoffe, wir können Ihre Freundlichkeit erwidern. Doch Dienst ist Dienst, wie Sie aus eigener Erfahrung wissen.«

Bolitho schaute in die Runde, aber niemand schien die Spannung zwischen Egmont und dem Kommandanten bemerkt zu haben.

Egmont wandte sich ab und sagte: »Wir wollen uns allen eine gute Nacht wünschen, meine Herren.«

Seine Frau trat vor, doch ihre Augen lagen im Schatten, als sie Dumaresq die Hand hinhielt. »Man könnte auch schon ›Guten Morgen‹ sagen, nicht wahr?« Dumaresq lächelte und küßte ihre Hand. »Sie zu sehen, ist zu jeder Tageszeit ein Genuß, Madam.«

Sein Blick blieb an ihrem halb entblößten Busen haften, und Bolitho lief rot an, als ihm einfiel, was Dumaresq über das Mädchen gesagt hatte, dem sie mit ihrer Kutsche begegnet waren.

Mrs. Egmont schenkte dem Kapitän ein Lächeln, ihre Augen strahlten jetzt im Widerschein des Kerzenlichts. »Dann haben Sie für einen Tag sicher genug gesehen, Sir!«

Dumaresq lachte und nahm seinen Hut von einem Diener in Empfang, während die anderen sich verabschiedeten.

Rhodes wurde gemeinsam aus dem Hause getragen und in eine der wartenden Kutschen gelegt, wo er selig lächelnd weiterschlief.

Palliser murmelte: »Elende Schande!«

Colpoys, den nur seine Eitelkeit davor bewahrt hatte, wie Rhodes zusammenzuklappen, lallte mit schwerer Zunge: »Wunderbarer Abend, Madam.« Als er sich über Mrs. Egmonts Hand beugte, fiel er beinahe vornüber.

Egmont sagte scharf: »Du gehst besser hinein, Aurora, es wird schon feucht und kühl.«

Bolitho sah sie an. Aurora – welch wunderbarer Name. Er holte seinen Hut und machte Anstalten, den anderen zu folgen.

»Nun, Leutnant, haben *Sie* mir gar nichts zu sagen?«

Sie sah ihn an, wie sie es bei ihrer ersten Begegnung getan hatte, den Kopf leicht zur Seite geneigt.

»Verzeihung, Madam.«

Sie streckte ihm die Hand hin. »Entschuldigen Sie sich nicht so oft. Ich wollte, wir hätten mehr Zeit gehabt, miteinander zu

113

reden, aber es waren zu viele Leute da.« Sie warf den Kopf zurück, und die rubinenbesetzten Schwanzfedern des Schmuckvogels tanzten über ihrem Busen. »Hoffentlich haben Sie sich nicht zu sehr gelangweilt.«

Bolitho bemerkte, daß sie den langen weißen Handschuh ausgezogen hatte, bevor sie ihm die Rechte bot.

Er hielt ihre Finger und sagte: »Ich habe mich nicht gelangweilt, ich war unglücklich. Das ist ein Unterschied.«

Sie zog die Hand zurück; Bolitho fürchtete, er hätte durch seine Plumpheit alles zerstört. Aber Mrs. Egmont warf nur einen Blick auf ihren Mann, der Bulkleys Abschiedsworten zuhörte: dann sagte sie mit weicher Stimme: »Wir dürfen Sie nicht unglücklich sein lassen, Leutnant, nicht wahr?« Sie sah ihn an, und ihre Augen strahlten. »Das würde ich nie tun.«

Bolitho verbeugte sich und murmelte: »Wann darf ich Sie wiedersehen?«

Egmont rief ihm zu: »Kommen Sie, die anderen sind schon gegangen!«

Er schüttelte Bolithos Hand. »Halten Sie Ihren Kommandanten nicht auf, das lohnt sich nicht.«

Bolitho ging zu einer der wartenden Kutschen und kletterte hinein. Aurora wußte also Bescheid und verstand ihn. Nach allem, was er mit angehört hatte, würde sie einen Freund brauchen. Er starrte blicklos in die Dunkelheit, hörte noch ihre Stimme, fühlte wieder den warmen Druck ihrer Finger. »Aurora . . .« Erschrocken fuhr er hoch, als er merkte, daß er ihren Namen laut ausgesprochen hatte.

Aber er brauchte sich nicht zu beunruhigen. Alle seine Gefährten waren fest eingeschlafen.

Sie wand sich in seinen Armen, lachend und zugleich aufreizend, als er sie festzuhalten, ihre nackten Schultern mit Küssen zu bedecken versuchte.

Bolitho fuhr keuchend und mit jagendem Puls in seiner Koje hoch, weil ihm eine Laterne direkt ins Gesicht leuchtete. Es war Yeames, der Steuermannsmaat, der die Verwirrung des Leutnants und sein langsames Erwachen neugierig beobachtete.

Bolitho fragte: »Welche Zeit haben wir?«

Yeames grinste mitleidlos. »Es ist früher Morgen, Sir. Die Männer haben gerade die Sandsteine zum Deckschrubben geholt.« Wie nebenbei setzte er hinzu: »Der Kommandant wünscht Sie zu sehen.«

Bolitho rollte sich aus der Koje und sprang beidbeinig auf, damit er nicht etwa umfiel. Die kurze Erfrischung auf Egmonts Terrasse war vergessen; sein Kopf kam ihm vor wie ein Amboß, auf dem eifrig herumgehämmert wurde, außerdem hatte er einen scheußlichen Geschmack im Mund.

Früher Morgen, hatte Yeames gesagt. Also hatte er nur zwei Stunden in seiner Koje gelegen.

In der Nachbarkammer hörte er Rhodes ächzen und stöhnen und dann aufschreien, als ein unbekannter Matrose etwas Schweres auf das Achterdeck über seinem Kopf fallenließ.

Yeames drängte Bolitho: »Sie sollten sich beeilen, Sir!«

Bolitho zog die Kniehose an und griff nach seinem Hemd, das irgendwo in einer Ecke des kleinen Raumes lag. »Gibt's Ärger?«

Yeames zuckte die Schultern. »Hängt davon ab, was Sie als Ärger bezeichnen, Sir.«

Für ihn war Bolitho immer noch eine unbekannte Größe. Sein Wissen mit ihm zu teilen, nur weil Bolitho beunruhigt war, mußte ihm töricht vorkommen.

Bolitho fand seinen Hut und eilte, während er noch seinen Rock anzog, durch die Messe nach achtern zur Kapitänskajüte.

Der Posten davor rief: »Der Dritte Offizier, Sir!« Macmillan, der Kommandantensteward, riß die Lamellentür auf, als ob er dahinter schon gewartet hätte.

Bolitho ging zum achteren Teil der Kajüte durch und sah Dumaresq an den Heckfenstern stehen: das Haar wirr und seine Kleider so unordentlich, als hätte er keine Zeit gehabt, sich nach der Rückkehr aus Egmonts Haus umzuziehen. In einer Ecke neben den Seitenfenstern kratzte Spillane, der neuernannte Schreiber, mit seiner Feder und tat, als wundere es ihn nicht, zu so früher Stunde gerufen worden zu sein. Die beiden anderen Anwesenden waren Gulliver, der Master, und Midshipman Jury.

Dumaresq warf Bolitho einen Blick zu. »Sie sollten *sofort* kommen. Ich verlange nicht, daß meine Offiziere sich wie für einen Ball herausputzen, wenn ich sie brauche!«

Bolitho schaute auf sein zerknautschtes Hemd und die verdrehten Strümpfe hinunter. Da er den Hut unter den Arm geklemmt trug, hingen ihm die Haare so ins Gesicht, wie sie zuvor auf dem Kopfkissen gelegen hatten. Er sah wohl kaum aus wie für einen

115

Ball herausgeputzt.

Dumaresq sagte: »Während meiner Abwesenheit an Land ist Ihr Matrose Murray desertiert. Er war nicht in seiner Zelle, sondern auf dem Weg zum Krankenrevier, weil er über starke Magenschmerzen klagte.« Er verlagerte seinen Zorn auf den Master. »Gott verdammmich, Mr. Gulliver, es war doch klar, was Murray vorhatte!«

Gulliver feuchtete seine Lippen an. »Ich hatte das Kommando über das Schiff, Sir, und sah keinen Grund, Murray leiden zu lassen, zumal der Mann noch nicht schuldig befunden war.«

Midshipman Jury sagte: »Die Meldung ist von mir nach achtern gebracht worden, Sir. Es war meine Schuld.«

Dumaresq fuhr ihm brüsk über den Mund: »Sie reden nur, wenn Sie gefragt werden! Sie hatten keine Schuld, denn Kadetten tragen noch keine Verantwortung. Dazu besitzen Sie weder den Verstand noch die Erfahrung.« Sein Blick kehrte zu Gulliver zurück. »Erzählen Sie Mr. Bolitho den Rest.«

Gullivers Stimme klang belegt. »Der Schiffskorporal begleitete Murray und wurde von ihm niedergeschlagen. Murray sprang über Bord und schwamm an Land, bevor Alarm geschlagen werden konnte.« Er schien beleidigt, weil er seine Erklärung für einen so jungen Leutnant wiederholen mußte.

Dumaresq sagte: »So ist das also. Ihr Vertrauen in den Mann war ungerechtfertigt. Er floh vor der Prügelstrafe. Aber wenn wir ihn jetzt fangen, muß er hängen.« Er schaute Spillane an. »Schreiben Sie ins Logbuch: ›Desertiert‹!«

Bolitho bemerkte Jurys bekümmerte Miene. Es gab nur drei Möglichkeiten für einen Mann, die Marine zu verlassen: R, D oder DD im Logbuch. R bedeutete *Run* (desertiert), D stand für *Discharged* (gestrichen wegen Untauglichkeit), DD für *Discharged-Dead* (gestrichen – tot). Murrays nächste Eintragung würde die letzte für ihn sein: DD, also gestrichen – tot.

Und alles wegen einer Uhr. Aber trotz seiner Enttäuschung über Murray war Bolitho seltsam erleichtert. Es drohte keine Auspeitschung des Mannes mehr, den er mochte und der Jury das Leben gerettet hatte. Und auch was hinterherkam, dieses Nachspiel von Bitterkeit und Mißtrauen, war vermieden, wenn die Flucht gelang.

Dumaresq sagte langsam: »Genug davon. Mr. Bolitho, Sie bleiben bitte noch. Die anderen können weitermachen.«

Macmillan schloß die Tür hinter Jury und Gulliver. Die steifen

Schultern des Masters drückten seine Empörung aus.

Dumaresq fragte: »Sie meinen, ich sei zu hart? Aber nur so kann verhängnisvolle Weichheit später vermieden werden.« Er hatte sich so schnell beruhigt, wie nur er es konnte. Ohne sichtbare Anstrengung schüttelte er den Zorn von sich ab. »Ich bin erfreut, daß Sie gestern abend eine gute Figur gemacht haben, Mr. Bolitho. Ich hoffe, Sie haben Augen und Ohren offengehalten.«

In diesem Augenblick stampfte die Muskete des Kajütpostens draußen wieder auf. »Der Erste Offizier, Sir!«

Bolitho beobachtete, wie Palliser die Kajüte betrat, den Tagesdienstplan unter dem Arm. Er sah hagerer aus als sonst, als er sagte: »Die Wasserprähme sollen heute endlich kommen, Sir. Ich werde Mr. Timbrell sagen, daß er sich entsprechend vorbereitet. Ferner stehen zwei Leute zur Beförderung an, und dann ist da noch die Frage, wie der Korporal bestraft werden soll, der Murray entkommen ließ.« Sein Blick wanderte zu Bolitho, dem er ein kurzes Nicken gönnte.

Bolitho fragte sich, ob es Zufall war, daß Palliser sich immer in der Nähe aufhielt, wenn er selbst mit dem Kommandanten sprach.

»Sehr gut, Mr. Palliser, obwohl ich erst an diese Wasserprähme glaube, wenn ich sie sehe.« Dumaresq schaute Bolitho an. »Bringen Sie Ihren Aufzug in Ordnung und fahren Sie dann an Land. Ich glaube, Mr. Egmont hat einen Brief für mich.« Er lächelte flüchtig. »Halten Sie sich nicht zu lange auf, denn ich weiß, daß es viele Ablenkungen in Rio gibt.«

Bolitho spürte, wie er rot anlief. »Aye, Sir. Ich werde mich sofort auf den Weg machen.« Er eilte aus der Kajüte und hörte noch Dumaresq »junger Teufel« sagen, aber ohne Bosheit in der Stimme.

Zwanzig Minuten später saß Bolitho in der Jolle und wurde an Land gepullt. Er sah, daß Stockdale als Bootssteuerer fungierte, befragte ihn aber nicht deswegen. Stockdale schien schnell Freunde zu gewinnen, obwohl sicher auch seine furchterregende Erscheinung damit zu tun hatte, daß man ihm so viel Bewegungsfreiheit ließ.

Stockdale befahl plötzlich: »Auf Riemen!«

Die Riemen ruhten tropfend in den Rundseln, und Bolitho bemerkte, daß die Jolle Fahrt verlor und damit vermied, daß sie von einem anderen Schiff über den Haufen gesegelt wurde. Es war eine Brigg, ein kräftiges, aber offenbar nicht mehr neues Schiff mit geflickten Segeln und manchen Schrammen am Rumpf, die auf harte Kämpfe mit Wellen und Wind hinwiesen.

Die Brigg hatte schon Marssegel gesetzt, und Leute kletterten gerade an den Stagen herunter, um auch die Breitfock loszumachen, noch bevor sie frei waren von den vor Anker liegenden Schiffen.

Langsam glitt sie zwischen der Jolle der *Destiny* und einigen einlaufenden Fischerbooten hindurch, dabei fiel ihr Schatten auf die Ruderer, die vor sich hinträumten und darauf warteten, daß es weiterging.

Bolitho las den Namen über ihrem Heck: *Rosario*. Eines von Hunderten ähnlicher Fahrzeuge, die täglich Stürmen und anderen Gefahren trotzten, um Handel zu treiben und die Grenzen des wachsenden Kolonialreiches weiter vorzuschieben.

Stockdale befahl: »Rudert an!«

Bolitho wollte seine Aufmerksamkeit gerade auf das Ufer richten, als er eine Bewegung am Heckfenster der *Rosario* bemerkte. Im ersten Augenblick dachte er, es sei ein Irrtum, aber das war es nicht: Das schwarze Haar und ovale Gesicht waren unverkennbar. Sie war zu weit weg, als daß er das Violett ihrer Augen erkennen konnte, doch sah er, daß sie zu ihm herüberschaute, bevor die Brigg Kurs änderte und das Sonnenlicht die Heckfenster in feurige Spiegel verwandelte.

Mit bangem Herzen erreichte Bolitho das Haus hinter der uralten Mauer. Egmonts Diener erklärte ihm kühl, daß die Herrschaften abgereist seien. Er wüßte nicht, wohin.

Bolitho kehrte an Bord zurück, um Dumaresq zu berichten. Er erwartete einen neuerlichen Zornesausbruch wegen des abermaligen Rückschlags.

Palliser stand dabei, als Bolitho mit dem herausplatzte, was er erfahren hatte, obwohl er nicht erwähnte, daß er Egmonts Frau auf der *Rosario* gesehen hatte. Das war auch nicht nötig, denn Dumaresq sagte: »Das einzige Schiff, das inzwischen ausgelaufen ist, war die Brigg. Er muß an Bord sein. Wer einmal ein verdammter Verräter war, der bleibt es auch. Schön, er soll uns diesmal nicht entwischen, bei Gott nicht!«

Palliser sagte ernst: »Das also war der Grund für all die Verzögerungen. Kein Trinkwasser, keine Audienz beim Vizekönig. Sie wollten uns hier festhalten.« Sein Ton klang plötzlich bitter. »Wir haben keine Bewegungsfreiheit, und sie wissen das.«

Überraschenderweise zeigte Dumaresq ein breites Lächeln. Dann rief er: »Macmillan, ich möchte eine Rasur und ein Bad! Spillane, halten Sie sich bereit, einige Befehle für Mr. Palliser niederzuschreiben.« Er ging zu den Heckfenstern und beugte sich über das Süll, den

Kopf zum Ruder gesenkt. »Suchen Sie sich ein paar gute Leute aus, Mr. Palliser, und schiffen Sie sich mit ihnen auf der *Heloise* ein. Treiben Sie möglichst wenig Aufwand, damit das Wachboot nicht aufmerksam wird. Nehmen Sie deshalb auch keine Seesoldaten mit. Gehen Sie Anker auf, und jagen Sie der verdammten Brigg nach. Verlieren Sie sie nicht aus den Augen!«

Bolitho beobachtete die Veränderung, die in Dumaresq vorging. Nun wurde auch klar, warum er Slade daran gehindert hatte, bis in die Innenreede zu segeln. Er hatte eine ähnliche Entwicklung vorausgesehen und nun einen Trumpf in der Hand – wie immer.

Pallisers Hirn arbeitet bereits auf vollen Touren. »Und Sie, Sir?«

Dumaresq beobachtete seinen Steward, der Seifennapf und Rasiermesser neben seinem Lieblingsstuhl bereitlegte.

»Mit oder ohne Trinkwasser, Mr. Palliser, ich werde heute nacht Anker lichten und Ihnen folgen.«

Palliser sah ihn zweifelnd an. »Die Batterie könnte das Feuer eröffnen, Sir!«

»Bei Tageslicht vielleicht. Aber es geht hier um sehr viel, auch um das, was man ›Ehre‹ nennen könnte. Ich beabsichtige, das auszuloten.« Er wandte sich ab und entließ sie damit, fügte dann aber noch hinzu: »Nehmen Sie den Dritten Offizier hier mit. Rhodes brauche ich, auch wenn sein Kopf von der Sauferei zu platzen droht, damit er Ihre Aufgaben hier an Bord übernimmt.«

Zu anderer Zeit hätte Bolitho den Auftrag freudig begrüßt, aber er hatte den Ausdruck in Pallisers Augen bemerkt und erinnerte sich an das Gesicht hinter den Kajütfenstern der Brigg. Aurora würde ihn nun verachten. Es war vorbei, genau wie sein schöner Traum von ihr.

VIII   Verfolgungsjagd

Leutnant Charles Palliser ging mit langen Schritten zum Kompaß der *Heloise* und schaute dann zum Wimpel an der Mastspitze hinauf.

Wie um seine Befürchtungen zu bekräftigen, sagte Slade, der amtierende Master: »Der Wind hat etwas gekrimpt und flaut außerdem ab.«

Bolitho beobachtete Pallisers Reaktion und verglich sie mit der von Dumaresq. Ihr Kommandant lag mit der *Destiny* noch in Rio und beschäftigte sich zum Schein mit Routineangelegenheiten; so hatte er sogar zwei Matrosen zur Beförderungszeremonie vor versammelter Mannschaft auf dem Achterdeck empfangen. Den meisten Leuten der Besatzung war es völlig gleichgültig, ob die Trinkwasserprähme kamen oder ihr Kommandant vom Vizekönig empfangen wurde. Doch Bolitho wußte, was in Dumaresqs Überlegungen an vorderster Stelle stand: Egmonts Weigerung nachzugeben und seine plötzliche Abreise mit der Brigg *Rosario*. Ohne Egmonts Mitwirkung hatte Dumaresq keine andere Wahl, als weitere Weisungen von vorgesetzter Stelle abzuwarten. Inzwischen mußte sich die heiße Spur zu Garrick verlieren.

Slade hatte beobachtet, daß die Brigg auf Nordnordost-Kurs gegangen war. Egmont versuchte also, an der Küste entlang in die Karibik zu segeln. Auf einem solch kleinen Handelsschiff konnte es für seine junge Frau sicher recht ungemütlich werden.

Palliser kam zu Bolitho herüber. Auf dem beengten Deck der Brigantine wirkte er wie ein Riese, war jedoch ungewöhnlich zufrieden, stellte Bolitho fest. Palliser konnte hier als sein eigener Herr handeln, wie es ihm richtig schien. Immer vorausgesetzt, daß er die Fühlung zur *Rosario* nicht verlor. Aber da der Wind nun so rapide nachließ, bestand immerhin die Gefahr.

»Sie erwarten nicht, daß sie verfolgt werden. Das ist unser einziger Vorteil.« Palliser schaute beunruhigt auf, als die Breitfock kraftlos hin- und herflappte, weil der Wind sie nicht mehr füllte. Jetzt fiel auch kein Schatten mehr auf die an Deck schwitzenden Männer. »Verdammt!« Dann: »Mr. Slade behauptet, die Brigg würde unter Land bleiben. Wenn der Wind nicht umschlägt, kann er recht behalten. Wir laufen daher weiter auf diesem Kurs. Wechseln Sie die Ausguckposten so oft, wie Sie es für erforderlich halten, und lassen Sie alle Waffen an Bord überholen.« Er verschränkte die Hände auf dem Rücken. »Strengen Sie die Leute nicht zu sehr an!« Er sah Bolithos Überraschung und beantwortete sie mit leichtem Lächeln. »Sie werden bald zu den Riemen greifen müssen. Ich beabsichtige, die *Heloise* von ihren Beibooten schleppen zu lassen. Da werden die Männer noch alle Kraft brauchen.«

Bolitho tippte an seinen Hut und ging nach vorn. Das hätte er sich denken können. Aber er mußte sich eingestehen, daß er Pallisers Entscheidung bewunderte. Der Mann dachte an alles.

Er sah Jury und Midshipman Ingrave am Fockmast auf ihn warten.

Jury wirkte sehr ernst, während Ingrave, der ein Jahr älter war, kaum seine Freude darüber verbergen konnte, daß er vom Posten des stellvertretenden Schreibers beim Kommandanten abgelöst war.

Hinter ihnen entdeckte Bolitho unter den in aller Eile ausgewählten Leuten weitere Bekannte: Josh Little, den Feuerwerksmaat, dessen Bauch fett wie eh und je über dem Hosengurt hing; Ellis Pearse, der Bootsmannsmaat, ein Mann mit buschigen Augenbrauen, der die gleiche Genugtuung über Murrays Flucht verraten hatte wie Bolitho. Pearses Aufgabe wäre es gewesen, Murray – den er immer gemocht hatte – auszupeitschen. Und selbstverständlich war auch Stockdale dabei. Er stand da, die kräftigen Arme vor der Brust verschränkt, und musterte das Deck der Brigantine. Vielleicht erinnerte er sich an den wilden, verzweifelten Kampf, den Bolitho mit dem jetzt toten Kapitän des Schiffes ausgetragen hatte.

Da war auch Dutchy Vorbink, ein Holländer vom Vortopp, der den geregelten und bezahlten Dienst bei der Ostindischen Handelsgesellschaft einem Kriegsschiff zuliebe verlassen hatte. Er sprach schlecht englisch und auch das nur, wenn er Lust hatte. So kannte bisher noch niemand den Grund, warum er sich freiwillig zur britischen Marine gemeldet hatte.

Es gab noch andere Gesichter, die Bolitho inzwischen vertraut waren, einige grob und seelenlos, andere aggressiv. Die Leute stritten sich gern mit ihren Kameraden, solidarisierten sich aber ebenso schnell wieder, wenn ein Angriff von dritter Seite kam.

Bolitho sagte: »Mr. Spillane, inspizieren Sie die Waffenkiste und machen Sie eine Bestandsliste. Mr. Little, Sie sollten sich die Pulverkammer anschauen.« Er warf einen Blick auf ihre wenigen Drehbassen, von denen zwei sogar noch von der *Destiny* stammten. »Etwas wenig für einen Krieg.«

Das brachte ihm einige Lacher ein; Stockdale murmelte: »Unten sind immer noch ein paar Gefangene eingeschlossen, Sir.«

Bolitho sah Little an. Er hatte ganz vergessen, daß es ja noch die Originalbesatzung der *Heloise* gab. Wer nicht getötet oder verwundet worden war, war unten eingesperrt. An sich waren sie dort gut verwahrt, aber wenn es zum Kampf kam, mußten sie bewacht werden.

Little grinste mit seinen lückenreichen Zähnen. »Für die ist gesorgt, Sir. Ich habe Olsson als Posten eingeteilt, vor ihm haben sie solche Angst, daß sie ihn bestimmt nicht angreifen.«

Bolitho stimmte ihm zu. Olsson war Schwede und – wie es hieß –

halb verrückt. Seine Augen, die wie blaues Milchglas aussahen, bestätigten das. Aber er war ein guter Seemann, der Segel reffen, das Ruder bedienen und jede andere Handarbeit erledigen konnte. Nur – als sie diese Brigantine geentert hatten, war es Bolitho kalt über den Rücken gelaufen, als Olsson sich mit schrillen Schreien und dem Beil einen Weg durch seine Gegner bahnte.

Er zwang sich zu einem Lächeln. »Bei dem würde auch ich es mir zweimal überlegen.«

Pearse brummte, als die Segel immer wieder schlaff gegen Tauwerk und Rahen schlugen. »Weg ist er, der verdammte Wind!«

Bolitho beugte sich über das Schanzkleid und schaute ins tiefblaue Wasser. Er sah weit vor dem Bug leichte Kräuselspuren wie von einem Fischschwarm, mit denen sich der letzte Windhauch verabschiedete.

Die Brigantine hob und senkte sich in der Dünung, Blöcke und Segel quietschten in gemeinsamem Protest, als der Segeldruck ausblieb.

»In die Boote!« Palliser stand neben den Rudergängern.

Nackte Füße trappelten über die vor Hitze weichen Decksfugen, als die Besatzungen von Bord hasteten und das Beiboot der *Heloise* und den Kutter der *Destiny*, die sie am Heck nachgezogen hatten, bemannten.

Es dauerte eine gewisse Zeit, bis die Schleppleinen klariert und von der Back an die Boote hinuntergereicht waren. Dann endlich begann das mühsame, langwierige Pullern, ohne daß das Schiff dadurch viel Fahrt machte. Aber es bewirkte wenigstens, daß die *Heloise* nicht völlig steuerlos herumdümpelte und gleich auf dem richtigen Kurs liegen würde, wenn wieder Wind aufkam.

Bolitho stand über dem Backbordanker und beobachtete die Schleppleinen, die abwechselnd steifkamen und dann wieder bis unter die glitzernde Wasseroberfläche durchhingen, je nachdem, wie die Ruderer sich einsetzten.

Little schüttelte den Kopf, »Mr. Jury taugt für so etwas nicht, Sir. Er müßte seine Crew mit der Peitsche antreiben.«

Bolitho sah den Unterschied zwischen den beiden schleppenden Booten. Jurys Boot schlingerte heftig, und nur einige Ruderblätter tauchten ins Wasser. Das andere Boot unter Midshipman Ingraves Kommando hatte mehr Erfolg, und Bolitho wußte, warum. Ingrave war kein Leuteschinder, wußte aber, daß seine Vorgesetzten ihn von der Brigantine aus beobachteten. Er schwang ein Tauende und ließ es auf die Rücken jener Leute niedersausen, die sich nicht gehörig in die Riemen legten.

Bolitho ging nach achtern und meldete Palliser: »Ich werde die Bootsbesatzungen in einer Stunde ablösen, Sir.«

»Gut.« Palliser beobachtete abwechselnd Segel und Kompaß. »Wir haben wenigstens wieder Ruderwirkung. Aber das verdanken wir nicht dem Boot an Backbord.«

Bolitho sagte nichts. Er wußte nur zu gut, was es für einen Midshipman bedeutete, plötzlich vor eine solch unpopuläre Aufgabe gestellt zu sein. Immerhin ritt Palliser nicht länger auf der Angelegenheit herum. Bolitho dachte daran, wie er selber sich in seine neue Rolle gefügt hatte. Er hatte Palliser nicht gefragt, ob er die Bootsmannschaften ablösen lassen sollte, sondern hatte ihm seine Absicht einfach gemeldet, und der Erste Offizier hatte sie ohne Gegenfrage akzeptiert. Palliser war genauso klug wie Dumaresq. Jeder verstand es auf seine Weise, das Nötige aus seinen Untergebenen herauszuholen.

Die unbarmherzige Plackerei ging den ganzen Tag weiter, weil auch nicht die kleinste Brise aufkam, um die Segel zu füllen. Sie hingen schlaff und nutzlos von den Rahen, so schlapp wie die Männer, die nach der Ablösung aus den Booten taumelten. Sie waren so erschöpft, daß sie gerade noch eine doppelte Ration Wein, den Slade in der Last entdeckt hatte, herunterstürzen konnten, bevor sie wie tot hinfielen und einschliefen.

Achtern in der Kajüte, die zwar klein war, aber ausreichend, wenn man sie mit den übrigen Räumen unter Deck verglich, versuchten die abgelösten Kadetten und ihre Offiziere, der Hitze und dem gefährlichen Durst zu entfliehen.

Während Palliser schlief und Slade die Wache hatte, saß Bolitho an dem kleinen Tisch und versuchte, wach zu bleiben, obwohl sein Kopf immer wieder auf die Tischplatte zu sinken drohte. Im gegenüber starrte Jury ins Leere, die Lippen von der Sonnenglut aufgesprungen.

Ingrave saß wieder in einem der Boote, doch sein Eifer wirkte sich auf Jury eher lähmend aus.

Bolitho fragte: »Wie fühlen Sie sich?«

Jury grinste schmerzlich. »Scheußlich, Sir.« Er versuchte, sich gerade aufzurichten, und zupfte sich sein durchschwitztes Hemd von der Brust.

Bolitho schob ihm eine Flasche zu. »Trinken Sie.« Er sah, daß der

123

Junge zögerte. »Ich kann Ihren Job im Boot übernehmen, wenn Sie wollen. Das ist immer noch besser, als hier zu sitzen und zu warten.«

Der Junge goß sich ein Glas Wein ein. »Nein, Sir, aber vielen Dank. Ich gehe, wenn man mich ruft.«

Bolitho lächelte. Er hatte mit dem Gedanken gespielt, Stockdale mit dem Kadetten ins Boot zu schicken. Sein Anblick würde Faulheit und Ungehorsam sofort unterbinden. Aber Jury hatte recht. Es ihm leichtzumachen, obwohl er doch Selbstvertrauen nur durch Erfahrung gewinnen konnte, hätte ihm für seine weitere Laufbahn höchstens geschadet.

»Ich - hm – ich denke gerade nach, Sir.« Jury schaute sich vorsichtig um. »Über Murray. Glauben Sie, daß er durchkommt?«

Bolitho dachte darüber nach; schon das war eine Anstrengung. »Kann sein. Vorausgesetzt, er hält sich von der See fern. Ich kannte Leute, die aus der Marine desertiert waren und unter einem anderen Namen auf einem anderen Schiff Unterschlupf fanden. Aber das kann gefährlich werden. Die Marine ist wie eine große Familie:

Immer ist jemand da, der sich an ein Gesicht erinnert.« Er dachte an Dumaresq und Egmont, miteinander verbunden durch Dumaresqs Vater, genau wie er jetzt mit ihnen verbunden war, was sie auch unternahmen.

Jury sagte: »Ich denke oft über Murray nach und über das, was hier geschah.« Er blickte zu den niedrigen Decksbalken hoch, als erwarte er, das Geklirr aufeinandertreffenden Stahls und den verzweifelten Tanz von Männern zu hören, die einander vor dem tödlichen Stoß umkreisten. Dann sah er Bolitho an. »Tut mir leid, Sir. Sie haben mir geraten, nicht mehr daran zu denken.«

Eine Pfeife schrillte, und eine Stimme schrie: »Ablösung für die Boote antreten! Lebhaft, Leute!«

Jury stand auf, sein blondes Haar streifte die Decke.

Bolitho sagte ruhig: »Mir hat man fast das gleiche geraten, als ich auf die *Destiny* kam. Und ich habe genau wie Sie noch immer die gleichen Schwierigkeiten mit dem Vergessen.«

Er blieb am Tisch sitzen, lauschte auf die Boote, die längsseits kamen, das Klappern der Riemen, als die Besatzungen bei der Ablösung darüber hinwegkletterten.

Die Tür ging auf. Palliser, tief gebückt wie einer der erschöpften Matrosen, tastete nach einem Sessel und ließ sich erleichtert nieder. Sie hörten beide, wie die Boote von der Bordwand absetzten und das

Rudergeschirr der Brigantine unter ihnen auf das neu einsetzende Schleppen reagierte.

Dann sagte Palliser nüchtern: »Mir scheint, daß ich diese verteufelte Brigg verliere. Nachdem ich immerhin so weit gekommen bin, wird mir nun das Heft aus der Hand geschlagen.«

Bolitho konnte Pallisers Enttäuschung wie einen körperlichen Schmerz mitempfinden: die Tatsache, daß dieser seine Verzweiflung nicht verbarg, machte die Sache doppelt schlimm.

Er schob Flasche und Glas über den Tisch. »Warum trinken Sie nicht einen Schluck, Sir?«

Palliser fuhr aus seinen Gedanken hoch, und seine Augen leuchteten kurz auf. Matt lächelnd nahm er das Glas und goß den Wein achtlos ein, bis er über den Rand lief. »Ja, warum eigentlich nicht?«

Während die Sonne sich langsam dem Horizont näherte, saßen die beiden Offiziere einander schweigend gegenüber. Gelegentlich nahmen sie einen Schluck Wein, der inzwischen warm wie frisch gemolkene Milch geworden war.

Schließlich zog Bolitho seine Uhr heraus. »Noch eine Stunde im Schlepp, dann sollten wir alles für die Nacht festzurren, Sir.«

Palliser war tief in Gedanken gewesen, es dauerte einige Sekunden, ehe er antwortete: »Wir können nichts anderes tun.«

Bolitho war über die Veränderung in Palliser betroffen, aber er wußte, daß ihre augenblickliche Vertrautheit erschüttert worden wäre, wenn er den Versuch gemacht hätte, ihn aufzuheitern.

Vom Hauptdeck näherten sich Schritte, und Littles großer Kopf schaute herein. »Verzeihung, Sir, aber Mr. Slade hört Kanonendonner in nördlicher Richtung!«

Eine leere Flasche fiel zu Boden, rollte vor die Füße der Offiziere und dann gegen die Bordwand, als der Kajütboden sich plötzlich schräglegte.

Palliser starrte auf die Flasche. Er saß immer noch, aber sein Kopf berührte fast den Decksbalken über ihm.

»Wind!« rief er schließlich. »Verdammter, wunderbarer Wind!« Er hangelte sich zur Tür. »Und nicht einen Augenblick zu früh!«

Bolitho fühlte, wie das Schiff zitterte, als erwache es aus tiefem Schlaf. Dann eilte er mit einem Sprung hinter dem langen Palliser her und schrie vor Schmerz auf, als sein Schädel Bekanntschaft mit einem vorstehenden Bolzen machte.

An Deck schauten die Manner ungläubig auf die große Breitfock, die sich unter ihrer Rah mit lautem Knall füllte.

Palliser schrie: »Ruft die Boote zurück! Klar zum Abfallen!« Er schaute abwechselnd auf den Kompaß und auf den Wimpel im Masttopp, der vor den ersten Sternen gerade noch zu erkennen war.

Slade meldete: »Der Wind hat gedreht, Sir, kommt jetzt aus Südwest.«

Palliser rieb sich das Kinn. »Kanonendonner, sagten Sie?«

Slade nickte. »Unzweifelhaft. Kleines Kaliber vermutlich.«

»Gut. Sobald die Boote festgemacht sind, nehmen wir Fahrt über Steuerbordbug auf und steuern Nordwest zu Nord.« Er trat beiseite, als die Männer durch die länger werdendenSchatten auf ihre Stationen rannten.

Bolitho testete sein neues Verhältnis zum Ersten Offizier. »Wollen Sie nicht auf die *Destiny* warten, Sir?«

Palliser hob Schweigen gebietend die Hand. Beide hörten jetzt gedämpft Kanonendonner. Dann sagte er entschlossen: »Nein, Mr. Bolitho, das will ich nicht. Selbst wenn unser Kommandant gut aus dem Hafen gekommen ist und günstigeren Wind angetroffen hat als wir, wird er es mir nicht danken, wenn ich zulasse, daß die Beweise, die er so dringend braucht, vernichtet werden.«

Pearse rief: »Boote achtern festgemacht, Sir!«

»An die Schoten und Brassen! Abfallen!«

Eine Bö zischte über das Wasser heran, warf sich mit Kraft in die Segel und schob die Brigantine so heftig voran, daß sich weißer Gischt über ihren Vorsteven ergoß.

Palliser befahl: »Verdunkeln Sie das Schiff, Pearse! Ich möchte, daß nichts unsere Gegenwart verrät.«

Slade sagte: »Das Gefecht kann noch vor Morgengrauen vorbei sein, Sir.«

Aber Palliser fuhr ihn an: »Unsinn! Das Schiff, das wir verfolgen, wird angegriffen, wahrscheinlich von Seeräubern. Die werden in der Dunkelheit nicht eine Kollision riskieren.« Er wandte sich nach Bolitho um. »Im Gegensatz zu uns, wie?«

Little schüttelte den Kopf und atmete geräuschvoll aus. Bolitho roch Alkohol in dem Luftzug, der so stark war, als käme er aus einer offenen Kellertür.

»Tja, Mr. Bolitho, nun ist er endlich wieder zufrieden.«

Bolitho dachte plötzlich an ihr Gesicht auf dem Schiff, das jetzt angegriffen wurde. »Bitten Sie Gott, daß wir noch rechtzeitig kommen.«

Little, der ihn nicht verstand, schlenderte für ein neues Schlück-chen zu seinem Freund Pearse. Der neue Dritte Offizier war also genauso scharf auf Prisengeld wie der Kommandant, dachte er. Immerhin ein Vorteil für sie alle.

Palliser marschierte auf dem Achterdeck auf und ab wie ein einge-sperrtes Raubtier.

»Nehmen Sie Segel weg, Mr. Bolitho, und zwar Bram- und Stagsegeln zuerst. Etwas munter, bitte!«

Männer bahnten sich ihren Weg zu Fallen und Belegnägeln, während andere flink die Webeleinen hinaufkletterten und auf der Bramrah auslegten.

Bolitho staunte immer wieder, wie schnell die Matrosen sich auf einem fremden Schiff selbst bei Dunkelheit zurechtfanden. Bald würde der Morgen dämmern, aber er spürte noch die Anstrengun-gen des vergangenen Tages und die vielen schlaflosen Stunden, die an seiner Widerstandskraft zerrten. Palliser hatte die kleine Besat-zung über Nacht in Trab gehalten: mit Kursänderungen, Segelmanö-vern und neuen Versuchen, den Standort der anderen Schiffe zu peilen und anzusteuern. Mehr als einmal hatten sie kurzes Kanonen-feuer gehört, doch Palliser meinte, es deute mehr auf Verhinderung eines Fluchtversuches als auf ein Nachtgefecht hin. Eines aber ging klar aus dem gelegentlichen Kanonendonner hervor: Da vorn waren mindestens drei Schiffe. Zwei davon umkreisten offenbar das dritte wie Wölfe ein verwundetes Stück Wild und warteten darauf, daß es einen verhängnisvollen Fehler machte.

Little rief: »Alle Kanonen geladen, Sir!«

»Sehr gut!« Mit geringerer Lautstärke fügte Palliser für Bolitho hinzu: »Alle Kanonen? Ein paar Drehbassen und gerade genug Kartuschen, um einen Schwarm Krähen zu verjagen!«

Midshipman Ingrave fragte: »Erlaubnis, die Flagge zu setzen, Sir?«

Palliser nickte. »Ja. Dies ist zur Zeit ein Schiff des Königs. Und es besteht wenig Aussicht, daß wir noch ein zweites treffen.«

Bolitho erinnerte sich an einige Gesprächsfetzen, die er während der Nacht aufgeschnappt hatte. Es gab Leute, welche die Aussicht beunruhigte, mit Piraten bei solch kläglicher eigener Bewaffnung ins Gefecht zu kommen.

Bolitho warf einen schnellen Blick nach Steuerbord. Hellte sich der Horizont dort schon leicht auf? Sie hatten einen guten

Ausguck im Mastkorb, und er war ihre einzige Hoffnung, das andere Schiff zu überraschen. Denn es war kaum anzunehmen, daß Seeräuber, die kurz davor standen, ein Handelsschiff zu kapern, sich die Mühe machten, auch in andere Richtungen Ausschau zu halten.

Er hörte Slade Palliser etwas zuflüstern. Slade war einer von denen, die sich auf die bevorstehende Auseinandersetzung nicht gerade freuten.

Palliser sagte zornig: »Achten Sie auf den Kurs, und halten Sie sich für ein Segelmanöver bereit, wenn wir auf den Feind stoßen. Den Rest überlassen Sie mir, verstanden?«

Bolitho fühlte, daß seine Glieder zitterten. »Der Feind« . . . Palliser zweifelte also nicht daran.

Stockdale trat aus dem Dunkel hervor. Seine kräftige Gestalt war gegen das Deck geneigt, das durch den Wind in Schräglage gehalten wurde.

»Die Schurken schießen mit Kettenkugeln*, Sir. Als ich oben war, habe ich es zwei-oder dreimal gehört.«

Bolitho biß sich auf die Lippen. Sie wollten also die *Rosario* entmasten, um sie dann mit geringerem Risiko zur Übergabe zu zwingen. Wenn sie erkannten, daß die *Heloise* auf sie zuhielt, würde ihnen das einen Schock versetzen, aber sicher nur für einen Augenblick.

Er sagte: »Vielleicht eilt die *Destiny* schon hinter uns her.«

»Mag sein.«

Bolitho wandte sich Jury zu, der an ihn herantrat. Stockdale glaubte also nicht an das rechtzeitige Auftauchen des Mutterschiffs, jedenfalls nicht mehr als er selber.

Jury fragte: »Dauert es noch lange, Sir?«

»Es wird schnell heller. Wir müßten ihre Marssegel oder die obersten Stengen jeden Augenblick sichten. Wenn eines der Schiffe wieder feuert, können wir den Standort peilen.«

Jury beobachtete ihn im Dämmerlicht. »Beunruhigt es Sie gar nicht, Sir?«

Bolitho zuckte die Schultern. »Noch nicht. Vielleicht später. Wir tun unsere Pflicht, darauf kommt es an.« Er legte dem Jungen eine

---

* Zwei durch eine kurze Kette verbundene Halbkugeln, die verschossen wurden, um vor allem die Takelage des Gegners zu beschädigen.

Hand auf die Schulter. »Merken Sie sich eines: Mr. Palliser hat für diese Aufgabe sehr erfahrene Leute ausgesucht. Nur seine Offiziere sind noch ziemlich jung.« Jury nickte. »Also reißen Sie sich zusammen, und bleiben Sie, wo man Sie sehen kann. Die Wundertaten überlassen Sie Mr. Palliser.«

Jury lächelte, zuckte aber zusammen, als seine aufgesprungenen Lippen ihn an die Schinderei vom Vortag erinnerte. »Ich werde in Ihrer Nähe bleiben.«

Stockdale kicherte. »Verzeihung, junger Herr, aber kommen Sie mir dabei nicht in die Quere.« Er schwang sein langes Entermesser durch die Luft. »Ich möchte nicht, daß Sie den Kopf einbüßen.«

Palliser rief: »Klar zum Bergen der Breitfock! Aber leise!«

Der Bootsmannsmaat zeigte nach Steuerbord. »Morgendämmerung, Sir.«

Palliser fuhr ihn an: »Verdammt noch mal, Pearse, wir sind weder blind, noch schwerhörig.«

Pearse grinste hinter Pallisers Rücken, war aber sehr darauf bedacht, daß dieser ihn nicht dabei ertappte.

»An Deck! Segel an Steuerbord voraus! Und noch eins an Backbord!«

Palliser klatschte in die Hände. »Wir haben's geschafft! Verflucht, wir haben sie!«

In diesem Augenblick feuerte drüben ein Geschütz und warf einen orangefarbenen Lichtblitz auf das dunkle Wasser.

Slade sagte beklommen: »Drittes Schiff in Luv, Sir!«

Bolitho packte seinen Säbel und drückte die Scheide gegen seine Hüfte, um sich zu beruhigen. Also drei Schiffe, und das in der Mitte war zweifellos die *Rosario*. Ihre beiden Angreifer hielten etwas ab und bildeten mit ihr ein großes Dreieck. Er hörte ein Pfeifen über sich und dann einen Krach wie von splitterndem Holz. In der Dunkelheit sah er Gischt querab aufspritzen, als Teile von Stengen und Tauwerk aufs Wasser schlugen.

Stockdale nickte. »Kettenkugeln, wie ich schon sagte. Die Banditen!«

»Geschütze, Achtung! Zündet die Lunten!«

Jetzt bestand keine Notwendigkeit mehr, heimlich zu tun. Bolitho hörte einen schrillen Pfiff vom nächststehenden Schiff und dann den Knall einer abgefeuerten Pistole. Sie war entweder aus Versehen losgegangen oder sollte die Gefährten warnen.

Die Matrosen der *Heloise* starrten mit schußbereiten Musketen, die Entermesser und Enterhaken in greifbarer Nähe, nach vorn in die Dunkelheit.

»Gei auf die Breitfock!«

Männer rannten, den Befehl auszuführen; als das große Segel zur Rah aufgeholt war, enthüllte es wie ein Theatervorhang die im zunehmenden Licht hinter ihren leichten Kanonen kauernden Matrosen.

Es folgte eine Reihe von Schüssen, und Bolitho hörte über sich das Kreischen einer Kettenkugel, das ihm wie Geschrei gequälter Seelen vorkam.

Little sagte durch die Zähne: »Zu hoch – Gott sei Dank.«

Das tödliche Kettengeschoß klatschte weit achteraus mit einer Gischtfontäne ins Wasser, aber genau in Verlängerung ihrer beiden Masten.

»Anluven!« Palliser hatte ein Backstag gepackt und studierte den Umriß des Gegners. »So hoch an den Wind wie möglich!«

»An die Schoten, Halsen und Brassen!«

Die Brigantine luvte an, bis die verbliebenen Segel protestierend zu killen begannen.

»Kurs Nordwest zu West. Voll und bei!«

Das andere Schiff feuerte wieder, und eine Kugel schlug zwanzig Fuß vor dem Bug der *Heloise* ein; sie warf Spritzwasser hoch über ihre Back.

Dann begann die ernsthafte Beschießung, aber die Kugeln lagen zu weit und ungenau, weil die feindlichen Geschützbedienungen erst zu erraten versuchten, was das Manöver des Neuankömmlings bedeutete.

Eine weitere Kugel durchschlug das Besansegel und hinterließ ein Loch, groß genug, um den Kopf hindurchzustecken.

Palliser explodierte: »Diese idiotische Brigg schießt auf uns!«

Little grinste. »Hält uns wohl auch für Piraten.«

»Ich werde ihnen Piraten geben!« Palliser zeigte auf das Schiff, das an Backbord aus der Dunkelheit auftauchte und seine Silhouette verkürzte, als es Kurs änderte, um die intervenierende *Heloise* zurückzuschlagen.

»Zuerst auf den Schoner!«

Little legte die Hände um den Mund. »In der Aufwärtsbewegung*, Jungs – klar zum Feuern!«

Einige Leute waren noch dabei, eine Drehbasse auf die höher liegende Luvseite zu schleppen, und schimpften auf Little, er solle ihnen mehr Zeit lassen.

Aber Little verstand sein Handwerk.

»Ruhig, Jungs!« Es klang, als spräche ein Dompteur mit seinen Raubkatzen. »*Feuer*!«

Die Lunten flogen wie Glühwürmchen nach unten, und die Drehbassen bellten giftig das auf sie zukommende Schiff an. Ein mörderischer Hagel aus dicht gestopfter Kartätsche ergoß sich über das gegnerische Vorschiff, und Bolitho meinte, vielstimmiges Geschrei zu hören, als die Ladung drüben einschlug.

»Klar zur Wende!« Pallisers Stimme drang auch ohne Megaphon durch. »An die Brassen, Schoten und Halsen!«

Palliser hangelte sich auf dem schräg liegenden Deck zu Slade am Ruder hinunter. »Wir nehmen einen neuen Anlauf. Legen Sie Ruder.«

Stark überliegend, bis die Matrosen die Rahen rundgeholt hatten, lief die Brigantine nach Lee ab. Das zweite Schiff schien unter ihrem Klüverbaum vorbeizuwandern, bis es an Backbord querab lag und der angreifenden *Heloise* sein Heck zeigte.

Palliser schrie: »Schießen Sie auf das Achterschiff, Little!« Er drehte sich abrupt zu Slade und seinen keuchenden Rudergängern um. »Stütz! Stützruder, Idiot!«

Bolitho fand Zeit, Slade zu bedauern. Die *Heloise* brauste auf das Heck des anderen Schiffes zu, als wolle sie wie ein Beil hineinfahren.

»Feuer!«

Die Decks beider Schiffe wurden blitzartig hell, als ihre Kanonen orangefarbene Zungen vorstreckten, denen kurz darauf der Krach einschlagenden Eisens folgte. Die Kartätschenladungen der *Heloise* mußten das Achterschiff des Gegners leergefegt haben. Rudergänger und Geschützbedienungen fanden keine Deckung vor der flach kommenden Ladung dicht gepackter Eisenstücke. Das Schiff begann, aus dem Ruder zu laufen, und wurde erneut von Littles Drehbassen beharkt.

»Breitfock setzen!« Pallisers Augen waren überall.

---

* Da zwischen Feuerbefehl und Zündung immer einige Sekunden verstrichen, bewirkte das Abfeuern bei Aufwärtsbewegung des Schiffes, daß die Kugel oberhalb der Wasserlinie Deck oder Takelage des Feindes traf.

Bolitho sah ihn jetzt deutlich auf dem Achterdeck, seine drahtige Gestalt hob sich wie ein Racheengel vom heller werdenden Hintergrund ab.

»*Feuer*!«

Weitere Kugeln sausten über sie hinweg, und Bolitho bemerkte, daß das erste Schiff offenbar Mut gefaßt hatte und herankam, um seinem Gefährten zu helfen.

Zum erstenmal sah er jetzt auch klar die *Rosario*, und bei dem Anblick tat ihm das Herz weh. Ihr vorderer Mast war völlig verschwunden, und vom Großmast stand nur noch die Hälfte. Trümmer und heruntergefallene Takelage trieben um ihren Rumpf, und als die Sonne über den Horizont stieg, sah Bolitho, daß dünne rote Rinnsale aus den Speigatten flossen. Es schien, als blute das Schiff selbst.

»Klar zur Halse!«

Bolitho gab einem Matrosen einen Stoß und schrie: »Zu den anderen!« Der Mann machte einen erschrockenen Satz und lief dann eifrig los, um sich mit vollem Gewicht an die Brassen zu hängen. Er hatte wohl geglaubt, es sei heißes Eisen und nicht eine Hand, die ihn stieß.

In dem Augenblick gab es einen fürchterlichen Krach. Bolitho fiel fast auf die Knie, als zwei Volltreffer in die Bordwand der *Heloise* schlugen. Er bemerkte, daß Ingrave mit weit aufgerissenen Augen und wie gelähmt das nächstliegende Schiff anstarrte.

Er rief: »Gehen Sie nach unten und kümmern Sie sich um die Schäden!« Er lief zu dem Midshipman hinüber, packte ihn am Arm und schüttelte ihn wie eine Puppe. »Los, Mr. Ingrave! Bringen Sie die Pumpen in Gang!«

Ingrave starrte ihn zunächst mit leerem Blick an, dann rannte er mit unerwarteter Entschlußkraft zum Niedergang.

Stockdale riß Bolitho plötzlich respektlos zur Seite, als ein schwerer Block von oben kam und allerlei Tauwerk hinter sich herzog. Der Block prallte aufs Schanzkleid und schlug dann ins Wasser.

Palliser schrie: »Achtung!« Er hatte seinen Degen gezogen. »An die Backbordgeschütze!«

Gegen die relativ leichten Kanonen des Schoners wirkten ihre Drehbassen zwar harmlos. Aber Bolitho sah, wie ihre Kartätschenladungen das Vorsegel drüben durchsiebten und zwei Männer als blutige Bündel vom Mast fegten, bevor weitere Kugeln ins Unterwasserschiff der *Heloise* schlugen. Er hörte Holz krachen und

Stützbalken zwischen den Decks brechen und wußte, daß sie schwer getroffen waren.

Jemand hatte es geschafft, die Pumpen in Gang zu bringen, doch Bolitho sah zwei Leute stark blutend zusammenbrechen und einen dritten von der Marsrah mühsam herabklettern. Sein eines Bein baumelte kraftlos und wohl nur noch durch einen Muskel gehalten herunter.

Palliser rief: »Kommen Sie nach achtern!« Als Bolitho zu ihm eilte, sagte er: »Es steht nicht gut mit uns. Gehen Sie selber nach unten und melden Sie mir, wie schwer die Schäden sind.« Er zuckte zusammen, als weitere Treffer den bereits schwer mitgenommenen Schiffsrumpf erschütterten. Irgendwo schrie ein Mann verzweifelt: »Wir sinken!«

Bolitho starrte Palliser an. Er hatte recht. Die Beweglichkeit der *Heloise* war plumper Reaktion auf Wind und Ruder gewichen. Unglaublich, daß sie die Rollen mit der *Rosario* so plötzlich getauscht hatten. Und nirgends war Hilfe in Sicht. Ihre Feinde würden ihnen keinen leichten Tod gönnen.

Palliser rüttelte ihn auf. »Ich halte auf die *Rosario* zu. Mit unseren Leuten und ihren Kanonen haben wir noch eine Chance.« Er sah Bolitho ruhig an. »Seien Sie ein braver Junge und gehen Sie nach unten.«

Bolitho eilte zum Niedergang. Mit einem schnellen Blick nahm er die Schäden auf dem zersplitterten Deck und die alten Blutspuren wahr. Hier hatten sie schon einmal gekämpft. War das nicht genug gewesen? Wollte es das Schicksal, daß sie so endeten?

Er rief Jury zu: »Kommen Sie mit!« Er blickte in die Finsternis hinunter. Der Gedanke, dort unten eingeschlossen zu sein, wenn das Schiff unterging, bedrückte ihn. Zögernd sagte er, um seine Besorgnis zu verbergen: »Wir wollen die Schäden gemeinsam feststellen. Denn wenn mir etwas passiert . . .« Er sah Jury nach Luft schnappen; der hatte also noch nicht an das Ende gedacht. »Wenn mir etwas zustößt, können Sie Mr. Palliser Einzelheiten berichten.«

Unter Deck zündete er eine Laterne an und ging vorneweg, wobei er den gefährlichen Spitzen der gesplitterten Holzbacken auszuweichen versuchte. Die Geräusche vom Oberdeck klangen nur gedämpft herunter, es hörte sich aber bedrohlich an, als das Schiff sich unter den Einschlägen immer wieder aufbäumte und schüttelte.

Die beiden Angreifer standen nun an Backbord und Steuerbord querab von der *Heloise* und feuerten ohne Rücksicht darauf, daß sie

133

in ihrem Eifer, das kleine Schiff mit der roten Nationalflagge Englands zu vernichten, sich gegenseitig treffen konnten.

Bolitho zog ein Luk auf und sagte: »Ich höre eindringendes Wasser.«

Jury wisperte: »Großer Gott, wir sinken!«

Bolitho legte sich auf den Bauch und hielt die Laterne durch das Luk in den Raum. Er sah nur Chaos. Zerbrochene Fässer und Leinwandfetzen schwammen zwischen zersplitterten Hölzern, und selbst während er noch hinsah, schien das Wasser zu steigen.

Er sagte: »Melden Sie dem Ersten Offizier, daß keine Hoffnung besteht.« Er beruhigte Jury, der furchtsam zusammengezuckt war, weil weitere Kugeln in den Schiffsrumpf schlugen. »Gehen Sie und erinnern Sie sich an das, was ich Ihnen gesagt habe: Alle sehen auf Sie!« Er versuchte zu lächeln, als ob alles nicht so wichtig sei. »In Ordnung?«

Jury wich schrittweise zurück, während sein Blick zwischen Bolitho und dem offenen Luk hin- und herwanderte. »Und was tun Sie?«

Bolitho wandte den Kopf, als ein neuer Laut wie Hammerschläge durch das stark krängende Schiff dröhnte. Einer der Anker hatte sich aus seiner Zurring gerissen und schlug nun bei jedem Überholen der Brigantine gegen die Bordwand. Das würde ihr Ende beschleunigen.

»Ich gehe zu Olsson. Wir müssen die Gefangenen freilassen.«

Endlich war Bolitho allein. Er atmete tief durch und bemühte sich, das Zittern seiner Glieder zu unterdrücken. Dann arbeitete er sich langsam weiter nach achtern, wobei die regelmäßigen Ankerschläge ihm wie Trommelschlag bei einer Hinrichtung folgten.

Eine neue Erschütterung der Bordwand, der unmittelbar lautes Krachen folgte. Einer der Masten – oder Teile davon – kam von oben. Bolitho wappnete sich für den endgültigen Aufprall.

Im nächsten Augenblick lag er ausgestreckt in der Dunkelheit. Die Laterne war seinen Händen entglitten, und obwohl er überhaupt nichts fühlte, konnte er sich nicht an den Augenblick des Falls erinnern.

Er wußte nur, daß er unter einem Trümmerhaufen wie festgenagelt lag und sich nicht bewegen konnte.

Er preßte ein Ohr an eine Lüftungsgräting und hörte das Wasser aus der Bilge in die unteren Räume dringen. Am Rande der Panik begriff er, daß er in Sekunden sinnlos schreiend um sich treten würde.

Viele Gedanken schossen durch sein Gehirn. Er sah seine Mutter, wie sie von ihm Abschied nahm. Sah die See unter dem Vorland von Falmouth, wo er mit seinem Bruder Hugh in einem Fischerboot das erste Abenteuer erlebt hatte, und hörte den Zornausbruch ihres Vaters darüber.

Seine Augen brannten. Doch als er versuchte, die Hand zum Gesicht zu heben, hielten die heruntergefallenen Trümmer sie in einer grausamen Falle fest.

Der Anker schlug nicht mehr gegen die Bordwand, was wohl bedeutete, daß er jetzt schon unter Wasser war.

Bolitho schloß die Augen und wartete. Er stieß ein Stoßgebet aus, daß er vor dem Ende nicht die Nerven verlieren möge.

IX Pallisers List

Bolitho fühlte, daß der Druck auf sein Rückgrat zunahm, da sich das Gewicht der Trümmer durch die Schiffsbewegung verlagert hatte. Irgendwo oben hörte er Metall über Holz scheuern, als hätte sich eine Kanone losgerissen und rutsche auf dem Deck herum. Die Schlagseite hatte zugenommen, und das Wasser schlug immer höher gegen die Bordwand, weil das Schiff tiefer und tiefer sackte.

Oben fielen nur noch gelegentlich Schüsse; es schien, als hielten die Gegner sich fern und warteten ab, bis die See ihr Werk vollendet hatte.

Langsam, aber mit wachsender Verzweiflung versuchte Bolitho, sich aus dem Trümmerhaufen zu befreien. Er hörte sich ächzen und stöhnen und sinnlose Worte ausstoßen, als er mit allen Gliedmaßen zerrte und strampelte, um der Falle zu entkommen.

Es war nutzlos. Er erreichte nur, daß die abgebrochenen Spieren verrutschten und eine fast seinen Kopf aufgespießt hätte.

Panik ergriff ihn, als er außer weiteren Musketenschüssen hörte, wie ein Boot bemannt und heisere Befehle gegeben wurden. Er ballte die Fäuste und drückte das Gesicht gegen die Decksbalken, um zu verhindern, daß er verzweifelte Schreie ausstieß. Das Schiff sank nun schnell, und Palliser hatte offenbar befohlen, es zu verlassen.

Bolitho versuchte, klar zu denken und sich damit abzufinden, daß seine Kameraden nur taten, was getan werden mußte. Jetzt blieb keine Zeit mehr für Gefühle oder eine nutzlose Geste. Er war ebenso tot wie die anderen, die in der Hitze des Gefechts gefallen waren.

Doch plötzlich hörte er Stimmen. Jemand rief seinen Namen. Schmale Lichtkegel drangen durch das Gewirr der Trümmer, und als es einen neuen Ruck darin gab, schrie Bolitho: »Zurück! Rettet euch lieber!«

Er war über seine Worte und die Kraft seiner Stimme selber erschrocken. Mehr als alles andere hatte er überleben wollen – bis zu dem Augenblick, da jemand anderer sein Leben für ihn riskierte.

Stockdales heisere Stimme befahl: »Hier, hebt diese Spiere an!«

Jemand anderer sagte zweifelnd: »Zu spät, wie's scheint, Kamerad. Wir gehen am besten zurück.«

Stockdale krächzte: »Hebt an, wie ich's gesagt habe! Nun zusammen, Jungs, zu-gleich!«

Bolitho schrie auf, als der Schmerz in seinem Rücken stärker wurde. Er erkannte Füße, die sich auf der anderen Seite des Trümmerbergs bewegten, und sah Jury auf dem Boden knien und durch eine Lücke nach ihm ausspähen.

»Nicht mehr lange, Sir.« Jury zitterte vor Angst, versuchte aber, gleichzeitig zu lächeln. »Halten Sie aus!«

So plötzlich, wie sie ihn niedergeschlagen hatte, wurde die ganze Last aus zerbrochenen Stengen und gesplitterten Decksbalken angehoben. Ein Mann ergriff Bolithos Fußknöchel und zog ihn energisch das schräge Deck hinauf. Stockdale schien mittlerweile den ganzen Berg von Trümmern allein hochzuhalten.

Jury keuchte: »Schnell!« Er wäre gestürzt, wenn ein Matrose ihn nicht mit schnellem Zugriff gehalten hätte. Dann schwankten sie alle wie Betrunkene zum nächsten Luk und nach oben.

Als sie schließlich das Oberdeck erreichten, vergaß Bolitho seine Schmerzen und die Augenblicke nackter Verzweiflung. Im zunehmenden Tageslicht sah er, daß die *Heloise* ein hilfloses Wrack war; ihr vorderer Mast war verschwunden, der hintere nur noch ein gezackter Stumpf. Gebrochene Stengen, zerrissene Segel und ein wirres Durcheinander herabgefallenen Tauwerks vervollständigten die totale Verwüstung.

Und wie zur Bestätigung bemerkte Bolitho, daß beide Boote schon bemannt waren und sich von dem sinkenden Schiff freihielten. Das nähere lag schon höher als die Leeseite der *Heloise*.

Palliser stand im Kutter und wies einige seiner Leute an, ihre Musketen auf einen der beiden Schoner zu richten. Die sinkende

Brigantine wirkte als Barrikade, sie stand als einziger Schutz zwischen ihnen und dem Feind und verhinderte, daß er direkt auf sie losfuhr und den einseitigen Kampf beendete.

Stockdale grunzte: »Über Bord, Jungs!«

Noch leicht benommen sah Bolitho, daß unter den Leuten, die zurückgekommen waren, um ihn zu retten, auch Olsson war, der verrückte Schwede, und einer der Landarbeiter, die sich bei seinem Rekrutierungskommando in Plymouth freiwillig gemeldet hatten.

Jury zog sich die Schuhe aus und steckte sie unter sein Hemd. Er schaute ins Wasser, das schon über das Schanzkleid schlug, und sagte: »Wir haben ein schönes Stück zu schwimmen.«

Bolitho zuckte zusammen, als eine Musketenkugel neben ihm ins Deck schlug und einen Splitter von der Größe eines Federkiels ablöste.

»Jetzt oder nie!« Er sah, wie die See in einen Niedergang schlug und einen der Leichname in wildem Tanz herumwirbelte. Der Vorsteven war bereits unter die Wasseroberfläche gesackt. Den schnaufenden und taumelnden Stockdale zwischen sich, sprangen Bolitho und Jury ins Wasser. Es schien Ewigkeiten zu dauern, bis sie das nächste Boot erreichten; dort durften sie sich neben einigen anderen Leuten ans Dollbord hängen, da das Boot voll besetzt war. Dabei mußten sie versuchen, die Männer an den Riemen nicht zu behindern, die zur entmasteten *Rosario* pullten.

Die meisten Leute um ihn herum waren Bolitho fremd; er nahm an, daß es freigelassene Gefangene waren. Ein Wunder, daß Olsson, der so brutal aussah, sie nicht ihrem Schicksal auf dem sinkenden Schiff überlassen hatte.

Dann plötzlich erhob sich die Bordwand der Brigg über ihnen. Es war nur ein kleines Schiff, aber vom Wasser aus schien sie Bolitho, der sich an eine ihm zugeworfene Leine klammerte, so groß wie eine Fregatte.

Schließlich waren sie alle an Deck geklettert, gezogen oder geschoben und standen der Besatzung der Brigg gegenüber, die sie anstarrte, als seien sie dem Meer selbst entstiegen.

Palliser ließ niemanden im Zweifel, wer das Kommando führte: »Little, bringen Sie die Gefangen nach unten und schließen Sie sie ein. Pearse, Sie schauen nach, ob sich ein Notmast aufriggen läßt, jedenfalls irgend etwas, das uns wieder Ruderwirkung geben kann.« Er ging an einigen verschreckten und blutenden Leuten entlang und fuhr sie an: »Ladet sofort die Kanonen, hört ihr! Ihr kommt mir vor wie ein Haufen alter Weiber, verdammt noch mal!«

Ein Mann, der offenbar etwas zu sagen hatte, drängte sich durch die Seeleute und sagte: »Ich bin Kapitän John Mason. Ich weiß, warum Sie hier sind, aber ich danke Gott für Ihr Kommen, Sir, obwohl ich befürchte, daß wir den Piraten auch jetzt nicht gewachsen sind.«

Palliser betrachtete ihn kühl. »Das werden wir sehen. Aber jetzt tun Sie, was ich befehle. Wie Sie und Ihre Leute sich heute aufführen, wird darüber entscheiden, was mit Ihnen geschieht.«

Der Mann schnappte nach Luft. »Ich verstehe nicht, Sir.«

»Haben Sie einen Passagier namens Jonathan Egmont?«

Bolitho lehnte am Schanzkleid und holte in tiefen Atemzügen Luft, während Wasser aus seiner Kleidung rann und sich mit Blut unter der nächsten Kanone mischte.

»Aye, Sir, aber . . .«

»Lebt er?«

»Ja. Wenigstens lebte er noch, als ich ihn zuletzt sah. Ich habe meine Passagiere nach unten geschickt, als der Angriff begann.«

Palliser lächelte grimmig. »Ihr Glück. Und auch meines, denke ich.« Er sah Bolitho und setzte scharf hinzu: »Sorgen Sie für die Sicherheit Egmonts. Aber sagen Sie ihm nichts.« Er wollte sich einem der beiden Schoner zuwenden, bemerkte aber gerade den letzten Augenblick der *Heloise*. Mit Gischtfontänen aus ihren Luken sackte sie unter die Wasseroberfläche. Palliser sagte: »Bin froh, daß Sie uns erhalten blieben, Mr. Bolitho. Ich hatte schon befohlen, das Schiff zu verlassen.« Sein Blick ruhte einen Augenblick auf Jury und Stockdale. »Indessen . . .«

Bolitho wankte einem offenen Luk zu. Seine benommenen Sinne waren noch immer von dem Anblick der hilflos in der Dünung rollenden *Rosario* gefangen. Die Brigg war schrecklich zugerichtet. Umgestürzte Kanonen, Leichen und Gliedmaßen lagen mit den übrigen Trümmern in wildem Durcheinander herum und zeugten von den verzweifelten Anstrengungen, die Angreifer vom Entern abzuhalten.

Ein Matrose – in der einen Hand eine Pistole, um die andere einen behelfsmäßigen Verband – rief: »Hier geht's runter, Sir!«

Bolitho kletterte eine Leiter hinab. Sein Magen rebellierte beim Anblick von so viel Leid und Schmerz. Drei Männer lagen besinnungslos oder tot vor ihm, ein vierter kroch, so gut er konnte, an seine Gefechtsstation zurück.

Egmont stand an einem Tisch und trocknete sich die Hände an einem Fetzen Stoff, während ein Matrose eine Lampe für ihn putzte.

Er erkannte Bolitho und bedachte ihn mit müdem Schulterzukken. »Ein unerwartetes Zusammentreffen, Leutnant.«

Bolitho fragte: »Haben Sie die Verwundeten versorgt?«

»Sie kennen die Marine, Leutnant. Es ist sehr lange her, seit ich unter dem Vater Ihres Kommandanten diente, aber was man einmal gelernt hat, vergißt man nie.«

Bolitho hörte das eifrige Schnaufen der Pumpen und das Scharren von Blöcken und Taljen, die geschäftig über das Oberdeck gezogen wurden. Die Matrosen der *Destiny* waren wieder an der Arbeit, und er wurde gebraucht, um Palliser zu helfen und die Leute – notfalls mit Gewalt – anzutreiben.

Sie waren in einem wilden Gefecht gewesen, und einige hatten dabei ihr Leben verloren. Nun mußten sie abermals heran. Ließ man sie verschnaufen, würden sie sich fallen lassen. Erlaubte man ihnen, den Verlust eines guten Freundes zu beklagen, würden sie ihren Kampfgeist verlieren.

Bolitho fragte: »Ihre Frau – ist sie in Sicherheit?«

Egmont wies auf ein Schott. »Da drin.«

Bolitho warf sich mit der Schulter dagegen, wobei ihn die Angst, wieder unter Deck eingeklemmt zu werden, packte.

Im schwachen Lampenlicht sah er drei Frauen in einer fenster- und luftlosen Kammer: Aurora Egmont, ihre Zofe und eine füllige Dame, in der er die Frau des Kapitäns vermutete.

Er sagte: »Gott sei Dank, Sie sind unversehrt.«

Aurora kam auf ihn zu, und da ihre Füße in dem Dämmerlicht der Kammer unsichtbar waren, schien es, als ob sie auf ihn zuschwebe. Sie hob eine Hand, strich ihm über das Gesicht und sein nasses Haar und sagte leise: »Ich dachte, Sie wären noch in Rio.« Ihre Hände berührten seine Brust und seine herabhängenden Arme. »Mein armer Leutnant, was hat man Ihnen angetan?«

Bolitho meinte, den Verstand zu verlieren. Selbst hier, in den Ausdünstungen der Bilge und des Todes, roch er ihr Parfüm; er spürte den leichten Druck ihrer Finger auf seinem Gesicht und hätte sie gern umarmt, ihren Körper an sich gepreßt wie in seinem Traum, die Sorgen mit ihr geteilt, ihr sein Verlangen offenbart.

»Bitte . . .« Er versuchte, zurückzutreten. »Ich bin naß und schmutzig. Ich wollte mich nur vergewissern, daß Sie unverletzt sind.«

Sie wischte seinen Protest beiseite und legte ihm die Hände auf die

Schultern. »Mein tapferer Leutnant!« Dann wandte sie sich zu ihrer Zofe um und sagte scharf: »Hör auf zu heulen, du dummes Mädchen. Wo ist dein Stolz?«

In diesen Sekunden fühlte Bolitho, daß sich ihre Brust gegen sein nasses Hemd preßte, als sei kein Stoff mehr zwischen ihren Körpern.

Er murmelte: »Ich muß gehen!«

Sie sah ihn so eindringlich an, als suche sie sich jeden Zug einzuprägen. »Wollen Sie wieder kämpfen? Müssen Sie?«

Bolitho fühlte neue Kraft in seinen Körper strömen. Er vermochte sogar zu lächeln, als er sagte: »Ich habe jetzt jemanden, für den ich kämpfe, Aurora.«

»Sie wissen noch meinen Namen?«

Dann zog sie seinen Kopf herunter und küßte ihn fest auf den Mund. Dabei zitterte sie genau wie er. Die Beschimpfung der Zofe war nur eine Ablenkung gewesen. Sie flüsterte: »Nimm dich in acht, Richard.«

Als Bolitho zurückeilte und die Leiter hochkletterte, hörte er schon von fern Pallisers Stimme.

Palliser beobachtete die beiden großen Schoner durch ein Fernrohr; ohne es zu senken, sagte er trocken: »Darf ich annehmen, daß unten alles wohlauf ist?«

Bolitho wollte an seinen Hut tippen, erinnerte sich aber, daß er ihn schon vor langer Zeit verloren hatte.

»Aye, Sir. Egmont hilft den Verwundeten.«

»Tatsächlich?« Palliser schob das Teleskop mit einem Knall zusammen. »Hören Sie gut zu: Die Teufel werden versuchen, unsere Kräfte zu zersplittern. Einer wird etwas abhalten, während der andere anläuft, um uns zu entern.« Er dachte laut. »Wir haben einen Kampf überlebt, nun wollen sie den völligen Sieg. Sie werden kein Pardon geben.«

Bolitho nickte. »Wir könnten sie uns vom Leibe halten, wenn jede Kanone voll bemannt wäre, Sir.«

Palliser schüttelte den Kopf. »Nein. Wir treiben steuerlos und können nicht verhindern, daß einer oder beide hinter uns vorbeisegeln und unser wehrloses Heck unter Feuer nehmen.« Er beobachtete einige Matrosen der Brigg, die vorbeischlurften. »Diese Leute sind erledigt, haben keinen Kampfgeist mehr. Alles hängt von uns ab.« Er nickte kräftig, sein Entschluß stand fest. »Wir werden einen der Schurken herankommen lassen und sie voneinander trennen. Mal sehen, wie ihnen das gefällt.«

Bolitho musterte die abgebrochenen Masten und herumliegenden Toten, zwischen denen die Männer der *Destiny* sich wie Leichenfledderer auf einem Schlachtfeld bewegten. Er strich sich mit seinen Fingern über den Mund, als könne er die Stelle spüren, wo sie ihn mit solcher Leidenschaft geküßt hatte.

Er sagte: »Ich werde es den anderen ausrichten, Sir.«

Palliser sah ihn düster an. »Ja, tun Sie das. Erklärungen können später gegeben werden, wenn wir gewonnen haben. Wenn nicht, kommt's darauf auch nicht mehr an.«

Palliser senkte sein Teleskop und sagte bitter: »Sie haben mehr Leute, als ich dachte.«

Bolitho beschattete seine Augen und beobachtete die beiden Schoner. Ihre großen Gaffelsegel am vorderen und achteren Mast standen wie Vogelschwingen vor dem hellen Himmel. Langsam arbeiteten sie sich nach Luv von der hilflosen Brigg.

Das größere der beiden Schiffe, dessen Segel von den Kartätschenladungen während des abenteuerlichen Gefechts wie mit Pokkennarben übersät waren, war ein Toppsegelschoner*. Er rief eine Erinnerung in Bolitho wach. »Ich glaube, dies ist das Fahrzeug, das den Hafen verließ, als wir bei Egmont zu Besuch waren, Sir. Ich erinnere mich an das Rigg.«

»Stimmt wahrscheinlich. Es gibt nur wenige davon in diesen Gewässern.«

Palliser beobachtete die methodische Annäherung der Schoner. Einer hielt sich weit in Luv, der andere manövrierte von Backbord aus auf den Bug der *Rosario* zu, wo er von deren übriggebliebenen Kanonen am schlechtesten zu bestreichen war. Immerhin waren es solide Sechspfünder, die unter Littles erfahrener Leitung jedem gefährlich werden konnten, der ihnen zu nahe kam.

Palliser reichte Bolitho das Glas. »Sehen Sie selbst.« Er ging zum Kompaß hinüber und sprach mit Slade und dem Kapitän der Brigg.

Bolitho richtete das Glas mit angehaltenem Atem auf den näherstehenden Schoner. Er wirkte von Wind und Wetter zerzaust und wenig gepflegt. Viele Männer schauten zur trotzigen, wenn auch machtlosen Brigg herüber. Ihre herausfordernden und höhnischen

---

* Zweimaster, beide Masten mit Gaffelsegeln, am vorderen darüber auch Rahsegel und eine Breitfock, die bei Rückenwind gesetzt werden konnte.

Rufe waren auf die Entfernung schwach zu hören.

Bolitho dachte an die Frau in der Kammer und an das, was diese Kerle mit ihr machen würden, und packte seinen Säbel so fest, daß ihm die Handfläche wehtat. Er hörte den Kapitän der Brigg sagen: »Ich will nicht mit einem Offizier des Königs streiten, aber machen Sie mich nicht für das verantwortlich, was kommt.«

Slade fügte leise hinzu: »Sie können es nicht mit ihnen aufnehmen, Sir. Es ist nicht richtig, es darauf ankommen zu lassen.«

Pallisers Stimme war hart und kompromißlos: »Was empfehlen Sie? Daß wir auf ein Wunder warten? Beten, daß die *Destiny* aus der Weite des Meeres auftaucht und unsere armen Seelen rettet?« Er gab sich keine Mühe, Sarkasmus und Verachtung zu verbergen. »Verdammt, Slade, ich hätte mehr von Ihnen erwartet.«

Er wandte sich um und sah, daß Bolitho die diskutierende kleine Gruppe beobachtete. »In etwa fünfzehn Minuten wird der Halsabschneider versuchen, uns zu entern. Wenn wir ihn zurückschlagen, wird er wieder auf Abstand gehen; beide werden uns dann eine Weile beschießen. Dann werden sie es wieder versuchen. Und später noch einmal.« Er wies mit einer weitausholenden Armbewegung auf das zerfurchte Deck und die müden Matrosen. »Glauben Sie, daß die Leute das durchstehen werden?«

Bolitho schüttelte den Kopf. »Nein, Sir.«

Palliser wandte sich ab. »Gut.«

Aber Bolitho hatte den Ausdruck in seinem Gesicht gesehen. Er verriet trotz ihrer schrecklichen Lage Erleichterung oder auch Überraschung, daß jemand ihm zustimmte.

Palliser sagte: »Ich gehe nach unten; muß mit den Gefangenen von der *Heloise* sprechen.«

Little sagte leise zu seinem Freund, dem Bootsmannsmaaten: »Die blöden Hunde wissen nicht, auf welcher Seite sie eigentlich stehen, was, Ellis?« Beide brüllten vor Lachen, als ob es ein prächtiger Witz wäre.

Jury fragte: »Was werden wir als nächstes tun?«

Ingrave schlug unsicher vor: »Verhandeln, Sir?«

Bolitho beobachtete den näherkommenden Schoner und die geschickte Art, wie er sein Großsegel bediente, um im gewünschten Winkel auf die Brigg zu stoßen.

»Wenn sie zu entern versuchen, werden wir sie warm empfangen!«

Daß seine Worte auf dem trümmerübersäten Deck von Mund zu Mund weitergegeben wurden, erkannte er an der Art, wie die

Matrosen Entermesser und Beile fester faßten und ihre Muskeln spielen ließen, als stünden sie schon im Kampf. Die Männer der Brigg waren keine disziplinierten Berufsseeleute wie die von der *Destiny,* aber letztere waren erschöpft und viel zu wenige im Vergleich zu der Meute an Bord des Schoners. Bolitho konnte sie jetzt hören: Ihre Schimpfworte und höhnischen Schreie klangen zusammen wie das Gebrüll wilder Tiere.

Wenn es ein einzelnes Schiff gewesen wäre, hätten sie es schaffen können. Vielleicht wäre es besser gewesen, mit der *Heloise* unterzugehen, als den Todeskampf noch einmal hinauszuschieben.

Palliser kam zurück und sagte: »Little, bleiben Sie an den vorderen Geschützen. Wenn ich ›Feuer‹ befehle, feuern Sie nach Gutdünken, aber so, daß die Kugeln keinen großen Schaden anrichten.« Er übersah Littles ungläubige Miene. »Danach laden Sie die Kanonen mit einer doppelten Kartätschenfüllung. In dem Augenblick, wenn die Bastarde längsseits kommen, möchte ich, daß sie damit weggefegt werden.« Er wartete, bis seine Worte einwirkten. »Und wenn Sie alle Leute dabei verlieren: Diese Kanonen müssen abgefeuert werden!«

Little klopfte sich bestätigend an die Stirn, und über seine groben Züge ging ein begreifendes Lächeln. Das Schanzkleid der Brigg bot wenig Schutz; wenn das andere Schiff längsseits kam und sich an seinen Enterhaken heranzog, konnten die Geschützbedienungen wie Schilfrohr umgemäht werden.

Palliser löste seine Säbelscheide und warf sie beiseite. Er machte mit dem Säbel ein paar Schläge durch die Luft und beobachtete, wie das Sonnenlicht die Klinge aufblitzen ließ, als sei sie aus purem Gold.

»Uns wird heute warm werden.«

Bolitho schluckte, sein Mund war schrecklich trocken. Er zog ebenfalls seinen Säbel und entfernte die lederne Scheide, wie er es von Palliser gesehen hatte. Einen Kampf zu verlieren, war schlimm, aber zu sterben, weil man über seine eigene Säbelscheide stolperte, war unausdenkbar.

Musketen feuerten über den schmaler werdenden Wasserstreifen zwischen den beiden Schiffen, und verschiedene Leute duckten sich, als die Kugeln ins Holz des Schanzkleids schlugen oder über ihre Köpfe hinwegzischten.

Palliser ließ seine Waffe auf einen unsichtbaren Gegner niedersausen und befahl laut: »Feuer!«

Die vorderen Geschütze rollten nach dem Abschuß binnenbords, soweit es die Brocktaue zuließen, der Pulverqualm quoll durch die Stückpforten zurück und hüllte die Männer ein, die nun Littles Befehle ausführten, so gut es ging.

Im großen Vorsegel des Schoners erschien ein Loch, aber die anderen Geschosse fielen zu weit und warfen Wasserfontänen auf, die näher beim zweiten Schiff lagen als bei dem, das auf sie zukam.

Bolitho hörte wildes Hohngeschrei und weitere Schüsse. Er biß sich auf die Lippen, als ein Matrose mit zerschmettertem Kiefer vom Schanzkleid zurückgeschleudert wurde.

Palliser rief: »Achtung! Bereithalten zur Abwehr von Enterern!«

Plötzlich lag ihnen der Schoner Seite an Seite gegenüber, und Bolitho konnte seinen und seiner Kameraden Schatten auf dessen Bordwand sehen.

Musketenkugeln peitschten ihm um die Ohren. Er hörte einen seiner Leute aufschreien, als eine Kugel ihn voll traf, und sah, wie Ingrave sein Gesicht mit den Händen bedeckte, als könne er so einem gleichen Schicksal entgehen.

Die Gaffelsegel drüben fielen. Als die erste Welle der Enterer über das Deck des Schoners eilte, flogen Enterhaken an Leinen herüber und bissen sich mit eisernen Zähnen im Schanzkleid der *Rosario* fest.

Doch irgend jemand an Bord des Schoners mußte geahnt haben, daß von Männern, die wie diese kämpften, noch eine letzte Kriegslist zu erwarten war. Mehrere gezielte Schüsse trafen die hinter ihren Kanonen kauernden Engländer, von denen zwei schreiend und zuckend zusammenbrachen, während ihr Blut das Deck rot färbte.

Bolitho warf einen Blick auf Jury. Er hielt seinen Dolch in der einen Hand, eine Pistole in der anderen.

Durch die Zähne sagte Bolitho: »Bleiben Sie bei mir. Verlieren Sie nicht den Halt, und tun Sie, was Sie mir unlängst geraten haben.« Er sah den wilden Ausdruck in Jurys Augen und fügte hinzu: »Halten Sie sich fest!«

Es gab einen heftigen Ruck, als der Schoner – von den Enterhaken herangezogen – breitseits gegen die Bordwand der Brigg stieß.

»Jetzt!« Palliser schwenkte seinen Säbel. »Feuer!«

Eine Kanone spuckte Flammen und Rauch, und ihre volle Ladung explodierte genau in der Mitte der zum Entern bereitstehenden Gegner. Blut spritzte auf, Gliedmaßen flogen in gräßlichem Reigen durch die Luft. Doch das kurze Erschrecken verwandelte sich in wildes Wutgeheul, als die Angreifer sich erneut formierten und auf breiter Front aufs Deck der Brigg sprangen.

Stahl traf auf Stahl. Während einige Männer versuchten, ihre Musketen neu zu laden und abzufeuern, stießen andere mit Bajonetten und Pieken nach laut aufschreienden Gegnern im Augenblick ihres Absprungs, sodaß sie als blutige Fender zwischen die beiden Bordwände fielen.

Palliser schrie: »Noch eine Ladung!«

Aber Little und seine Männer waren auf der Back von den anderen Kanonen durch eine wilde Horde Kämpfender abgeschnitten. Die eigene Bedienung lag tot oder sterbend an Deck. Und ohne die letzte Salve aus Schrapnells und Eisenstücken waren sie verloren.

Ein Matrose kroch zur Kanone, eine brennende Lunte in der Faust, aber er sackte sterbend auf das Gesicht, als ein Angreifer über das Schanzkleid sprang und ihm sein Enterbeil in den Nacken schlug. Durch die Wucht seines Schlags verlor er selber das Gleichgewicht und rutschte im Blut seines Opfers aus. Dutchy Verbink schob Jury mit der Schulter zur Seite und stürzte – einen tonlosen Fluch auf dem weit aufgerissenen Mund – nach vorn und schlug dem sich mühsam aufrichtenden Gegner sein Entermesser über den Kopf. Die Klinge glitt vom Schädelknochen ab und durchtrennte ein Ohr, während Verbink schon mit einem zweiten, sorgsam gezielten Schlag den Mann erledigte.

Als Bolitho wieder hochschaute, stand Stockdale an der verlassenen Kanone. Seine Schulter blutete aus einer tiefen Wunde, aber ohne darauf zu achten, schwenkte er die Lunte und hielt sie ans Zündloch.

Die Explosion war so gewaltig, daß Bolitho glaubte, das Rohr sei geplatzt. Ein breites Stück vom Schanzkleid des Schoners war verschwunden, und inmitten der zertrümmerten Holzplanken und abgerissenen Takelage wanden sich Männer, die auf die nächste Gelegenheit zum Sprung gewartet hatten, in einem unentwirrbaren, blutigen Knäuel.

Palliser schrie: »Auf sie, Jungs!« Er schlug einen anstürmenden Kerl nieder und feuerte seine Pistole in die Menge derer, die schon auf dem Deck der *Rosario* waren und denen sich nun die dünne Linie der Verteidiger mit neuem Mut entgegenstellte.

Bolitho wurde mitgerissen, sein Säbel traf auf ein Entermesser, er parierte einen Schlag und traf einen wild blickenden Mann mit einem Hieb quer über die Brust. Eine Pistole explodierte fast an seinem

Ohr, und er hörte Jury jemandem zurufen, er solle ihnen den Rücken decken, wo zwei um sich schlagende und schießende Enterer durch die erschöpften Matrosen drängten.

Eine Pieke stieß an Bolithos Hüfte vorbei und spießte einen Mann auf, der versucht hatte, seinen beiden Kameraden durch die Gasse zu folgen. Er schrie auf und versuchte, sich die Pieke mit blutenden Fingern aus dem Leib zu ziehen, bis Stockdale aus dem Gedränge auftauchte und ihm mit seinem Entermesser den Garaus machte.

Midshipman Ingrave war zu Boden gegangen und hielt sich mit beiden Händen den Kopf, während die kampfbesessenen Männer haßerfüllt über ihn hinwegtorkelten.

Über allem Kampfeslärm hörte Bolitho Pallisers Stimme: »Zu mir, Jungs!« Dem folgte wildes Geschrei, und mit Staunen sah Bolitho eine dichte Menge den Niedergang und das vordere Luk hochquellen, um mittschiffs zu Palliser zu stoßen. Auf dem Weg dorthin klatschten ihre nackten Klingen bereits auf die überraschten Enterer nieder.

»Treibt sie zurück!« Palliser bahnte sich einen Weg durch seine Leute und schien sie zu neuer Anstrengung zu beflügeln.

Bolitho sah schattenhaft eine Gestalt auf sich zuspringen und schlug mit aller Kraft zu. Der Mann stöhnte auf, als die Säbelklinge ihn quer über dem Leib traf. Er fiel auf die Knie und preßte beide Hände auf die schreckliche Wunde, während jubelnde Matrosen über ihn hinwegstolperten.

Es konnte nicht wahr sein und stimmte doch: Aus der sicheren Niederlage war ein Gegenangriff geworden, und die Feinde zogen sich bereits unter den Schlägen von Pallisers Leuten in wilder Flucht zurück.

Bolitho hatte erkannt, daß es die Gefangenen waren, die ursprüngliche Besatzung der *Heloise,* die Palliser freigelassen und für seine Ziele gewonnen hatte. In seinem Kopf wirbelte es jedoch wild durcheinander, als er mit den übrigen weiterkämpfte, mit schmerzender Schulter und einem bleischweren säbelführenden Arm. Palliser mußte ihnen eine Gegenleistung für ihre Hilfe versprochen haben. Einige von ihnen waren schon gefallen, aber ihr plötzliches Eingreifen hatte die Männer von der *Destiny* mit neuem Mut erfüllt.

Außerdem bemerkte Bolitho, daß einige Piraten auf ihr Schiff zurückgeklettert waren. Als er sich zum erstenmal wieder umschauen konnte, sah er, daß die Leinen mit den Enterhaken durchtrennt waren und der Schoner sich bereits von ihnen gelöst hatte.

Bolitho ließ den Arm sinken und blickte zum zweiten Schoner, der seine Segel dichtholte und den Wind nutzte, um sich von der entmasteten, blutüberströmten, aber siegreichen Brigg freizuhalten.

Männer jubelten und klopften einander auf die Schultern. Andere halfen ihren verwundeten Kameraden oder rannten herum und riefen die Namen von Freunden, die nicht mehr antworten konnten.

Ein Pirat, der sich totgestellt hatte, rannte plötzlich zum Schanzkleid, als er begriff, daß sein eigenes Schiff den Kampf abgebrochen hatte. Das war Olssons Augenblick: Sorgsam zog er ein Messer aus dem Gürtel und warf es. Es zuckte auf wie ein Lichtblitz. Bolitho sah den Mann sich in vollem Lauf um seine Achse drehen, die Augen staunend aufgerissen, während das Heft des Messers zwischen seinen Schultern hervorragte.

Little zog das Messer heraus und warf es dem Schweden wieder zu: »Fang!« Dann hob er den Leichnam auf und warf ihn über Bord.

Palliser schritt die ganze Länge des Decks entlang, den Säbel über der Schulter, von dem es rot auf seinen Rock heruntertropfte.

Bolitho fing seinen Blick auf und sagte heiser: »Wir haben's geschafft, Sir. Ich hätte nie geglaubt, daß es klappt.«

Palliser beobachtete, wie die freigelassenen Gefangenen ihre Waffen zurückgaben und dann einander anstarrten, als seien sie von dem, was sie getan hatten, selbst überwältigt.

»Ich auch nicht, ehrlich gesagt.«

Bolitho wandte sich um und sah, wie Jury sich bemühte, Ingraves Kopf zu verbinden. Beide hatten also überlebt.

Er fragte: »Glauben Sie, daß sie nochmals angreifen?«

Palliser lächelte. »Wir haben zwar keine Masten mehr, aber sie haben noch welche. Ihre Ausguckposten können weiter sehen als wir. Ich bezweifle, daß wir den Sieg nur einer Kriegslist verdanken.«

Palliser hatte recht wie immer. Innerhalb einer Stunde zeichnete sich die vertraute, sonnenbeschienene Segelpyramide der *Destiny* am Horizont ab. Sie waren nicht mehr allein.

X   Eines Mannes Verlangen

Die Kajüte der *Destiny* kam Bolitho nach der Enge auf der Brigg *Rosario* unnatürlich groß und leer vor. Ungeachtet dessen, was er durchgemacht hatte, fühlte er sich hellwach und fragte sich selber, woher diese frische Energie kam.

Den ganzen Tag über hatte die Fregatte in Luv der *Rosario* beigedreht gelegen. Während der Rest von Pallisers Gruppe und die Verwundeten zur *Destiny* gebracht wurden, hatten andere Boote frische Leute und allerlei Material zur Brigg gepullt, um deren Besatzung beim Aufrichten eines Notmastes und den notwendigsten Ausbesserungsarbeiten zu helfen, damit sie den nächsten Hafen erreichen konnte.

Dumaresq saß am Tisch, vor sich einen unordentlichen Haufen Seekarten und Papiere, die Palliser von der *Rosario* mitgebracht hatte. Er war ohne Uniformrock, und wie er so in Hemdsärmeln und mit lose geschlungenem Halstuch dasaß, sah er keineswegs aus wie der Kommandant einer Fregatte.

Er sagte: »Sie haben Ihre Sache gut gemacht, Mr. Palliser.« Er schaute hoch, der Blick seiner weit auseinanderstehenden Augen wanderte zu Bolitho. »Und Sie auch.«

Bolitho dachte an ihr letztes Beisammensein, als er und Palliser von Dumaresq scharf zurechtgewiesen worden waren.

Dumaresq schob die Papiere beiseite und lehnte sich in seinem Sessel zurück. »Zu viele Tote. Und die *Heloise* auch verloren.« Er wischte den Gedanken weg. »Aber Sie haben die richtige Entscheidung getroffen, Mr. Palliser, und haben sie tapfer ausgeführt.« Er schenkte ihm ein Lächeln. »Ich werde die Leute der *Heloise* mit der *Rosario* zurückschicken. Soweit wir erfuhren, scheint ihr Anteil an den Geschehnissen gering gewesen zu sein. Sie waren von der Brigg angeheuert oder sogar gepreßt worden, und als sie erkannten, daß es nicht um eine kurze Fahrt entlang der Küste ging, waren sie schon zu weit draußen auf dem Atlantik. Ihr Kapitän Triscott und seine Maaten sorgten dafür, daß sie in Unwissenheit blieben. Darum werden wir sie alle der Fürsorge der *Rosario* überlassen.« Er deutete auf seinen Ersten Offizier. »Aber erst, nachdem Sie einige gute Leute, die Sie brauchen, um unsere Verluste zu ersetzen, ausgewählt und verpflichtet haben. Der Dienst des Königs wird eine eindrucksvolle Abwechslung für sie sein.«

Palliser fischte sich mit langem Arm ein Glas Wein vom Tablett des Kommandantenstewards, der sich diskret hinter ihnen bewegte.

»Was geschieht mit Egmont, Sir?«

Dumaresq seufzte. »Ich habe befohlen, ihn und seine Frau noch vor Sonnenuntergang an Bord zu bringen. Sie befinden sich unter Aufsicht von Leutnant Colpoys. Ich wollte, daß Egmont bis zum letzten Augenblick drüben bleibt, damit er sieht, was er mit seiner Habgier und Verräterei sowohl der Besatzung der Brigg wie meiner eigenen angetan hat.« Dumaresq sah Bolitho an. »Unser Arzt hat mir bereits von dem Schiff berichtet, das Sie beide in solcher Heimlichkeit aus Rio auslaufen sahen. Egmont war in Sicherheit, so lange er unentdeckt blieb. Aber wer die *Rosario* kapern ließ, der wollte auch, daß Egmont getötet wurde. Aus den Seekarten der Brigg ist zu schließen, daß ihr Ziel die Insel Saint Christopher war. Egmont war bereit, dem Kapitän jede Summe zu zahlen, damit er ihn hinbrachte, und zwar unverzüglich, ohne unterwegs andere Häfen anzulaufen.« Ein Lächeln überzog langsam sein Gesicht. »Also ist das der Ort, an dem sich Sir Garrick aufhält.«

Er nickte, um seine Behauptung zu bekräftigen. »Die Jagd ist also fast beendet. Mit Egmonts beschworener Aussage – und er hat jetzt keine andere Wahl – werden wir das Piratennest ein für allemal dem Erdboden gleichmachen.« Er bemerkte Bolithos fragenden Blick und fügte hinzu: »Die Karibik hat schon viele märchenhafte Reichtümer entstehen sehen, nämlich die von Piraten, ehrlichen Kaufleuten, Sklavenhändlern und Glücksrittern aller Art. Und wo gäbe es einen geeigneteren Platz, an dem alte Feinde ungestört ihr Süppchen kochen könnten?«

Er wurde wieder sachlich. »Beenden Sie dieses Kommen und Gehen so bald wie möglich, Mr. Palliser. Ich habe der *Rosario* geraten, nach Rio zurückzusegeln. Ihr Kapitän wird seine Version der Geschichte dem Vizekönig mitteilen können, während es mir nicht möglich ist, ihm meine Version zu erzählen. Er weiß jetzt, daß er den Anschein der Neutralität in Zukunft nicht so einseitig auslegen kann.« Als Palliser und Bolitho aufstanden, sagte er: »Ich fürchte, wir sind durch unser plötzliches Auslaufen mit dem Trinkwasser knapp dran. Mr. Codd konnte zwar Gemüse, Yamwurzeln und Fleisch in Mengen kaufen, aber Wasser müssen wir woanders finden.«

Außerhalb der Kajüte sagte Palliser: »Sie sind vorübergehend vom Dienst befreit, Mr. Bolitho. Auch was junge Menschen aushalten können, hat seine Grenzen. Gehen Sie in Ihre Kammer, und ruhen Sie sich aus, so gut Sie können.« Er sah, daß Bolitho zögerte. »Nun?«

»Ich – ich überlege. Was wird aus Egmont?« Bolitho versuchte, seiner Stimme nichts anmerken zu lassen. »Und aus seiner Frau?«

»Egmont war ein Narr. Durch sein Schweigen unterstützte er Garrick. Garrick versuchte, den Franzosen auf Martinique gegen uns zu helfen, und dadurch wird Egmonts Schweigen noch belastender. Wenn er einen Rest Verstand hat, wird er dem Kommandanten alles sagen, was er weiß. Ohne unser Dazwischentreten wäre er jetzt tot. Auch das wird er sich hoffentlich überlegen.«

Palliser wandte sich zum Gehen, und seinen Bewegungen war wenig von den Strapazen anzumerken, denen auch er ausgesetzt gewesen war. Er trug noch immer sein altes Bordjackett, das jetzt durch einige Blutflecken auf der rechten Schulter dort, wo sein Säbel geruht hatte, zusätzlich gezeichnet war.

Bolitho sagte: »Ich möchte Stockdale zur Beförderung vorschlagen, Sir.«

Palliser kam zurück und zog den Kopf unter einem Decksbalken ein, um Bolitho ins Gesicht zu sehen. »So, das möchten Sie wohl?«

Bolitho holte tief Luft. Das klang wieder nach dem alten sarkastischen Palliser. Doch der sagte: »Da bin ich Ihnen bereits zuvorgekommen. Wirklich, Mr. Bolitho, Sie sollten etwas schneller schalten.«

Bolitho lächelte trotz der Schmerzen in seinen Gliedern und des Durcheinanders in seinem Herzen, das eine Dame namens Aurora mit einem Kuß verursacht hatte.

Er begab sich zur Messe, wo Poad ihn wie einen Helden begrüßte.

»Nehmen Sie Platz, Sir. Ich hole Ihnen etwas zu essen und zu trinken.« Er trat zurück und sah ihn strahlend an. »Wir sind froh, Sie wiederzusehen, Sir, und das ist die reine Wahrheit.«

Bolitho lehnte sich im Sessel zurück und erlaubte es, daß ihn die Müdigkeit nun übermannte. Über ihm und um ihn herum lief das Bordleben auf vollen Touren, er hörte geschäftig eilende Füße und das Knarren durchgeholter Taljen.

Eine Aufgabe war erledigt, die nächste stand bevor. Matrosen und Seesoldaten waren es gewohnt, Befehle auszuführen und ihre Gedanken für sich zu behalten. Drüben, einige Kabellängen auf dem dunkler werdenden Wasser entfernt, waren auf der Brigg ebenfals Seeleute eifrig bei der Arbeit. Morgen sollte die *Rosario* einen sicheren Hafen ansteuern, wo ihre Geschichte von Mund zu Mund gehen würde. Man würde auch über den schweigsamen Engländer und seine schöne junge Frau reden, die so viele Jahre unauffällig unter ihnen gelebt hatten und nach außen hin mit ihrem selbstgewählten Exil zufrieden schienen. Auch von der Fregatte mit ihrem wunderlichen Kommandanten, der nach Rio gekommen war und sich bei Nacht wie ein Meuchelmörder davongeschlichen hatte, würde die Rede gehen.

Bolitho blickte zu den Decksbalken empor und horchte auf die Geräusche des Schiffes und der See, die gegen die Bordwand klatschte. Er fühlte sich vom Schicksal begünstigt, denn er hatte Kampf, Verschwörung und Verrat überlebt, und bald würde auch sie an Bord sein.

Als Poad mit einem Teller Fleisch und einem Krug Madeirawein zurückkam, fand er den Leutnant fest eingeschlafen. Er hatte die Beine weit von sich gestreckt, Kniehose und Strümpfe wiesen Löcher auf und dunkle Flecken, die wie geronnenes Blut aussahen. Die Haare hingen ihm wirr in die Stirn, und die Hand, mit der er am Morgen den Säbel so fest gepackt hatte, war wund.

Im Schlaf wirkte der Dritte Offizier noch jünger, dachte Poad. Jung und – in diesem friedvollen Augenblick – wehrlos.
Bolitho ging ruhelos auf dem Achterdeck auf und ab, wobei er aufgeschossenem Tauwerk und Belegklampen ohne sonderliche Mühe auswich. Es war kurz vor Sonnenuntergang und nun einen vollen Tag her, seit sie sich von der schwer mitgenommenen *Rosario* getrennt hatten. Jetzt lag sie schon weit achteraus und wirkte mit ihrem mühsam aufgerichteten Notmast erbärmlich und mißgestaltet wie ein Krüppel. Mit diesem ärmlichen Aufgebot an Segeln würde sie einige Tage bis zum nächsten Hafen benötigen.

Bolitho warf einen Blick auf das Skylight der Kajüte und sah den Widerschein des von unten kommenden Lichtes auf dem Besanbaum. Er versuchte, sich den Speiseraum der Kajüte mit Aurora vorzustellen, und wie der Kommandant den Tisch mit seinen beiden Gästen teilte. Wie fühlte sie sich jetzt? Wieviel mochte sie von Anfang an gewußt haben?

Bolitho hatte sie nur kurz gesehen, als sie mit ihrem Mann und einigen Gepäckstücken von der Brigg herübergebracht worden war. Sie hatte bemerkt, daß er von der Laufbrücke aus zusah, und hatte ihm wohl mit ihrer behandschuhten Rechten zuwinken wollen, doch die Geste war in einem kurzen Zucken erstorben: ein Zeichen der Ergebung, ja der Verzweiflung.

Er schaute zu den angebraßten Rahen hinauf. Die obersten Segel standen schon dunkler als die unteren gegen die hellen Schäfchenwolken, die sie den ganzen Tag begleitet hatten. Sie steuerten

Nordnordost-Kurs und hielten sich gut frei vom Land, um neugierige Blicke oder einen weiteren Verfolger zu meiden.

Die Deckswache erledigte ihre üblichen Aufgaben, prüfte den Trimm der Rahen und ob stehendes und laufendes Gut richtig durchgesetzt war. Von unten hörte er das klägliche Kratzen der Fidel des Shantyvorsängers und die Stimmen der Männer, die auf ihr Abendessen warteten.

Bolitho hielt in seinem ruhelosen Spaziergang inne und griff in die Hängemattsnetze, um sich gegen die Schlinger- und Stampfbewegungen des Schiffes zu wappnen. An Backbord war die See schon viel schwärzer, und die Dünung, die von schräg achtern anrollte, sie hob und dann unter ihrem Kiel weiterlief, lag schon im Halbdunkel.

Er blickte das Oberdeck entlang, auf die in regelmäßigen Abständen festgezurrten Kanonen hinter ihren geschlossenen Stückpforten, durch die schwarzen Wanten und das sonstige Tauwerk bis hin zur bleichen Schulter ihrer Galionsfigur. Er zitterte, als er sich vorstellte, daß es Aurora sei, die so in die Ferne griff; aber nach ihm und nicht nach dem Horizont.

Irgendwo lachte jemand, und er hörte Midshipman Lovelace einen Mann der Wache anfahren, der alt genug war, um sein Vater zu sein. Weil Lovelace eine sehr hohe Stimme hatte, klang es besonders komisch. Lovelace hatte von Palliser Strafdienst zudiktiert bekommen, weil er während der Hundewachen allerlei Unsinn angestellt hatte, statt sich mit seinen navigatorischen Aufgaben zu beschäftigen.

Bolitho erinnerte sich an seine eigenen frühen Versuche, all das zu lernen, was der Steuermann ihm in mühsamen Lektionen eingetrichtert hatte. Das lag nun alles weit zurück: die Dunkelheit im muffigen Orlopdeck und der Versuch, die Zahlen und Berechnungen beim flackernden Licht eines Kerzenstummels, der in einer alten Austernschale stand, zu lesen.

Und doch war seitdem erst wenig Zeit vergangen. Er warf einen Blick auf die vibrierende Leinwand, und dabei wurde ihm wieder einmal bewußt, wie schnell er diesen großen Schritt getan hatte. Wie lange war es her, daß er noch fast vor Angst erstarrt war, weil man ihm das erstemal die Wache anvertraut hatte? Jetzt fühlte er sich völlig sicher, aber er wußte auch, wann es an der Zeit war, den Kommandanten zu rufen. Aber niemanden sonst. Er konnte sich nicht mehr einem Wachführer oder treuen Steuermannsmaaten zuwenden und ihn um Rat oder Hilfe bitten. Diese Zeiten waren vorüber, es sei denn, er machte etwas fürchterlich falsch. Das würde ihn aber all den Respekt kosten, den er seither errungen hatte.

Bolitho fuhr fort, seine Gefühle einer genaueren Prüfung zu unterziehen. Er hatte Angst gehabt, als er glaubte, eingeklemmt unter Deck mit der *Heloise* untergehen zu müssen. Noch nie war er so kurz vor dem Verzweifeln gewesen. Und doch hatte er auch schon davor Kämpfe mitgemacht, sogar viele Male; bereits als zwölfjähriger Kadett hatte er auf seinem ersten Schiff die Zähne zusammenbeißen müssen, als der Donner einer vollen Breitseite der *Manxman* über das Wasser rollte.

In seiner Koje, nur durch die dünne Tür seiner Kammer von der übrigen Welt getrennt, hatte er über seine Angst nachgedacht und sich gefragt, wie seine Kameraden ihn wohl sahen und beurteilten.

Sie selber schienen sich kaum über den Augenblick hinaus Gedanken zu machen: Colpoys wirkte hochmütig und gelangweilt, Palliser unerschütterlich und immer auf dem Sprung, Rhodes recht sorglos. Aber vielleicht hatte Bolithos Erlebnisse auf der *Heloise* und dann auf der Brigg doch einen stärkeren Eindruck auf ihn gemacht, als er geglaubt hatte. Er hatte mehrere Menschen getötet oder verwundet und mit angesehen, wie andere ihre Feinde mit offensichtlicher Wollust niedergehauen hatten. Ob er sich jemals daran würde gewöhnen können? An den Geruch des fremden Atems dicht vor dem eigenen, an die Ausstrahlung seiner Körperwärme, wenn er versuchte, einen im Nahkampf zu überlisten. An seine Freude, wenn er glaubte, daß man fiel, und an sein Entsetzen, wenn die eigene Klinge in sein Fleisch und auf sein Knochengerüst stieß . . .

Einer der beiden Rudergänger meldete: »Kurs Nordnordost liegt an, Sir.«

Als Bolitho sich umdrehte, sah er die untersetzte Gestalt des Kommandanten aus dem Niedergang auftauchen.

Dumaresq war ein schwergewichtiger Mann, aber er bewegte sich so geschmeidig wie eine Katze.

»Alles ruhig, Mr. Bolitho?«

»Aye, Sir.« Er roch nach Brandy, und Bolitho schloß daraus, daß der Kommandant gerade seine Abendmahlzeit beendet hatte.

»Ein tüchtiges Stück haben wir da vor uns.« Dumaresq wippte auf seinen Fersen und sah hoch, um den Stand der Segel und die ersten blassen Sterne zu beobachten. Er wechselte das Thema. »Haben Sie sich von Ihrer kleinen Schlacht erholt?«

Bolitho kam sich entblößt vor. Es war, als hätte Dumaresq seine geheimsten Gedanken erraten.

»Ich glaube schon, Sir.«

Dumaresq blieb beharrlich dabei. »Haben Sie Angst gehabt?«

»Zeitweise.« Er nickte in Erinnerung an das Gewicht der Trümmer auf seinem Rücken und an das Gurgeln des steigenden Wassers.

»Gutes Zeichen.« Dumaresq nickte. »Werden Sie nie zu hart – wie schlechter Stahl. Sonst würden Sie eines Tages brechen.«

Bolitho fragte vorsichtig: »Nehmen wir die Passagiere die ganze Strecke mit, Sir?«

»Zumindest bis nach Saint Christopher. Dort werde ich die Hilfe des Gouverneurs in Anspruch nehmen, um eine Nachricht an unseren Befehlshaber dort oder auf Antigua zu schicken.«

»Und der Schatz, Sir? Besteht noch Aussicht, ihn wiederzufinden?«

»Einige Aussicht, ja. Aber ich vermute, daß wir ihn auf ganz andere Weise entdecken, als ursprünglich vorgesehen. Der Geruch von Aufruhr hängt in der Luft. Er schmort seit dem Ende des Krieges und breitet sich immer weiter aus. Früher oder später werden unsere alten Feinde wieder zuschlagen.« Dumaresq wandte sich um und sah Bolitho an, als ringe er um einen Entschluß. »Als wir noch in Plymouth waren, habe ich von den jüngsten Erfolgen Ihres Bruders gelesen. Er stellte und tötete einen Rebell, der nach Amerika fliehen wollte, einen Mann von hohem Ansehen, der sich aber als ebenso verderbt erwies wie der gemeinste Verräter.«*

Bolitho erwiderte ruhig: »Aye, Sir. Ich war dabei.«

»Tatsächlich?« Dumaresq kicherte in sich hinein. »Davon war in der Gazette aber nichts erwähnt. Ihr Bruder wollte wohl den ganzen Ruhm für sich allein?«

Er wandte sich ab, bevor Bolitho fragen konnte, was für eine Verbindung – wenn überhaupt – es gab zwischen ihrem Scharmützel im englischen Kanal und dem mysteriösen Piers Garrick.

Dumaresq verkündete: »Ich werde jetzt mit Mr. Egmont Karten spielen. Der Doktor hat ihn als seinen Partner akzeptiert, und ich werde unseren tapferen Mr. Colpoys als meinen wählen.« Er schüttelte sich vor Lachen. »Wir könnten ja eine von Egmonts Geldkassetten leeren, bevor wir vor Basseterre ankern.«

Bolitho seufzte und ging langsam an die Querreling. In einer halben Stunde war Wachwechsel: ein paar Worte mit Rhodes und

---

* Siehe Kent: *Strandwölfe*

dann hinunter in die Messe.

Er hörte Yeames, den Steuermannsmaat der Wache, ungewöhnlich höflich murmeln: »Hallo, guten Abend, meine Damen!«

Bolitho fuhr herum, und sein Herz begann zu pochen, als er Aurora vorsichtig und bei ihrer Zofe eingehakt an die Leereling des Achterdecks treten sah.

Er bemerkte, daß sie zögerte, und wußte nicht, was er tun sollte.

»Lassen Sie mich Ihnen helfen«, sagte er schließlich, überquerte das Deck und ergriff ihre ausgestreckte Hand. Durch den Handschuh fühlte er die Wärme ihrer Finger, das zarte Gelenk.

»Kommen Sie auf die Luvseite, Madam. Da spritzt es nicht so, und der Ausblick ist besser.«

Sie leistete keinen Widerstand, als er sie das schräge Deck hinauf zur anderen Seite geleitete. Dann zog er sein Taschentuch und wickelte es um das Hängemattsnetz. So gelassen wie möglich erklärte er ihr, daß dies zum Schutz ihres Handschuhs vor Teer und anderen Verunreinigungen geschehe.

Sie stand nahe an den Netzen und blickte über das dunkle Wasser in die Ferne. Bolitho roch ihr Parfüm und spürte ihre verwirrende Nähe.

Schließlich sagte sie: »Eine lange Reise bis zur Insel Saint Christopher, nicht wahr?« Sie wandte sich um und schaute ihn an, aber ihre Augen lagen im Dunkeln.

»Wir werden über zwei Wochen brauchen, meint Mr. Gulliver, Madam. Es sind gut dreitausend Meilen.«

Er sah ihre Zähne in der Dunkelheit leuchten, wußte aber nicht, ob das Lächeln Bestürzung oder Ungeduld mit einschloß.

»Über dreitausend Meilen, Leutnant?« Dann nickte sie. »Ich verstehe.«

Durch das offene Skylight hörte Bolitho Dumaresqs kehliges Lachen und Colpoys Erwiderung. Sie waren zweifellos beim Kartenausteilen. Auch Aurora hatte es gehört und sagte schnell zu ihrer Zofe: »Du kannst uns verlassen. Das war ein schwerer Tag für dich.«

Sie folgte dem Mädchen mit den Blicken, als es sich zum Niedergang tastete, und fügte für Bolitho hinzu: »Sie war ihr Leben lang nur auf festem Boden. Das Schiff muß ihr sehr fremd sein.«

Bolitho fragte: »Was haben Sie vor? Wo werden Sie nach allem, was geschah, Sicherheit finden?«

Sie neigte den Kopf, als Dumaresq wieder laut lachte. »Das hängt von *ihm* ab.« Sie sah an Bolitho vorbei, und ihre Augen schimmerten wie die Gischt, als sie fragte: »Ist es Ihnen denn so wichtig?«

»Das wissen Sie doch. Ich mache mir schreckliche Sorgen.«

»Wirklich?« Mit der freien Hand ergriff sie seinen Arm. »Sie sind ein lieber Junge.« Als sie fühlte, daß er erstarrte, setzte sie sanft hinzu: »Ich bitte um Entschuldigung. Sie sind kein Junge, sondern ein Mann, das haben Ihre Taten bewiesen, als ich dachte, daß ich sterben müßte.«

Bolitho lächelte. »Ich bin es, der um Entschuldigung bitten muß. Weil ich so gern möchte, daß Sie mich mögen, benehme ich mich wie ein Narr.«

Sie drehte sich um und trat näher, um ihn anzuschauen. »Sie meinen es ehrlich, das weiß ich.«

»Wären Sie nur in Rio geblieben!« Bolitho marterte sich das Hirn, wie er ihr helfen könnte. »Mr. Egmont hätte Ihr Leben nicht aufs Spiel setzen dürfen.«

Sie schüttelte den Kopf, und die Bewegung ihrer tanzenden Haare stach Bolitho wie ein Dolch ins Herz.

»Er war immer gut zu mir. Ohne ihn wäre ich schon vor langer Zeit verloren gewesen. Ich habe spanisches Blut. Als meine Eltern starben, wollte man mich einem portugiesischen Händler als Ehefrau verkaufen.« Sie schüttelte sich. »Ich war erst dreizehn. Und er war ein fettes Schwein.«

Bolitho fühlte sich seltsamerweise enttäuscht. »Haben Sie Mr. Egmont denn nicht aus Liebe geheiratet?«

»Aus Liebe?« Sie schüttelte den Kopf. »Ich finde Männer nicht sehr anziehend, müssen Sie wissen. Darum war ich mit allem, was er für mich arrangierte, einverstanden. Ich glaube, er braucht mich ebenso als Dekoration wie seine anderen schönen Besitztümer.« Sie öffnete den Schal, den sie an Deck trug. »Wie diesen Vogel, verstehen Sie?«

Bolitho sah den zweiköpfigen Vogel mit den rubinbesetzten Schwanzfedern, den sie bei dem Fest in Rio getragen hatte.

Leidenschaftlich und unvermittelt stieß er hervor: »Ich liebe Sie!«

Sie versuchte zu lachen, aber es gelang ihr nicht. Stattdessen seufzte sie: »Ich habe den Verdacht, daß Sie sogar noch weniger über die Liebe wissen als ich.« Sie hob die Hand und strich über sein Gesicht. »Aber Sie meinen es ernst. Tut mir leid, wenn ich Sie verletzt habe.«

Bolitho ergriff ihre Hand und preßte sie fest an seine Wange. Sie hatte ihn nicht verlacht oder wegen seines plumpen Geständnisses verhöhnt. Er sagte: »Man wird Sie bald in Frieden lassen.«

Wieder seufzte sie. »Damit Sie als wackerer Ritter auf Ihrem Schlachtroß kommen und mich retten können? Solche Dinge träumte ich als Kind. Aber nun denke ich als Frau.« Sie zog seine Hand hinab und drückte sie gegen ihre Brust, sodaß ihm die Wärme des edelsteinbesetzten Vogels vorkam wie ein Stück von ihr selbst.

»Fühlen Sie etwas?« Sie beobachtete ihn gespannt.

Er spürte den heftigen Schlag ihres Herzens, der dem seinen gleichkam, fühlte ihre weiche Haut und die feste Wölbung ihrer Brust.

»Ich bin kein Kind mehr.« Sie wollte sich abwenden, doch als er sie festhielt, sagte sie: »Was soll daraus werden? Wir sind nicht allein auf der Welt. Wenn mein Mann argwöhnt, daß ich ihn betrüge, wird er sich weigern, Ihrem Kommandanten zu helfen.« Sie legte die Fingerspitzen auf seine Lippen. »Hören Sie mir gut zu, Richard. Wissen Sie, was das bedeutet? Mein Mann würde in ein englisches Gefängnis geworfen und abgeurteilt, wenn nicht gar hingerichtet. Ich als seine Frau würde vielleicht ebenfalls eingesperrt oder mittellos mir selber überlassen, um auf einen weiteren portugiesischen Händler oder auf Schlimmeres zu warten.« Sie zögerte, bis er sie losließ, und flüsterte dann: »Aber glauben Sie nicht, ich wollte oder könnte Sie nicht lieben!«

Stimmen waren an Deck zu hören, ein Bootsmannsmaat verlas die Namen der neuen Wache, die gleich nach achtern kommen und Bolithos Leute ablösen würde.

In diesen wenigen Sekunden haßte Bolitho seinen Dienst aus vollem Herzen. Er stieß hervor: »Ich muß Sie wiedersehen!«

Sie ging schon zur anderen Seite, ihre schlanke Gestalt hob sich wie ein Geist von dem dunklen Wasser ab.

»Dreitausend Meilen sagten Sie, Leutnant? Das ist eine sehr lange Fahrt. Jeder Tag wird eine Qual werden.« Sie zögerte und schaute zu ihm zurück. »Für uns beide.«

Rhodes kam den Niedergang herauf und trat beiseite, um Mrs. Egmont vorbeizulassen. Er nickte Bolitho zu und sagte: »Eine wirkliche Schönheit.« Er bemerkte Bolithos Stimmung und ahnte, daß es eine scharfe Erwiderung geben würde, wenn er weitere Bemerkungen über sie machte. Entschuldigend sagte er: »Das war blöd von mir.«

Bolitho zog ihn zur Seite, ungeachtet der Wache, die an der Achterdecksreling antrat.

»Ich bin verzweifelt, Stephen, und kann es sonst niemandem

sagen. Es macht mich noch verrückt.«

Rhodes war von Bolithos Offenheit und der Tatsache, daß er sein Geheimnis mit ihm teilte, tief bewegt.

Er sagte: »Wir werden uns etwas ausdenken.« Das klang angesichts der Verzweiflung seines Freundes so wenig überzeugend, daß er hinzufügte: »Bevor wir Saint Christopher erreichen, kann eine Menge passieren.«

Der Steuermannsmaat tippte an seinen Hut: »Wache hat gewechselt, Sir.«

Bolitho ging zum Niedergang. Auf der ersten Stufe hielt er an. Auroras Parfüm hing noch in der Luft. Oder haftete es an seinem Uniformrock? Laut sagte er vor sich hin: »Was kann ich bloß tun?«

Doch die einzige Antwort kam von der See und dem Rumpeln des Ruders unter Dumaresqs Kajüte.

Die erste Woche Fahrt verging recht schnell mit einigen heftigen Böen, welche die Männer in Bewegung hielten und die brennende Hitze vertrieben.

Es ging hinauf zum Kap Branco und dann mit Kurs Nordwest zu den Westindischen Inseln. Längere Perioden leichter Winde wechselten mit Flauten, in denen die Boote ausgesetzt wurden und das anstrengende Pullen des Schiffes begann.

Trinkwasser wurde immer knapper, und da keine Aussicht auf Regen oder baldige Landberührung bestand, wurde es rationiert. Nach einer weiteren Woche wurden die Rationen sogar auf einen knappen Liter pro Mann und Tag verringert.

Während seiner Tageswachen unter der brennenden Sonne sah Bolitho sehr wenig von Egmonts Frau. Er sagte sich, daß dies nur zu ihrem und auch seinem Besten sei. Es gab ohnedies Aufregungen genug: Ausbrüche von Ungehorsam, die von den Maaten mit Faustschlägen und Tritten oder dem Gebrauch des Tauendes unterdrückt wurden. Aber Dumaresq verzichtete auf Auspeitschungen, und Bolitho fragte sich nach dem Grund: War er nur darauf aus, möglichst Frieden zu wahren, oder geschah es der Passagiere wegen?

Auch Bulkley zeigte sich besorgt: Drei Mann waren mit Skorbut zusammengebrochen. Trotz seiner Vorsorge und der täglichen Ausgabe von Fruchtsaft hatte er es nicht verhindern können.

Einmal, als sich Bolitho im Schatten des großen Besansegels aufhielt, hatte er Dumaresqs Stimme durch das Skylight der Kajüte gehört. Er wies Bulkleys dringende Bitte zurück und beschuldigte ihn, keine besseren Vorsichtsmaßnahmen für seine kranken Matrosen getroffen zu haben.

Bulkley hatte offensichtlich die Seekarte studiert, denn er protestierte: »Warum laufen wir nicht Barbados an, Sir? Wir könnten draußen vor Bridgetown ankern und dafür sorgen, daß uns Trinkwasser gebracht wird. Was wir jetzt noch haben, ist voll ekligem Getier, und wenn Sie darauf bestehen, so weiterzusegeln, kann ich die Verantwortung für die Gesundheit der Männer nicht länger tragen.«

»Verflucht noch mal, Sir! Ich werde Ihnen sagen, wer hier Verantwortung trägt: ich! Und ich werde nicht nach Barbados segeln und vor aller Welt ausposaunen, was wir vorhaben. Halten Sie sich an Ihre Aufgabe, ich halte mich an meine!«

Damit war die Unterredung beendet.

Siebzehn Tage, nachdem sie sich von der *Rosario* getrennt hatten, fand der Wind sie wieder. Unter vollen Segeln – sogar die Leesegel wurden ausgebracht – kam die *Destiny* wieder so in Fahrt, wie es sich für das Vollschiff, das sie war, gehörte.

Aber vielleicht war es schon zu spät, um eine Explosion an Bord zu verhindern. Slade, der Steuermannsmaat, der immer noch spürte, daß Palliser ihn verachtete, und wußte, daß der Erste Offizier ihm bei jeder Aussicht auf Beförderung im Wege stehen, wenn nicht gar sie zunichte machen würde, beschimpfte Midshipman Merrett, weil er die Mittagsposition des Schiffes falsch berechnet hatte. Merrett hatte seine anfängliche Ängstlichkeit überwunden, aber er war erst zwölf Jahre alt; vor allen Leuten, die beiden Rudergänger eingeschlossen, derart heruntergeputzt zu werden, war zu viel für ihn. Er brach in Tränen aus.

Rhodes war wachhabender Offizier und hätte eingreifen können. Statt dessen blieb er auf der Luvseite des Achterdecks, den Hut gegen die Sonne schief auf dem Kopf und taub gegen Merretts Ausbruch. Bolitho beaufsichtigte unten am Großmast seine Toppsgasten, die einen neuen Block an der Obermarsrah einschoren. Er hörte das meiste mit an.

Stockdale neben ihm murmelte: »Es ist wie in einem überfüllten Wagen, Sir. Irgendwas muß passieren.«

Merrett ließ den Hut fallen und wischte sich die Augen mit dem Handrücken. Ein Matrose hob den Hut auf und gab ihn zurück, wobei er Slade einen wutenden Blick zuwarf.

Slade schrie ihn an: »Wie können Sie es wagen, sich in eine Angelegenheit zwischen Vorgesetzten einzumischen?«

Der Matrose, ein Mann der Wache auf dem Achterdeck, erwiderte heftig: »Verdammt, Mr. Slade, er tut sein Bestes. Es ist schon schlimm genug für die Älteren von uns, erst recht für ihn.«

Slade lief dunkelrot an und brüllte: »Wachtmeister! Nehmen Sie den Mann fest!« Er wandte sich an das gesamte Achterdeck: »Ich will ihn auf der Strafgräting sehen!«

Poynter und der Schiffskorporal ergriffen den beschuldigten Matrosen. Dieser zeigte keine Spur von Angst. »Wie bei Murray, wie? Ein guter und loyaler Kamerad, den wolltet ihr ebenfalls auspeitschen!«

Bolitho hörte ein Gemurmel der Zustimmung.

Rhodes raffte sich endlich aus seiner Teilnahmslosigkeit auf und rief: »Ruhe da! Was ist denn los?«

Slade sagte: »Dieser Mann forderte mich heraus und beschimpfte mich.« Gefährlich ruhig schaute er den Matrosen an, als wolle er ihn totschlagen.

Rhodes sagte unsicher: »In dem Fall . . .«

»In dem Fall, Mr. Rhodes, lassen Sie den Mann in Eisen legen. Ich dulde keine Unbotmäßigkeiten auf meinem Schiff.«

Dumaresq war wie durch Zauberei erschienen.

Slade schluckte und sagte: »Dieser Mann hat sich eingemischt, Sir.«

»Ich habe Sie gehört!« Dumaresq verschränkte die Hände auf dem Rücken. »Wie das ganze Schiff, möchte ich annehmen.« Er warf einen Blick auf Merret und fuhr ihn an: »Hör auf zu flennen, Junge!«

Der Midshipman hörte wie eine angehaltene Uhr auf und sah sich entgeistert um.

Dumaresq faßte den Matrosen ins Auge und sagte: »Das war eine kostspielige Geste, Adams. Ein Dutzend gibt's dafür!«

Bolitho wußte, daß Dumaresq nicht anders handeln konnte, um die Autorität seiner Unterführer zu stützen; aber ob zu Recht oder zu Unrecht: zwölf Schläge waren die Mindeststrafe. Ein kleines Kopfweh, würden die älteren Seeleute dazu sagen.

Aber eine Stunde später, als die Peitsche sich hob und mit schrecklicher Gewalt auf den nackten Rücken des Matrosen niederklatschte, erkannte Bolitho, wie schwach ihre Position gegenüber der Schiffsbesatzung war.

Die Gräting war weggestaut, der Mann namens Adams stöhnend vor Schmerzen nach unten getragen, wo er mit einem Guß Salzwasser und einer großen Portion Rum wieder auf die Beine gebracht wurde. Die Blutflecken an Deck waren weggewaschen, und allem Anschein nach lief alles wieder wie zuvor.

Bolitho hatte Rhodes als Wachhabenden abgelöst und hörte Dumaresq zum Steuermannsmaaten sagen: »Der Disziplin ist Genüge getan, in unser aller Interesse.« Er sah Slade mit durchdringendem Blick an. »Zu Ihrem eigenen Besten rate ich Ihnen aber, mir möglichst aus dem Weg zu gehen.«

Bolitho wandte sich ab, damit Slade nicht sehen konnte, daß er die Szene beobachtet hatte. Aber er hatte Slades Gesicht bemerkt. Sein Ausdruck war der eines Mannes, der eine Begnadigung erwartet hatte und nun feststellte, daß seine Arme vom Henker gebunden wurden.

Die ganze Nacht dachte Bolitho an Aurora. Es war unmöglich, sich ihr zu nähern. Dumaresq hatte ihr den hinteren Teil der Kajüte überlassen, während Egmont sich mit einer Notkoje im vorderen Teil, dem Eßraum, begnügen mußte. Dumaresq selber schlief im Kartenraum nebenan. Und dann gab es noch den Steward und den Posten Kajüte, die jedem ungebetenen Besucher den Eintritt verwehren konnten.

Als Bolitho nackt und trotzdem schweißtriefend in der stickigen Luft auf seiner Koje lag, malte er sich aus, wie er Auroras Kajüte betreten und sie in seine Arme schließen würde. Er stöhnte vor Qual und versuchte, seinen Durst zu vergessen, obwohl sein Mund völlig ausgedörrt war. Das Trinkwasser war faulig und knapp. Aber statt dessen Wein zu trinken hieß, eine Katastrophe heraufbeschwören.

Er hörte unsichere Schritte in der Messe und dann ein leichtes Klopfen an seiner Tür.

Bolitho rollte sich von der Koje, hielt sich sein Hemd vor und fragte: »Wer ist da?«

Es war Spillane, der neue Schreiber des Kommandanten. Trotz der späten Stunde sah er sauber und adrett aus; sogar sein Hemd schien frisch gewaschen zu sein.

Spillane sagte höflich: »Ich habe eine Botschaft für Sie, Sir.« Er musterte Bolithos wirres Haar und seine halbe Nacktheit, bevor er fortfuhr: »Von der Dame.«

Bolitho warf einen schnellen Blick in die Messe. Nur das regelmäßige Knarren von Holz und das gelegentliche Schlagen der Segel oben durchbrach die Stille.

Er flüsterte: »Geben Sie her!«

Spillane antwortete: »Nur mündlich, Sir. Sie hat nichts aufge-schrieben.«

Bolitho schaute starr vor sich hin. Spillane war nun ein Mitwisser, ob ihm das paßte oder nicht. »Also?«

Spillane senkte die Stimme noch mehr. »Sie übernehmen doch die Morgenwache um vier Uhr, Sir.«

»Aye.«

»Die Dame wird versuchen, an Deck zu kommen. Um frische Luft zu schnappen, falls jemand nach dem Grund fragen sollte.«

»Ist das alles?«

»Alles, Sir.« Spillane beobachtete ihn im trüben Licht einer mit einer kleinen Flamme brennenden Laterne. »Hatten Sie mehr erwartet?«

Bolitho sah ihn prüfend an. War die letzte Bemerkung ein Zeichen plumper Vertraulichkeit? Aber vielleicht war Spillane auch nur nervös und wollte seinen Auftrag schnell hinter sich bringen.

Er sagte: »Nein. Vielen Dank für die Nachricht.«

Danach stand er noch lange vor seiner Koje, wobei er die Schiffsbewegungen ausbalancierte und über das nachdachte, was Spillane gesagt hatte.

Später saß er in der Messe, ließ das Hemd unschlüssig von einem Finger baumeln und starrte in die Dunkelheit.

Ein Bootsmannsmaat fand ihn so und flüsterte: »Also brauche ich Sie nicht erst zu wecken, Sir. Die Wache wird gerade gemustert. Es weht eine frische Brise, aber der nächste Tag wird wieder heiß, nehme ich an.«

Er trat zurück, als Bolitho seine Kniehose anzog und nach einem neuen Hemd suchte. Der Leutnant war offenbar noch halb im Schlaf, entschied der Maat. Es war doch glatte Verschwendung, wenn jemand saubere Wäsche für die Morgenwache anzog. Sie würde bis sechs Glasen* zum Auswringen naß sein.

Bolitho folgte dem Mann an Deck und löste Midshipman Hender-son mit der geringstmöglichen Verzögerung ab. Henderson stand als nächster zur Offiziersprüfung an. Palliser hatte ihm erstmals erlaubt, die Mittelwache allein zu gehen.

Der Midshipman rannte fast unter Deck; Bolitho konnte sich

* sieben Uhr

gut an seine Stelle versetzen und wußte, mit welcher Genugtuung er sich jetzt in seine Hängematte im Orlopdeck schwingen würde. Seine erste Wache allein lag hinter ihm. Es wäre fast schiefgegangen, weil er drauf und dran gewesen war, Palliser oder den Master zu wecken.

Dann das Triumphgefühl, als Bolitho erschien und er begriff, daß die Wache ohne Zwischenfall vorüber war.

Bolithos Leute ließen sich im Dunkeln an Deck nieder; nachdem er Kompaß und Segelstand überprüft hatte, schlenderte er zum Niedergang.

Midshipman Jury ging auf die Luvseite und fragte sich, wann *er* wohl die Chance für eine selbständige Wache bekäme. Er wandte sich um und sah Bolitho weiter nach achtern zum Besanmast gehen – und dann den Schimmer einer zweiten Gestalt, die lautlos heranglitt.

Er hörte die Rudergänger miteinander flüstern und bemerkte, daß der Bootsmannsmaat der Wache sich diskret auf die Luv-Laufbrücke begeben hatte.

»Achtung auf das Ruder!« Jury sah, daß die Matrosen an dem großen Doppelrad sich strafften. Die beiden Gestalten hinter ihnen schienen zu einer einzigen verschmolzen zu sein.

Jury schlenderte zur Querreling und packte sie mit beiden Händen. Allem Anschein nach ging er jetzt doch seine erste Wache allein, dachte er glücklich.

XI   Mit knapper Not

Nur unter Klüver, Breitfock und Marssegeln steuerte die *Destiny* die Insel mit dem grünen Buckel an. Es wehte eine so leichte Brise, daß sie nur im Schneckentempo vorankamen – ein Eindruck, der sich noch verstärkte, als sie sich dem schmalen Vorland näherten.

Der Ausguck hatte die Insel am Abend vorher bei Anbruch der Dunkelheit entdeckt; bis zur Morgendämmerung überschlugen sich auf den nächtlichen Wachen, in der Messe wie in den Quartieren der Mannschaften die Vermutungen.

Jetzt lag das Inselchen im hellen Licht des Vormittags genau vor ihrem Bug und flimmerte im leichten Dunst, als könne es jeden Augenblick wieder wie ein Trugbild verschwinden. Zur Mitte hin stieg das Terrain an und war mit Palmenwald und sonstigem Grün bedeckt, während die Abhänge und der kleine, halbmondförmige

Strand keinerlei Deckung boten.

»Gerade sechs Faden!«

Der Ruf des Lotgasten in den Rüsten machte Bolitho auf die nahen Untiefen aufmerksam. An Steuerbord gab es offenbar ein vorgelagertes Riff. Einige Seevögel schaukelten auf dem Wasser oder umkreisten neugierig die Mastspitzen.

Bolitho sah Dumaresq mit Palliser und dem Master beraten. Die Insel war auf der Seekarte eingetragen, aber ohne Hinweis auf den Besitzanspruch einer Nation. Die nautischen Angaben waren nur spärlich, und Dumaresq bedauerte wohl schon seinen impulsiven Entschluß, sie anzusteuern, um nach Wasser suchen zu lassen.

Aber sie waren bei den allerletzten Wasserfässern angekommen, und auch deren Inhalt war so ekelhaft, daß Bulkley und der Zahlmeister sich zu einem gemeinsamen Vorstoß beim Kommandanten entschlossen hatten; er möge für baldigen Ersatz sorgen, und sei es auch nur so viel, daß es gerade bis zu ihrem Bestimmungsort reichte.

»Sieben Faden!«

Gulliver erlaubte sich ein leichtes Aufatmen, da der Kiel wieder über tieferes Wasser glitt. Doch das Schiff stand immer noch zwei Kabellängen vom Strand entfernt. Wenn der Wind zunahm und gleichzeitig die Richtung änderte, konnte die *Destiny* bei dieser geringen Wassertiefe und bei so wenig Platz für ein Freisegeln von dem ausgedehnten Riff noch immer in Schwierigkeiten geraten.

»Fünf Faden!«

Dumaresq gab Palliser ein Zeichen. »Aufschießen und klar zum Ankern!«

Mit Segeln, die in der großen Hitze kaum killten, drehte die *Destiny* träge im tiefblauen Wasser, bis der Befehl: »Fallen Anker!« über Deck gellte. Das Eisen klatschte hinab, und um seine Einschlagstelle im glatten Wasser bildeten sich Wellenkreise, die immer weiter vom Bug wegliefen, während heller Sand vom Grund aufwirbelte.

Vom Augenblick des Ankerns an schien die Hitze noch zuzunehmen; als Bolitho aufs Achterdeck ging, sah er Egmont und seine Frau nahe der Heckreling unter einem Sonnensegel stehen, das George Durham, der Segelmacher, für sie aufgerigt hatte.

Dumaresq studierte die Insel sorgfältig durch das große Fernrohr des Signalfähnrichs. »Kein Rauch oder Zeichen von menschlichem Leben«, stellte er fest. »Auch am Strand kann ich keine Spuren

entdecken, zumindest auf dieser Seite der Insel gibt es keine Boote.«
Er reichte Palliser das Glas. »Der Hügel sieht vielversprechend aus,
eh?«

Gulliver meinte vorsichtig: »Da könnte es Wasser geben, Sir.«

Dumaresq beachtete ihn nicht, sondern wandte sich an seine
beiden Passagiere. »Das wäre vielleicht eine Gelegenheit, sich die
Beine an Land zu vertreten, bis wir wieder ankerauf gehen.« Er
hatte beide angesprochen, doch Bolitho spürte, daß seine Worte an
die Frau gerichtet waren.

Er dachte an den Augenblick, als sie zu ihm an Deck gekommen
war. Er war so kurz, aber kostbar gewesen. Und gefährlich, aber
gerade darum besonders erregend.

Sie hatten nur wenige Worte gewechselt. Den ganzen folgenden
Tag hatte Bolitho daran gedacht, es noch einmal durchlebt und sich
jeden Augenblick in Erinnerung gerufen, um nichts davon zu
vergessen.

Er hatte sie an sich gezogen, während das Schiff ins erste matte
Licht des frühen Tages hineinpflügte, hatte ihr Herz an dem seinen
schlagen gespürt und sie noch enger an sich pressen wollen, aber
gleichzeitig befürchtet, daß seine Kühnheit alles zerstören könnte.
Sie hatte sich aus seinen Armen befreit und ihn leicht auf den Mund
geküßt, bevor sie mit den letzten Schatten auf dem Achterdeck
verschmolz und ihn allein ließ.

Als Dumaresq jetzt so vertraulich von »Beine vertreten« mit ihr
sprach, durchschoß es Bolitho wie ein Pfeil der Eifersucht, die er
bisher nicht gekannt hatte.

Dumaresq weckte ihn aus seinen Gedanken auf. »Sie werden ein
Landekommando führen, Mr. Bolitho. Stellen Sie fest, ob es einen
Bach oder brauchbaren Tümpel in den Felsen gibt. Ich warte auf Ihr
Signal.«

Er ging nach achtern, und Bolitho hörte ihn wieder mit Egmont
und Aurora sprechen.

Bolitho zitterte. Er merkte, daß Jury ihn beobachtete, und glaubte
einen Augenblick, er habe Auroras Namen wieder laut vor sich hin
gesprochen.

Palliser fuhr ihn an: »Setzen Sie sich endlich in Bewegung! Wenn
es kein Wasser gibt, wüßten wir es gern möglichst bald.«

Colpoys lehnte lässig am Besanmast. »Ich kann ein paar meiner
Leute zum Schutz mitschicken, wenn Sie wollen.«

Aber Palliser bellte: »Zum Teufel, wir bereiten uns auf keine

Feldschlacht vor!«

Der Kutter wurde ausgeschwungen und längsseits zu Wasser gebracht. Stockdale, der zum Geschützführer befördert worden war, hatte bereits einige Leute abgeteilt, während der Bootssteurer ein paar Taljen zur Übernahme der Wasserfässer verstauen ließ.

Bolitho wartete, bis alle Leute im Boot waren, und meldete es Palliser. Er sah, daß Aurora ihn beobachtete. Die Art, wie ihre Hand auf dem Halsschmuck ruhte, sollte ihn vielleicht daran erinnern, daß seine Hand vor gar nicht langer Zeit dort geruht hatte.

Palliser sagte: »Nehmen Sie eine Pistole mit und feuern Sie einen Schuß ab, wenn Sie Wasser finden.« Er kniff die Augen gegen das starke Sonnenlicht zusammen. »Und wenn die Fässer endlich gefüllt sind, können sich die Leute etwas anderes zum Nörgeln suchen!«

Der Kutter stieß von der Bordwand ab. Als sie den Schatten der *Destiny* verließen, spürte Bolitho die stechende Sonne im Nacken.

»Rudert an!«

Bolitho ließ einen Arm außenbords hängen, fühlte die angenehme Kühle des Wassers und bildete sich ein, Aurora wäre bei ihm, schwämme neben ihm und laufe dann Hand in Hand mit ihm den weißen Strand hinauf, um einander das erstemal zu entdecken.

Als er über das Dollbord schaute, sah er unter sich ganz klar den Meeresgrund: weiße Steine oder Muscheln, dazwischen einzelne Korallenstöcke, die in dem schimmernden Licht trügerisch harmlos aussahen.

Stockdale sagte zum Bootssteurer: »Sieht aus, als wäre hier noch nie jemand gewesen, Jim.«

Der Mann ließ die Pinne los und nickte ihm zu, und diese Bewegung genügte, um ein Rinnsal von Schweiß unter seinem geteerten Hut herabfließen zu lassen.

»Auf Riemen! Bugmann, Riemen ein!«

Bolitho beobachtete, wie der Schatten des Kutters unter ihnen anstieg und mit dem Rumpf zusammenfloß, als der Bugmann über Bord sprang und das Boot auf den Sand zog. Die Kuttergäste holten ihre Riemen ein und hockten einige Zeit keuchend wie alte Männer auf ihren Duchten.

Dann herrschte völlige Stille. Weit weg schlug leichte Brandung gegen ein Riff, und um den Kutter gurgelte das Wasser in stetem Auf und Ab. Kein Vogel stieg von den Palmenhainen auf, nicht einmal ein Insekt.

Bolitho kletterte über das Dollbord und watete zum Strand. Er trug offenes Hemd und Kniehose, aber ihm war, als sei er in einen dicken Pelz gehüllt. Der Wunsch, seine ramponierte Kleidung abzuwerfen und sich nackt in die See zu stürzen, mischte sich mit seinen Phantasien über Aurora. Er fragte sich, ob sie ihn wohl vom Schiff aus durch ein Fernrohr beobachtete.

Doch dann fiel Bolitho plötzlich ein, daß die Männer auf einen Befehl von ihm warteten.

Er sagte zum Bootssteurer: »Sie bleiben mit den Kuttergästen beim Boot. Vielleicht müssen Sie noch mehrmals hin und zurück pullen.« Und zu Stockdale sagte er: »Wir klettern mit den übrigen Männern den Hang hinauf. Das ist der kürzeste Weg und wohl auch der kühlste.«

Er ließ den Blick über das kleine Landekommando wandern. Zwei Leute stammten von der Besatzung der *Heloise* und hatten inzwischen ihren Eid für den Dienst in der Marine Seiner Majestät geleistet. Noch etwas benommen von dem plötzlichen Wechsel in ihrem Leben, waren sie doch so gute Seeleute, daß sie bisher nicht mit den härteren Seiten des Bootsmanns Bekanntschaft geschlossen hatten.

Außer Stockdale war kein Mann von Bolithos eigener Division in der Gruppe, und er schloß daraus, daß an Bord wenig Begeisterung für den Ausflug auf eine unbewohnte Insel vorhanden gewesen war. Falls sie Wasser fanden, würde sich das schnell ändern.

Stockdale befahl: »Mir nach!«

Bolitho arbeitete sich den Hang hinauf. Seine Füße versanken in losem Sand, die Pistole im Gürtel brannte ihm auf der Haut wie glühendes Eisen. Seltsam, dachte er, wie sie hier auf diesem unbekannten Stückchen Erde herummarschierten. Sie konnten auf alles mögliche stoßen, auch auf die Knochen von schiffbrüchigen Seeleuten oder von Piraten Ausgesetzten, die ohne Hoffnung auf Rettung umgekommen waren.

Wie einladend ihnen die Palmwedel zuwinkten! Sie bewegten sich ganz leicht, und beim Näherkommen konnte man sie rauschen hören. Einmal hielt Bolitho an und schaute zum Schiff zurück. Es schien sich sehr weit weg über seinem Spiegelbild zu wiegen. Auf diese Entfernung hatte es seine kühnen Linien verloren. Seine Rahen und lose aufgebundenen Segel schwangen leicht hin und her und schienen im Dunst zu verschmelzen.

Die kleine Gruppe Seeleute war dankbar, als sie endlich in den Schatten einiger Palmen gelangte. Allerlei Laubwerk hakte sich mit scharfen Rändern in ihre zerlumpten Hosen, und sie atmeten den intensiven Duft von faulendem Unterholz und grell gefärbten Blüten.

Bolitho sah hoch über sich einen Fregattvogel kreisen. Seine wie Türkensäbel geschwungenen Flügel machten keine Bewegung, da er vom heißen Aufwind über der Insel getragen wurde. Also waren sie doch nicht völlig allein hier.

Ein Mann rief plötzlich aufgeregt: »Sehen Sie da drüben, Sir! Wasser!«

Jetzt drängten sie vorwärts, alle Müdigkeit war vergessen.

Bolitho starrte ungläubig in den Tümpel. Er schien leicht bewegt, also mußte es irgendwo einen unterirdischen Zufluß geben. Palmen spiegelten sich in seiner Oberfläche, und Bolitho sah auch seine Männer, die auf das Wasser hinunterblickten, nur als Spiegelbilder.

Er sagte: »Ich werd's mal probieren.«

Er kletterte das sandige Ufer hinunter und tauchte eine Hand ins Wasser. Sicher täuschte ihn der Eindruck, aber es fühlte sich an wie ein kühler Gebirgsbach. Er führte etwas in der hohlen Hand an die Lippen und probierte nach kurzem Zögern einen Schluck. Dann sagte er erleichtert: »Es ist trinkbar!«

Bolitho sah, wie seine Seeleute sich niederwarfen, das Wasser über Gesichter und Schultern schöpften und immer wieder gierig davon tranken. Auch Stockdale wischte sich befriedigt den Mund.

»Wir wollen uns einen Augenblick ausruhen und dann dem Schiff Signal geben«, entschied Bolitho.

Die Seeleute zogen ihre breiten Entermesser aus dem Gürtel und steckten sie in den Sand, bevor sie sich unter den Palmen ausstreckten oder sich erneut über das schimmernde Wasser beugten.

Bolitho hielt sich etwas abseits; als er seine Pistole untersuchte, ob auch kein Sand oder Wasser hineingeraten war, dachte er an den Augenblick, als Aurora zu ihm aufs Achterdeck gekommen war. Es durfte damit nicht zu Ende sein!

»Stimmt etwas nicht, Sir?« Stockdale kam schwerfällig den Abhang hoch.

Bolitho nahm an, daß er recht finster vor sich hingeblickt hatte. »Alles in Ordnung.«

Es war unheimlich, wie Stockdale immer zu wissen schien, wann er gebraucht wurde. Bolitho sprach gern mit dem riesigen rauhen Preisboxer, und dem ging es ebenso, aber es geschah ohne jeden

Anflug von Unterwürfigkeit oder um sich Vorteile zu verschaffen.

Bolitho sagte: »Gehen Sie zum Boot und geben Sie Signal.« Er sah die Pistole fast in Stockdales großer Faust verschwinden. »Ich muß noch über etwas nachdenken.«

Stockdale sah ihn ruhig an. »Sie sind noch jung, Sir. Ich bitte um Vergebung, aber Sie sollten so lange jung bleiben, wie Sie können.«

Bolitho wußte nie so ganz, was Stockdale mit seinen kurzen, zögernden Sätzen meinte. Wollte er andeuten, daß er sich von einer Frau fernhalten solle, die zehn Jahre älter war? Darüber wollte Bolitho nicht nachdenken. Sie lebten heute und verlangten nach einander. Über die Konsequenzen konnten sie sich später Sorgen machen.

Er sagte: »Nun machen Sie, daß Sie wegkommen. Ich wünschte, es wäre alles so einfach, wie Sie glauben.«

Stockdale zuckte die Schultern und machte sich auf den Weg zum Strand hinunter, doch an seiner Haltung konnte Bolitho ablesen, daß der Fall für ihn noch nicht erledigt war.

Seufzend ging Bolitho zurück zum Tümpel, um seine Leute auf Stockdales Signalschuß vorzubereiten. Seeleute, die gewohnt waren, an Bord an allem teilzuhaben, wurden an Land bei solchen Gelegenheiten leicht nervös.

Ein Matrose, der vornübergebeugt mit dem Gesicht halb unter Wasser am Ufer lag, stand auf, als Bolitho sich näherte. Er lachte fröhlich, als ihm kleine Rinnsale über den Hals rannen.

Bolitho sagte: »Macht euch fertig, Leute . . .« Aber mitten im Satz brach er ab, als jemand einen schrecklichen Schrei ausstieß und der Matrose, der ihn eben noch angelacht hatte, vornüber in den Tümpel stürzte.

Urplötzlich war die Hölle los. Die meisten Seeleute krochen im Sand und suchten ihre Waffen, während andere entsetzt auf den im Tümpel Treibenden starrten, um den sich das Wasser rot färbte. Zwischen seinen Schulterblättern stak ein Speer.

Bolitho fuhr herum und sah, geblendet vom Sonnenlicht, schattenhafte Gestalten mit blitzenden Waffen auf sich zustürmen, hörte furchteinflößendes Geschrei aus vielen Kehlen, bis sich ihm vor Entsetzen die Nackenhaare sträubten.

»Männer – Achtung!«

Er griff nach seinem Säbel, zuckte aber zusammen, als ein weiterer Matrose Blut spuckend den Abhang hinunterrutschte und dabei versuchte, sich einen primitiv gefertigten Pfeil aus dem Leib zu ziehen.

»O Gott!« Bolitho mußte die Augen vor der Sonne beschatten. Ihre Angreifer hatten sie im Rücken. Sie kamen den in wilder Flucht davonrennenden Matrosen immer näher, wobei ihr schrecklicher Kriegsruf es ihm unmöglich machte, klar zu denken oder zu handeln.

Bolitho erkannte, daß es Neger waren. Ihre Augen und Münder waren im Triumph weit aufgerissen, als sie einen weiteren Matrosen niederschlugen und sein Gesicht mit einem Korallenbrocken zu blutigem Brei zerstampften.

Bolitho warf sich den Angreifern entgegen, wobei ihm mehr im Unterbewußtsein klar wurde, daß sich weitere Eingeborene hinter ihn drängten, um ihn von seinen Leuten zu trennen. Er hörte jemand aufschreien und um Gnade flehen, dann das widerliche Geräusch, mit dem ein Schädel gespalten wurde wie eine Kokosnuß.

Mit dem Rücken an einen Baum gelehnt, schlug er verzweifelt um sich, vergeudete dabei seine Kräfte und vernachlässigte die Deckung gegen diese im Feuer gehärteten Wurfspeere.

Drei seiner Leute, von denen einer am Bein verwundet war, hielten noch stand, waren von heulenden, erbarmungslos auf sie einschlagenden Gestalten umzingelt.

Er stieß sich vom Baum ab, hackte in eine schwarze Schulter und rannte über den zerstampften Sand, um zu den Eingekreisten zu stoßen.

Einer schrie ihm zu: »Hat keinen Zweck! Wir können die Schurken nicht aufhalten!«

Bolitho fühlte, daß ihm der Säbel aus der Hand geschlagen wurde, und merkte mit Schrecken, daß er die Halteschnur nicht um sein Handgelenk geschlungen hatte.

Verzweifelt suchte er nach einer anderen Waffe, wobei er aus dem Augenwinkel sah, daß seine Leute das ungleiche Gefecht abbrachen und zum Strand rannten. Der Verwundete humpelte einige Schritte hinter ihnen her, bevor er eingeholt und niedergemacht wurde.

Bolitho hatte den schrecklichen Eindruck zweier starrer Augen und gefletschter Zähne, die einem der Wilden gehörten, die auf ihn eindrangen; er schwang ein Entermesser, das er aufgehoben hatte.

Bolitho duckte sich und versuchte, seitwärts auszuweichen. Dann kam der Schlag – zu stark, um zu schmerzen, zu mächtig, um seine Wirkung abzuschätzen.

Er wußte nur noch, daß er fiel, seine Stirn schien in Flammen zu stehen, und wie aus einer anderen Welt hörte er sich verzweifelt aufschreien.

Und dann, gnädigerweise, fühlte er gar nichts mehr.

Als sein Bewußtsein schließlich zurückkehrte, war der Schmerz, der sich gleichzeitig einstellte, kaum zu ertragen.

Bolitho bemühte sich, die Augen zu öffnen, als könne er damit die Qual vertreiben, aber sie war so stark, daß sich sein ganzer Körper krümmte. Stimmen murmelten über seinem Kopf, doch durch seine halb zugequollenen Augen konnte er nur sehr wenig sehen: ein paar nebelhafte Gestalten und dunkle Decksbalken über ihm.

Ihm war, als würde sein Kopf langsam und methodisch zwischen zwei heiße Eisen gepreßt und sein mürbes Hirn mit spitzen Nadeln und Lichtblitzen gemartert.

Jemand wischte ihm Gesicht, Nacken und Körper mit kühlen Tüchern ab. Er war nackt, nicht gefesselt, wurde aber von Händen, die seine Hand- und Fußgelenke umspannten, festgehalten, damit er sich nicht bewegte.

Ein schrecklicher Gedanke ließ ihn plötzlich entsetzt aufschreien: außer am Kopf war er vielleicht noch an anderer Stelle verwundet, und sie trafen jetzt Vorbereitungen zur Amputation. Er hatte so etwas schon einmal mit angesehen: das Messer, das im schwachen Licht der Hängelampe aufblitzte und zu einem schnellen Rundumschnitt niederfuhr. Und dann die Säge.

»Ruhig, Junge!«

Das war Bulkley, und die Tatsache, daß er da war, beruhigte Bolitho irgendwie. Bolitho bildete sich ein, den Arzt zu riechen: seinen typischen Duft nach Branntwein und Tabak.

Er versuchte zu sprechen, doch seine Stimme war nur ein heiseres Wispern. »Was ist passiert?«

Bulkley schaute über die Schulter, wobei sein eulenhaftes Gesicht mit den kleinen Brillengläsern wie eine Blase in der Luft zu hängen schien.

»Sparen Sie Ihre Kräfte. Atmen Sie ruhig.« Bulkley nickte. »Schon besser.«

Bolitho knirschte mit den Zähnen, als sich der Schmerz erneut verstärkte. Am schlimmsten war es über dem rechten Auge, wo ein Verband saß. Seine Haare lagen fest an, waren wohl blutverklebt. Ein Bild formte sich undeutlich in seiner Erinnerung: zwei starre Augen, ein Entermesser, das auf ihn niedersauste. Versinken.

»Meine Männer – sind sie gerettet?« stammelte er.

Er spürte Uniformstoff an seinem nackten Arm und sah Dumaresq auf sich herabschauen, der aus diesem Blickwinkel noch grotesker wirkte. Seine Augen waren nicht mehr zwingend, sondern ernst.

»Die Bootscrew ist in Sicherheit. Zwei Leute aus Ihrer Gruppe haben sie gerade noch erreicht.«

Bolitho versuchte, den Kopf zu bewegen, doch irgend jemand hielt ihn fest.

»Und Stockdale, ist er . . .?«

Dumaresq lächelte. »Er hat Sie zum Strand getragen. Ohne ihn wären alle verloren gewesen. Das alles erzähle ich Ihnen aber später. Jetzt müssen Sie ruhen. Sie haben eine Menge Blut verloren.«

Bolitho fühlte, wie sich die Dunkelheit wieder über ihm schloß. Er hatte den kurzen Blickaustausch zwischen Dumaresq und dem Arzt bemerkt. Also war es noch nicht geschafft. Er konnte noch sterben. Diese Erkenntnis war fast zuviel für ihn, und er spürte, wie sich seine Augen mit Tränen füllten. Er stöhnte: »Ich möchte . . . *Destiny* . . . nicht . . . verlassen. So . . . nicht.«

Dumaresq sagte: »Sie werden wieder gesund.« Er legte die Hand auf Bolithos Schulter, als wolle er etwas von seiner Kraft auf ihn hinüberfließen lassen.

Dann ging er, und Bolitho bemerkte zum erstenmal, daß er sich in der Heckkajüte befand und daß es hinter den hohen Fenstern stockdunkel war.

Bulkley beobachtete ihn. »Sie waren den ganzen Tag ohne Bewußtsein, Richard.« Dann drohte er ihm mit dem Finger. »Sie haben mir Sorgen gemacht, das muß ich schon sagen.«

»Dann sind Sie jetzt nicht länger in Sorge um mich?« Wieder versuchte er, sich zu bewegen, und wurde abermals von den Händen daran gehindert.

Bulkley machte sich noch einmal an dem Verband zu schaffen. »Ein Hieb mit dem Entermesser auf den Kopf ist kein Spaß. Ich habe getan, was ich konnte, alles übrige müssen wir der Zeit und guter Pflege überlassen. Es war ein Kampf auf Biegen und Brechen. Ohne Stockdales Mut und seine Entschlossenheit, Sie zu retten, wären Sie tot.« Er schaute sich um, ob der Kommandant gegangen war. »Stockdale sammelte die restlichen Seeleute um sich, die mit dem Boot flüchten wollten. Er war wie ein wilder Stier, aber als er Sie an Bord trug, machte er das so zart wie eine Frau.« Er seufzte. »Dies war wohl die kostspieligste Trinkwasserergänzung in der Geschichte der Seefahrt.«

Bolitho fühlte, wie ihn Schläfrigkeit überkam, die selbst den Schmerz in seinem Schädel verdrängte. Bulkley hatte ihm wohl etwas eingegeben.

Er flüsterte: »Sie würden es mir sagen, wenn . . .«

Bulkley wischte sich die Hände ab. »Sicherlich.« Er blickte auf und fügte hinzu: »Sie sind in guten Händen. Wir werden gleich ankerauf gehen, also bemühen Sie sich zu schlafen.«

Bolitho versuchte, seine Gedanken zu ordnen. Gleich ankerauf gehen? Dann waren sie den ganzen Tag hier gewesen. Und sie mußten Wasser bekommen haben. Dafür waren Männer gefallen. Auch hinterher, als Colpoys Seesoldaten die erschlagenen Matrosen gerächt hatten, dachte er.

Er sprach sehr langsam, da er wußte, daß die Worte nur undeutlich aus seinem Mund kamen. »Sagen Sie Auro . . . Sagen Sie Mrs. Egmont, daß . . .«

Bulkley beugte sich über ihn und zog seine Augenlider hoch. »Sagen Sie es ihr doch selber. Sie ist bei Ihnen, seit Sie an Bord gebracht wurden. Ich sage doch: Sie sind in guten Händen.«

Bolitho begriff endlich, daß sie neben ihm stand. Ihr schwarzes Haar hing ihr über die Schultern und glänzte im Lampenlicht.

Sie berührte sein Gesicht und streichelte seine Lippen, als sie mit weicher Stimme sagte: »Sie können jetzt schlafen, Leutnant. Ich bin hier.«

Bolitho fühlte, daß die Hände nachgaben, die seine Hand- und Fußgelenke gehalten hatten, und schloß daraus, daß der Arzt und seine Helfer sich zurückziehen wollten.

Er flüsterte matt: »Ich . . . wollte nicht, daß Sie mich so sehen, Aurora.«

Sie lächelte und sah dabei doch unendlich traurig aus. »Sie sind schön«, sagte sie.

Bolitho schloß die Augen; seine Kräfte schienen ihn endgültig zu verlassen.

Bulkley drehte sich an der Tür noch einmal um. Er hatte eigentlich geglaubt, an Schmerz oder Freude am Krankenbett gewöhnt zu sein, doch er war es offenbar noch nicht. Denn was er hier sah, bewegte ihn. Es glich einer Allegorie zum Thema ›Die liebliche Frau beweint ihren gefallenen Helden‹, dachte er.

Er hatte Bolitho nicht belogen. Es war sehr knapp gewesen, denn das Entermesser hatte nicht nur eine tiefe Wunde über dem Auge in die Kopfhaut geschlagen, sondern auch die Schädeldecke darunter eingekerbt. Wäre Bolitho ein alter Mann gewesen oder das Entermesser von einer geübten Hand geführt worden, hätte es das Ende bedeutet.

Aurora sagte: »Er ist eingeschlafen.« Aber sie sprach nicht zu Bulkley, sondern zu sich selbst. Sie nahm ihren weißen Schal ab und deckte ihn über Bolitho, als ob seine Nacktheit ebenso wie ihre Worte ihr ganz persönlicher Besitz wären.

In der anderen und wie gewohnt disziplinierten Welt der *Destiny* brüllte eine Stimme: »Anker ist los, Sir!«

Bulkley streckte eine Hand aus, um sich festzuhalten, als sich das Deck unter dem plötzlichen Druck von Wind und Ruder schräg legte. Er wollte in sein Krankenrevier gehen und einige Drinks zu sich nehmen. Er hatte keine Lust, die Insel in der Dunkelheit zurückbleiben zu sehen. Sie hatte ihnen frisches Wasser gewährt, aber als Gegenleistung einige Menschenleben genommen. Bolithos Gruppe am Tümpel war bis auf Stockdale und zwei andere Leute niedergemetzelt worden. Colpoys hatte gemeldet, daß die Wilden, die sie überfallen hatten, ehemalige Sklaven waren, die wahrscheinlich beim Transport geflüchtet waren.

Als sie Bolitho und seine Männer kommen sahen, hatten sie sicher geglaubt, er wolle Jagd auf sie machen. Sobald die Boote der *Destiny* auf den Pistolenschuß und die plötzliche Panik der Kutterbesatzung hin ans Ufer kamen, waren die Sklaven auch auf sie losgegangen. Colpoys hatte die Schwenkgeschütze und die Musketen auf sie gerichtet. Als der Pulverqualm sich verzogen hatte, war niemand mehr am Leben.

Bulkley machte auf der obersten Stufe des Niedergangs halt und lauschte dem Quietschen der Blöcke und dem Getrappel der nackten Füße, als die Matrosen an Schoten und Brassen holten, um ihr Schiff auf den richtigen Kurs zu bringen.

Für ein Kriegsschiff war dies nur ein kleines Zwischenspiel. Etwas, das man im Logbuch eintrug – bis zur nächsten Herausforderung, dem nächsten Kampf. Er warf einen Blick auf die hin und her pendelnde Hängelaterne und den rotröckigen Posten darunter.

Und doch, entschied er, gab es einige Dinge, für die es sich zu leben lohnte.

XII Geheimnisse

Die Tage von Bolithos Genesung vergingen ihm wie ein Traum. Von seinem zwölften Lebensjahr an, seit er als Kadett zur See gegangen war, war er an die ständigen Anforderungen des Bordlebens gewöhnt. Bei Tag und bei Nacht, jederzeit und unter allen Bedingungen, war er bereit gewesen, mit seinen Kameraden zusammen jeden Befehl zu erfüllen, und war sich gleichzeitig stets der Folgen bewußt gewesen, wenn er seine Pflichten vernachlässigte.

Als aber die *Destiny* jetzt langsam durch die Karibik nordwärts segelte, war er gezwungen, sich mit seiner Tatenlosigkeit abzufinden, stillzuliegen und auf die vertrauten Geräusche vor der Kajüte oder über seinem Kopf zu lauschen.

Dieser Traum wurde ihm erträglich durch die Gegenwart Auroras. Selbst die schrecklichen Schmerzen, die ihn plötzlich und erbarmungslos überfielen, wurden durch sie irgendwie gemildert, gerade weil sie seine kümmerlichen Versuche, sie vor ihr zu verbergen, durchschaute.

Sie hielt dann seine Hand oder legte ihm ein feuchtes Tuch auf die Augen. Manchmal, wenn der Schmerz seinen Schädel wie ein glühendes Eisen zu durchbohren schien, umschlang sie seine Schultern und drückte das Gesicht an seine Brust, wobei sie leise Worte murmelte, als könne sie damit den Anfall besänftigen.

Wenn er sie von seinem Lager aus sehen konnte, beobachtete er jede ihrer Bewegungen. So lange seine Kräfte reichten, erklärte er ihr die Schiffsgeräusche, nannte ihr die Namen der Seeleute, soweit er sie selber kannte, und machte ihr deutlich, wie sie alle Hand in Hand arbeiten mußten, um das Schiff in Bewegung zu halten. Er erzählte ihr von seinem Zuhause in Falmouth, von seinem Bruder, den beiden Schwestern und der langen Reihe seiner Vorfahren, die zu einem Teil der See selber geworden waren.

Aurora war immer sorgsam darauf bedacht, ihn nicht mit Fragen zu beunruhigen, und ließ ihn erzählen, so lange ihm danach war. Sie fütterte ihn auch, aber so, daß er sich nicht gedemütigt oder wie ein hilfloses Kind vorkam.

Nur wenn es ums Rasieren ging, war es ihr unmöglich, ernst zu bleiben.

»Aber lieber Richard, Sie brauchen doch noch gar keine Rasur!«

Bolitho bekam einen roten Kopf, weil er wußte, daß sie recht hatte. Er rasierte sich ja auch sonst nur einmal in der Woche.

Schließlich sagte sie: »Ich tue es nur Ihnen zuliebe.«

Sie führte das Rasiermesser mit größter Vorsicht, achtete auf jeden Strich und warf gelegentlich einen Blick aus dem Heckfenster, um abzuwarten, bis das Schiff wieder auf ebenem Kiel lag.

Bolitho versuchte, sich zu entspannen, und war froh darüber, daß sie seine Verkrampfung der Angst vor dem Messer zuschrieb. In Wirklichkeit war ihre aufregende Nähe daran schuld, die Berührung ihrer Brust, als sie sich über ihn neigte, und ihrer Hände auf seinem Gesicht und Hals.

»Fertig.« Sie trat zurück und musterte ihn beifällig. »Sie sehen sehr . . .« Sie suchte nach einem passenden Wort ihres Vokabulars, ». . . sehr vornehm aus.«

Bolitho fragte: »Darf ich sehen?« Er bemerkte ihr Zögern. »Bitte.«

Sie nahm einen Handspiegel vom Kajütbord und sagte: »Sie sind sehr kräftig. Sie werden wieder ganz gesund.«

Er starrte das Gesicht im Spiegel an. Es schien einem Fremden zu gehören. Der Arzt hatte das Haar über der rechten Schläfe wegrasiert und zwischen Haaransatz und Augenbrauen war seine Stirn rot und schwarz angelaufen. Bulkley schien zwar zufrieden, als er den Verband abgenommen hatte, aber für Bolithos Augen wirkte die noch nicht verheilte Wunde, die noch durch die kreuz und quer laufenden Stiche der zusammenziehenden Naht vergrößert war, abstoßend.

Er sagte leise: »Ich muß dich anwidern.«

Sie legte den Spiegel weg und sagte: »Nein, ich bin stolz auf dich. Nichts kann dich aus meinem Herzen vertreiben. Seit dem Augenblick, als du hereingetragen wurdest, war ich bei dir. Ich habe über dich gewacht und kenne deinen Körper wie meinen eigenen.« Sie begegnete seinem fragenden Blick. »Diese Narbe wird bleiben, aber sie ist ein Ehrenzeichen und keine Schande.«

Etwas später verließ sie ihn, da Dumaresq sie zu sich gebeten hatte.

Der Kommandantensteward Macmillan erzählte Bolitho, daß die *Destiny* am kommenden Tag die Insel Saint Christopher sichten würde. Es war daher wahrscheinlich, daß der Kommandant die Angaben Egmonts noch einmal überprüfen und sich vergewissern wollte, daß er auch jetzt dabei blieb.

Die Jagd nach dem verschwundenen Gold war Bolitho unwichtig. Während der Schmerzanfälle und als er dann in Auroras Armen der

Genesung entgegenging, hatte er viel Zeit gehabt, über seine Zukunft nachzudenken. Vielleicht zu viel Zeit.

Der Fortschritt in seinem Befinden zeigte sich auch darin, daß verschiedene Besucher kamen. Rhodes, der vor Freude, ihn wiederzusehen, über das ganze Gesicht strahlte, war unverfroren wie immer, als er meinte: »Jetzt sehen Sie wirklich wie ein Schreckgespenst aus, Richard. Da werden sämtliche Dirnen Reißaus nehmen, wenn wir in den nächsten Hafen einlaufen.« Im übrigen war Rhodes sorgsam darauf bedacht, Aurora nicht zu erwähnen.

Auch Palliser erschien, und seine Worte kamen fast einer Entschuldigung nahe: »Wenn ich – wie Colpoys vorschlug – Seesoldaten mitgeschickt hätte, wäre das Ganze nicht passiert.« Er zuckte mit den Schultern und sah sich in der Kajüte um. Sein Blick blieb auf den weiblichen Kleidungsstücken ruhen, die von der Zofe vor den Heckfenstern zum Trocknen aufgehängt waren. »Aber offenbar hat Ihr Krankenlager auch angenehme Seiten.«

Bulkley und der Schreiber des Kommandanten beaufsichtigten Bolithos erste Schritte aus der Kajüte. Bolitho genoß es, wie das Schiff unter seinen nackten Füßen lebte, aber er wußte auch, daß er noch sehr schwach und schwindlig war, so sehr er das auch zu verbergen suchte.

»Dürfte eine schwere Fraktur sein«, sagte Spillane, und Bulkley wünschte ihn und seine medizinischen Kenntnisse dafür zum Teufel. Er antwortete barsch: »Unsinn! Aber immerhin ist es erst ein paar Tage her.«

Bolitho hatte mit dem Tod gerechnet; je weiter seine Genesung fortschritt, desto undenkbarer schien es ihm, einen anderen Weg einschlagen zu müssen: daß er mit dem nächsten Schiff nach Hause geschickt, aus der Marine entlassen und nicht einmal auf Halbsold »zur späteren Verwendung« gesetzt werden würde.

Gerne hätte er sich bei Stockdale bedankt, aber dem war es trotz seiner guten Beziehungen an Bord bisher nicht gelungen, am Posten Kajüte vorbeizukommen.

Alle Midshipmen mit der bemerkenswerten Ausnahme von Coldroy hatten ihn besucht und seine schreckliche Narbe mit einem Gemisch aus Mitleid und Ehrfurcht angestarrt. Jury war es unmöglich gewesen, seine Gefühle zurückzuhalten. »Und ich habe wegen eines Nadelstichs geheult wie ein Baby!« rief er aus.

Es war schon später Abend, als Aurora in die Kajüte zurückkehrte. Er spürte eine Veränderung an ihr, bemerkte die Geistesab wesenheit, mit der sie sein Kopfkissen glattstrich und nachschaute, ob seine Wasserkaraffe gefüllt war.

Sie sagte leise: »Morgen muß ich dich verlassen, Richard. Mein Mann hat die Dokumente unterschrieben, damit ist alles erledigt. Der Kommandant hat versprochen, daß er uns gehen läßt, wohin wir wollen, sobald er den Gouverneur von Saint Christopher gesprochen hat. Was danach kommt, weiß ich nicht.«

Bolitho ergriff ihre Hand und versuchte, nicht an das andere Versprechen zu denken, das Dumaresq dem Kapitän der *Heloise* gegeben hatte, kurz bevor er starb. An einem Hieb von Bolithos Klinge.

Er sagte: »Auch ich werde das Schiff vielleicht verlassen müssen.«

Sie schien ihre eigenen Sorgen zu vergessen und beugte sich bekümmert über ihn. »Was heißt das? Wer hat gesagt, daß du gehen mußt?«

Er griff vorsichtig nach oben und berührte ihr Haar. Es fühlte sich an wie Seide.

»Das ist jetzt nicht mehr wichtig, Aurora.«

Sie zeichnete mit ihrem Finger ein Muster auf seine Schulter. »Wie kannst du so etwas sagen? Natürlich ist es wichtig. Die See ist dein Leben. Du hast zwar schon viel erlebt und noch mehr geleistet, aber dein wirkliches Leben liegt immer noch vor dir.«

Er spürte ihr Haar an seinem Kinn und zitterte innerlich. »Ich habe beschlossen, die Marine zu verlassen.«

»Nach allem, was du mir über die Tradition deiner Familie erzählt hast? Das willst du alles wegwerfen?«

»Für dich, ja.«

Sie schüttelte den Kopf, wobei ihn ihr langes schwarzes Haar streichelte. »So etwas darfst du nicht sagen!«

»Mein älterer Bruder ist der Lieblingssohn meines Vaters, ist es immer gewesen.« Es war eigenartig, daß er dies jetzt ohne jede Bitterkeit sagen konnte. »Er kann die Tradition aufrechterhalten. Ich wünsche mir nur dich, weil ich dich liebe.«

Er sagte es so heftig, daß sie sichtlich erschrak. Sie griff sich an die Brust, und ihr heftiger Atem strafte ihre äußere Gelassenheit Lügen.

»Das ist doch Wahnsinn! Ich weiß alles über dich, aber du weißt überhaupt nichts von mir. Was wäre das für ein Leben für dich, zuzusehen, wie ich immer älter werde und du dich zurücksehnst nach der See, nach den Chancen, auf die du meinetwegen so unüberlegt verzichtet hättest.« Sie legte ihm eine Hand auf die Stirn. »Es ist wie ein Fieber, Richard. Kämpfe dagegen an, sonst verzehrt es uns beide.«

Bolitho wandte das Gesicht ab; seine Augen brannten, als er sagte: »Ich könnte dich glücklich machen, Aurora!«

Sie streichelte seine Arme in dem Versuch, seine Verzweiflung zu lindern.

»Daran habe ich nie gezweifelt. Aber zum Leben gehört mehr als das, gláub mir.« Sie rückte etwas von ihm ab, und ihr Körper wiegte sich dabei im Einklang mit den sanften Bewegungen des Schiffes. »Ich habe dir schon einmal gesagt, daß ich dich lieben könnte. In den vergangenen Tagen und Nächten habe ich dich beobachtet, dich berührt. Meine Gedanken waren oft sündhaft, mein Verlangen war größer, als ich zuzugeben wage.« Sie schüttelte den Kopf. »Bitte schau mich nicht so an. Vielleicht war diese Reise nach allem, was geschehen ist, zu lang, und die Trennung morgen kommt zu spät. Ich weiß selber nicht mehr aus noch ein.«

Sie wandte sich ab; ihr Gesicht lag im Schatten, als sie, von den salzüberkrusteten Heckfenstern umrahmt, mit hängenden Armen dastand.

»Ich werde dich nie vergessen, Richard, und mir später wahrscheinlich Vorwürfe machen, daß ich dein Angebot ausschlug. Aber ich bitte dich um deine Hilfe dabei, allein schaffe ich es nicht.«

Macmillan brachte das Abendessen für Bolitho; er sagte: »Verzeihung, Madam, aber der Kommandant und seine Offiziere lassen höflich sagen, ob Sie ihnen die Ehre geben würden, mit ihnen zu speisen. Es wäre heute das letzte Mal, sozusagen.«

Macmillan war eigentlich schon zu alt für seine Arbeit. Er diente seinem Kapitän wie ein angesehenes Faktotum der Familie. Von der Spannung im Raum schien er nichts zu merken, auch nicht die Gezwungenheit, mit der sie heiser erwiderte: »Es wird mir eine Ehre sein.« Noch sah er die Verzweiflung im Gesicht des Leutnants, als Aurora zum abgetrennten Teil der Kajüte ging, in dem sich ihre Zofe die meiste Zeit des Tages aufhielt.

Unterwegs sagte sie: »Dem Leutnant geht es schon besser. Er wird es schaffen.« Sie wandte sich endgültig ab, und ihre Worte waren kaum noch zu verstehen: »Aus eigener Kraft.«

Mit Hilfe von Bulkley, der ihn am Ellbogen stützte, wagte sich Bolitho aufs Achterdeck und schaute von dort über die ganze Länge des Schiffes nach vorn zum Land.

Die brennende Mittagssonne brachte ihm zu Bewußtsein, wie schwach er noch war. Er sah die Matrosen mit nacktem Oberkörper geschäftig an Deck hin und her eilen; andere standen breitbeinig auf den Fußpferden der Rahen und machten Segel fest, die kurz vor dem Ankern nicht mehr benötigt wurden. Er fühlte sich verloren, nicht mehr dazugehörig in einer Weise, wie er es noch nie erlebt hatte.

Bulkley sagte: »Ich bin schon einmal in Saint Christopher gewesen.« Er zeigte auf die nächstgelegene Landzunge mit ihrem weiten weißen Strandbogen. »Das ist Bluff Point. Dahinter liegt Basseterre mit dem Hauptankerplatz, dort wird es eine Menge englischer Kriegsschiffe geben. Und bestimmt irgendeinen unbedarften Flaggoffizier, der darauf bestehen wird, unserem Kommandanten zu sagen, was er tun soll.«

Einige Seesoldaten marschierten heftig schnaufend nach achtern.

Bolitho hielt sich an den Netzen fest und betrachtete das Land. Es war nur eine kleine Insel, aber ein wichtiges Glied in der Kette des britischen Herrschaftsbereichs. Zu anderer Zeit wäre er über seinen ersten Besuch hier begeistert gewesen, aber jetzt starrte er auf die nickenden Palmen, auf die Eingeborenenboote, und sah nur das darin, was es für ihn bedeutete: daß sie sich hier trennen mußten. Was ihm die Zukunft auch bringen würde, hier endete die Beziehung zwischen Aurora und ihm. An der Art, wie Rhodes und die anderen das Thema gemieden hatten, erkannte er, daß sie meinten, er habe dankbar zu sein. Dankbar dafür, daß er den mörderischen Angriff überlebt hatte und danach von einer so schönen Frau gepflegt worden war. Mehr dürfe ein Mann nicht verlangen. Aber er tat es dennoch.

Dumaresq kam an Deck und warf einen kurzen Blick auf Kompaß und Segelstand.

Gulliver grüßte durch Handbewegung zum Hut. »Befohlener Kurs Nordnordost liegt an, Sir.«

»Gut. Mr. Palliser, bereiten Sie den Salut vor. Wir werden in einer Stunde querab von Fort Londonderry stehen.« Er bemerkte Bolitho und hob die Hand. »Bleiben Sie da, wenn Sie mögen.« Er überquerte das Deck und trat zu ihm. Mit einem Blick erfaßte er den schmerzgetrübten Ausdruck von Bolithos Augen und sagte: »Sie leben. Seien Sie dankbar.«

Er nickte dem Fähnrich der Wache zu. »Entern Sie auf, Mr. Lovelace, und kundschaften Sie Fleet Anchorage aus. Melden Sie mir die Anzahl der Schiffe.« Er beobachtete den Jungen, wie er die

Webeleinen hinaufkletterte, und sagte: »Er ist erwachsener geworden auf dieser Reise, wie auch unsere übrigen jungen Herren.« Er warf Bolitho einen Blick zu. »Auf Sie trifft das noch mehr zu als auf alle anderen.«

Bolitho sagte: »Ich komme mir vor, als wäre ich hundert Jahre, Sir.«

»Das kann ich mir denken.« Dumaresq grinste. »Wenn Sie erst selbst ein Schiff führen, werden Sie sich auch der Rückschläge erinnern, hoffe ich. Aber ich bezweifle, daß Sie Ihre jungen Leutnants mehr bemitleiden werden, als ich es tue.«

Der Kommandant wandte den Kopf nach achtern, und Bolitho sah seine Augen interessiert aufleuchten. Ohne hinzuschauen, wußte er, daß sie an Deck gekommen war, um das Eiland zu betrachten. Als was sah sie es an – als zeitweisen Zufluchtsort oder als Gefängnis?

Egmont schien trotz seiner Niederlage unverändert. Er trat an die Reling und bemerkte: »Die Insel hat sich wenig verändert.«

Dumaresq fragte sachlich: »Sind Sie sicher, daß Garrick hier sein wird?«

»So sicher, wie man nur sein kann.« Er bemerkte Bolitho und nickte ihm kurz zu. »Ich sehe, Sie sind wieder genesen, Leutnant.«

Bolitho zwang sich zu einem Lächeln. »Vielen Dank, Sir. Es tut zwar noch weh, aber ich bin ganz geblieben.«

Aurora trat zu ihrem Mann und sagte ruhig: »Wir beide danken Ihnen, Leutnant. Sie haben uns das Leben gerettet, und das ist mehr, als wir Ihnen vergelten können.«

Dumaresq beobachtete beide abwechselnd wie ein Jäger. »Das ist unsere Aufgabe. Aber einige Dienstleistungen sind lohnender als andere.« Er wandte sich ab. »Ich erwarte, daß Garrick gefangengesetzt wird. Zu viele Männer sind seiner Habgier wegen gestorben, zu viele Frauen sind für seine ehrgeizigen Ziele zu Witwen geworden.«

Palliser formte einen Trichter mit seinen Händen: »Breitfock bergen!«

Dumaresqs Ruhe war plötzlich verflogen, als er rief: »Verdammt noch eins, Mr. Palliser, was macht Lovelace da oben?«

Palliser blinzelte zur Saling des Großmasts hinauf, wo Midshipman Lovelace wie ein Affe auf einem Baumast schaukelte.

Egmont vergaß Bolitho und seine Frau, als er Dumaresqs Stimmungsumschlag auszunutzen suchte. »Was beunruhigt Sie?«

Dumaresq verschränkte die kräftigen Finger hinter den Rockschößen und öffnete sie wieder.

»Ich bin nicht beunruhigt, Sir. Nur interessiert.«

Midshipman Lovelace glitt an einem Backstag hinunter und landete mit einem Plumps an Deck. Unter ihren vereinten Blicken schrumpfte er sichtlich zusammen und schluckte heftig.

Dumaresq fragte milde: »Müssen wir noch lange warten, Mr. Lovelace? Oder ist es so ungeheuerlich, was Sie sahen, daß Sie es nicht herunterrufen konnten?«

Lovelace stotterte: »Aber, Sir, Sie hatten mir befohlen, die Schiffe dort drüben zu zählen.« Er versuchte es noch einmal. »Da . . . da ist nur ein Kriegsschiff, Sir, eine große Fregatte.«

Dumaresq ging ein paar Schritte auf und ab, um nachzudenken. »Nur eines, sagen Sie?« Er blickte Palliser an. »Das Geschwader muß anderswohin gerufen worden sein. Ostwärts nach Antigua vielleicht, als Verstärkung für den Admiral.«

Palliser sagte: »Es könnte ein höherer Offizier hier sein, Sir. Auf der Fregatte vielleicht.« Sein Gesicht blieb unbewegt. Dumaresq war bestimmt nicht entzückt, wenn es hier einen ranghöheren Offizier gab.

Bolitho war es gleichgültig. Er näherte sich der Achterdecksreling und sah, daß sie die Hand daraufgelegt hatte.

Dumaresq schimpfte: »Wo ist dieser verdammte Federfuchser? Lassen Sie Spillane holen. Sofort!«

Zu Egmont sagte er: »Bevor wir ankern, muß ich noch einige weniger wichtige Dinge mit Ihnen besprechen. Bitte kommen Sie mit hinunter.«

Bolitho stand neben Aurora und berührte kurz ihre Hand. Er spürte ihre innere Spannung und sagte leise: »Meine Geliebte. Es ist die Hölle für uns.«

Sie wandte sich nicht um, sah ihn auch nicht an, sagte aber: »Sie haben versprochen, mir zu helfen. Bitte . . . Ich werde uns beiden noch Schande machen, wenn Sie weiterhin so reden.« Dann sah sie ihn gerade, aber mit verschwimmendem Blick an. »Was soll das alles? Sie werden unglücklich werden und zerstören Ihr Leben für etwas, das wir beide hochschätzen.«

Palliser schrie: »Mr. Vallance! Klar zum Salutschießen!«

Männer rannten auf ihre Stationen, während das Schiff ungerührt seine Fahrt in die Bucht fortsetzte.

Bolitho nahm ihren Arm und geleitete sie zum Niedergang. »Hier gibt es gleich eine Menge Qualm und Dreck. Sie gehen besser nach unten, bis wir näher am Land sind.« Wie war es möglich, daß er so ruhig über banale Dinge sprechen konnte? Er fügte hinzu: »Ich muß Sie unbedingt noch sprechen.«

Aber sie war schon gegangen.

Bolitho wandte sich ab und sah, daß Stockdale ihn von der Steuerbord-Laufbrücke aus beobachtete. Seine Kanone wurde für den Salut nicht gebraucht, aber er war wachsam wie stets.

Bolitho sagte: »Ich bin immer etwas ungeschickt, wenn es darauf ankommt, das richtige Wort zu finden, Stockdale. Wie kann ich Ihnen für das danken, was Sie für mich getan haben? Wenn ich Ihnen eine Belohnung anbiete, fürchte ich, Sie zu kränken. Aber Worte allein können nun einmal nicht ausdrücken, was ich empfinde.«

Stockdale lächelte. »Sie wieder an Deck zu sehen, ist uns allen eine Freude. Eines Tages weden Sie selbst Kommandant sein, Sir, und einen guten Bootssteurer brauchen. Für den Posten wäre ich dankbar.« Er machte eine Kopfbewegung zu Johns, dem Bootssteurer ihres Kommandanten, der sich in seinem blauen Jackett mit den blanken Knöpfen und der gestreiften Hose von allen anderen deutlich abhob. »Wie der alte Dick da drüben: ein Mann mit viel Freizeit.« Stockdale schien sich köstlich zu amüsieren, aber seine übrigen Worte gingen im Krachen der Salutschüsse unter.

Palliser wartete, bis das Fort ihren Salut erwidert hatte, und sagte dann: »Mr. Lovelace hatte recht: nur eine Fregatte.« Er setzte sein Teleskop ab und sah Bolitho grimmig an. »Aber er übersah, daß sie die spanische Flagge führt. Ich befürchte, darüber wird der Kommandant wenig entzückt sein.«

Bulkley mahnte fürsorglich: »Sie sollten sich ausruhen, Richard. Schon seit Stunden sind Sie an Deck. Wollen Sie sich umbringen?«

Bolitho beobachtete die um den Ankerplatz verstreuten Gebäude und die Forts, beiderseits der Einfahrt wie stämmige Wächter postiert.

»Verzeihung, aber ich habe nachgedacht.« Er hob die Hand und berührte seine Wunde. Vielleicht würde sie völlig zugeheilt oder wenigstens zum Teil von Haar bedeckt sein, bevor seine Mutter ihn wiedersah. Zuerst war ihr Mann mit nur einem Arm zurückgekommen und dann ihr Sohn derart verunstaltet. Daran hatte sie mehr als genug zu tragen.

Er sagte: »Auch Sie haben viel für mich getan.«

»Auch?« Die Augen des Arztes zwinkerten hinter den Gläsern. »Ich verstehe.«

»Mr. Bolitho!« Palliser tauchte im Niedergang auf. »Sind Sie kräftig genug für einen Landgang?«

»Da muß ich Einspruch erheben!« Bulkley schob sich vor. »Er kann sich kaum aufrecht halten.«

Palliser stand, die Hände in die Hüften gestemmt, vor ihm. Seit sie vor Anker lagen und die Boote ausgesetzt waren, hatte es für ihn keine ruhige Minute gegeben. Immer wieder war er hierhin und dorthin gerufen worden, um schwierige Situationen zu klären. Und immer wieder in die Kajüte. Dumaresq war, der Lautstärke seiner Stimme nach zu urteilen, sehr übler Laune. Palliser war daher nicht in der Stimmung für Diskussionen.

»Lassen Sie ihn selber entscheiden, verdammt noch mal!« Er sah Bolitho an. »Ich bin zwar knapp an Leuten, aber aus irgendeinem Grund will der Kommandant, daß Sie ihn an Land begleiten. Erinnern Sie sich an unser erstes Gespräch? Ich erwarte, daß jeder Offizier und jeder Mann sich auf meinem Schiff voll einsetzt. Egal, wie Sie sich fühlen: Bleiben Sie in Bewegung. Bis Sie umfallen oder sich nicht mehr rühren können, sind Sie einer meiner Offiziere. Ist das klar?«

Bolitho nickte, irgendwie froh über Pallisers Ausbruch. »Ich bin bereit!«

»Gut. Dann ziehen Sie sich um.« Ihm fiel noch etwas ein: »Sie können Ihren Hut ja unter dem Arm tragen.«

Bulkley sah ihm nach und explodierte: »Den soll einer verstehen! Bei Gott, Richard, falls Sie sich noch nicht kräftig genug dafür fühlen, werde ich verlangen, daß Sie an Bord bleiben. Der junge Stephen kann an Ihrer Stelle gehen.«

Bolitho wollte mit einem Kopfschütteln antworten, doch bei der Bewegung durchzuckte ihn Schmerz.

»Es geht schon. Aber vielen Dank.« Er ging zum Niedergang und setzte noch hinzu: »Es gibt wohl einen besonderen Grund, weshalb er gerade mich mitnehmen will.«

Bulkley nickte. »Sie lernen unseren Kommandanten langsam kennen, Richard. Er tut nie etwas absichtslos, bietet nie eine Guinee, wenn sie ihm nicht zwei wieder einbringt.« Er seufzte. »Aber der Gedanke, den Dienst unter ihm zu quittieren, ist noch schlimmer, als seine Absonderlichkeiten zu ertragen. Das Leben wird einen langweilig anmuten, nachdem man unter Dumaresq gedient hat.«

Es wurde fast Abend, bevor Dumaresq beschloß, an Land zu gehen. Er hatte Colpoys mit einem Brief, der seinen Besuch ankündigte, ins Haus des Gouverneurs geschickt, doch als der Leutnant der Seesoldaten zurückkam, hatte er gemeldet, daß nur der stellvertretende Gouverneur anwesend sei.

»Hoffentlich wird das nicht ein zweites Rio«, hatte Dumaresq ärgerlich bemerkt.

Jetzt saß er in der Kommandantengig, den Blick fest aufs Ufer gerichtet, den Säbel zwischen die Knie geklemmt. Die kühlere Abendluft machte die Fahrt einigermaßen erträglich.

Bolitho saß neben ihm. Sein Bemühen, Schmerz und Schwindelanfälle zu unterdrücken, trieb ihm den Schweiß aus den Poren. Er konzentrierte sich auf die vor Anker liegenden Schiffe und das Kommen und Gehen der Boote der *Destiny,* die Verwundete und Kranke an Land brachten und mit Vorräten für den Zahlmeister beladen zurückkehrten.

Plötzlich sagte Dumaresq: »Etwas mehr nach Steuerbord, Johns.«

Der Bootssteurer blinzelte nicht einmal, sondern legte die Pinne in die entsprechende Richtung. Aus dem Mundwinkel murmelte er: »Jetzt sehen Sie ihn besser, Sir.«

Dumaresq stieß Bolitho mit dem Ellenbogen an. »Er ist ein Schelm, nicht wahr? Kennt meine Gedanken früher als ich.«

Bolitho beobachtete den vor Anker liegenden Spanier, der sich turmhoch über ihnen erhob. Er sah mehr nach einem Linienschiff vierten Grades aus als nach einer Fregatte: zwar alt, mit sorgsam geschnitztem und vergoldetem Zierrat um Heck und Kajütfenster, aber gut in Schuß und gefechtsklar gehalten, was selten war bei einem spanischen Schiff.

Dumaresq dachte wohl ebenso; er murmelte: »Die *San Augustin.* Das ist kein Lokalheiliger von La Guaira oder Porto Bello. Sie kommt aus Cadiz oder Algeciras, vermute ich.«

»Macht das einen Unterschied, Sir?«

Dumaresq drehte sich ärgerlich zu Bolitho um, unterdrückte die Aufwallung aber ebenso schnell wieder.

»Ich bin kein guter Kamerad. Nach dem, was Sie gelitten haben, schulde ich Ihnen zumindest Höflichkeit.« Er betrachtete das fremde Schiff mit so fachlichem Interesse, wie Stockdale seine Geschützbedienungen studiert hatte. »Vierundvierzig Kanonen, mindestens.« Dann schien er sich an Bolithos Frage zu erinnern. »Könnte möglich sein. Vor einigen Monaten gab es noch ein

Geheimnis; die Dons hatten lediglich einen Verdacht, daß Spuren vom verlorenen Schatz der *Asturias* aufgetaucht seien. Jetzt scheinen sie mehr als nur einen Verdacht zu haben. Die *San Augustin* ist hier, um die *Destiny* zu bespitzeln und zu verhüten, daß Seine Katholische Majestät ungnädig wird, weil wir unsere Erkenntnisse nicht teilen.« Er lächelte grimmig. »Aber genau dafür werden wir sorgen. Ich bezweifle nicht, daß wir von einem Dutzend Teleskopen beobachtet werden, schauen Sie also nicht mehr hin. Sollen sie sich doch über uns die Köpfe zerbrechen.«

Als der Landungssteg nur noch fünzig Yards entfernt war, sagte Dumaresq: »Ich habe Sie mitgenommen, damit der Gouverneur Ihre Verwundung sieht. Sie beweist am besten, daß wir uns für die Lords der Admiralität voll einsetzen. Niemand hier braucht zu wissen, daß Sie eine solch ehrenvolle Wunde davontrugen, als Sie nach Wasser suchten.«

Eine kleine Gruppe, darunter einige Rotröcke, erwartete das Boot, um es an den Landesteg zu dirigieren. Es war immer das gleiche: Alle warteten auf Neuigkeiten aus England, auf ein Wort aus dem Land, das sie so weit in die Ferne geschickt hatte, damit sie den kostbaren Kontakt zur Heimat aufrechterhalten konnten.

Bolitho fragte: »Werden die Egmonts Erlaubnis bekommen, an Land zu gehen, Sir?« Er hob das Kinn, selber überrascht von seiner Kühnheit. »Ich wüßte es gern, Sir.«

Dumaresq betrachtete ihn einige Sekunden ernst. »Es ist Ihnen wichtig, wie ich sehe.« Er klarierte sein Degengehänge, damit es ihm nicht beim Aussteigen zwischen die Beine geriet. Dann sagte er unverblümt: »Sie ist eine sehr begehrenswerte Frau. Das will ich nicht bestreiten.« Er stand auf und glättete seinen Hut mit besonderer Sorgfalt. »Sie brauchen mich nicht so anzustarren. Ich bin weder blind noch unempfänglich gegenüber weiblichen Vorzügen. Höchstens bin ich eifersüchtig.« Er klopfte ihm auf die Schulter. »Nun wollen wir uns mit dem Stellvertretenden Gouverneur, Sir Jason Fitzpatrick, in seinem Herrschaftssitz befassen. Danach werden wir über Ihr Problem nachdenken.«

Den Hut in der einen, den Degen in der anderen Hand, stieg Bolitho hinter dem Kommandanten aus dem Boot. Dumaresqs beiläufige Billigung seiner Gefühle für die Frau eines anderen hatte ihm völlig den Wind aus den Segeln genommen. Kein Wunder, daß der Schiffsarzt wenig Wert darauf legte, diesen Vorgesetzten mit einem ruhigeren und leichter durchschaubaren zu vertauschen.

Ein jugendlich wirkender Hauptmann der Garnison grüßte durch Handanlegen an den Hut und rief dann: »Mein Gott, Sir, ist das eine böse Wunde!«

Dumaresq weidete sich an Bolithos Unbehagen und hätte ihm beinahe zugezwinkert. »Der Preis für Pflichterfüllung.« Er stieß einen würdevollen Seufzer aus. »Sie äußert sich auf verschiedene Weise.«

XIII   An sicherem Ort

Sir Jason Fitzpatrick, der Stellvertretende Gouverneur von St. Christopher, sah aus wie ein Mann, der das Leben bis zum Übermaß genoß. Er war etwa vierzig, ungewöhnlich dick, und sein Gesicht, das der Sonne über viele Jahre Trotz geboten hatte, leuchtete ziegelrot.

Als Bolitho seinem Kommandanten durch eine wunderschön gekachelte Eingangshalle in einen Raum mit niedrigerer Decke folgte, sah er viele Zeugen von Fitzpatricks Lieblingsbeschäftigung: überall standen Tabletts mit Flaschen und schön geschliffenen Gläsern, damit der Stellvertretende Gouverneur seinen Durst stets ohne Verzug stillen konnte.

Fitzpatrick sagte: »Nehmen Sie Platz, meine Herren. Wir wollen erst einmal meinen Rotwein kosten. Er müßte jetzt richtig sein, obwohl man in diesem schrecklichen Klima nie weiß . . .«

Er hatte eine kehlige Stimme und unglaublich kleine Augen, die zwischen Falten fast verschwanden.

Bolitho fielen diese winzigen Augen mehr auf als alles andere. Sie bewegten sich so flink, als wären sie unabhänigig von dem schweren Fleisch, das sie umgab. Dumaresq hatte ihm unterwegs erzählt, daß Fitzpatrick ein reicher Plantagenbesitzer war, der auch auf der Nachbarinsel Nevis Güter besaß.

»Bitte, Master!«

Bolitho wandte sich um und spürte, daß sich sein Magen zusammenzog: Ein großer Neger in roter Jacke und weißer, weiter Hose hielt ihm ein Tablett hin. Bolitho sah weder das Tablett noch die Gläser, sondern in seiner Phantasie nur das andere schwarze Gesicht, hörte wieder den schrecklichen Triumphschrei, als das Entermesser zuschlug. Endlich nahm er ein Glas und nickte dem

Diener zu, während sein Puls sich wieder beruhigte.

Dumersq sagte: »Kraft der mir übertragenen Vollmacht habe ich die Untersuchung ohne Verzug zu führen, Sir Jason. Ich habe die erforderlichen Zeugenerklärungen und wäre Ihnen dankbar, wenn Sie mir mitteilten, wo Garrick sich aufhält.«

Fitzpatrick spielte mit dem Stiel des Glases, während seine Blicke durch den Raum huschten.

»Aha, Kapitän, Sie sind also in großer Eile. Aber sehen Sie, der Gouverneur ist abwesend. Er wurde vor ein paar Monaten vom Fieber gepackt und kehrte auf einem Handelsschiff nach England zurück. Jetzt mag er schon auf dem Rückweg sein. Unsere Nachrichtenverbindung ist sehr schlecht. Wir haben angesichts der überall herumstreunenden Piraten große Mühe, unsere Post rechtzeitig zu bekommen. Anständige Schiffer bangen bei jeder Fahrt um ihr Leben. Es ist ein Jammer, Ihre Lordschaften sollten sich endlich einmal darum kümmern.«

Dumaresq blieb unbeeindruckt. »Ich hatte gehofft, daß ein Flaggoffizier hier wäre.«

»Wie ich schon sagte, Kapitän, der Gouverneur ist abwesend. Andernfalls . . .«

»Andernfalls würde hier kein verdammter Spanier vor Anker liegen, da bin ich ganz sicher.«

Fitzpatrick zwang sich zu einem Lächeln. »Wir sind nicht im Krieg mit Spanien. Die *San Augustin* kam in friedlicher Absicht. Sie wird befehligt von Capitán de Navio Don Carlos Quintana: ein älterer und sehr angesehener Offizier, ebenfalls mit Vollmachten von seiner Regierung.« Er lehnte sich offenbar zufrieden zurück. »Außerdem: Welche Beweise haben Sie wirklich? Die Erklärung eines Mannes, der starb, bevor er vor Gericht gebracht werden konnte; ferner die beschworene Aussage eines Renegaten, der so darauf bedacht ist, seine Haut zu retten, daß er alles beschwören würde.«

Dumaresq bemühte sich, seine Verbitterung zu unterdrücken, als er antwortete: »Mein Schreiber hatte weitere schriftliche Beweise bei sich, als er auf Madeira ermordet wurde.«

»Darüber bin ich wirklich sehr betrübt, Kapitän. Aber es wäre kriminell, einen Mann von der Bedeutung Sir Piers Garricks ohne eindeutige Beweise derart zu verunglimpfen.« Fitzpatrick lächelte selbstgefällig. »Darf ich vorschlagen, daß wir auf Anweisung aus London warten? Wir können Ihren Bericht mit dem nächsten Schiff expedieren, das – wahrscheinlich von Barbados aus – nach Hause segelt. Sie könnten dort warten und sofort handeln, wenn die Anweisung eintrifft. In der Zwischenzeit werden auch der Gouverneur und das Geschwader zurückgekehrt sein, so daß Sie dann höhere Instanzen hätten, die Ihre Maßnahmen autorisieren könnten.«

Dumaresq erwiderte ärgerlich: »Das kann Monate dauern. Bis dahin ist der Vogel ausgeflogen.«

»Entschuldigen Sie meinen Mangel an Begeisterung. Wie ich schon Don Carlos gesagt habe, geschah das alles vor dreißg Jahren. Woher auf einmal dieses Interesse?«

»Garrick war ein Schurke und Verräter. Sie klagen über Piraten, die diese Gewässer verunsichern, Städte plündern und Schiffe reicher Handelsherren kapern. Aber haben Sie sich noch nie gefragt, woher die Piraten ihre Schiffe bekommen? Schiffe wie die *Heloise,* die funkelnagelneu aus einer britischen Werft kam und von einer Besatzung überführt wurde, die nur für diese eine Fahrt angeheuert worden war. Also?«

Bolitho hörte fasziniert zu. Er hatte erwartet, daß Fitzpatrick aufspringen und den Kommandeur der Garnison rufen lassen würde, um dann gemeinsam mit Dumaresq zu überlegen, wie sie Garrick aufspüren und verhaften konnten.

Aber Fitzpatrick spreizte entschuldigend die roten Hände. »Es liegt nicht in meiner Macht, Gegenmaßnahmen zu befehlen, Kapitän. Ich habe nur vorübergehende Kommandogewalt und würde wenig Dank ernten, wenn ich die Lunte ans Pulverpaß legte. Sie müssen selbstverständlich tun, wozu Sie sich in der Lage fühlen. Sie sagten, Sie hätten hier einen Flaggoffizier erwartet. Sicherlich, damit er Ihnen die Last der Verantwortung von den Schultern nimmt?« Als Dumaresq schwieg, fuhr er leise fort: »Darum verachten Sie mich nicht, wenn auch ich nicht ohne Rückendeckung handeln möchte.«

Bolitho wunderte sich. Die Admiralität in London, eine ganze Reihe höherer Offiziere der Flotte, sogar die Regierung König Georgs hatten sich darum bemüht, die *Destiny* hierherzuschicken. Dumaresq hatte von dem Augenblick an, als er den Auftrag erhalten hatte, ohne Ruhepause dafür gearbeitet und viele Stunden in der Einsamkeit seiner Kajüte über die Schlußfolgerungen aus der dürftigen Beweiskette nachgegrübelt. Und jetzt sollte er, da keine höhere Autorität der Marine da war, sich gedulden und warten, bis weitere Befehle von irgendwoher einliefen – oder alles auf seine eigene

Kappe nehmen. Mit seinen achtundzwanzig Jahren war Dumaresq der dienstälteste Seeoffizier in St.Christopher. Bolitho konnte sich nicht vorstellen, wie er weitermachen sollte, ohne seine Karriere zu gefährden.

Dumaresq sagte matt: »Erzählen Sie mir, was Sie von Garrick wissen.«

»Im Grunde nichts. Es stimmt, daß er an der Schiffahrt interessiert ist und mehrere kleine Schiffe im Lauf der letzten Monate erhielt. Er ist sehr reich. Soviel ich weiß, beabsichtigt er, den Handel mit den Franzosen in Martinique auszudehnen.«

Dumaresq stand auf. »Ich muß zurück an Bord.« Er sah Bolitho nicht an. »Ich würde es dankbar begrüßen, wenn Sie meinen Dritten Offizier, der verwundet wurde – und zwar, wie es jetzt scheint, völlig umsonst – bei sich aufnehmen würden.«

Fitzpatrick erhob mühsam seine Fleischmassen. »Darüber würde ich mich glücklich schätzen.« Er versuchte, seine Erleichterung zu verbergen. Also wollte Dumaresq offenbar den leichteren Weg einschlagen . . .

Der Kommandant brachte Bolithos unausgesprochenen Protest zum Schweigen. »Ich schicke ein paar Leute zu Ihrer Bedienung.« Er nickte dem Stellvertretenden Gouverneur zu. »Ich komme zurück, wenn ich mit dem Kommandanten der *San Augustin* gesprochen habe.«

Im Dunkeln, außerhalb des Gebäudes, gab Dumaresq seinen wahren Gefühlen Ausdruck: »Dieser verdammte Hund steckt selber bis zum Hals mit drin! Und denkt, ich bleibe hier wie ein braver Junge vor Anker liegen. Gott strafe sein pockennarbiges Gesicht, bevor er in die Hölle fährt!«

»Muß ich wirklich bleiben, Sir?«

»Einstweilen. Ich werde ein paar kräftige Leute abstellen, scheinbar als Ihre Burschen. Ich traue diesem Fitzpatrick nicht. Er ist ortsansässiger Grundbesitzer und wahrscheinlich gut Freund mit allen Schmugglern und Sklavenhändlern der Karibik. Wollte mir den Unschuldsengel vorspielen! Bei Gott, er weiß bestimmt, wie viele neue Schiffe hier versammelt sind, um Garricks Befehle zu erwarten.«

Bolitho fragte: »Ist Garrick denn immer noch ein Pirat, Sir?«

Dumaresq grinste in der Dunkelheit. »Schlimmeres. Ich glaube, daß er bei den Waffenlieferungen in die amerikanischen Kolonien mitmischt – Waffen, die dort gegen uns eingesetzt werden.«

»Von den Rebellen, Sir?«

»Ja, und noch von anderen, wenn es nach diesem verdammten Renegaten ginge. Glauben Sie, daß die Franzosen ruhen werden? Wir haben sie immerhin aus Kanada und aus ihren karibischen Besitzungen hinausgeworfen. Glauben Sie, daß sie die Worte ›vergeben und vergessen‹ an die Spitze ihrer politischen Vorhaben setzen?«

Bolitho hatte oft von Unruhen in den amerikanischen Kolonien nach dem Siebenjährigen Krieg gehört. Es hatte mehrere ernste Zwischenfälle gegeben, aber die Möglichkeit eines offenen Aufstands war selbst von der einflußreichsten Zeitung als Übertreibung beurteilt worden.

»In all diesen Jahren hat Garrick ungestört gewirkt und Pläne geschmiedet und dabei die gestohlene Beute zu seinem Vorteil verwendet. Er sieht sich selber als Führer in einem kommenden Aufstand, und diejenigen, die jetzt an der Spitze sind und das nicht wahrhaben wollen, belügen sich nur selber. Ich habe viel Zeit gehabt, über Garrick und das grausame Unrecht nachzudenken, das ihn reich und mächtig machte – und meinen Vater zu einem verarmten Krüppel.«

Bolitho beobachtete, wie die Gig, von der zunächst nur die weißen Ruderblätter zu sehen waren, in der Dunkelheit näher kam. Dumaresq hatte sich also entschieden. Das hätte er sich denken können nach allem, was er von dem Mann gesehen und erlebt hatte.

Dumaresq sagte plötzlich: »Auch Egmont und seine Frau werden in Kürze ausgeschifft werden. Sie stehen offiziell unter Fitzpatricks Schutz, aber stellen Sie zu Ihrer eigenen Beruhigung einen Posten auf. Ich möchte Fitzpatrick begreiflich machen, daß er in die Angelegenheit direkt verwickelt ist, wenn es zu irgendeiner Verräterei kommen sollte.«

»Sie glauben, daß Egmont noch in Gefahr ist, Sir?«

Dumaresq machte eine Handbewegung zu der kleinen Residenz. »Hier ist er an sicherem Ort. Ich möchte aber nicht, daß er wieder davonrennt. Es gibt zu viele Leute, die ihn lieber tot wüßten. Sobald ich mit Garrick abgerechnet habe, kann er tun und lassen, was ihm gefällt. Je eher, desto besser.«

»Ich verstehe, Sir.«

Duaresq gab seinem Bootssteurer ein Zeichen und kicherte dann. »Das bezweifle ich. Aber halten Sie Augen und Ohren offen. Ich nehme an, daß die Dinge sehr bald in Fluß kommen werden.«

Bolitho sah zu, wie Dumaresq in die Gig kletterte, und lenkte seine Schritte dann zurück zur Residenz.

Machte sich Dumaresq überhaupt Sorgen, was aus Egmont und seiner Frau wurde? Oder benutzte er sie nur als Lockvögel für seine Falle?

Abseits der Residenz gab es zwei oder drei kleine Bungalows, die normalerweise höheren Beamten oder Offizieren, die zur Inspektion herkamen, zur Verfügung standen.

Bolitho nahm an, daß solche Besucher selten waren; wenn sie kamen, brachten sie sicher alles zu ihrer Bequemlichkeit Erforderliche selbst mit. Das Haus, das ihm zugewiesen worden war, bestand praktisch nur aus einem Raum. Die Moskitofenster waren voller Löcher, die eine nie ermüdende Armee von Insekten gebohrt hatte. Palmenwedel streiften Dach und Wände, und er vermutete, daß bei einem heftigen Gewitter das Wasser wie durch ein Sieb eindringen würde.

Er hatte sich vorsichtig auf das große, handgeschnitzte Bett gesetzt und putzte eine Lampe. Insekten schwirrten herbei und flogen gegen das heiße Glas. Ihm taten die weniger begünstigten Menschen auf der Insel leid, wenn selbst der Gouverneur vom Fieber gepackt werden konnte.

Vor der nur lose schließenden Tür knarrten die Bodenbretter, und Stockdale schaute herein. Er war mit sechs weiteren Männern an Land gekommen, um ein »wachsames Auge auf Wind und Wetter« zu haben, wie er es ausdrückte.

Mit seiner keuchenden Stimme meldete er: »Alles eingeteilt, Sir. Wir gehen abwechselnd Wache. Josh Little übernimmt die erste.« Er lehnte sich gegen den Türrahmen, und Bolitho hörte, wie das Holz protestierend knarrte. »Ich habe zwei Leute an dem anderen Haus postiert. Es ist ganz ruhig dort.«

Bolitho dachte daran, wie Aurora ihn angesehen hatte, als sie und ihr Mann von Bedienten des Gouverneurs eilig in den Nachbarbungalow geleitet wurden. Sie schien beunruhigt, verängstigt durch den plötzlichen Wechsel der Ereignisse. Es hatte geheißen, Egmont besäße Freunde in Basseterre, aber man hatte ihm nicht erlaubt, sich zu ihnen zu begeben; statt dessen war er immer noch ihr Gast. Oder besser: ihr Gefangener.

Bolitho sagte: »Gehen Sie schlafen.« Er berührte seine Narbe und zog eine Grimasse. »Mir ist, als wäre das erst heute geschehen.«

Stockdale grinste. »Saubere Arbeit, Sir. Ein Glück, daß wir den alten Knochensäger hatten.«

Er trollte sich nach draußen, und Bolitho hörte ihn leise vor sich hin pfeifen, als er einen Platz fand, an dem er sich ausstrecken konnte. Seeleute vermochten überall zu schlafen.

Bolitho legte sich zurück, die Hände hinter dem Kopf verschränkt, und starrte in die Schatten jenseits der nur schwach brennenden Flamme.

Es war alles vergebens gewesen. Garrick hatte die Insel bestimmt schon verlassen. Er mußte besser unterrichtet gewesen sein, als Dumaresq vermutete. Nun konnte er sich ins Fäustchen lachen, wenn er an die britische Fregatte und ihre spanische Begleiterin dachte, die da unschlüssig vor Anker lagen, während er . . .

Bolitho fuhr mit einem Ruck hoch und griff nach seiner Pistole, als die Planken vor der Tür wieder knarrten. Er beobachtete, wie sich der Türgriff senkte, und fühlte sein Herz gegen die Rippen schlagen, als er die Entfernung schätzte und überlegte, ob er schnell genug auf die Füße kommen konnte, um sich zu verteidigen.

Die Tür öffnete sich einige Zentimeter, und er sah ihre schmale Hand am Rand.

In Sekunden war er aus dem Bett. Als er die Tür ganz aufzog, hörte er sie flüstern: »Bitte, mach das Licht aus!«

Einen verwirrenden Augenblick lang hielten sie einander hinter der wieder geschlossenen Tür umschlungen. Außer Auroras heftigen Atemzügen gab es keinen Laut. Bolitho wagte nichts zu sagen, aus Angst, damit den unglaublichen Traum zu vertreiben.

Sie flüsterte: »Ich mußte kommen. Es war schon schlimm genug auf dem Schiff. Aber zu wissen, daß du hier bist, während . . .« Mit leuchtenden Augen schaute sie zu ihm auf. »Verachte mich nicht, weil ich schwach geworden bin.«

Bolitho hielt sie fest an sich gedrückt, fühlte ihren Körper durch das lange dünne Gewand und wußte, daß sie verloren waren. Mochte die Welt jetzt in Stücke fallen – nichts konnte ihnen diesen Augenblick nehmen.

Wie Aurora an den Posten vorbeigekommen war, schien ihm unbegreiflich, aber es kümmerte ihn nicht. Doch dann fiel ihm Stockdale ein. Daran hätte er gleich denken sollen.

Seine Hände zitterten heftig, als er sie an den Schultern hielt und ihr Haar, ihr Gesicht, ihren Hals küßte.

»Ich helfe dir.« Sie löste sich etwas von ihm und ließ ihr Gewand zu Boden fallen. »Nimm mich in deine Arme . . .«

In der Dunkelheit zwischen den beiden kleinen Bungalows lehnte Stockdale sein Entermesser gegen einen Baum und setzte sich daneben. Er beobachtete, wie das Mondlicht die Schwelle der Tür beleuchtete, die er vor einer Stunde sich hatte öffnen und wieder schließen gesehen, und dachte an die beiden, die jetzt beisammen waren. Für den Leutnant war es wahrscheinlich das erstemal, dachte Stockdale wohlwollend. Er hätte keine bessere Lehrerin finden können, das war gewiß.

Lange vor Anbruch der Morgendämmerung schlüpfte Aurora leise aus dem Bett und zog sich an. Einen Augenblick noch schaute sie auf die blasse, in tiefem Schlaf liegende Gestalt nieder und strich dabei über ihre Brust, wie er es getan hatte. Dann bückte sie sich und küßte ihn leicht auf den Mund. Seine Lippen schmeckten salzig, vielleicht von ihren Tränen. Ohne noch einmal zurückzublicken, verließ sie den Raum und lief an Stockdale vorbei, ohne ihn zu sehen.

Bolitho trat langsam aus der Tür und auf den sonnengehärteten Weg hinunter. Es kam ihm vor, als schritte er über dünnes Glas. Obwohl er seine Uniform trug, fühlte er sich immer noch nackt, glaubte nach wie vor, ihre Umarmung zu spüren, ihr atemberaubendes Verlangen, das ihn völlig erschöpft hatte.

Im frühen Sonnenlicht erkannte er einen der Wachposten, der ihn, auf seine Muskete gestützt, neugierig betrachtete.

Wenn er nur wach gewesen wäre, als sie ihn verließ! Dann hätten sie sich nie mehr getrennt.

Stockdale kam auf ihn zu und meldete: »Keine Vorkommnisse, Sir.«

Befriedigt registrierte er Bolithos Unsicherheit. Der Leutnant war verändert: verwirrt, aber wohlauf. Noch etwas durcheinander, aber mit der Zeit würde er die neue Kraft spüren, die sie ihm geschenkt hatte.

Bolitho nickte. »Lassen Sie die Leute antreten!« Er hob den Arm, um seinen Hut aufzusetzen, erinnerte sich aber noch rechtzeitig an die Wunde, die bei der leisesten Berührung pochte und brannte. Aurora hatte ihn sogar das vergessen lassen.

Stockdale bückte sich und hob ein kleines Stück Papier auf, das aus dem Hut gefallen war. Er übergab es mit ausdruckslosem Gesicht.

»Ich kann nicht lesen, Sir.«

Bolitho entfaltete den Zettel und las mit verschwimmendem Blick ihre wenigen Worte: »Liebster, ich konnte nicht warten. Denke manchmal an mich und daran, wie schön es war.«

Darunter hatte sie geschrieben: »Der Ort, den dein Kommandant sucht, ist die Insel Fougeaux.«

Sie hatte nicht mit Namen unterzeichnet, aber er konnte beinahe ihre Stimme hören.

»Fühlen Sie sich nicht wohl, Sir?«

»Doch.«

Noch einmal las er die kurze Botschaft. Aurora mußte sie schon mitgebracht und vorher gewußt haben, daß sie sich ihm hingeben würde. Und daß es damit enden würde.

Er hörte Schritte auf dem Sand knirschen und sah Palliser den Weg heraufkommen, hinter sich Midshipman Merrett, dem es schwerfiel, mit dem langen Leutnant Schritt zu halten.

Palliser sagte barsch zu Bolitho: »Alles erledigt.« Er wartete mit lauerndem Blick.

Bolitho fragte: »Mit Egmont und seiner Frau? Was ist geschehen?«

»Ach, wußten Sie das noch nicht? Sie sind gerade an Bord gegangen. Wir haben ihr Gepäck in der Nacht auf eines der kleinen, hier ankernden Schiffe geschafft. Ich hatte angenommen, Sie wären besser informiert.«

Bolitho zögerte. Dann faltete er den Zettel, riß den unteren Teil mit dem Namen der Insel vorsichtig ab und reichte ihn Palliser.

Palliser las und sagte: »Das kann stimmen.«

Er übergab den gefalteten Zettel an Merrett. »Zurück damit zum Schiff, Kleiner, und bringen Sie dies mit ergebenstem Gruß dem Kommandanten. Wenn Sie's verlieren, prophezeie ich Ihnen einen qualvollen Tod.«

Der Junge eilte davon, während Palliser fortfuhr: »Der Kommandant hat mal wieder recht gehabt.« Er lächelte über Bolithos ernstes Gesicht. »Kommen Sie, wir gehen zusammen zurück.«

»Sie sagten, die Egmonts hätten sich bereits eingeschifft, Sir?« Er wollte es noch nicht wahrhaben. »Wohin?«

»Habe ich vergessen. Ist es wichtig?«

Bolitho nahm gleichen Schritt mit ihm auf. Aurora hatte ihm die

Information als Dank zukommen lassen, vielleicht weil er ihr das Leben gerettet hatte, vielleicht um ihrer Liebe willen. Dumaresq hatte sie also beide für seine Zwecke benutzt. Bolitho fühlte, wie Zorn darüber in ihm hochstieg. Einen »sicheren Ort« hatte er den Platz genannt. Aber es war eher ein Ort der Täuschung gewesen.

Als Bolitho das Schiff erreichte, fand er die Besatzung klar zum Ankermanöver und die Segel schon so weit losgemacht, daß sie kurzfristig gesetzt werden konnten. Wie befohlen meldete er sich in der Kajüte, wo Dumaresq und Gulliver Seekarten studierten. Dumaresq bat den Master, draußen zu warten, und sagte dann barsch: »Damit ich Sie nicht wegen Insubordination bestrafen muß, lassen Sie mich als ersten sprechen. Unsere Mission in diesen Gewässern ist für eine so leichte Fregatte wie die *Destiny* ein Wagnis. Ich habe das immer geahnt, aber dank dieser kleinen Information weiß ich jetzt, wo Garrick sein Hauptquartier hat, sein Lager für Waffen und sonstige ungesetzliche Handelswaren, und auch, wo die Schiffe liegen, mit denen er das alles verteilt. Das war sehr wichtig.«

Bolitho hielt seinem Blick stand. »Man hätte es mir sagen sollen, Sir.«

»Sie haben es aber genossen, oder?« Dumaresqs Ton wurde weicher. »Ich weiß, wie es ist, wenn man sich in einen Traum verrennt. Mehr konnte es nicht sein. Sie sind Offizier des Königs und mögen sich sogar zu einem guten Offizier entwickeln, wenn mit der Zeit etwas Verstand hinzukommt.«

Bolitho schaute über Dumaresq hinweg auf die draußen vor Anker liegenden Schiffe; er überlegte, auf welchem Aurora sein mochte.

Er fragte: »Ist das alles, Sir?«

»Ja. Übernehmen Sie wieder Ihre Division. Ich will Anker lichten, sobald dieser Federfuchser Kopien meines Berichts für die örtlichen Autoritäten und für London fertiggestellt hat.« In Gedanken war er schon wieder bei den hundert anderen Dingen, die er noch erledigen mußte.

Bolitho stolperte aus der Kajüte in die Messe. Es war ihm zu schmerzlich, sich vorzustellen, wie diese Kajüte noch vor kurzem ausgesehen hatte: mit ihren Kleidern, die ordentlich zum Trocknen aufgehängt waren, mit der jungen Zofe, die sich immer in der Nähe hielt für den Fall, daß sie gebraucht wurde. Vielleicht war die Methode, die Dumaresq anwandte, richtig, aber mußte er so brutal und gefühllos sein?

Rhodes und Colpoys erhoben sich, um ihn zu begrüßen, und sie schüttelten einander feierlich die Hände.

Bolitho berührte das Stückchen Papier in seiner Tasche und fühlte sich stärker. Was Dumaresq und die anderen auch denken mochten, sie konnten nicht wissen, wie schön es wirklich gewesen war.

Bulkley trat in die Messe, sah Bolitho und wollte ihn gerade fragen, welche Fortschritte seine Wunde machte; doch Rhodes schüttelte leicht den Kopf, und so rief der Arzt nur nach Poad und bat um eine Tasse Kaffee.

Bolitho würde darüber hinwegkommen. Aber es mochte einige Zeit dauern.

»Anker ist los, Sir!«

Dumaresq trat an die Reling und schaute hinüber zum Spanier, während die *Destiny* mit von der frischen Brise geblähten Segeln der offenen See zustrebte.

Er sagte: »Das wird den Don ärgern. Seine halbe Besatzung ist an Land, um Vorräte zu ergänzen, also kann er uns erst in einigen Stunden folgen.« Er warf den Kopf zurück und lachte. »Hol dich der Teufel, Garrick! Genieße noch dein bißchen Freiheit!«

Bolitho beobachtete, wie seine Leute das Broßbramsegel setzten und einander derbe Scherzworte zuriefen, als wären auch sie von Dumaresqs Erregung angesteckt. Aussicht auf Tod, Prisengeld, ein neues Land – alles war für sie Anlaß zur Fröhlichkeit.

Palliser rief vom Achterdeck: »Bringen Sie die Leute auf Trab, Mr. Bolitho, die haben heute ja Blei in den Knochen.«

Bolitho wandte sich nach achtern und hatte schon eine ärgerliche Antwort auf der Zunge. Aber dannn zuckte er die Schultern. Palliser wollte ihm auf die einzige Art helfen, die er beherrschte.

Nachdem sie die gefährlichen Untiefen von Bluff Point umfahren hatten, setzte die *Destiny* weitere Segel und nahm Kurs nach Westen. Später, als Bolitho die Nachmittagswache übernahm, studierte er die Karte und Gullivers sorgfältig eingetragene Berechnungen.

Fougeaux Island war sehr klein und gehörte zu einer weitverstreuten Inselgruppe, gut 150 Meilen westnordwestlich von St. Christopher. Es war nacheinander von Frankreich, Spanien und England beansprucht worden, selbst die Holländer hatten sich eine Zeitlang dafür interessiert.

Jetzt war es keinem Land untertan, denn allem Anschein nach gab es da nichts zu holen. Es fehlte an Bäumen für Bau- und Brennholz, und es mangelte laut Seehandbuch sogar an Trinkwasser. Ein kahles, feindliches Stück Land mit einer sichelförmigen Lagune als einzigem Vorzug. Sie konnte Schutz bei Sturm bieten, aber kaum mehr. Doch, wie Dumaresq bemerkt hatte, was verlangte Garrick auch sonst?

Bolitho beobachtete den Kommandanten, der so ruhelos an Deck auf und ab ging, als hielte er es in seinen Räumen nicht mehr aus, seit das Ziel so nahe lag. Gegenwind erschwerte ihr Vorwärtskommen und zwang das Schiff zu langen Kreuzschlägen, bei denen sie der Insel nur wenig näher kamen.

Aber die Aussicht, zumindest einen Teil des verlorenen Goldes zu finden, ließ sie die knochenbrechende Arbeit bei den dauernden Wendemanövern, das Durchholen der Brassen und das immer wieder neue Trimmen der Segel vergessen.

Wenn die Insel nun leer war oder gar nicht die richtige? Bolitho glaubte es nicht. Aurora mußte gewußt haben, daß nur Garricks Gefangennahme sie und ihren Mann vor seiner Rache schützen konnte. Und auch, daß Dumaresq sie ohne diese Information nie freigelassen hätte.

Am nächsten Tag dümpelte die *Destiny* mit schlappen Segeln bewegungslos in einer Flaute.

Weit weg an Steuerbord sah man den vagen Umriß einer Insel, aber sonst hatten sie den Ozean allein für sich. Es war so heiß, daß die Füße an den Decksnähten klebenblieben und die Kanonenrohre sich anfühlten, als hätten sie eine Schlacht hinter sich.

Gulliver sagte: »Bei einem nördlicheren Kurs hätten wir mehr Glück mit dem Wind gehabt, Sir.«

»Das weiß ich selbst, verdammt noch mal.« Dumaresq wandte sich ihm erbost zu. »Aber wir wären vielleicht auf ein Korallenriff gelaufen. Wollten Sie das riskieren? Wir sind eine Fregatte und kein flaches Fischerboot.«

Den ganzen Tag über und auch noch den halben nächsten rollte das Schiff unbehaglich in der schwachen Dünung. Ein Haifisch glitt vorsichtig um ihr Heck, und einige Matrosen versuchten ihr Glück mit einem großen Angelhaken.

Dumaresq schien das Deck überhaupt nicht mehr verlassen zu wollen. Als er an Bolitho während dessen Wache vorbeiging, sah er, daß sein Hemd schweißgetränkt war; auf seiner Stirn hatte sich eine

Blase gebildet, die er aber nicht zu bemerken schien.

Als die Nachmittagswache zur Hälfte um war, tastete der Wind sich wieder über die glitzernde Wasserfläche an sie heran, aber mit ihm kam eine Überraschung.

»Schiff, Sir! An Backbord achteraus!«

Dumaresq und Palliser beobachteten, wie die bräunliche Segelpyramide über den Horizont stieg. Das große rote Kreuz auf der Breitfock hob sich deutlich ab und beseitigte alle Zweifel.

Palliser rief erbittert: »Der Don, Gott strafe ihn!«

Dumaresq ließ mit versteinertem Blick das Glas sinken.»Fitzpatrick! Er muß es ihnen verraten haben. Sie sind auf Blut aus.« Er sah seinen Ersten Offizier an. »Wenn Don Carlos Quintana sich jetzt einmischt, wird es aber sein eigenes Blut kosten!«

»An die Brassen und Schoten!«

Die *Destiny* erbebte und legte sich kräftig vor die auffrischende Brise. Mit neuerwachter Kraft warf sie Wolken von Gischt an ihrer weißen Galionsfigur hoch.

Dumaresq sagte: »Lassen Sie die Leute an den Geschützen exerzieren, Mr. Palliser.« Er starrte achteraus auf das andere Schiff. Es schien schon viel näher gekommen zu sein.

»Und setzen Sie bitte unsere Flagge. Ich will nicht, daß uns der verdammte Spanier in die Quere kommt.«

Rhodes dämpfte seine Stimme. »Und das meint er ernst, Richard. Dies ist sein großer Augenblick. Er wird lieber sterben, als ihn zu teilen.«

Einige Leute auf dem Achterdeck sahen einander an und machten ängstliche Bemerkungen. Die eingefleischte Verachtung, mit der sie jede andere Marine außer der eigenen beurteilten, war nach dem langen Aufenthalt in Basseterre etwas erschüttert. Die *San Augustin* besaß mindestens vierundvierzig Kanonen, die *Destiny* dagegen nur achtundzwanzig.

Dumaresq schimpfte: »Bringen Sie diese Tölpel auf Trab, Mr. Palliser! Unser Schiff entwickelt sich langsam zu einem Saustall!«

Einer von Bolithos Geschützführern flüsterte: »Ich dachte, wir wären nur hinter einem Piraten her?«

Stockdale zeigte grinsend die Zähne. »Feind ist Feind, Tom. Seit wann macht die Flagge einen Unterschied?«

Bolitho biß sich auf die Lippen. Was jetzt kam, war ein Musterbeispiel für die schwere Verantwortung eines Kommandanten. Wenn Dumaresq nichts unternahm, konnte er wegen Unfähigkeit oder

Feigheit vor ein Kriegsgericht gestellt werden. Wenn er mit dem Spanier ins Gefecht kam, konnte man ihn beschuldigen, einen Krieg provoziert zu haben.

Er sagte: »Macht euch bereit, Leute. Löst die Zurrings.«

Stockdale hatte recht: Ihre einzige Sorge sollte es sein, zu gewinnen.

Bevor die Sonne am nächsten Morgen über den Horizont gestiegen war, wurden die Leute zum Frühstück und dann zum Deckwaschen geschickt.

Der Wind war leicht, aber stetig und hatte über Nacht auf Südwest gedreht.

Dumaresq war ebenso früh an Deck wie alle. Bolitho bemerkte die Ungeduld, mit der er immer wieder über das Achterdeck wanderte, einen Blick auf den Kompaß oder die Schiefertafel mit den Eintragungen des Steuermanns warf. Wahrscheinlich nahm er nichts davon wahr; aus der Art, wie Palliser und Gulliver ihm freie Bahn ließen, entnahm Bolitho, daß sie ihre Erfahrungen mit dieser Stimmung ihres Kommandanten hatten.

Zusammen mit Rhodes beobachtete Bolitho, wie der Oberbootsmann seine Arbeitsgruppen einteilte. Die Tatsache, daß ein weit überlegenes Kriegsschiff ihnen achteraus folgte und daß eine wenig bekannte Insel vor ihnen lag, änderte nichts an Mr. Timbrells Routine.

Pallisers rauhe Stimme schreckte Bolitho auf. »Lassen Sie die Rahen durch Ketten sichern, Mr. Timbrell!«

Einige Matrosen schauten zu den Rahen auf. Palliser gab keine weiteren Erklärungen, was für die dienstälteren Leute auch nicht erforderlich war. Die Ketten würden jede Rahe fester mit dem Mast verbinden als das Tauwerk, das sie normalerweise hielt, in einem Gefecht aber leicht zerschossen werden konnte. Außerdem mußten Netze über das Oberdeck gespannt werden. Ketten und Netze waren der einzige Schutz vor herunterfallenden Spieren und Takelageteilen.

Vielleicht trafen sie auf dem Spanier jetzt genau die gleichen Vorbereitungen, obwohl nichts darauf hinzudeuten schien. Bisher hatte es lediglich den Anschein, als sei die *San Augustin,* seit sie zu ihnen aufgeschlossen hatte, gewillt, ihnen zu folgen und die Entwicklung zu beobachten.

Rhodes drehte sich abrupt um und eilte auf den ihm zugewiesenen

Platz, wobei er leise hervorstieß: »Der ›Herr und Meister‹!«

Als Bolitho sich umwandte, stand er seinem Kommandanten gegenüber. Es war ungewöhnlich, ihm so weit weg von Achterdeck und Hütte zu begegnen, und die Seeleute, die in der Nähe arbeiteten, schienen sich vorsichtig zurückzuziehen, als wären sie durch Dumaresqs Gegenwart eingeschüchtert.

Bolitho grüßte durch eine Handbewegung zum Hut und wartete. Dumaresqs Augen wanderten langsam und ohne Ausdruck über sein Gesicht.

Dann sagte er: »Kommen Sie mit. Aber holen Sie sich vorher ein Fernglas.« Er warf dem Bootssteurer seinen Hut zu und ergänzte: »Eine kleine Kletterpartie gibt klaren Kopf.«

Bolitho sah mit Überraschung, wie Dumaresq sich nach außen in die Wanten schwang. Seine untersetzte Gestalt hing ungelenk in den Webeleinen, als er zu der turmhohen Mastspitze aufsah.

Bolitho haßte Höhen. Von allen Motiven, die ihn getrieben hatten, sich um eine baldige Beförderung zum Offizier zu bemühen, war dies eines der wichtigsten gewesen: nicht mehr mit den anderen in den Mast zu müssen, wo Wind und Kälte den Griff um die vereisten Webeleinen lösen oder den Mann von der Rah in die See unten schleudern konnten.

Vielleicht wollte Dumaresq ihn herausfordern, und sei es nur, um die eigene Spannung zu lösen.

»Kommen Sie, Mr. Bolitho! Sie sind heute an einem Wendepunkt Ihrer Karriere.«

Bolitho folgte ihm die zitternden Wanten hinauf, Hand über Hand, Fuß über Fuß. Er befahl sich, nicht nach unten zu schauen, obwohl er sich nur zu gut vorstellen konnte, wie das helle Deck der *Destiny* unter ihnen krängte, als sich das Schiff in eine weitere Woge wühlte.

Dumaresq mißachtete das Soldatenloch und kletterte außen an den Püttingswanten hoch, wobei sein mißgestalteter Rücken fast parallel zur Wasserfläche hing. Dann ging es über die Marssaling, ohne auf einige verschreckte Seesoldaten zu achten, die an einer der hier oben postierten Drehbassen exerzierten, und weiter hinauf zur Bramsaling.

Dumaresqs Vertrauen verlieh Bolitho den Willen, schneller als je zuvor zu klettern. Er achtete kaum auf die Höhe und schaute bereits noch weiter hinauf, als Dumaresq anhielt und – ein Bein frei im Raum pendelnd – bemerkte: »Man bekommt das richtige Gefühl fürs Schiff nur von hier oben.«

Bolitho hielt sich mit beiden Händen fest und blickte zu seinem Kommandanten hoch, wobei ihm die Augen im starken Sonnenlicht tränten. Dumaresq sprach mit so viel Überzeugung und mit einer Wärme, die fast an Liebe erinnerte.

»Fühlen Sie es?« Dumaresq packte ein Stag und zog fest daran. »Straff und fest, gleicher Zug auf allen Teilen. Wie es sein muß. Wie jedes Schiff sein sollte, wenn es ordentlich gepflegt wird.« Er schaute in Bolithos ihm zugewandtes Gesicht. »Kopf wieder in Ordnung?«

Bolitho nickte. In dem Durcheinander seiner Gefühle, vor Empörung und Kummer hatte er die Wunde ganz vergessen.

»Gut, dann kommen Sie.«

Sie erreichten die Bramsaling, wo der Ausguck für seine Vorgesetzten Platz machte.

»Ah!« Dumaresq nahm sein Teleskop und richtete es, nachdem er die Linse mit seinem Halstuch abgewischt hatte, nach Steuerbord voraus.

Bolitho folgte seinem Beispiel und fühlte plötzlich, wie es ihm trotz der Sonne und des Windes eiskalt über den Rücken lief.

So etwas hatte er noch nie gesehen. Die Insel schien nur aus Korallen oder Felsen zu bestehen und wirkte fast anstößig nackt – wie etwas, das nicht mehr lebte. In der Mitte gab es eine Erhöhung, die aussah wie ein Berg, dem man die Spitze abgeschnitten hatte. Im Dunst war nichts genauer zu erkennen, es konnte also auch eine gigantische Festung sein.

Er versuchte, den Anblick mit den spärlichen Eintragungen in der Seekarte zu vergleichen, und schloß aus der Peilung, daß die geschützte Lagune direkt unter dem Hügel liegen mußte.

Dumaresq sagte heiser: »Da sind sie.«

Bolitho versuchte es noch einmal. Die Insel schien verlassen, wie durch eine Naturkatastrophe niedergewalzt.

Doch dann entdeckte er etwas, das dunkler als die Umgebung aussah, aber kurz darauf wieder im Dunst verschwand: ein Mast, vielleicht auch mehrere Masten. Die zugehörigen Schiffsrümpfe waren allerdings hinter dem schützenden Wall aus Korallen verborgen.

Er warf Dumaresq einen schnellen Blick zu und fragte sich, wie er das wohl beurteilte.

»Steinchen für ein Puzzlespiel.« Dumaresq hob die Stimme nur wenig über das Summen in Takelage und Leinwand. »Das sind

Garricks Schiffe, seine kleine Armada. Keine Schlachtlinie, Mr. Bolitho, kein Flaggschiff mit dem stolzen Kommandozeichen eines Admirals, aber genauso tödlich.«

Bolitho schaute abermals durchs Fernglas. Kein Wunder, daß Garrick sich sicher fühlte. Er hatte von ihrer Ankunft in Rio erfahren und davor schon von der in Madeira. Und nun hatte er die Oberhand. Er konnte seine Schiffe entweder bei Nacht hinausschicken oder wie ein Einsiedlerkrebs in seinem Gehäuse liegenbleiben und abwarten.

Dumaresq schien mit sich selbst zu sprechen. »Die Dons interessiert allein der verlorengegangene Goldschatz. Garrick kann ungestraft davonkommen, was sie betrifft. Quintana glaubt, daß er diese sorgfältig ausgewählten Schiffe und alles, was von dem Gold noch übrig ist, ohne einen Schuß vereinnahmen kann.«

Bolitho fragte: »Vielleicht weiß Garrick weniger, als wir annehmen, Sir, und versucht nur zu bluffen?«

Dumaresq sah ihn eigenartig an. »Das glaube ich nicht. Jetzt zählen keine Bluffs mehr. Ich habe in Basseterre versucht, dem Spanier Garricks Absichten zu erklären. Aber er wollte nicht hören. Garrick hat den Franzosen geholfen, und in einem künftigen Krieg wird Spanien einen Verbündeten wie Frankreich brauchen. Seien Sie sicher, daß Don Carlos Quintana auch das im Auge haben wird.«

»Sir!« Der Ausguck unter ihnen rief besorgt: »Die Dons setzen mehr Segel!«

Dumaresq sagte: »Es wird Zeit, daß wir absteigen.« Er warf noch einen Blick auf jeden einzelnen Mast drüben und schaute dann nach unten.

Bolitho stellte fest, daß er es ihm nachzumachen vermochte, ohne zu zittern. Er sah die von oben stark verkürzt wirkenden Gestalten der Offiziere und Midshipmen auf dem Achterdeck und die wechselnden Gruppen, die sich um die doppelte Reihe der schwarzen Kanonen scharten.

In diesen Augenblicken bestand eine stillschweigende Übereinstimmung zwischen Bolitho und diesem ungewöhnlichen, ganz seiner Aufgabe verschworenen Mann. Es war sein Schiff, jedes Teil davon, jedes Stück Holz, jeder Zentimeter Tauwerk. Schließlich sagte Dumaresq: »Der Spanier will vielleicht vor mir in die Lagune eindringen. Das wäre eine gefährliche Dummheit, denn die Einfahrt ist eng und das Fahrwasser unbekannt. Da er keine Hoffnung auf den Überraschungseffekt hat, wird es auf die Glaubwürdigkeit seiner Friedfertigkeit ankommen; wenn das fehlschlägt, auf eine Demonstration seiner Stärke.«

Überraschend geschwind kletterte Dumaresq hinunter, und als Bolitho schließlich das Achterdeck erreichte, sprach der Kommandant schon mit Palliser und dem Master. Bolitho hörte Palliser sagen: »Der Don hält aufs Land zu, Sir.«

Dumaresq hantierte mit seinem Fernrohr. »Und auf die Gefahr. Signalisieren Sie ihm, er soll abdrehen.«

Bolitho blickte in die Gesichter ringsum, die er inzwischen so gut kannte. In wenigen Augenblicken konnte alles entschieden sein, denn Dumaresq hatte keine Wahl.

Palliser rief: »Er beachtet unsere Warnung nicht, Sir.«

»Gut so. Schlagen Sie ›Alle Mann‹ und ›Klar Schiff zum Gefecht‹ an!« Dumaresq verschränkte die Hände hinter dem Rücken. »Mal sehen, wie ihm *das* gefällt.«

Rhodes packte Bolitho am Arm. »Er muß wahnsinnig sein! Er kann doch nicht mit Garrick *und* den Dons kämpfen!«

Die Trommelbuben in Seesoldatenuniform begannen mit ihren dumpfen Schlägen. Der Augenblick der Ungewißheit war vorüber.

XIV Die letzte Chance

»Der Don nimmt Segel weg, Sir!«

»Das werden auch wir tun.« Dumaresq stand wie ein Fels mitten auf dem Achterdeck, direkt vor dem Besanmast. »Bramsegel bergen!«

Bolitho beschattete seine Augen und sah durch das Gewirr der Takelage und Netze, wie seine Leute die widerspenstige Leinwand aufholten und festbanden. In weniger als einer Stunde war die Spannung an Bord ebenso gestiegen wie die Sonne; jetzt, da die *San Augustin* sich an Steuerbord voraus postiert hatte, merkte er, daß jeder Mann in seiner Nähe davon betroffen war. Die *Destiny* hatte zwar noch die Luvposition, aber der spanische Kapitän hatte sich zwischen sie und die Einfahrt zur Lagune geschoben.

Rhodes kam nach achtern geschlendert und traf zwischen zwei Zwölfpfündern auf Bolitho.

»Der Kommandant läßt dem Spanier den Vortritt.« Er zog eine Grimasse. »Ich muß sagen, da stimme ich ihm zu. Ich mag keinen einseitigen Kampf, es sei denn, die Vorteile wären auf meiner Seite.« Er warf einen schnellen Blick zum Achterdeck und senkte die

Stimme. »Was halten Sie jetzt von unserem ›Herrn und Meister‹?«

Bolitho zuckte die Schultern. »Ich schwanke zwischen Bewunderung und Verachtung. Ich verachte die Art, wie er mich benutzt hat. Er muß gewußt haben, daß Egmont selbst Garricks Insel niemals verraten hätte.«

Rhodes spitzte die Lippen. »Also war es seine Frau.« Er stockte. »Sind Sie über die Affäre hinweg, Dick?«

Bolitho schaute hinüber zur *San Augustin,* auf ihre weit auswehenden Wimpel und die weiße Kriegsflagge Spaniens, und schwieg.

Rhodes blieb hartnäckig. »Bei all diesem Wahnsinn, in dem wir wahrscheinlich wegen einer weit zurückliegenden Sache aufgerieben werden, können Sie sich noch in Liebe zu einer Frau verzehren?«

Bolitho sah ihn an. »Darüber werde ich nie hinwegkommen. Wenn Sie Aurora so gesehen hätten . . .«

Rhodes lächelte resigniert: »Mein Gott, Dick, ich verschwende meine Zeit. Wenn wir nach England zurückkehren, werde ich sehen, was ich anstellen kann, um Sie aufzumuntern.«

Beide fuhren herum, als ein Schuß über das Wasser dröhnte. Die Kugel warf eine dünne Wassersäule in direkter Verlängerung des Bugspriets des Spaniers auf.

Dumaresq schimpfte: »Gott im Himmel, die Lumpen schießen als erste!«

Mehrere Teleskope richteten sich auf die Insel, aber niemand entdeckte die versteckte Kanone.

Palliser sagte säuerlich: »Das war nur eine Warnung. Ich hoffe, der Don hat genug Verstand, um sie zu beachten. Diese Angelegenheit verlangt listiges Vorgehen und schnelles Handeln, keinen direkten Angriff.«

Dumaresq lächelte. »So, tut sie das? Sie fangen an, wie ein Admiral zu reden, Mr. Palliser. Ich muß mich wohl in acht nehmen.«

Bolitho beobachtete scharf das spanische Schiff. Es verhielt sich, als wäre nichts geschehen, und steuerte immer noch auf die nächste Landspitze zu, wo die Lagune begann.

Einige Kormorane erhoben sich von der See, als die beiden Schiffe an ihnen vorbeisegelten, und kreisten dann über ihnen. Wie Adler, dachte Bolitho.

»An Deck: Rauch über dem Hügel, Sir!«

Die Teleskope schwenkten herum wie leichte Geschützrohre.

Bolitho hörte Clow, einen der Stückmeistersmaaten, sagen: »Der kommt von einem verdammten Ofen. Die Teufel wollen den Dons mit glühenden Kanonenkugeln einheizen.«

Bolitho feuchtete sich die Lippen an. Sein Vater hatte ihn oft gewarnt, wie töricht es sei, ein Schiff gegen eine befestigte Landbatterie anrennen zu lassen. Wenn die an Land glühende Kugeln benutzten, konnten sie jedes Schiff binnen kurzem in einen Scheiterhaufen verwandeln. Von der Sonne ausgetrocknetes Holz, Teer, Farbe und Leinwand fingen schnell Feuer, und wenn nicht sofort gelöscht werden konnte, tat der Wind das übrige.

Etwas wie ein Seufzer lief das Deck entlang, als sich die Stückpforten der *San Augustin* gleichzeitig öffneten und ihre Kanonen auf ein Trompetensignal hin ausgerannt wurden. Auf die Entfernung sahen sie aus wie schwarze Zähne im makellosen Gebiß ihrer Bordwand: schwarz und tödlich.

Der Schiffsarzt trat zu Bolitho an den Zwölfpfünder; seine Brillengläser glitzerten im Sonnenlicht. Mit Rücksicht auf die Männer, die vielleicht schon bald seine Dienste benötigten, hatte er darauf verzichtet, seine Schürze anzulegen.

»Es macht mich nervös wie eine Katze, wenn sich dies weiter so in die Länge zieht.«

Bolitho verstand ihn. Unten im Orlopdeck, wo es nur künstliches Licht gab und keine frische Luft, wirkten alle Geräusche vom Oberdeck verzerrt. Er sagte: »Ich glaube, der Spanier will sich die Einfahrt mit Gewalt erzwingen.«

Während er noch sprach, setzte das andere Schiff Bramsegel und fiel etwas ab, um den südwestlichen Wind voll zu nutzen. Sein vergoldetes Schnitzwerk leuchtete prachtvoll im Sonnenlicht, majestätisch blähten sich die stolzen Wimpel und die roten Kreuze auf Fock und Großsegel. So sahen Kriegsschiffe auf alten Bildern aus, dachte Bolitho. Im Vergleich dazu wirkte die schlanke und anmutige *Destiny* spartanisch.

Bolitho ging nach hinten, bis er direkt unter der Querreling des Achterdecks stand. Er hörte Dumaresq sagen: »Noch eine halbe Kabellänge, und dann werden wir's wissen.«

Danach Pallisers Stimme, weniger sicher: »Er kann die Einfahrt erzwingen, Sir. Wenn er erst drinnen ist, wird er halsen, die dort vor Anker liegenden Schiffe zusammenschießen und sie sogar noch als Deckung gegen Beschuß von Land benutzen. Ohne Schiff sitzt Garrick in der Falle.«

Dumaresq schien es zu erwägen. »Letzteres stimmt. Ich habe bisher nur von einem einzigen Menschen gehört, der über das Meer wandeln konnte; aber wir brauchen heute eine andere Art Wunder.«

Einige der neben ihren Neunpfündern knienden Matrosen stießen sich lachend gegenseitig an.

Bolitho staunte, daß es Dumaresq so leicht fiel. Er wußte genau, was nötig war, um seine Leute bei guter Laune und kampfesmutig zu halten.

Gulliver sagte, ohne jemanden direkt anzusprechen: »Wenn der Don Erfolg hat, dann ade Prisengeld!«

Dumaresq sah ihn grimmig lächelnd an. »Gott, sind Sie ein armseliger Gefährte, Mr. Gulliver. Wie Sie sich mit solcher Hoffnungslosigkeit auf dem Ozean zurechtfinden, kann ich gar nicht begreifen.«

Midshipman Henderson rief: »Der Spanier hat die Landspitze passiert, Sir!«

Dumaresq brummte: »Sie haben gute Augen.« Für Palliser fügte er hinzu: »Er steht vor einer Leeküste. Jetzt oder nie muß etwas geschehen.«

Bolitho preßte die Hände fester zusammen, um sich zu beruhigen. Er sah reflektierte Blitze aus den abgewandten Stückpforten der *San Augustin* schießen und aus den Geschützmündungen Rauchpilze aufsteigen und hörte Sekunden später auch das donnernde Krachen der Breitseite. Am Hang des Hügels stiegen Staubwolken wie Federbüsche empor, und einige eindrucksvolle Steinlawinen polterten zum Wasser hinunter.

Palliser sagte ärgerlich: »Wir müssen bald wenden, Sir.«

Bolitho schaute zu ihm hinauf. Palliser hoffte, daß er nach der *Destiny* ein eigenes Kommando bekommen würde, und machte auch kein Geheimnis daraus. Aber so lange Hunderte von Seeoffizieren bei halbem Lohn an Land warteten, bedurfte es schon mehr als nur einer freien Stelle, um ihm diese Beförderung zu bringen. Die *Heloise* hätte für ihn ein Schritt in diese Richtung sein können. Aber Beförderungsausschüsse hatten ein kurzes Gedächtnis, und die *Heloise* befand sich jetzt auf dem Meeresgrund und nicht in der Hand des Prisengerichts.

Wenn Don Carlos Quintana Garricks Verteidigungsanlagen bezwang, würde ihm der ganze Ruhm zufallen und die Admiralität eine Beförderung Pallisers sicher nicht befürworten.

Ein einzelner Knall war zu hören, und wieder stieg eine Wassersäule in einiger Entfernung vom Rumpf des Spaniers auf.

Palliser sagte: »Garricks angebliche Stärke war also nur ein

Bluff. Die Dons werden sich über uns totlachen. Wir haben den Schatz für sie aufgespürt und dürfen nun zusehen, wie sie ihn zurückholen.«

Bolitho sah die Rahen des Spaniers langsam und schwerfällig herumschwingen; gleichzeitig wurde sein Großsegel aufgegeit, als er hinter einer weiteren Korallenbank vorbeiglitt. Für die in der Lagune vor Anker liegenden Schiffe mußte es ein bedrohlicher Anblick sein.

Er hörte jemanden murmeln: »Sie setzen Boote aus.«

Bolitho sah, wie zwei Boote vom Oberdeck der *San Augustin* ausgeschwenkt und dann längsseit zu Wasser gebracht wurden. Das wurde nicht besonders geschickt gemacht, und als die Männer in die Boote kletterten und vom Schiff absetzten, begriff Bolitho, daß ihr Kommandant es nicht wagen durfte, vor einer Leeküste und angesichts der zusätzlichen Bedrohung durch schwere Kanonen beizudrehen.

Die Boote nahmen weder Kurs auf die Korallenbank noch auf das Vorland der Küste, sondern setzten sich vor ihr großes Mutterschiff und kamen damit schnell außer Sicht. Aber nicht für den Ausguck im Mast, der kurz darauf meldete, daß die Boote das Fahrwasser mit Blei und Schnur ausloteten, um zu verhüten, daß die *San Augustin* auf Grund lief.

Bolitho beschloß, die bitteren Bemerkungen Pallisers zu ignorieren und statt dessen die Geschicklichkeit und Kühnheit des Spaniers zu bewundern. Don Carlos hatte sicherlich schon gegen Briten gekämpft und ließ sich die Gelegenheit, sie zu beschämen, nicht entgehen.

Als er aber einen Blick nach achtern warf, sah er, daß Dumaresq das andere Schiff eher wie ein uninteressierter Zuschauer betrachtete.

Er wartete ab. Die Erkenntnis traf Bolitho wie ein Faustschlag. Dumaresq hatte ihnen allen etwas vorgemacht; er hatte den Spanier angestachelt – nicht umgekehrt.

Auch Bulkley sah Dumaresqs Gesichtsausdruck und sagte heiser: »Ich glaube, jetzt begreife ich!«

Der Spanier feuerte wieder nach Steuerbord, und der Pulverqualm trieb in einer dichten Bank nach Lee. Weitere Felsbrocken und Staubwolken wurden von den Kugeln emporgejagt, aber keine erschreckten Gestalten rannten aus ihrer Deckung; auch feuerte keine einzige Kanone auf das prächtig beflaggte Schiff.

Dumaresq befahl: »Lassen Sie zwei Strich nach Steuerbord abfallen.«

»An die Leebrassen!«

Die Rahen quietschten unter dem Gewicht der Männer an den Brassen, und der Klüverbaum der *Destiny* zeigte nun, leicht schräg geneigt, auf den flachen Hügel.

Bolitho wartete, bis seine Leute auf ihre Stationen zurückkamen. Er mußte sich geirrt haben. Dumaresq holte wahrscheinlich aus, um anschließend zu wenden und – nachdem er einen großen Kreis geschlagen hatte – auf ihren ursprünglichen Kurs zurückzukehren.

In diesem Augenblick hörte er eine doppelte Explosion, als schlüge ein Fels durch eine Hauswand. Als er auf die andere Seite rannte und über das Wasser blickte, sah er vor dem spanischen Schiff etwas in die Luft fliegen und dann ebenso schnell herabfallen und außer Sicht kommen.

Der Ausguck schrie von oben: »Eines der Boote ist getroffen, Sir! Glatt mittendurch gehauen!«

Bevor sich die Männer an Deck von ihrer Überraschung erholt hatten, spie die ganze Hügelkuppe aus vielen Kratern Feuer. Da oben mußten sieben oder acht großkalibrige Kanonen stehen.

Bolitho sah das Wasser um den Spanier wie kochend aufwallen, in seinem backgebraßten Großmarssegel zeigte sich ein gezacktes Loch.

Auch ohne Teleskop sah das recht gefährlich aus; außerdem schrie Palliser: »Das Segel glimmt! Glühende Kugeln!«

Die anderen Kugeln waren auf der abgewandten Seite des Spaniers eingeschlagen. Bolitho sah einen kurzen Sonnenreflex auf einem Fernglas blitzen, als einer der spanischen Offiziere den Hügel nach der verborgenen Batterie absuchte.

Als dann die *San Augustin* abermals feuerte, antwortete sofort die geschickt postierte Landbatterie. Im Gegensatz zur geschlossenen Breitseite des Spaniers schoß die Landbatterie geschützweise, und jede Kugel war sorgfältig gezielt.

Rauch stieg vom Oberdeck des Schiffes auf; Bolitho beobachtete, daß Gegenstände über Bord geworfen wurden und daß aus der Hütte starker Qualm drang, da sich dort die Flammen festgefressen hatten.

Dumaresq sagte: »Garrick hat den richtigen Augenblick abgewartet, Mr. Palliser. Er ist kein solcher Narr, daß er sich sein Fahrwasser durch ein versenktes Schiff versperren würde.« Mit ausgestrecktem

Arm zeigte er hinüber, als Fockbramstenge und -rah des Spaniers herunterflogen und ins Wasser fielen. »Schauen Sie gut hin. Da wäre die *Destiny* jetzt, wenn ich der Versuchung nachgegeben hätte: Futter für ihre Kanonen.«

Das Geschützfeuer des Spaniers wurde jetzt unregelmäßig und unkontrolliert; die Kugeln schlugen harmlos in soliden Fels oder rikoschettierten über das Wasser wie fliegende Fische. Vom Deck der *Destiny* sah es aus, als sei die *San Augustin* überall von Korallenbänken eingeschlossen, als sie mit durchlöcherten Segeln, Qualm hinter sich herziehend, langsam in die Lagune hineintrieb.

Palliser sagte: »Warum macht er jetzt nicht kehrt?«

Sein Zorn auf den Spanier war offenbar der Sorge um das schwer mitgenommene Schiff gewichen. Es hatte so stolz und majestätisch ausgesehen. Jetzt trieb es, von dem gnadenlosen Bombardement gezeichnet, hilflos der Unterwerfung entgegen.

Bolitho wandte sich um, als er den Arzt murmeln hörte: »Ein Anblick, den ich nie vergessen werde.« Bulkley nahm seinen Kneifer ab und putzte ihn gründlich. »Wie die Verse, die ich einmal lernen mußte: ›Dort, wo das Meer in den Himmel verrinnt‹/zieht majestätisch ein Schiff seine Bahn./Ein Freibrief des Königs treibt es voran,/ kühn flattern die Wimpel im Wind.‹« Er lächelte traurig. »Nun klingt es wie eine Grabinschrift.«

Eine neue Explosion dröhnte über das Wasser und brach sich an der Bordwand der *Destiny*. Sie sahen schwarze Rauchwolken über die Lagune treiben und die vor Anker liegenden Schiffe ihren Blicken entziehen.

Dumaresq sagte leise: »Er muß kapitulieren.« Pallisers Einspruch ignorierend, setzte er hinzu: »Der Kommandant hat gar keine andere Wahl.« Er schaute über sein eigenes Schiff und sah, daß Bolitho ihn beobachtete. »Was würden Sie tun? Die Flagge streichen oder Ihre Leute verbrennen lassen?«

Bolitho hörte weitere Explosionen, die entweder von der Landbatterie oder aus dem Rumpf des Spaniers kamen. Solch ein herrliches Schiff, so schön anzusehen in all seiner hochmütigen Pracht, und jetzt lediglich Kanonenfutter! Er konnte es wie Bulkley kaum glauben. Wenn das ihnen passiert wäre, dachte er, ihm und seinen Kameraden auf der *Destiny*! Der Gefahr sahen sie mutig ins Auge, das gehörte zu ihrem Beruf. Aber im Nu aus einer disziplinierten Einheit in einen hilflosen Menschenhaufen verwandelt zu werden, umzingelt von Renegaten und Piraten, die einen Mann auch für einen Schnaps getötet hätten – das war ein Alptraum.

»Klar zum Wenden, Mr. Palliser. Wir wollen auf Kurs Ost gehen.«

Palliser sagte nichts. Er malte sich wahrscheinlich aus, und das mit größerer Sachkenntnis als Bolitho, welche Verzweiflung jetzt an Bord des Spaniers Platz gegriffen hatte. Sie würden sehen, wie sich die Masten der *Destiny* nach der Wende von der Insel entfernten, und damit ihre Niederlage als besiegelt betrachten.

Dumaresq fügte hinzu: »Nachher will ich Ihnen meine weiteren Absichten erklären.«

Bolitho und Rhodes sahen einander an. Ihre Aufgabe war also noch nicht beendet. Sie hatte noch nicht einmal angefangen.

Palliser schloß schnell die Lamellentür, als befürchte er, daß ein Feind mithören könnte.

»Alle versammelt, Sir. Das Schiff ist – wie befohlen – völlig verdunkelt.«

Bolitho wartete mit den anderen Offizieren und Deckoffizieren in Dumaresqs Kajüte; er fühlte ihre Zweifel und Sorgen und teilte ihre Erregung.

Den ganzen Tag hatte die *Destiny* in der sengenden Sonnenglut auf- und abgestanden, die Insel Fougeaux immer nahe querab, wenn auch nicht so nahe, daß sie von den Landbatterien erreicht werden konnte. Einige Stunden hatten sie noch gewartet, und einige von ihnen hatten sogar noch bis zuletzt gehofft, daß die *San Augustin* wieder auftauchen würde, daß sie sich irgendwie aus der Lagune freigesegelt hätte, um zu ihnen zu stoßen. Aber es geschah nichts dergleichen. Doch hatte es auch keine schreckliche Explosion mit herumfliegenden Wrackteilen gegeben, die von der endgültigen Vernichtung des Spaniers gekündet hätte. Wäre er in die Luft geflogen, so hätten die meisten der vor Anker liegenden Schiffe in Mitleidenschaft gezogen oder gar vernichtet werden können. Daß a les still blieb, wirkte also noch bedrückender.

Dumaresq schaute in die gespannten Gesichter. Es war sehr heiß in der geschlossenen Kajüte, und die Männer trugen alle nur Hemd und Hose. So sahen sie eher wie Verschwörer aus als wie Offiziere des Königs, dachte Bolitho.

Dumaresq sagte: »Wir haben einen ganzen Tag abgewartet, meine Herren. Damit hat Garrick sicherlich gerechnet. Er hat jede unserer Bewegungen vorausgesehen, glauben Sie mir.«

Midshipman Merrett schnüffelte und wischte sich die Nase mit dem Ärmel, aber Dumaresqs Blick ließ ihn erstarren.

»Garrick wird seine Pläne sorgfältig abgewogen haben. Er sollte wissen, daß ich in Antigua um Hilfe nachgesucht habe. Welche Chance wir auch hatten, ihn in seinem Schlupfwinkel festzunageln, bis Unterstützung eintraf, sie zerrann, als die *San Augustin* ihre Vorstellung gab.« Er beugte sich über den Tisch und legte beide Hände auf die Karte vor sich. »Nichts steht zwischen Garrick und seinen Zielen als dieses unser Schiff.« Er ließ seine Worte eine Zeitlang einwirken. »Ich hatte in dieser Hinsicht bislang keine Befürchtungen, meine Herren. Wir können es mit Garricks Flottille aufnehmen, wenn sie ausbricht, können alle Schiffe auf einmal bekämpfen oder eins nach dem anderen überwältigen. Aber die Lage hat sich geändert. Diese Stille heute beweist es.«

Palliser fragte: »Sie meinen, er wird die *San Augustin* gegen uns einsetzen, Sir?«

Dumaresq funkelte ihn wegen der Unterbrechung ärgerlich an, doch sagte er fast milde: »Wie es jetzt aussieht, ja.«

Füße scharrten, und Bolitho hörte mehrere Stimmen in plötzlicher Erregung miteinander flüstern.

Dumaresq sagte: »Don Carlos Quintana wird sich ergeben haben, falls er nicht vorher gefallen ist. Für ihn erhoffe ich letzteres. Denn er hätte von dieser Mörderbande kaum Gnade erwarten können. Was bitte auch Sie nicht aus den Augen verlieren sollten. Habe ich mich klar genug ausgedrückt?«

Bolitho bemerkte, daß er unbewußt die Hände zusammenpreßte und wieder lockerte. Seine Wunde begann wieder zu pochen, und er mußte zu Boden schauen, bis sein Kopf endlich klar wurde.

Dumaresq sagte: »Sie werden sich an die ersten Schüsse auf den Spanier erinnern – aus einer einzelnen Kanone auf der Westseite des Hügels. Die Schüsse waren absichtlich schlecht gezielt, um die Eindringlinge in die Falle hineinzulocken. Als der Spanier dann an dem entscheidenden Punkt vorbei war, setzten sie ihre versteckte Batterie auf dem Hügel ein und verwendeten glühende Kugeln, um Panik und anschließende Kapitulation zu erzwingen. Dies gibt Ihnen eine Vorstellung von Garricks Schläue. Er riskierte lieber, das Schiff in Brand zu schießen, als es in seine sorgfältig zusammengekaufte Flottille einbrechen zu lassen. Don Carlos wäre bei einer normalen Beschießung wirklich weiter vorgedrungen, wenn ich auch bezweifle, daß er am Ende siegreich geblieben wäre.«

Über ihren Köpfen waren Schritte zu hören, und Bolitho konnte sich denken, daß sich die von ihren Offizieren alleingelassenen Leute der Wache neugierig fragten, welche Pläne dort unten ausgeheckt wurden und wer dafür später mit seinem Leben bezahlen mußte. Außerdem sah Bolitho das abgedunkelte Schiff vor sich, wie es unter wenigen Segeln durch die finstere Nacht geisterte.

»Morgen wird Garrick uns immer noch beobachten und überlegen, was wir vorhaben. Wir werden tagsüber weiter auf- und abpatrouillieren und nichts sonst. Das wird zweierlei bewirken: Garrick zeigt es, daß wir Verstärkung erwarten und außerdem nicht die Absicht haben zu verschwinden. Er wird wissen, daß seine Uhr abläuft, und daher versuchen, die Entscheidung voranzutreiben.«

Gulliver fragte besorgt: »Wäre das nicht der falsche Weg, Sir? Warum lassen wir ihn nicht in Ruhe und warten auf das Geschwader?«

»Weil ich nicht glaube, daß das Geschwader kommt.« Dumaresq hielt dem erstaunten Blick des Masters gelassen stand. »Es ist gut möglich, daß Fitzpatrick, der stellvertretende Gouverneur, meinen Bericht zurückhält, bis er seiner Verantwortung enthoben ist. Dann aber wäre es zu spät.« Er schenkte ihm ein kleines Lächeln. »Es hat keinen Zweck, Mr. Gulliver, Sie müssen Ihr Schicksal auf sich nehmen, wie auch ich es tue.«

Palliser fragte: »Wir gegen einen Vierundvierziger, Sir? Und ich zweifle nicht, daß auch Garricks übrige Fahrzeuge gut armiert und in Gefechtstaktik erfahren sind.«

Dumaresq schien der Diskussion mehr und mehr überdrüssig zu werden. »Morgen nacht werde ich dicht an die Insel herangehen und vier Boote aussetzen. Ich kann es nicht wagen, selber die Einfahrt zu erzwingen, und das weiß Garrick. Seine Kanonen sind auf das Fahrwasser gerichtet, sodaß ich auf jeden Fall im Nachteil wäre.«

Bolitho fühlte, daß sich sein Magen zusammenzog. Eine Landeaktion also. So etwas war immer schwierig und weitgehend Glückssache, selbst mit den erfahrensten Leuten.

Dumaresq fuhr fort: »Einzelheiten werde ich mit Ihnen besprechen, wenn wir sehen, wie der Wind uns unterstützt. Vorweg kann ich schon sagen: Mr. Palliser übernimmt den Kutter und die Jolle und landet an der Südostspitze der Insel. Das ist der am besten geschützte Teil, und niemand wird hier einen Angriff erwarten. Mr. Palliser wird unterstützt von Mr. Rhodes, Fähnrich Henderson und . . .« Seine Augen wanderten langsam zu Slade, ». . . von unserem ältesten Steuermannsmaaten.«

Bolitho sah mit schnellem Blick, daß Rhodes blaß geworden war. Auf seiner Stirn standen kleine Schweißtropfen.

Der älteste Fähnrich, Henderson, sah im Vergleich dazu ruhig und unternehmungslustig aus. Es war seine erste Bewährungsprobe, und bald würde er sich wie Palliser um eine Beförderung bemühen wollen. Das stand in seinen Überlegungen obenan, wenigstens so lange, bis es zur tatsächlichen Begegnung kam.

»Wir erwarten eine mondlose Nacht, und soweit ich aus den Anzeichen schließen kann, wird die See uns freundlich gesonnen sein.« Dumaresqs Gestalt schien mit seinen Ideen zu wachsen. »Als nächste wird die Pinasse ausgesetzt und auf die Riffe am nordöstlichen Ende der Insel zuhalten.«

Bolitho bemühte sich, nicht den Atem anzuhalten. Er wußte schon, was kommen würde.

So war es fast eine Erlösung, als Dumaresq sagte: »Mr. Bolitho, Sie übernehmen das Kommando auf der Pinasse. Sie werden unterstützt von den Midshipmen Cowdroy und Jury, außerdem von einem erfahrenen Geschützführer mit vollständiger Crew. Sie werden diese einzelne Kanone am Hügelabhang aufspüren, erobern und anschließend selber benutzen.« Er lächelte, aber in seinen Augen war keine Wärme. »Leutnant Colpoys kann eine Korporalschaft ausgesuchter Scharfschützen einteilen und mit ihnen Mr. Bolithos Aktion decken. Sie werden bitte dafür sorgen, daß Ihre Seesoldaten die Uniformröcke ablegen und sich so lässig kleiden wie Matrosen.«

Colpoys war sichtlich entsetzt – nicht über die Aussicht, daß er sein Leben verlieren könnte, sondern über den Gedanken, seine Seesoldaten in etwas anderes gekleidet zu wissen als in ihre roten Waffenröcke.

Dumaresq musterte prüfend ihre Gesichter. Vielleicht um die Erleichterung bei denen abzulesen, die an Bord bleiben würden, und die Sorgen bei denen, die für den gewagten Angriffsplan eingeteilt waren.

Er sagte langsam: »In der Zwischenzeit werde ich das Schiff gefechtsklar machen. Denn Garrick wird herauskommen, meine Herren. Er hat zu viel zu verlieren, wenn er drinnen bleibt, und da die *Destiny* der einzige Zeuge gegen ihn ist, wird er alles daransetzen, uns zu vernichten.«

Sie waren jetzt ganz Ohr.

214

»Und dazu wäre er gezwungen, weil ich ihn keinesfalls freiwillig vorbeilasse.«

Palliser stand auf. »Wir sind entlassen.«

Sie bewegten sich in Richtung Tür, grübelten über Dumaresqs Worte nach und hatten vielleicht noch ein Fünkchen Hoffnung, daß der offene Kampf vermieden werden könnte.

Rhodes sagte leise: »Nun, Dick, ich glaube, ich brauche einen tüchtigen Schluck, bevor ich heute nacht die Wache übernehme. Mir liegt es nicht, über Kommendem lange zu brüten.«

Bolitho warf einen Blick auf die Midshipmen, als sie an ihnen vorbeigingen. Für sie mußte es noch viel schlimmer sein. Er sagte: »Solch eine Unternehmung habe ich schon mitgemacht. Ich nehme an, daß Sie und der Erste Offizier eines der vor Anker liegenden Schiffe herausholen sollen.« Er zitterte trotz aller Selbstbeherrschung. »Ich bin nicht begeistert von der Aussicht, daß ich ihnen diese Kanone unter der Nase wegnehmen soll.«

Sie sahen einander an, und schließlich sagte Rhodes: »Wer als erster von uns zurückkommt, spendiert Wein für die ganze Messe.«

Bolitho wußte darauf nichts zu antworten. Er tastete sich seinen Weg zum Niedergang und hinauf aufs Achterdeck, um seine Wache wieder zu übernehmen.

Ein großer Schatten löste sich vom Fuß des Besanmastes; Stockdale sagte in heiserem Flüsterton: »Morgen nacht also, Sir?« Er wartete nicht auf eine Antwort. »Das fühle ich in meinen Knochen.« Er rieb sich die Hände in der Dunkelheit. »Sie beabsichtigen doch wohl nicht, jemand anderen als Geschützführer mitzunehmen?«

Sein schlichtes Vertrauen half Bolitho mehr, seine Sorgen zu zerstreuen, als er für möglich gehalten hätte.

»Wir bleiben beisammen.« Impulsiv berührte er Stockdales Arm. »Aber danach werden Sie den Tag verfluchen, an dem Sie zur See gegangen sind.«

Stockdale schüttelte sich vor unterdrücktem Gelächter. »Niemals. Hier hat ein Mann Platz zum Atmen.«

Yeames, der Steuermannsmaat der Wache, grinste. »Ich vermute, dieser verdammte Pirat weiß nicht, was ihm bevorsteht. Der alte Stockdale wird ihm schon den Bart stutzen.«

Bolitho wechselte auf die Luvseite und marschierte dort langsam auf und ab. Wo mochte Aurora jetzt sein? Auf irgendeinem Schiff mit Kurs auf ein fremdes Land und ein Leben, das er nie mit ihr teilen konnte?

Wenn sie jetzt nur hätte zu ihm kommen können wie in jener unvergeßlichen Nacht. Sie hätte ihn verstanden, hätte ihn umarmt und die Furcht vertrieben, die ihn zu zerreißen drohte. Und es war noch ein ganzer langer Tag zu überstehen, bevor der nächste Akt begann. Eigentlich konnte er nicht noch einmal überleben. Er nahm an, das Schicksal habe es nie anders vorgesehen.

Midshipman Jury hielt die Hände über das Kompaßlicht, um die schwankende Scheibe abzulesen, und schaute dann hinüber auf die langsam dahinschreitende Gestalt. So wie Bolitho zu werden, war der einzige Lohn, den er sich jemals wünschte. So fest und zuversichtlich und nie ungeduldig oder schnell mit einem Anschnauzer bei der Hand wie Palliser oder mit einer bissigen Bemerkung wie Slade. Vielleicht war sein Vater in dem Alter so gewesen wie Richard Bolitho, dachte er. Er hoffte es wenigstens.

Yeames räusperte sich und sagte: »Sie sollten jetzt besser die Morgenwache herauspfeifen, Sir, obwohl ich fürchte, daß es heute noch ein langer Tag wird.«

Jury eilte davon, dachte dabei an das, was vor ihm lag, und überlegte, warum er sich eigentlich nicht mehr fürchtete. Er begleitete den Dritten Offizier, und das war für Jan Jury, vierzehn Jahre alt, eine Auszeichnung.

Bolitho hatte vorausgesehen, daß das Warten schlimm werden würde, aber als die Besatzung der *Destiny* im Lauf des Tages Ausrüstung und Waffen für die Landekommandos bereitlegte, merkte er, daß er mit seinen Nerven an einem kritischen Punkt angelangt war. Sooft er von seiner Arbeit aufblickte oder aus der kühlen Dunkelheit einer Last an Deck kam, lag die kahle, feindselige Insel vor ihm. Obwohl er wußte, daß die *Destiny* während des Tages immer wieder auf Gegenkurs ging, schien es, als hätten sie sich überhaupt nicht bewegt und als ob die Insel mit ihrem Festungshügel auf etwas wartete. Auf ihn wartete.

Gegen Abend legte Gulliver das Schiff auf einen neuen Kurs, der es gut frei von der Insel hielt. Die Ausgucks im Mast hatten keinerlei Bewegung in der Lagune beobachtet, doch Dumaresq bezweifelte nicht, daß Garrick jede ihrer Bewegungen beobachtete. Die Tatsache, daß die *Destiny* nie näher herangekommen war, mochte seine Zuversicht erschüttern und ihn in der Annahme bestärken, daß Hilfe für die einsame Fregatte unterwegs war.

Schließlich rief Dumaresq seine Offiziere nach achtern und in die

Kajüte. Es war beinahe so heiß und stickig wie das letztemal, jeder Luftzug wurde durch die geschlossenen Fenster unterbunden, so daß sie alle binnen kurzem in Schweiß gebadet waren.

Sie gingen alle Punkte wieder und wieder durch. Von daher konnte eigentlich nichts schiefgehen. Sogar der Wind begünstigte sie. Er kam weiter aus Südwesten, und obwohl er etwas frischer als bisher wehte, gab es keine Anzeichen, daß er gegen sie drehen könnte.

Dumaresq beugte sich über den Tisch und sagte sehr ernst: »Es ist soweit, meine Herren. Wenn wir jetzt auseinandergehen, werden Sie Ihre Boote klarmachen. Ich kann Ihnen nur den verdienten Erfolg wünschen. Ihnen lediglich Glück zu wünschen, käme einer Beleidigung nahe.«

Bolitho versuchte, sich Glied für Glied zu entspannen, denn er konnte die Unternehmung nicht so verkrampft wie jetzt beginnen. Jeder kleinste Fehler würde ihn sonst zerbrechen, das wußte er.

Er zupfte an seinem naßgeschwitzten Hemd und dachte daran, wie er damals ein neues Hemd angezogen hatte, nur weil er sich mit Aurora an Deck treffen wollte. Vielleicht war dies jetzt eine ebenso sinnlose Geste. Anders als der Brauch, vor einem Gefecht auf See saubere Wäsche anzuziehen, damit bei einer Verwundung eine Infektion vermieden wurde. Aber auf der schrecklichen Insel würde es keinen Bulkley geben.

Dumaresq sagte: »Ich beabsichtige, den Kutter und die Jolle in einer Stunde auszusetzen. Um Mitternacht sollten wir dann auf der richtigen Position sein, um auch Pinasse und Barkasse zu fieren.« Sein Blick ruhte auf Bolitho. »Ihre Leute werden hart zu pullen haben, aber dafür wird die Deckung besser sein.« Er zählte die einzelnen Punkte noch einmal an den Fingern ab. »Vergewissern Sie sich, daß Musketen und Pistolen ungeladen bleiben, bis keine Panne mehr passieren kann. Prüfen Sie alle Geräte, die Sie brauchen, bevor Sie ins Boot steigen. Und sprechen Sie mit Ihren Leuten.« Er sagte es freundlich, beinahe herzlich. »Sprechen Sie mit ihnen. Die Leute sind Ihre Stärke und werden Sie beobachten, ob Sie allem gerecht werden.«

Füße trampelten über ihren Köpfen, und Taljen wurden geräuschvoll über Deck geschleift. Die *Destiny* drehte bei.

Dumaresq schloß seine Ansprache: »Morgen ist Ihr schwerster Tag, Mr. Bolitho. Sie liegen im Versteck und tun gar nichts. Wenn Sie entdeckt werden, kann ich Ihnen nicht helfen.«

Midshipman Merrett klopfte an und rief: »Meldung von Mr. Yeames, Sir: wir haben beigedreht.«

Die Meldung schien überflüssig, da sie es längst an den unruhigen Bewegungen der Kajüte gemerkt hatten; darum grinsten einige der Anwesenden und stießen einander an. Sogar Rhodes, von dem Bolitho wußte, daß er sich vor dem Kommenden schrecklich fürchtete, lächelte breit. Die gleiche verrückte Stimmung schien zurückzukehren. Vielleicht war es besser so.

Sie verließen die Kajüte und waren bald darauf in ihren jeweiligen Gruppen untergetaucht.

Bootsmann Timbrells Heißkommando hatte schon die Jolle ausgesetzt, und kurz darauf folgte ihr der Kutter über die Hängemattsnetze in das gegen die Bordwand klatschende Wasser. Plötzlich war für nichts anderes mehr Zeit. In der alle umhüllenden Dunkelheit stießen ein paar Hände vor für einen kurzen Klaps auf die Schulter, und einige Stimmen flüsterten Freunden oder Kameraden »viel Glück« oder »zeigt es ihnen« zu. Und dann lag auch das hinter ihnen, und die Boote, die bis dahin längsseits in der Dünung gedümpelt hatten, machten sich auf den Weg zur Insel.

»Bringen Sie das Schiff wieder in Fahrt, Mr. Gulliver.« Dumaresq drehte der See den Rücken zu, als hätte er sich Palliser und die beiden Boote schon aus dem Kopf geschlagen.

Bolitho sah Jury mit dem jungen Merrett sprechen und fragte sich, ob Merrett froh war, daß er an Bord bleiben durfte. Es war unglaublich, wieviel sich in diesen wenigen Monaten ereignet hatte, seit sie als Besatzung erstmals zusammengekommen waren.

Dumaresq trat leise heran. »Sie müssen noch warten, Mr. Bolitho. Ich wollte, ich könnte das Schiff für Sie beschleunigen.« Er lachte in sich hinein. »Aber es gab noch nie einen bequemen Weg zum Erfolg.«

Bolitho berührte seine Narbe mit einem Finger. Bulkley hatte die Nähte entfernt, und trotzdem war er noch immer nicht sicher, ob ihn nicht wieder die heftigen Schmerzen packen würden und das gleiche Gefühl der Verzweiflung, das ihn ergriffen hatte, als er niedergehauen worden war.

Dumaresq sagte plötzlich: »Mr. Palliser und seine wackeren Leute sind jetzt auf halbem Wege. Aber ich darf nicht länger an sie denken, weder an sie als Untergebene, noch als Freunde, bis alles vorüber ist.« Er wandte sich ab und setzte nur noch kurz hinzu: »Eines Tages werden Sie mich verstehen.«

XV Mut im rechten Augenblick

Bolitho versuchte, sich in der auf und ab tanzenden Pinasse zu erheben, und griff als Halt nach Stockdales Schulter. Trotz der nächtlichen Kühle und der Spritzer, die bei dem Seegang unaufhörlich über das Setzbord schlugen, war ihm heiß wie im Fieber. Je näher das Boot der kaum sichtbaren Insel kam, desto schwieriger wurde es. Und dabei hatten die Männer geglaubt, der erste Teil ihrer Fahrt, als sie vom Mutterschiff abgesetzt hatten und mit Einsatz aller Kräfte dem Ufer entgegengepullt waren, wäre der schlimmere Teil gewesen. Jetzt wußten sie es besser, nicht zuletzt der Dritte Offizier.

Anfangs nur gelegentlich, dann immer häufiger, rauschten sie an gischtübersprühten, gezackten Felsspitzen oder Korallenbänken vorbei, wobei es oft den Anschein hatte, als ob diese und nicht das Boot sich bewegten.

Keuchend und fluchend mühten sich die Ruderer, gleichen Schlag zu halten, aber das wurde immer wieder unmöglich gemacht, wenn einer von ihnen seinen Riemen aus der Rundsel ziehen mußte, um zu verhindern, daß das Blatt an einer Felsspitze zersplitterte.

Das ständige Herumgeschleudertwerden machte das Nachdenken schwierig; Bolitho mußte sich sehr anstrengen, um sich Dumaresqs Anweisungen und Gullivers düstere Voraussagen für ihre letzte Wegstrecke in Erinnerung zu rufen. Kein Wunder, daß Garrick sich hier sicher fühlte. Kein größeres Schiff konnte es wagen, sich durch diesen Irrgarten von Korallen- und Felsblöcken der Insel zu nähern. Für die Pinasse war es schon schwierig genug. Bolitho wagte gar nicht, an die vierunddreißig Fuß* lange Barkasse der *Destiny* zu denken, die ihnen irgendwo achteraus folgte. In dem Boot befanden sich Colpoys und seine Scharfschützen, ferner eine zusätzliche Ladung Schießpulver. Wie mochte es jetzt Pallisers großer Gruppe gehen, die an der Südwestseite der Insel abgesetzt worden war? Und was machten Bolithos eigene Männer an Bord? Dumaresq war nun knapp an Leuten. Wenn er angegriffen wurde, mußte er ausweichen. Der Gedanke, Dumaresq auf der Flucht zu wissen, war so absurd, daß er Bolitho irgendwie Kraft gab.

»Wahrschau! Direkt voraus!« Das war Bootsmannsmaat Ellis

* ca. 10 m

Pearse im Bug. Er war ein erfahrener Seemann und hatte den letzten Teil ihres Weges immer wieder mit Bleigewicht und Leine gelotet. Jetzt betätigte er sich auch als Ausguck, weil immer neue Felsen aus der Finsternis vor ihnen auftauchten.

Der Lärm, den sie im Boot machten, schien so groß zu sein, daß man sie vom Ufer aus hören mußte. Doch Bolitho wußte aus Erfahrung, daß das Getöse der Brandung das Geklapper der Riemen und ihre verzweifelten Anstrengungen, sich mit Bootshaken und Fäusten einen Weg durch die mörderischen Felsen zu erkämpfen, übertönte. Bei Mondlicht, und wenn es noch so schwach gewesen wäre, hätte es anders ausgesehen. Seltsamerweise hob sich für einen aufmerksamen Wächter an Land ein kleines Boot besser ab als ein vollgetakeltes Schiff. Das hatte schon mancher Schmuggler an der Küste von Cornwall zu seinem Leidwesen erfahren.

Pearse rief heiser: »Land voraus!«

Bolitho hob eine Hand zum Zeichen, daß er verstanden hatte, und fiel fast der Länge nach hin.

Noch sah es so aus, als wolle der mahlende Strom zwischen den Felsen niemals enden. Doch dann sah auch er es: die schwache Andeutung von Land, das sich über der wehenden Gischt erhob. Und es kam schnell näher.

Er grub die Finger in Stockdales Schulter. Sie fühlte sich unter dem durchnäßten Hemd an wie Eichenholz.

»Vorsicht jetzt, Stockdale! Etwas mehr nach Steuerbord!«

Josh Little, der Stückmeistersmaat, knurrte: »Zwei Mann fertigmachen zum Außenbordsgehen!«

Bolitho sah zwei Matrosen über dem schäumenden Wasser hokken und hoffte, daß er die Tiefe nicht falsch eingeschätzt hatte.

Irgendwo hinter sich hörte er ein Knirschen und dann das heftige Schlagen von Riemen, die sich mühten, die Barkasse wieder ins Gleichgewicht zu bringen. Sie hatte wohl den letzten großen Felsbrocken gestreift, dachte Bolitho.

Little lachte in sich hinein. »Ich wette, da haben die Ochsen vor Angst gezittert.« Dann stieß er den ihm am nächsten hockenden Mann an. »Los!«

Der Matrose glitt nackt, wie er auf die Welt gekommen war, über das Rundselbord, hing einen Augenblick strampelnd und Wasser spuckend daran und keuchte dann: »Sandiger Grund!«

»Auf Riemen!« Stockdale legte hart Ruder. »Streich Steuerbord, Ruder an Backbord!«

Es gelang ihnen, die Pinasse zu drehen und mit Hilfe der beiden ins Wasser gesprungenen Männer mit dem Heck voran auf den Strand zu setzen.

Stockdale hatte das Ruder ausgehakt und hob es so mühelos ins Boot wie jemand, der einen Stock von der Straße aufsammelt. Eine Welle hob die Pinasse noch einmal an und setzte sie geräuschvoll höher auf den Sand.

»Ausladen!«

Bolitho kämpfte sich gegen die zurückflutenden Wellen, die ihm die Beine wegziehen wollten, den Strand hinauf. Hinter ihm stolperten Männer, die ihre Waffen an Land trugen, während andere ins tiefere Wasser wateten, um die Barkasse auf einen sicheren Streifen Sand zu lenken.

Der erste Matrose, der abgeteilt worden war, ins Wasser zu gehen, zog mühsam Hose und Hemd wieder über den nassen Körper, aber Little sagte: »Später, Kamerad! Jetzt enter erst mal selber auf!«

Jemand lachte, als der triefende Matrose vorbeihüpfte, und wieder einmal staunte Bolitho, daß die Männer auch in dieser Lage noch Sinn für Humor hatten.

»Hier kommt die Barkasse!«

Little stöhnte: »Himmel und Hölle, die sehen aus wie ein Haufen verdammter Kirchendiener!« Er gab seinem Bauch einen Schwung nach oben, stampfte wieder hinunter in die Brandung und ließ seine Stimme wie einen Peitschenhieb auf das Durcheinander von Männern und Riemen niedersausen.

Midshipman Cowdroy kletterte bereits mit einigen Männern einen steilen Abhang an der linken Seite des Strandes hinauf. Jury war beim Boot geblieben und überwachte das Ausladen der letzten Waffen, des Pulvers und der Kanonenkugeln sowie ihres knappen Proviants; von Hand zu Hand wurden sie bis zu einem geschützten Platz den Hügel hinaufgereicht.

Leutnant Colpoys kam durch den Sand gestapft und rief verzweifelt: »Mein Gott, Richard, gibt es denn keine einfachere Art, eine Schlacht zu schlagen?« Er hielt an und beobachtete seine Seesoldaten, die vorbeischlurften und dabei ihre langen Musketen über die Köpfe hielten, um sie vor Gischt und Sandkörnern zu schützen. »Zehn ausgesuchte Scharfschützen«, bemerkte er mehr zu sich selber, »und verdammt überflüssig, wenn Sie mich fragen.«

Bolitho blickte den Hügel hinauf. Es war knapp zu erkennen, wo sich sein Gipfel vom Himmel abhob. Sie mußten ohne Verzug hinüber und in ein Versteck kommen. Knapp vier Stunden hatten sie dafür noch.

»Los!« Er wandte sich um und winkte den beiden Booten zu. »Sie können zurückfahren. Viel Glück.«

Er hatte sich bemüht, seine Stimme zu dämpfen, aber trotzdem hielten die nächststehenden Leute an, um noch einen Blick zurück auf die Boote zu werfen. In ein oder zwei Stunden würden diese Boote wieder sicher auf ihren Klampen an Bord stehen, ihre Besatzungen konnten sich ausruhen und die Spannung und Gefahr vergessen, in der sie sich befunden hatten.

Wie schnell sie sich entfernten, dachte Bolitho. Ohne das Gewicht von Passagieren und Waffen verschwanden sie binnen kurzem in der Dunkelheit und waren nur noch einen Augenblick an den Spritzern zu erkennen, die ihre Riemenblätter aufwarfen.

Colpoys sagte leise: »Weg sind sie.« Er musterte sein Seeoffiziershemd und die flauschige Kniehose. »Dieses Räuberzivil werde ich nie verwinden.« Doch dann grinste er plötzlich. »Andererseits, wenn der Oberst mich bei unserer nächsten Begegnung so sieht, wird er wenigstens mal Notiz von mir nehmen. Meinen Sie nicht auch?«

Midshipman Cowdroy kam den Abhang heruntergeschliddert. »Soll ich Späher vorschicken, Sir?«

Colpoys sah ihn kühl an. »Ich schicke zwei meiner Leute.« Er gab einen knappen Befehl, und schon verschmolzen zwei Seesoldaten wie Geister mit der Finsternis.

Bolitho sagte: »Diese Aufgabe paßt besser zu Ihnen, John.« Er wischte sich die Stirn mit dem Hemdsärmel. »Sagen Sie's mir, wenn ich etwas falsch mache.«

Colpoys zuckte die Schultern. »Ich ziehe meine Aufgabe auch der Ihrigen vor.« Er klopfte Bolitho auf den Arm. »Aber wir stehen oder fallen zusammen.« Er schaute sich nach seinem Burschen um. »Laden Sie meine Pistolen und halten Sie sich in meiner Nähe, Thomas.«

Bolitho schaute nach Jury aus, aber der stand bereits neben ihm. »Fertig?«

Jury nickte entschlossen. »Aye, Sir, fertig.«

Bolitho zögerte noch und blickte hinunter auf den schmalen Sandstreifen, auf dem sie gelandet waren. Die Brandung schäumte wie eh und je zwischen den Riffen, und die Spuren der Bootskiele im Sand waren bereits fortgespült. Kaum zu glauben, daß dies die gleiche kleine Insel war. Vier Meilen lang und knapp zwei Meilen von Nord nach Süd breit. Jetzt sah sie aus wie Festland, aber bei Tage würde man ihre engen Grenzen merken.

Colpoys verstand sein Metier. Bulkley hatte erwähnt, daß der adrette Seesoldat früher in einem Linienregiment gedient hatte, und das zeigte sich jetzt. Er wählte seine Wachtposten gut aus, schickte seine besten Späher vorweg und überließ den weniger leichtfüßigen Matrosen den Transport von Proviant, Pulver und Eisenkugeln. Insgesamt waren sie dreißig Mann, und Palliser hatte etwa die gleiche Zahl. Dumaresq würde dankbar sein, daß er wenigstens die Bootsbesatzungen zurückbekam, dachte Bolitho.

Und doch: Trotz der sicheren Art, wie Colpoys die Männer in kleine Gruppen einteilte und sonstige Anordnungen traf, hatte Bolitho der Tatsache ins Auge zu sehen, daß *er* die Verantwortung trug. Als die Männer zu beiden Seiten ausschwärmten, über lose Steine stolperten oder im Sand ausrutschten, war er zufrieden, daß er die Sorge um ihre Sicherheit zunächst Colpoys scharfäugigen Spähern überlassen konnte.

Bolitho zwang sich, eine plötzliche Unruhe zu unterdrücken. Es war genau wie damals, als er seine erste selbstständige Wache angetreten hatte, als das Schiff durch die finstere Nacht brauste und er der einzige war, der durch einen Befehl oder einen Schrei um Hilfe etwas daran hätte ändern könnnen.

Er hörte schwere Schritte neben sich und sah Stockdale vorbeigehen, sein breites Entermesser über der Schulter. Es fiel Bolitho leicht, sich vorzustellen, wie Stockdale ihn damals zum Boot getragen hatte. Ohne diesen seltsamen Mann mit der rauhen Stimme wäre er jetzt tot gewesen. Es war beruhigend, ihn wieder neben sich zu haben.

Colpoys sagte: »Nicht mehr weit«, und spuckte Sandkörner aus. »Wenn dieser Narr Gulliver sich geirrt hat, spalte ich ihn wie ein Schwein in zwei Hälften.« Er lachte leise. »Aber wenn er wirklich unrecht hatte, wird mir dieses Vergnügen kaum noch gegönnt sein.«

Ein Mann rutschte in der Dunkelheit aus und fiel hin, wobei sein Entermesser und die Kartätschenkugel, die er trug, heftig klapperten. Einen Augenblick erstarrten sie, bis ein Seesoldat rief: »Alles ruhig, Sir.«

Bolitho hörte ein lautes Klatschen und wußte, daß Cowdroy den unaufmerksamen Seemann mit der flachen Seite seines Säbels geschlagen hatte. Falls Cowdroy den Leuten im Gefecht je den Rücken wandte, würde er seine Beförderung zum Leutnant kaum erleben, so unbeliebt war er.

Bolitho schickte Jury voraus; als dieser keuchend und außer Atem zurückkam, meldete er: »Wir sind da, Sir.« Er machte eine Handbewegung zur Kuppe des Hügels. »Ich konnte die See hören.«

Colpoys schickte seinen Burschen aus, die Späher anzuhalten. »Soweit ging's gut. Wir müssen jetzt in der Mitte der Insel sein. Wenn es hell genug ist, werde ich unsere genaue Position bestimmen.«

Seesoldaten und Matrosen, die beide den scharfen Marsch über unebenen Boden nicht gewohnt waren, hockten sich zusammen unter eine überhängende Felsnase. Es war dort kühl und roch faulig, als seien Höhlen in der Nähe.

In wenigen Stunden mußte es hier sein wie in einem Ofen.

»Stellen Sie Posten auf. Dann wollen wir Lebensmittel und Wasser ausgeben. Es kann lange dauern, bis wir dazu wieder Gelegenheit haben.« Bolitho schnallte seinen Säbel ab und lehnte sich mit dem Rücken an den nackten Fels. Er dachte an seine Kletterpartie mit dem Kommandanten, bei der er vom Großmast aus diese kahle, bedrohliche Insel zum erstenmal gesehen hatte. Nun war er hier.

Jury beugte sich über ihn. »Ich weiß nicht recht, wo ich die Posten auf dem Steilhang aufstellen soll, Sir.«

Bolitho schaffte es irgendwie, auf die Füße zu kommen.

»Kommen Sie, ich zeige es Ihnen. Das nächste Mal wissen Sie's dann.«

Colpoys, der gerade eine Feldflasche mit warmem Wein an die Lippen hielt, setzte sie ab und beobachtete, wie sie in der Dunkelheit verschwanden. Der Dritte Offizier hatte sich seit Plymouth sehr herausgemacht, dachte er. Er mochte noch sehr jung sein, aber er handelte mit der Autorität eines Veteranen.

Bolitho wischte den Staub von seinem Fernrohr und versuchte, seinen bäuchlings ausgestreckten Körper in eine einigermaßen bequeme Lage zu bringen. Es war noch früher Morgen, aber der Sand und die Felsen waren schon heiß, und seine Haut juckte so, daß er gern sein Hemd heruntergerissen und sich überall gekratzt hätte.

Colpoys rutschte heran und hielt ihm eine Handvoll trockenes Gras hin. »Beschatten Sie die Linse damit. Es braucht nur ein Sonnenstrahl reflektiert zu werden, und schon wird Alarm geschlagen.«

Bolitho nickte nur, um Stimme und Atem zu schonen. Er hob das Fernglas sehr vorsichtig und schwenkte es langsam von der einen Seite zur anderen. Es gab mehrere kleine Kuppen wie die, hinter der sie sich vor dem Feind und der Sonne versteckt hatten, aber alle wurden überragt von dem kahlen Hügel. Er verbarg die offene See, die direkt dahinter liegen mußte, aber an seiner rechten Seite sah Bolitho das Ende der Lagune und einige der sechs dort ankernden Schiffe. Alles Schoner, soweit er erkennen konnte, und alle wie festgenagelt im blendenden Sonnenlicht. Nur ein kleines Beiboot zeichnete Muster auf die glitzernde Wasserfläche. Dahinter und sie umfassend lief der gebogene Arm aus Fels und Korallen nach links weiter, doch die schmale Fahrrinne zur offenen See war ebenfalls durch den Hügel verdeckt.

Bolitho schwenkte das Glas abermals und konzentrierte sich auf das Land am entfernten Ende der Lagune. Nichts bewegte sich, und doch mußten Palliser und seine Leute dort, wo sie gelandet waren, im Versteck liegen, mit der See im Rücken. Er schätzte, daß die *San Augustin,* wenn sie noch schwamm, auf der anderen Seite des Hügels unterhalb der Batterie lag, von der sie bezwungen worden war.

Colpoys hatte sein Teleskop auf das Westende der Insel gerichtet. »Da, Richard – Hütten. Eine ganze Reihe.«

Bolitho stellte sein Fernglas darauf ein und setzte es kurz ab, um sich den Schweiß aus den Augen zu wischen. Die Hütten waren klein, roh gebaut und besaßen keine Fenster. Wahrscheinlich dienten sie nur als Lager für Waffen und Beutegut, dachte er. Das Glas beschlug, und als es wieder klar war, sah er eine kleine Gestalt auf der Spitze einer niedrigen Kuppe erscheinen: ein Mann in weißem Hemd, der seine Arme reckte und anscheinend gähnte. Er wanderte gemütlich zum Abhang, und was Bolitho für eine Muskete gehalten hatte, erwies sich als langes Fernrohr. Dies zog er ohne Hast auseinander und begann damit die See abzusuchen, von links nach rechts und vom Ufer bis zur harten blauen Linie des Horizonts. Mehrmals kehrte sein prüfender Blick auf einen Punkt zurück, der für Bolitho durch den Hügel verdeckt war. Aber er nahm an, daß der Ausguck die *Destiny* gesichtet hatte, die – scheinbar wartend wie bisher – vor der Insel kreuzte. Der Gedanke an das Schiff erfüllte sein Herz mit Sehnsucht und Verlassenheit.

Colpoys sagte leise: »Das ist der Platz, wo die Kanone stehen muß. Unsere Kanone«, setzte er betont hinzu.

Bolitho versuchte es noch einmal, doch im zunehmenden Dunst

schienen die Kuppen vor seinen Augen abwechselnd zu verschmelzen und sich dann wieder zu trennen. Aber der Seesoldat hatte recht. Direkt hinter dem einsamen Ausguck erhob sich ein mit Segeltuch zugedeckter Höcker. Die einzelne Kanone, die den Spanier durch ihre schlechte Schießleistung über den entscheidenden Punkt hinausgelockt hatte, war wahrscheinlich darunter versteckt.

Colpoys flüsterte: »Die haben sie sicher dort aufgestellt, um die unten ankernden Prisenschiffe zu decken.«

Sie sahen einander an, denn auf einmal war ihnen die Bedeutung ihrer Aufgabe klargeworden. Die Kanone mußte genommen werden, bevor Palliser es wagen konnte, aus seinem Versteck zu kommen. Wenn er vorher entdeckt wurde, konnte ihn die geschickt postierte Kanone an seinem Platz festnageln und in Ruhe abschlachten. Wie um diesen Gedanken zu unterstreichen, kamen einige Leute über die Seite des Hügels und marschierten auf die Hütten zu.

Colpoys sagte: »Großer Gott, schauen Sie sich das an! Es müssen mindestens hundert Mann sein!«

Und es waren bestimmt keine Gefangenen. Sie gingen zu zweien oder zu dreien und wirbelten Staub auf wie eine ganze Armee. Auf der Lagune zeigten sich einige Boote, und an ihrem Ufer waren weitere Leute mit langen Stangen und Taurollen zu sehen. Es hatte den Anschein, als richteten sie einen Behelfskran auf, um Lasten in die Boote hinunterzulassen.

Dumaresq hatte recht gehabt, wieder einmal: Garricks Männer bereiteten alles zum Verlassen der Insel vor.

Bolitho sah Colpoys an. »Nehmen wir mal an, wir hätten uns geirrt, was die *San Augustin* betrifft. Aber daß wir sie nicht sehen, heißt noch nicht, daß sie unbenutzbar ist.«

Colpoys schaute immer zu den Männern bei den Hütten hinüber. »Ich stimme Ihnen zu. Es gibt nur einen Weg, das herauszufinden.« Er drehte den Kopf, als Jury atemlos den Hang hochkam. »Bleiben Sie in Deckung!«

Jury bekam einen roten Kopf und warf sich neben Bolitho zu Boden. »Mr. Cowdroy möchte wissen, ob er noch Wasser ausgeben darf, Sir.« Sein Blick wanderte über Bolitho hinweg zu dem geschäftigen Treiben am Ufer.

»Noch nicht. Sagen Sie ihm, er soll die Leute gut versteckt halten. Wenn sich einer sehen oder hören läßt, sind wir alle erledigt.« Er machte eine Kopfbewegung zur Lagune hin. »Danach kommen Sie zurück. Haben Sie Lust auf einen kleinen Spaziergang?« Er sah, daß die Augen des Jungen sich weiteten und gleich wieder zusammenzogen.

»Ja, Sir.«

Als Jury außer Sicht war, fragte Colpoys: »Warum Jury? Er ist doch noch ein Junge!«

Bolitho hob sein Glas wieder ans Auge. »Morgen im ersten Tageslicht wird die *Destiny* einen Scheinangriff auf die Einfahrt machen. Das ist schon Wagnis genug. Aber wenn sie außer von der Batterie auf dem Hügel auch noch von der Artillerie der *San Augustin* aufs Korn genommen wird, könnte sie schwer beschädigt, ja zum Wrack geschossen werden. Wir müssen also wissen, was uns bevorsteht.« Er machte eine Kopfbewegung zum anderen Ende der Lagune. »Der Erste Offizier hat seine Befehle. Er wird in dem Augenblick angreifen, in dem die Verteidiger der Insel durch die *Destiny* abgelenkt sind.« Er begegnete dem beunruhigten Blick des Seesoldaten und hoffte, daß er überzeugender wirkte, als ihm zumute war. »Und wir müssen Palliser helfen. Wenn ich die Lage nüchtern betrachte, komme ich zu dem Schluß, daß Sie bei dieser Unternehmung der wichtigere von uns beiden sind. Darum werde ich gehen und Mr. Jury als Melder mitnehmen.« Er sah zur Seite. »Wenn ich heute falle . . .«

Colpoys drückte seinen Arm. »Sie – fallen? Dann werden wir Ihnen so schnell folgen, daß Petrus Mühe bei der Einlaßkontrolle hat.«

Gemeinsam schätzten sie die Entfernung zum niedrigen Nachbarhügel. Jemand hatte ein Stück des Segeltuchs hochgerollt, und darunter war jetzt deutlich ein Rad zu erkennen, das Rad einer Landkanone.

Colpoys sagte bitter: »Französisches Fabrikat, darauf halte ich jede Wette.«

Jury kam zurück und wartete, daß Bolitho ihn ansprach. Bolitho löste seinen Säbelgurt und gab ihn dem Seesoldaten. Dann sagte er zu Jury: »Lassen Sie alles hier, außer Ihrem Dolch.« Er versuchte ein Lächeln. »Wir wandern wie Landstreicher mit leichtem Gepäck.«

Colpoys schüttelte den Kopf. »Sie werden auffallen wie weiße Meilensteine!« Er hielt ihnen seine Feldflasche hin. »Begießen Sie sich damit, und wälzen Sie sich anschließend im Staub. Das nützt, wenn auch nicht viel.«

Schließlich waren sie – schmutzig und zerknittert – fertig zum Gehen.

Colpoys sagte: »Vergessen Sie nicht: kein Pardon! Es ist besser zu sterben, als von diesen Barbaren gefangen zu werden.«

Einen steilen Abhang hinab und dann in eine enge Schlucht. Bolitho hatte den Eindruck, daß jeder fallende Stein so viel Lärm machte wie ein Felsrutsch. Und doch war es hier seltsam friedlich. Wie Colpoys schon festgestellt hatte, gab es keine Vogelexkremente, woraus zu schließen war, daß Vögel nur selten in diese öde Gegend kamen. Nichts hätte ihren heimlichen Vormarsch eher verraten als der kreischende Protest von aus ihren Nestern aufgescheuchten Seevögeln.

Die Sonne stieg höher, und die Felsen glühten vor Hitze. Sie zogen sich die Hemden aus und wickelten sie wie Turbane um ihre Köpfe; da jeder seine blanke Waffe in der Faust trug, sahen sie mindestens so sehr nach Piraten aus wie die Männer, auf die sie Jagd machten.

Jury packte Bolithos Arm. »Da oben! Ein Posten!«

Bolitho riß Jury mit sich zu Boden. Er fühlte, wie die Spannung des Kadetten nacktem Entsetzen wich, denn der »Posten« war einer von Don Carlos' Offizieren. Seine Leiche war an einen in der Sonne stehenden Pfahl genagelt, und seine einst schmucke Uniform war blutdurchtränkt.

Jury flüsterte: »Seine Augen! Sie haben ihm die Augen ausgestochen!«

Bolitho schluckte krampfhaft. »Kommen Sie, wir haben noch ein langes Stück vor uns.«

Schließlich erreichten sie einen Haufen loser Steinblöcke, von denen einige frische Bruchkanten und auch Schwärzungen aufwiesen. Bolitho schloß daraus, daß sie von der einleitenden Breitseite der *San Augustin* weiter oben ausgebrochen worden und heruntergerollt waren.

Er warf sich zwischen zwei Blöcke, fühlte ihre Hitze auf seiner Haut brennen und gleichzeitig ein schmerzendes Pochen in der Narbe überm Auge, als er sich tiefer in einen Spalt preßte, wo man ihn nicht sehen konnte. Jury quetschte sich daneben, und Bolithos Schweiß tropfte auf ihn, als er langsam den Kopf hob und auf die Lagune hinunterschaute.

Er hatte erwartet, daß der eroberte Spanier auf Grund lag oder von den siegreichen Piraten abgetakelt und ausgeplündert wurde, doch was er sah, war ein Bild bester Effektivität und Disziplin. Die *San Augustin* lag sauber vor Anker, auf ihrem Oberdeck und auf den Masten und Rahen wimmelte es von Menschen. Sie hämmerten, sägten, spleißten und schoren neues Tauwerk ein. Es war das gleiche Bild wie auf jedem Kriegsschiff der Welt.

Die vordere Bramstenge, die in dem kurzen Gefecht weggeschossen worden war, war bereits durch eine fachmännisch aufgeriggte Reservestenge ersetzt. Aus der Art, wie die Leute arbeiteten, entnahm Bolitho, daß sie zur ursprünglichen Besatzung gehörten. Hier und da standen Gestalten an Deck, die sich nicht an der rastlosen Arbeit beteiligten. Sie hockten hinter leichten Schwenkgeschützen oder hielten schußbereite Musketen. Bolitho mußte an die gemarterte, augenlose Leiche auf dem Abhang denken und spürte einen Kloß im Hals. Kein Wunder, daß die Spanier für die Sieger arbeiteten. Man hatte ihnen eine schreckliche Lehre erteilt und sicher noch Schrecklicheres vor Augen geführt, um jeden Gedanken an Widerstand zu brechen, bevor er aufkam.

Boote legten am verankerten Schiff an, Heißtakel wurden zu ihnen hinuntergelassen und mit großen Netzen, die mit allerlei Kisten und Kästen gefüllt waren, wieder geheißt, über das Schanzkleid geschwenkt und an Deck abgesetzt.

Ein Boot pullte, von den übrigen getrennt, langsam um das Heck der *San Augustin* herum. Ein kleiner Mann mit sorgfältig gestutztem Bart, der sich sehr gerade hielt, stand im Heck und zeigte mit einem schwarzen Stock mal hierhin, mal dorthin. Sogar auf die Entfernung wirkte der Mann selbstbewußt und so arrogant wie jemand, der sich durch Untaten Macht und Respekt errungen hatte. Es mußte Sir Piers Garrick sein.

Jetzt beugte er sich über das Dollbord des Bootes und zeigte mit seinem Stock wieder auf irgend etwas. Bolitho folgte der Richtung und sah, daß der Schiffsboden zum Teil aus dem Wasser ragte. Garrick ordnete sicherlich an, daß Teile der Ladung oder Munition umgestaut wurden, um seiner neuen Prise besseren Trimm und damit bessere Segeleigenschaften zu geben.

Jury flüsterte: »Was tun sie, Sir?«

»Die *San Augustin* macht klar zum Auslaufen.« Er rollte sich trotz der spitzen Steine auf den Rücken, um nachzudenken. »Die *Destiny* kann es nicht mit allen gleichzeitig aufnehmen. Wir müssen sofort handeln.«

Er sah Entschlossenheit auf Jurys Gesicht. Dieser hatte offenbar das gleiche gedacht, mit einer vertrauensvollen Siegesgewißheit, die auch Bolitho einmal gekannt hatte.

229

Er sagte: »Sehen Sie? Da legen weitere Boote an der *San Augustin* an, mit Garricks Schatz. Um ihn allein geht es. Deshalb die eigene Flottille. Und nun hat er auch noch ein Vierundvierzig-Kanonen-Schiff, mit dem er machen kann, was er will. Kapitän Dumaresq hatte recht: Nichts kann ihn mehr aufhalten.« Er lächelte matt. »Außer der *Destiny*.«

Bolitho sah es vor sich, als wäre es schon geschehen: die *Destiny* dicht unter Land, um eine Ablenkung zugunsten Pallisers zu inszenieren, während die gekaperte *San Augustin* dalag wie ein zum Sprung bereiter Tiger. In diesen begrenzten Gewässern würde die *Destiny* keine Chance haben.

»Wir müssen zurück.«

Bolitho kroch zwischen den Felsblöcken davon, während er sich innerlich noch gegen das sträubte, was getan werden mußte.

Colpoys konnte seine Erleichterung kaum verbergen, als sie den Abhang zu ihm hochkletterten. Er berichtete: »Sie haben die ganze Zeit geschuftet und die Hütten ausgeräumt. Mit Sklaven, lauter armen Teufeln. Ich sah mehr als einen, der mit einer Kette niedergeschlagen wurde.«

Danach schwieg Colpoys, bis Bolitho mit seinem Bericht fertig war. Schließlich sagte er: »Ich weiß, was Sie denken. Weil dies eine verdammt nutzlose und verrottete Insel ist, für die sich niemand interessiert und von der verflucht wenige Menschen bisher überhaupt gehört haben, fühlen Sie sich betrogen und sind nicht bereit, Menschenleben – Ihr eigenes eingeschlossen – dafür aufs Spiel zu setzen. Aber die großen Seeschlachten unter wehenden Fahnen sind eben selten. Dies wird einmal als Scharmützel, als ›Zwischenfall‹, bezeichnet werden. Wichtig ist allein, was wir davon halten.« Er legte sich zurück und betrachtete Bolitho ruhig. »Ich sage daher: zum Teufel mit aller übertriebenen Vorsicht. Wir werden uns zu ihrer Kanone aufmachen, ohne auf die morgige Dämmerung zu warten. Sie haben keine weitere Kanone, welche die Lagune bestreicht. Alle anderen sind auf dem Hügel mit einer anderen Zielrichtung eingegraben. Es wird Stunden dauern, sie herumzuschwenken.« Er grinste. »In der Zeit kann eine ganze Schlacht gewonnen oder verloren werden.«

Bolitho nahm wieder das Fernrohr. Seine Hände bebten, als er es auf die Hügelkuppe mit der teilweise verdeckten Kanone richtete. Es war sogar noch derselbe Ausguck wie vorhin.

Jury sagte heiser vor Erregung: »Sie haben die Arbeit eingestellt.«

»Kein Wunder.« Colpoys beschattete seine Augen. »Schauen Sie mal etwas weiter hinaus, junger Freund. Ist das nicht Anlaß genug?«

Langsam kam die *Destiny* in Sicht. Ihre Mars- und Bramsegel hoben sich sehr hell von dem tiefblauen Himmel ab.

Bolitho hing gebannt an dem Bild, meinte, die Schiffsgeräusche zu hören, die vertrauten Düfte zu riechen, die Geborgenheit des Bordlebens zu spüren. Er kam sich vor wie ein Mann, der in der Wüste vor Durst umkommt und dem ein Krug Wein als Fata Morgana vorschwebt. Oder wie jemand, der auf dem Weg zum Galgen stehenbleibt, um einem Sperling zuzuhören. Beide wissen, daß es für sie morgen keinen Wein mehr geben wird und auch nicht mehr den Laut der Vögel.

Er sagte entschlossen: »Auf denn! Ich sage es den anderen. Wenn wir nur eine Möglichkeit hätten, Palliser zu unterrichten!«

Colpoys rutschte den Abhang hinunter, dabei blickte er Bolitho an. Seine Augen wirkten gelb im Sonnenlicht.

»Er wird's schon merken, Richard. Die ganze verdammte Insel wird's merken.«

Colpoys wischte sich Gesicht und Nacken mit dem Taschentuch. Es war Nachmittag, und die glühende Hitze, die von den Felsen abgestrahlt wurde, war eine Qual.

Aber das Warten hatte sich gelohnt. Um die Hütten herum hatte alle Tätigkeit aufgehört. Von mehreren Feuern trieb Rauch zu den versteckten Matrosen und Seesoldaten herüber und bescherte ihnen den Duft von geröstetem Fleisch als zusätzliche Tortur.

Colpoys sagte: »Nach dem werden sie sich ausruhen.« Er warf einen Blick auf seinen Korporal. »Geben Sie die Essensrationen und Wasser aus, Dyer.« Für Bolitho setzte er leise hinzu: »Ich schätze, daß die Kanone noch eine Kabellänge entfernt ist.« Er kniff die Augen zusammen, als er den Abhang und den steilen Aufstieg zur nächsten Kuppe abschätzte. »Wenn wir loslaufen, gibt es kein Halten mehr. Ich denke, es werden einige Leute bei der Kanone sein, wahrscheinlich in einer unterirdischen Munitionskammer.« Er nahm einen Becher Wasser von seinem Burschen und trank ihn langsam aus. »Nun?«

Bolitho senkte das Fernrohr und legte die Stirn auf die Arme. »Wir müssen es wagen.«

Er versuchte, nicht lange darüber nachzudenken. Zweihundert

Yards über offenes Gelände, und was dann?

Entschlossen sagte er: »Little und seine Mannschaft kümmern sich um die Kanone. Wir greifen die Kuppe von beiden Seiten an. Mr. Cowdroy übernimmt die zweite Gruppe.« Er sah Colpoys eine Grimasse ziehen und fügte hinzu: »Er ist der ältere von beiden und hat Erfahrung.«

Colpoys nickte. »Ich postiere meine Scharfschützen dort, wo sie am wirkungsvollsten sind. Wenn Sie die Kuppe genommen haben, helfe ich Ihnen bei ihrer Verteidigung.« Er streckte die Hand aus. »Und wenn Sie keinen Erfolg haben, führe ich den kürzesten Bajonettangriff in der Geschichte der Seesoldaten.«

Und dann war es auf einmal soweit. Die anfängliche Ungewißheit und Aufregung waren wie weggewischt, die Männer sammelten sich in den Gruppen, zu denen sie eingeteilt waren, mit ernsten, aber entschlossenen Gesichtern, unter ihnen auch Josh Little mit seiner Geschützbedienung, die mit dem notwendigen Gerät und zusätzlich mit Pulver und einigen Kanonenkugeln bepackt war.

Midshipman Cowdroy hatte schon den Säbel gezogen und überprüfte seine Pistole. Sein verdrießliches Gesicht wirkte noch finsterer als sonst. Bootsmannsmaat Ellis Pearse trug seine Privatwaffe, ein furchterregendes, doppelseitig geschliffenes Entermesser, das er sich von einem Schmied hatte anfertigen lassen. Die Seesoldaten hatten sich zwischen den Felsbrocken verteilt und ihre langen Musketen auf das offene Gelände vor sich und die flache Hügelkuppe dahinter gerichtet.

Bolitho stand auf und musterte die Männer seiner eigenen Gruppe. Dutchy Vorbinck war dabei, Olsson, der verrückte Schwede, Bill Bunce, ein ehemaliger Wilderer, Kennedy, ein Mann, der dem Gefängnis nur durch seine Meldung zur Marine entgangen war, und einige andere, die Bolitho inzwischen gut kannte.

Stockdale schnaufte: »Ich komme mit Ihnen, Sir.«

Ihre Blicke trafen sich.

»Diesmal nicht. Sie gehen mit Little. Diese Kanone muß erobert werden, Stockdale. Ohne sie könnten wir ebensogut gleich hier sterben.« Er berührte Stockdales kräftigen Arm. »Glauben Sie mir: heute hängt alles von Ihnen ab.«

Er wandte sich ab, da er die Enttäuschung des riesigen Mannes nicht mit ansehen konnte. Zu Jury sagte er: »Sie können bei Leutnant Colpoys bleiben.«

»Ist das ein Befehl, Sir?«

Bolitho sah, wie sich das Kinn des Jungen trotzig hob. Was würden sie wohl mit ihm machen? Er antwortete: »Nein.«

Ein Mann flüsterte: »Der Ausguck ist hinuntergeklettert, ich sehe ihn nicht mehr.«

Little kicherte. »Wohl auf einen Schluck verschwunden?«

Bolitho schritt schon über den Abhang, sein gezogener Säbel blitzte im Sonnenlicht, als er auf die gegenüberliegende Kuppe zeigte.

»Los denn! Auf sie, Jungs!«

Ohne auf Lärm oder Deckung zu achten, stürmten sie den Abhang hinunter, wirbelten Staub und Steine auf und hielten den Blick fest auf den Nachbarhügel gerichtet. Sie erreichten die Talsohle und rannten keuchend über das freie Gelände, blind gegen alles außer der verborgenen Kanone.

Irgendwo, eine Million Meilen weg, schrie jemand, und ein Schuß pfiff den Hügel herab. Stimmen schwollen an und verklangen wieder. Sie kamen von den Männern an der Lagune, die zu ihren Waffen eilten, weil sie annahmen, sie würden von See aus angegriffen.

Drei Köpfe erschienen plötzlich auf dem Hügelkamm, als der erste von Bolithos Männern gerade seinen Fuß erreicht hatte. Colpoys Musketen schienen ziemlich wirkungslos zu knallen, aber zwei der Männer verschwanden immerhin, und der dritte machte einen Satz, bevor er den Hang hinunter mitten zwischen die britischen Matrosen rollte.

»Weiter!« Bolitho schwang seinen Säbel. »Schneller!«

Von der einen Seite schoß eine Muskete, ein Seeman fiel, umfaßte mit beiden Händen seinen Schenkel und blieb dann stöhnend liegen, während seine Kameraden weiterstürmten.

Bolitho kam es vor, als ob seine Lunge heißen Sand eingeatmet hätte, während er über eine roh aus Steinen aufgetürmte Brustwehr sprang. Weitere Schüsse fielen, und er begriff, daß noch einige seiner Leute getroffen waren.

Er sah Metall schimmern, neben einem Rad der Kanone unter ihrer Persenning, und schrie: »Achtung!«

Aus der Deckung unter der Leinwand schoß jemand ein Stutzrohr* auf die vorstürmenden Seeleute ab. Einen von ihnen warf es

---

* alte Handfeuerwaffe

auf den Rücken, sein Gesicht und der größte Teil des Schädels waren weggeschossen. Drei weitere Männer lagen zuckend in ihrem Blut.

Mit einem Gebrüll wie ein wütendes Raubtier warf sich Pearse von der anderen Seite des Geschützstandes auf die Persenning und schlug sie mit seiner doppelseitig geschliffenen Klinge in Stücke. Eine Gestalt rannte, die Hände über dem Kopf, aus der Deckung und schrie: »Pardon! Pardon!«

Pearse holte aus und schrie: »Pardon, du Lump? Nein – das!« Die breite Klinge traf den Mann quer im Nacken, so daß sein Kopf nach vorn auf die Brust kippte.

Midshipman Cowdroys Gruppe erschien von der anderen Seite der Kuppe, und als Pearse seine Leute in die Stellung schickte, um den blutigen Sieg zu vollenden, machten sich Little und Stockdale an der Kanone zu schaffen, während andere nachschauten, ob noch Glut in der nahen Feuerstelle war.

Die Seeleute führten sich auf wie Verrückte. Sie unterbrachen ihr Jubelgeschrei nur, um ihre verwundeten Gefährten in Deckung zu ziehen, lärmten dann aber um so lauter, als Pearse mit einer großen Kanne Wein aus der Geschützstellung auftauchte.

Bolitho rief: »Zu den Musketen! Die Seesoldaten kommen, gebt ihnen Deckung!« Wieder einmal warfen sich seine Leute zu Boden und richteten ihre Waffen auf die Lagune. Colpoys und seine zehn Scharfschützen, die trotz ihrer schlecht sitzenden geborgten Kleidung irgendwie flott aussahen, eilten schußbereit den Abhang herauf; aber es schien, als sei der Angriff so blitzschnell und wild gewesen, daß die ganze Insel wie gelähmt war.

Colpoys erschien und wartete, bis seine Männer in Stellung gegangen waren. Dann sagte er: »Es scheint, daß wir nur fünf Mann verloren haben. Sehr befriedigend.« Er wandte sich verächtlich ab, als einige blutüberströmte Leiber aus der Geschützstellung hochgereicht und über die Brustwehr den Abhang hinuntergeworfen wurden. »Tiere!«

Little kletterte aus der Grube und wischte sich die Hände an seinem Bauch ab. »Reichlich Kugeln, Sir, aber nicht genug Pulver. Gut, daß wir eigenes mitgebracht haben.«

Bolitho war von ihrem Taumel angesteckt, aber er wußte, daß er klaren Kopf behalten mußte. Jeden Augenblick war der Gegenangriff auf ihre Stellung zu erwarten. Aber sie hatten sich prächtig gehalten; besser, als man erwarten durfte.

Er sagte: »Geben Sie Wein aus.«

Colpoys setzte scharf hinzu: »Aber behaltet klaren Kopf und ein scharfes Auge, Leute. Die Kanone wird bald feuern müssen.« Er warf Bolitho einen Blick zu. »Habe ich recht?«

Bolitho stieg Rauch in die Nase: seine Leute hatten Feuer angefacht.

Sie waren im rechten Augenblick ungeheuer mutig gewesen, einige Minuten lang wie von einer tollkühnen Raserei besessen. Er nahm eine Becher Wein von Jury an und trank. Es war ein Augenblick gewesen, den er bis zu seinem Tode nicht vergessen würde.

Sogar der Wein, warm und trübe, wie er war, schmeckte ihm fast wie Bordeaux.

»Da kommen sie, Sir! Da kommen die Lumpen!«

Bolitho warf den Becher beiseite und hob seinen Säbel auf.

»Alle Mann – Achtung!«

Er warf einen Blick nach hinten, ob Little und seine Leute zurechtkamen. Die Kanone hatte sich noch nicht bewegt. Wenn sie die gewünschte Panik hervorrufen sollte, mußte sie recht bald feuern.

Auf einmal hörte er vielstimmiges Geschrei, und als er an die Brustwehr trat, sah er eine Menge Männer den Hügel heraufstürmen. Die Sonne spiegelte sich in ihren Säbeln und Entermessern, und die Luft hallte wider vom Peitschenknall zahlreicher Musketen- und Pistolenschüsse.

Bolitho schaute zu Colpoys hinüber. »Seid ihr bereit, Seesoldaten?«

»Feuer!«

XVI Nur ein Traum

»Feuer einstellen!«

Bolitho übergab seine Pistole einem Verwundeten zum Nachladen. Es kam ihm vor, als ob jede Faser seines Körpers unkontrollierbar zitterte, und er konnte es kaum glauben, daß der erste Angriff zurückgeschlagen war. Einige Gegner, welche die Spitze des Hügels fast erreicht hatten, lagen da, wo sie gefallen waren; andere versuchten noch, sich unter Schmerzen nach unten in Sicherheit zu bringen.

Colpoys kam zu ihm herüber, sein Hemd klebte ihm wie eine zweite Haut am Körper. »Großer Gott!« Er wischte sich den Schweiß aus den Augen. »Da hört die Gemütlichkeit auf!«

Drei weitere Matrosen hatte es erwischt, aber sie lebten noch. Pearse war schon dabei, sie mit überzähligen Musketen und Pulverhörnern zu versorgen, damit sie bei einem neuen Angriff Schnellfeuer geben konnten. Und danach . . .? Bolitho musterte seine keuchend beieinandersitzenden Leute. Die Luft war schwer von ätzendem Pulverqualm und dem süßlichen Geruch nach Blut.

Little rief: »Noch fünf Minuten, Sir!«

Der Angriff war so heftig gewesen, daß Bolitho Leute von der Geschützbedienung hatte zu Hilfe holen müssen, um die schreiend anstürmenden Feinde zurückzuschlagen. Jetzt warfen Little und Stockdale mit ausgesuchten Männern ihr ganzes Gewicht auf die hölzernen Spaken, um die Kanone so weit herumzudrehen, daß sie auf den Ankerplatz gerichtet war.

Bolitho hab das Teleskop und studierte die sechs bewegungslos daliegenden Schiffe. Das eine, ein Toppsegelschoner, sah sehr ähnlich aus wie der, mit dem die *Heloise* Bekanntschaft gemacht hatte. Keines traf Anstalten zum Ankerlichten. Er schloß daraus, daß ihre Kapitäne damit rechneten, die Hügelbatterie würde die unverschämten Eindringlinge zerschmettern, bevor sie weiteres Unheil anrichten konnten.

Er nahm einen Becher Wein von Pearse entgegen, ohne zu sehen, was er tat. Wo, zum Teufel, blieb Palliser? Er mußte doch bemerkt haben, was sie vorhatten. Verzweiflung wollte Bolitho packen. Angenommen, der Erste Offizier glaubte, das Geschützfeuer und der ganze Höllenlärm bedeuteten, daß Bolithos Gruppe entdeckt und systematisch vernichtet worden war? Er rief sich Dumaresqs eigene Worte in Erinnerung, bevor sie das Schiff verlassen hatten: »Dann kann ich Ihnen nicht helfen.« Es war anzunehmen, daß Palliser den gleichen Standpunkt vertrat.

Bolitho wandte sich um und versuchte, seine plötzliche Verzagtheit zu verbergen, während er fragte: »Wie lange noch, Little?« Es fiel ihm ein, daß der Stückmeistersmaat ihm das gerade zugerufen hatte und daß Colpoys und Cowdroy ihn besorgt beobachteten.

Little richtete sich auf. »Fertig!« Er bückte sich wieder und schielte am langen schwarzen Geschützrohr entlang. »Jetzt das Pulver, Jungs! Rammt die Ladung ein!« Er kroch wie eine riesige Spinne um das Bodenstück der Kanone, man sah nur noch Arme und Beine von ihm. »Dies muß behutsam und genau erledigt werden!«

Bolitho leckte sich die Lippen. Er sah zwei Seeleute mit einer Trage zur Feuerstelle gehen, wo ein anderer mit einer Zange in den

Fäusten darauf wartete, ihnen die glühend heiße Kugel zu übergeben. Was dann kam, hing stets vom guten Timing und vom Glück ab. Die Kugel mußte in die Rohrmündung eingeführt und fest auf den doppelten Ladepropfen über dem Pulver gestoßen werden. Wenn die Kanone losging, bevor der Mann mit dem Ansetzer fertig war, wurde er von der Kugel zerfetzt. Andererseits konnte es passieren, daß das Geschützrohr platzte. Kein Wunder, daß Schiffsführer sich fürchteten, an Bord glühende Kugeln zu verwenden.

Stockdale nickte beifällig.

Colpoys sagte plötzlich: »Ich sehe Leute drüben auf dem Hügel. Sie nehmen uns gleich unter Feuer.«

Ein Mann rief: »Sie sammeln sich zu einem neuen Angriff!«

Bolitho lief an die Brustwehr und ließ sich auf ein Knie nieder. Er konnte kleine Gestalten sehen, die sich zwischen den Felsbrocken bewegten, und andere, die Stellungen am Abhang bezogen. Das war kein ungeordneter Pöbelhaufen. Garrick hatte seine Leute wie eine Privatarmee gedrillt.

»Legt an!«

Die Musketenläufe wurden gehoben und flimmerten im blendenden Sonnenlicht, als jeder Mann sich ein Ziel zwischen den Felsbrokken suchte. Die erste Salve rollte über die Brustwehr, aber Bolitho wußte, daß weitere Angreifer sich unter dem Schutz des eigenen Deckungsfeuers zur anderen Seite des Abhangs vorarbeiteten.

Er warf einen kurzen Blick auf Little, der die Hände wie zum Segen ausgebreitet hielt.

»Jetzt die Kugel!«

Bolitho riß den Blick von ihm los und feuerte seine Pistole auf drei Männer ab, die fast den Gipfel erreicht hatten. Andere schwärmten seitlich aus und boten ein schlechtes Ziel. Die Luft vibrierte von markerschütterndem Geschrei und von Flüchen, viele davon in Englisch.

Zwei Gestalten sprangen über die Brustwehr und warfen sich auf einen Matrosen, der sich verzweifelt bemühte, seine Muskete neu zu laden. Bolitho sah, wie sich sein Mund zu einem lautlosen Schrei öffnete, als der eine Angreifer ihn mit seinem Säbel aufspießte und sein Gefährte ihn mit einem schrecklichen Schlag für immer zum Schweigen brachte.

Bolitho machte einen Ausfall, schlug eine Klinge beiseite und hieb den Fechtarm des Mannes mit einer schnellen Bewegung nieder, bevor der wußte, was ihm geschah. Er spürte es im Handgelenk, wie sein Säbel Fleisch und Knochen durchschnitt, vergaß aber den schreienden Mann, als er mit einer Wildheit, die er bisher nicht gekannt hatte, auf dessen Gefährten eindrang.

Ihre Klingen schlugen zusammen, aber Bolitho stand auf losem Gestein und konnte das Gleichgewicht kaum halten.

Der ohrenbetäubende Knall von Littles Kanone ließ den anderen Mann stolpern, und als er die Folgen begriff, stieg plötzliches Entsetzen in seine Augen. Bolitho stieß zu und war schneller über die Brustwehr zurückgesprungen, als der entseelte Körper seines Gegners zu Boden sinken konnte.

Little schrie: »Seht euch das an!«

Bolitho sah eine in sich zusammenfallende, mit Dampf gemischte Wassersäule an der Stelle, wo die Kugel zwischen zwei Schiffen eingeschlagen hatte. Kein Treffer, aber die Wirkung würde zweifellos Panik auslösen.

»Auswischen, Jungs!« Little hüpfte vor Begeisterung auf dem Rand des Geschützstandes, während die Männer mit der Trage zur Feuerstelle rannten, um eine neue Kugel zu holen. »Mehr Pulver hinein!«

Colpoys kam über den blutbespritzten Felsgrund heran und meldete: »Wir haben drei weitere Männer verloren. Auch einer von meinen Scharfschützen ist dabei.« Er wischte sich die Stirn mit dem Arm, wobei ihm der goldverzierte Säbel vom Handgelenk baumelte. Bolitho sah, daß die gebogene Klinge fast schwarz war von geronnenem Blut.

Noch einem Angriff wie dem letzten konnten sie nicht standhalten. Obwohl der Abhang und der Rand der Brustwehr mit Leichen bedeckt war, wußte Bolitho, daß da unten noch viele Leute warteten, die sich zu einem neuen Angriff sammeln konnten. Und sie hatten mehr Angst vor Garrick als vor der Handvoll zerlumpter Seeleute, die sie oben erwarteten.

»Jetzt!« Little senkte die Lunte zum Zündloch, und die Kanone rollte abermals mit einem gleichzeitigen Donnerschlag zurück.

Bolitho sah blitzartig, wie die Kugel stieg und dann im Bogen auf die unbeweglichen Schiffe herabfiel. Er bemerkte eine kleine Rauchwolke und daß sich etwas Kompaktes von dem nächstliegenden Schoner löste und durch die Luft segelte, bevor es seitlich ins Wasser platschte.

»Treffer! Ein Treffer!« Die Männer der Geschützbedienung sprangen schweißtriefend und mit geschwärzten Gesichtern wie

Verrückte um ihre Kanone herum.

Stockdale nutzte schon seine Kräfte, um die Mündung mit einer Handspake ein kleines Stück zu verschieben.

»Er brennt!« Pearse hielt die Hände als Sonnenschutz über die Augen. »Gott strafe sie! Sie versuchen, das Feuer zu löschen.«

Aber Bolitho beobachtete den Schoner am fernen Ende der Lagune. Er hatte von allen Schiffen den sichersten Ankerplatz; noch während er ihn beobachtete, sah er, wie sein Klüver gesetzt wurde und ein Mann dabei war, die Ankertrosse zu kappen.

Bolitho streckte den Arm aus, da er nicht wagte, den Blick von dem Schoner abzuwenden, und rief: »Ein Glas! Schnell!«

Jury eilte herbei und legte ihm ein Fernglas in die Hand. Dann trat er etwas zurück und beobachtete ihn gebannt.

Bolitho spürte den Luftzug einer Musketenkugel, die dicht an seinem Kopf vorbeistrich, zuckte aber nicht mit der Wimper. Er durfte das kleine Bild nicht aus den Augen verlieren, selbst wenn er sich dabei der Gefahr aussetzte, erschossen zu werden.

Was er sah, war für andere auf diese Entfernung kaum zu erkennen; doch für ihn sprach es eine deutliche Sprache, weil er die Akteure kannte: Pallisers lange Gestalt, den Säbel in der Hand. Slade und ein paar Matrosen an der Pinne und Rhodes, der mit den übrigen Leuten Fallen und Schoten bediente, als der Schoner sich von seinem Ankerplatz löste und zunächst schwerfällig vor den Wind drehte. Dabei spritzte an seiner Bordwand Wasser hoch, und einen Augenblick glaubte Bolitho, Palliser würde beschossen. Doch dann erkannte er, daß seine Leute die Schiffsbesatzung einfach über Bord warfen, statt kostbare Zeit mit ihrer Bewachung zu verschwenden.

Colpoys rief aufgeregt: »Sie müssen zum Schiff hinausgeschwommen sein! Ein schlauer Fuchs, dieser Palliser! Hat unseren Angriff als Ablenkung genutzt.«

Bolitho nickte. Seine Ohren dröhnten vom ständigen Krachen des Musketenfeuers und dem gelegentlichen Bellen der Schwenkgeschütze. Statt die Mitte der Lagune anzusteuern, hielt Palliser direkt auf den Schoner zu, der von Littles glühender Kugel getroffen worden war.

Als er dem brennenden Schiff näherkam, sah Bolitho Mündungsfeuer und schloß daraus, daß Palliser auf die Männer zielen ließ, die sich bemühten, das Feuer unter Kontrolle zu bekommen. Immer stärkere Rauchwolken stiegen vom Rumpf des Getroffenen auf und trieben aufs Ufer und die verlassenen Hütten zu.

Bolitho rief: »Little! Zielwechsel auf den nächsten Schoner!«

Minuten später donnerte die glühende Kugel durch die dünne Bordwand eines weiteren Schoners und löste mehrere Explosionen im Schiffsinnern aus, worauf ein Mast von oben kam und der Großteil der Takelage in Brand geriet.

Als sie sahen, daß zwei ihrer Schiffe lichterloh brannten, bedurfte es für die übrigen Besatzungen keiner Überlegung mehr, die Ankertrossen zu kappen, um der Feuerhölle zu entrinnen. Pallisers Schoner war nun unter Kontrolle, seine großen Segel blähten sich und ragten über den dicken Qualm wie die Flügel eines Racheengels.

Bolitho sagte plötzlich: »Zeit, daß wir aufbrechen.« Er wußte nicht, woher ihm der Gedanke kam. Er spürte es einfach.

Colpoys schwang seinen Säbel. »Hebt die Verwundeten auf! Korporal, legen Sie einen Zünder an das Pulvermagazin!«

Littles Lunte senkte sich wieder zum Zündloch, und eine weitere Feuerkugel sauste über das Wasser und traf das Schiff, das schon in Flammen stand. Man sah Leute über Bord springen und im Wasser strampeln wie sterbende Fische, bis die große Rauchwolke sie erreichte und vor allen Blicken verbarg.

Pearse warf sich einen verwundeten Seesoldaten über die Schulter, behielt aber sein großes Entermesser in der anderen Hand.

Er sagte: »Der Wind hält sich, Sir. Der Qualm wird der verdammten Batterie die Sicht nehmen.«

Keuchend wie Tiere kletterten Matrosen und Seesoldaten den Abhang hinunter, wobei sie sich bemühten, die Bodenwelle zwischen sich und der Hügelbatterie zu halten.

Colpoys wies aufs Wasser: »Das ist am nächsten!« Plötzlich brach er in die Knie und preßte die Hände an die Brust. »O Gott, jetzt hat's mich erwischt!«

Bolitho befahl zwei Seesoldaten, ihn vorsichtig aufzuheben. Trotz des Krachens der Musketen und des Prasselns der Flammen, die hinter der Rauchwolke ein Schiff verzehrten, arbeiteten seine Gedanken fieberhaft. Er hörte auch Geschrei von Besatzungsmitgliedern der Schoner, die an Land gewesen waren, als der Angriff begann, und nun zum Hügel rannten in der Hoffnung, daß sie im Bereich der Batterie Schutz finden konnten.

Bolitho hielt erst an, als seine Füße fast im Wasser standen. Er konnte kaum atmen, und seine Augen tränten so stark, daß er nicht übers Ufer hinaussehen konnte.

Sie hatten das scheinbar Unmögliche geschafft, aber während Palliser ihren Angriff zur Ablenkung genutzt hatte, gab es für ihn selbst jetzt kein Weiterkommen mehr.

Er kniete hin, um seine Pistole neu zu laden, und seine Hände zitterten, als er sie für einen letzten Schuß spannte.

Jury war bei ihm, auch Stockdale. Aber sonst war es wohl nur noch die Hälfte der Truppe, die den Hügel erstürmt und die Kanone erobert hatte.

Bolitho sah Stockdales Augen aufleuchten, als das Magazin explodierte und dabei die Kanone herausriß, die mit einer Lawine von Leichen und zerborstenen Felsen den Abhang hinunterrollte.

Fähnrich Cowdroy wies plötzlich mit seinem Säbel in den Qualm. »Ein Boot! Schauen Sie!«

Pearse ließ den verletzten Seesoldaten zu Boden gleiten und watete ins Wasser, wobei er sein schreckliches Entermesser über dem Kopf schwang.

»Wir nehmen es ihnen ab, Jungs!«

Bolitho spürte ihre verzweifelte Entschlossenheit wie eine lebenspendende Kraft. Seeleute waren sich in einem Punkt alle gleich: Man gebe ihnen ein Boot, auch noch so klein, und sie waren ihrer Sache sicher.

Little zog sein Entermesser heraus und fletschte die Zähne. »Schlagt sie nieder, bevor sie uns entwischen!«

Jury lehnte sich an Bolitho, der einen Augenblick annahm, er sei von einer Kugel getroffen, doch der Junge deutete nur ungläubig in den Qualm und auf das schattenhaft hervorkommende Boot.

Bolitho nickte nur, denn er konnte es selbst nicht fassen.

Er sah Rhodes im Bug des Langbootes stehen und dahinter die karierten Hemden der Matrosen von der *Destiny* an den Riemen.

»Nun aber lebhaft!« Rhodes reichte herunter und faßte Bolitho am Handgelenk. »Noch ganz?« Er sah den verwundeten Colpoys und rief: »Faßt mal mit an!«

Das Boot war binnen kurzem so voll mit zum Teil verwundeten Menschen, daß es nur noch knapp fünf Zoll Freibord hatte, als es wie trunken rückwärts rudernd im Qualm untertauchte.

Hustend und fluchend erklärte Rhodes: »Wir wußten, daß ihr versuchen würdet, uns zu erreichen. Einzige Chance. Mein Gott, habt ihr ein Tohuwabohu angerichtet, ihr Halunken!«

Ein brennender Schoner trieb querab vorbei. Bolitho spürte die Hitze wie Höllenfeuer im Gesicht. Explosionen dröhnten durch den

Rauch, und er nahm an, daß ein weiteres Pulvermagazin in die Luft flog oder daß die Batterie auf dem Hügel blindlings über die Lagune feuerte.

»Was jetzt?«

Rhodes stand auf und gestikulierte heftig zum Bootssteurer. »Hart Steuerbord!«

Bolitho sah die Zwillingsmasten eines Schoners direkt über sich, und schon griffen die Männer nach den Leinen, die ihnen aus dem Qualm wie Schlangen entgegenflogen.

Stöhnend und manchmal vor Schmerzen schreiend, wurden die Verwundeten die Bordwand hinaufgezogen oder -geschoben, und als sie das Boot mit einem Kameraden darin, der noch angesichts der sicheren Rettung gestorben war, treiben ließen, hörte Bolitho Pallisers vertraute Stimme.

Bolitho tastete sich durch den Rauch zu Palliser und Slade an der Pinne.

Palliser rief: »Mann, Sie sehen aus wie ein entsprungener Sträfling!« Er schenkte ihm ein kurzes Lächeln, und Bolitho erkannte darin ebenso Erschöpfung wie Erleichterung.

Rhodes kniete neben dem Offizier der Seesoldaten. »Er wird überleben, wenn wir ihn bald zum alten Bulkley schaffen.«

Palliser hob eine Hand, und das Ruder wurde leicht gelegt. Ein anderer Schoner stand unter vollen Segeln genau querab von ihnen und hielt von den brennenden Wracks weg auf die Einfahrt zu.

Er sagte: »Bis sie entdeckt haben, daß wir eines ihrer Schiffe geschnappt haben, sind wir klar von ihnen.«

Er wandte sich abrupt um, als die gewaltigen Masten der *San Augustin* plötzlich über dem Rauch emporstiegen. Sie lag noch vor Anker, und sicherlich stand jeder Mann an Bord bereit, die treibenden Branderschiffe fernzuhalten und jeden überspringenden Funken zu ersticken.

Palliser setzte hinzu: »Was danach kommt, ist zum Glück nicht mehr mein Problem.«

Eine Kugel platschte neben dem Backbordbug ins Wasser. Bolitho schloß daraus, daß Garricks Kanoniere endlich erkannt hatten, was vor sich ging. Doch als der Qualm dünner wurde und Teile der Insel bleich, aber klar im Sonnenlicht hervortraten, waren sie schon hinter dem kritischen Punkt.

Pearse flüsterte: »Schau, Bob, da ist sie!« Er hob den Kopf eines verwundeten Matrosen so an, daß er die hart angebraßten Marssegel

242

der *Destiny* sehen konnte, die von Dumaresq so nahe an die Riffe herangeführt worden war, wie er es wagen konnte. Dann sagte Bootsmannsmaat Pearse, der wie ein Teufel gekämpft hatte und auf Befehl seines Kommandanten den Rücken manches Delinquenten mit der neunschwänzigen Meerkatze blutig geschlagen hatte, leise zu Palliser: »Der arme Bob ist tot, Sir.« Er schloß die Augen des jungen Matrosen mit seinen teerigen Händen und setzte hinzu: »Noch ein paar Minuten, und er wäre gerettet worden.«

Bolitho beobachtete, wie die Fregatte Segel wegnahm und viele Leute auf ihren Laufbrücken hin und her rannten, als beide Schiffe einander näherkamen. Die Galionsfigur der *Destiny* hob, unverändert nackt und bleich, den Siegeskranz wie zum Hohn der rauchgeschwärzten Insel entgegen.

Bolitho dachte an den toten Seemann namens Bob und an den einsamen Leichnam, der im Langboot zurückgelassen worden war. Er dachte auch an Stockdales Sorge, daß er abkommandiert werden könnte, als er gebraucht wurde. Und er dachte an Colpoys, an den Korporal mit dem Spitznamen ›Dipper‹, an Jury und Cowdroy und an die vielen, die sie tot hatten zurücklassen müssen.

»Vorsegel bergen!« Palliser beobachtete die langsame Annäherung der *Destiny* mit grimmiger Genugtuung. »Es gab Augenblicke, in denen ich dachte, ich würde diese Lady nie wiedersehen.«

Josh Little trat an Pearses Seite und brummte: »Darauf genehmigen wir uns einen Schluck, wenn wir wieder an Bord sind, eh?«

Pearse schaute noch immer auf den Toten nieder. »Aye, Josh. Und einen auf ihn.«

Rhodes sagte: »Der ›Herr und Meister‹ wird auf seinem Willen bestehen: Kampf bis zur Entscheidung.« Er duckte sich, als eine Wurfleine neben ihm landete. »Ich für meine Person wünschte, die Chancen wären ausgeglichener.« Er blickte hinüber auf den großen Mantel aus Rauch, der den abgeflachten Hügel einhüllte, als wolle er ihn wegtragen. »Sie waren großartig, Dick. Wirklich.«

Sie sahen einander so prüfend an wie zwei Fremde. Dann sagte Bolitho: »Ich fürchtete, ihr würdet euch zurückhalten in der Annahme, daß wir gefangen wurden.«

Rhodes winkte einem Mann auf der Laufbrücke der *Destiny* zu. »Oh, habe ich das noch nicht erzählt? Wir wußten, wo Sie waren und was Sie machten, alles.«

Bolitho starrte ihn ungläubig an. »Wieso?«

»Erinnern Sie sich an Ihren Toppsgasten Murray, den Deserteur?

Er war Garricks Ausguck. Er sah Sie und den jungen Jury, wie Sie aus der Deckung kamen.« Rhodes packte den Arm seines Freundes. »Es ist die Wahrheit. Er liegt jetzt unter Deck, mit einem Splitter im Bein. Hat eine tolle Geschichte zu erzählen. Glück für Sie und den jungen Jury, nicht wahr?«

Bolitho schüttelte den Kopf und schaute, gegen das Schanzkleid des Schoners gelehnt, der Annäherung der beiden Schiffe in der langen Dünung zu.

Der Tod war ihnen so nahe gewesen, und er hatte nichts davon bemerkt. Murray mußte mit dem ersten verfügbaren Schiff Rio verlassen haben, und das hatte ihn zu Garricks Insel gebracht. Er hätte Alarm schlagen oder sie beide niederschießen können, dann wäre er von Garricks Leuten als Held gefeiert worden. Statt dessen hatte ihn irgend etwas, das sie einst verbunden hatte, zurückgehalten und ihm klargemacht, wohin er gehörte.

Dumaresqs Stimme dröhnte durch ein Megaphon zu ihnen: »Etwas Bewegung da drüben! Ich sitze gleich auf Grund, wenn ihr nicht an Bord kommt!«

Rhodes grinste. »Endlich wieder zu Hause!«

Kapitän Dumaresq stand, die Hände auf dem Rücken, an den Heckfenstern seiner Kajüte und lauschte Pallisers Bericht über die regelrechte Schlacht und ihre Flucht aus der Lagune.

Er gab Macmillan ein Zeichen, seinen arg mitgenommenen und todmüden Offizieren noch ein Glas einzuschenken, und sagte dann: »Ich hatte ein Landungskorps ausgesetzt, um Garrick ein wenig am Bart zu zupfen. Ich hatte nicht erwartet, daß Sie gleich eine ganze Invasion auf eigene Faust unternehmen würden!« Er lächelte dabei, sah dadurch aber erst recht traurig und übermüdet aus. »Ich werde morgen bei Sonnenaufgang zu Ihnen und Ihren Leuten sprechen. Ohne Ihre Tat wäre die *Destiny* auf so starken Widerstand gestoßen, daß ich bezweifle, ob ich sie heil wieder herausbekommen hätte. Die Dinge stehen noch immer schlecht, meine Herren, aber zumindest wissen wir jetzt, woran wir sind.«

Palliser fragte: »Haben Sie immer noch die Absicht, den Schoner nach Antigua zu schicken, Sir?«

Dumaresq sah ihn nachdenklich an. »Ihren Schoner, meinen Sie?« Er ging zu den Fenstern und starrte in das Spiegelbild der untergehenden Sonne auf dem Wasser. Es war wie rotes Gold. »Ja. Tut mir leid, daß ich Ihnen abermals eine Prise wegnehmen muß.«

Bolitho beobachtete sie, alle Sinne trotz der Anspannung und der bitteren Erinnerungen dieses Tages hellwach. Er erkannte, daß es zwischen dem Kommandanten und seinem Ersten Offizier ein Band gab, das unzerreißbar war.

Dumaresq fügte hinzu: »Wenn die *San Augustin* nur wenig beschädigt ist, müssen wir sie schnellstens besiegen. Sobald Garricks Ausguckposten melden, daß der Schoner uns verläßt, wird er wissen, daß die Zeit gegen ihn arbeitet. Daß ich Hilfe herbeirufe.« Er nickte grimmig. »Morgen wird er herauskommen, ganz sicher.«

Palliser blieb hartnäckig. »Er wird dabei von den restlichen Schonern unterstützt werden. Zwei könnten das Feuer überstanden haben.«

»Ich weiß. Aber besser so, als darauf warten, bis Garrick uns mit einem völlig überholten Kriegsschiff entgegentritt. Auch ich hätte gern bessere Bedingungen, aber nur wenige Kommandanten haben das Glück, sich ihre Bedingungen selbst aussuchen zu können.«

Bolitho dachte an die Männer, die auf den Schoner geschickt worden waren. Mit ganz wenigen Ausnahmen waren sie alle verwundet, aber dennoch so stolz und herausfordernd gewesen, daß sie beim Ablegen mit Hochrufen von der *Destiny* verabschiedet worden waren.

Aus Gründen, die nur er selber kannte, hatte Dumaresq dem Steuermannsmaaten Yeames das Kommando über die Prise gegeben. Das mußte ein harter Schlag für Slade gewesen sein.

Bolitho war sehr bewegt, als Yeames vorm Ablegen des letzten Bootes an ihn herangetreten war. Er hatte den Steuermannsmaaten immer gemocht, aber nie über ihn nachgedacht.

Yeames streckte ihm die Hand hin. »Sie werden morgen siegen, Sir, ich zweifle nicht daran. Aber es könnte sein, daß wir einander nicht wieder begegnen. Wenn es aber doch der Fall sein sollte, möchte ich, daß Sie sich an mich erinnern. Ich wäre froh, unter Ihnen dienen zu dürfen, wenn Sie einmal ein eigenes Schiff bekommen.«

Er war gegangen und hatte Bolitho verwirrt und ein wenig stolz zurückgelassen.

Dumaresqs sonore Stimme unterbrach seine Gedanken. »Wir werden morgen bei Anbruch der Dämmerung das Schiff klar zum Gefecht machen. Ich werde mit den Männern sprechen, bevor wir auf den Feind stoßen, aber Ihnen möchte ich schon jetzt meinen besonderen Dank sagen.«

Macmillan drückte sich an der Lamellentür herum, bis das Auge des Kommandanten auf ihn fiel.

»Mr. Timbrell läßt gehorsamst fragen, Sir, ob Sie das Schiff abdunkeln wollen?«

Dumaresq schüttelte langsam den Kopf. »Diesmal nicht. Ich möchte, daß Garrick uns sieht. Seine große Schwäche ist – abgesehen von seiner Habgier – sein Jähzorn. Ich habe vor, ihn noch zorniger zu machen, bevor es tagt.«

Macmillan öffnete die Tür, und die Offiziere und Fähnriche zogen sich dankbar zurück. Nur Palliser blieb; Bolitho nahm an, daß er die technischen Einzelheiten lieber allein und ohne Störung mit dem Kommandanten besprechen wollte.

Als die Tür sich schloß, wandte Dumaresq sich seinem Ersten Offizier zu und wies auf einen Sessel. »Es gibt noch etwas, habe ich recht?«

Palliser setzte sich und streckte die langen Beine aus. Einen Augenblick rieb er sich die Augen mit den Handknöcheln, ehe er sagte: »Sie hatten recht, was Egmont betrifft, Sir. Selbst als Sie ihn auf ein Schiff mit Kurs Basseterre gesetzt hatten, versuchte er noch, Garrick zu warnen oder mit ihm in Verbindung zu treten. Wie das geschah, werden wir wohl nie erfahren. Er wechselte offenbar auf ein kleines, schnelleres Schiff über und nahm nördlichen Kurs durch die Inselgruppe, um vor uns da zu sein. Doch wie es auch war, seine Warnung an Garrick war verschwendet.«

Er faßte in seine Tasche und zog einen goldenen Halsschmuck mit dem doppelköpfigen Vogel und den rubinschimmernden Schwanzfedern heraus.

»Garrick hat beide Egmonts ermorden lassen. Diesen Schmuck habe ich einem unserer Gefangenen abgenommen. Der Matrose, von dem ich Ihnen berichtete, erzählte mir den Rest.«

Dumaresq nahm das schwere Schmuckstück in die Hand und betrachtete es traurig.

»Murray hat es gesehen?«

Palliser nickte. »Er ist verwundet worden. Ich habe ihn auf den Schoner geschickt, bevor er mit Mr. Bolitho sprechen konnte.«

Dumaresq trat wieder an die Heckfenster und sah zu, wie der Schoner abdrehte und ihnen das Heck zeigte. Seine Segel schimmerten so golden wie der Halsschmuck in seiner Hand.

»Das war sehr überlegt gehandelt. Für das, was er gesagt und getan hat, wird Murray in England aus der Marine entlassen werden.

Ich bezweifle, daß sein Weg sich jemals wieder mit dem Bolithos kreuzen wird.«

»Dann wollen Sie ihm also nichts davon sagen, Sir? Ihn nicht wissen lassen, daß Aurora Egmont tot ist?«

Dumaresq beobachtete die Schatten, die den Rumpf des davonsegelnden Schoners bereits verhüllten.

»Von mir wird er nichts erfahren. Morgen müssen wir kämpfen, und da muß jeder Offizier und jeder Mann alles geben, was er hat. Richard Bolitho hat bewiesen, daß er ein guter Offizier ist. Wenn er den morgigen Tag überlebt, wird er ein noch besserer sein.« Dumaresq klappte ein Fenster auf und warf den Schmuck ohne Zögern ins Kielwasser der *Destiny*. »Ich lasse ihm seinen Traum. Es ist das mindeste, was ich für ihn tun kann.«

In der Messe saß Bolitho in einem Sessel und ließ die Arme hängen, während die Spannung in ihm wie feiner Sand in einem Stundenglas verrann. Rhodes saß ihm gegenüber und starrte in ein leeres Weinglas, ohne etwas zu erkennen.

Immer wieder stand ein neuer Morgen mit seinen Anforderungen vor ihnen. Es war wie der Horizont: sie erreichten ihn nie.

Bulkley trat ein und ließ sich schwerfällig zwischen ihnen nieder. »Ich habe mich gerade mit unserem starrköpfigen Seesoldaten abgegeben.«

Bolitho nickte trübsinnig. Colpoys hatte darauf bestanden, bei seinen Leuten auf der Fregatte zu bleiben. Gut versorgt und so bandagiert, daß er nur einen Arm bewegen konnte, hatte er kaum Kraft genug, sich auf den Beinen zu halten.

Palliser trat ein und warf seinen Hut auf eine Kanone. Kurz schaute er sie an und sah dabei wahrscheinlich den Raum schon so vor sich, wie er morgen früh aussehen würde: ohne Möbel, die leichten Wände herausgenommen, die kleinen persönlichen Dinge vor Rauch und Feuer in Sicherheit gebracht.

Dann sagte er scharf: »Es ist Ihre Wache, scheint mir, Mr. Rhodes. Der Master sollte nicht alles allein machen müssen, wie Sie wissen.«

Rhodes erhob sich mühsam und grinste. »Aye, aye, Sir.« Wie ein Schlafwandler wankte er aus der Messe.

Bolitho hatte nichts davon gehört. Er dachte an Aurora. Er benutzte die Erinnerung an sie wie ein Schild, mit dem er die Bilder und Ereignisse dieses Tages von seinem Innern fernhielt.

Dann stand er abrupt auf und entschuldigte sich bei den anderen, als er sich in die private Sphäre seiner Kammer zurückzog. Er wollte nicht, daß sie seine Niedergeschlagenheit bemerkten. Denn als er sich bemüht hatte, im Geiste Auroras Gesicht zu sehen, war nur ein verschwommenes Trugbild erschienen. Nicht mehr.

Bulkley schob eine Flasche über den Tisch. »War's schlimm?«

Palliser überlegte. »Es wird noch schlimmer.« Aber eigentlich dachte er an den juwelenbesetzten Halschmuck, der jetzt achteraus auf dem Meeresgrund lag: eine private Beisetzung.

Der Arzt stieß nach: »Ich freue mich über Murray. Das ist ein kleiner Lichtblick in all dem Elend. Gut zu wissen, daß er frei von Schuld ist.«

Palliser schaute weg. »Ich mache jetzt meine Runde und lege mich dann ein paar Stunden aufs Ohr.«

Bulkley seufzte. »Ich auch. Ich wollte aber darum bitten, daß ich Spillane, den provisorischen Schreiber, ausgeliehen bekomme. Auch ich bin knapp an Leuten.«

Palliser hielt an der Tür inne und sah Bulkley mit leerem Blick an. »Da müssen Sie sich aber beeilen. Morgen früh wird er vielleicht schon hängen, um Garricks Zorn weiter anzuheizen. Er war nämlich sein Spion. Murray hat gesehen, wie Spillane den Leichnam des alten Lockyer durchsuchte, als er an Bord gebracht wurde.« Die Müdigkeit verwischte Pallisers Worte. »Spillane versuchte, Murray mit Jurys Uhr zu kompromittieren und einen Keil zwischen Vor- und Achterdeck zu treiben. So etwas hat es schon öfter gegeben.« Mit plötzlich aufsteigender Bitterkeit setzte er hinzu: »Spillane ist genauso ein Mörder wie Garrick.«

Ohne ein weiteres Wort marschierte er aus der Messe; als Bulkley sich umwandte, sah er, daß Pallisers Hut noch immer auf der Kanone lag.

Was morgen auch geschah, nichts würde je wieder so sein wie bisher, dachte der Arzt, und diese Einsicht machte ihn sehr traurig.

Als die Dunkelheit schließlich den Horizont verwischte und der flache Hügel über der Insel Fougeaux verschwunden war, spiegelten sich die Lichter der *Destiny* immer noch wie wachsame Augen im Wasser.

XVII   Die Schlacht

Über Nacht schien die Insel Fougeaux geschrumpft zu sein, denn als das erste schwache Licht den Horizont erhellte, sah sie nicht viel größer aus als eine Sandbank, Steuerbord voraus von der *Destiny*.

Bolitho setzte sein Fernglas ab und ließ damit die Insel in den Schatten zurücksinken. Binnen einer Stunde würde er strahlendem Sonnenschein weichen. Er wandte dem Land den Rücken und marschierte langsam auf und ab. Das Schiff hatten sie schon während der Nachtwachen fast gefechtsklar gemacht. Die Seeleute kannten sich an Deck und rund um die Masten so gut aus, daß wenig übrigblieb, was sie erst bei Tageslicht erledigen konnten. Dumaresq hatte das mit der gleichen peinlichen Genauigkeit geplant wie alles, was er anpackte. Seine Männer sollten einsehen, daß der Kampf ebenso unvermeidbar war wie die Tatsache, daß einige von ihnen, wenn nicht gar alle, niemals wieder eine Fahrt mit der *Destiny* antreten würden. Es gab nur einen anderen Weg, und der war auf der Seekarte des Masters mit zweitausend Faden* eingezeichnet und führte senkrecht nach unten.

Dumaresq sorgte aber auch dafür, daß seine Leute so ausgeruht wie möglich waren, wenn sich der Feind zeigte, und nicht erschöpft von aufreibenden Gefechtsvorbereitungen.

Palliser erschien auf dem Achterdeck und sagte nach einem flüchtigen Blick auf Kompaß und Segel: »Ich hoffe, die Freiwache ist gleich fertig mit dem Frühstück?«

Bolitho antwortete: »Aye, Sir. Ich habe befohlen, daß die Köche das Kombüsenfeuer löschen, sobald sie fertig sind.«

Palliser ließ sich von Fähnrich Henderson ein Fernglas geben und unterzog die Insel einer sorgfältigen Prüfung. »Schreckliche Gegend!« Dann gab er Henderson das Glas zurück und sagte: »Hinauf mit Ihnen! Ich möchte unverzüglich Meldung, wenn Garrick sich anschickt, die Lagune zu verlassen.«

Bolitho sah zu, wie der Fähnrich die Webeleinen hochkletterte. Es wurde sehr schnell heller. Er konnte sogar schon die Ketten erkennen, mit denen der Bootsmann die Rahen gesichert hatte, und auch die Taljen und zusätzlichen Tampen, die an den Masten angeschlagen oder durch Blöcke geschoren waren, um später notwendige

---

* ca. 3700 m

Reparaturen zu erleichtern.

Er fragte: »Glauben Sie, daß es heute zur Schlacht kommt, Sir?«

Palliser lächelte grimmig. »Der Kommandant ist sich dessen sicher, das genügt mir. Und Garrick wird wissen, daß er kämpfen und siegen muß, um dann zu verschwinden, bevor das Geschwader Verstärkung schickt.«

Undeutlich bewegten sich Gestalten auf dem Oberdeck und zwischen den Kanonen. Die schwarzen Rohre, die jetzt feucht von Spritzwasser und nächtlichem Dunst waren, würden bald zu heiß zum Anfassen sein.

Unteroffiziere besprachen letzte Änderungen mit ihren Geschütz-bedienungen, die durch Abkommandierungen auf den eroberten Schoner oder durch Tod dezimiert waren.

Leutnant Colpoys stand mit seinem Sergeanten achtern an der Heckreling, während Matrosen über die Laufbrücken eilten und ihre Hängematten in den Finknetzen verstauten, als Kugelfang für diejenigen, die sich während des Gefechts auf dem Achterdeck aufhalten mußten. Das war ein besonders exponierter und gefährlicher Platz, aber lebenswichtig für jedes Schiff.

Midshipman Jury kam aufs Achterdeck und meldete: »Kombü-senfeuer ist gelöscht, Sir.«

Er sieht sehr jung und adrett aus, dachte Bolitho, als ob er sich extra fein gemacht hätte. Er lächelte. »Ein schöner Tag.«

Jury schaute den Mast hinauf und suchte Henderson. »Wir haben wenigstens den Vorteil der größeren Beweglichkeit, Sir.«

Bolitho warf ihm einen Blick zu und sah sich selber, wie er noch vor einem Jahr gewesen war. »Das ist richtig.« Es lohnte nicht hinzusetzen, daß der Wind nur noch eine schwache Brise war. Um wenden und halsen zu können, mußten die Segel gut ziehen. Wind und Leinwand waren das Lebenselement einer Fregatte.

Rhodes kam zum Achterdeck hoch und studierte neugierig den schmutzigen kleinen Fleck Land vor ihrem Steuerbordbug. Er trug seinen besten Säbel, den er von seinem Vater geerbt hatte. Bolitho dachte an den alten Säbel, den sein Vater immer trug. Er war auf allen Familienporträts in Falmouth zu sehen und würde eines Tages seinem Bruder Hugh gehören, sogar sehr bald schon, wenn sein Vater endgültig heimkehren würde.

Er wandte Jury und Rhodes den Rücken zu. Irgendwie hatte er das Gefühl, daß er Falmouth nie wiedersehen würde. Und zu seiner Verwunderung stellte er fest, daß er es widerspruchslos hinnahm.

Palliser kam zurück und befahl: »Sagen Sie Mr. Timbrell, daß er ein Jolltau an der Nock der Großrah anschlagen soll, Mr. Bolitho.« Er fing ihre erstaunten Blicke auf. »Nun?«

Rhodes zuckte verlegen mit den Schultern. »Tut mir leid, Sir, aber ich dachte, in einem Augenblick wie diesem . . .«

Palliser konterte: »In einem Augenblick wie diesem, meinen Sie wohl, kommt es auf eine Leiche mehr oder weniger auch nicht an?«

Bolitho schickte Jury zum Bootsmann und dachte an Spillanes Verrat. Er hatte reichlich Gelegenheit gehabt, Informationen zu sammeln und sie in Rio oder Basseterre an Land zu bringen. Der Schreiber des Kommandanten genoß – wie auch dessen Bootssteurer – mehr Bewegungsfreiheit als alle anderen Leute an Bord.

Garrick mußte überall Agenten und Spione gehabt haben, sogar in der Admiralität, wo jemand jeden Schritt, um die *Destiny* auf den Weg zu bringen, verfolgt hatte. Als das Schiff klar zum Auslaufen in Plymouth lag, war Spillane erschienen. Er hatte es leicht gehabt, die Wege von Dumaresqs Rekrutierungskommandos zu verfolgen. Er brauchte nur ihre Plakate zu lesen.

Jetzt liefen alle Fäden wie die Linien auf der Seekarte hier zusammen, als ob Gulliver diesen Platz eigens dafür markiert hätte. Es schien mehr vorherbestimmt als geplant zu sein.

Die meisten Männer an Deck schauten zur Bootsmannsgruppe auf, die eine Henkersschlinge von der Rahnock zur Laufbrücke fierten. Wie Rhodes hatten sie wenig Verständnis für eine Hinrichtung im Schnellverfahren. Das lag außerhalb ihres Begriffs von Gerechtigkeit.

Bolitho hörte einen der Rudergänger leise sagen: »Der Kommandant kommt, Sir.«

Bolitho wandte sich dem Niedergang zu, als Dumaresq, der ein frisches Hemd trug und seinen goldverbrämten Hut fest auf den Kopf gedrückt hatte, zum Achterdeck hochstieg.

Er nickte jedem seiner Offiziere und den Männern der Wache zu und sagte zu Colpoys, der sich bemühte, trotz seiner Wunde Haltung anzunehmen: »Schonen Sie Ihre Kräfte.«

Gulliver berührte seinen Hut: »Kurs Nord zu Ost, Sir. Wind ist noch immer ziemlich schwach.«

Dumaresq schaute ihn geistesabwesend an. »Das sehe ich.« Er wandte sich an Bolitho: »Lassen Sie die Leute bei sechs Glasen* zur

---

* sieben Uhr

Teilnahme an einem Strafakt achteraus kommen.« Er beobachtete, wie Bolitho sich bemühte, seine Gefühle zu verbergen. »Sie haben offenbar immer noch nicht gelernt, mich zu täuschen. Was bedrückt Sie – die Hinrichtung?«

»Ja, Sir. Es ist wie eine Vorahnung, ein Aberglaube. Ich – ich kann es nicht genauer ausdrücken.«

»Offensichtlich.« Dumaresq ging an die Querreling und schaute über das Oberdeck. »Dieser Mann versuchte, uns zu verraten, genau wie er sich bemühte, Murray zu vernichten. Murray war ein guter Mann, während . . .« Er brach ab, um einige Seesoldaten zu beobachten, die sich anschickten, im Vor- und Großmast aufzuentern.

»Ich hätte Murray gern noch einmal gesehen, bevor er uns verließ, Sir.«

Dumaresq fragte scharf: »Warum?«

Bolitho war über Dumaresqs Reaktion erstaunt. »Ich hätte ihm gern gedankt.«

»Oh, deswegen.«

Ein Ruf von Henderson ließ alle nach oben schauen. »An Deck! Ein Schiff läuft von der Insel aus, Sir!«

Dumaresq senkte das Kinn auf sein Halstuch. »Endlich.« Er sah Midshipman Merrett am Besanmast. »Laufen Sie hinunter und holen Sie die Kriegsartikel von meinem Steward. Wir wollen diese Angelegenheit hinter uns bringen und uns dann zum Gefecht bereitmachen.«

Er klopfte auf seine scharlachrote Weste und gab einen leisen Rülpser von sich. »Das war ein hübsches Stück Schweinefleisch. Und auch das Glas Wein wird helfen, den Tag richtig zu beginnen.« Er bemerkte Bolithos Unentschlossenheit. »Lassen Sie den Gefangenen holen. Ich möchte, daß er das Schiff seines Brotgebers sieht, bevor er an der Rah baumelt. Gott lasse ihn da verfaulen.«

Sergeant Barmouth stellte eine Reihe Seesoldaten quer auf der Hütte auf, und als die Bootsmannsmaaten »Alle Mann achteraus zum Strafakt« durch die Decks pfiffen, erschien Spillane, begleitet vom Wachtmeister und von Korporal Dyer.

Die Seeleute, die ihre Oberkörper schon zum Gefecht entblößt hatten, machten Platz, um die kleine Gruppe durchzulassen.

Unter der Querreling hielten sie an, und Poynter meldete: »Der Gefangene, Sir!«

Bolitho zwang sich, in Spillanes nach oben gerichtetes Gesicht zu schauen. Es war so völlig leer, als sei der gewöhnlich aufmerksame und gefaßte Mann nicht imstande, das Geschehen zu begreifen.

Bolitho erinnerte sich, wie Spillane mit Auroras Botschaft in seine Kammer gekommen war, und fragte sich, wieviel davon er wohl Garrick berichtet hatte.

Dumaresq wartete, bis seine Offiziere die Hüte abnahmen, und sagte dann mit seiner volltönenden Stimme: »Sie wissen, warum Sie hier stehen, Spillane. Wenn Sie ein gepreßter Mann wären, den man gegen seinen Willen zum Dienst für den Krieg gezwungen hätte, wäre es anders. Aber Sie haben sich freiwillig gemeldet in der klaren Absicht, Ihren Diensteid zu brechen und alles zu tun, Ihr Schiff und Ihre Kameraden ins Verderben zu führen. Es war Verschwörung zum Mord. Schauen Sie da hinüber, Mann.«

Als Spillane sich nicht rührte und ihn nur anstarrte, sagte Dumaresq: »Wachtmeister!«

Poynter faßte das Kinn des Delinquenten und drückte es zum Bug.

»Das Schiff da drüben wird von Ihrem Herrn, Piers Garrick, befehligt. Schauen Sie es sich genau an, und fragen Sie sich selber, ob es den Verrat wert war.«

Doch Spillanes Blick blieb auf die im Wind schwingende Schlinge gerichtet. Es war zweifelhaft, daß er irgend etwas anderes sah.

»An Deck!« Hendersons normalerweise kräftige Stimme klang unsicher, als fürchte er sich, in das Drama unter ihm einzugreifen.

Dumaresq schaute auf. »Sprechen Sie, Mann!«

»Auf der *San Augustin* hängen Leichen an den Rahen, Sir!«

Dumaresq schnappte sich Jurys Fernglas und machte einen Sprung in die Wanten.

Langsam kam er wieder herunter an Deck und sagte: »Es sind die spanischen Offiziere des Schiffes.« Er warf einen kurzen Blick auf Bolitho. »Zur Warnung erhängt, zweifellos.«

Doch Bolitho hatte etwas anderes in Dumaresqs Augen gelesen, nur ganz kurz. Etwas wie Erleichterung, aber worüber? Was hatte er zu sehen erwartet?

Dumaresq kehrte an die Querreling zurück und setzte seinen Hut wieder auf. Dann sagte er: »Entfernen Sie das Jolltau von der Großrah, Mr. Timbrell. Wachtmeister, bringen Sie den Delinquenten nach unten. Er soll auf die gemeinsame Hinrichtung mit den anderen warten.«

Spillanes Beine schienen unter ihm nachzugeben. Er legte die

Handflächen zusammen und sagte zerknirscht: »Ich danke Ihnen, Sir! Gott segne Sie für Ihre Güte!«

»Steh auf, verdammter Kerl!« Dumaresq sah mit Verachtung auf ihn hinab. »Erstaunlich, daß Männer wie Garrick andere Menschen so leicht korrumpieren können. Wenn ich Sie hänge, bin ich nicht viel besser als er. Aber hören Sie zu: Sie werden heute erleben, wie wir siegen, und das wird eine sehr viel härtere Strafe für Sie sein.«

Als Spillane weggeschleppt wurde, sagte Palliser sarkastisch: »Und wenn wir sinken, geht der Lump als erster auf den Meeresgrund.«

Dumaresq tippte ihm auf die Schulter: »Sehr wahr. Aber nun treffen Sie die letzten Vorbereitungen zum Gefecht, und zwar zwei Minuten schneller als üblich!«

»Schiff ist klar zum Gefecht, Sir!« Palliser faßte grüßend an seinen Hut, und seine Augen glänzten. »In genau acht Minuten.«

Dumaresq senkte sein Teleskop und warf ihm einen Blick zu. »Wir mögen knapp an Leuten sein, aber dafür setzt sich jeder doppelt ein.«

Bolitho stand unterhalb des Achterdecks und beobachtete scheinbar gelassen seine Geschützbedienungen an ihren Vorholtaljen. Das Warten war noch lange nicht vorüber.

Das noch fernab stehende Schiff hatte weitere Segel gesetzt und hob sich klar von der Insel ab; aber während die *Destiny* von der leichten Dünung sanft gewiegt wurde, schien die *San Augustin* bewegungslos dazuliegen wie ein Klotz. Würde sie abdrehen und flüchten? Dann bestand immerhin eine Chance für ihre Heckgeschütze, die sie verfolgende *Destiny* mit einem Glückstreffer außer Gefecht zu setzen.

Fähnrich Henderson, von den Vorbereitungen tief unter seinem Ausgucksitz unberührt, hatte gemeldet, daß zwei weitere Segel aus der Lagune gekommen waren. Das eine war der Toppsegelschoner, und Bolitho fragte sich, warum Dumaresq so sicher war, daß Garrick sich auf dem großen Kriegsschiff befand und nicht auf dem Schoner. Vielleicht waren er und Dumaresq am Ende einander doch sehr ähnlich. Keiner wollte nur Zuschauer sein, jeder war darauf aus, einen schnellen und eindeutigen Sieg zu erringen.

Little ging langsam hinter der Steuerbordbatterie von Zwölfpfündern entlang, hielt gelegentlich an, um eine Talje zu kontrollieren oder um sicherzustellen, daß die Schiffsjungen die Decks ausreichend mit Sand bestreut hatten, damit die Bedienungen später, wenn es heiß herging, nicht ausrutschten.

Stockdale stand an seiner Kanone und streichelte eine Zwölfpfundkugel, bevor er sie in das Kugelrack zurücklegte und eine andere herausnahm. Gegen seine mächtige Gestalt wirkten seine Männer wie Zwerge. Er macht das, als ob es ihm angeboren ist, dachte Bolitho, der diese Geste oft bei alten Geschützführern gesehen hatte. Sie wollten damit sicherstellen, daß die ersten Schüsse genau saßen. Nach den einleitenden Breitseiten kämpfte gewöhnlich jede Kanone für sich, und der Teufel sollte die letzten holen.

Er hörte Gulliver sagen: »Wir haben die Luvposition, Sir. Wir können immer noch Segel wegnehmen, wenn der Feind herankommt.«

Er redete wahrscheinlich nur, um seine innere Unruhe zu verbergen oder um einen Tip von seinem Komandanten zu bekommen. Aber Dumaresq blieb stumm, beobachtete seinen Gegner, blickte gelegentlich zum Wimpel im Masttopp auf oder musterte die träge Welle, die vom Bug der *Destiny* aufgeworfen wurde.

Bolitho schaute nach vorn, wo Rhodes mit Cowdroy und einigen seiner Geschützführer sprach. Das Warten nahm kein Ende. Es war so wie immer, aber er würde sich nie daran gewöhnen.

»Die Schoner haben angeluvt, Sir!«

Dumaresq grunzte: »Hängen sich an wie Schakale.«

Bolitho kletterte hoch, um über die Laufbrücke, die Vor- und Achterschiff über die Steuerbordbatterie hinweg miteinander verband, spähen zu können. Selbst hinter den vollgepackten Hängemattskästen und unter den waagrecht über das Batteriedeck gespannten Fangnetzen gab es nur wenig Schutz für die Seeleute, dachte er.

Beinahe am gefährlichsten war es auf den jetzt leeren Bootsständen. Bis auf Gig und Barkasse, die sie hinter sich herschleppten, hatten sie alle Boote treiben lassen. Im Gefecht waren herumfliegende Holzsplitter eine der größten Gefahren, und die Boote gaben ein verlockendes Ziel ab. Doch sie treiben zu lassen, drückte dem, was ihnen bevorstand, das Siegel der Endgültigkeit auf.

Henderson rief: »Die Leichen sind herunterholt worden, Sir.« Seine Stimme klang vor Anstrengung rauh.

Dumaresq sagte zu Palliser: »Gott strafc ihn.«

Palliser antwortete ruhig: »Vielleicht will er Sie nur wütend machen, Sir?«

»Mich provozieren?« Dumaresqs Ärger verflog. »Sie könnten recht haben. Himmel und Hölle, Mr. Palliser, Sie gehören ins Parlament und nicht in die Marine.«

Seekadett Jury stand, die Hände auf dem Rücken, und beobachtete das ferne Schiff. Den Hut hatte er so schief über die Augen gezogen, wie er es bei Bolitho gesehen hatte.

Er fragte plötzlich: »Werden sie versuchen, uns anzugreifen, Sir?«

»Wahrscheinlich. Sie sind uns zahlenmäßig überlegen. Nach dem, was wir auf der Insel gesehen haben, schätze ich, daß es zehn zu eins für sie steht.« Er sah Jurys Bestürzung und setzte leichthin hinzu: »Aber der Kommandant wird sie sich vom Leibe halten und sie langsam zermürben.«

Jury wandte ein: »Die beiden anderen Schiffe könnten gefährlich werden.«

»Der Toppsegelschoner vielleicht. Der andere ist zu leicht gebaut, um ein Nahgefecht mit uns zu riskieren.«

Bolitho überlegte, wie es jetzt ohne ihre verzweifelte Aktion auf der Insel um sie stünde. War das erst gestern gewesen? Es wären sechs Schoner gewesen statt zwei, und die vierundvierzig Kanonen tragende *San Augustin* hätte Zeit gehabt, noch zusätzliche Kanonen an Bord zu montieren, zum Beispiel die von der Hügelbatterie. Aber wie es auch ausging, der gekaperte Schoner würde Dumaresqs Bericht zum Admiral nach Antigua bringen. Für sie vielleicht zu spät, aber Garrick würde für den Rest seines Lebens ein gejagter Mann bleiben.

Wie klar der Himmel war. Und es war noch nicht zu heiß. Die See sah sanft und einladend aus. Bolitho versuchte, nicht an damals zu denken, als er sich ausgemalt hatte, wie er mit Aurora im Wasser herumtollen und sie beide für immer glücklich miteinander leben würden.

Dumaresq sagte sehr laut: »Sie werden versuchen, uns zu entmasten und uns dann zu entern. Außerdem ist anzunehmen, daß der größte Schoner mit einigen schweren Kanonen bestückt ist. Darum muß jede unserer Kugeln sitzen. Denkt daran, daß drüben viele Kanoniere und Matrosen gefangene Spanier sind. Sie sind zwar von Garrick eingeschüchtert, werden aber kaum Lust haben, von uns zu Brei zerstampft zu werden.«

Seine Worte riefen zustimmendes Gemurmel bei den halbnackten Geschützbedienungen hervor.

Plötzlich hörten sie abgehacktes Geschützfeuer. Als Bolitho sich umwandte, sah er, wie die Steuerbordkanonen der *San Augustin* lange, orangefarbene Zungen ausspien, während Pulverqualm über das Schiff hinwegzog und die Insel dahinter teilweise verdeckte.

Die See schäumte und schoß himmelwärts, als ob sie vulkanisch aus der Tiefe hochgetrieben würde und nicht durch die Kanonenkugeln des stolzen Schiffes mit den roten Kreuzen auf seinen Großsegeln.

Stockdale sagte: »Ungenau.«

Einige Seeleute drohten dem Feind mit den Fäusten, obwohl das niemand auf die weite Entfernung sehen konnte.

Rhodes schlenderte nach achtern. Sein schöner Säbel paßte schlecht zu seiner abgetragenen Borduniform. Er meinte: »Er will sie wohl nur beschäftigen, was, Dick?«

Bolitho nickte. Rhodes hatte sicher recht, aber trotzdem ging von dem spanischen Schiff etwas sehr Bedrohliches aus, vielleicht wegen seiner ausgefallenen Schönheit, der Pracht seines vergoldeten Schnitzwerks, das selbst auf diese Entfernung zu erkennen war.

Er sagte: »Wenn bloß Wind aufkommen wollte!«

Rhodes zuckte die Achseln. »Wenn wir bloß in Plymouth wären!«

Der spanische Koloß spie eine weitere Breitseite aus, und einige Kugeln sprangen – scheinbar endlos lange – über die Wasseroberfläche.

Das Hohngeschrei war diesmal noch lauter, aber Bolitho bemerkte, daß einige der älteren Geschützführer besorgt dreinschauten. Das Eisen des Feindes fiel kurz und war auch seitlich nicht gut gerichtet, aber da beide Schiffe sich auf konvergierenden Kursen langsam aufeinander zubewegten, würde jede Salve gefährlicher werden.

Er dachte an Bulkley und seine Gehilfen, wie sie im halbdunklen Orlopdeck standen, die blanken Instrumente vor sich, dazu die Branntweinflasche, die den Schmerz betäuben, und den Lederknebel, der verhindern sollte, daß der Patient sich die Zunge durchbiß, wenn die Säge des Chirurgen ihre Arbeit tat.

Und er dachte an Spillane in der Arrestzelle unterhalb der Wasserlinie. Was mochte er empfinden, wenn der Geschützdonner gegen die Bordwände anrollte?

»Batteriedeck, Achtung!« Palliser blickte auf die doppelte Reihe Kanonen herab. »Zurückholen und laden!«

Das war der große Augenblick. Mit äußerster Konzentration wachte jeder Geschützführer darüber, daß seine Männer ihr volles

Gewicht an die Taljen hängten und ihre Kanone von der Bordwand zurückzogen.

Massige Kartuschen wurden schnell an die Mündung gereicht, von der Ladenummer eingeführt und anschließend vom Ansetzer weiter hineingeschoben.

Bolitho beobachtete den ihm am nächsten stehenden Mann, wie er der Kartusche noch zwei Extrastöße nachschickte, um sie ganz fest gegen das Bodenstück zu pressen. Sein Gesicht war dabei so gespannt, so völlig seiner Aufgabe hingegeben, als wolle er den Feind ganz allein besiegen. Dann kam der Ladepfropfen, gefolgt von einer glänzend schwarzen Kugel, die mit einem weiteren Ladepfropfen festgerammt wurde, damit sie nicht bei einer unerwarteten Schlingerbewegung des Schiffes harmlos wieder vorn heraus und ins Wasser rollte. Schließlich waren sie fertig.

Als Bolitho wieder hochschaute, schien das andere Schiff sehr viel näher gekommen zu sein.

»Fertig an Deck?«

Jeder Geschützführer zeigte mit einer Hand: klar.

Palliser rief: »Stückpforten öffnen!« Er wartete und zählte die Sekunden, als die Pfortendeckel sich an beiden Schiffsseiten wie Augenlider hoben. »Ausrennen!«

Die *San Augustin* feuerte schon wieder, aber da ihr Steuermann wohl gerade etwas abgefallen war, schlug die ganze Breitseite eine gute halbe Meile vor dem Bug der *Destiny* ins Wasser.

Rhodes marschierte hinter seinen Kanonen entlang, gab Anweisungen oder scherzte auch nur mit seinen Leuten; Bolitho konnte es nicht erkennen.

Die *San Augustin* stand nun an Backbord voraus, und ihr Kurs lief mit dem der *Destiny* in einem spitzen Winkel zusammen. Es war schwer, die Geschützbedienungen an ihrem Platz zu halten und zu verhindern, daß sie auf die andere Seite liefen, um nachzuschauen, was drüben los war.

Palliser rief: »Mr. Bolitho! Halten Sie sich bereit, Leute von Ihrer Batterie auf die andere Seite zu Hilfe zu schicken. Nach zwei Breitseiten werden wir nach Backbord halten und auch Ihren Kanonen eine Chance geben.«

Bolitho hob die Hand. »Aye, Sir!«

Dumaresq befahl: »Kursänderung drei Strich nach Steuerbord.«

»An die Schoten und Brassen! Ruder nach Luv!«

Die Rahen schwangen herum, die *Destiny* folgte gehorsam dem

Ruder; die *San Augustin* schien achteraus auszuwandern, als sie den geduckt hinter ihren Stückpforten wartenden Geschützführern ins Visier kam.

»Volle Erhöhung! *Feuer!*«

Die Zwölfpfünder rumpelten binnenbords und wurden von Brocktauen abgestoppt. Der Pulverqualm trieb leewärts in einer dichten Wolke auf den Feind zu.

»Stopft die Zündlöcher!« Rhodes bewegte sich jetzt viel schneller. »Wischt aus und ladet neu!«

Die Geschützführer mußten doppelt hart arbeiten, und mancher benutzte beide Fäuste, um die Nervosität seiner Leute zu bändigen. Wenn eine Kartusche in ein unausgewischtes Rohr gesteckt wurde, in dem noch glühende Reste der vorigen Kartusche steckten, bedeutete das einen schnellen und gräßlichen Tod.

Stockdale schlug auf den Verstärkungsring seiner Kanone. »Los, Jungs! Beeilung!«

»Rennt die Kanonen aus!« Palliser hielt sein Teleskop auf die Hängemattsnetze gestützt und beobachtete das andere Schiff. »Ziel auffassen! Geschützweise nach Sicht feuern!«

Diesmal kam die Breitseite unregelmäßig heraus, da jeder Geschützführer den für ihn günstigen Augenblick zum Abschuß abwartete. Aber bevor er den Einschlag seiner Kugel beobachten konnte, rannten schon wieder Matrosen an die Schoten und Brassen, da Gulliver seine Rudergänger zu neuer Kursänderung antrieb. Die *Destiny* lag jetzt so hoch am Wind, wie es ihr möglich war, ohne die Manövrierfähigkeit zu verlieren.

Bolitho hatte einen ganz trockenen Mund. Ohne es zu bemerken, hatte er seinen Säbel gezogen und gegen die Hüfte gedrückt. Das Deck der *Destiny* hatte sich schräg gelegt, und die Geschützführer sahen den goldverzierten Bugspriet der *San Augustin* jetzt langsam, aber stetig ins Blickfeld ihrer Stückpforten einwandern.

»In der Aufwärtsbewegung schießen!«

Aber vor ihnen spie die Bordwand der *San Augustin* erneut Feuer und Eisen mit orangefarbenen Zungen. Bolitho hörte das wilde Kreischen der Ketten- und Stangengeschosse, die über sie hinwegflogen. Er fand noch Zeit, Fähnrich Henderson zu bemitleiden, der oben auf der Bramsaling hockte und sein Fernrohr auf den Feind gerichtet hielt, während die mörderische Verbindung von Ketten und Eisenstangen an ihm vorbeirauschte.

»*Feuer!*«

Bolitho beobachtete, wie die See um das andere Schiff aufbrauste und sein Großsegel flatterte, als ob es von mehr als einer Kugel durchschlagen worden sei.

Während seine Männer sich auf Handspaken und Ansetzer stürzten und nach Pulver und Kugeln schrien, und während das Getöse noch von Pallisers Stimme auf dem Achterdeck übertönt wurde, warf Bolitho einen Blick auf den Kommandanten.

Er stand mit Gulliver und Slade neben dem Kompaß und zeigte auf den Feind, auf seine Segel und den davontreibenden Qualm, als ob das alles von ihm dirigiert würde.

»*Feuer*!«

Kanone für Kanone rollten die Zwölfpfünder an der Steuerbordseite der *Destiny* binnenbords, und die Räder ihrer Lafetten quietschten dabei wie gequälte Schweine.

»Klar zur Kursänderung! Achtung, Mr. Rhodes! Backbordbatterie mit Doppelkugeln laden!«

Bolitho sprang beiseite, um vorbeirennenden Matrosen und Kommandos schreienden Maaten Platz zu machen. Der ständige kräftezehrende Drill auf der langen Überfahrt von Plymouth zahlte sich jetzt aus. Unabhängig davon, was die Kanonen machten, das Schiff mußte gehandhabt und manövrierfähig gehalten werden.

Wieder brüllten die Kanonen auf, diesmal mit einem anderen Ton, der durch Mark und Bein ging, denn die Rohre spien mit doppelter Treibladung je zwei Kanonenkugeln aus.

Bolitho wischte sich das Gesicht mit dem Handrücken. Ihm war, als hätte er stundenlang in der Sonne gestanden. Tatsächlich war es aber kaum acht Uhr früh; erst eine Stunde, nachdem Spillane unter Deck geschickt worden war.

Dumaresq war mit der doppelten Ladung ein Risiko eingegangen, aber Bolitho hatte gesehen, daß sich die beiden Schoner nach Luv vorarbeiteten, um von achtern an die *Destiny* heranzukommen. Sie mußten schnellstens Treffer auf der *San Augustin* erzielen, und zwar entscheidende Treffer, um zumindest deren Bewegungsfähigkeit herabzusetzen.

Dumaresq rief: »Holt den Feuerwerker! Aber schnell!«

Bolitho zuckte zusammen, als Wassersäulen über der Backbord-Laufbrücke zusammenschlugen und er einen heftigen Stoß gegen den Schiffsrumpf spürte. Mindestens zwei Treffer, vielleicht sogar an der Wasserlinie.

Aber der Bootsmann rief schon Befehle, und seine Leute rannten am Posten der Seesoldaten, der den Weg nach unten versperrte, vorbei, um den Schiffsrumpf zu untersuchen und jede Schadenstelle abzudichten.

Er sah den Feuerwerker wie eine Eule ins Tageslicht blinzeln und ärgerlich dreinschauen, daß man ihn aus seiner Pulverkammer geholt hatte, wenn auch auf Befehl des Kommandanten.

»Mr. Vallance!« Dumaresq grinste verschwörerisch. »Sie waren einmal der beste Geschützführer der Kanalflotte. Habe ich recht?«

Vallance rutschte in seinen Filzpantoffeln, die er in der feuerempfindlichen Pulverkammer tragen mußte, um beim Gehen keinen Funken zu erzeugen, hin und her.

»Das ist richtig, Sir.« Trotz des Lärms war er offenbar erfreut, daran erinnert zu werden.

»Gut. Ich möchte, daß Sie persönlich das Kommando über die beiden Buggeschütze übernehmen und es dem Toppsegelschoner richtig geben. Ich werde das Schiff auf den entsprechenden Kurs legen.« Leiser fügte er hinzu: »Sie müssen sich beeilen.«

Vallance schlurfte davon und zeigte im Vorbeigehen mit dem Daumen auf zwei Geschützführer in Bolithos Batterie. Vallance war tatsächlich der Beste in seiner Zunft der Feuerwerker und Stückmeister, auch wenn er gewöhnlich ein schweigsamer Mann war. Er brauchte keine weiteren Erklärungen von Dumaresq. Denn wenn die *Destiny* wendete, um die Schoner anzugreifen, bot sie ihre ganze Länge der feindlichen Breitseite.

Die Buggeschütze der *Destiny* waren Neunpfünder. Obwohl sie nicht so mächtig waren wie andere Marinegeschütze, hatten die Neunpfünder den Ruf, am genauesten zu treffen.

»Feuer!«

Die Männer von Rhodes' Batterie wischten schon wieder die Rohre aus und glänzten vor Schweiß, der in schmalen Streifen über ihre von Pulverqualm geschwärzten Rücken rann.

Die Entfernung betrug weniger als zwei Meilen, und als Bolitho hochschaute, sah er mehrere Löcher im Großmarssegel und einige Matrosen, die schon dabei waren, durchschossenes Tauwerk zu ersetzen, während die Schlacht auf immer kleinerem Abstand weitertobte.

Vallance stand nun auf der Back, und Bolitho konnte sich vorstellen, wie sein ergrautes Haupt sich über den Neunpfünder an Backbord neigte.

Dumaresqs Stimme schnitt durch eine kurze Pause im Kanonendonner. »Wenn Sie soweit sind, Mr. Vallance, gehen wir fünf Strich nach Backbord.« Er ballte die Fäuste. »Wenn bloß mehr Wind aufkäme!« Um seine Unruhe zu bezwingen, verschränkte er die Hände wieder hinter dem Rücken. »Bramsegelschoten los!«

Augenblicke später drehte die *Destiny*, so gut es ihr bei den müde killenden Segeln möglich war, nach Backbord durch den Wind, und Sekunden darauf – so schien es wenigstens –, lagen die Schoner quer vor ihrem Bug.

Bolitho hörte den Abschuß des Backbord-Neunpfünders und dann den der anderen Seite, als Vallance feuerte.

Der Toppsegelschoner schien zu taumeln, als ob er vierkant auf ein Riff aufgelaufen wäre. Der vordere Mast brach mit Rahen, Segeln und Tauwerk zusammen und stürzte auf das Vorschiff und zum Teil über Bord. Unkontrolliert drehte der Schoner ab und schlug quer.

Dumaresq schrie: »Aktion abbrechen! Drehen Sie zurück auf den alten Kurs, Mr. Palliser!«

Bolitho wußte, daß der zweite Schoner es kaum riskieren würde, das gleiche Schicksal wie sein Gefährte zu erleiden. Es war ein artilleristisches Meisterstück gewesen. Er sah seine Männer an den Stagen heruntergleiten, nachdem sie zusätzliche Segel gesetzt hatten, und fragte sich, welchen Eindruck die *Destiny* wohl auf die gegnerischen Geschützbedienungen machen mußte, die nun durch den Pulverqualm erkannten, daß einer der Ihren so leicht erledigt worden war.

Das machte aber kaum den Unterschied in der Bestückung der beiden Schiffe wett. Dagegen konnte es die britischen Seeleute in einem Augenblick ermutigen, in dem sie diese moralische Stütze am dringendsten brauchten.

»Recht so! Kurs Nord zu Ost, Sir.«

Bolitho rief: »Jetzt kommen wir dran!« Er sah, daß einige Matrosen ihm zulächelten, mit Gesichtern wie Masken und glasigen Augen von dem dauernden Geschützfeuer.

Plötzlich schien sich das Deck unter Bolithos Füßen aufzubäumen. Erschreckt sah er einen Zwölfpfünder der Backbord-Batterie umstürzen und zwei schreiende Männer unter sich begraben, während die übrigen sich duckten oder von herumfliegenden Holzsplittern getroffen zu Boden stürzten.

Er hörte Rhodes Befehle geben, die die Ordnung wiederherstellten, und die Antwort mehrerer Kanonen, die erneut feuerten. Doch der Schaden war groß, und als Timbrells Männer herbeieilten, um die umgestürzte Kanone und das zersplitterte Holz wegzuräumen, feuerte der Feind abermals.

Bolitho wußte nicht, wie viele Kugeln der *San Augustin* diesmal ihr Ziel getroffen hatten, aber das Deck bebte so heftig, daß es eine ganze Masse Eisen gewesen sein mußte. Holzteile flogen ihm um die Ohren, und er schützte sein Gesicht mit den Armen, als ein großer Schatten auf das Batteriedeck fiel.

Stockdale riß ihn zu Boden und krächzte: »Der Besan! Sie haben ihn umgeschossen.«

Dann gab es ein Donnergetöse, als der Besanmast mit Stengen und Rahen auf das Achterdeck und die Steuerbord-Laufbrücke herabstürzte, Tauwerk, Segel und Menschen mit sich reißend und unter sich begrabend.

Bolitho rappelte sich wieder auf und spähte nach dem Feind aus. Der schien seine Position verändert zu haben. Nur seine oberen Rahen ragten aus dem Qualm, doch er fuhr fort zu schießen. Die *Destiny* hatte Schlagseite, und die über die Bordwand hängenden Teile der Takelage zogen sie herum, während überall Männer sich aus dem Gewirr von Tauwerk und Leinwand zu befreien suchten. Bei dem ohrenbetäubenden Lärm waren alle ihnen zugerufenen Befehle vergeblich.

Dumaresq kam an die Querreling und ließ sich seinen Hut von seinem Bootssteurer reichen. Er warf einen schnellen Blick über das Oberdeck und befahl dann: »Mehr Leute nach achtern! Kappt den ganzen Plunder!«

Palliser tauchte aus dem Chaos auf wie ein Gespenst. Er hielt seinen Arm, der gebrochen schien, und es sah aus, als ob er jeden Augenblick zusammensinken würde.

Dumaresq brüllte: »Bewegt euch! Und eine neue Flagge an den Großmast, Mr. Lovelace!«

Aber es war ein Bootsmannsmaat, der aufenterte, um die Flagge zu ersetzen, die mit dem Besanmast weggeschossen worden war. Midshipman Lovelace, der in zwei Wochen vierzehn Jahre alt geworden wäre, lag – von einem durch die Luft gesausten Backstag fast mittendurch geschnitten – an den Hängemattsnetzen.

Bolitho stand bewegungslos an seinem Platz, während das Schiff um ihn herum unter den Stößen des Geschützfeuers schwankte und bebte. Dann packte er Jury an der Schulter und sagte: »Nehmen Sie zehn Männer, und helfen Sie dem Bootsmann.« Er schüttelte ihn leicht. »Alles in Ordnung?«

Jury lächelte. »Jawohl, Sir.« Er lief in den Qualm und rief dabei mehrere Namen.

Stockdale murmelte: »Wir haben nur noch sechs Kanonen auf dieser Seite, die zählen.«

Bolitho wußte, daß die *Destiny* so lange außer Kontrolle war, bis der Besan gekappt war. Als er über die Bordwand blickte, sah er unten einen Seesoldaten, der sich noch an der Besanstenge festhielt, und einen anderen, der von dem Gewirr der Takelage unter Wasser gezogen wurde und ertrank. Er wandte sich ab zu Dumaresq, der wie ein Fels dastand und den Feind beobachtete, wobei er offensichtlich darauf bedacht blieb, daß seine Besatzung ihn sah.

Bolitho zwang sich, woanders hinzublicken. Er fühlte sich plötzlich bedrückt und schuldig, da er zufällig Dumaresqs Geheimnis entdeckt hatte. Das also war der Grund, warum er die scharlachrote Weste trug! Damit keiner seiner Leute etwas merken konnte, wenn er verwundet wurde.

Aber Bolitho hatte die frischen nassen Flecken erkannt, von denen Blut auf seine kräftigen Hände getropft war, als sein Bootssteurer John ihn stützend an die Reling geführt hatte.

Midshipman Cowdroy kletterte über die Trümmer und rief: »Ich brauche Hilfe auf dem Vorschiff, Sir!« Er sah aus, als wäre er kurz vorm Durchdrehen.

Bolitho sagte: »Sehen Sie zu, wie Sie allein damit fertig werden.« Das gleiche hatte Dumaresq anläßlich des Uhrendiebstahls zu ihm gesagt.

Er hörte Axtschläge aus dem Rauch und spürte, wie das Schiff sich aufrichtete, als der gebrochene Mast mit seiner Takelage von ihrer Bordwand freikam.

Wie nackt sie aussahen ohne den Besanmast und seine vollstehenden Segel!

Auf einmal bemerkte Bolitho, daß die *San Augustin* quer vor ihrem Bug lag. Sie feuerte immer noch, aber die Kurswechsel der *Destiny*, die von der überhängenden Takelage verursacht worden waren, machten ihr das Zielen im Qualm schwierig. Mehrere Kugeln schlugen dicht vor der Bordwand ein oder klatschten querab zu beiden Seiten ins Wasser. Aber die Kanonen der *Destiny* waren ebenfalls blind, mit Ausnahme der Buggeschütze. Bolitho hörte ihre scharfen Abschüsse, als sie das Feuer mit tödlicher Entschlossenheit erwiderten.

Doch eine weitere schwere Kugel schlug unter ihrer Backbord-

Laufbrücke ein, warf zwei Kanonen um und färbte das Deck blutrot, als sie eine Gruppe von Männern niedermähte, von denen viele bereits verwundet gewesen waren.

Bolitho sah, daß Rhodes hinfiel und versuchte, sich wieder aufzuraffen, aber dann endgültig niedersank.

Er lief hinüber, um ihm zu helfen, ihn vor dem beißenden Pulverqualm zu schützen, während die Welt um ihn herum verrückt zu spielen schien.

Rhodes sah ihm direkt ins Gesicht, und seine Augen waren klar, als er flüsterte: »Der ›Herr und Meister‹ hat seinen Willen, sehen Sie, Dick?« Er schaute am Großmast vorbei in den Himmel. »Der Wind – endlich ist er da. Aber zu spät.« Er hob den Arm, um Bolithos Schulter zu berühren. »Passen Sie auf sich auf, Dick. Ich habe es immer gewußt . . .« Sein Blick wurde plötzlich starr und leblos.

Bolitho erhob sich mühsam und starrte in das Chaos und Elend ringsum. Stephen Rhodes war tot. Rhodes, der ihn als erster an Bord willkommen geheißen und das Leben immer auf die leichte Schulter genommen hatte.

Dann sah er durch die zerrissenen Netze und zerfetzten Hängematten die See. Die vorher so träge Dünung war lebhaft geworden. Er schaute hinauf zu den Segeln. Durchlöchert, wie sie waren, standen sie jetzt doch prall wie Brustharnische und trieben die Fregatte vorwärts in den Kampf. Sie waren noch nicht geschlagen! Rhodes hatte es gesehen. »Der Wind«, hatte er gesagt. Es war das letzte, was er auf Erden erkannt hatte.

Bolitho rannte an die Bordwand und sah die *San Augustin* an Steuerbord voraus erschreckend nahe. Männer schossen von drüben auf ihn, und überall war Qualm und Lärm, aber er spürte nichts. Aus der Nähe sah das feindliche Schiff nicht mehr so stolz und unverletzbar aus. Er konnte erkennen, wo die Kugeln der *Destiny* Spuren hinterlassen hatten.

Er hörte Dumaresqs Stimme, die ihm das Deck entlang folgte und trotz seiner unvermeidlichen Schmerzen immer noch kräftig und beherrrschend klang.

»An die Steuerbordbatterie, Mr. Bolitho!«

Bolitho hob Rhodes schönen Säbel auf und schwenkte ihn wild.

»An die Kanonen, Jungs! Doppelte Ladung!«

Musketenkugeln prasselten wie Kieselsteine an Deck, und hier und da fiel ein Mann um. Aber die übrigen, die sich aus den Trümmern befreit hatten, überließen die Kanonen an der Backbordseite sich selber und gehorchten taumelnd Bolithos Ruf. Sie luden die verbliebenen Zwölfpfünder, kauerten dahinter wie verschreckte Raubtiere und warteten, bis das hohe Achterschiff der *San Augustin* sich Meter für Meter wie ein vergoldeter Fels vor ihnen auftürmte.

»Ziel auffassen!«

Wer gab die Befehle? Dumaresq, Palliser, oder war er so mitgerissen von der Wildheit der Schlacht, daß er sie selber ausgestoßen hatte?

»*Feuer!*«

Er sah die Kanonen im Rückstoß binnenbords rollen und ihre Bedienungen durch die Stückpforten schauen, um den Erfolg ihrer Schüsse zu überprüfen. Denn jede der mörderischen Kugeln pflügte jetzt vom Heck bis zum Bug durch das spanische Schiff und verbreitete überall Tod und Verderben.

Kein Geschützführer, auch Stockdale nicht, machte Anstalten, neu zu laden. Es war, als wisse jeder Bescheid.

Die *San Augustin* trieb nach Lee ab. Vielleicht war ihr Ruder zerschossen oder sämtliche Offiziere waren in der letzten feurigen Umarmung getötet worden.

Bolitho ging langsam nach achtern und stieg den Niedergang hoch aufs Achterdeck. Holzsplitter lagen überall herum, und an den Sechspfündern waren nur noch wenige Männer übrig, die Hurra rufen konnten, als ein Teil der Takelage des Feindes in die Qualmwolken stürzte.

Dumaresq wandte sich mühsam um: »Ich glaube, sie brennt.«

Bolitho sah Gulliver tot neben seinen Rudergängern liegen; Slade stand an seinem Platz, als ob er von Anfang an zum Master bestimmt gewesen sei. Colpoys, der seinen roten Rock wie ein Cape um die bandagierte Brust gehängt hatte, musterte seine Männer, die von ihren Waffen zurückgetreten waren. Palliser saß auf einem Faß, während einer von Bulkleys Leuten seinen Arm untersuchte.

Bolitho hörte sich sagen: »Wir werden den Schatz verlieren, Sir.«

Eine Explosion schüttelte die schwer mitgenommene *San Augustin*. Man sah Gestalten über Bord springen und jeden niedertrampeln, der sie aufzuhalten versuchte.

Dumaresq blickte auf seine rote Weste herunter. »Sie verlieren ihn aber auch.«

Bolitho beobachtete das andere Schiff und sah, wie der Qualm dikker wurde und erste Flammen unterhalb des Großmasts hervorbrachen. Wenn Garrick noch lebte, würde er nicht mehr weit kommen.

Bulkley lief übers Achterdeck. »Sie müssen nach unten gehen, Sir, ich muß Sie untersuchen.«

»Müssen?« Dumaresq lächelte grimmig. »Das ist kein Wort, das ich . . .« Dann fiel er ohnmächtig in die Arme seines Bootssteurers.

Trotz allem, was schon geschehen war, schien Bolitho dieser Anblick unerträglich. Er sah zu, wie Dumaresq aufgehoben und vorsichtig zum Niedergang getragen wurde.

Palliser trat an die Querreling, aschfahl im Gesicht, aber er sagte: »Wir werden uns in sicherer Entfernung halten, bis das verdammte Schiff entweder gesunken oder in die Luft geflogen ist.«

»Was soll ich jetzt tun, Sir?« Das war Midshipman Henderson, der wunderbarerweise oben im Großmast überlebt hatte.

Palliser sah ihn an. »Sie übernehmen Mr. Bolithos Aufgaben.« Er stockte, den Blick auf Rhodes' Leiche am Fockmast gerichtet. »Mr. Bolitho ist jetzt Zweiter Offizier.«

Eine heftigere Explosion als alle bisherigen erschütterte die *San Augustin* so stark, daß ihre Fock- und Großmarsstengen in den Qualm hinabstürzten, das ganze Schiff sich schwer auf die Seite legte und schließlich kenterte.

Jury kam den Niedergang hoch und stellte sich an Bolithos Seite, um die letzten Augenblicke des einst so schönen Schiffes mit anzusehen. »War es das alles wert, Sir?«

Bolitho sah ihn an und schaute sich an Deck um. Schon waren Leute dabei, die Schäden auszubessern und das Schiff wieder flott zu machen. Tausenderlei Dinge gab es zu tun: die Verwundeten mußten betreut werden. Der übriggebliebene Schoner war zu jagen und zu erobern. Überlebende mußten aus dem Wasser gefischt und als Gefangene von den spanischen Seeleuten getrennt werden. Eine Menge Arbeit für eine kleine Fregatte mit reduzierter Besatzung.

Er erwog Jurys Frage und überlegte auch, was Dumaresq sagen würde, wenn er zurückkam. Eigenartig, dieser Dumaresq: Tod war für ihn gleich Niederlage, und beides gab es für ihn nicht.

Bolitho sagte leise: »So dürfen Sie nicht fragen. Ich habe einiges gelernt und lerne immer noch dazu. Das Schiff kommt zuerst. Aber lassen Sie uns an die Arbeit gehen, anderenfalls wird unser ›Herr und Meister‹ einige unfreundliche Worte für uns alle finden.«

Überrascht schaute er auf den Säbel, den er immer noch in der Hand hielt.

Vielleicht hatte da Rhodes Jurys Frage für ihn beantwortet?

Epilog

Bolitho drückte seinen Hut fester und blickte zu dem großen grauen Haus empor. Von See blies ein kräftiger Wind, und der Regen, der ihm ins Gesicht klatschte, fühlte sich an wie Eisnadeln. So viele Monate, so langes Warten, und nun war er wieder zu Hause. Die Fahrt nach Falmouth, nachdem die *Destiny* in Plymouth geankert hatte, war lang und beschwerlich gewesen. Die Straßen waren ausgefahren, und der hochspritzende Matsch hatte die Fenster der Kutsche so verdreckt, daß es Bolitho schwergefallen war, einzelne Orte, die ihm seit seiner Kindheit vertraut waren, wiederzuerkennen.

Und nun, am Ziel, schien ihm alles unwirklich und – aus Gründen, die er selbst nicht erklären konnte – für ihn verloren.

Nur das Haus war unverändert und sah aus wie vor einem Jahr.

Stockdale, der ihn von Plymouth begleitet hatte, trat unruhig von einem Fuß auf den anderen.

»Sind Sie sicher, daß es richtig war, mich mitzunehmen, Sir?«

Bolitho sah ihn an. Es war Dumaresqs letzte Geste gewesen, bevor er die *Destiny* der Schiffswerft zur gründlichen Überholung übergeben hatte und von Bord gegangen war: »Nehmen Sie Stockdale mit. Sie werden bald ein neues Kommando bekommen. Behalten Sie ihn bei sich, er ist ein brauchbarer Kerl.«

Bolitho antwortete ruhig: »Sie sind hier willkommen und werden es bald merken.«

Er schritt die ausgetretenen Stufen hinauf und sah, wie die zweiflüglige Tür sich nach innen öffnete. Es überraschte ihn nicht, denn er hatte schon gespürt, daß das ganze Haus ihn während der letzten Augenblicke schweigend beobachtet hatte.

Aber es war nicht die alte Mrs. Tremayne, ihre langjährige Haushälterin, die ihn begrüßte, sondern ein junges Hausmädchen, das er nicht kannte.

Sie knickste und errötete dabei: »Willkommen, Sir.« Fast im gleichen Atemzug setzte sie hinzu: »Käpt'n James erwartet Sie, Sir.«

Bolitho trat den Schmutz von seinen Schuhen und übergab dem Mädchen Hut und Bootsmantel.

Er schritt durch die getäfelte Eingangshalle in den großen Raum, den er so gut kannte. Da war das Kaminfeuer, munter prasselnd, als wolle es den Winter bezwingen; auf dem Sims schimmerte Zinngeschirr, und über allem hing ein Geruch, der – vermischt mit leichten Küchendüften – Geborgenheit ausstrahlte.

Kapitän James Bolitho löste sich vom Kamin und legte seinem Sohn die Hand auf die Schulter. »Mein Gott, Richard, ich habe dich zuletzt als mageres Bürschchen in Kadettenuniform gesehen, und nun bist du als Mann zurückgekehrt.«

Bolitho war bestürzt über das schlechte Aussehen seines Vaters. Er war zwar darauf vorbereitet, daß ihm ein Arm fehlte, aber sein Vater hatte sich unglaublich verändert. Sein Haar war grau, die Augen lagen tief in den Höhlen. Wegen seines hochgesteckten leeren Ärmels hielt er sich eigenartig. Bolitho hatte diese Haltung auch bei anderen verkrüppelten Seeleuten gesehen. Vielleicht fürchteten sie, daß jemand gegen die Stelle stoßen könnte, wo einmal der Arm gewesen war.

»Setz dich, mein Junge.« Er betrachtete Bolitho so genau, als befürchte er, etwas zu übersehen. »Das ist aber eine schreckliche Narbe da auf deiner Stirn. Du mußt mir davon erzählen.« Aber es lag keine Bewegung in seiner Stimme. »Wer ist der Riese, mit dem ich dich kommen sah?«

Bolitho packte die Armlehnen seines Stuhls. »Ein Mann namens Stockdale.« Er wurde sich plötzlich der Stille im Haus bewußt und fragte: »Vater, ist etwas nicht in Ordnung?«

Sein Vater ging zu einem Fenster und starrte blicklos durch das regennasse Glas.

»Ich habe es dir selbstverständlich geschrieben. Die Briefe werden dich eines Tages erreichen.« Er wandte sich heftig um. »Deine Mutter ist vor einem Monat gestorben, Richard.«

Bolitho sah ihn entsetzt an, unfähig, sich zu bewegen, es zu begreifen. »Gestorben?«

»Sie war nur kurze Zeit krank. Ein heftiges Fieber. Wir taten alles, was wir konnten.«

Bolitho sagte leise: »Ich glaube, ich habe es geahnt. Gerade eben, vor dem Haus. Sie hat ihm immer das Licht gegeben.«

Tot. Er hatte sich überlegt, was er ihr sagen wollte, wie er ihre Sorgen wegen seiner Verwundung zerstreuen konnte.

Wie aus weiter Ferne sagte sein Vater: »Dein Schiff wurde uns schon vor einigen Tagen gemeldet.«

»Ja. Aber dann kam Nebel auf. Wir mußten draußen ankern.«

Er sah plötzlich die Gesichter der *Destiny* vor sich, die er verlassen hatte. Wie sehr er sie in diesem Augenblick gebraucht hätte: Dumaresq, der zur Admiralität gefahren war, um den Verlust des Schatzes zu erklären oder dafür beglückwünscht zu werden, daß er ihn dem Feind entzogen hatte. Palliser, der das Kommando über eine in Spithead liegende Brigg bekommen hatte. Der junge Jury, dessen Stimme übergekippt war, als sie einander zum letztenmal die Hände geschüttelt hatten.

»Ich habe von euren Unternehmungen gehört. Dumaresq scheint sich einen Namen gemacht zu haben. Ich hoffe wenigstens, daß die Admiralität es so sieht. Dein Bruder ist auf See.«

Bolitho versuchte, seine Gefühle zu beherrschen. Worte, nur Worte. Er wußte, daß sein Vater so war: »Haltung.« Es war immer eine Frage der »Haltung« für ihn, zuerst und vor allem.

»Ist Nancy zu Hause?«

Sein Vater sah ihn kühl an. »Auch das kannst du nicht wissen: Deine Schwester hat den jungen Lewis Roxby, den Sohn des Squires, geheiratet. Deine Mutter sagte, das sei die beste Lösung nach der anderen Geschichte.« Er seufzte: »So ist das also.«

Bolitho lehnte sich im Stuhl zurück und preßte die Schultern gegen das geschnitzte Eichenholz, um seinen Schmerz zu bändigen.

Sein Vater hatte die See verloren, und jetzt war er auch noch allein in diesem großen Haus mit der Aussicht auf die Hänge von Pendennis Castle und auf das Kommen und Gehen auf der Reede von Carrick. Alles eine ständige Erinnerung an das, was er verloren hatte, was ihm genommen worden war.

Er sagte vorsichtig: »Die *Destiny* ist außer Dienst gestellt, Vater. Ich kann bleiben.«

Es war, als hätte er einen furchtbaren Fluch ausgestoßen. Captain James marschierte vom Fenster auf ihn zu und blickte auf ihn herab.

»Das will ich nicht hören! Du bist mein Sohn und ein Offizier des Königs. Seit Generationen sind wir von diesem Hause ausgezogen, und einige sind niemals zurückgekommen. Es liegt Krieg in der Luft, da werden alle unsere Söhne gebraucht.« Er machte eine Pause und setzte dann sanft hinzu: »Vor zwei Tagen kam ein Bote: Ein neues Kommando wartet auf dich.«

Bolitho stand auf und ging durch den Raum, berührte dabei vertraute Dinge, ohne es zu spüren.

Sein Vater fuhr fort: »Auf der *Trojan,* einem Linienschiff mit achtzig Kanonen. Wenn sie das Schiff in Dienst stellen, muß Krieg vor der Tür stehen.«

»Sicherlich.«

Keine schlanke Fregatte, sondern ein dickes Linienschiff. Eine neue Welt, die zu erkunden und zu meistern war. Vielleicht war es ganz gut so. Etwas, das ihn ausfüllte, ihn in Bewegung hielt, bis er alles verarbeitet hatte, was geschehen war.

»Nun sollten wir ein Glas zusammen trinken, Richard. Klingle nach dem Mädchen. Du mußt mir alles berichten. Vom Schiff, von den Menschen, alles. Das ist das einzige, was ich noch habe: Erinnerungen.«

Bolitho sagte: »Gut, Vater. Es ist ein Jahr her, daß ich nach Plymouth auf die *Destiny* unter Kapitän Dumaresq kam . . .«

Als das Hausmädchen mit Gläsern und Wein aus dem Keller kam, sah sie den grauköpfigen Captain James seinem jüngsten Sohn gegenübersitzen. Sie sprachen über Schiffe und ferne Länder und ließen sich weder Kummer noch Verzweiflung anmerken.

Aber sie wußte es nicht besser. Es war eben alles nur eine Frage der Haltung.

Alexander Kent

Zerfetzte Flaggen

Leutnant Richard Bolitho in der Karibik

Roman

Inhalt

FÜR WINIFRED

Unser Feind war keine Memme,
das sage ich Euch . . .
Sein Mut war von rauher englischer Art,
wie es ihn zäher und echter nie gab
und nie geben wird.

Walt Whitman

I Demonstration der Stärke

Der steife, ablandige Wind, der während des Tages ein wenig rückgedreht hatte auf Nordwest, fegte über die Reede von New York. Er brachte kein Nachlassen der grimmigen Kälte, sondern alle Anzeichen weiteren Schneefalls.

Heftig an seiner Ankerkette zerrend, lag dort Seiner Britannischen Majestät Schiff *Trojan*, bestückt mit achtzig Kanonen. Dem ungeschulten Auge einer Landratte mochte es wohl so vorkommen, als sei sie völlig unempfindlich gegen Wind und Seegang. Den Männern jedoch, die ständig ihre Arbeit an Deck oder hoch oben in der Takelage und auf den schlüpfrigen Rahen verrichteten, schien dies keineswegs so, und sie empfanden die schlingernden Bewegungen sehr deutlich.

Es war März 1777, doch der Offizier der Nachmittagswache, Leutnant Richard Bolitho, hatte das Gefühl, als sei es noch mitten im Winter. Es wird früh dunkel werden, dachte er, die Beiboote müssen noch überprüft, ihre Vertäuung verstärkt werden, bevor die Nacht kommt. Er fröstelte, weniger infolge der Kälte als bei dem Gedanken, daß es auch nachher in den Räumen unter Deck kaum wärmer sein würde. Denn trotz ihrer stattlichen Größe und ihrer starken Bewaffnung hatte die *Trojan* – ein Zweidecker-Linienschiff – ihrer Besatzung von sechshundertfünfzig Offizieren, Seeleuten und Seesoldaten, die alle in ihrem umfangreichen Rumpf lebten, nicht mehr als das Herdfeuer in der Kombüse zu bieten, allenfalls noch die eigene Körperwärme der Leute – gleichgültig, wie die Elemente tobten.

Auf dem Achterdeck richtete Bolitho sein Fernglas auf die bereits verschwimmende Küstenlinie. Während sein Blick die anderen vor Anker liegenden Linienschiffe, Fregatten und das übliche Gewirr kleinerer Versorgungsfahrzeuge streifte, hatte er Zeit, sich über die Veränderung klarzuwerden, die seit dem letzten Sommer stattgefunden hatte. Damals war die *Trojan* zusammen mit einem großen Flottenverband von hundertdreißig Schiffen hier bei Staten Island vor Anker gegangen. Nach dem anfänglichen Schock, den der Aufstand der amerikanischen Kolonien ausgelöst hatte, war die Besetzung New Yorks und Philadelphias, verbunden mit einer derartigen Demonstration der Stärke, den Beteiligten wie der Beginn einer Rückentwicklung, eines Kompromisses, vorgekommen.

Es war alles so einfach gewesen. General Howe hatte seine eingeschifften Truppen vor der gesamten Küste von Staten Island Posten beziehen lassen, war dann mit einer kleinen Infanterieeinheit gelandet und hatte alles in Besitz genommen. Die Verteidigungsvorbereitungen der örtlichen und der Festlandsmilizen waren buchstäblich ins Wasser gefallen, und selbst die vierhundert Mann starke Besatzung der Befestigungswerke von Staten Island, die unter General Washingtons Befehl stand und das Fort unter allen Umständen und ohne Rücksicht auf Verluste halten sollte, hatte brav das Kommando »Gewehr ab« befolgt und den Treueid auf die Krone geleistet.

Bolitho senkte das Fernglas, da eine Schneebö ihm die Sicht nahm. Es fiel ihm schwer, sich die damals grüne Insel und die bunte Zuschauermenge ins Gedächtnis zurückzurufen, die jebelnden Loyalisten, den schweigend und grimmig dreinblickenden Rest. Alle Farben waren jetzt einem tristen Grau gewichen. Das Land, das bewegte Wasser, selbst die Schiffe schienen ihren Glanz verloren zu haben in diesem zähen und hartnäckigen Winter.

Er ging ein paar Schritte auf und ab; an seinen nassen Kleidern zerrte der Wind. Er war jetzt zwei Jahre an Bord der *Trojan,* aber es kam ihm vor wie ein ganzes Leben. Wie viele andere in der Marine, so hatte auch er zuerst gemischte Empfindungen gehabt, als die Neuigkeit von der Revolution bekannt wurde: Überraschung, Schock, Sympathie und dann Zorn, vor allem aber das Gefühl der Hilflosigkeit.

Die Revolution, die angefangen hatte als ein Konglomerat individualistischer Ideale, hatte sich bald in eine durchaus reale Herausforderung entwickelt. Dieser Krieg war anders als alles, was sie vorher gekannt hatten. Große Linienschiffe wie die *Trojan* bewegten sich schwerfällig von einem Brennpunkt zum anderen und waren durchaus imstande, mit allem fertig zu werden, was leichtsinnig in den Bereich ihrer massiven Breitseite geriet. Aber der wirkliche Krieg war eine Sache der Nachrichtenverbindungen und Versorgungswege, eine Angelegenheit der kleinen schnellen Fahrzeuge wie Korvetten, Briggs und Schoner. Während der langen Wintermonate, als die überbeanspruchten Schiffe des Küstengeschwaders mehr als fünfzehnhundert Meilen Küste zu überwachen hatten, war die Stärke der Kontinentalarmee, unterstützt von Britanniens altem Feind Frankreich, ständig gewachsen. Bisher hatte

Frankreich zwar nicht offen eingegriffen, aber vermutlich würde es nicht mehr lange dauern, bis die vielen französischen Kaperschiffe, deren Jagdgebiet sich von der kanadischen Küste bis ins Karibische Meer erstreckte, ihre wahre Flagge zeigten. Danach war es nur noch eine Frage der Zeit, bis auch Spanien, obwohl vielleicht ungern, dem feindlichen Bündnis beitrat. Die Handelswege zum spanischen Mutterland waren die längsten von allen, und angesichts der Spannungen zwischen Spanien und England würde es wohl dem Druck der anderen beiden Mächte nachgeben und den Weg des geringsten Widerstandes gehen.

All dies und noch mehr hatte Bolitho gehört und diskutiert, immer wieder, bis zum Überdruß. Ob gute oder schlechte Neuigkeiten eintrafen, die Rolle der *Trojan* wurde immer unbedeutender. Wie ein Felsblock lag sie nun schon seit Wochen hier im Hafen, mit gereizter Besatzung und Offizieren, die nur auf eine Gelegenheit hofften, von Bord gehen und ihr Glück auf kleineren, schnelleren und unabhängigeren Schiffen versuchen zu können.

Bolitho dachte an sein letztes Kommando, die mit achtundzwanzig Geschützen bestückte Fregatte *Destiny*. Selbst als ihr jüngster Leutnant und gerade erst vom Fähnrichslogis in die Offiziersmesse hinübergewechselt, hatte er unglaublich Aufregendes und Befriedigendes erlebt.

Er stampfte mit dem Fuß auf, so daß der Wachtposten auf der anderen Seite des nassen Decks herumfuhr. Jetzt war er Vierter Offizier dieses verankerten Riesen, und es sah so aus, als würde er das für die nächste Zeit auch bleiben.

Die *Trojan* wäre viel besser aufgehoben bei der Kanalflotte, dachte er: Manöver, Flaggezeigen bei den wachsamen Franzosen, und, wenn irgend möglich, an Land gehen in Plymouth oder in Portsmouth, alte Freunde aufsuchen . . .

Bolitho wandte sich um, als er wohlvertraute Schritte von achtern über das Deck kommen hörte. Es war Cairns, der Erste Offizier, wie die meisten von ihnen an Bord, seit die *Trojan* im Jahre 1775 nach einer längeren Aufliegezeit in ihrer Bauwerft in Bristol wieder in Dienst gestellt worden war. Cairns war groß, schlank und sehr verschlossen. Falls er sich ebenfalls nach der nächsten Sprosse seiner Karriere sehnte, nach einem eigenen Kommando vielleicht, so zeigte er das nicht. Er lächelte selten, war aber trotzdem ein Mann von großem Charme. Bolitho mochte ihn gern und respektierte ihn. Oft fragte er sich, was Cairns wohl vom

Kommandanten* hielt.

Cairns blieb stehen und biß sich auf die Unterlippe, während er zur Takelage, zu dem sich auftürmenden Gewirr von Wanten und laufendem Gut, hinaufschaute. Dünn mit klebrigem Schnee bedeckt, sahen die Rahen aus wie die Zweige ungeheurer Fichten.

Dann sagte er: »Der Kommandant wird bald zurückkommen. Ich bin auf Abruf bereit, also halte die Augen auf.«

Bolitho nickte. Cairns war achtundzwanzig, während er selbst knapp einundzwanzig Jahre zählte, aber der Abstand zwischen dem Ersten und dem Vierten Offizier war größer, als das Alter es ausdrückte. Er wartete ein wenig und fragte dann beiläufig: »Irgend etwas bekannt über des Captains Mission an Land, Sir?«

Cairns schien in Gedanken. »Ruf die Toppsgasten herunter, Dick, sie sind sonst so steifgefroren, daß sie nicht zupacken können, wenn das Wetter schlechter wird. Der Koch soll eine heiße Suppe ausgeben.« Er zog eine Grimasse. »Das wird dem geizigen Schmierlappen Freude machen.« Er blickte Bolitho an. »Welche Mission?«

»Nun, ich dachte, vielleicht bekommen wir neue Befehle.« Er hob die Schultern. »Oder so etwas Ähnliches.«

»Sicher, der Captain war beim Befehlshaber, aber ich bezweifle, daß wir etwas anderes zu hören bekommen als das übliche: erhöhte Wachsamkeit, Augen auf bei der Arbeit . . .«

»Verstehe.« Bolitho blickte zur Seite. Er wußte nie genau, wann Cairns völlig ernst war und wann nicht.

Dieser zog seinen Rock höher und hielt ihn über der Kehle zusammen. »Machen Sie weiter, Mr. Bolitho.«

Sie grüßten beide durch Handanlegen an den Hut, die Zwanglosigkeit für den Augenblick beiseite lassend, dann rief Bolitho: »Fähnrich der Wache!« Er sah, wie sich eine der im Schutz des Hängemattennetzes lehnenden Gestalten löste und auf ihn zulief.

»Sir!«

Es war Midshipman** Couzens, dreizehn Jahre alt, eines der neuen Besatzungsmitglieder, die kürzlich mit einem Transport aus England gekommen waren. Rundgesichtig, ständig fröstelnd, glich er seine Unkenntnis mit einem Eifer aus, den weder seine Vorgesetzten noch das Schiff brechen konnten.

---

* Kapitän eines Kriegsschiffes
** Seekadett bzw. Fähnrich zur See

Bolitho informierte ihn über die zu erwartende Rückkehr des Kommandanten sowie wegen des Kochs und ließ dann zur Wachablösung pfeifen. Diese Anweisungen gab er mechanisch, ohne sich dessen wirklich bewußt zu sein. Dafür betrachtete er Couzens, sah aber nicht diesen, sondern sich selbst im entsprechenden Alter. Auch er war damals an Bord eines Linienschiffes gewesen und wurde von jedermann gehetzt und schikaniert, so kam es ihm wenigstens jetzt in der Erinnerung vor. Einen aber hatte er wie einen Helden verehrt, einen Leutnant, der möglicherweise von seinem Vorhandensein kaum etwas wußte. Bolitho jedoch hatte sich auch später immer an ihn erinnert. Der war niemals grundlos wütend geworden, nahm auch nie seine Zuflucht zu Schikanen und Demütigungen, wenn er selbst vom Kommandanten getadelt worden war. Bolitho hatte gehofft, einmal so zu werden wie dieser Offizier. Er hoffte es noch immer.

Couzens antwortete eifrig und stramm: »Aye, aye, Sir.«

Auf der *Trojan* gab es neun Midshipmen, und Bolitho fragte sich mitunter, wie deren Leben später wohl verlaufen werde. Einige würden bis zum Flaggoffizier aufsteigen, andere dagegen vorher straucheln oder umkommen. Gewiß war unter ihnen auch die übliche Mischung von Tyrannen und echten Führernaturen, von Helden und Feiglingen.

Später, als die neue Wache schon unterhalb des Aufbaudecks gemustert wurde, rief einer der Ausgucksposten: »Boot in Sicht, Sir!« Dann nach einer kleinen Pause: »Der Kommandant!«

Bolitho warf rasch einen Blick nach unten auf das quirlende Durcheinander beim Antreten der neuen Wache. Der Kommandant hätte sich keinen ungünstigeren Augenblick aussuchen können.

Er rief hinunter: »Wahrschaut den Ersten Offizier! Fallreepsposten raus, dem Bootsmann Bescheid sagen!«

Gestalten flitzten in der Dunkelheit hin und her, und während die Marineinfanteristen schwerfällig zur Pforte stampften, ihre weißen, gekreuzten Brustriemen im schwachen Licht leuchtend, versuchten die Unteroffiziere, einigermaßen Ordnung in den Haufen der neuen Wache zu bringen.

Ein Boot tauchte auf aus dem Dunst und näherte sich rasch dem Fallreep; im Bug stand bereits kerzengerade der Bootsgast, Bootshaken bei Fuß.

»Boot ahoi?«

Sofort kam die laut gerufene Antwort des Bootssteurers: »*Trojan!*« Ihr Herr und Meister war also zurück. Der Mann, der – nächst Gott – jede Stunde und Minute ihres Lebens bestimmte, der belohnen, auspeitschen, befördern oder hängen konnte, entsprechend der jeweiligen Situation. Er weilte jetzt wieder unter ihnen, in ihrer überfüllten kleinen Welt.

Als Bolitho sich umsah, war Ordnung, wo vor kurzem noch Chaos zu herrschen schien. Die Seesoldaten waren angetreten, das Gewehr geschultert, kommandiert von dem sympathischen Hauptmann der Marineinfanterie d'Esterre, der mit seinem Leutnant vor der Front stand, anscheinend unempfindlich gegen Wind und Kälte.

Die Bootsmannsmaaten der Wache waren zur Stelle und feuchteten bereits die Lippen an, hatten die silbernen Pfeifen klar zum Seitepfeifen; Cairns, die Augen überall, wartete darauf, den Kommandanten zu empfangen.

Der Bootshaken griff in die Fallreepskette, die Gewehre wurden mit lautem Griff präsentiert, die Bootsmannsmaaten pfiffen ihren schrillen Salut. Des Kommandanten Kopf und Schultern tauchten auf, und während er seinen Zweispitz in Richtung Achterdeck hin lüftete, ließ er zugleich einen prüfenden Blick über das ganze Schiff schweifen, über seinen Kommandobereich.

Zum Ersten Offizier sagte er kurz: »Kommen Sie nach achtern, Mr. Cairns«, dann nickte er den Marineinfanteristen zu. »Gut gemacht, D'Esterre.« Er wandte sich abrupt um und fuhr Bolitho an: »Wieso sind *Sie* hier, Mr. Bolitho?«

Während er noch sprach, ertönten acht Glasen* von der Back her.

»Sie sollten doch schon abgelöst sein?«

Bolitho sah ihm ins Gesicht. »Ich nehme an, Mr. Probyn ist aufgehalten worden, Sir.«

»So, das nehmen Sie an?«

Der Kommandant hatte eine scharfe Stimme, die wie ein Entermesser in das Heulen des Windes und das Knarren der Stengen schnitt.

»Die Verantwortung des Wachegehens beginnt mit der Ablösung.« Er blickte in Cairns' unbeteiligtes Gesicht. »Das sollte doch nicht so schwer zu begreifen sein, denke ich.«

---

* in diesem Fall acht Uhr abends

Sie gingen nach achtern, und Bolitho atmete tief und langsam aus.

Leutnant George Probyn, sein unmittelbarer Vorgesetzer, kam öfter zu spät zur Wachablösung, übrigens auch zum sonstigen Dienst.

Er war ein Sonderling in der Messe, mürrisch, streitsüchtig, verbittert, aber aus welchem Grund, das hatte Bolitho noch nicht herausgefunden. Er sah ihn die Steuerbord-Schanztreppe heraufkommen, vierschrötig, unordentlich, sich argwöhnisch umschauend.

Bolitho trat ihm entgegen. »Die Wache ist achtern angetreten, Mr. Probyn.«

Probyn wischte sich das Gesicht und schneuzte dann in ein rotes Taschentuch.

»Ich nehme an, der Captain hat nach mir gefragt?« Selbst diese paar Worte klangen bei ihm feindselig.

»Er hat gemerkt, daß Sie nicht da waren.« Bolitho roch Branntwein und fügte hinzu: »Aber er hat sich damit zufriedengegeben.«

Probyn winkte den wachhabenden Steuermannsmaaten herbei und sah flüchtig das Logbuch durch, das dieser ihm unter eine Laterne hielt.

Bolitho sagte müde: »Keine besonderen Vorkommnisse. Ein Seemann ist verletzt und ins Lazarett gebracht worden. Er fiel vom Bootsdavit.«

Probyn schnaubte verächtlich. »Schande.« Er klappte das Buch zu. »Sie sind abgelöst.« Finster brütend blickte er Bolitho nach und fügte drohend hinzu: »Wenn ich glauben müßte, daß mir jemand hinter meinem Rücken Schwierigkeiten macht . . .«

Bolitho drehte sich um und verbarg seinen Ärger. Meckere nicht, du Trunkenbold, die machst du dir schon selbst, dachte er.

Probyns grobe, polternde Stimme folgte ihm auf der Schanztreppe, als dieser seiner Wache die üblichen Anweisungen gab.

Während er leichtfüßig den Niedergang hinablief und dann weiterging zur Messe, überlegte Bolitho, was der Kapitän wohl mit Cairns zu besprechen habe.

Einmal unter Deck, umfing ihn die *Trojan* und hüllte ihn ein mit ihrer ganzen Vertrautheit. Die Gerüche nach Teer, Hanf, Bilge und Menschenleibern gehörten genauso zu ihr wie ihre Bordwände.

Mackenzie, der dienstälteste Messesteward, begegnete ihm mit aufmunterndem Lächeln. Er hatte seinen Dienst als Toppsgast aufgeben müssen, als er aus der Takelage fiel und infolge eines dreifachen Beinbruches fürs Leben zum Krüppel wurde. Mackenzie genoß es, von jedermann bemitleidet zu werden, und seine Verletzung hatte ihm immerhin zu einer so bequemen Stellung verholfen, wie manch einer auf des Königs Schiffen sie sich gewünscht hätte.

»Ich habe noch etwas Kaffee, Sir, kochend heiß!« Er hatte denselben weichen, schottischen Akzent wie Cairns. Bolitho schälte sich aus seinem Überrock und reichte diesen samt seinem Hut dem Schiffsjungen Logan, der den Messestewards half.

»Nehme ich gern, danke.«

Die Offiziersmesse, die sich am Heck über die ganze Schiffsbreite erstreckte, war voll ziehender Rauchschwaden und roch nach dem ihr eigentümlichen Gemisch von Wein und Käse. Die großen Heckfenster ganz achtern waren schon in Dunkelheit getaucht, nur beim Überholen sah man gelegentlich ein Licht auftauchen wie einen verirrten Stern.

Kleine Kabinen säumten die Seiten, Verschlägen ähnlich, kaum mehr als Schutzwände, die man abriß, wenn das Schiff gefechtsklar gemacht wurde: winzige Schutzhäfen der Privatsphäre, die des Eigners Koje, Seekiste und ein bißchen Platz zum Aufhängen der Garderobe enthielten. Außer den Arrestzellen waren dies die einzigen Räume des Schiffes, in denen man einmal für sich allein sein konnte.

Direkt darüber, in einer Kabine, die in ihrer Größe etwa dem Gesamtraum der übrigen Offizierskabinen entsprach, lag das Reich des Kommandanten. Im selben Deck waren auch der Erste Offizier und der Navigationsoffizier untergebracht, damit sie in der Nähe des Achterdecks und des Ruders logierten.

Aber hier in der Messe verbrachten sie alle gemeinsam ihre wachfreie Zeit, diskutierten ihre Probleme, ihre Hoffnungen, ihre Befürchtungen, nahmen ihre Mahlzeiten ein und tranken ihren Wein: die sechs Wachoffiziere, zwei Marineinfanterieoffiziere, der Navigationsoffizier, der Zahlmeister und der Arzt. Die Messe war sicherlich sehr eng für so viele Menschen, aber verglichen mit den Quartieren unter der Wasserlinie, in denen die Kadetten, Fähnriche, Deckoffiziere und Spezialisten wohnten – ganz zu schweigen von der Unterbringung der gemeinen Seeleute und Seesoldaten – war sie geradezu luxuriös.

Dalyell, der Fünfte Offizier, saß mit gekreuzten Beinen, die Füße auf einem kleinen Faß, unter den Heckfenstern. In einer

Hand hielt er eine lange Tonpfeife.

»George Probyn war wohl wieder blau, Dick?«

Bolitho grinste. »Es wird allmählich zur Gewohnheit.«

Sparke, der Zweite Offizier, ein Mann mit strengem Gesicht und einer münzgroßen Narbe auf der Wange, sagte: »Ich würde ihn vor den Captain bringen, wenn ich hier der Senior wäre.« Er wandte sich wieder seinem zerlesenen Zeitungsblatt zu und fuhr dann heftig fort: »Diese verdammten Rebellen scheinen zu machen, was sie wollen! Zwei weitere Transporte überfallen, genau vor den Nasen unserer Fregatten, eine Brigg aus dem Hafen verschleppt, durch eins ihrer verdammten Kaperschiffe! Wir gehen viel zu sanft mit ihnen um!«

Bolitho setzte sich und streckte die Beine aus, dankbar, nicht mehr dem kalten Wind ausgesetzt zu sein, obgleich er wußte, daß die Illusion von Wärme bald wieder schwinden würde.

Sein Kopf sackte vornüber, und als Mackenzie den Kaffee brachte, mußte er ihn an der Schulter wachrütteln.

In geselligem Schweigen entspannten sich hier die Offiziere der *Trojan* und taten, wozu sie Lust hatten. Einige lasen, andere schrieben nach Hause – Briefe, die möglicherweise den Empfänger nie erreichten.

Bolitho trank den Kaffee und bemühte sich, den Schmerz in seiner Stirn zu ignorieren. Gedankenversunken strich er sich die widerspenstige Stirnlocke vom rechten Auge. Das schwarze Haar verdeckte eine bläuliche Narbe, die Ursache seines Kopfschmerzes. Er hatte sie sich während seiner Zeit auf der *Destiny* geholt. Oft kam es wieder über ihn, in Augenblicken wie diesem: die Illusion von Sicherheit, dann das plötzliche Getrappel von Füßen, das Schlagen und Hacken von Waffen. Der heftige Schmerz, das Blut, die jähe Nacht . . .

Es klopfte an die äußere Tür, und kurz darauf sagte Mackenzie zu Sparke, dem dienstältesten anwesenden Offizier: »Verzeihung, Sir, der Fähnrich der Wache ist hier.«

Dieser stapfte so vorsichtig in die Messe, als schritte er über kostbare Seidenteppiche.

Sparke fragte kurz angebunden: »Was gibt es, Mr. Forbes?«

»Der Erste Offizier bittet alle Offiziere um zwei Glasen* in die Kommandantenkabine.«

* in diesem Fall neun Uhr abends

15

»Ist gut.« Sparke wartete, bis die Tür geschlossen war. »Jetzt werden wir's erfahren, meine Herren. Vielleicht gibt es Wichtiges für uns zu tun.«

Anders als Cairns konnte der Zweite Offizier das plötzliche Aufleuchten seiner Augen nicht verbergen: dies bedeutete Beförderung, Prisengeld oder auch nur die Aussicht auf eigenen Einsatz, anstatt immer nur von anderen darüber zu hören.

Er sah Bolitho an. »Ich rate Ihnen, ein reines Hemd anzuziehen. Der Captain scheint Sie besonders im Auge zu haben.«

Bolitho streifte beim Aufstehen mit dem Kopf den Decksbalken. Zwei Jahre war er jetzt an Bord, aber außer bei einem Essen in der Kajüte zur Feier der Wiederindienststellung des Schiffes in Bristol hatte er die soziale Barriere zum Kommandanten nie überschritten: einem strengen, verschlossenen Mann, der trotzdem eine geradezu unheimliche Kenntnis von allem zu besitzen schien, was sich in den verschiedenen Decks seines Schiffes abspielte.

Dalyell klopfte sorgfältig seine Pfeife aus und bemerkte:

»Vielleicht mag er dich wirklich, Dick.«

Raye, der Leutnant der Marineinfanterie, gähnte.

»Ich glaube nicht, daß er überhaupt menschlicher Regungen fähig ist.«

Sparke eilte in seine Kabine, es widerstrebte ihm, in die Kritik an der Obrigkeit hineingezogen zu werden. »Er ist der Kommandant, er bedarf keiner menschlichen Regungen«, stellte er abschließend fest.

Kapitän zur See Gilbert Brice Pears las die letzte Eintragung im Logbuch und setzte dann seine Unterschrift darunter, die von Teakle, seinem Sekretär, hastig getrocknet wurde.

Draußen, außerhalb der Heckfenster, schienen Hafen und Stadt weit entfernt und ohne die geringste Verbindung zu dieser geräumigen, hell erleuchteten Kajüte. Sie war geschmackvoll möbliert, und im angrenzenden Speiseraum war schon zum Abendessen gedeckt. Foley, der Kommandantensteward, stand, adrett in blauem Jackett und weißer Hose bereit, seinen Herrn zu bedienen.

Kapitän Pears lehnte sich im Sessel zurück und betrachtete die Kabine, jedoch ohne sie wirklich zu sehen. Nach zwei Jahren kannte er sie genau.

Er war zweiundvierzig Jahre alt, wirkte aber älter. Untersetzt, ja sogar vierschrötig, war er genauso mächtig und beeindruckend wie die *Trojan* selbst.

Er hatte Gerede unter seinen Offizieren gehört, das schon fast auf Unzufriedenheit hinauslief. Der Krieg – als solcher mußte er jetzt wohl angesehen werden – schien sie zu übergehen. Pears war jedoch Realist und wußte, daß die Zeit noch kommen würde, da er und sein Schiff so eingesetzt werden würden, wie es beabsichtigt gewesen war, als *Trojans* stattlicher Kiel vor genau neun Jahren zum ersten Mal Salzwasser gekostet hatte. Kaperschiffe und Stoßtruppunternehmen waren eine Sache, wenn aber die Franzosen offen in den Konflikt eingriffen und ihre Linienschiffe in diesen Gewässern operierten, war dies etwas ganz anderes; die *Trojan* und ihre schweren Schwesterschiffe konnten dann ihren wahren Wert zeigen.

Er blickte auf, als der vor der Kajütstür Posten stehende Seesoldat die Hacken zusammenknallte; einen Augenblick später trat der Erste Offizier ein.

»Ich habe in der Messe Bescheid sagen lassen, Sir. Alle Offiziere werden pünktlich hier sein.«

»Gut.«

Pears brauchte seinen Steward kaum anzusehen, und schon war dieser bei ihm und schenkte zwei große Gläser Bordeaux ein.

»Tatsache ist, Mr. Cairns –«, Pears hob prüfend sein Glas gegen die nächste Lampe –, »daß man einen Krieg auf die Dauer nicht defensiv führen kann. New York ist ein Brückenkopf in einem Land, das täglich rebellischer wird. In Philadelphia liegen die Dinge kaum anders. Stoßtruppunternehmen, Geplänkel, wir verbrennen hier ein Fort, dort einen Außenposten, sie fangen einen unserer Transporte ab oder locken eine Patrouille in den Hinterhalt. Was ist New York? Eine belagerte Stadt. Eine Oase auf Zeit. Wie lange noch?«

Cairns schwieg und nippte an seinem Bordeaux, in Gedanken mehr bei den Geräuschen außerhalb der Kajüte, dem Heulen des Windes in der Takelage, dem Ächzen der Stengen und Rahen.

Pears sah seinen abwesenden Gesichtsausdruck und lächelte in sich hinein. Cairns war ein guter Erster Offizier, vielleicht der beste, den er je hatte. Er hätte ein eigenes Kommando verdient – eine Chance, die sich nur im Kampf bot.

Aber Pears war sein Schiff wichtiger als alle Hoffnungen oder Träume. Der Gedanke, daß Sparke dann als Erster Offizier nachrücken würde, schien ihm wie eine Drohung. Sparke war ein

17

tüchtiger Offizier und widmete sich ganz seinen Geschützen und sonstigen Aufgaben, aber er war phantasielos. Pears dachte an Probyn und verwarf diesen Gedanken sofort wieder. Dann war da noch Bolitho, der Vierte Offizier, seinem Vater sehr ähnlich, obwohl er bisweilen seine Pflichten ein wenig zu leicht nahm. Aber seine Leute schienen ihn zu mögen, und das bedeutete in diesen harten Zeiten eine ganze Menge.

Pears seufzte. Bolitho fehlten immer noch ein paar Monate am einundzwanzigsten Lebensjahr. Man brauchte erfahrene Offiziere, um ein Linienschiff wie dieses zu handhaben. Er rieb sich das Kinn und verbarg dadurch seinen Gesichtsausdruck. Vielleicht war es bei Bolithos Jugend nur sein eigenes, fortgeschrittenes Alter, das ihm diese Bedenken eingab.

Er fragte abrupt: »Sind wir in jeder Beziehung seeklar?«

Cairns nickte. »Aye, aye, Sir. Ich könnte wohl noch ein weiteres Dutzend Leute gebrauchen, wegen der Krankheitsausfälle und Verletzungen, aber das ist heutzutage ja eine geringe Differenz.«

»Das ist es in der Tat. Ich habe erlebt, daß Erste Offiziere graue Haare bekamen, weil sie einfach nicht genügend Leute anwerben, pressen oder kaufen konnten, um überhaupt die Anker zu lichten.«

Zur festgesetzten Zeit wurden die Türen geöffnet, und die Offiziere der *Trojan* – mit Ausnahme der Kadetten und der jüngeren Deckoffiziere – traten nacheinander ein.

Es war kein alltägliches Ereignis, daher dauerte es einige Zeit, bis alle einen Sitzplatz auf den Stühlen gefunden hatten, die Foley und Hogg, des Kommandanten Bootssteurer, eifrig herbeischafften. Diese Verzögerung gab Pears Gelegenheit, die Offiziere und ihre verschiedenen Reaktionen zu beobachten.

Probyn, durch einen Steuermannsmaat abgelöst, hatte ein gerötetes Gesicht und auffällig glänzende Augen. Sein Auftreten wirkte zu betont sicher, um echt zu sein.

Sparke, etwas gedrechselt und steif in seiner strengen Korrektheit, und der junge Dalyell saßen neben dem sechsten und jüngsten Leutnant, Quinn, der vor fünf Monaten noch Fähnrich gewesen war.

Dann kam Erasmus Bunce, der Navigationsoffizier, Sailingmaster oder auch kurz »Master«, eine beeindruckende Erscheinung. Hinter seinem Rücken nannte man ihn »den Weisen«. Über ein Meter achtzig groß, breitschultrig, mit widerspenstigem, grauem Haar, hatte er tiefliegende, klare Augen, die so schwarz waren wie

seine buschigen Brauen. Seine Spezialkenntnisse der Seemannschaft – schon manche hervorragende Persönlichkeit war durch
diese geprägt worden – hatten auch ihm ihren Stempel aufgedrückt. Pears beobachtete, wie der Master sich unter den Decksbalken rechtzeitig bückte, und war beruhigt. Bunce genoß zwar seinen
Rum, aber die *Trojan* liebte er wie eine Frau. Unter seiner navigatorischen Führung hatte sie wenig zu fürchten.

Dann kam Molesworth, der Zahlmeister, ein blasser, nervös
blinzelnder Mann, was Pears auf eine unaufgedeckte Unterschla-
gung zurückführte, und Thorndike, der Schiffsarzt, der stets zu
lächeln schien. Er wirkte mehr wie ein Schauspieler als wie ein
Knochenflicker. Die beiden leuchtend scharlachroten Flecken auf
der Backbordseite waren die Offiziere der Marineinfanterie,
d'Esterre und Leutnant Raye: Nicht gebeten waren all die Deckoffiziere und Spezialisten, der Bootsmann, der Stückmeister, die
Steuermannsmaaten und die Zimmerleute. Pears kannte sie alle
vom Sehen und Hören und kannte vor allem ihre Fähigkeiten.

Probyn fragte laut flüsternd: »Mr. Bolitho scheint noch nicht
hier zu sein?«

Pears runzelte die Stirn über Probyns Scheinheiligkeit, die er
verachtete.

Cairns schlug vor: »Ich werde jemanden nach ihm schicken,
Sir.«

Die Tür öffnete sich und schloß sich ebenso rasch wieder, und
Pears sah Bolitho auf einen freien Stuhl neben d'Esterre schlüp-
fen.

»Aufstehen, der Offizier dort!« Pears' sonst so schroffe Stimme
klang beinahe freundlich. »Ah, Sie sind es, Sir. Endlich.«

Bolitho stand still, nur sein Oberkörper glich die langsamen
Bewegungen des Schiffes aus.

»Ich . . . Ich bitte um Entschuldigung, Sir.« Er sah das Grinsen
auf Dalyells Gesicht, als Wasser unter seinem Rock hervor auf den
mit schwarzweiß kariertem Segeltuch bespannten Boden tropfte.

Pears sagte milde: »Ihr Hemd scheint noch ziemlich feucht zu
sein, Sir!« Dann wandte er sich um und befahl dem Steward:
»Foley, etwas Segeltuch unter diesen Stuhl. Solche Dinge lassen
sich nur schwer hier draußen ersetzen.«

Bolitho setzte sich mit einem Plumps und wußte nicht, ob er
zornig sein oder sich gedemütigt fühlen sollte.

Er vergaß jedoch Pears' ätzenden Ton und sein Hemd, das er

soeben klitschnaß von der Leine genommen hatte, als Pears mit wieder normalem Tonfall sagte: »Wir segeln beim ersten Tageslicht, meine Herren. Der Gouverneur von New York hat eine Information erhalten, daß der von Halifax erwartete Konvoi wahrscheinlich angegriffen wird. Es ist ein großer Geleitzug, von zwei Fregatten und einem Kanonenboot gesichert. Bei diesem Wetter könnten die Schiffe jedoch leicht die Fühlung verlieren, wobei dann das eine oder andere Fahrzeug zur Standortbestimmung dichter unter Land geht.« Seine Finger schlossen sich zur Faust. »Das ist dann der Augenblick, in dem der Feind zuschlägt.«

Bolitho lehnte sich vor und ignorierte das unangenehme Gefühl der Nässe um seine Körpermitte.

Pears fuhr fort: »Ich sagte schon zu Mr. Cairns, man kann keinen defensiv geführten Krieg gewinnen. Wir haben die Schiffe, aber der Feind hat die Ortskenntnis und kann dadurch kleinere, schnellere Fahrzeuge einsetzen. Um einigermaßen Aussicht auf Erfolg zu haben, müssen wir sämtliche Nachschubwege offenhalten, jedes verdächtige Schiff durchsuchen oder aufbringen, unsere Anwesenheit ständig fühlen lassen. Kriege werden schließlich nicht mit Idealen, sondern mit Pulver und Blei gewonnen, und *das* hat der Feind nicht in ausreichendem Maße. *Noch* nicht.«

Finster blickte er in die Runde.

»Der Konvoi aus Halifax bringt in erster Linie Pulver und Munition, auch Geschütze für die Garnisonen von Philadelphia und New York. Wenn auch nur ein einziges von diesen Schiffen mit seiner wertvollen Ladung in die Hände des Feindes fällt, würden wir die Auswirkungen in den kommenden Monaten zu spüren bekommen.« Er sah sich noch einmal mit scharfem Blick um. »Irgendwelche Fragen?«

Sparke stand als erster auf.

»Wieso wir, Sir? Natürlich bin ich äußerst dankbar, auslaufen zu können und im Dienste meines Vaterlandes eingesetzt zu werden, um einiges von dem . . .«

Pears sagte kurz: »Bitte kommen Sie zur Sache.«

Sparke schluckte, seine Narbe auf der Wange wurde plötzlich blutrot. »Warum werden keine Fregatten geschickt, Sir?«

»Weil nicht genug da sind, nie genug da sein werden. Auch ist der Admiral der Ansicht, daß eine Demonstration der Stärke not tut.«

Bolitho sah auf, als hätte er etwas überhört. Es war der Tonfall des Kommandanten. Lag darin nicht eine leise Andeutung von Zweifel? Er blickte seine Kameraden an, entdeckte aber nichts in ihren Mienen. Vielleicht bildete er es sich nur ein oder suchte einen Ausgleich für sein vorheriges Unbehagen über Pears' Ton.

Dieser fuhr fort: »Was diesmal auch passieren mag, wir dürfen in unserer Wachsamkeit nie nachlassen. Dieses Schiff ist unsere Hauptverantwortung, das müssen wir uns immer wieder vor Augen halten. Der Krieg ändert sich von Tag zu Tag. Wer gestern noch ein Verräter war, ist morgen ein Patriot. Ein Mann, der dem Ruf seines Vaterlandes gefolgt ist –«, ein schiefes Lächeln in Sparkes Richtung –, »wird jetzt Loyalist genannt, als ob er und nicht die anderen Ausgestoßene seien.«

Der Navigationsoffizier, Master Erasmus Bunce, stand langsam auf; seine Augen starrten unter einem Decksbalken hervor wie zwei glühende Kohlen. »Ein Mann muß handeln, wie ihm sein Gewissen befiehlt, Sir. Gott allein wird entscheiden, auf wessen Seite in diesem Konflikt das Recht ist.«

Pears lächelte ernst. Der alte Bunce war bekannt für seinen Glauben. In Portsmouth hatte er einmal einen Seemann ins Wasser geworfen, nur weil dieser in der Trunkenheit ein Spottlied gesungen hatte, in dem der Name des Herrn verunglimpft wurde.

Bunce stammte aus Devonshire und war im Alter von neun oder zehn Jahren zur See gegangen. Angeblich war er jetzt über sechzig, aber Pears konnte sich nicht vorstellen, daß er jemals jung gewesen war.

Er sagte: »Genauso ist es, Mr. Bunce. Das war gut gesagt.«

Cairns räusperte sich und blickte den Master nachsichtig an. »War das alles, Mr. Bunce?«

Dieser setzte sich mit verschränkten Arme. »Es sei genug.«

Der Kapitän gab Foley ein Zeichen. Dafür brauchte es keine Worte, dachte Bolitho.

Gläser und Weinkrüge wurden herumgereicht, dann sagte Pears: »Einen Toast, meine Herren. Auf das Schiff, und Verderben allen Feinden des Königs!«

Bolitho beobachtete Probyn, der nach einem der Krüge Ausschau hielt, da sein Glas bereits wieder leer war.

Er dachte an des Kommandanten Stimme, als dieser von dem Schiff gesprochen hatte. Gott gnade George Probyn, wenn der die *Trojan* eines Tages auf Dreck setzen sollte, weil er ein Glas zuviel getrunken hatte.

Bald darauf war die Versammlung beendet, und Bolitho stellte fest, daß er dem Kommandanten noch immer nicht nähergekommen war – außer durch eine Rüge.

Er seufzte. Als Fähnrich glaubte man, das Leben eines Offiziers spiele sich in einer Art Himmel ab. Aber vielleicht hatten selbst Kommandanten immer noch jemanden, den sie fürchten mußten, obgleich es im Augenblick schwierig war, dies zu glauben.

Die Morgendämmerung kam, das Wetter wurde ein wenig sichtiger, aber nicht viel. Der Wind blies weiter steif aus Nordwest, und das Schneegestöber wurde bald von Nieselregen abgelöst, der sich mit dem verwehten Gischt mischte und Decks wie Takelage matt glänzen ließ.

Bolitho hatte mehr Auslaufmanöver erlebt, als er sich erinnern konnte, aber noch immer bewegte und erregte ihn die Art und Weise, wie sich jeder in die Kommandokette einfügte und dadurch das Schiff zu einem lebenden Wesen machte, zu einem vollkommenen Instrument.

Jeder Mast hatte seine eigene Abteilung von Seeleuten, vom flinken Toppsgast bis zu den älteren, weniger beweglichen Männern, die an Deck die Brassen und Fallen bedienten. Wenn die Kommandos und Pfeifsignale ertönten und die Seeleute dann durch die Luken und durch die Niedergänge an Deck strömten, schien es unglaublich, daß der Rumpf der *Trojan,* der von der Galionsfigur bis zur Heckreling siebzig Meter maß, so viele Menschen enthielt. Jedoch in Sekundenschnelle formierten sich diese dahinhuschenden Gestalten von Männern, Jungen und Seesoldaten zu Gruppen, deren jede von Unteroffizieren·mit Stentorstimmen aufgerufen und kontrolliert wurde.

Das große Ankerspill drehte sich bereits, genau wie sein Zwilling ein Deck tiefer, und unter seinen Füßen meinte Bolitho des Schiffes Erregung zu verspüren, seinen Eifer, Kurs auf die offene See zu nehmen.

Genau wie die Seeleute und Seesoldaten waren auch die Offiziere auf ihren Stationen. Probyn war, unterstützt von Dalyell, auf der Back für den Fockmast verantwortlich. Sparke hatte das Kommando auf dem oberen Batteriedeck und war für den Großmast verantwortlich, der die eigentliche Stärke des Schiffes ausmachte – mit all seinen Spieren, Stagen, der Leinwand und den Meilen von Tauwerk, die zusammen dem Schiffsrumpf darunter erst Leben gaben. Der Besanmast endlich wurde in erster Linie von den Achtergasten bedient, wo der junge Quinn mit dem Marineleutnant und dessen Leuten Cairns' Anordnungen ausführte.

Bolitho blickte hinüber zu Sparke: kein einfacher Vorgesetzter, aber es war ein Vergnügen, ihn bei der Arbeit zu beobachten. Er beherrschte seine Seeleute, seine Brassen und Fallen mit der Erfahrung und Leichtigkeit eines begabten Dirigenten.

Eine plötzliche Stille schien sich über das Schiff zu legen; Bolitho sah den Kommandanten achtern zur Schanzreling gehen, dem alten Bunce zunicken und dann leise mit dem Ersten Offizier sprechen.

Hoch über dem Deck stand der rote Wimpel vom Flaggenkopf des Großtopps so steif, als wäre er aus Metall; eine gute Segelbrise. Aber Bolitho war froh, daß nicht er, sondern der Kommandant und der alte Bunce die *Trojan* durch das Gewimmel der vor Anker liegenden Schiffe manövrieren mußten.

Er blickte zu den anderen Fahrzeugen hinüber und überlegte, wer ihr Auslaufen wohl beobachtete: Freunde, vielleicht auch Spione, die bereits in diesem Augenblick Washingtons Agenten benachrichtigten? Ein weiteres Kriegsschiff geht Anker auf, wohin? Zu welchem Zweck?

Seine Gedanken und seine Aufmerksamkeit wandten sich den Vorgängen an Bord zu, schweiften dann aber wieder ab. Wenn die Hälfte von dem, was er gehört hatte, stimmte, dann wußte der Feind möglicherweise besser Bescheid als sie selbst. Es sollte viele lose Zungen in New Yorks Zivil- und Militärkreisen geben.

Cairns hob sein Sprachrohr. »Mehr Tempo, Mr. Tolcher!«

Tolcher, der vierschrötige Bootsmann, zückte seinen Rohrstock und brüllte: »Mehr Leute ans Spill! Hiev rund, Jungs!« Er starrte zum Shantymann mit seiner Fiedel hinüber. »Spiel, du Hurensohn, oder ich steck dich in den Kettenkasten!«

Von der Back kam der Ruf: »Anker ist kurzstag, Sir!«

»Enter auf! Toppsegel los!« Cairns' Stimme, vervielfältigt durch den Trichter, verfolgte und trieb sie. »Vorsegel los!«

Dem Wind ausgesetzt, riß sich das Segeltuch los und fing an, wild zu schlagen, während die Seeleute auf den schwankenden Rahen kämpften, um es bis zum richtigen Augenblick unter Kontrolle zu bringen.

Sparke schrie: »An die Brassen! Mr. Bolitho, stellen Sie den Namen dieses Mannes fest!«

»Aye, Sir!«

Bolitho lächelte in den Nieselregen hinein. Es war immer dasselbe mit Sparke: »Stellen Sie den Namen dieses Mannes fest!« In Wirklichkeit war da niemand, dessen Name festzustellen gewesen wäre, aber es erweckte bei den Seeleuten den Eindruck, als habe Sparke seine Augen überall.

Wieder die rauhe Stimme vom Bug: »Kette ist auf und nieder, Sir!«

Befreit vom Grund – der erste Anker war bereits auf und gekattet –, drehte die *Trojan* heftig zur Seite, ihre Segel füllten sich mit einem Donner wie von Kanonenschüssen, während die Männer an den Brassen zogen, die Körper nach hinten gebogen, bis sie fast das Deck berührten.

Rund und rund schwangen die Rahen, die Segel füllten sich eins nach dem anderen, wurden hart und steif wie Brustpanzerplatten, bis das Schiff seine Flanken in den Gischt tauchte, die Leegeschützpforten bereits zeitweilig unter Wasser.

Bolitho rannte von einer Gruppe zur anderen, sein Hut saß schief, seine Ohren dröhnten vom Quietschen der Blöcke und vom Donnern der Segel, und über allem hing der ächzende Chor der vibrierenden Stagen und Wanten.

Als er pausierte, um Atem zu holen, sah er die Umrisse von Sandy Hook querab vorbeigleiten. Ein paar Menschen warteten in einer kleinen Yawl und winkten, als das große Schiff fast über ihnen stand.

Er hörte wieder Cairns' Stimme: »Bramsegel setzen!«

Bolitho blickte zum Großtopp hinauf, mit seinen unter dem Druck der Segel gebogenen Rahen. Seeleute und Fähnriche wetteiferten miteinander beim Setzen weiterer Segel. Als er sich wieder nach achtern wandte, sah er Bunce, die Hände auf dem Rücken, das Gesicht wie aus Stein gemeißelt, während er sein Schiff und die Segelstellung musterte. Dann nickte er langsam. Dies kam so nahe an Zufriedenheit heran, wie Bolitho es noch nie bei ihm gesehen hatte.

Er stellte sich vor, welchen Eindruck die *Trojan* wohl vom Land aus machte: die Galionsfigur – der grimmig blickende trojanische Krieger – Bugspriet und Klüverbaum, ja die ganze Back vom Gischt übersprüht; der massige, schwarz und lederfarben glänzende Rumpf, der die vorbeizischenden weißen Schaumkronen widerspiegelte, als wolle er sich vom Lande reinwaschen.

24

Probyns grobe Stimme ertönte von vorn, wo er seinen Leuten beim Katten des zweiten Ankers Anweisungen zuschrie. Er würde nach diesem Geschrei viel trinken müssen, dachte Bolitho.

Er blickte nach achtern, hinweg über seine eigenen Seeleute, die teils an den Stagen herunterrutschten, teils aus den Wanten herabsprangen und unten vor dem Mast wieder antraten. Dann sah er, daß der Kommandant ihn beobachtete. Über das halbe Schiff hinweg, durch all das Gewühl und Gehaste, schienen ihre Blicke sich zu begegnen.

Verlegen griff Bolitho nach oben und rückte seinen Hut zurecht; er meinte, ein kleines, aber nachdrückliches Nicken des Kommandanten bemerkt zu haben.

Aber die träumerische Stimmung war bald wieder verflogen, die *Trojan* ließ keinem Zeit für Phantastereien.

»An die Brassen! Klar zum Wenden!«

Sparke rief: »Mr. Bolitho!«

Bolitho legte die Hand an den Hut. »Aye, Sir, ich weiß. Notieren Sie den Mann da!«

Als das Wendemanöver zu des Kommandanten und auch zu Bunces Zufriedenheit ausgeführt, das Schiff über Stag gegangen und auf den neuen Kurs eingesteuert war, hatten Regen und Dunst das achteraus liegende Land bereits verschluckt.

II Ein verwegener Plan

Leutnant Richard Bolitho ging zur Luvseite des Achterdecks und griff in das Mattennetz, um das Gleichgewicht nicht zu verlieren. Über und vor ihm türmten sich die gewaltigen Pyramiden der Segel, beeindruckend selbst für jemanden, der diesen Anblick gewohnt war. Besonders nach all der Enttäuschung und Mühe der letzten viereinhalb Tage, dachte er.

Der Wind, der ihnen von Sandy Hook aus so vielversprechend gefolgt war, hatte innerhalb weniger Stunden gedreht, als habe der Teufel selbst die Hand im Spiel. Ohne Warnung sprang er um, schralte, frischte auf oder flaute ab, so daß keine Wache ohne wenigstens ein Alle-Mann-Manöver auskam, um Segel zu reffen, zu bergen oder wieder zu setzen. Ein ganzer Tag war nötig gewesen, um die gefürchteten Nantucketbänke zu umrunden. Die See kochte unter dem Klüverbaum, als würde sie von der Hölle angeheizt.

Als sie dann allmählich wieder vier, ja fünf Knoten Fahrt machten, hatte der Wind erneut gedreht und aufgefrischt. In den heulenden, orgelnden Böen kämpften die atemlosen Seeleute mit dem von der Nässe steifen Segeltuch, packten mit schwieligen Fäusten hinein, um zu reffen, während die stampfende Welt um sie herum, hoch über dem Deck, verrückt spielte.

Aber jetzt war es anders. Die *Trojan* steuerte beinahe rechtweisend Nord, die Rahen hart angebraßt, um so viel wie möglich vom Wind auszunutzen, und auf ihrer Leeseite schäumte das Wasser als Beweis ihrer beachtlichen Fahrt.

Bolitho ließ den Blick über das obere Batteriedeck schweifen. Unter der Schanzreling lungerten die Leute herum und schwatzten wie immer, wenn sie gespannt darauf warteten, was der Koch ihnen wohl zu Mittag vorsetzen würde. Aus dem fettigen Qualm, der aus dem Kombüsenschornstein quoll und nach Lee davonzog, schloß Bolitho, daß es wieder einmal das Gebräu aus gehacktem Salzfleisch war, herausgekratzt aus den verkrusteten Fässern, gemischt mit feucht gewordenem, glitschigem und muffigem Schiffszwieback, Hafermehl und den Resten vom Vortag. George Triphook, den Chefkoch, haßte jeder mit Ausnahme einiger Speichellecker, aber im Gegensatz zu den meisten anderen Menschen schien er diesen Haß und die gegen ihn laut werdenden Flüche von Herzen zu genießen.

Bolitho spürte plötzlich Heißhunger; aber ihm war klar, daß das Essen, das ihn nach seiner Ablösung in der Messe erwartete, kaum besser sein würde als dieser Fraß hier.

Dann dachte er an seine Mutter und an das große graue Haus in Falmouth. Er ging ein paar Schritte zur Seite und ließ Couzens stehen, seinen aufmerksamen Midshipman, der ihm sonst auf Schritt und Tritt folgte.

Wie furchtbar der Schlag gewesen war! In der Marine riskierte man sein Leben wohl ein dutzendmal am Tage auf die verschiedenste Weise: durch Krankheit, Schiffbruch, Kanonendonner. Die Wände der Kirche in Falmouth hingen voller Gedenktafeln mit den Namen und Taten von Seeoffizieren – Söhnen der Stadt Falmouth –, die mit ihren Schiffen ausgelaufen waren, um nie mehr zurückzukommen.

Aber seine Mutter! Bei ihr dachte man nicht an so etwas. Sie war immer jugendlich und voller Leben gewesen, immer bereit, einzuspringen und die Verantwortung für die Familie auf ihre

26

Schultern zu laden, die Verantwortung für Haus und Land, wenn der Vater, Kapitän James Bolitho, nicht daheim war. Und das war oft der Fall.

Bolitho und sein Bruder Hugh, seine beiden Schwestern Felicity und Nancy, sie alle hatten die Mutter geliebt, jeder auf seine Weise. Als er von der *Destiny* nach Hause gekommen war, noch an den Folgen seiner Verwundung leidend, hätte er sie nötiger gebraucht denn je. Aber sie war tot. Er konnte sich auch jetzt noch nicht vorstellen, daß sie nicht daheim war in Falmouth, die See unter Pendennis Castle mit einem Lachen beobachtete, das anstekkend wirkte und alle Niedergeschlagenheit beiseite fegte.

Eine Erkältung, hatten sie gesagt, dann ein plötzliches Fieber. In wenigen Wochen war es zu Ende gewesen.

Er konnte sich seinen Vater vorstellen, jetzt, in diesem Augenblick: Captain James, unter diesem Namen kannte und schätzte man ihn daheim. Er war ein angesehener Friedensrichter, seit er seinen Arm verloren hatte und aus dem aktiven Dienst ausscheiden mußte. Das Haus im Winter, die schlammigen, heckengesäumten Wege, auf denen die Neuigkeiten immer etwas verspätet eintrafen, die Landbevölkerung war viel zu beschäftigt mit ihren eigenen Sorgen, mit der Kälte, der Nässe, verlorenen Tieren, räubernden Füchsen und anderem, um sich für den weit entfernten Krieg zu interessieren. Aber sein Vater tat es. Wie ein Kriegsschiff, das bei Carrick Roads vor Anker lag, so brütete er vor sich hin und sehnte sich nach dem Leben, das ihn ausgestoßen, ihn zurückgewiesen hatte. Nun war er vollständig allein.

Für ihn muß es tausendmal schwerer sein, dachte Bolitho traurig.

Cairns erschien an Deck und kam nach einem prüfenden Blick auf Kompaß und Schiefertafel, wo der Steuermannsmaat der Wache seine halbstündlichen Eintragungen machte, herüber zu Bolitho.

Dieser berührte grüßend seinen Hut. »Sie liegt stetig, Sir. Nord bei Ost, voll und bei.«

Cairns nickte. Er hatte sehr helle Augen, die durch einen hindurchsehen konnten.

»Wir müssen wohl reffen, wenn es noch mehr auffrischt. Trotzdem lassen wir soviel wie möglich stehen.«

Er hielt die Hand über die Augen, als er jetzt nach Backbord blickte, denn obwohl die Sonne nicht schien, war die Strahlung intensiv und blendete. Es war schwierig, die Grenze zwischen Himmel und Wasser zu erkennen, die See wirkte wie eine Wüste ruhelosen, grau glänzenden Stahls. Aber der Abstand zwischen den einzelnen Brechern war jetzt größer, sie rollten unter *Trojans* fettem Heck hinweg, lüfteten es und verursachten noch mehr Schlagseite. Gelegentlich brach sich einer von ihnen an der Luvpforte, bevor er zum jenseitigen Horizont weiterrollte.

Sie hatten den gesamten Seeraum für sich allein, denn seit sie Nantucket gerundet und Kurs auf die Einfahrt der Massachusetts Bay genommen hatten, waren sie nicht nur frei von Land, sondern auch von der örtlichen Küstenschiffahrt. Irgendwo in Luv, rund sechzig Meilen entfernt, lag Boston. An Bord der *Trojan* konnten sich nicht wenige noch an die Stadt erinnern, wie sie einmal gewesen war, bevor aus Spannung und Verbitterung offener Haß und Blutvergießen wurde.

Die Bucht selbst mieden alle außer den verwegensten britischen Seefahrern. Hier waren einige der fähigsten Kaperkapitäne beheimatet, und Bolitho überlegte nicht zum ersten Male, ob man wohl den mächtigen Zweidecker bereits belauerte.

Cairns, der einen Wollschal um den Hals geschlungen hatte, fragte: »Was hältst du vom Wetter, Dick?«

Bolitho sah zu, wie die Leute auf ihrem Weg zur Kombüse aus den Niedergängen und dann wieder zurück in ihre überfüllten Mannschaftsräume strömten.

Er ging die Wache selbst, da Bunce streng darauf achtete, daß die Mittagsbreite genommen wurde, was bei dieser schwachen Sicht mehr ein routinemäßiges Ritual war. Die Fähnriche standen bereits mit ihren Sextanten in der Hand in einer Linie da, und die Steuermannsmaaten überwachten ihre Fortschritte beziehungsweise den Mangel daran.

Bolitho sagte ruhig: »Wir bekommen Nebel.«

Cairns starrte ihn verblüfft an. »Ist das eine deiner keltischen Halluzinationen, Dick?«

Bolitho lächelte. »Der Master sagt Nebel.«

Der Erste Offizier seufzte. »Dann gibt es auch Nebel. Obgleich ich bei diesem halben Sturm keine Chance dafür sehe.«

»An Deck!«

Sie blickten hoch, ein wenig achtlos geworden nach ihrer tagelangen Einsamkeit. Bolitho sah die verkleinerte Gestalt des Ausgucks im Großtopp, eine winzige Figur vor den tiefhängenden

Wolken. Schon das Hinaufschauen machte ihn schwindlig.

»Segel in Luv querab, Sir!«

Die beiden Offiziere ergriffen ihre Fernrohre und kletterten in die Wanten. Aber es gab nichts zu sehen als Wellenkämme – steiler, drohender in der Vergrößerung – dazu das intensive, grellweiße Licht.

»Soll ich den Kommandanten informieren, Sir?«

Bolitho beobachtete Cairns' Gesicht, als er wieder an Deck sprang. Er konnte beinahe seinen Verstand arbeiten sehen. Ein Segel! Was bedeutete es? Kaum anzunehmen, daß es befreundet war. Selbst ein verirrter und verwirrter Handelsschiffskapitän mußte die Gefahren hier draußen kennen.

»Noch nicht.« Cairns blickte vielsagend nach achtern. »Er wird die Meldung ohnehin gehört haben und erst darauf reagieren, wenn wir dazu bereit sind.«

Bolitho dachte darüber nach. Ein weiterer Aspekt von Kapitän Pears, den er noch nicht in Betracht gezogen hatte. Aber es stimmte: Er rannte niemals gleich an Deck wie manche Kapitäne, voller Angst um ihr Schiff, ungeduldig auf Antworten wartend, die noch nicht zu geben waren.

Er betrachtete nochmals Cairns' ruhiges Gesicht. Es stimmte natürlich auch, daß Cairns solches Vertrauen rechtfertigte.

Bolitho fragte: »Soll ich nach oben und selbst nachsehen?«

Cairns schüttelte den Kopf. »Nein, ich gehe. Der Kommandant will zweifellos einen vollständigen Bericht.«

Bolitho sah zu, wie der Erste Offizier aufenterte, das Teleskop wie ein Gewehr über die Schulter geschlungen; hinauf und immer höher kletterte er hinauf, über die Marspüttings, vorbei an dem bezogenen Schwenkgeschütz auf dem Mars zur Bramstenge und weiter zur Bramsaling, wo der Ausguck so ruhig saß wie auf einer bequemen Dorfbank.

Er wandte den Blick von Cairns ab. Das war etwas, woran er sich nie gewöhnen, was er nie überwinden konnte: sein Schauder vor der Höhe. Jedesmal, wenn er nach oben mußte, was glücklicherweise selten der Fall war, überkam ihn dieselbe Übelkeit, fürchtete er abzustürzen.

Er sah eine vertraute Figur auf dem Batteriedeck unter der Schanzreling und fühlte etwas wie Zuneigung zu dem großen plumpen Mann in kariertem Hemd und flatternder weißer Hose. Ein weiteres Verbindungsglied zu der kleinen Destiny: Stockdale, der muskulöse Preisboxer, den er von einem marktschreierischen Schausteller befreit hatte, als er und sein entmutigter Rekrutierungstrupp versucht hatte, Freiwillige für das Schiff anzuwerben.

Stockdale war der geborene Seemann. So stark wie fünf Männer, hatte er niemals diese Kraft mißbraucht und war gutmütiger als alle anderen an Bord. Der wütende Schausteller hatte ihn mit einer Kette geprügelt, weil er den Kampf gegen einen Mann Bolithos verloren hatte. Der Betreffende mußte wohl irgendwie gemogelt haben, denn Bolitho hatte danach niemals mehr eine Niederlage Stockdales erlebt.

Er sprach sehr wenig, und wenn, dann nur mit Anstrengung, da seine Stimmbänder in zahllosen Faustkämpfen auf fast allen Jahrmärkten des Landes grausam zugerichtet worden waren.

Als er ihn damals gesehen hatte, entblößt bis zum Gürtel, mit tiefen Platzwunden auf dem Rücken, war es zuviel gewesen für Bolitho. Er fragte Stockdale, ob er sich anwerben ließe, und dieser hatte nur genickt, seine Sachen genommen und war ihm auf das Schiff gefolgt.

Wenn Bolitho jemals Hilfe brauchte oder in Not geriet, dann war Stockdale immer zur Stelle. Wie beispielsweise, als Bolitho den schreienden Wilden mit einem Entermesser auf sich losstürzen sah, das er einem sterbenden Seemann entrissen hatte. Später hatte man ihm erzählt, wie Stockdale die sich zurückziehenden Seeleute gesammelt, ihn selbst aufgehoben und wie ein Kind in Sicherheit gebracht hatte.

Nach Bolithos Versetzung auf die *Trojan* nahm er zunächst an, daß dies das Ende ihrer seltsamen Beziehung war; aber irgendwie hatte Stockdale es geschafft, auch an Bord zu kommen.

Er krächzte: »Eines Tages, Sir, werden Sie Captain, und ich schätze, daß Sie dann einen Bootssteurer brauchen.«

Bolitho lächelte jetzt zu ihm hinunter. Stockdale konnte beinahe alles, spleißen, reffen und auch steuern, aber hauptamtlich war er Geschützführer an einem von den dreißig Achtzehnpfündern in der oberen Batterie. Und natürlich in Bolithos Abteilung.

»Was halten Sie davon, Stockdale?«

Des Mannes zerschlagenes Gesicht zeigte ein breites Grinsen. »Die beobachten uns, Mr. Bolitho.«

Er sah die mühsamen, krampfhaften Bewegungen des Kehlkopfes. Die scharfe Seeluft machte es für Stockdale besonders schwer.

»Meinen Sie?«

»Aye.« Es klang sehr bestimmt. »Die wissen, was wir vorhaben und wo wir hin wollen. Ich möchte sogar wetten, daß da noch ein zweites Fahrzeug ist, außer Sichtweite für uns.«

Cairns' Füße prallten aufs Deck, als er mit der Leichtigkeit eines Fähnrichs eine Pardune heruntergerutscht kam.

Er sagte: »Ein Schoner, nach Art der Takelung zu schließen. Ich kann ihn kaum ausmachen, es ist so verdammt diesig.« Dann, als er das Lächeln sah, mit dem Bolitho auf Stockdales Äußerung reagiert hatte, fragte er: »Kann auch ich den Witz hören?«

»Stockdale meinte, daß wir von dem anderen Schiff beobachtet werden, Sir. Es hält sich wohlweislich in Luv.«

Cairns öffnete den Mund, um zu widersprechen, sagte dann aber: »Ich fürchte, er hat recht. Statt einer ›Demonstration der Stärke‹ führt die *Trojan* das Rudel möglicherweise erst hin zu der Beute, die wir beschützen sollen.« Er rieb sich das Kinn. »Verdammt, das ist ein bitterer Gedanke. Ich habe einen Angriff auf die üblichen Nachzügler des Konvois erwartet, von achtern, bevor die Geleitfahrzeuge eingreifen können.«

»Trotzdem«, er rieb sich das Kinn noch stärker als vorher, »werden sie einen Angriff fast in Reichweite unserer Breitseiten nicht riskieren.«

Bolitho erinnerte sich an Pears' Stimme bei der Besprechung, an die Andeutung eines Zweifels. Sein Verdacht hatte jetzt konkretere Formen angenommen.

Cairns blickte nach achtern, hinweg über die beiden Rudergänger, die breitbeinig an dem großen Doppelrad standen, ihre Augen bald auf dem Kompaß, bald auf den Segeln.

»Es ist nicht viel, was wir dem Kommandanten erzählen können, Dick. Er hat seine Befehle. Die *Trojan* ist keine Fregatte. Wenn wir mit sinnlosen Manövern Zeit verlieren, werden wir wahrscheinlich den Konvoi nicht mehr rechtzeitig erreichen. Sie haben ja die perverse Art des Windes hier selbst erlebt.«

Bolitho sagte ruhig: »Denken Sie daran, was der Weise gesagt hat: Nebel.« Er beobachtete, wie das Wort bei Cairns einschlug. »Wenn wir beidrehen müssen, nützen wir niemandem etwas.«

Cairns betrachtete ihn nachdenklich. »Das hätte ich voraussehen müssen. Diese Kaperkapitäne wissen mehr über die örtlichen Verhältnisse als irgendeiner von uns.« Er lächelte etwas schief. »Außer dem Weisen, natürlich.«

Leutnant Quinn kam an Deck und tippte grüßend an seinen

Hut. »Ich soll Sie ablösen, Sir.«

Er blickte von Bolitho zu der prallen Masse der Segel auf. Bolitho beabsichtigte, nur rasch zum Essen hinunterzugehen, besonders da er auf Pears' Reaktion gespannt war. Für den Sechsten Offizier jedoch – achtzehn Jahre alt – bedeutete dies eine endlose Zeit furchteinflößender Verantwortung, denn er hatte das Geschick der *Trojan* in Händen, so lange er als Wachhabender auf dem Achterdeck auf und ab ging.

Bolitho wollte ihn beruhigen, nahm dann aber davon Abstand. Quinn mußte lernen, auf eigenen Füßen zu stehen. Jeder Offizier, der sich in brenzligen Situationen auf die Hilfe anderer verließ, war später auch in wirklichen Krisen hilflos.

Er folgte Cairns zum Niedergang, während Quinn sich mit dem Überprüfen des Logbuchs und beim Kontrollieren des Kompasses wichtig tat.

Cairns sagte leise: »Er wird später ganz in Ordnung sein, braucht halt noch Zeit.«

Bolitho saß an der Messetafel, während Mackenzie und Logan sich bemühten, das Mahl einigermaßen ansehnlich erscheinen zu lassen: Salzfleisch, zusammengekocht mit Haferbrei, dazu Schiffszwieback mit schwarzem Sirup und so viel Käse, wie jeder vertragen konnte. Außerdem gab es eine großzügige Zuteilung von Rotwein, der mit dem letzten Konvoi in New York angekommen war. Nach Probyns gerötetem Gesicht zu urteilen, hatte er ihm fleißig zugesprochen.

Jetzt starrte er hinüber zu Bolitho und fragte heiser: »Was war das für ein Gequatsche über Segel? Da ist wohl jemand nervös geworden und hat Gespenster gesehen, was?« Er lehnte sich vor und sah sich beifallheischend um. »Mein Gott, wie hat sich die Flotte verändert!«

Bunce saß am Kopf der Tafel und sprach mit tiefer Stimme, ohne aufzublicken: »Es ist nicht Sein Werk, Mr. Probyn. ER hat keine Zeit für die Gottlosen.«

Sparke sagte unbeteiligt: »Dieser verdammte Fraß ist Schweinefutter. Ich werde einen neuen Koch auftreiben, bei erster Gelegenheit. Dieser Schurke müßte am Strick baumeln, anstatt uns zu vergiften.«

Das Schiff holte stark über, und alle hielten Teller und Gläser fest, bis es sich wieder aufrichtete.

Bunce zog seine Uhr aus der Tasche und sah nach, wie spät es war. Bolitho fragte ruhig: »Der Nebel, Mr. Bunce – wird er kommen?«

Thorndike, der Schiffsarzt, hörte es und lachte schallend.

»Wirklich, Erasmus! Nebel, bei diesem Wind!«

Bunce ignorierte ihn. »Morgen. Wir müssen beidrehen, hier ist's zu tief zum Ankern.« Er schüttelte sein mächtiges Haupt. »Zeit verloren, nicht wieder einzuholen.«

Er hatte genug gesprochen und erhob sich. Als er an Probyns Stuhl vorbeikam, sagte er mit seiner tiefen Stimme: »Dann werden wir Zeit haben und sehen, wer nervös wird.«

Probyn schnippte mit den Fingern nach mehr Wein und rief ärgerlich: »Er wird auf seine alten Tage wunderlich!« Er lachte laut, aber niemand stimmte ein.

Hauptmann d'Esterre musterte Probyn kalt. »Wenigstens scheint er den Herrn auf seiner Seite zu haben. Was haben Sie vorzuweisen?«

In seinem Salon darüber saß Kapitän Pears an der großen Tafel, eine Serviette in sein Halstuch gesteckt. Er hörte den Ausbruch des Gelächters aus der Messe und sagte zu Cairns: »Sie sind fröhlicher auf See, nicht?«

Cairns nickte. »Scheint so, Sir.« Er beobachtete Pears' gebeugten Kopf und wartete auf dessen Schlußfolgerungen oder Gedanken.

Dieser sagte: »Allein oder im Verband, der Schoner ist eine Bedrohung für uns. Wenn wir doch wenigstens als Sicherung eine Brigg oder ein Kanonenboot hätten, um uns diese Wölfe vom Hals zu halten. So wie es jetzt ist . . .«. Er hob die Schultern.

»Darf ich einen Vorschlag machen, Sir?«

Pears schnitt sich ein kleines Stück Käse ab und betrachtete es zweifelnd.

»Deswegen sind Sie ja wohl zu mir gekommen.« Er lächelte. »Schießen Sie los.«

Cairns legte die Hände auf den Rücken, seine Augen glänzten sehr hell.

»Sie haben des Masters Meinung über die Aussicht auf Nebel gehört, Sir?«

Pears nickte. »Ich kenne diese Gewässer auch. Nebel ist hier häufig genug, obwohl ich es nicht wagen würde, im Augenblick eine so bestimmte Voraussage zu machen.« Er schob den Käse beiseite. »Aber wenn der Master so etwas sagt, trifft es gewöhnlich zu.«

»Wir werden also beigedreht liegen müssen, bis es wieder aufklart.«

»Ich habe das schon in Betracht gezogen. Verdammter Mist!«

»Aber genau das wird auch unser Bewacher tun, einmal zu seiner eigenen Sicherheit, dann auch aus Angst, uns zu verlieren. Der Nebel könnte unter Umständen ein Bundesgenosse für uns sein.« Er zögerte, um des Kommandanten Reaktion zu ergründen. »Wenn wir ihn aufspüren und entern ...« Er schwieg.

»Was, um Gottes willen, Mr. Cairns, schlagen Sie da vor? Daß ich Boote aussetzen, sie mit ausgebildeten Leuten bemannen und dann in diesen gottverdammten Nebel hinausschicken soll? Nein, Sir, sie würden in den sicheren Tod fahren!«

»Wahrscheinlich liegt da außer dem Schoner noch ein weiteres Fahrzeug.« Cairns sprach mit plötzlicher Dickköpfigkeit. »Sie werden also Lichter zeigen. Mit der nötigen Vorsicht und mit einem guten Bootskompaß müßte ein Angriff Aussicht auf Erfolg haben.« Er machte eine Pause, da er Zweifel in Pears' Augen sah. »Er brächte uns ein zusätzliches Schiff ein, wahrscheinlich auch Informationen über die Tätigkeit oder die Absichten der Kaperer.«

Pears lehnte sich zurück und starrte ihn grimmig an. »Sie sind ein Mann mit Ideen, das muß ich sagen.«

Cairns entgegnete: »Der Vierte Offizier hat mir diese Idee in den Kopf gesetzt, Sir.«

»Das hätte ich mir denken können.« Pears stand auf und trat an eins der Fenster; seine stämmige Figur bildete dabei einen Winkel zum Deck, der der Krängung des Schiffes entsprach. »Verdammtes Pack aus Cornwall! Alles Piraten und Strandräuber! Wußten Sie das nicht?«

Cairns' Gesicht blieb unbewegt. »Meines Wissens war Falmouth, Mr. Bolithos Heimatort, die letzte Stadt, die für König Charles gegen Cromwell und das Parlament kämpfte, Sir.«

Pears lächelte grimmig. »Guter Einwand! Aber dieser Plan ist mehr als gefährlich. Wahrscheinlich finden wir die Boote nie wieder, oder sie können den Feind nicht erreichen, geschweige denn ihn kapern.«

Cairns beharrte auf seiner Version. »Der Nebel muß das andere Schiff lange vor uns erreichen. Ich würde vorschlagen, daß wir dann so nahe wie möglich aufschließen, und zwar mit jedem Fetzen Tuch, bevor es gänzlich abflaut.«

»Aber wenn der Wind gegen uns dreht?« Pears hob die Hand. »Stopp, Mr. Cairns. Ich sehe die Enttäuschung in Ihrem Gesicht, aber es ist *meine* Verantwortung. Ich muß alle Möglichkeiten in Betracht ziehen.«

Auf Deck und vor den Kajütstüren ging das Leben seinen gewohnten Gang. Das Rasseln einer Pumpe, das Scharren von Füßen über ihren Köpfen, wenn die Leute der Wache beim Brassen hin und her liefen.

Dann meinte Pears langsam: »Immerhin hat der Plan das Überraschungsmoment für sich.« Er überlegte. »Bitte sagen Sie dem Master, er möchte zu uns in den Kartenraum kommen.« Er lachte leise in sich hinein. »Obwohl er schon dort ist, wie ich ihn kenne.«

Auf dem vom Wind gepeitschten Achterdeck beobachtete Bolitho mit vom Salzwasser schmerzenden Augen die Leute bei der Arbeit in der Takelage. Bald Zeit zum Reffen, dachte er. Muß dem Captain Bescheid sagen. Vorhin hatte er Pears und Cairns in den Kartenraum gehen sehen, der neben Bunces Kabine lag.

Einen Augenblick später trat Cairns wieder in den Sprühregen heraus, zu Bolithos Erstaunen ohne Hut, etwas ganz Ungewöhnliches, da er sonst immer peinlich korrekt gekleidet war.

»Weitere Meldungen vom Ausguck?«

»Aye, Sir.«

Bolitho duckte sich, als eine Bö den Gischthagel eines Brechers über das Schiff peitschte, der sie beide durchnäßte. Cairns nahm kaum Notiz davon.

Bolitho berichtete rasch, bevor der nächste Brecher sie erreichte: »Wie vorher. Der Fremde hält sich in Luv von uns, Peilung unverändert.«

»Ich werde dem Kommandanten berichten«, sagte Cairns und fügte dann hinzu: »Nicht nötig, da ist er ja.«

Bolitho wollte zur Leeseite hinüber, wie üblich, wenn der Kommandant an Deck erschien, aber Pears' Stimme rief ihn zurück.

»Bleiben Sie, Mr. Bolitho.« Pears kämpfte sich zur Luvreling, den Hut tief in die Augen gezogen. »Sie haben da mit dem Ersten Offizier einen verwegenen Plan ausgebrütet!«

»Sir, ich . . .«

»Verrückt.« Pears beobachtete das steife Großsegel. »Aber mit einem Körnchen, einem *winzigen* Körnchen Wert.«

Bolitho starrte ihn an. »Besten Dank, Sir!«

Pears ignorierte ihn und sagte zu Cairns: »Die beiden Kutter müssen genügen. Ich möchte, daß Sie jeden Mann selbst auswählen. Sie wissen, welche Leute wir für diese Aufgabe brauchen.«

Dann blickte er Cairns ins Gesicht und sagte beinahe sanft: »Aber Sie gehen nicht mit!«

Als Cairns protestieren wollte, fügte Pears hinzu: »Ich kann Sie nicht entbehren. Ich könnte morgen umkommen, und wenn auch Sie ausfallen, was sollte dann aus der *Trojan* werden?«

Bolitho beobachtete beide und kam sich wie ein Eindringling vor, als er die Enttäuschung in Cairns' Gesicht sah.

Dann erwiderte dieser: »Aye, Sir, ich werde mich danach richten.«

Als er wegging, sagte Pears barsch: »Aber Sie können *den* hier mitschicken, den wird man nicht vermissen!«

Pears ging nach achtern, wo Bunce auf ihn wartete, das störrische Haar im Winde flatternd. Im Weggehen rief er: »Der Zweite Offizier soll zu mir kommen.«

Bolitho überlegte. *Er würde also mitgehen.* Und Sparke. *Stellen Sie den Namen dieses Mannes fest.*

Er dachte an Cairns, dem diese einmalige Chance, seinen Mut und seine Tüchtigkeit zu beweisen, genommen wurde. Es war auch wieder typisch für ihn, dachte er. Mancher Erste Offizier hätte den Plan, das feindliche Schiff zu entern, für seinen eigenen ausgegeben und alles Lob dafür eingeheimst.

Es wurde früh dunkel, die tiefhängende Wolkendecke und der Sprühregen trugen das Ihrige dazu bei.

Cairns erwartete Bolitho, als dieser von der Wache kam, und sagte: »Ich habe ein paar gute Leute für dich ausgewählt, Dick. Der Zweite Offizier übernimmt das Kommando, unterstützt von Frowd, dem fähigsten unserer Steuermannsmaaten, dazu Midshipman Libby. Zu deiner Unterstützung gehen Mr. Quinn und Midshipman Couzens mit.«

Bolitho begegnete seinem ruhigen Blick. Außer Sparke, Frowd und bis zu einem gewissen Grade ihm selbst, waren alle anderen halbe Kinder und nicht geeignet für ein solches Unternehmen. Er bezweifelte, daß der nervöse Quinn oder der willige Couzens jemals das Abfeuern eines Schusses erlebt hatten, außer vielleicht bei der Entenjagd.

Er sagte jedoch: »Danke, Sir«, womit er dieselbe Haltung zeigte wie Cairns sie gegenüber dem Kommandanten an den Tag gelegt hatte.

Cairns faßte ihn am Arm. »Sieh zu, daß du etwas Trockenes zum Anziehen findest.« Dann, während er sich seiner Kabine zuwandte, fügte er hinzu: »Du hast natürlich auch den Unhold Stockdale in deinem Kutter. Ich hätte nie den Mut aufgebracht, ihn davon abzuhalten!«

Bolitho durchquerte die Messe und betrat seine eigene, kleine Kabine. Dort zog er sich nackt aus und frottierte sich die feuchten, kalten Gliedmaßen, bis er so etwas wie Wärme verspürte.

Dann saß er auf dem Rand seiner schwankenden Koje und lauschte auf die Geräusche des großen Schiffes, das Ächzen beim Überholen, das Beben beim Aufprall eines Brechers, das anschließende Prasseln der über Deck peitschenden Gischt.

Morgen um diese Zeit war er vielleicht auf dem Weg in sein Unheil, wenn nicht sogar schon tot. Er fröstelte und frottierte sich heftig die Bauchmuskeln, um die plötzlich aufkommende Verzagtheit zu überwinden.

Aber wenigstens würde er etwas unternehmen, und das war besser als diese ewige Untätigkeit. Er zog sich ein sauberes Hemd über den Kopf und langte nach seiner Hose.

Er war kaum damit fertig, als er schon das näherkommende Geschrei hörte:

Alle Mann an Deck, Marssegel reffen!

Er stand abrupt auf und stieß mit dem Kopf gegen einen Ringbolzen.

Verdammt!

Aber dann war er auf und eilte wieder in jene andere Welt des Windes und des Lärms, gehorsam den Forderungen der *Trojan*, die immer erfüllt werden mußten.

Als er an Probyns unordentlicher Erscheinung vorbeilief, grinste der ihn an. »Nebel, wie?«

Bolitho grinste zurück. »Geh zur Hölle!«

Es dauerte zwei volle Stunden, bis das Reffen zu des Kommandanten Zufriedenheit ausgeführt und die *Trojan* für die Nacht klargemacht worden war. Die Nachricht über den beabsichtigten Angriff hatte sich im Schiff wie ein Lauffeuer verbreitet, und Bolitho hörte, wie überall Wetten abgeschlossen wurden: des Seemanns enger Spielraum zwischen Leben und Tod.

Möglicherweise würde es überhaupt zu nichts kommen, wie schon so oft während dieses Einsatzes. Große Vorbereitungen, und dann die Enttäuschung.

Bolitho wußte, daß es ein beinahe unmögliches Unterfangen war, das andere Schiff zu finden und zu kapern. Gleichzeitig wußte er aber auch, daß er sich betrogen vorkommen würde, falls es abgeblasen werden sollte.

Er kehrte in die Messe zurück und stellte fest, daß die meisten Offiziere schon in die Koje gegangen waren – verständlich nach diesem stürmischen und arbeitsreichen Tag. Lediglich der Arzt und der Hauptmann d'Esterre spielten im Licht einer einzelnen Lampe Karten, während unter den überfluteten Heckfenstern Leutnant Quinn saß und auf den vibrierenden Ruderkopf starrte.

Im schwankenden Lampenschein sah er noch jünger aus als sonst.

Bolitho setzte sich neben ihn und schüttelte den Kopf, als Logan, der Messejunge, mit einem Weinkrug auftauchte.

»Fühlst du dich nicht wohl, James?«

Quinn blickte ihn überrascht an. »Doch, danke, Sir.«

Bolitho lächelte. »Richard oder Dick, wenn dir das lieber ist.« Er beobachtete des anderen Verzweiflung. »Dies ist nicht das Fähnrichslogis, wie du weißt.«

Quinn warf einen raschen Blick auf die Kartenspieler, auf den wachsenden Stapel von Münzen neben dem scharlachroten Ärmel d'Esterres und den dahinschwindenden seines Gegenübers.

Dann sagte er ruhig: »Sie haben so etwas schon früher gemacht, Sir – ich meine, Dick!«

Bolitho nickte. »Ein paarmal.«

Er wollte nicht Quinns Vertrauen durch eine Unterbrechung riskieren, nun, da dieser zu sprechen begann.

»Ich . . . Ich dachte, es würde an Bord sein, wenn es dazu käme.« Er machte eine hilflose Armbewegung, die die Messe und die angrenzenden Kabinen umfaßte. »All seine Freunde weiß man in der Nähe. Ich glaube, hier könnte ich es zum erstenmal, das Kämpfen.«

Bolitho sagte: »Ich weiß. Das Schiff ist unsere Heimat. Es hilft.«

Quinn rang die Hände. »Meine Familie ist im Lederhandel in der City von London. Mein Vater wollte nicht, daß ich zur Marine ging.« Sein Kinn hob sich ein wenig. »Aber ich war entschlossen. Ich hatte oft genug ein Kriegsschiff den Fluß herunterfahren und in See stechen sehen. Ich wußte, was ich wollte.«

Bolitho konnte den Schock nachempfinden, den Quinn erlitten haben mußte, als er zum ersten Mal der rauhen Wirklichkeit an Bord eines Kriegsschiffes begegnete, mit all der harten Disziplin und dem Gefühl, daß man als neuer Fähnrich an Bord der einzige

38

ist, der völlig nutzlos zu sein scheint und von nichts eine Ahnung hat.

Bolitho war damit aufgewachsen. Die dunklen Porträts an den Treppenhauswänden seines Elternhauses in Cornwall waren eine ständige Erinnerung an alle, die vor ihm diesen Weg gegangen waren. Jetzt setzten er und sein Bruder Hugh die Tradition fort. Hugh fuhr auf einer Fregatte, wahrscheinlich im Mittelmeer, während er hier im Begriff war, sich einzuschiffen für ein Unternehmen, wie es oft in den Kneipen von Falmouth geschildert wurde, wenn die Seeleute ihr Garn sponnen.

Er sagte: »Es wird alles klargehen, James. Mr. Sparke führt uns.«

Zum ersten Mal sah er Quinn lächeln, als dieser sagte: »Ich muß zugeben, vor dem habe ich mehr Angst als vorm Feind!«

Bolitho lachte und fragte sich, wieso Quinns Angst ihm selbst irgendwie Mut einflößte.

»Geh jetzt in die Koje und versuch zu schlafen. Sag Mackenzie, du möchtest ein Glas Brandy, George Probyns Allheilmittel.«

Quinn stand auf und wäre beinahe gefallen, als das Schiff mit einem Ruck überholte.

»Nein, ich muß noch einen Brief schreiben.«

Als er wegging, verließ d'Esterre den Tisch, steckte seinen Gewinn ein und gesellte sich zu Bolitho an den Heckfenstern.

Der Arzt wollte ihm folgen, aber d'Esterre sagte: »Schluß, Robert. Dein stümperhaftes Spiel würde auf die Dauer mein eigenes Können beeinflussen und abstumpfen.« Er lächelte. »Hebe dich hinweg zu deinen Flaschen und Pillen!«

Der Arzt antwortete nicht mit seinem sonstigen Lächeln, sondern ging still von dannen, mit den Händen nach einem Halt suchend.

D'Esterre deutete auf Quinns Kabine. »Ist er aufgeregt?«

»Ein bißchen.«

Der Marineinfanterist zerrte an seinem engen Halstuch. »Ich wünschte bei Gott, ich könnte mitkommen. Wenn ich meine Jungs nicht bald in einen Kampf führe, werden sie rostig wie alte Nägel!«

Bolitho gähnte herzhaft. »Ich bin für Schlafengehen.« Er schüttelte den Kopf, als d'Esterre über die Karten strich. »Ich würde ohnehin nicht mit dir spielen. Du hast den Trick raus, wie man gewinnt.«

Als er mit hinter dem Kopf verschränkten Händen in der Koje lag, lauschte Bolitho auf die Geräusche des Schiffes und identifizierte jedes einzelne, wie es sich in das große Ganze einfügte.

Die Leute der Freiwache lagen unten in ihren Hängematten wie Erbsen in den Schoten; bei den gegen die See dichtgeschlossenen Stückpforten und dem aus den Bilgen aufsteigenden Gestank war die Luft entsetzlich. Alles triefte vor Nässe, von den Decksbalken tropfte es, dazu kam das eintönige Rasseln der Pumpen, wenn die *Trojan* besonders stark überholte.

Im Orlopdeck, dem Deck unter der Wasserlinie, würde der Schiffsarzt in seinem Lazarett vermutlich bald eingeschlafen sein. Er hatte zur Zeit nur eine Handvoll Kranker und Verletzter zu betreuen; es war nur zu hoffen, daß es so blieb.

Weiter vorn im Fähnrichslogis war alles ruhig, wenn auch vielleicht ein gelegentlicher Lichtschimmer verriet, daß einer der jungen Leute verzweifelt an einem schwierigen navigatorischen Problem arbeitete, dessen Lösung er am Morgen Bunce vorlegen sollte.

Ihre eigene Welt: Seeleute und Seesoldaten, Anstreicher und Kalfaterer, Seiler und Segelmacher, Klempner und Toppsgasten, Geschützführer und Zimmerleute – eine Mischung, wie man sie sonst in einer ganzen Stadt antraf.

Und achtern, zweifellos noch an seinem großen Schreibtisch sitzend, der eine, der über sie alle herrschte: der Kommandant.

Bolitho blickte in der Dunkelheit nach oben, wo ein Deck höher, ziemlich genau über ihm, Pears jetzt wohl saß, den aufmerksamen Foley in seiner Nähe, ein Glas Wein neben sich. So würde er jetzt noch einmal die Ereignisse des Tages sowie das für morgen geplante Unternehmen überdenken.

Das war der Unterschied, dachte Bolitho. Wir gehorchen und führen die Befehle aus, so gut wir können. Aber er muß sie geben, und Lob oder Tadel ruhen immer auf *seinen* Schultern.

Dann rollte er sich auf die Seite und vergrub das Gesicht in dem muffigen Kissen. Es hatte doch manches für sich, noch ein Leutnant zu sein.

Der folgende Tag unterschied sich kaum von den vorangegangen. Im Laufe der Nacht hatte der Wind ein wenig rückgedreht und viel an Stärke verloren, so daß die großen, vor Nässe triefenden Segel sich abwechselnd blähten oder durchsackten, wobei sie mit ihrem Knallen noch zu der allgemein spürbaren Spannung beitrugen.

Gegen Mittag – der Sprühregen war genauso heftig wie an den Vortagen, die See ein grenzenloses, schmutziges Grau – erschollen die üblichen Pfeifsignale:

»Alle Mann nach achtern zur Bestrafung!« Das Auspeitschen eines Mannes war bei der straffen Disziplin an Bord nicht gerade selten und rief in normalen Zeiten wenig Erregung hervor. Die privaten Prügel, die beispielsweise im Falle von Kameradendiebstahl verabfolgt wurden, konnten erheblich schlimmer ausfallen.

Aber heute war es anders. Nach all den Wochen und Monaten vergeblichen Wartens, nachdem man im Hafen unter kärglichen Bedingungen wie auf einem Gefangenenschiff gelebt oder in fruchtloser Mission vor den Küsten patrouilliert hatte, versprach man sich hiervon ein wenig Abwechslung.

Das Wetter trug nicht gerade zur Aufmunterung bei. Während Bolitho sich zu den anderen Offizieren gesellte und die Marineinfanteristen in zwei leuchtend roten Reihen aufmarschierten, eilte die Besatzung nach achtern. Sie mußten die Augen zusammenkneifen gegen den böigen Wind, der ihnen Gischt und Regen ins Gesicht peitschte. Ein trüber, unglückseliger Auftakt, dachte Bolitho.

Der Delinquent kam über die Backbordtreppe, flankiert von Paget, dem dunkelhäutigen Wachtmeister, und Tolcher, dem Bootsmann. Paget war ein schmallippiger, grimmiger Mann. Neben ihm und dem vierschrötigen Bootsmann nahm sich der Gefangene direkt harmlos aus.

Bolitho betrachtete ihn, einen jungen Schweden namens Carlsson. Er hatte ein gutgeschnittenes, schmales Gesicht und langes, flachsblondes Haar. Wie verwundert blickte er um sich, als habe er das Schiff noch nie gesehen. Nach Bolithos Meinung war er typisch für die gemischte Besatzung der *Trojan,* wo man nie wußte, welche Rassen man treffen, welche Zungen man hören würde, so viele verschiedene Besatzungsmitglieder lebten seit nunmehr zwei

Jahren in ihrem Rumpf, zusammengewürfelt und doch bereits nach kurzer Zeit mit dem Schiff verwachsen.

Bolitho haßte die Auspeitschungen, obwohl sie zum Seemannsdasein gehörten. Es gab schließlich keine Alternative für einen Kommandanten, um die Disziplin aufrechtzuerhalten, wenn er weitab von höheren Vorgesetzten oder anderen Schiffen operierte.

Die Gräting, ein Lattenrost, wurde neben dem Fallreep aufgestellt, und ein muskulöser Bootsmannsmaat namens Balleine stand wartend daneben, einen Flanellbeutel an seiner Seite.

Cairns überquerte die Schanze, als der Kommandant an Deck erschien.

»Mannschaft versammelt, Sir.« Sein Gesicht war ausdruckslos.

»Danke.«

Pears blickte auf den Kompaß und ging dann schwerfällig nach vorn zur Schanzreling. Schweigen senkte sich über die Menge, die sich auf Deck, ja sogar in den Wanten drängte.

Bolitho betrachtete die Gruppe der Midshipmen neben den älteren Deckoffizieren. Ihm selbst war einmal schlecht geworden, als er in seiner Fähnrichszeit einer Auspeitschung hatte beiwohnen müssen.

Er dachte an Carlsson. Man hatte ihn auf Wache schlafend gefunden, nach einem langen Tag des Kampfes gegen Wind und störrisches Segeltuch.

Bei anderen Offizieren wäre es vielleicht glimpflicher abgelaufen, aber Sparke kannte kein Mitgefühl. Bolitho überlegte, ob er wohl jetzt darüber nachdachte. Weil es doch etwas wie einen Pesthauch ausgerechnet über diesen Tag senkte, an dem er den Bootsangriff führen sollte. Bolitho musterte Sparkes Gesicht, aber es zeigte nichts anderes als den üblichen Ausdruck verkniffener Strenge.

Pears nickte. »Ausziehen!« Dann nahm er den Hut ab und klemmte ihn unter den Arm, während die anderen Offiziere seinem Beispiel folgten.

Bolitho blickte nach Backbord zum Horizont, als erwarte er, dort die Segel ihres getreuen Schattens auftauchen zu sehen. Im Laufe der Nacht hatte der Schoner dichter aufgeschlossen und war jetzt schon vom Unterwant aus sichtbar, jedoch noch nicht von Deck. In der einfachen Denkweise eines Seemannes mußte das die Bestrafung noch härter erscheinen lassen – ein Yankeeschiff kreuzte hier herum, wie es ihm gefiel, und einer der eigenen Leute wurde ausgepeitscht!

Der Kommandant schlug die Kriegsartikel auf und verlas die entsprechenden Paragraphen mit einer Stimme, die sich in nichts von seinem normalen Tonfall unterschied. Er schloß mit den Worten: » ... soll bestraft werden gemäß den Vorschriften des Gesetzes für einen solchen Fall auf See.« Dann setzte er den Hut wieder auf und fügte hinzu: »Zwei Dutzend Hiebe.«

Der Rest der Prozedur wickelte sich rasch ab. Carlssons Oberkörper wurde entblößt, er selbst an der Gräting festgebunden, die Arme wie bei einer Kreuzigung ausgebreitet.

Balleine hatte seine neunschwänzige Katze aus dem roten Flanellbeutel geholt und ließ sie durch die Finger gleiten, die Stirn in grimmige Falten gelegt. Er war Bolithos Bootsbesatzung zugeteilt. Was mochte er jetzt wohl denken?

Pears befahl mit harter Stimme: »Tun Sie Ihre Pflicht!«

Balleines kräftiger Arm holte aus und schlug zu, die Peitsche klatschte dumpf auf des Mannes nackten Rücken. Bolitho hörte ihn keuchen, als die Luft aus seinen Lungen entwich.

»Eins«, zählte der Wachtmeister.

In der Nähe warteten der Arzt und seine Gehilfen, um sich des Mannes anzunehmen, falls er zusammenbrechen sollte.

Bolitho zwang sich, das Ritual der Bestrafung zu verfolgen, obwohl sein Herz so schwer war wie Blei. Alles schien so unwirklich: das graue Licht, das heftig schlagende Großsegel mit den deutlich erkennbaren Flicken, vom Segelmacher kürzlich erst aufgenäht. Die Peitsche hob sich und zischte nieder, die Striemen auf dem Rücken des Schweden schwollen an und wurden bald zu einer blutigen Masse zerfetzten Fleisches, als das Auspeitschen andauerte. Etwas Blut war in das blonde Haar des Mannes gespritzt, der Rest floß herab und mischte sich, blasser werdend, mit dem Sprühregen auf den Decksplanken.

»Einundzwanzig!«

Bolitho hörte das leise Schluchzen eines Fähnrichs und sah Forbes, den Jüngsten an Bord, sich am Arm seines Nebenmannes festklammern.

Carlsson hatte kein einziges Mal geschrien, aber als der letzte Hieb auf seinen zerfetzten Rücken krachte, brach er zusammen und begann zu stöhnen.

»Abschneiden!«

Bolitho blickte von Pears' Profil in die Gesichter der Besatzung.

Zwei Dutzend Hiebe waren nichts im Vergleich zu dem, was manche anderen Kommandanten verhängten. Aber in diesem Falle konnte es ausreichen, um den Mann zu zerbrechen. Er bezweifelte, daß Carlsson mehr als höchstens ein paar Worte der Kriegsartikel verstanden hatte.

Die Gehilfen des Arztes traten jetzt heran und trugen den schluchzenden Mann nach unten, zwei Seeleute wischten das Blut auf, einige andere schlugen auf Tolchers Geheiß die Gräting ab und verstauten sie.

Die Seesoldaten marschierten in zwei Kolonnen die Treppen hinunter, und Hauptmann d'Esterre steckte seinen glänzenden Säbel in die Scheide, während die Mannschaft abrückte, um ihre jeweiligen Arbeiten wieder aufzunehmen.

Sparke sagte zu Bolitho: »Wir sollten den Angriff nochmals durchsprechen, damit jeder weiß, was er zu tun hat.«

Bolitho hob die Schultern. »Aye, Sir.«

Vielleicht war Sparkes Haltung die richtige. Bolitho mochte Carlsson, er war gehorsam, freundlich und ein guter Arbeiter. Aber angenommen, man hätte einen der wirklichen Unruhestifter beim Schlafen auf Wache erwischt. Hätte er dann wohl das gleiche Unbehagen verspürt?

Sparke stützte sich auf die Schanzreling und blickte auf die beiden Kutter, die schon aus der Reihe der anderen Boote ausgesondert und klar zum Ausschwingen gemacht worden waren.

Dann sagte er: »Ich habe nicht allzuviel Hoffnung«, und indem er auf die vibrierenden Wanten und Pardunen zeigte, fuhr er fort: »Mr. Bunce hat im allgemeinen recht, aber diesmal . . .«

Aus dem Großtopp ertönte ein Ruf: »An Deck! Das andere Schiff fällt ab, Sir!«

Dalyell, der Wache hatte, ergriff ein Glas und stieg in die Luvwanten.

Nach kurzer Zeit schrie er: »Bei Gott. Es stimmt. Der Schoner fällt ab, nicht viel, aber er wird bald für alle an Deck sichtbar sein!«

Er lachte Bolitho ins Gesicht. »Dieser Schuft besitzt allerhand Dreistigkeit!«

Bolitho beschattete die Augen gegen das diffuse Licht und sah ein kurzes Aufleuchten über dem bewegten Wasser. Vielleicht glaubte der Kapitän des Schoners wie Bunce an Nebel und schloß näher heran, um das große Wild nicht aus den Augen zu verlieren. Oder er versuchte lediglich, den Kommandanten zu einer törichten

Affekthandlung zu provozieren. Als sich Bolitho jedoch an dessen Gesicht beim Verlesen der Kriegsartikel erinnerte, verwarf er diesen Gedanken. Dazu bestand keinerlei Aussicht.

Sparke führte weiter aus: »Es muß blitzschnell gehen. Vielleicht haben sie Enternetze ausgebracht, aber ich glaube es nicht. Sie würden ihre Leute mehr behindern als uns.«

Er denkt laut, sieht bereits seinen Namen und den Bericht in der *Gazette,* folgerte Bolitho. Man konnte es am Funkeln seiner Augen erkennen, sie glänzten wie im Fieber.

»Ich gehe noch mal zum Master.« Sparke eilte von dannen, das Kinn vorgeschoben wie den Bug einer Galeere.

Stockdale tauchte von irgendwoher auf und rieb sich die Stirn.

»Ich habe die Waffen überprüft, Sir, habe alle Entermesser und Enterbeile noch mal über den Schleifstein gezogen«, keuchte er. »Wir fahren doch, Sir?«

Bolitho schritt zur anderen Seite und ließ sich vom Fähnrich der Wache dessen Glas geben.

»Hoffentlich.«

Dann sah er, daß der Fähnrich Forbes war, der sich während des Auspeitschens an seinem Freund festgehalten hatte.

»Alles in Ordnung, Mr. Forbes?«

Der Junge nickte unglücklich und schluckte. »Aye, Sir.«

»Gut.« Bolitho schob das Glas durch die Maschen des Netzes. »Es ist hart, einen Mann so bestraft zu sehen. Also müssen wir ständig aufpassen, daß keiner Grund zur Bestrafung gibt.«

Er hielt den Atem an, als die Toppsegel des anderen Schiffes über dem Horizont auftauchten, als sei der Rumpf unter Wasser. Ein rotes Viereck war auf das Großsegel genäht – ein Behelfsflicken oder ein Erkennungssignal? Er fröstelte, als der Regen ihm in den Kragen sickerte und ihm das Haar an die Stirn klebte. Es war unheimlich, diese rumpflosen Masten zu sehen, nichts von dem Schiff und seiner Besatzung zu wissen.

Als er sich nach Stockdale umwandte, war dieser verschwunden, so lautlos, wie er aufgetaucht war.

Dalyell kämpfte sich das schrägliegende Deck hinauf und sagte heiser: »Sieht so aus, als ob du uns erhalten bleibst, Dick.« Er grinste ohne Mitgefühl. »Bin nicht traurig darüber. Ich habe keine Lust, George Probyns Arbeit zu tun, wenn er einen Rausch hat!«

Bolitho grinste. »So sieht es jeder aus einem anderen Blickwinkel. Ich gehe nach unten.« Er warf noch einen Blick auf den lustlos pendelnden Wimpel im Großtopp. »Sieht wirklich so aus, als müßte ich noch die Nachmittagswache gehen.«

Der Kommandant war jedoch anscheinend anderer Meinung und immer noch voll Vertrauen zu seinem Master. Bolitho wurde vom Wachegehen dispensiert und verbrachte die meiste Zeit damit, einen Brief an seinen Vater abzufassen. Er schrieb ständig weiter an demselben langen Brief, sobald er Zeit dazu hatte, und brach ihn abrupt ab, wenn sich eine Gelegenheit zum Absenden in die Heimat bot. Dadurch hielt er Verbindung mit seinem Vater, wenngleich es für diesen bestimmt schwer war, über die täglichen Ereignisse auf See, das Sichten von Schiffen oder Inseln, zu lesen – alles Dinge, die es im Leben von Kapitän James nicht mehr gab.

So saß Bolitho also auf seiner Seekiste und überlegte, was er Neues berichten könnte.

Kälte schien ihm plötzlich über den Rücken zu kriechen, als hätte ein Geist die kleine Kabine betreten. Er blickte überrascht auf und sah die Deckenlampe flackern. Aber stimmte das auch? Er starrte seine Sachen an, die ruhig von der Stange herabhingen, obwohl sie einen Augenblick vorher noch geschwankt und gequietscht hatten.

Er stand auf, dachte rechtzeitig daran, den Kopf einzuziehen, und lief in die Messe. Die Heckfenster waren stumpf und grau, gestreift von getrocknetem Salz.

Er preßte das Gesicht dagegen und rief aus: »Mein Gott, der Weise hatte recht!«

Schnell eilte er an Deck, wo er sofort der stillen Gestalten gewahr wurde, die in den undurchdringlichen Nebel starrten, während die Segel lustlos herabhingen und sich kaum noch blähten.

Cairns, der Wache hatte, blickte ihn ernst an. »Da ist er, Dick, der Nebel.«

Bolitho beobachtete, wie sich die Dünung zu glätten schien, kaum waren noch Wellenkämme zu sehen.

»An Deck! Der Schoner ist außer Sicht, Sir!«

Pears' Stimme beendete alle Spekulationen: »Zwei Strich höher, Mr. Cairns!«

Schrille Rufe ertönten: »An die Brassen!«

Pears sagte zu allen, die ihn umstanden: »Wir gewinnen so noch etwa eine Kabellänge.*

* Zehntel einer Seemeile = 185 Meter

Das Rad ächzte, die Rahen gehorchten den Brassen und schwangen herum. Mit ihrer großen Segelfläche rang die *Trojan* dem sterbenden Wind noch ein wenig Fahrt ab und drehte den Bug gehorsam nach Luv. Über das Schlagen der Segel und Blöcke, über die schrillen Rufe der Unteroffiziere hinweg hörte man Pears' Stimme, als er zu seinem Segelmeister sagte: »*Gut gemacht,* Mr. Bunce!«

Dieser wandte den Blick vom Mann am Ruder und der schwankenden Kompaßrose; im trüben Licht sah man nur seine Augen und Brauen. »Es war Sein Wille, Sir«, sagte er ehrfürchtig.

Pears blickte weg, wie um ein Lächeln zu verbergen. Dann rief er: »Mr. Sparke nach achtern! Mr. Bolitho, lassen Sie die Kutter ausschwenken!«

Stahl klirrte, Leute strömten zu den Booten, die Arme voller Entermesser, Beile, Spieße und Gewehre.

Bolitho beobachtete auf dem Batteriedeck, wie der schwarzgestrichene Rumpf des zweiten Kutters sich hob. Als er einmal nach achtern blickte, stellte er fest, daß die Schanzreling nur noch verschwommen zu sehen war.

Er schrie: »Lebhaft, Jungs, sonst finden wir unseren Weg nicht mehr über die Reling!« Dies rief einiges Gelächter hervor.

Pears hörte es und sagte nüchtern zu Sparke: »Hören Sie gut zu, was der Master Ihnen über die Stromverhältnisse hier sagt. Es kann Ihnen eine Meile unnötigen Pullens ersparen, womit Sie nicht so erschöpft ankämen, daß Ihre Leute keine Klinge mehr heben können.« Er beobachtete Sparkes Augen. »Und seien Sie vorsichtig. Wenn Sie nicht entern können, dann warten Sie ab, bis der Nebel sich lichtet. Wir werden nicht sehr weit auseinanderdriften.«

Dann befahl er: »Kürzen Sie Segel, Mr. Cairns, und drehen Sie bei!«

Weitere Kommandorufe, und wenige Augenblicke später, als die Unter- und Marssegel aufgegeit unter ihren Rahen hingen, lösten sich die beiden Boote aus ihren Klampen, schwangen hoch und über die Reling.

Bolitho kam nach achtern, berührte grüßend seinen Hut und meldete: »Die Leute sind gemustert und bewaffnet, Sir.«

Sparke übergab ihm einen Notizzettel. »Geschätzter Kurs. Mr. Bunce hat Strom und Abdrift des Schoners berücksichtigt.« Dann blickte er den Kommandanten an. »Melde mich von Bord, Sir!«

Pears sagte: »Danke, Mr. Sparke.« Er wollte hinzufügen: »Viel

Glück«, aber angesichts Sparkes strenger Miene schien dies überflüssig.

Zu Bolitho jedoch sagte er: »Verirren Sie sich nicht, Sir. Ich habe keine Lust, ein ganzes Jahr lang die Massachusetts Bay nach Ihnen abzusuchen!«

Bolitho lächelte. »Ich werde mein Bestes tun, Sir.« Als er nach unten lief, sagte Pears zu Cairns: »Junger Halunke!«

Aber Cairns beobachtete die längsseits stampfenden Boote voller Menschen und wartete darauf, daß Sparke und Bolitho ablegten. Sein Herz war bei ihnen. Es tröstete ihn nicht, daß des Kommandanten Entscheidung wahrscheinlich die richtige war.

Pears beobachtete die schwarzen Bootskörper, das etwas unordentliche Einsetzen der Riemen bis zum Aufnehmen des gleichmäßigen Schlages, der sie rasch in den alles verhüllenden Nebel entführte.

»Verdoppeln Sie die Wachen an Deck, Mr. Cairns. Lassen Sie die Schwenkgeschütze laden und bereiten Sie alles vor, um einen eventuellen Enterangriff abzuschlagen.«

»Was werden Sie jetzt tun, Sir?«

Pears blickte über sein Schiff. Jedes Segel war entweder aufgegeit oder bewegungslos, die *Trojan* rollte heftig in der gleichmäßigen Dünung.

»Tun?« Er gähnte. »Ich gehe essen.«

Bolitho stand im Heck des Bootes und hielt sich an Stockdales Schultern fest. Durch das karierte Hemd hindurch fühlten sich dessen Muskeln an wie warmes Holz.

Der Nebel wirbelte in ihr Boot, hing an ihren Armen, im Gesicht und ließ das Haar glitzern, wie bereift.

Bolitho lauschte dem gleichmäßigen, ruhigen Pullen der Riemen. *Hast ist sinnlos, spart eure Kräfte für später.*

Zu Stockdale sagte er: »Steuern Sie genau Nordwest, das ist der Kurs, den wir einhalten müssen.«

Er dachte an Bunces wilde Augen. Konnte man einen anderen Kurs steuern als den von ihm empfohlenen?

Dann ließ er Stockdale an der Pinne sitzen, über den Bootskompaß gebeugt, und bahnte sich seinen Weg langsam nach vorn. Er stieg über Duchten und grunzende Seeleute, kletterte über Waffen und über die Füße der zusätzlichen Passagiere.

Der neun Meter lange Kutter hatte in normalen Zeiten eine

Besatzung von acht Mann und dem Bootssteurer. Jetzt enthielt er außer der Crew noch achtzehn Leute.

Er fand Balleine, den Bootsmannsmaaten, am Bug vorgebeugt wie eine Galionsfigur und in den Nebel starrend, eine Hand hinter dem Ohr, um das leiseste Geräusch aufzufangen, das von einem Schiff oder einem anderen Boot verursacht werden könnte.

Bolitho sagte leise: »Ich kann den Kutter des Zweiten Offiziers nicht sehen, also müssen wir uns auf uns selbst verlassen.«

»Aye, Sir.« Die Antwort war barsch.

Bolitho dachte, Balleine grüble noch über das Auspeitschen nach oder fühle sich übergangen, weil er nur den Ausgucksposten erhalten hatte, Stockdale dagegen an der Pinne saß. Deshalb sagte er: »Ich verlasse mich heute auf Ihre Erfahrung.« Als er sah, wie der Mann nickte, fühlte er, daß er den richtigen Ton getroffen hatte. »Ich fürchte, wir sind sonst ein wenig knapp daran.«

Der Bootsmannsmaat grinste. »Mr. Quinn und Mr. Couzens, Sir? Ich werde auf die beiden aufpassen.«

»Das wußte ich.«

Er berührte des Mannes Arm und tastete sich dann wieder nach achtern. Dabei nahm er vereinzelte Gesichter und Figuren wahr, so Dunwoody, einen Müllerssohn aus Kent, dann einen dunkelhäutigen Araber namens Kutbi, der in Bristol angeworben worden war und von dem auch heute noch niemand Näheres wußte. Dann Rabbett, ein zäher, kleiner Mann aus dem Hafenviertel von Liverpool, ferner Varlo, der in der Liebe Schiffbruch erlitten hatte und von dem Preßkommando aufgelesen worden war, als er in einer Kneipe seinen Kummer ersäufen wollte. Diese und viele andere kannte Bolitho allmählich, andere dagegen hielten sich abseits und verschanzten sich hinter der Barriere zwischen Back und Achterdeck.

Er erreichte den duchtfreien Raum im Heck des Bootes und setzte sich zwischen Quinn und Couzens. Ihre drei Lebensalter zusammen ergaben gerade zweiundfünfzig Jahre. Dieser Gedanke ließ ihn kichern, und er merkte, wie die anderen sich ihm zuwandten.

Sie denken, daß ich schon die Nerven verliere. Ich habe Sparke aus den Augen verloren und steure vielleicht in eine völlig falsche Richtung.

Er erklärte ihnen: »Tut mir leid, es war nur ein Gedanke.« Danach atmete er tief die nasse, salzige Luft ein. »Aber vom Schiff

einmal weg zu kommen, ist schon Freude genug.« Er breitete die
Arme aus und sah Stockdales schiefes Grinsen. »Freiheit zu tun,
was *wir* wollen, ob richtig oder falsch.«

Quinn nickte. »Ich verstehe.«

Bolitho entgegnete: »Dein Vater wird danach stolz auf dich sein.
Wenn wir so lange leben.«

Cairns hatte ihm erklärt, was Quinn damit meinte, daß seine
Familie im Lederhandel tätig sei. Bolitho hatte sich vorgestellt, es
seien kleine Gerber, wie es sie in Falmouth gab, die Zügel und
Sättel, Schuhe und Riemen herstellten. Cairns hatte beinahe
gelacht. »Mann, sein Vater gehört einer allmächtigen Gesellschaft
in London an. Er hat Heereskontrakte und überall Einfluß! Wenn
ich mir den jungen Quinn ansehe, wundere ich mich mitunter über
seine Kühnheit, all diese Macht und das Geld auszuschlagen. Er
muß entweder tapfer oder verrückt sein, das alles gegen dies hier
einzutauschen!«

Ein großer Fisch sprang dicht am Boot aus dem Wasser und
schlug klatschend auf, worüber Couzens und ein paar von den
anderen erschraken.

»Auf Riemen!« Bolitho hob den Arm, um Schweigen zu gebie-
ten.

Wieder war er sich der Weite der See und ihrer Einsamkeit
bewußt, als die Riemen bewegungslos und tropfend auf dem Dollbord lagen. Er hörte das Gurgeln des Wassers um das Ruder
herum, als das Boot in der Dünung noch langsame Fahrt machte.
Dann das Klatschen eines weiteren Fisches, das schwere Atmen
der Ruderer.

Schließlich flüsterte Quinn: »Ich höre den anderen Kutter, Sir!«

Bolitho nickte und wandte das Gesicht nach Steuerbord. Nun
hörte auch er das gedämpfte Quietschen von Riemen in ihren Dol-
len. Sparke hatte etwa die gleiche Schlagzahl und war auf einer
Höhe mit ihnen. Also kommandierte er leise: »Ruder an!«

Couzens neben ihm hustete nervös und fragte: »Wie – wie
viele Mann wird der Feind haben, Sir?«

»Das kommt darauf an. Wenn sie schon eine oder gar mehrere
Prisen gekapert haben, werden es nicht allzu viele sein. Wenn
nicht, haben wir etwa die doppelte Anzahl gegen uns – oder auch
mehr.«

»Verstehe, Sir.«

Bolitho wandte sich ab, Couzens verstand es bestimmt nicht,

aber er war imstande, wie ein Veteran darüber zu reden.

Er fühlte den Nebel in seinem Gesicht wie einen kalten Hauch. Bewegte er sich rascher als vorher? Vor ihm erstand eine Vision aufkommenden Windes, der den Nebel wegtreiben und sie hilflos den Kanonen des Schoners ausliefern würde. Schon eines der kleinen Schwenkgeschütze konnte die Besatzung zerfetzen, noch bevor es zum Handgemenge kam.

Er blickte langsam über die Reihen der sich abmühenden Ruderer und über die anderen im Boot, die auf ihren Einsatz warteten. Wie viele von ihnen würden die Seite wechseln und überlaufen, wenn das geschähe? Es war schon oft genug vorgekommen, wenn britische Seeleute auf Kaperschiffen gefangengehalten wurden. Die *Trojan* hatte einige Leute in ihrer Besatzung, die während der letzten zwei Jahre gefangengenommen worden waren, sei es an Land oder auf See. Sie hatten es vorgezogen, auf seiten des Feindes zu kämpfen, als das Risiko von Krankheit oder möglichem Tod auf einem Gefangenenschiff einzugehen. Wo Leben war, gab es immer Hoffnung.

Er rieb seine Narbe, die so stark schmerzte, als wolle sie wieder aufplatzen.

Stockdale öffnete die Klappe seiner Laterne ein wenig und blickte auf den Kompaß.

»Kurs liegt an, Sir«, sagte er. Es schien ihn zu amüsieren.

Weiter und weiter ging es, die Leute an den Riemen wurden ausgewechselt, alles lauschte auf die Geräusche von Sparkes Kutter oder auf irgendein Zeichen von Gefahr.

Bolitho überlegte, daß der Schonerkapitän mit seiner Kenntnis der örtlichen Verhältnisse rechtzeitig mehr Segel gesetzt und somit den Nebel ausgesegelt haben konnte, daß er jetzt, schon Meilen entfernt, sich ins Fäustchen lachte, während sie langsam und qualvoll pullten, bis sie an irgendeiner Stelle von Neuenglands Küste landeten.

Er malte sich aus, was danach sehr rasch Wirklichkeit werden konnte: Sie kämen vielleicht unbemerkt an Land und würden versuchen, ein kleines Schiff zu stehlen und sich unter Segel davonzumachen. Aber was dann?

Balleines heiserer Ruf ertönte: »So etwas wie ein Lichtschimmer voraus, Sir!«

Bolitho stolperte nach vorn, alles andere war vergessen.

»Dort, Sir.«

Bolitho strengte seine Augen an und starrte in die Dunkelheit. Ein Schimmer, das war die richtige Beschreibung, wie ein Kneipenfenster im Hafennebel. Keine Form, kein Mittelpunkt.

»Eine Laterne.« Balleine feuchtete seine Lippen an. »Hängt sehr hoch. Es ist also noch so ein Strolch in der Nähe.«

Bunces Berechnung war sehr genau gewesen, sonst hätten sie leicht das Schiff oder das Licht passieren können, ohne im Nebel etwas davon zu sehen. Der Abstand betrug eine knappe Meile.

»Auf Riemen!« Als er ins Bootsheck zurückkehrte, sagte er: »Dort vorn liegt er, Jungs! Entweder Bug oder Heck uns zugewandt. Wir nehmen, was kommt.«

Quinn rief heiser: »Mr. Sparke holt uns ein, Sir.«

Sie hörten Sparke rufen: »Sind Sie bereit, Mr. Bolitho?« Es klang ungeduldig, seine vorherigen Zweifel schienen vergessen.

»Aye, Sir.«

»Wir greifen an beiden Enden an.« Sparkes Boot wurde durch den Nebel undeutlich sichtbar, sein weißes Hemd und die Breeches trugen noch zu der geisterhaften Erscheinung bei. »Auf diese Weise können wir die Besatzung spalten.«

Bolitho sagte nichts, aber sein Herz wurde schwer. Von beiden Enden – also lief das Boot, das am weitesten pullen mußte, Gefahr, gesehen zu werden, bevor seine Besatzung aufentern konnte.

Sparke ließ wieder anrudern und rief: »Ich übernehme das Heck.«

Bolitho wartete ab, bis das andere Boot frei von ihnen war, und ließ dann ebenfalls anrudern.

»Weiß jeder, was er zu tun hat?«

Couzens nickte, das Gesicht konzentriert. »Ich bleibe im Boot, Sir.«

Quinn stieß hervor: »Ich unterstütze Sie, Sir ... äh ... Dick, und übernehme das Vordeck.«

Bolitho nickte. »Und Balleine hält seine Leute zurück, bis sie die Musketen benützen können.«

Cairns hatte richtigerweise hierauf bestanden. Irgendein Narr konnte seine Muskete zu früh abfeuern, wenn die Gewehre von Anfang an geladen und gespannt gewesen wären.

Bolitho zog seinen Degen aus der Lederscheide und ließ diese auf die Bodenbretter fallen. Dort konnte sie warten, bis er sie wieder brauchte. Wenn er sie beim Angriff trug, konnte er sich daran verfangen und womöglich unter ein Entermesser fallen.

Er fuhr mit dem Daumen über die Klinge, hielt aber die Augen fest auf das flackernde Licht vor ihnen gerichtet. Je näher sie kamen, desto kleiner wurde es, da sein Hof im Nebel schrumpfte.

Im Augenwinkel meinte Bolitho eine Reihe von Spritzern zu sehen; offensichtlich beschleunigte Sparke den Schlag und setzte zum Angriff an.

Mit überraschender Plötzlichkeit tauchten die Masten und Gaffeln des Schoners wie schwarze Stangen aus dem Nebel, und der Schein der Laterne verschärfte sich zu einem einzigen klaren Licht.

Stockdale berührte Couzens' Arm, und der Junge fuhr auf, als sei er gestochen worden.

»Hier, die Pinne, Sir.« Er führte Couzens' Hand, als sei dieser erblindet. »Übernehmen Sie, wenn ich's sage.« Mit der anderen Hand ergriff er sein altmodisches Entermesser, das doppelt so schwer war wie die modernen.

Bolitho hob den Arm, die Riemen hoben sich aus dem Wasser und verharrten wie federlose Schwingen. Er hielt den Atem an und beobachtete die Richtung des Stromes und die Ruderwirkung. Sie trieben genau auf des Schoners überhängenden Vordersteven zu, unter dem Bugspriet hindurch.

»Riemen ein!« Er sprach in grimmigem Flüsterton, obwohl seine Herzschläge sicherlich bis Boston zu hören waren. Seine Lippen waren wie in einem unkontrollierten, wilden Grinsen erstarrt. Verrücktheit, Verzweiflung, Angst, alles lag darin.

»Klar bei Enterhaken!«

Er beobachtete, wie der schlanke Bug über sie hinwegfegte, als wolle der Schoner sie mit voller Fahrt rammen. Dann sah er Balleine mit dem Enterhaken in der Hand aufstehen, den richtigen Augenblick abwartend, während er sich unter dem Wasserstag duckte, das ihm den Kopf abzureißen drohte.

Plötzlich ertönte ein Knall, gefolgt von einem langgezogenen Schrei. Bolitho sah und hörte alles im selben Augenblick: das Aufblitzen, das von der See selbst herzukommen schien, die Antwortschreie vom Schiff über ihnen, die plötzliche Bewegung, mehr Explosionen, die die Wasseroberfläche aufpflügten.

Wütend sprang er auf. »Los, Jungs!«

Sparke strich er aus seinem Gedächtnis. Der Narr hatte jemandem gestattet, das Gewehr zu laden, es war vorzeitig losgegangen und hatte einen der eigenen Männer getroffen. Es war zu spät. Für

53

sie alle.

Er riß den Arm hoch und packte die sich straffende Bootsleine, als der Enterhaken mit einem dumpfen Geräusch im Bugsprit gefaßt hatte und den Kutter längsseit schleuderte.

»Auf sie, Jungs!«

Mit Händen und Füßen kämpfte er sich aufwärts, den Degen am Handgelenk baumelnd, und sprang auf das von Explosionen blitzartig erleuchtete Deck. Am anderen Ende des Schoners knatterte heftiges Gewehrfeuer, und während Bolithos Leute über die Back stolperten, geblendet gegen unbekanntes Gerät stießen und stürzten, hämmerten Aufschläge rings um sie her ins Deck oder heulten über den schwankenden Kutter wie irre Geister.

Er hörte Quinn neben sich keuchen und stolpern; Stockdales breite Gestalt war schon etwas weiter vorn, er hielt das Entermesser vor sich, als solle es den Feind wittern wie ein Hund.

Etwas flog aus dem Dunkel heran, und ein Mann stürzte schreiend zu Boden, eine Lanze in der Brust.

Weiteres Krachen, und noch zwei von Bolithos Leuten stürzten.

Aber sie waren jetzt näher dran. Bolitho ergriff seinen Degen und schrie: »Im Namen des Königs, ergebt euch!«

Wie erwartet antwortete ein Chor von Flüchen und höhnischen Rufen. Aber es gab ihnen die paar Sekunden, die sie benötigten, um mit den Rufern ins Handgemenge zu kommen. Er schlug jemandem den Säbel aus der Hand. Als der Mann hinlief, um ihn aufzuheben, drang ihm Stockdales Entermesser krachend in den Kopf.

Dann kämpften sie alle Brust an Brust, Klinge an Klinge. Hinter sich hörte er Balleine fluchen, und dann das sporadische Knallen von Musketen, als er es schaffte, ein paar Schüsse in die Wanten abzufeuern, von wo aus Scharfschützen ihr Ziel suchten.

Ein bärtiges Gesicht tauchte vor ihm auf, und Bolitho spürte, wie seine Klinge mit metallischem Klang gegen des Mannes Schwert schlug, als sie jeweils parierten und sich freischoben von der Menge, um Platz zum Kämpfen zu gewinnen. Um sie herum taumelten und torkelten Gestalten wie Trunkenbolde, ihre Entermesser sprühten Funken, die Stimmen klangen wild und verzerrt von Haß oder Angst. Bolitho duckte sich, traf den Mann am Brustkorb, und als dieser zurücktaumelte, schlug er ihm den Degen mit solcher Wucht ins Genick, daß sein Handgelenk wie betäubt war.

Aber sie wurden trotzdem gegen die Back zurückgedrängt. Irgendwo, scheinbar hundert Meilen entfernt, hörte er einen Kanonenschuß, und in seinem benommenen Gehirn zuckte der Gedanke auf, dies sei ein weiteres Schiff, das dem Schoner zu Hilfe eile.

Er rutschte in einer Blutlache aus, und ein sterbender Seemann, getreten und zerstampft von den Kämpfenden über ihm, versuchte, seinen Knöchel zu packen.

Ein anderer Mann schrie und fiel aus den Wanten, von einer Kugel getötet, bevor er an Deck aufschlug.

Bolitho sah jetzt ein Paar weißer Hosenbeine vor der dunklen Verschanzung und wußte, daß es Quinn war. Dieser wurde von zwei Männern zugleich angegriffen, und obgleich Bolitho einen von ihnen auf die Schulter schlug und den schreienden Mann beiseite riß, keuchte Quinn und brach in die Knie, beide Hände auf die Brust gepreßt.

Sein Angreifer war so blind vor Kampfeseifer, daß er Bolitho nicht bemerkte. Er stand über Quinn und holte zum Todesstreich aus. Bolitho konnte ihn am Ärmel packen und herumreißen, und durch die Wucht seines eigenen Schwertstreiches stürzte der Mann zu Boden. Bolitho schlug ihm den Handschutz seines Degens mit voller Wucht ins Gesicht, des Schmerzes im Handgelenk nicht achtend.

Sein Gegner taumelte wieder hoch, spuckte Zähne aus und griff von neuem an.

Plötzlich stand er stocksteif, seine Augen leuchteten im Dämmerlicht so weiß wie Kieselsteine, dann drehte er sich um seine eigene Achse und sackte zusammen. Balleine zog so ruhig sein Enterbeil aus des Mannes Rücken, als zöge er es aus einem Holzklotz.

Da ging Bewegung durch die Reihen der Angreifer, und einen Augenblick später hörten sie Sparkes durchdringende Stimme: »Hierher, *Trojaner*, zu mir!«

Von beiden Seiten angegriffen, mit weiteren Booten in der Nähe rechnend, beendete die Besatzung des Schoners den Kampf so jählings, wie er begonnen hatte.

Nicht einmal Flüche wurden gegen die britischen Seeleute laut. Die Männer der *Trojan* waren so wild und erbittert durch den Nachkampf, bei dem sie Tote und Verwundete zu beklagen hatten, daß sie nicht auch noch Beleidigungen hingenommen hätten. Die Schonerbesatzung schien das zu spüren und ließ sich widerstandslos entwaffnen, durchsuchen und dann in zwei überschaubare Gruppen zusammentreiben.

Sparke, in jeder Hand eine Pistole, stand inmitten der Toten und wimmernden Verwundeten, und als er Bolitho sah, knurrte er kurz: »Hätte schlimmer sein können.« Er konnte seinen Stolz nicht verbergen. »Hübsches kleines Fahrzeug! Sehr hübsch!« Er sah Quinn und beugte sich über ihn. »Steht es schlimm?«

Balleine, der des Leutnants Hemd aufgerissen hatte und das Blut zu stillen versuchte, sagte: »Seine Brust ist ganz aufgeschlitzt, Sir, aber wenn wir ihn zu . . .«

Doch Sparke war schon gegangen und rief in bellendem Ton nach Frowd, dem Steuermannsmaaten, der das Schiff gleich bei der geringsten Brise unter Segel bringen sollte.

Bolitho lag auf den Knien und hielt Quinns Hände von der Wunde fern, während Balleine sein Möglichstes tat, um einen Behelfsverband anzulegen.

»Ruhig, James.« Er sah Quinns Kopf nach hinten fallen, seine Anstrengung, dem Schmerz nicht nachzugeben. Quinns Hände waren wie Eis, Blut glänzte überall. »Du wirst wieder gesund, ich verspreche es dir!«

Sparke kehrte zurück. »Kommen Sie, Mr. Bolitho, es gibt eine Menge zu tun. Ich wette, daß wir früher als uns lieb ist Gesellschaft bekommen.«

Plötzlich dämpfte er seine Stimme, und Bolitho sah sich einem Sparke gegenüber, wie er ihn noch nicht erlebt hatte.

»Ich weiß, wie Ihnen Quinns wegen zumute ist. Aber Sie dürfen es nicht zeigen. Vor allem nicht vor den Leuten. Jetzt, da der Kampf vorüber ist, fühlen sie den Schock. Sie blicken auf uns. Deshalb müssen wir unser Mitgefühl für später aufbewahren.«

Er wandte sich wieder ab. »Los, Jungs, die Kutter nach achtern und die Fangleinen festmachen. Überprüft die Geschütze und seht zu, daß sie geladen sind, um einen Angriff abzuschlagen: mit Kartätschen, Kugeln, allem, was ihr finden könnt.« Er suchte in der nebligen Dunkelheit nach jemandem. »Sie, Archer! Richten Sie ein Schwenkgeschütz auf die Gefangenen. Beim geringsten Anzeichen, daß sie das Schiff zurückerobern wollen, wissen Sie, was Sie zu tun haben!«

Stockdale wischte sein Messer am Hemdfetzen eines Unglücklichen sauber.

»Ich werde auf Mr. Quinn achten, Sir.« Er rieb das Messer noch einmal ab und steckte es dann in den Gürtel. »Ein kräftiger Schluck würde ihm jetzt guttun, denke ich.«

Bolitho nickte. »Ja, sehen Sie zu, was Sie machen können.« Damit ging er. Das Schluchzen und Stöhnen im Dunkel gab ein anschaulicheres Bild der Szene, als die klare Sonne es vermocht hätte.

Bolitho sah Dunwoody, den Müllerssohn, eine bewegungslose Gestalt abtasten. Der Seemann sagte mit gebrochener Stimme: »Das ist mein Freund, Sir, Bill Tyler.«

Bolitho antwortete: »Ich weiß, ich sah ihn fallen.« Dann rief er sich Sparkes Rat ins Gedächtnis und fügte hinzu: »Hol' die Laterne runter, sofort! Wir wollen keine Motten anlocken, oder?«

Dunwoody stand auf und wischte sich das Gesicht. »Nein, Sir, sicher nicht.« Er eilte von dannen, blickte sich aber noch einmal ungläubig nach seinem toten Freund um.

Sparke war überall, und als er beim Ruder wieder auf Bolitho stieß, sagte er lebhaft: »Es ist die *Faithful*, Eigner sind die Brüder Tracy aus Boston, bekannte Kaperkapitäne, und sehr erfolgreiche dazu.«

Bolitho wartete, seine Hände zitterten vor Anstrengung.

Sparke fuhr fort: »Ich habe die Kajüte durchsucht, da fand sich ein ganzer Stapel von Informationen!« Er sprudelte über vor Begeisterung. »Kapitän Tracy ist tot.« Er deutete auf die blicklosen weißen Augen des Mannes, der von Balleines Enterbeil gefällt worden war. »Das ist er. Der andere Tracy, sein Bruder, befehligt eine Brigg, die *Revenge*, die sie letztes Jahr von uns gekapert haben. Sie hieß damals *Mischief*.«

»Aye, Sir, ich erinnere mich. Sie wurde vor Cape May gekapert.« Es war erstaunlich, daß er so ruhig sprechen konnte, als wären sie beide auf einem Spaziergang und nicht inmitten eines Blutbades.

Sparke betrachtete ihn neugierig. »Sind Sie jetzt ruhiger?« Er wartete die Antwort nicht ab. »Gut. Das ist der einzige Weg.«

Bolitho fragte ihn: »Ist Ladung an Bord, Sir?«

»Nein. Die wollten sie sich offenbar von unserem Konvoi holen.« Er blickte zu den kahlen Masten hinauf. »Lassen Sie ein paar Mann das Deck aufklaren. Es sieht hier ja aus wie in einem Schlachthaus. Die Leichen müssen über Bord und die Verwundeten nach unten. Dort herrscht zwar auch nicht viel Komfort, aber es ist etwas wärmer als an Deck.«

Als Bolitho davoneilen wollte, fügte Sparke noch hinzu: »Außerdem möchte ich, daß alles so ruhig wie möglich abläuft. Eventuell sind fremde Boote in der Nähe, und ich beabsichtige, dieses Schiff als Prise zu behalten.«

Bolitho suchte nach seinem Hut, der ihm während des Kampfes vom Kopf gefallen war. Das sah Sparke ähnlicher, dachte er grimmig. Einen Augenblick hatte er geglaubt, Sparkes Anweisung, die Verwundeten nach unten zu schaffen, beruhe auf reiner Menschlichkeit. Er hätte es besser wissen müssen.

Die Aufgaben wurden sofort in Angriff genommen. Die Gesunden verrichteten die schwereren Arbeiten, die Leichtverletzten bewachten die Gefangenen. Die Schwerverwundeten – darunter der Mann, der törichterweise seine Muskete vorzeitig abgefeuert und dabei eine Gesichtshälfte verloren hatte – halfen, soweit sie dazu in der Lage waren.

Sparke hatte diesen Zwischenfall nicht erwähnt, ohne den die Verluste erheblich reduziert worden, wahrscheinlich sogar minimal geblieben wären. Die Schonerbesatzung war gewiß tapfer gewesen, aber ohne diesen Warnschuß hätte es wohl nur ein paar blutige Nasen gegeben, zumal ihnen die eiserne Disziplin der *Trojaner* fehlte. Auch Sparke mußte sich das überlegt haben, doch hoffte er wohl, daß Pears nur die Prise sehen und darüber alles andere vergessen würde.

Einige Male stieg Bolitho in die Kapitänskajüte hinunter, wo der gefallene Kapitän Tracy gelebt und seine Pläne gemacht hatte. Quinn lag dort blaß auf einer rohen Koje, den Verband blutgetränkt, die Lippen vor Schmerz zerbissen.

Bolitho fragte Stockdale nach seiner Meinung; der antwortete ohne Zögern: »Er hat den Willen zum Leben, aber viel Hoffnung besteht nicht.«

Die ersten Anzeichen der Morgendämmerung kamen, der Nebel lichtete sich.

Aus des Schoners Lazarett hatten alle eine großzügige Rumzuteilung erhalten, auch die beiden jungen Fähnriche.

Aus der gesamten Gruppe von sechsunddreißig Seeleuten waren zwölf gefallen oder lagen im Sterben, und von den Überlebenden hatten einige so schwere Wunden, daß sie im Augenblick kaum von Nutzen waren.

Bolitho beobachtete den sich lichtenden Nebel, in dem der Schoner langsam Gestalt annahm. Er sah Couzens und Midshipman Libby von Sparkes Boot auf die großen Blutflecken an Deck starren. Möglicherweise wurde ihnen erst jetzt klar, was sie hinter sich hatten.

Mr. Frowd, der Steuermannsmaat, wartete am Ruder und beobachtete die schlaffen Segel, die Bolithos Leute losgemacht hatten, klar für die erste aufkommende Brise. Die einzigen Geräusche waren das Schlagen der Blöcke und das Quietschen der Gaffeln und Bäume beim heftigen Rollen des Schiffes in der Dünung.

Mit dem Morgengrauen kam das Gefühl der Gefahr, wie es wohl ein Fuchs beim Überqueren offenen Geländes bei Büchsenlicht empfindet.

Die *Faithful*, das sah Bolitho jetzt, hatte acht Sechspfünder und vier Drehbassen, Schwenkgeschütze, die alle in Frankreich hergestellt waren. Dieser Umstand, dazu die Entdeckung frisch verpackten, erstklassigen Cognacs deutete auf enge Verbindung mit den französischen Kaperschiffen hin.

Es war ein handliches kleines Fahrzeug von ungefähr zwanzig Meter Länge, das höher an den Wind gehen konnte als die meisten anderen Schiffe, und das bestimmt jeden Rahsegler ausstechen würde.

Wer Kapitän Tracy auch gewesen sein mochte, er hatte in seine Pläne sicher nicht die Möglichkeit einbezogen, daß er am frühen Morgen nicht mehr am Leben sein würde.

Der Baum des Großsegels quietschte laut, und im Deck verspürte man ein Vibrieren.

Sparke rief: »Lebhaft, Leute, hier kommt der Wind!«

Bolitho sah sein Gesicht und schrie: »Klar bei Vorsegelfallen!« Dann winkte er Balleine: »Heiß Klüver und Stagsegel!« Des Schoners zurückkehrendes Leben schien auch ihn zu beeinflussen. »Einen guten Mann ans Ruder, Mr. Frowd!«

Frowd zeigte grinsend seine Zähne. Er hatte längst einen Rudergänger ausgesucht, verstand aber Bolithos Stimmung. Er diente in der Marine schon so lange, wie der Vierte Offizier an Jahren zählte.

Jeder von ihnen verrichtete die Arbeit von mindestens zwei Männern, beobachtet von den schweigenden Gefangenen, schufteten sie auf dem engen Deck, als hätten sie seit Monaten nichts anderes getan.

»Sir! Mastspitzen an Steuerbord!«

Sparke fuhr herum, als Bolitho auf die davonziehende Nebelbank wies. Zwei Masten stießen durch diese hindurch, einer mit schlaff hängendem Wimpel; es war klar zu erkennen, daß es sich um ein größeres Schiff als die *Faithful* handelte.

Die Blöcke klapperten und quietschten, als die Seeleute keuchend die Fock und dann das umfangreiche Großsegel mit dem seltsamen roten Flicken darauf hißten. Das Schiff holte über, und der Rudergänger meldete mit rauher Stimme: »Schiff steuert wieder, Sir!«

Sparke blickte auf den Kompaß. »Windrichtung wie bisher, Mr. Frowd. Lassen Sie etwas abfallen, denn nach Möglichkeit wollen wir vor dieser Augenweide dort den Windvorteil nutzen, aber wenn nötig, hauen wir ab.«

Die beiden großen Segel blähten sich, als die Bäume nach außen schwangen, und schüttelten den Regen des Vortages ab, wie Hunde, die aus dem Wasser steigen.

Bolitho rief: »Mr. Couzens, nehmen Sie sich drei Leute, und helfen Sie Balleine bei den Stagsegeln!«

Als er sich wieder umwandte, sah auch er, was Sparke gesehen hatte. Aus dem nach Lee abziehenden Nebel trat wie eine Erscheinung das andere Schiff hervor, eine Brigg. Von der Gaffel wehte, noch ein wenig schlaff in der erst aufkommenden Brise, die Unionsflagge mit ihren Sternen und Streifen.

Etwas wie ein Seufzer der Erleichterung entrang sich den zuschauenden Gefangenen; einer von ihnen rief: »Jetzt bekommt ihr gleich Blei zu spüren, bevor sie euch über Bord werfen!«

Sparke fuhr auf: »Stopft dem Kerl das Maul oder jagt ihm eine Kugel in den Kopf!« Dann, zu Frowd gewandt: »Fallen Sie noch zwei Strich ab!«

»Nordost liegt an!«

»Soll ich die Sechspfünder ausrennen lassen?«

Sparke hatte ein Fernrohr gefunden und richtete es auf die Brigg. »Es ist die alte *Mischief*. Ah, ich sehe ihren Kapitän. Das muß der andere Tracy sein.« Er blickte Bolitho an. »Nein. Denn wenn wir so dicht herangehen, daß wir diese kleinen Kanonen abfeuern können, verwandeln sie uns in Kleinholz. Wendigkeit und Schnelligkeit ist alles, was wir einsetzen können.«

Dann zog er die Uhr und blickte nicht einmal auf, als ein Geschütz bellte und im nächsten Augenblick eine Kugel die Fock durchschlug wie eine unsichtbare Faust.

Gischt peitschte jetzt über den Bug und prasselte auf die dort arbeitenden Seeleute. Der Wind frischte auf, während der Nebel vor dem Schoner zurückwich, als fürchte er, vom Klüverbaum aufgespießt zu werden.

Die Brigg hatte jetzt Marssegel und Fock gesetzt und war ihnen hart auf den Fersen. Sie versuchte offensichtlich, den Schoner in einem langen Schlag auszuluven. Ihre beiden Buggeschütze feuerten Schuß auf Schuß, die Luft war erfüllt von schauerlichem Geheul, was auf die Verwendung von Kartätschen oder Kettenkugeln hindeutete. Traf auch nur eine einzige von ihnen einen Mast, so war dies der Anfang vom Ende.

Ein weiteres Geschütz mußte jetzt auf die flüchtende *Faithful* gerichtet sein, denn eine Kugel fegte über das Achterdeck, zerfetzte Tauwerk und traf beinahe einen Gefangenen, der sich aufgerichtet hatte, um besser sehen zu können.

»Siehst du, Freund, das Yankeeblei ist für euch genauso gefährlich«, höhnte ein Seemann.

Ein weiterer Einschlag dicht neben der Bordwand überschüttete sie mit Spritzwasser.

Balleine kam nach achtern gerannt und fragte: »Soll ich die Bootsleinen kappen, Sir? Das macht uns sicher eine halbe Meile schneller.«

Plötzlich schrie ein Seemann ungläubig: »Der Yankee geht über Stag, Sir!«

Sparke gestattete sich ein kurzes Lächeln der Genugtuung. Durch den sich immer mehr lichtenden Nebel tauchte wie ein Geist die *Trojan* auf, unter vollen Segeln und mit bereits ausgefahrener Breitseite, zwei Linien schwarzer Mündungen.

Sparke rief: »Mr. Bolitho! Sie wird *uns* aufs Korn nehmen, wenn wir nicht vorsichtiger sind!«

Midshipman Libby flitzte bereits wie ein Kaninchen nach achtern, und Sekunden später wehte die britische Flagge frei von der Gaffel, so leuchtend rot wie die über dem vergoldeten Heck der *Trojan*.

Unten in der winzigen Kabine wischte Stockdale Quinns Stirn mit einem feuchten Tuch ab und blickte hinauf zum Oberlicht.

Langsam bewegte Quinn die trockenen Lippen. »Was war das für ein Geräusch?«

Stockdale betrachtete ihn traurig. »Hurrarufe, Sir. Sie scheinen die gute alte *Trojan* gesichtet zu haben!«

Dann verlor Quinn wieder das Bewußtsein, hinweggeschwemmt von einer Woge Schmerz. Wenn er am Leben blieb, dachte Stockdale, war er wohl nie wieder derselbe wie vorher. Dann dachte er wieder an das Klatschen, mit dem die Leichen, Freund wie Feind, über Bord gegangen waren, und er sagte sich, daß Quinn immer noch besser dran war.

IV Rendezvous

Bolitho schritt nach achtern und hielt vor der Treppe zur Schanze inne. Er fühlte die vielen Augen auf sich gerichtet, die ihm schon auf dem Weg über das Deck gefolgt waren, nachdem er an Bord gekommen war. Er war sich auch seines schmutzigen und abgerissenen Aufzuges bewußt, des Loches im Ärmel, der getrockneten Blutflecken auf seinen Breeches.

Noch einmal blickte er sich um und betrachtete die Prise, die aus dieser Entfernung noch hübscher wirkte, wie sie da schmuck an *Trojans* Leeseite lag. Nur schwer konnte er sich vorstellen, was sich letzte Nacht auf ihr abgespielt, noch schwerer, daß er es überlebt hatte.

Sparke war sofort auf die *Trojan* übergestiegen, nachdem zwischen beiden Schiffen Signalkontakt bestand, und hatte Bolitho den Transport der Verwundeten und die Bestattung des Unglücksschützen mit der weggerissenen Gesichtshälfte überlassen, der inzwischen seinen Verletzungen erlegen war.

Bevor er sich beim Kommandanten meldete, war Bolitho ins Lazarett hinabgestiegen, voller Angst, was er dort vorfinden würde. Wieder empfand er seine Verantwortung für das Geschehene, als er die wie gekreuzigt auf dem Operationstisch liegende Gestalt erblickte, die im Licht der schwankenden Decklampen wie ein Leichnam schimmerte. Quinn war nackt, und als Thorndike den verfilzten Verband entfernt hatte, sah Bolitho zum erstenmal die klaffende Wunde. Von Quinns linker Schulter lief sie diagonal über die Brust, öffnete sich wie ein obszöner Mund.

Quinn war bewußtlos; Thorndike hatte kurz gesagt: »Nicht schlecht, aber wir müssen abwarten.«

Auf Bolithos Frage: »Können Sie ihn retten?« hatte sich Thorndike in seiner blutigen Schürze ihm zugewandt und geknurrt: »Ich tue, was ich kann. Einem Mann habe ich bereits ein Bein abgenommen, ein anderer hat einen Splitter im Auge.«

Bolitho hatte verlegen geantwortet: »Tut mir leid, ich werde Sie nicht länger aufhalten.«

Jetzt, auf dem Weg zur Kajüte, wo ein scharlachrot gekleideter Seesoldat stand, fühlte Bolitho dumpfen Schmerz von Selbstvorwürfen und Verzweiflung. Sie hatten eine Prise genommen, aber der Preis dafür war zu hoch.

Der Seesoldat knallte seine Stiefel zusammen, und Foley, adrett wie immer, öffnete die äußere Tür. Seine Augen weiteten sich in offensichtlicher Mißbilligung, als er Bolithos abgerissene Erscheinung wahrnahm.

In der Kajüte saß Kapitän Pears an seinem papierübersäten Schreibtisch, ein großes Glas Wein in der Hand.

Bolitho starrte Sparke an. Der war so sauber gekleidet, gewaschen und rasiert, als hätte er das Schiff niemals verlassen.

Pears befahl: »Wein für den Vierten Offizier!«

Er beobachtete Bolitho, als dieser dem Steward das Weinglas abnahm, sah die Überanstrengung, die bleierne Müdigkeit in seinem Gesicht.

»Mr. Sparke hat mir von Ihren eindrucksvollen Taten erzählt, Mr. Bolitho.« Pears' Miene blieb ausdruckslos. »Der Schoner ist ein guter Fang.«

Bolitho ließ sich vom Wein den Magen wärmen, den Schmerz in seiner Seele lindern. Sparke war schon früher an Bord gekommen, hatte sich gewaschen und frisch gemacht, bevor er sich beim Kommandanten meldete. Wieviel hatte er ihm wohl über den ersten Teil des Unternehmens erzählt? Über den unglückseligen Gewehrschuß, der so viel zur Erhöhung ihrer Verluste beigetragen hatte?

Pears fragte: »Wie geht es übrigens Mr. Quinn?«

»Der Arzt hat Hoffnung, Sir.«

Pears betrachtete ihn seltsam. »Gut. Icn hörte, daß sich auch beide Fähnriche wacker gehalten haben.«

Er wandte seine Aufmerksamkeit wieder den Papieren auf seinem Schreibtisch zu und sagte: »Diese Dokumente fand Mr. Sparke in der Kajüte der *Faithful*. Sie sind von noch größerem Wert als die Prise selbst.« Mit grimmigem Gesicht fuhr er fort: »Sie enthalten Einzelheiten über die Aufgaben des Schoners, die er nach der Erbeutung von Waffen und Munition aus unserem Konvoi hätte erfüllen sollen. Die Geleitfahrzeuge hätten es bei diesem Wetter schwer gehabt, den gesamten Konvoi zu schützen, und oben bei Halifax scheint es noch schlimmer gewesen zu sein. Jetzt muß die Brigg *Revenge* allein zurechtkommen, obwohl anzunehmen ist, daß noch andere Wölfe diese fette Beute umschleichen.«

Bolitho fragte: »Wann erwarten Sie, den Geleitzug zu sichten, Sir?«

»Mr. Bunce und ich erwarten das für morgen.« Er sprach, als ob es jetzt nicht mehr wichtig sei. »Aber etwas müssen wir sofort in Angriff nehmen. Die *Faithful* sollte zu einem Rendezvous mit anderen Feindschiffen am Ausgang der Delaware Bay segeln. Die britischen Streitkräfte in Philadelphia haben es schwer, ihren Nachschub flußaufwärts bis zur Garnison zu sichern. Auf dem ganzen Weg werden unsere Boote und Schuten von feindlichen Spähtrupps beschossen. Stellen Sie sich vor, wie das erst würde, wenn der Feind eine größere Lieferung von Waffen und Munition erhielte.«

Bolitho nickte und nahm noch ein Glas Wein von Foley entgegen. Die Delaware Bay lag rund vierhundert Seemeilen südlich. Ein rasches Fahrzeug konnte den Treffpunkt bei günstigem Wetter in drei Tagen erreichen.

Sie waren so selbstsicher gewesen, dachte er. Der rote Flicken auf dem Großsegel war das Signal für die Wachen an Land. Auch der Ort war gut ausgesucht: sehr flach und tückisch bei Ebbe; keine Fregatte würde sich aus Angst vor Grundberührung dort hinwagen.

Er fragte: »Sie wollen die *Faithful* zum Rendezvous schicken, Sir?«

»Ja. Es ist natürlich ein gewisses Risiko dabei. Die Fahrt könnte länger dauern als vorgesehen, und da der Feind nun weiß, daß die *Faithful* gekapert worden ist, wird er alles daran setzen, um diese Nachricht so schnell wie möglich in den Süden weiterzuleiten: Signale, schnelle Reiter, nichts wird er unversucht lassen.«

Sparke setzte sich kerzengerade auf und blickte Bolitho an. »Ich habe den ehrenvollen Auftrag, dieses Unternehmen zu führen.«

Pears fügte mit ruhiger Stimme hinzu: »Wenn Sie möchten, Mr. Bolitho, können Sie den Zweiten Offizier abermals begleiten. Die Entscheidung liegt jedoch bei Ihnen.«

Zu seiner eigenen Verwunderung nickte Bolitho, ohne zu zögern. »Aye, Sir, das würde ich gern tun.«

»Dann ist das also geregelt.« Pears zog seine goldene Uhr. »Ich lasse Ihre Order gleich schreiben. Mr. Sparke kennt die wesentlichen Punkte bereits.«

Cairns trat ein, den Hut unter dem Arm.

»Ich habe ein paar Leute zum Schoner hinübergeschickt, Sir. Der Stückmeister kümmert sich um die Geschütze und sonstige Bewaffnung.« Er machte eine Pause, sein Blick ruhte auf Bolitho. »Mr. Quinn ist noch bewußtlos, aber der Arzt sagt, Herz und Atmung sind in Ordnung.«

Pears nickte. »Sagen Sie meinem Schreiber, er soll sofort zu mir kommen.«

Cairns zögerte an der Tür. »Ich habe die Gefangenen an Bord gebracht, Sir. Soll ich sie vereidigen?«

Pears schüttelte den Kopf. »Nein. Freiwillige würde ich akzeptieren, aber dieser Krieg ist schon zu erbittert geworden, als daß ein Seitenwechsel glaubhaft wäre. Sie wären wie faule Äpfel in einer Kiste, und ich möchte keine Unzufriedenheit auf meinem Schiff riskieren. Wir werden sie in New York den Behörden übergeben.«

Cairns ging, und Pears sagte: »Die schriftliche Order wird Sie nicht vor den Kanonen unserer Beobachter schützen. Geben Sie rechtzeitig Fersengeld, wenn Sie welche treffen. Falls Spione Sie ausgemacht haben, kann das Ihrer Tarnung nur nützen.«

Teakle, des Kommandanten Sekretär, kam in die Kajüte gehastet, und Pears entließ sie. »Bereiten Sie sich vor, meine Herren. Ich möchte, daß Sie das Rendezvous einhalten und alles vernichten, was Sie dort finden. Es wäre von großem Wert und würde unseren Truppen in Philadelphia neuen Mut machen.«

Die beiden Offiziere verließen die Kajüte, und Sparke sagte: »Diesmal nehmen wir auch ein paar Seesoldaten mit.« Es klang, als sei es ihm unangenehm, diese neue Aufgabe mit jemandem teilen zu müssen. »Aber Schnelligkeit ist die Hauptsache. Also treiben Sie unsere Leute an, sie sollen so rasch wie möglich den Rest der Vorräte und Waffen auf den Schoner schaffen.«

Bolitho legte die Hand an den Hut. »Aye, Sir.«

»Und ersetzen Sie Midshipman Couzens durch Mr. Weston. Dies ist kein Auftrag für Kinder.«

Bolitho trat hinaus an die frostige Luft und sah die Boote zwischen den beiden Schiffen hin und her hasten wie Wasserkäfer.

Weston war der Signalfähnrich, und genau wie Libby, der in Sparkes Boot gewesen war, stand er zur Offiziersprufung an. Wenn Quinn starb, würde sofort einer der beiden befördert werden.

Bolitho sah Couzens am Leefallreep stehen, während die *Trojan* rollte und dagegen protestierte, daß sie beigedreht liegen mußte, um den Transport von Leuten und Ausrüstung zu ermöglichen. Couzens hatte offensichtlich schon von dem Austausch erfahren und sagte atemlos: »Ich möchte aber mitkommen, Sir.«

Bolitho blickte ihn ernst an. Couzens war mit seinen dreizehn Jahren zwei Leute vom Schlage Westons wert. Dieser war ein übergewichtiger, rothaariger Bursche von siebzehn Jahren, der die jüngeren Kameraden schikanierte, wo er nur konnte.

Er antwortete: »Nächstes Mal vielleicht. Wir werden sehen«, und wandte den Blick ab.

Seltsamerweise dachte er selbst kaum jemals daran, daß auch er ersetzt, zu einem Namen mit einem Kreuz dahinter werden konnte.

Er sah Stockdale mit gekreuzten Armen auf dem kleinem Achterdeck des Schoners stehen und warten, während dieser so stark rollte, als wolle er seine Masten abschütteln. Eine innere Stimme schien Stockdale zu sagen, daß Bolitho jeden Augenblick zu ihm stoßen würde.

Die Marineinfanteristen kletterten jetzt in die Boote, verfolgt von den üblichen Witzeleien und Schmährufen der an der Reling stehenden Seeleute.

Hauptmann d'Esterre, der von seinem Feldwebel begleitet wurde, traf Bolitho am Fallreep.

»Dir verdanken meine Jungs endlich wieder einen Einsatz, Dick, so hoffe ich jedenfalls!« Er winkte seinem mit dem Rest der Solda-ten an Bord bleibenden Leutnant zu. »Paßt gut auf! Ich bleibe sonst länger am Leben als Ihr!«

Der Leutnant grüßte grinsend und rief: »Wenigstens habe ich jetzt die Chance, einmal beim Kartenspiel zu gewinnen, während Sie weg sind, Sir!«

Dann folgten d'Esterre und der Feldwebel den anderen ins Boot.

Bolitho sah Sparke mit Cairns und dem Master sprechen und rief Couzens impulsiv zu: »Besuchen Sie Mr. Quinn, so oft Sie können. Wollen Sie das für mich tun?«

Couzens nickte mit plötzlichem Ernst. »Aye, Sir.« Er trat zurück, da Sparke eilends vom Achterdeck herankam, und fügte rasch hinzu: »Ich werde für Sie beten, Sir.«

Bolitho starrte ihn überrascht an, war aber auch gerührt.

»Danke. Das war nett von Ihnen.« Dann berührte er grüßend seinen Hut in Richtung Achterdeck, nickte den Gesichtern an der Reling und auf dem Fallreep zu und stieg rasch ins Boot.

Sparke ließ sich neben ihm nieder, seine Rocktasche war von den schriftlichen Einsatzbefehlen gebauscht. Als das Boot ablegte, sah Bolitho die Seeleute bereits über Deck eilen, um die *Trojan* seeklar zu machen, sobald die Boote wieder an Bord sein würden.

Sparke sagte mit einem Seufzer der Erleichterung: »Endlich geschieht etwas, das sie alle aufhorchen lassen wird!«

D'Esterre blickte zu dem schwankenden Schoner hinüber und rief mit plötzlicher Besorgnis: »Wie, zum Teufel, sollen wir dort alle Platz finden?«

Sparke grinste. »Es wird nicht lange dauern. Seeleute sind solche Unbequemlichkeiten gewöhnt.«

Bolitho ließ die Gedanken schweifen und schrieb im Geiste den langen Brief an seinen Vater weiter: *Heute hatte ich die Chance, an Bord zu bleiben, aber ich entschied mich für die Rückkehr zur Prise.* Er beobachtete, wie Masten und Takelage der *Faithful* über den Ruderern aufstiegen. *Vielleicht war es verkehrt, aber ich glaube, Sparke ist so voller Hoffnung für seine Zukunft, daß er nichts anderes mehr sieht.*

Das Boot legte an, und die letzten Seesoldaten kletterten an Deck, schwankend wie Bleisoldaten in einer schaukelnden Schachtel. Shears, der Feldwebel, übernahm das Kommando, und bald war kein einziger Rotrock mehr zu sehen, als sie alle hintereinander in den Laderaum des Schiffes hinunterkletterten.

Einer von *Trojans* Neunpfündern war übergesetzt worden und wurde nun an Deck mit Taljen und unter Ausnutzung der vorhandenen Ringbolzen und Klampen festgezurrt. Wie William Chimmo, der Stückmeister der *Trojan*, es fertiggebracht hatte, das Geschütz an Deck zu hieven und auf seiner jetzigen Lafette montieren zu lassen, das legte Zeugnis ab vom Können eines erfahrenen Deckoffiziers. Er hatte einen seiner Unteroffiziere mitgeschickt, einen schweigsamen Mann namens Rowhurst, um den Neunpfünder zu warten; der rieb die Kanone gerade mit einem Lappen ab und fragte sich wahrscheinlich, was mit des Schoners leichten Decksplanken geschehen würde, wenn er erst richten und feuern mußte.

Bis sie die neuen Leute eingeteilt und an ihre jeweilige Arbeit geschickt hatten – die ursprüngliche Prisenbesatzung blieb an

Bord –, stand die *Trojan* schon weit in Lee, und mehr und mehr Segel füllten sich an ihren Rahen. Ein Boot hing noch in seinen Davits, wurde aber gerade eingeschwenkt. Pears hatte es offenbar eilig, die verlorene Zeit aufzuholen.

Bolitho betrachtete sie ein paar Minuten lang aus dieser Entfernung, so wie Quinn einst die großen Schiffe gemustert hatte, wenn sie themseabwärts segelten: prächtige Gebilde in ihrer Macht und Schönheit, die in ihrem Innern ebenso viel Hoffnung und Schmerz beherbergten wie eine Stadt an Land. Jetzt lag Quinn unten im Lazarett, vielleicht war er auch schon tot.

Frowd tippte an seinen Hut. »Wir sind klar zum Segeln, Sir.« Vielsagend blickte er zu Sparke hinüber, der völlig versunken in seinen Papieren las.

Bolitho rief: »Wir sind fertig, Sir!«

Sparke blickte finster ob der Unterbrechung hoch und knurrte gereizt: »Dann seien Sie bitte so gut, die Leute anzuleiten.«

Frowd musterte händereibend die großen Schonersegel und die wartenden Seeleute.

»Diese beiden werden wir setzen.« Er wurde wieder förmlich. »Ich schlage vor, daß wir den augenblicklichen Wind ausnutzen und Südost steuern, Sir. Das bringt uns aus der Bucht heraus und frei von unserem alten Nantucket.«

Bolitho nickte. »Gut. Lassen Sie über Stag auf Backbordbug gehen.«

Sparke erwachte aus seiner Versunkenheit und kam zu ihnen, während die Seeleute die Fallen einholten, um Großsegel und Fock zu hissen.

»Ein guter Plan.« Er stieß sein spitzes Kinn vor. »Der unbetrauert verstorbene Kapitän Tracy hat so ziemlich alles über das beabsichtigte Rendezvous zu Papier gebracht, außer der Augenfarbe seiner Landsleute.«

Er packte eine Pardune, als Ruder gelegt wurde und die beiden großen Bäume über das längsseits vorbeigurgelnde Wasser hinausschwangen, während die Segel sich füllten, bis sie hart wie Stahl schienen.

Bolitho bemerkte, daß sogar das Loch, das die Kanonenkugel in die Fock gerissen hatte, während der letzten Stunden säuberlich geflickt worden war. Die Geschicklichkeit des britischen Seemannes, wenn er sich etwas in den Kopf gesetzt hat, ist unvergleichlich, dachte er.

Die *Faithful* reagierte trotz des Wechsels in ihrer Führung prächtig. Gischt sprühte über ihren Bug und floß in die Lee-Speigatten. Sie wendete wie ein Vollblutpferd, während die Segel sich donnernd wieder füllten.

Allmählich legte sie sich steif über und nutzte den Wind auf dem neuen Bug zu Frowds Zufriedenheit voll aus. Beim langen Dienst unter Bunce hatte er neben anderem auch gelernt, nichts für selbstverständlich hinzunehmen.

Sparke musterte das Schiff kritisch von der Heckreling aus und sagte: »Schicken Sie die Freiwache unter Deck, Mr. Bolitho!« Dann wandte er sich um und suchte nach der *Trojan*, die aber in einer Regenbö fast verschwunden war, kaum mehr als ein Schatten oder ein Pinselstrich auf einem unfertigen Gemälde.

Schließlich ging er schlingernd zum Kajütsniedergang. »Ich bin unten, wenn Sie mich brauchen.«

Bolitho atmete langsam aus. Sparke war kein Wachoffizier mehr. Er war Kommandant geworden.

»Mr. Bolitho!«

Bolitho rollte in der ungewohnten, fremden Koje zur Seite und blinzelte in das Licht einer abgeschirmten Lampe. Es war Midshipman Weston, der sich über ihn beugte; sein Schatten stand riesengroß wie ein Geist an der Wand.

»Was ist los?«

Bolitho riß sich mühsam aus dem kostbaren Schlaf. Er setzte sich auf, rieb sich die Augen, seine Kehle schmerzte von der schlechten Luft in der geschlossenen Kammer.

Weston beobachtete ihn. »Der Zweite Offizier bittet Sie an Deck, Sir.«

Bolitho schwenkte die Beine über den Kojenrand und prüfte des Schoners Bewegungen. Es muß bald Morgendämmerung sein, dachte er, und Sparke ist schon auf. Das war seltsam, da er gewöhnlich das Wachegehen sowie routinemäßige Kursänderungen Bolitho und Frowd überließ.

Weston sagte nichts, und Bolitho wollte ihn nicht ausfragen, denn das hätte dem Fähnrich Zweifel und Unsicherheit verraten.

Also kletterte er durch das Niedergangsluk und fuhr zurück bei der Begrüßung durch nadelscharfen Gischt und eisigen Wind. Der Himmel war genauso wie er ihn zuletzt gesehen hatte: niedrig dahinjagende Wolken, keine Sterne zu erkennen.

Er lauschte auf das Brausen in der Leinwand und das Knarren der Spieren, als der Schoner wie betrunken durch ein tiefes Wellental stampfte, so heftig, daß es ihn fast an Deck geschleudert hätte.

So ging es seit drei Tagen. Der Wind war ihr Feind geworden und hatte sie gezwungen, immer wieder über Stag zu gehen, viele Meilen zu segeln, um einen geringen oder oft gar keinen Fortschritt zu machen. Sparke war fast verzweifelt, als sie Tag für Tag mühsam nach Süden und dann in südwestlicher Richtung auf das Land und die Mündung des Delaware zu kreuzen mußten.

Selbst der disziplinierteste Seemann an Bord war inzwischen verdrossen, mürrisch und aufgebracht über Sparkes Benehmen. Er benahm sich unduldsam gegen jedermann und schien völlig besessen von der Aufgabe, mit der man ihn betraut hatte. Und nun die Aussicht auf Mißerfolg ...

Bolitho überquerte die glitschigen Decksplanken und schrie gegen den Wind: »Sie haben mich rufen lassen, Sir?«

Sparke fuhr herum und hielt sich dabei am Luvwant fest, das üblicherweise makellos sitzende Haar vom Wind zerzaust, als er ärgerlich antwortete: »Natürlich, verdammt noch mal! Sie haben lange genug geschlafen!«

Bolitho beherrschte sich nur mühsam, da ihm klar war, daß dieser laute Rüffel von den meisten an Deck gehört werden mußte. Angesichts der schlechten Laune des Zweiten Offiziers und seiner Besessenheit, das Schiff so schnell wie möglich und mit jedem Fetzen, den es tragen konnte, vorwärts zu treiben, konnte man nur abwarten.

Sparke sagte abrupt: »Der Steuermannsmaat schlägt vor, daß wir bis Mittag auf diesem Bug weitersegeln.«

Bolitho zwang sein Gehirn, sich ihren Zickzackkurs auf der Karte vorzustellen, und antwortete nach kurzem Zögern: »Mr. Frowd ist wohl der Ansicht, daß wir dann weniger örtlichen Schiffen begegnen, oder, noch schlimmer, unseren eigenen Patrouillen.«

»Mr. Frowd ist ein *Idiot*!« Sparke schrie wieder. »Und wenn Sie ihm beistimmen, sind auch Sie einer, verdammt noch mal!«

Bolitho schluckte und zählte die Sekunden wie nach dem Abfeuern eines Geschützes.

»Ich muß ihm beistimmen, Sir. Er ist ein Mann von großer Erfahrung.«

»Und ich nicht?« Sparke hob die freie Hand. »Machen Sie sich nicht die Mühe, mich überzeugen zu wollen. Ich bin fest entschlossen: Wir werden in einer Stunde wenden und den Treffpunkt direkt ansteuern. Das verkürzt die Zeit beträchtlich. Auf diesem Bug würden wir einen vollen Tag länger brauchen.«

Bolitho versuchte es noch einmal. »Der Feind weiß unsere genaue Ankunftszeit nicht, Sir, oder ob wir überhaupt kommen. Im Krieg besteht keine Möglichkeit zu so exakter Planung.«

Sparke hatte gar nicht zugehört. »Bei Gott, diesmal lasse ich sie nicht entkommen. Ich habe lange genug zugesehen, wie andere goldverbrämte Kommandos bekamen, nur weil sie jemanden in der Admiralität oder bei Hofe kannten. Ich nicht, Mr. Bolitho, ich habe mich hochgearbeitet, mir jede Sprosse der Leiter mühsam verdient!«

Er schien erst jetzt zu merken, was er sagte: daß er sein Innerstes preisgegeben hatte vor einem Untergebenen; deshalb fügte er sachlicher hinzu: »Lassen Sie alle Mann an Deck rufen! Sagen Sie Mr. Frowd, er soll seine Karten vorbereiten.« Er starrte Bolitho fest an, sein Gesicht wirkte im Dämmerlicht sehr blaß. »Ich habe keine Lust zu argumentieren, sagen Sie ihm auch das!«

»Haben Sie es mit Hauptmann d'Esterre besprochen, Sir?«

Sparke lachte. »Bestimmt nicht. Er ist ein Marineinfanterist, kein Seemann!«

In dem kleinen Raum neben der Kapitänskajüte, dem Kartenraum der *Faithful*, traf Bolitho auf Frowd und sah sich dessen Berechnungen und Koppelkurse auf der Karte an, ihre täglich zurückgelegten Strecken seit der Trennung von der *Trojan*.

Frowd bemerkte ruhig: »So kommen wir natürlich schneller hin, Sir, aber . . .«

Bolitho bückte sich wegen der niedrigen Decke und der heftigen Bewegungen des Schiffes tief.

»Aye, Mr. Frowd, es gibt immer ein Aber. Wir können nur auf unser Glück vertrauen.«

Frowd lächelte bitter. »Ich habe keine Lust, von meinen eigenen Landsleuten umgebracht zu werden, auch wenn es nur irrtümlich wäre, Sir.«

Eine Stunde später, mit allen Mann an Deck, schwang die *Faithful* durch den Wind und die schwere See nach Steuerbord und hielt nun Kurs auf das unsichtbare Land. Je ein Reff in Großsegel und Fock war alles, was Sparke trotz des schweren Wetters zuließ. Das

Schiff krängte stark nach Lee, Brecher wuschen über Bug und Luvreling und brachen sich an dem Neunpfünder wie Brandung an einem Felsblock.

Es war noch immer äußerst kalt, und das dürftige Essen, das der Koch unter diesen Verhältnissen zusammenbrauen konnte, war längst abgekühlt und nach dem gefährlichen Weg über das Oberdeck mit Salzwasser vermischt.

Als es heller wurde, schickte Sparke einen Ausguck nach oben mit der Weisung, alles zu melden, auch wenn es ein treibender Balken sei.

Bolitho beobachtete den ganzen Vormittag über Sparkes steigende Nervosität, während der Schoner zügig in Richtung Westen stampfte. Nur einmal sichtete der Ausguck ein anderes Segel, aber es war im Gischt verschwunden, bevor er Einzelheiten ausmachen oder den Kurs des fremden Schiffes bestimmen konnte.

Stockdale blieb fast ständig in Bolithos Nähe; seine Körperkraft kam bei den seemännischen Arbeiten wie Spleißen von zerschlissenem Tauwerk oder beschädigten Trossen allen zugute.

Dann traf sie ein Schrei aus dem Vortopp so heftig wie ein unerwarteter Schuß: »Land in Sicht – rechts voraus!«

Die Leute vergaßen sofort alles Ungemach, als sie durch den Vorhang von Regen und Gischt nach dem gemeldeten Land Ausschau hielten.

Sparke hing mit seinem Fernglas in den Wanten, alle Würde vergessend, während er wartete, bis der Schoner einen steilen Wellenkamm erstieg, um sein erhofftes Land zu erblicken.

Schließlich sprang er an Deck zurück und starrte Frowd triumphierend an. »Lassen Sie einen Strich abfallen. Das ist Cape Henlopen dort im Nordwesten!« Er konnte sich nicht zurückhalten. »Nun, Mr. Frowd, wie steht es jetzt mit Ihrer Vorsicht?«

Der Mann am Ruder rief: »West zu Nord liegt an, Sir!«

Frowd erwiderte grimmig: »Der Wind hat gedreht, Sir, noch nicht viel, aber wir halten genau auf die Untiefen südlich der Delawaremündung zu.«

Sparke zog eine Grimasse. »Noch mehr Vorsicht!«

»Es ist meine Pflicht, Sie zu warnen, Sir.« Frowd vertrat seinen Standpunkt.

Bolitho mischte sich ein: »Mr. Frowd ist letztlich verantwortlich für den Landfall, Sir.«

»Dem werde ich zur gegebenen Zeit zustimmen, vorausgesetzt . . .« Er starrte zum Mast hinauf, wo der Ausguck rief: »An Deck! Segel backbord voraus!«

»Verdammt!« Sparke starrte hinauf, bis seine Augen tränten. »Fragen Sie den Narren, was es ist!«

Fähnrich Libby enterte bereits in den Luvwanten auf, seine Füße bewegten sich flott wie Paddel. Dann rief er: »Zu klein für eine Fregatte, Sir! Aber ich glaube, sie haben uns gesichtet.«

Bolitho beobachtete das graue, bewegte Wasser. Sie alle würden den Ankömmling bald zu sehen bekommen. Zu klein für eine Fregatte, hatte Libby gesagt; aber wohl wie eine solche aussehend. Also drei Masten, rahgetakelt: eine britische Korvette! *Faithfuls* schlanker Rumpf war kein Gegner für die sechzehn oder achtzehn Geschütze einer Korvette.

»Wir sollten besser über Stag gehen, Sir, und das Erkennungssignal setzen.« Bolitho sah die Unsicherheit in Sparkes Zügen, die Narbe auf seiner Wange leuchtete wie ein rotes Pennystück. Der andere Ausguck rief aufgeregt: »Zwei kleine Fahrzeuge in Luv, Sir! Steuern landeinwärts.«

Bolitho biß sich auf die Lippen. Das waren womöglich örtliche Küstenfahrzeuge, die den Delaware ansteuerten, immer zu zweit zum gegenseitigen Schutz.

Ihre Gegenwart schloß die Chance aus, mit der britischen Korvette Kontakt aufzunehmen. Wenn diese in der Nähe waren, konnten auch andere, weniger freundliche Augen sie beobachten.

Frowd schlug hilfsbereit vor: »Wenn wir jetzt wenden, Sir, können wir sie in Luv aussegeln. Ich bin schon früher auf Schonern gefahren und weiß, was sie hergeben.«

Sparkes Stimme war schrill, als er beinahe schrie: »Wie können Sie es wagen, mein Urteil anzuzweifeln! Ich werde Sie degradieren, wenn Sie nochmals so zu mir sprechen. Wenden, abwarten, weglaufen . . . Verdammt, Sie benehmen sich wie ein altes Weib, nicht wie ein Steuermannsmaat!«

Frowd blickte weg, zornig und verletzt.

Bolitho platzte dazwischen: »Ich verstehe, was er sagen wollte, Sir.« Er sah, wie Sparkes Augen sich wütend auf ihn richteten, schlug aber den Blick nicht nieder. »Wir könnten abdrehen und auf eine bessere Gelegenheit warten. Wenn wir so weiterfahren, braucht die Korvette selbst bei einbrechender Dunkelheit nur abzuwarten und uns in den flachen Gewässern festzuhalten, bis wir auf Grund laufen oder uns ergeben. Die Leute, die wir treffen sollen, werden nicht darauf warten, unser Schicksal zu teilen.«

Als Sparke jetzt wieder sprach, hatte er sich in der Gewalt und war beinahe ruhig. »Ich will Ihr Eintreten für Mr. Frowd übersehen, denn ich kenne Ihre Art, sich in unbedeutende Dinge einzumischen.« Er nickte Frowd zu. »Machen Sie weiter. Bleiben Sie auf diesem Schlag so lange, wie der Wind es zuläßt. In einer halben Stunde schicken Sie einen guten Mann nach vorn zum Loten.« Er lächelte schief. »Sind Sie damit zufrieden?«

Frowd rieb sich die Stirn mit den Knöcheln der linken Hand. »Aye, aye, Sir.«

Als eine halbe Stunde vergangen war, konnte man des anderen Schiffes Bramsegel bereits von Deck aus sehen.

D'Esterre, sehr blaß von der schlechten Luft unter Deck, kam zu Bolitho und sagte heiser: »Mir ist so übel, daß ich am liebsten sterben würde.« Er musterte die vollen Segel der Korvette und fügte hinzu: »Wird sie uns einholen?«

»Ich glaube nicht. Sie muß bald abdrehen.« Bolitho deutete in das schäumende Wasser. »Wir haben kaum noch acht Faden* unterm Kiel, und bald sind es nur noch die Hälfte.«

D'Esterre starrte erstaunt ins Wasser. »Du hast nichts zu meiner Beruhigung beigetragen, Dick.«

Bolitho konnte sich die emsige Tätigkeit an Bord der verfolgenden Korvette vorstellen. Sie war fast so groß wie die *Destiny*, dachte er wehmütig: schnell, beweglich, frei von der schwerfälligen Autorität des Flottenkommandos. Jedes Fernrohr war jetzt sicherlich auf die flüchtende *Faithful* gerichtet und auf ihr seltsames rotes Zeichen. Die Buggeschütze waren wohl schon ausgefahren, in der Hoffnung auf eine Gelegenheit zum Schuß, der den Schoner in ein Wrack verwandeln sollte. Ihr Kommandant wartete wohl ab, was dieser tun werde, um dann entsprechend zu handeln. Nach Monaten langweiligen Patrouillendienstes sah er in dem Schoner eine Art Belohnung. Wenn die Wahrheit herauskam und Sparke erklären mußte, was er hier tat, dann war der Teufel los.

Er konnte Sparkes Eifer verstehen, endlich mit dem Feind in Berührung zu kommen und zu vollenden, was Pears von ihm erwartete. Aber Frowds Ratschlag war gut, und er hätte ihn annehmen sollen. Jetzt mußten sie sich mit der Korvette herumschlagen, während sie doch die Kolonisten jagen wollten und die

* 1 Faden = ca. 1,80 m

Fahrzeuge, die auf erbeutetes Pulver und Blei warteten.

Ein unterdrückter Knall ertönte, vom Wind genauso schnell wieder verweht.

Eine Kanonenkugel zischte durch den nächsten Wellenkamm, und Stockdale sagte bewundernd: »Kein schlechter Schuß.«

Eine zweite Kugel fegte über des Schoners Achterdeck, dann rief Sparke, der starr wie eine Statue gestanden hatte, mit rauher Stimme: »Da! Was habe ich euch gesagt? Sie halsen! Genau wie ich vorausgesagt habe!«

Bolitho sah die Rahen sich optisch verkürzen, sah das vorübergehende Killen der Segel, bis sie sich auf dem neuen Bug wieder füllten.

Fähnrich Weston rief aus: »Das war großartig von Ihnen, Sir. Ich hätte nie geglaubt...«

Bolitho fühlte, wie sich seine Lippen trotz seiner Anspannung zu einem verächtlichen Lächeln kräuselten. Sparke – gleichgültig, in welcher Stimmung er sich gerade befand – hatte wenig übrig für Speichellecker.

»Halten Sie den Mund! Wenn ich Beifall von Ihnen wünsche, dann sage ich das! Scheren Sie sich an Ihre Arbeit, oder ich lasse Balleine seinen Rohrstock an Ihrem fetten Rücken wetzen!«

Weston flüchtete mit hochrotem Gesicht durch eine Reihe grinsender Seeleute davon.

Dann sagte Sparke: »Wir wollen Segel kürzen, Mr. Bolitho. Sagen Sie Balleine, er soll klarmachen zum Ankern, falls wir ihn plötzlich fallen lassen müssen. Sehen Sie zu, daß unsere Leute alle bewaffnet sind, und daß der Feuerwerker weiß, was er im Notfall zu tun hat.« Sein Blick fiel auf Stockdale. »Gehen Sie hinunter und ziehen Sie sich etwas von Captain Tracy an; er hatte ungefähr Ihre Figur, scheint mir. Wir werden nicht so dicht herankommen, daß sie den Unterschied merken.«

Bolitho gab die entsprechenden Anweisungen, erleichtert über Sparkes plötzliche Rückkehr zu seinem normalen Ich. Richtig oder falsch, erfolgreich oder nicht, es war besser, man wußte, mit wem man es zu tun hatte.

Er fuhr aus seinen Gedanken, als Sparke schnauzte: »Herrgott, muß ich denn alles selbst machen?«

Als der Abendschein ihnen zum Land hin folgte, wurde die Fahrt der *Faithful* langsamer und vorsichtiger. Die Seeleute standen bereit zum Segelbergen oder um den Schoner in den Wind zu drehen, wenn er eine auf der Karte nicht verzeichnete Sandbank berühren sollte; alle paar Minuten erklang des Lotgasten eintöniges Rufen von der Back und brachte ihnen ihre gefährliche Situation zum Bewußtsein.

Später, kurz vor Mitternacht, polterte der Anker auf Grund, und die *Faithful* kam wieder einmal zur Ruhe.

V Viele Arten von Tapferkeit

»Es wird heller, Sir.« Bolitho stand neben dem reglosen Ruder und beobachtete das Wasser rund um den vor Anker liegenden Schoner, bis seine Augen schmerzten.

Sparke grunzte, sagte aber nichts; er kaute eifrig an einem Stück Käse.

Bolitho fühlte die Spannung, noch verstärkt durch das Gurgeln des Wassers und das Knarren der Spieren. Sie lagen in einer seltsamen, sehr starken Strömung, so daß die *Faithful* mehrmals vorausschoß, bis die Ankerkette auf und nieder stand. Wenn der Gezeitenhub stärker war als im Handbuch angegeben, dann bestand Gefahr, daß sie sich bei Ebbe auf ihren eigenen Ankerflunken aufspießte.

Ein weiterer Unterschied zu früher war das Fehlen von Ordnung und Disziplin an Deck. Uniformen und die vertrauten blauen Jacken der Unteroffiziere waren verschwunden; die Leute lungerten in völliger Gleichgültigkeit gegenüber ihren Offizieren an der Verschanzung herum.

Lediglich die Marineinfanteristen, zusammengepfercht wie Sardinen in einer Dose, hockten noch im verschlossenen Laderaum und erwarteten das Signal, das vielleicht niemals erfolgen würde.

Sparke bemerkte beiläufig: »Selbst dieser Schoner würde schon ein feines, selbständiges Kommando abgeben, einen guten Anfang für jeden ehrgeizigen Offizier.« Er schnitt sich noch ein Stück Käse ab und fuhr dann fort: »Sie kommt zunächst zum Prisenhof, aber nachher . . .«

Bolitho blickte zur Seite, aber es war nur ein springender Fisch, der seine Aufmerksamkeit erregt hatte. Er mochte nicht an das Nachher denken. Für Sparke bedeutete es sicherlich Beförderung, vielleicht ein eigenes Kommando, womöglich auf diesem Schoner. Es schien sein ganzes Denken zu beherrschen.

Und warum schließlich nicht? Bolitho verdrängte seinen Neid, so gut es ging.

Wenn er selbst dem Tod oder einer schweren Verwundung entging, kehrte er bald wieder zurück in den überfüllten Rumpf der *Trojan*. Er dachte an Quinn, wie er ihn zum letzten Mal gesehen hatte, und fröstelte. Vielleicht war auch seine Kopfverletzung daran schuld. Er griff nach oben und berührte vorsichtig die Narbe, als erwartete er, den damaligen Schmerz zu spüren. Seither dachte er mehr an Verwundungen als vor dem Säbelhieb, und er sah auch Quinns klaffende, zerhackte Brust wieder vor sich. Die Möglichkeit einer eigenen Verwundung schien ihm jetzt nähergerückt, und mit jedem neuen Einsatz wurde dieses Gefühl stärker.

So lange man so jung war wie Couzens oder Forbes, empfand man den Anblick als genauso schrecklich, doch Schmerz und Tod schienen nur für andere da zu sein, nicht für einen selbst. Bolitho wußte es jetzt besser.

Stockdale stampfte schweren Schrittes über das Deck, die Hände auf dem Rücken, den Kopf in Gedanken gesenkt. Im langen blauen Rock wirkte er ganz wie ein Kapitän, besonders wie der eines Freibeuters.

Metall klirrte im Dunkel, und Sparke fuhr auf. »Stellen Sie den Namen dieses Mannes fest! Ich will absolute Ruhe an Bord!«

Bolitho blickte zum Großmast hinauf und suchte nach dem Wimpel. Der Wind hatte im Lauf der Nacht weiter auf beinahe rechtweisend Süd gedreht. Wenn die Korvette an ihrer Position vorbeigesegelt war, um mit dem ersten Morgenlicht zurückzukehren, würde sie bei diesem Wind erheblich länger benötigen.

Eine andere Gestalt stand jetzt am Ruder, ein Seemann namens Moffitt. In Devon geboren, war er als kleiner Junge mit seinem Vater nach Amerika gekommen, um sich in New Hampshire anzusiedeln. Als die Revolution sich dann allmählich als Krieg entpuppte, hatte sich Moffitts Vater auf der falschen Seite befunden. Als britischer Royalist abgestempelt, war er mit seiner Familie nach Halifax geflohen, und die hart erarbeitete Farm hatten seine neuen Feinde übernommen. Moffitt selbst, zu dieser Zeit nicht zu Hause, wurde später ergriffen und in den Dienst der Revolutionäre gepreßt, auf eines der ersten amerikanischen Schiffe, das von Newburyport auslief.

Ihre Kaperfahrten hatten nicht lange gedauert, dann wurden sie von einer britischen Fregatte gejagt und aufgebracht. Für die

Besatzung bedeutete das Gefangenschaft, für Moffitt jedoch war es eine Gelegenheit, wiederum die Seite zu wechseln, auf seine Art Rache zu nehmen an denen, die seinen Vater ruiniert hatten.

Jetzt stand er am Ruder und wartete darauf, seine Rolle zu spielen.

Bolitho hörte in der Dunkelheit das herankommende Rauschen von Regen, und dann schüttete es plötzlich, Deck und Segel im Nu überschwemmend. Er versuchte, die Hände vor dem Taubwerden zu bewahren, zitterte aber am ganzen Körper, teils vor Kälte, teils infolge des angespannten Wartens. Dieser Regen würde das Hellwerden noch weiter hinauszögern, und ohne Hilfe von außen hatten sie keinerlei Möglichkeit, die Leute zu finden, die sie gefangennehmen wollten. Die Küste bestand aus kleinen und größeren Buchten, Flußmündungen, Einfahrten zu winzigen oder auch größeren Häfen; hier konnte man ein Fahrzeug bis zur Größe eines Linienschiffes mühelos verbergen, wenn man in Kauf nahm, daß es bei Niedrigwasser trockenfiel.

Aber das Land war schon zu sehen, es lag wie eine große schwarze Platte hinter der bewegten See. Allmählich würde es sich in kleine Buchten, Bäume, Hügel und dichtes Unterholz gliedern, das bisher nur Indianer oder wilde Tiere durchzogen hatten. Um dieses Dickicht herum, manchmal auch hindurch, manövrierten die beiden Armeen, schickten ihre *Scouts* aus und maßen sich gelegentlich in wilden Schlachten, die mit Muskete und Bajonett, Jagdmesser und Degen ausgefochten wurden.

Was Seeleute auch erdulden mußten, ihr Leben war bei weitem besser, entschied Bolitho. Sie trugen ihr Heim jeweils mit sich, es lag an ihnen, was sie daraus machten.

»Ein Boot hält auf uns zu, Sir!«

Es war Balleine, eine Hand ans Ohr gelegt, was Bolitho an die letzten Augenblicke vor dem Entern des Schoners erinnerte.

Zunächst sagte Sparke weder etwas, noch bewegte er sich, und Bolitho dachte schon, er habe nichts gehört. Dann zischte er: »Geben Sie die Parole aus: Vorsicht vor Verrat!«

Als Balleine über Deck lief, um alle zu mobilisieren, sagte Sparke: »Ich höre es auch.«

Es war ein gleichmäßiges Klatschen von Riemen, der laute und anstrengende Schlag gegen eine starke Strömung.

Bolitho flüsterte: »Ein kleines Boot, Sir.«

»Ja.«

Das Boot kam mit überraschender Plötzlichkeit in Sicht, gegen des Schoners Bug wie ein Stück Treibholz. Es war ein kleines, starkes Ruderboot mit flachem Kiel, ein Dory, wie es von den Fischern hier in Tidengewässern benutzt wurde. Soweit zu erkennen, waren fünf Mann an Bord.

Dann war es ebenso plötzlich verschwunden wie es aufgetaucht war, von der Strömung davongetragen, als sei es nur Einbildung gewesen.

Frowd bemerkte: »Die wollen bestimmt nicht fischen, nicht zu dieser Tageszeit.«

Überraschenderweise meinte Sparke beinahe jovial: »Sie wollten uns nur auf die Probe stellen, sehen, wer wir sind. Ein Schiff des Königs hätte sie mit Kartätschen verjagt, ebenso ein Schmuggler. Ich bin überzeugt, daß sie hier Tag und Nacht gewartet haben, und das seit Wochen, um ganz sicherzugehen.« Er zeigte grinsend die Zähne im schattigen Gesicht. »Die Burschen sollen etwas erleben, an das sie sich ihr ganzes Leben erinnern!«

Die Parole wurde längs des Decks weitergegeben, und die Seeleute entspannten sich ein wenig; sie waren von Regen und Kälte ganz steif.

Wolken fegten über den Himmel, mitunter gab ein Spalt die Farbe des nahenden Morgens frei, sonst sah man nur graues Wasser, das saftige Grün des Landes, weiße Schaumkämme und die Schlangenlinien einer starken auflandigen Strömung. Bolitho wußte aus den vergangenen zwei Jahren, daß hinter dem nächsten Kap, geschützt gegen die See, Städte, Siedlungen und einzelne Farmen lagen, die genug mit ihren eigenen Sorgen zu tun hatten und am Krieg keineswegs interessiert waren.

Bolithos Begeisterung, wieder zur See zu fahren, der Tradition seiner Ahnen gemäß, war bald getrübt worden durch bittere Erfahrungen. Viele derer, gegen die er jetzt kämpfen mußte, stammten wie er aus dem Südwesten Englands, aus Kent, aus Newcastle oder den anderen Küstenstädten, aus Schottland oder aus Wales. Sie hatten dieses neue Land gewählt, viel riskiert und sich mühsam ein neues Leben aufgebaut. Andere in höheren Stellungen, tiefverwurzelte Loyalität oder noch tieferes Mißtrauen hatten dann den Bruch herbeigeführt, so plötzlich wie ein Axthieb.

Die neue Revolutionsregierung hatte den König provoziert, das sollte ihm eigentlich genügen. Aber bei ruhiger Überlegung stieg oft der Wunsch in ihm hoch, daß die Menschen, gegen die er kämpfte, die er sterben sah, nicht in seiner Muttersprache, ja häufig in seinem eigenen Dialekt rufen oder schreien möchten.

Ein paar Möwen umkreisten aufmerksam die unruhigen Masten und ließen sich dann willig vom Wind landeinwärts zu ergiebigeren Futterplätzen tragen.

Sparke befahl: »Wechseln Sie die Ausguckposten aus und lassen Sie einen Mann auch seewärts Ausschau halten.« In dem heller werdenden Licht wirkte er noch dünner, das nasse Hemd und die Kniehose klebten an seinem mageren Körper und glänzten wie Schlangenhaut.

Ein winziger Strahl wässerigen Sonnenlichts blinzelte vorsichtig durch die Wolken, das erste, das Bolitho seit Tagen gesehen hatte. Bald würden von Land aus die Ferngläser auf sie gerichtet sein. Er fragte: »Soll ich das Großsegel hissen lassen?«

»Ja.« Sparke nestelte an seinem Degengriff.

Die Seeleute holten keuchend Piek- und Klaufall durch. Vom Regenwasser gequollen, liefen die Trossen nur mühsam durch ihre Blöcke, bis sich das nasse Großsegel endlich lose flappend von seinem Baum erhob, und der rote Flicken im schwachen Sonnenlicht leuchtete.

Der Schoner riß und zerrte an der Ankerkette wie ein Pferd, das Zügel und Gebiß erprobt.

»Boot an Steuerbord, Sir!«

Bolitho sah es, anscheinend dasselbe Dory wie vorher. Mit kräftigen Riemenschlägen wurde es durch die Strömung getrieben. Unwahrscheinlich, daß jemand an Bord die Besatzung der *Faithful* kannte, sonst wäre der rote Erkennungsflicken überflüssig gewesen. Der Anblick des Schoners mußte den Leuten genügen. Bolitho wußte aus seiner Kindheit, wie die Schmuggler der Cornwallküste mit der Gezeitenströmung unter Land kamen und oft nur wenige Meter vom wartenden Zollboot entfernt sich mit den Booten verständigten, häufig nur durch einen kurzen Pfiff.

Aber irgend jemand wußte genau Bescheid. Irgendwo zwischen Washingtons Armee und der wachsenden amerikanischen Flotte saßen die Verbindungsleute, zogen die unsichtbaren Drähte, arrangierten hier ein Rendezvous, knüpften dort einen Verräter auf.

Bolitho beobachtete Stockdale und war von seiner Ruhe beeindruckt, als er jetzt an die Reling ging und zum Vorschiff winkte. Im selben Augenblick schwangen zwei Seeleute ein Drehgeschütz herum.

»Zurückbleiben dort unten!« befahl der falsche Kapitän mit rauher Stimme.

Moffitt trat neben ihn und rief durch die trichterförmig gehaltenen Hände: »Was wollt ihr von uns?«

Das Boot dümpelte in der kabbeligen See, die Ruderer beugten sich über ihre Riemen, der Regen prasselte auf ihre Schultern.

Der Mann an der Pinne rief zurück: »Cap'n Tracy?«

Stockdale hob die Schultern. »Möglich!«

Sparke sagte leise: »Sie sind nicht mal sicher, seht euch diese blöden Hunde an!«

Bolitho wandte dem Land den Rücken zu, er meinte fast körperlich die vielen auf sie gerichteten Ferngläser zu spüren, die einen nach dem anderen aufs Korn nahmen.

Das Boot steuerte jetzt langsam näher heran. »Wo kommt ihr her?«

Moffitt blickte Sparke an, der kurz nickte. Da schrie Moffitt: »Draußen kreuzt ein britisches Kriegsschiff! Wir warten nicht mehr lange! Habt ihr denn gar keinen Mumm?«

Frowd bemerkte: »Das genügt. Jetzt kommen sie.«

Die Erwähnung der britischen Korvette sowie Moffitts amerikanischer Tonfall hatten offensichtlich mehr bewirkt als der rote Flicken.

Das Dory schor längsseit, und ein Seemann machte die Fangleine fest. Stockdale blickte in das Boot hinunter und sagte dann in einem völlig ungezwungenen Tonfall, den Bolitho noch nie bei ihm gehört hatte: »Sagen Sie Ihrem Anführer, er soll an Bord kommen. Ich bin noch nicht überzeugt.« Er blickte zu den Offizieren hin, und Bolitho nickte kurz.

Sparke zischte: »Haltet ihn auf alle Fälle von dem Neunpfünder fern!« Und dann, an Balleine gewandt: »Fangt an mit dem Öffnen der Ladeluken.«

Bolitho sah zu, wie der Mann vom Boot heraufkletterte, und stellte sich das Deck mit dessen Augen gesehen vor. Wenn jetzt etwas schiefging, dann war alles, was sie als Ausbeute vorzuweisen hatten, ein Dory und fünf Tote.

Der Fremde auf dem schwankenden Deck war stämmig, aber sehr beweglich für sein Alter. Er hatte dichtes, graues Haar und Bart, seine Kleidung war so grob zusammengenäht wie die eines Waldläufers.

Er musterte Stockdale ruhig und sagte: »Ich bin Elias Haskett.«

Dann, nachdem er noch einen Schritt näher getreten war: »Sie sind nicht der Tracy, den ich kenne.« Es klang nicht herausfordernd, sondern mehr wie eine Feststellung.

Moffitt erklärte: »Dies ist Käpt'n Stockdale. Wir haben die *Faithful* auf Käpt'n Tracys Anweisung hin übernommen.« Er lächelte vielsagend und fuhr dann fort: »Tracy führt jetzt eine ebenso schöne Brigg wie sein Bruder.«

Elias Haskett schien überzeugt. »Wir haben euch erwartet, aber es war nicht einfach. Die Rotröcke haben ihre Wachen über das ganze Land verteilt, und das Schiff, von dem ihr gesprochen habt, kreuzt schon seit Wochen vor der Küste.« Er blickte hinüber zu den anderen, seine Augen blieben einen Moment an Sparke hängen.

Moffitt warf ein: »Fast alles neue Leute, britische Deserteure. Ihr wißt ja, wie das geht.«

»Klar.« Haskett wurde geschäftlich. »Bringt ihr gute Ladung?«

Balleine und ein paar andere hatten die Lukenpersennings abgenommen, und Haskett trat an den Süll, um hinunterzuspähen.

Bolitho sah die Szene und die Darsteller wechseln, genau wie sie es geübt hatten. Der erste Akt war zu Ende. Jetzt sah er Rowhurst, den Geschützführer, heranschlendern und sich neben Haskett stellen, die Hand auf seinem Dolch. Ein Zeichen von Mißtrauen, und Haskett war für immer stumm.

Bolitho blickte einem Seemann über die Schulter und versuchte, nicht an die Seesoldaten zu denken, die in einem hastig gezimmerten Verschlag unter dem doppelten Boden zusammengepfercht warteten. Von Deck aus schien es, als sei der Laderaum voller Pulverfässer, aber in Wirklichkeit war es nur eine einzige Schicht, und nur zwei der Fässer waren gefüllt. Jetzt brauchte lediglich einer der Soldaten zu niesen, und alles war aus.

Moffitt kletterte hinunter und bemerkte gelassen: »Ein guter Fang. Wir haben zwei vom Konvoi abgedrängt. Da unten liegen Musketen und Bajonette und auch rund tausend Schuß Neunpfündermunition.«

Bolitho wollte schlucken oder sich räuspern, seine Kehle war wie ausgedörrt. Moffitts Rolle klappte perfekt. Er spielte nicht, er *war* der pfiffige Maat eines Freibeuters, der genau wußte, was er wollte.

Haskett sagte zu Stockdale: »Ich werde das Signal heißen. Die Boote liegen dort drüben versteckt.« Er zeigte vage zum Ufer, wo ein paar Bäume mit fast bis aufs Wasser hängenden Zweigen standen. Es konnte der Eingang zu einer kleinen Bucht sein.

»Und was ist mit der britischen Korvette?« Moffitt blickte kurz zu Sparke hinüber.

»Die braucht einen halben Tag bis hierher, und ich habe dort oben ein paar gute Ausgucksposten aufgestellt, von da können sie alles übersehen.«

Bolitho staunte, als Haskett jetzt geschickt einen kleinen, roten Wimpel ansteckte und am Fockmast hißte. Er war offensichtlich kein Neuling auf See, wie er auch gekleidet sein mochte.

Plötzlich hörte er den erstaunten Ausruf eines Seemanns und sah, wie sich ein Teil des einen Baumes vom Land löste. Dann stellte er zu seiner Verwunderung fest, daß es ein plumper Kutter mit Löffelbug war, der Mast und Rah mit Zweigen und Stechginster getarnt hatte. Sein schwerer Rumpf wurde jetzt langsam, aber sicher von langen Riemen vorwärtsgetrieben. In seinem Kielwasser folgte ein Kutter gleicher Bauart. Sie schienen holländischen Ursprungs, stammten möglicherweise von deren Inseln in der Karibik.

Bolitho wußte, daß Sparke mit nur einem Fahrzeug gerechnet hatte, allenfalls mit einigen kleineren Leichtern oder Ruderbooten. Jeder dieser beiden Kutter jedoch war fast so groß wie die *Faithful* selbst, dazu schwer wie ein Sturmbock.

Moffitt sah Sparkes kurzes Nicken und meinte beiläufig: »Einer ist genug. Die sehen ja aus, als könnten sie ein ganzes Arsenal an Bord nehmen.«

Haskett nickte. »Stimmt, aber wir haben noch mehr vor, weiter südlich in Richtung der Chesapeake Bay. Unsere Leute haben dort vor einer Woche eine bewaffnete Brigantine geschnappt, sie sitzt auf Grund, ist aber voller Gewehre und Munition. Einer der Kutter soll ihre Ladung übernehmen, es ist genug, um eine ganze Armee damit zu bewaffnen!«

Bolitho wandte sich ab, denn es fiel ihm schwer, weiterhin Sparkes Gesicht zu sehen. Er konnte dessen Gedanken lesen, sich dessen Angriffsplan ausmalen. Da die Korvette zu weit weg war, um helfend einzugreifen, würde er den Ruhm für sich allein beanspruchen.

Die nächsten Augenblicke waren die schlimmsten, an die Bolitho sich erinnern konnte: das langsame Heranmanövrieren der beiden schweren Kutter mit ihrer seltsamen Tarnung und ihren langen

Galeerenriemen. Es mußten wohl dreißig bis vierzig Leute an Bord sein, schätzte er, einige sicherlich Seeleute, der Rest vielleicht örtliche Miliz oder einer von Washingtons Spähtrupps.

Der Wimpel an der Mastspitze der *Faithful* hing naß und lustlos herab, und Bolitho sah den ersten der beiden Kutter jetzt mit der Strömung ins offene Wasser triften – nur noch Minuten, und es war zu spät für ihn, Segel zu setzen und freizukommen.

Moffitt befahl: »Aufpassen da vorn, nehmt die Leinen wahr!« Wenn er nervös war, so zeigte er es zumindest nicht.

Ein Seemann rief zurück: »*Aye, aye, Sir!*«

Bolitho erstarrte, obwohl es schließlich zu erwarten gewesen war, daß irgendeiner früher oder später aus der Rolle fiel. Die schneidige Antwort auf Moffitts Anweisung war nicht der Ton eines Deserteurs oder eines nur notdürftig ausgebildeten Handelsschiffsmatrosen gewesen.

Haskett fuhr fluchend herum: »Ihr dreckigen Halunken!«

Der Knall einer Pistole ließ sie alle zusammenfahren; Rufe aus dem längsseits liegenden Dory mischten sich mit dem schrillen Geschrei der aufgeschreckten Seevögel, aber Bolitho starrte nur wie gebannt auf den grauhaarigen Haskett, der zur Reling taumelte, blutigen Schaum vorm Mund, während er seine Hände wie rote Krallen auf den Magen preßte.

Sparke senkte die Pistole und befahl: »*Drehbassen, Feuer!*«

Während die vier Schwenkgeschütze bellten und das Deck des vorderen Kutters mit heulendem Kartätschenfeuer überschütteten, rissen Rowhursts Leute die Persenning vom Neunpfünder und wuchteten ihn mit Taljen und Handspaken zur Bordwand.

Ein paar Schuß kamen vom Kutter zurück, aber der unerwartete Angriff hatte die von Sparke beabsichtigte Wirkung gebracht. Der Kartätschenhagel war zwischen die Ruderer gefahren und hatte sie niedergemäht, der bis dahin gleichmäßige Schlag der Riemen endete in einem fürchterlichen Chaos. Der Kutter, durchlöchert wie ein Sieb, trieb quer, während Rowhursts andere Männer bereits mit brennenden Lunten bei den Sechspfündern warteten, die, vorher sorgfältig mit Kartätschen geladen, ebenfalls klar zum Feuern waren.

»Feuer frei!« Bolitho zog seinen Degen und trat mitten zwischen seine Leute, als diese aus ihrer Erstarrung erwachten. Er zwang sich zur Ruhe. Eine Kugel pfiff ihm am Kopf vorbei, ein Seemann stürzte schreiend und zuckend neben dem toten Elias Haskett zu Boden.

Sparke ließ sich seine nachgeladene Pistole reichen und bemerkte wie abwesend: »Ich hoffe, Rowhursts Schießkünste sind so gut wie seine Zoten.«

Selbst der sonst so sture Rowhurst schien aus seiner Lethargie erwacht zu sein. Er sprang um den Neunpfünder herum und beobachtete zugleich, wie der zweite Kutter Großsegel und Klüver setzte. Die langen Riemen waren fallen gelassen worden und trieben mit dem Tarnmaterial in der Strömung, als der Wind jetzt die Segel blähte.

Rowhurst fluchte, weil einer seiner Leute mit einer Stirnwunde zur Seite rollte. Er schrie: »Fertig, Sir!« Dann wartete er, bis die *Faithful* an ihrer Kette zurückschwoite, und hielt die Lunte an des Neunpfünders Verschlußstück.

Doppelt geladen, den Rest des Rohres bis zur Mündung mit Blei- und Eisenschrott gefüllt, fuhr das Geschütz auf seiner Behelfslafette zurück wie ein wütendes Tier, dann krachte die Detonation über die See, der aufsteigende Rauch verstärkte noch die Schreckensszene. Der Mast des Kutters stürzte, ein Gewirr von Takelage und zerfetzten Segeln mit sich reißend.

»Nachladen! Feuer!«

Der Schock nach Sparkes Pistolenschuß war bei allen wilder Erregung gewichen. Dies war etwas, das sie verstanden, wofür sie ausgebildet worden waren, Tag für Tag, in ermüdendem, sich immer wiederholendem Drill.

Während die Drehbassen und die Sechspfünder ihr mörderisches Bombardement des ersten Kutters fortsetzten, feuerte Rowhursts Crew Schuß auf Schuß in den anderen, der – inzwischen entmastet – auf eine Sandbank getrieben war. Plötzlich schoß eine gewaltige Feuersäule aus seinem Heck und breitete sich rasch im Wind aus. Das regennasse Holz qualmte, bis es schließlich Feuer fing und der Kutter vom Bug bis zum Heck in Flammen stand.

Durch den Kampfeslärm hörte Bolitho d'Esterre rufen: »Los, Feldwebel Shears, lebhaft, sonst gibt es für uns nichts mehr zu tun!« D'Esterre blinzelte in den dicken Qualm, den der brennende Kutter und Rowhursts Neunpfünder verursachten, und sagte: »Verdammt, der kommt ja gleich längsseits!«

Bolitho sah nun ebenfalls, daß der erste Kutter wie betrunken auf den Bug der *Faithful* zuschwankte. Auf seinem Deck waren jetzt mehr Leute zu sehen, aber auch viele, die sich nie mehr bewegen würden. Blut lief in Bächen aus den Speigatten und zeugte von der Verheerung, die Kartätschen und Kettenkugeln angerichtet hatten.

»Seesoldaten, vorwärts!«

Wie Marionetten marschierten sie zur Reling, die langen Musketen im Anschlag.

»Legt an!« Shears wartete und ignorierte die Kugeln, die an ihnen vorbeipfiffen oder klatschend ins Holz schlugen. »*Feuer!*«

Bolitho sah, wie die schon im Bug des Kutters klar zum Entern versammelten Leute schwankten und dann durcheinanderfielen, als die wohlgezielte Salve zwischen ihnen einschlug.

Shears zeigte keinerlei Bewegung, während er seinen Stab hochhielt und die Ladestöcke der Soldaten sich im Takt hoben und senkten.

»Richten! *Feuer!*«

Die Salve fiel zusammen mit der Kollision der beiden Schiffe, riß aber wiederum eine große Lücke in die Gruppe der wütend schreienden Männer, die jetzt, Entermesser schwingend, an Bord kletterten oder auf die Mannschaft des Neunpfünders feuerten.

Sparke schrie: »Stoßt zu, verdammt!«

Feldwebel Shears kommandierte: »Bajonett, pflanzt auf!« Dann beobachtete er d'Esterres hocherhobenen Säbel. »Soldaten, vorwärts!«

Die Marineinfanteristen rückten gleichmäßig vor, Schulter an Schulter, eine lebende rote Mauer; sie schnitten die Enterer von den Geschützmannschaften ab, von ihrem eigenen Schiff und von jeglicher Hoffnung.

Plötzlich sah Bolitho jemanden sich geschickt unter den Bajonetten ducken und blitzschnell nach achtern laufen, ein Messer vor sich haltend wie einen Schild.

Bolitho hob seinen Degen. Als er jedoch erkannte, daß es sich um einen Knaben handelte, rief er: »Ergib dich!«

Aber der Junge lief weiter auf ihn zu, heulte dann auf vor Schmerz und Enttäuschung, als Bolitho ihm mit einem flachen Hieb das Messer aus der Hand schlug, das in hohem Bogen an Deck fiel. Selbst dann noch versuchte er, Bolitho mit bloßen Händen anzugreifen, schluchzend und geblendet von Wut und Tränen.

Stockdale schlug ihn schließlich mit dem flachen Entermesser auf den Kopf, worauf er bewußtlos zusammenbrach.

Sparke kommandierte: »Feuer einstellen!« Dann ging er an d'Esterre vorbei und musterte die übriggebliebenen Angreifer mit kalten Blicken. Es waren nicht mehr viele. Der Rest, getötet oder verwundet von der geschlossenen Reihe der Bajonette, lag herum wie erschöpfte Statisten.

Bolitho steckte den Degen in die Scheide. Ihm war übel, und seine Narbe schmerzte.

Die Toten sind immer ohne Würde, dachte er, was auch Anlaß des Kampfes und wie groß auch der Sieg sein mag.

Sparke befahl: »Macht den Kutter fest! Mr. Libby, Sie übernehmen ihn! Balleine, lassen Sie diese Rebellen bewachen!«

Frowd kam nach achtern und meldete: »Wir haben drei Mann verloren, Sir, und zwei Verwundete, die aber mit etwas Glück durchkommen werden.«

Sparke übergab einem Seeman seine Pistole. »Da sehen Sie, Mr. Bolitho, was wir erreicht haben!«

Bolitho blickte sich um. Zuerst sah er das geschwärzte Gerippe des zweiten Kutters, völlig ausgebrannt und wild qualmend, umgeben von verstreuten Wrackteilen. Der größte Teil der Besatzung war entweder unter Rowhursts Beschuß gefallen oder von der starken Strömung fortgerissen worden. Wenige Seeleute können schwimmen, dachte er grimmig.

Längsseits und daher besser zu übersehen, bot der andere Kutter einen womöglich noch schrecklicheren Anblick: Leichen und große Blutflecken überall; Bolitho sah Fähnrich Libby mit seiner Handvoll Leute sich mühsam einen Weg über Deck bahnen, das Gesicht verzerrt im Grauen vor dem, was er noch alles erblicken würde.

Sparke bemerkte: »Rumpf und Takelage sind intakt, sehen Sie das? Zwei Prisen in einer Woche! Das wird neidische Blicke geben, wenn wir in Sandy Hook einlaufen!« Er gestikulierte wütend zu dem unglücklich dreinschauenden Libby hinüber. »Um Gottes willen, Sir, bewegen Sie sich, und werfen Sie diesen Schmutz über Bord! Ich will in einer Stunde Anker lichten und Segel setzen, verdammt noch mal!«

Hauptmann d'Esterre sagte: »Ich schicke ein paar meiner Soldaten hinüber, um ihm zu helfen.«

Sparke starrte ihn an. »Das werden Sie nicht tun, Sir! Dieser junge Gentleman möchte Leutnant werden, und wenn die Personalknappheit in der Flotte so anhält, wird er es auch bald schaffen. Also muß er lernen, daß dazu mehr gehört als eine Uniform!« Er winkte dem Steuermannsmaaten. »Kommen Sie mit nach unten, Mr. Frowd. Ich brauche den Kurs zur Chesapeake Bay. Die genaue Position der Brigantine werde ich schon noch herausbekommen.«

Sie verschwanden beide unter Deck, und d'Esterre sagte: »Was für ein ekelerregendes, selbstgefälliges Gehabe!«

Bolitho sah die erste Leiche über Bord fliegen und träge mit der Strömung vorbeitreiben, als sei sie glücklich darüber, von all dem befreit zu sein.

Er sagte bitter: »Ich dachte, du hast dich nach Arbeit gesehnt?«

D'Esterre packte ihn an der Schulter. »Aye, Dick, ich tue meine Pflicht wie jeder andere. Aber wenn du mich einmal so hämisch und schadenfroh erlebst wie unseren energischen Zweiten Offizier, kannst du mich ruhig über den Haufen schießen.«

Der Junge, der von Stockdale bewußtlos geschlagen worden war, kam langsam wieder auf die Beine. Von einigen Seeleuten gestützt, rieb er sich den Kopf und schluchzte in sich hinein. Als er Stockdale sah, versuchte er, nach ihm zu treten, aber Moffitt fing ihn mühelos ab und drückte ihn gegen die Bordwand.

»Er hätte dich auch umbringen können«, sagte Bolitho.

Schluchzend stieß der Junge hervor: »Wenn er's nur getan hätte! Die Briten haben meinen Vater umgebracht, als sie Norfolk brandschatzten! Ich habe geschworen, ihn zu rächen!«

Moffitt antwortete grob: »Und deine Leute haben meinen kleinen Bruder geteert und gefedert. Er wurde blind dadurch!« Er stieß den Burschen zu den wartenden Marineinfanteristen. »Damit sind wir quitt.«

Bolitho nickte Moffitt zu. »Tut mir leid. Das mit Ihrem Bruder wußte ich nicht.«

Moffitt zitterte heftig, jetzt da alles vorüber war. »Oh, es gibt noch mehr, Sir, eine ganze Menge mehr!«

Frowd erschien wieder an Deck und ging an dem schluchzenden Gefangenen vorbei. »Ich hatte gehofft, unser Tagwerk sei erst einmal geschafft, wenigstens für heute, Sir.«

Er warf einen Blick auf den längsseits liegenden Kutter, wo die Leute mit Pütz und Besen die Blutflecken von dem verschrammten und durchlöcherten Deck spülten.

»Ihr Name ist *Thrush,* wie ich sehe.« Sein geschultes Auge bestätigte Bolithos Vermutung: »In Holland gebaut. Und ein handliches Fahrzeug. Kann noch höher an den Wind gehen als unser Schoner.«

Midshipman Weston lungerte in der Nähe herum, sein Gesicht

war so rot wie sein Haar. Während des kurzen Gefechtes hatte er wacker mitgeschrien, sich aber zurückgezogen, als die Rebellen ihren verzweifelten Angriff starteten.

Frowd fuhr besorgt fort: »Ich wollte, die Korvette würde zu uns stoßen. Mr. Sparke hat den Namen der Bucht erfahren, wo die Brigantine auf Grund sitzt. Ich kenne die Gegend, wenn auch nicht sehr gut.«

»Wie hat er das herausgekriegt?«

Frowd trat an die Reling und spuckte über Bord. »Mit Geld, Sir. In jeder Crew gibt es einen Verräter, wenn der Lohn hoch genug ist.«

Doch Bolitho fühlte sich erleichtert. Er hatte befürchtet, daß Sparke in seinem übertriebenen Eifer rauhere Methoden angewendet hatte. Sein Gesicht, als er Elias Haskett erschoß, war nahezu unmenschlich gewesen.

Wieviele würden sich noch als Sparkes entpuppen? überlegte er.

Bei stetigem Wind begannen sowohl der Schoner als auch der Kutter, Segel zu setzen und sich ihren Weg aus den Sandbänken zu suchen, während die Rauchwolke des ausgebrannten Wracks ihnen wie ein böses Zeichen folgte.

Verkohlte Trümmer und starre Leichen wurden von den beiden Schiffen beiseite geschoben, als diese nun mit vollen Segeln aus der Bucht steuerten.

Sparke kam an Deck und beobachtete durchs Glas, wie Fähnrich Libby, tatkräftig unterstützt von Balleine und ein paar Seeleuten, auf der *Thrush* zurechtkam. »Setzen Sie unsere eigene Flagge, Mr. Bolitho, und sehen Sie zu, daß Mr. Libby unserem Beispiel folgt.«

Später, als beide Fahrzeuge dichtauf durch die kabbelige See stampften, spürte Bolitho das tiefere Wasser unter dem Kiel und war – nicht zum ersten Male – froh, endlich das Land hinter sich zu lassen und wieder auf offener See zu sein.

Von dem Treffpunkt, wo sie ihren blutigen Sieg errungen hatten, bis zu der kleinen Bucht nördlich von Cape Charles, das bei der Einfahrt in die Chesapeake Bay als Ansteuerungspunkt diente, waren es etwa hundert Seemeilen.

Sparke hatte auf günstigeren Wind gehofft, wurde jedoch enttäuscht, denn er frischte mehr und mehr auf und wehte genau daher, wo sie hinwollten.

Beide Schiffe kreuzten in Sichtweite voneinander, aber jede ersegelte Distanz brachte ihnen bestenfalls ein Viertel der Strecke in der gewünschten Richtung ein.

Sooft Sparke auch an Deck kam, er verriet keinerlei Ärger oder Ungeduld. Stets jedoch betrachtete er die *Thrush* durch sein Glas und warf dann einen Blick nach oben auf die am Mast wehende Flagge. Bolitho hatte bereits die Leute flüstern gehört, Sparke habe sich selbst zum Admiral seines eigenen Geschwaders ernannt.

Das Wetter und die ständigen Anstrengungen des Kreuzens hatten Spannung und Bitterkeit aus Bolithos Gedanken weitgehend verscheucht. Schließlich war das Ganze ein großer Erfolg gewesen, das ließ sich nicht leugnen: ein Schiff gekapert, ein anderes zerstört, der größte Teil der feindlichen Kräfte vernichtet. Wären die Pläne fehlgeschlagen und sie selbst in eine Falle gegangen, so hätte ihnen der Feind sicherlich ebensowenig Erbarmen gezeigt. Sobald erst einmal beide Kutterbesatzungen an Bord des Schoners gewesen wären, hätten sie Sparkes Widerstand mit ihrer Übermacht gebrochen, bevor der Neunpfünder den Kampf zu ihren Gunsten hätte wenden können.

Es dauerte drei Tage, bis sie das vermutliche Versteck der Brigantine erreichten. Die zerklüftete Küste, die sich südwärts bis zum Eingang der Chesapeake Bay erstreckte, war womöglich noch tückischer als das Gebiet, das sie gerade verlassen hatten. Manches Küstenschiff und mancher Tiefwassersegler waren dort gestrandet bei dem Versuch, trotz unsichtigen Wetters die enge Einfahrt zu finden. Einmal in der Bucht, war Raum genug für eine ganze Flotte, aber die Einfahrt war schwierig, wie Bunce oft genug verkündet hatte.

Wieder einmal war der düstere Moffitt derjenige, der sich erbot, an Land zu gehen und die Gegend zu erkunden.

Das Beiboot der *Faithful* hatte ihn in die Bucht gebracht, während beide Schiffe so dicht wie möglich unter Land vor Anker lagen. Die Wachen waren verstärkt worden und auf jeden nächtlichen Überraschungsangriff gefaßt.

Bolitho hatte fast erwartet, daß Moffitt nicht mehr zurückkehren, sondern sich mit seiner Familie treffen und an Land bleiben würde, da er bereits genug für die Engländer getan hatte.

Aber fünf Stunden nachdem das Boot ihn in einer kleinen Bucht abgesetzt hatte und vor dem Strand auf seine Rückkehr wartete, erschien er am Ufer und watete durch die Brandung, voll Eifer, seine Meldung zu erstatten.

Es war kein Gerücht: Die Brigantine lag tatsächlich in der nächsten Bucht auf Strand, genau wie Sparkes Informant berichtet hatte. Moffitt wußte sogar ihren Namen, sie hieß *Minstrel,* und er hielt sie für so schwer beschädigt, daß nicht einmal erfahrene Bergungsmannschaften sie wieder flottmachen konnten.

Er hatte in der Nähe einige Lichter gesehen und wäre fast über einen schlafenden Wachtposten gestolpert.

Sparke äußerte anerkennend: »Ich werde dafür sorgen, daß Ihre Leistung belohnt wird, Moffitt.« Mit bewegter Stimme fügte er hinzu: »Das ist die Tapferkeit, die unser Land groß erhalten wird.«

Er ließ Moffitt ein großes Glas Rum reichen und rief dann seine Offiziere sowie die älteren Unteroffiziere zusammen. In der winzigen Kajüte des Schoners war kaum genug Platz zum Atmen, aber sie vergaßen alle Unbequemlichkeit, als Sparke barschen Tones sagte: »Angriff im Morgengrauen! Wir nehmen unser eigenes Boot und das der *Thrush.* Alles klar?« Er blickte fragend in die Runde. »D'Esterre, Sie werden mit Ihrer Truppe noch im Schutz der Dunkelheit landen und oberhalb der Bucht Stellung beziehen. Dort bleiben Sie als Flanken- und notfalls als Rückendeckung, wenn etwas schiefgehen sollte.«

Sparke blickte auf die grobe Skizze nieder, die Moffitt für ihn angefertigt hatte.

»Ich führe natürlich das erste Boot, Mr. Libby folgt mit dem zweiten.« Er musterte Bolitho. »Sie übernehmen das Kommando auf der *Thrush,* segeln Sie in die Bucht und nehmen die Ladung der Brigantine an Bord, sobald ich jeden Widerstand gebrochen habe, den wir dort möglicherweise antreffen. Die Seesoldaten rücken hangabwärts und unterstützen uns von der Landseite her.« Er klatschte in die Hände. »Alles klar?«

D'Esterre sagte: »Ich würde mich jetzt gern entschuldigen und meine Leute vorbereiten, Sir.«

»Ja, ich brauche die Boote bald.« Er blickte Bolitho an. »Sie wollten etwas sagen?«

»Hundert Meilen in drei Tagen, Sir, und ein weiterer halber Tag bis zum Morgen. Ich bezweifle, daß wir sie überraschen können.«

»Sie wollen es doch hoffentlich nicht Mr. Frowd nachtun? Eine echte Kassandra!«

Bolitho schwieg. Es war sinnlos, mit Sparke zu argumentieren; mit den Infanteristen als Rückendeckung konnten sie sich andererseits jederzeit zurückziehen, wenn sich das Ganze als Falle erweisen sollte.

Sparke sagte abschließend: »Also ist alles klar. Gut. Mr. Frowd wird während unserer Abwesenheit hier das Kommando übernehmen, und der Neunpfünder ist mehr als ausreichend, um etwaige wirrköpfige Angreifer abzuschlagen!«

Fähnrich Weston leckte sich die trocken gewordenen Lippen; auf seiner Stirn glitzerten Schweißperlen. »Und was soll ich tun, Sir?«

Sparke lächelte dünn. »Sie gehen mit dem Vierten Offizier. Tun Sie, was er sagt, werden Sie etwas lernen. Tun Sie *nicht,* was er sagt, so könnten Sie tot sein, bevor Sie Gelegenheit haben, sich weiter den Wanst vollzuschlagen!«

Sie stiegen an Deck, über dem ein paar blasse Sterne zu ihrer Begrüßung erschienen waren.

Moffitt meldete sich bei Hauptmann d'Esterre. »Ich bin bereit, Sir, Ihnen den Weg zu zeigen.«

Der Hauptmann nickte. »Sie gieren ja geradezu nach Strapazen. Aber führen Sie uns, in Gottes Namen.«

Die Boote füllten sich bereits mit Marineinfanteristen. Beide würden für die nächste Zeit in ständigem Einsatz sein, somit stand der *Faithful* nur das gekaperte Dory zur Verfügung.

Stockdale wartete an der Reling, seine weißen Hosenbeine flatterten im Wind wie kleine Segel. Er krächzte: »Ich bin froh, daß Sie diesmal nicht mitgehen, Sir.«

Bolitho fuhr zusammen. »Warum sagen Sie das?«

»Eine Ahnung, Sir, nur so eine Ahnung. Mir wird erst wohler, wenn wir hier weg sind, wieder auf See bei der *richtigen* Marine.«

Nachdenklich sah Bolitho zu, wie die Boote ablegten, in denen die Kreuzgurte der Soldaten weiß über dem dunklen Wasser aufleuchteten.

Das Dumme war, daß Stockdales »Ahnungen«, wie er sie nannte, sich hinterher meist als wahr erwiesen.

Bolitho schritt ruhelos um die Ruderpinne der *Thrush* herum und war sich der Stille bewußt, der Spannung, die über beiden Schiffen lag.

Der Wind kam zwar noch aus derselben Richtung, wurde aber von Minute zu Minute schwächer, wärmere Luft löste die Kälte der Nacht ab, hin und wieder drang sogar ein Sonnenstrahl durch die Wolken.

Er richtete sein Glas auf den nächstgelegenen Hang und sah

zwei winzige, scharlachrote Figuren zwischen dem verfilzten Stechginster. D'Esterres Seesoldaten befanden sich also in Position, Wachen waren aufgestellt. Sie mußten von dort gute Sicht auf den kleinen Strand haben, von dem vom Deck der *Thrush* aus nichts zu sehen war als umgestürzte, vermodernde Baumstämme und die Wirbel einer starken Strömung zwischen Felsen.

Bolitho hörte, wie Midshipman Weston mit einigen Seeleuten die brauchbaren Riemen aus der Menge der zerschossenen heraussuchte. Dann hörte er ihn würgen, vermutlich war er auf irgendwelche grauenvollen Überreste gestoßen, die Libbys Leute übersehen hatten.

Stockdale gesellte sich zu ihm, das Gesicht schwarz von Schmutz und Bartstoppeln.

»Sollten jetzt eigentlich angekommen sein, Sir. Aber es ist kein Schuß noch sonstwas zu hören.«

Bolitho nickte. Es bedrückte ihn, daß der Wind immer mehr abflaute und rasche Manöver unmöglich machte. Wenn sie schnell weg mußten, konnten sie sich nur auf die Riemen verlassen, und je mehr Zeit dabei verstrich, desto größer war die Erfolgschance der Angreifer.

Er verfluchte Sparkes Eifer, seine starrsinnige Entschlossenheit, alles allein zu machen. Jeden Augenblick konnte eine Fregatte vorbeikommen, die ihnen beim Entladen hätte helfen können, nur hätte er dann den Ruhm des Sieges teilen müssen.

Schließlich befahl Bolitho: »Macht das Dory klar, ich fahre hinüber.« Er deutete auf die beiden roten Tupfen am Hang. »Es ist kein Risiko dabei.«

Fähnrich Weston stapfte über das Deck, seine plumpen Füße verfingen sich in den hochstehenden Splittern der zerschossenen Planken.

Bolitho befahl ihm: »Sie übernehmen hier das Kommando.« Beinahe konnte er Westons Angst riechen. »Ich bleibe die ganze Zeit in Sichtweite.«

Stockdale und zwei Seeleute waren bereits in das Dory geklettert, froh darüber, etwas tun zu können oder der Stätte des kürzlichen Gemetzels zu entfliehen.

Als Bolitho den winzigen Sandstrand betrat, der kaum größer war als das Boot, tat es ihm gut, die Pflanzen zu riechen, die Vögel und sonstiges kleines Getier zu hören. Es war Balsam nach so langer Zeit.

Plötzlich rief ein Seemann: »Dort, Sir! Mr. Libbys Boot!«

Bolitho sah des Fähnrichs Kopf und Schulter, bevor er noch das Klatschen der Riemen hörte.

»Hierher!«

Libby winkte mit seinem Hut, ein Grinsen der Erleichterung trat auf sein gebräuntes Gesicht.

Er rief: »Mr. Sparke läßt Ihnen sagen, Sie sollen den Kutter herbringen, Sir! Es sind keinerlei Feinde am Ufer, er meint, sie seien alle geflohen, als sie die Schiffe sahen!«

Bolitho fragte: »Was macht er jetzt?«

»Er geht gerade an Bord der Brigantine, Sir. Ein hübsches kleines Schiff, aber durchlöchert wie ein Sieb.«

Sparke wollte wahrscheinlich überprüfen, ob es nicht doch eine Möglichkeit gab, sie samt Ladung seinem Geschwader einzuverleiben.

Füße rutschten den Abhang hinab. Bolitho fuhr herum und sah Moffitt, gefolgt von einem Marineinfanteristen, stolpernd und strauchelnd auf ihn zustürzen.

»Was ist los, Moffitt?« Die Angst starrte dem Mann aus dem Gesicht. »Sir!« Er bekam die Worte kaum heraus. »Wir haben versucht, Mr. Sparke ein Zeichen zu geben, aber er hat uns nicht gesehen.« Er gestikulierte wild. »Diese Teufel haben eine Zündschnur angesteckt, ich kann den Rauch sehen! Sie wollen die Brigantine in die Luft sprengen, müssen uns erwartet haben!«

Libby blickte voll Entsetzen hinüber. »Klar bei Riemen! Wir fahren zurück!«

Bolitho rannte ins Wasser, um ihn zurückzuhalten, aber während er noch sprach, schienen Himmel und Erde in einer einzigen, ungeheuren Detonation auseinanderzubersten.

Die Leute im Boot duckten sich und hielten den Atem an, während rings um sie Bruchstücke von Planken und Takelage herunterprasselten und sich die Wasserfläche mit großen und kleinen Geysiren schmückte. Dann kam der gewaltige Rauchpilz, der die ganze Bucht füllte, bis das Sonnenlicht völlig verdunkelt war.

Bolitho tastete sich zum Dory; seine Ohren, sein ganzer Kopf dröhnten von dem betäubenden Lärm der Detonation.

Marineinfanteristen stolperten den Hang hinab und warteten, bis Libbys Leute sich so weit gefangen hatten, daß sie imstande waren, das Boot zu der kleinen Bucht zu rudern.

Aber alles, was Bolitho sehen konnte, war Sparkes Gesicht, als er seinen letzten Plan erklärt hatte. Auch er hatte *eine Art von Tapferkeit* besessen. Aber ihn hatte sie nicht erhalten.

Bolitho nahm sich zusammen, als d'Esterre und sein Feldwebel mit zwei Schützen auf ihn zukamen. Er meinte Sparkes scharfe Stimme an Bord des Schoners zu hören, als der Schock nach dem Kampf sie zu lähmen begonnen hatte: »*Sie blicken auf uns, also wollen wir unser Mitleid für später aufheben.*«

Es hätte seine Grabinschrift sein können.

Bolitho sagte heiser: »Die Soldaten sollen so rasch wie möglich übersetzen.« Dann wandte er sich von dem beizenden Gestank nach brennendem Holz und Teer ab. »Wir lichten sofort Anker.«

D'Esterre betrachtete ihn seltsam. »Ein paar Minuten später, und es hätte Libbys Boot sein können. Oder deines!«

Bolitho begegnete seinem Blick: »Wir werden wahrscheinlich nicht viel Zeit haben; also wollen wir uns beeilen, ja?«

D'Esterre beobachtete, wie die letzte Gruppe seiner Soldaten antrat, um auf die Rückkehr des Bootes zu warten. Er sah Bolitho und Stockdale aus dem Dory an Bord der *Faithful* klettern, sah, wie Frowd über das Deck zu ihnen hinlief.

D'Esterre war schon in zu vielen Gefechten der verschiedensten Art gewesen, um längere Zeit von dem Geschehen beeindruckt zu sein. Aber diesmal war es anders. Er dachte an Bolithos Gesicht unter dem dunklen Haar, als er seine ganze Kraft zusammennahm, um seine Gefühle zu verbergen.

An Dienstjahren mochte Bolitho jünger sein, aber d'Esterre hatte in diesem Augenblick gefühlt, daß er seinem neuen Vorgesetzten gegenüberstand.

VI   Eines Leutnants Pflichten

Neil Cairns blickte von seinem kleinen Klapptisch auf, als jemand an die Tür seiner Kammer klopfte.

»Herein!«

Bolitho trat ein, den Hut unterm Arm, das Gesicht von Müdigkeit gezeichnet.

Cairns wies auf den einzigen anderen Stuhl im Raum. »Nehmen Sie die Bücher herunter und setzen Sie sich, Mann!« Er tastete zwischen Papierstapeln, Listen und gekritzelten Notizen herum und fügte hinzu: »Hier sollten eigentlich ein paar Gläser stehen. Sie sehen aus, als müßten Sie sofort etwas trinken. Ich brauche auf jeden Fall einen Schluck. Sollte Ihnen jemand mal den Posten eines Ersten Offiziers anbieten, so jagen Sie ihn zum Teufel!«

Bolitho setzte sich und lockerte sein Halstuch. Nach dem stundenlangen Marsch kreuz und quer durch New York und der endlosen Bootsfahrt durch den Hafen fühlte er sich verschwitzt und erschöpft und genoß die Andeutung einer kühlen Brise in der Kammer. Er war an Land geschickt worden, um neue Leute aufzutreiben, als Ersatz für die auf der *Faithful* Gefallenen und Verwundeten, sowie für Sparkes Leute, die mit der Brigantine in die Luft geflogen waren. Das alles schien ihm jetzt wie ein verschwommener, böser Traum. Es war erst drei Monate her, doch schon konnte er sich kaum noch an die richtige Reihenfolge der Ereignisse erinnern. Auch das Wetter machte das Ganze so verworren. Damals war es kalt und stürmisch gewesen, die See rauh bis zum Aufkommen des Nebels, der wie durch ein Wunder rechtzeitig erschienen war. Jetzt herrschte drückende Hitze, die Sonne brannte erbarmungslos, und von Wind keine Spur. Der Rumpf der *Trojan* knarrte vor Trockenheit, das Pech in den Decksnähten glänzte feucht, klebte an den Schuhsohlen und an den nackten Füßen der Seeleute.

Cairns betrachtete Bolitho nachdenklich und stellte fest, daß er sich erheblich verändert hatte. Er war mit den beiden Prisen als ein anderer Mann nach New York zurückgekehrt. Irgendwie schien er reifer, und ihm fehlte der jugendliche Optimismus, der ihn früher ausgezeichnet hatte.

Die Ereignisse, die ihn so verändert hatten, vor allem Sparkes schrecklicher Tod, waren selbst am Kommandanten nicht spurlos vorübergegangen.

Cairns fand die Gläser und sagte: »Rotwein, Dick, und warm, aber besser als nichts. Ich habe ihn bei einem Händler an Land gekauft.«

Bolitho neigte den Kopf, die Locke klebte an seiner Stirn und verbarg die schreckliche Narbe. Trotz des Dienstes in diesen Gewässern war er blaß, und das Grau seiner Augen wirkte wie der Winter, den sie gerade hinter sich gebracht hatten.

Bolitho merkte, daß er beobachtet wurde, aber das war er schon gewohnt. Wenn er sich verändert hatte, so auch seine Umgebung mit ihm. Durch Sparkes Tod waren die Offiziere eine Sprosse der Beförderungsleiter höhergestiegen. Bolitho war jetzt Dritter

Offizier, und der am unteren Ende freigewordene Posten war von Libby besetzt worden. Dieser war also jetzt Sechster Offizier der *Trojan,* unter dem Vorbehalt, daß er später sein Examen bestand. Der Altersunterschied zwischen dem Kommandanten und seinen Offizieren war jetzt erheblich. Bolitho wurde im Oktober erst einundzwanzig, die anderen waren noch jünger, Libby sogar erst siebzehn.

Dies war ein allgemein geübtes System an Bord der größeren Schiffe, aber Bolitho fand wenig Trost in seiner Beförderung; allerdings hielten die neuen Aufgaben ihn ständig in Atem und drängten somit die bösen Erinnerungen in den Hintergrund.

Cairns sagte unvermittelt: »Der Captain möchte, daß Sie ihn heute abend auf das Flaggschiff begleiten. Der Admiral hält Hof. Es wird erwartet, daß die Kommandanten ein oder zwei Adjutanten mitbringen.« Er schenkte nach, sein Gesicht blieb unbeteiligt. »Ich habe zu arbeiten, muß die verdammten Proviantlisten fertigmachen. Außerdem liegt mir nicht viel an leerem Geschwätz, besonders jetzt, da die ganze Welt auseinanderbricht.«

Er äußerte das so bitter, daß Bolitho unwillkürlich fragte: »Bedrückt Sie etwas Besonderes?«

Cairns zeigte sein seltenes Lächeln. »Alles! Ich bin krank vor Untätigkeit. Listen schreiben, neues Tauwerk oder neue Spieren anfordern, während alles, was diese Halsabschneider an Land von einem wollen, nichts anderes ist als Geld und nochmals Geld.«

Bolitho dachte an die beiden Prisen, die er nach New York gesegelt hatte. Sie waren zum Prisenhof geschafft, verkauft und wieder in Dienst gestellt worden, beinahe schneller, als des Königs Flagge an Bord gehißt werden konnte.

Nicht ein einziger von den Leuten der *Trojan* wurde auf die Prisen versetzt; der Offizier, der das Kommando über die *Faithful* erhielt, war erst vor ein paar Wochen aus England gekommen. Es war unfair, gelinde ausgedrückt, und offensichtlich eine Enttäuschung für Cairns. In achtzehn Monaten wurde er dreißig. Der Krieg konnte bis dahin vorüber sein, dann wurde er mit Halbsold an Land geschickt: keine erfreuliche Aussicht für einen Mann, der mittellos und nur auf seinen Sold angewiesen war.

»Jedenfalls«, Cairns lehnte sich zurück und blickte Bolitho an, »hat der Captain klar zum Ausdruck gebracht, daß er lieber Sie als Begleiter beim Admiral haben will als unseren Zechbruder, den Zweiten Offizier!«

Bolitho lächelte. Es war erstaunlich, daß Probyn sich noch immer halten konnte. Gewiß, er hatte Glück, daß die *Trojan* nach ihrer Rückkehr kaum wieder auf See gewesen war. Zwei kurze Patrouillen zur Unterstützung der Armee und, mit dem Flaggschiff zusammen, eine Schießübung in Sichtweite von New York, das war alles. Denn noch ein paar heftige Stürme auf See, und Probyns Schwäche wäre offenbar geworden.

Bolitho stand auf. »Dann ist es wohl besser, wenn ich mich jetzt umziehe.«

Cairns nickte. »Sie sollen sich am Ende der ersten Hundewache* beim Kommandanten melden. Er ist zur Zeit nicht in Stimmung, auch nur die kleinste Nachlässigkeit durchzulassen, das kann ich Ihnen versichern.«

Pünktlich um vier Glasen trat Kapitän zur See Pears aus der Kajütstür, in großer Uniform, den Degen an der Seite. Das glitzernde Gold auf dunkelblauem Grund und die weiße Kniehose ließen ihn jünger und größer erscheinen.

Bolitho, ebenfalls in seiner besten Uniform, den Degen statt des im Alltag üblichen Dolches am Gürtel, erwartete ihn am Fallreep.

Er hatte Boot und Besatzung bereits inspiziert und alles in Ordnung befunden. Es war ein prächtiges Boot, dunkelrot mit weißem Dollbord, der Name *Trojan* leuchtete in Goldbuchstaben am Bug, die Hecksitze waren mit roten Kissen ausgelegt. Die Crew in rotweiß karierten Hemden und schwarzen Hüten hielt die Riemen hoch, genau ausgerichtet in zwei schnurgeraden Reihen. Gut genug für einen Kaiser, dachte Bolitho.

Cairns eilte herbei und sagte etwas zum Kommandanten, was Bolitho nicht verstand. Da jedoch Molesworth, der nervöse Zahlmeister, ebenfalls in der Nähe des Fallreeps wartete, nahm er an, daß Cairns an Land fahren wollte, um den Handel mit dem Proviantlager abzuschließen.

Hauptmann d'Esterre musterte kurz seine Wache und kommandierte: »Präsentiert das Gewehr!«

Die aufgepflanzten Bajonette der hochschnellenden Musketen berührten mit ihren Spitzen fast das Sonnensegel, und Bolitho sah im Geiste wieder die Marineinfanteristen vor sich, wie sie mit derselben Präzision die Enterer auf der *Faithful* niedergemäht hatten.

* Sechs Uhr nachmittags

Pears schien Bolitho zum ersten Mal zu sehen. »Ah, Sie sind es.« Er ließ den Blick über Bolithos Erscheinung wandern, über den neuen Hut, den frischgebügelten Rock mit leuchtend weißen Aufschlägen, und sagte anerkennend: »Ich dachte, ich hätte einen neuen Offizier an Bord.«

Bolitho lächelte. »Danke, Sir.«

Pears nickte ihm zu. »Weitermachen!«

Bolitho lief die Fallreepstreppe hinunter zum Boot, wo Hogg, der stämmige Bootssteurer, bereitstand, den Hut unterm Arm.

Die Bootsmannsmaatenpfeifen trillerten, dann bekam das Boot unter Pears' Gewicht Schlagseite, als er an Bord stieg und zum Hecksitz balancierte.

»Absetzen! Riemen bei!« Hogg war sich der beobachtenden Fernrohre auf den umliegenden Kriegsschiffen bewußt. »Ruder an!«

Bolitho saß steif da, den Degen zwischen den Knien. Es war ihm unmöglich, sich in Gegenwart des Kommandanten zu entspannen, deshalb beobachtete er intensiv die *Trojan,* ihre sich nach unten verjüngenden Linien, die lustlos über die Heckreling baumelnde Flagge, das Glitzern der Goldbronze und polierten Messingbeschläge.

Alle Stückpforten standen offen, um die schwache, ablandige Nachmittagsbrise einzulassen. Aus jeder Öffnung blickte die schwarze Mündung einer Kanone, so sauber und blank wie d'Esterres Silberknöpfe.

Bolitho betrachtete verstohlen Pears' grimmiges Profil. Die Neuigkeiten vom Kriegsschauplatz waren schlecht: bestenfalls Pattsituation, Verluste auf beiden Seiten. Doch was Pears auch von der augenblicklichen und künftigen Lage halten mochte, eins war sicher: Nie würde er auf seinem Schiff die geringste Schlamperei dulden.

Unter ihren vierkant gebraßten Rahen mit den sorgfältig festgemachten Segeln, glänzend in Schwarz und Lederfarbe, war die *Trojan* wirklich ein Anblick, der auch das verzagteste Herz höher schlagen ließ.

Pears fragte plötzlich: »Haben Sie von Ihrem Vater gehört?«

Bolitho erwiderte: »In letzter Zeit nicht. Er ist kein eifriger Schreiber.«

Pears blickte ihn voll an. »Es tat mir leid, vom Tode Ihrer Mutter zu hören. Ich habe sie einmal in Weymouth gesehen, Sie selbst waren damals auf See. Eine so reizende und hübsche Dame.

Ich komme mir alt vor, wenn ich mich an sie erinnere.«

Bolitho blickte starr achteraus. Kein Wunder, daß Pears sich alt vorkam. Angenommen, die *Trojan* hätte wirklich zu kämpfen, und zwar mit einem Schiff ihrer eigenen Größe und Feuerkraft, welche Offiziere würde Pears dann in die Schlacht führen? Probyn wurde von Tag zu Tag schwieriger und mürrischer. Dalyell war fröhlich und freundlich, aber kaum imstande, seine neuen Aufgaben als Vierter Offizier voll zu erfüllen. Der arme Quinn, schmal geworden und noch ständig unter Schmerzen leidend, war nur bedingt einsatzfähig und vorläufig höchstens zu leichter Tätigkeit unter Aufsicht des Arztes freigestellt. Dann hatten sie jetzt noch Libby, diesen Jungen in Offiziersverkleidung. Pears machte sich mit gutem Grund Sorgen, dachte Bolitho. Es mußte ihm manchmal vorkommen, als habe er ein Korps von Schuljungen an Bord.

»Wieviele Leute haben Sie heute aufgetrieben?«

Bolitho erstarrte. Pears wußte alles, selbst über seine heutige Mission an Land war er im Bilde.

»Vier, Sir.« Das klang noch dürftiger, wenn man es laut aussprach.

»Hm. Vielleicht haben wir mehr Glück, wenn der nächste Konvoi eintrifft.« Pears rückte ein wenig auf seinem roten Kissen. »Verdammte Memmen, diese Handelsschiffmatrosen, die sich hinter der Ostindischen Kompanie oder einem verfluchten Regierungserlaß verstecken! Hölle und Teufel, man könnte meinen, es sei ein Verbrechen, für sein Land zu kämpfen! Aber ich werde ein paar von ihnen schnappen, Erlaß oder nicht.« Er lachte in sich hinein. »Bis Ihre Lordschaften davon erfahren, haben wir sie längst zu Seeleuten des Königs gemacht!«

Bolitho wandte den Kopf, als das Flaggschiff jetzt hinter einem anderen Ankerlieger sichtbar wurde.

Es war die *Resolute,* ein Zweidecker mit bereits fünfundzwanzig Jahren Dienstzeit, bestückt mit neunzig Geschützen. Schon lagen mehrere Boote an ihrer Backspier, woraus Bolitho schloß, daß es eine ziemlich große Versammlung werden würde. Er blickte zu der schlaff vom Kreuztopp hängenden Flagge empor und versuchte sich vorzustellen, was für ein Mensch wohl ihr Gastgeber war. Konteradmiral Graham Coutts, Befehlshaber des Küstengeschwaders, hatte das Geschick der *Trojan* seit ihrer Ankunft in New York gelenkt. Bolitho hatte ihn noch nie gesehen und war neugierig: vielleicht ein zweiter Pears, standfest wie ein Fels und unerschütterlich?

Er lenkte seine Aufmerksamkeit wieder der Routine ihrer Ankunft zu: die Seesoldaten an der Pforte, der Glanz von Stahl, das geschäftige Hin und Her von Blau und Weiß, gedämpfte Kommandoworte ... Pears saß wie vorher, aber Bolitho bemerkte, daß seine sehnigen Fäuste sich um seine Degenscheide aus Haifischleder krampften, das erste Zeichen von Erregung, das er je bei ihm gesehen hatte. Es war ein prächtiger Degen und mußte ein Vermögen gekostet haben, eine Ehrengabe, Pears wohl für persönliche Tapferkeit oder für einen Sieg über Feinde Englands verliehen.

»Auf Riemen!« Hogg beugte sich etwas vor, seine Finger schienen die Pinne zu liebkosen, als er jetzt zum Anlegen ansetzte. »Die Riemen – hoch!«

Wie eine Wand standen im selben Augenblick die Riemen mit den tropfenden Blättern in zwei genau ausgerichteten Reihen nach oben; Wasser rieselte ungehindert auf die Knie der Ruderer.

Pears nickte der Bootscrew zu und stieg dann gelassen das Fallreep hinauf, wo er unter dem schrillen Seitepfeifen und dem üblichen Zeremoniell beim Anbordkommen eines Kommandanten seinen Hut abnahm.

Bolitho zählte bis zehn und stieg dann ebenfalls hinauf, wo ihn ein spitznasiger Offizier mit einem Teleskop unterm Arm begrüßte, der ihn musterte, als sei er soeben einem Stück alten Käses entstiegen.

»Sie müssen nach achtern gehen, Sir.« Dabei zeigte er zur Schanze, wo Pears soeben in Gesellschaft des Flaggschiffkommandanten dem Schatten zustrebte.

Bolitho sah sich auf dem Achterdeck um, das dem der *Trojan* fast glich: Reihen festgezurrter Geschütze, die Taljen säuberlich belegt, das Tauwerk aufgeschossen auf den schneeweißen Decksplanken. Seeleute verrichteten ihre Arbeit, ein Fähnrich, das Glas auf eine einlaufende Brigg gerichtet, bewegte beim Entziffern ihrer Kennung lautlos die Lippen. Unten auf dem Batteriedeck stand ein Seemann neben einem Korporal der Marineinfanterie, während ein anderer Fähnrich einem Offizier Meldung machte. Wurde der Mann gleich zur Bestrafung abgeführt? Zur Beförderung oder zur Degradierung? Es war eine alltägliche Szene, die vielerlei bedeuten konnte. Bolitho seufzte. Wie auf der *Trojan,* und doch auch wieder völlig anders.

Er ging langsam weiter nach achtern und war überrascht, Musik und gedämpftes Lachen von Männern und Frauen zu hören. Sämtliche Trennwände waren entfernt, die Admiralsräume dadurch in einen großen Saal verwandelt worden. An den offenen Heckfenstern spielten ein paar Geiger mit großer Konzentration, und zwischen der dichtgedrängten Menge von Seeoffizieren, Zivilisten und Damen eilten Stewards in roten Jacken mit Tabletts voller Gläser hin und her, während andere an einem langen Buffet diese so rasch wie möglich nachfüllten.

Pears war in der Menge verschwunden; Bolitho nickte einigen Leutnants zu, die wie er nur stillschweigend geduldet waren.

Eine hohe Gestalt erschien aus dem Gedränge, und Bolitho erkannte Lamb, den Kommandanten der *Resolute*. Er war ein Mann mit ruhigem Blick und strengen Gesichtszügen, die sich aber völlig veränderten, wenn er lächelte.

»Sie sind Mr. Bolitho, nicht wahr?« Lamb streckte ihm die Hand entgegen. »Willkommen an Bord. Ich habe von Ihren Taten im März gehört und wollte Sie gern kennenlernen. Wir brauchen mutige Männer, die bereits erfahren haben, was Krieg bedeutet. Es ist eine harte Zeit, aber sie bietet jungen Leuten wie Ihnen große Chancen. Wenn der Augenblick kommt, packen Sie zu. Glauben Sie mir, Bolitho, eine Chance kommt selten zweimal.«

Bolitho dachte an den schnittigen Schoner, an die plumpe *Thrush*. Seine Chance war schon gekommen und hatte ihn gleich wieder übergangen.

»Ich werde Sie dem Admiral vorstellen.« Lamb bemerkte Bolithos Ausdruck und lachte. »Er wird Sie nicht auffressen!«

Gedränge, gerötete Gesichter, laute Stimmen. Es war schwer, sich vorzustellen, daß der Krieg nur ein paar Meilen entfernt tobte. Bolitho sah mächtige blaue Schultern und einen goldberänderten Kragen: schwerfällig, plump. Eine Enttäuschung.

Aber der Kommandant schob den schwergewichtigen Mann beiseite und enthüllte eine schlanke Gestalt, die dem Dicken allerdings nur knapp bis zur Schulter reichte.

Konteradmiral Graham Coutts sah eher wie ein Leutnant als wie ein Flaggoffizier aus. Sein dunkelbraunes Haar trug er im Nacken lose zusammengebunden. Er hatte ein junges Gesicht, faltenlos und ohne die Maske der Autorität, die man sonst so oft zu sehen bekam.

Der Admiral streckte die Hand aus. »Bolitho, nicht wahr?« Er nickte und lächelte gewinnend. »Ich bin stolz, Sie kennenzulernen.« Dann winkte er einem Steward nach Wein und fuhr leichthin fort: »Ich weiß alles über Sie und vermute, wenn *Sie* diesen Bootsangriff geführt hätten, wäre die Brigantine möglicherweise in unsere Hand gefallen!« Er lächelte. »Auf alle Fälle zeigt es, was man leisten kann, wenn der Wille da ist.«

Eine elegante Erscheinung in blauem Samtanzug löste sich aus einer lauten Gruppe bei der Heckgalerie, und der Admiral erklärte: »Sehen Sie diesen Herrn dort, Bolitho? Das ist Sir George Helpman aus London.« Seine Lippen schürzten sich ein wenig. »Ein ›Experte‹ für unsere Malaise hier, eine wichtige Persönlichkeit, auf die alle hören sollten.«

Plötzlich war er wieder Admiral. »Amüsieren Sie sich gut, Bolitho, lassen Sie sich reichen, was Ihnen zusagt. Das Essen ist heute ausgezeichnet!«

Er wandte sich ab, und Bolitho sah, wie er den Mann aus London begrüßte, den er nicht sonderlich zu mögen schien. Sein Hinweis hatte fast wie eine Warnung geklungen, obwohl Bolitho nicht ganz einsah, was ein Leutnant wie er damit zu tun haben sollte.

Er dachte über Coutts nach, der keineswegs dem Bild entsprach, das er sich von ihm gemacht hatte. Schon jetzt empfand er für den Admiral Bewunderung und Loyalität, wenn er sich das auch nach diesen wenigen Minuten des Kennenlernens selbst noch nicht eingestehen wollte.

Es wurde schon dunkel, als die Gäste aufbrachen. Einige waren so betrunken, daß man sie in ihre Boote tragen mußte, andere torkelten mit gläsernem Blick allein zum Fallreep, vorsichtig jeden Schritt erzwingend, um sich keine Blöße zu geben.

Bolitho wartete und beobachtete vom Achterdeck, wie die Gäste hinuntergeleitet, einige auch mit Taljen über die Relung gehievt und in die längsseits liegenden Boote gefiert wurden.

Er kam an einer Kabine vorbei, deren nicht ganz geschlossene Tür einen kurzen Blick ins Innere ermöglichte. Eine kichernde Frau hatte die nackten Arme um den Hals eines Offiziers geschlungen, der ihr das Kleid abstreifte. Ihr Mann oder Begleiter lag womöglich betrunken in einem der Boote, dachte Bolitho und lächelte. War er schockiert, war er neidisch? Er wußte es selber nicht.

Ein Bootsmaat rief eifrig. »Ihr Kommandant kommt, Sir!«

»Aye. Rufen Sie das Boot.« Bolitho überprüfte den Sitz seines

Degengurtes und rückte den Hut zurecht.

Pears erschien mit Kapitän Lamb. Sie schüttelten sich die Hände, dann folgte Pears Bolitho in ihr Boot.

Als es abgelegt hatte und in die starke Strömung hinaussteuerte, bemerkte Pears: »Widerlich, das Ganze!«

Drauf verfiel er in Schweigen und bewegte sich nicht, bis sie die erleuchteten Stückpforten der *Trojan* dicht vor sich hatten. Da erst sagte er abfällig: »Wenn das Diplomatie war, dann danke ich Gott, daß ich ein einfacher Seemann bin!«

Bolitho stand in dem schwankenden Boot neben Hogg, als Pears, der nach der Fallreepskette griff, ausrutschte. Bolitho glaubte ihn fluchen zu hören, war sich aber nicht ganz sicher. Dennoch fühlte er sich irgendwie ausgezeichnet durch Pears, der sich schon wieder vollkommen in der Gewalt hatte, wenn auch nur unter großer Anstrengung. Der Zwischenfall machte ihn menschlicher, als Bolitho ihn je erlebt hatte.

Pears scharfe Stimme kam von oben: »Stehen Sie nicht herum wie eine Salzsäule, Mr. Bolitho! Wenn Sie nichts zu tun haben, so müssen andere doch arbeiten!«

Bolitho blickte Hogg an und grinste. Das klang schon wieder mehr nach Pears.

Unter anderem gehörten die undankbaren Pflichten eines Wachoffiziers im Hafen zum Aufgabenbereich der Leutnants, wenn ihr Schiff in New York lag. Sie wurden dann für volle vierundzwanzig Stunden abgestellt und mußten unter anderem die zahlreichen Boote überwachen, die zwischen den Schiffen und den Anlegestellen verkehrten, damit keine feindlichen Agenten Gelegenheit zu Sabotage oder Spionage fanden. Ebenso mußten sie aufpassen, daß keine Deserteure in einer der vielen Hafenkneipen Unterschlupf suchten.

Seeleute, die an Land zu tun hatten, gerieten leicht in Versuchung, in einer Spelunke einzukehren; Betrunkene aber wurden festgenommen und auf ihre Schiffe zurücktransportiert, wo eine gute Tracht Schläge auf sie wartete.

Zwei Tage nach dem Besuch auf dem Flaggschiff hatte der Dritte Offizier der *Trojan*, Richard Bolitho, sich zur Verfügung des Hafenkommandanten zu halten. New York machte ihn nervös, diese Stadt, die nur darauf zu warten schien, daß etwas geschah, und zwar etwas Entscheidendes und Endgültiges. Hier herrschte ständig Bewegung. Flüchtlinge kamen aus dem Landesinneren, Menschen drängten sich vor den Regierungsgebäuden und suchten nach Angehörigen, andere wiederum brachen bereits auf, um das Land zu verlassen und nach England oder Kanada zu fliehen. Manche warteten auch darauf, vom Sieger reichen Lohn zu kassieren, gleichgültig, wer es auch sein würde. Nachts war New York ein gefährliches Pflaster, besonders in der übervölkerten Hafengegend mit ihren Kneipen, Bordells, Spielhöllen und billigen Absteigen. Alles war dort zu haben, wenn nur genügend Geld dafür geboten wurde.

Gefolgt von einem Trupp bewaffneter Seeleute, ging Bolitho langsam an einigen von der Sonne gebleichten Holzgebäuden entlang, wobei sie sich vorsichtigerweise dicht an den Wänden hielten, um nicht von oben – absichtlich oder unabsichtlich – mit Unrat beworfen zu werden.

Er hörte Stockdales keuchenden Atem und das gelegentliche Klirren von Waffen, als sie jetzt zur Hauptanlegebrücke kamen. Menschen waren kaum zu sehen, obwohl hinter den geschlossenen Fensterläden Musik und grölende oder fluchende Stimmen zu hören waren.

Ein Haus hob sich dunkel gegen das strömende Wasser ab, vor der Tür standen Marinesoldaten Posten, und ein Unteroffizier ging auf und ab.

»Halt, wer da?«

»Offizier der Wache!«

»Ihren Ausweis!«

Es war immer dasselbe, obwohl die Marineinfanteristen die meisten Flottenoffiziere vom Sehen kannten.

Der Unteroffizier stand stramm. »Zwei Leute von der *Vanquisher*, Sir. Betrunken und streitsüchtig.«

Bolitho ging durch ein paar Türen in eine größere Wachstube. Das Gebäude war einmal der Stadtsitz eines Teehändlers gewesen. Nun residierte die Marine darin.

»Sie scheinen sich jetzt ruhig zu verhalten, Sergeant.«

Der Unteroffizier grinste. »Aye, Sir, jetzt.« Er zeigte auf zwei schlaffe Körper in Eisen. »Wir mußten sie erst beruhigen.«

Bolitho setzte sich an einen zerkratzten Tisch und lauschte auf die Geräusche draußen – das Rattern von Rädern auf dem Kopfsteinpflaster, das gelegentliche Kreischen einer Hure. Er blickte auf die Uhr. Kurz nach Mitternacht. Noch vier Stunden! In solchen

Situationen sehnte er sich nach der *Trojan,* wenn er auch kurz vorher noch gewünscht hatte, frei von ihrer Routine zu sein.

Als die Flotte seinerzeit vor Staten Island angekommen war, hatte jemand diese Ansammlung von Schiffen als »schwimmendes London« beschrieben. Jetzt war dies schon zu selbstverständlich geworden, um noch erwähnt zu werden. Bolitho hatte zwei ihm flüchtig bekannte Offiziere von einer der Fregatten gesehen und ein paar Worte ihrer Unterhaltung aufgeschnappt, als sie in einem Spielsalon verschwanden.

. . . Auslaufen mit der Ebbe, nach Antigua mit Kurierpost. Was es doch bedeutete, frei zu sein, von diesem schwimmenden Durcheinander hier wegzukommen!

Der Unteroffizier erschien wieder und betrachtete ihn zweifelnd. »Ich habe einen Spitzel draußen, Sir.« Er deutete mit dem Daumen zur Tür. »Kenne ihn schon länger, ein Gauner, aber zuverlässig. Er behauptet, ein paar Leute seien von der Brigg *Diamond* dersertiert, kurz bevor sie vorgestern auslief.«

Bolitho stand auf und griff nach seinem Dolch. »Was hat die *Diamond* hier gemacht?«

Der Unteroffizier grinste breit. »Keine Sorge, Sir. Sie hatte keinen Freibrief, brachte nur Stückgut von London.«

Bolitho nickte. Eine englische Brigg, das verhieß erfahrene Seeleute, Deserteure oder nicht.

»Bringen Sie den – äh – Spitzel herein.«

Der Mann war typisch für sein Gewerbe: klein, schmierig, hinterhältig. Sie waren in allen Häfen der Welt gleich, diese Besitzer von Absteigequartieren, die an die Preßkommandos Informationen über Seeleute verkauften, die angeblich greifbar waren.

»Nun?«

Der Mann jammerte: »Es ist doch nur meine Pflicht, Sir, des Königs Marine zu helfen.«

Bolitho musterte ihn kalt. Der Schurke sprach noch immer den Dialekt der Londoner Slums. »Wie viele?«

»Sechs, Sir!« Seine Augen glitzerten. »Feine, kräftige Kerle allesamt.«

Der Unteroffizier bemerkte beiläufig: »Sie stecken in Lucys Haus.« Er zog eine Grimasse. »Vermutlich inzwischen mit Syphilisblattern bis über die Augen besät.«

»Lassen Sie meine Leute antreten, Sergeant.« Bolitho versuchte, nicht an die dadurch entstehende Verzögerung zu denken. Wahrscheinlich wurde es nichts mehr mit Schlaf.

Der Gauner ließ sich vernehmen: »Kommen wir ins Geschäft, Sir?«

»Nein. Du wartest hier. Kriegen wir die Leute, bekommst du dein Geld. Wenn nicht –«, er blinzelte den grinsenden Marineinfanteristen zu –, »gibt es eine Tracht Prügel.«

Er trat hinaus in die Nacht und verfluchte insgeheim sowohl den Seelenverkäufer wie überhaupt diese erbärmliche Methode, Seeleute zu pressen. Trotz der Härte des Bordlebens meldeten sich viele Freiwillige, jedoch niemals genug, um die Verluste durch Tod oder Verwundung auszugleichen.

Stockdale fragte: »Wohin, Sir?«

»Zu Lucys Haus, dem Bordell.«

Einer der Seeleute kicherte. »Ich kenne es, Sir, bin schon dort gewesen.«

»Dann führen Sie uns, vorwärts!«

Als sie in der engen, abschüssigen und übelriechenden Gasse angekommen waren, teilte Bolitho seinen Trupp in zwei Gruppen. Die meisten Leute der Stammbesatzung hatten schon an ähnlichen Aktionen teilgenommen, und selbst die gepreßten Leute machten mit, sobald sie sich einmal an ihr neues Leben gewöhnt hatten. *Wenn ich dienen muß, warum nicht auch du?* Dies schien ihre Maxime zu sein.

Stockdale war auf der Rückseite des Hauses verschwunden; das Messer hatte er im Gürtel stecken lassen und statt dessen einen Knüppel in der Hand.

Bolitho starrte auf die verschlossene Tür, hinter der er Stimmengewirr und trunkenen Gesang hörte. Er wartete noch ein wenig, dann zog er seinen Dolch und schlug mehrmals mit dem Knauf gegen die Tür, wobei er mit lauter Stimme rief: »Im Namen des Königs – öffnet!«

Drinnen hörte man Getrappel und unterdrückte Schreie, das Splittern von Glas und einen schweren Fall, als sei jemand, der zu fliehen versuchte, von Stockdales Knüppel getroffen worden.

Plötzlich sprang die Tür auf, aber an Stelle der erwarteten Menschenmenge sah sich Bolitho einer Riesin gegenüber, vermutlich der berüchtigten Lucy. Sie war so groß und breit wie ein Seebär und benutzte auch dieselben unflätigen Ausdrücke, als sie jetzt drohend die Faust erhob.

Lichter flammten ringsum auf, und aus den Fenstern beugten

sich Gestalten, die gierig auf die Szene herabstarrten und sehen wollten, wie Lucy die Marine in die Flucht schlug.

»Du pickeliger, grüner Lausejunge, wie kannst du behaupten, ich hätte hier Deserteure versteckt?« Sie stemmte die Arme in die Hüften und funkelte Bolitho wütend an.

Andere Frauen, einige halbnackt, hasteten die wackelige Treppe im Hintergrund herunter, um zu sehen, was sich abspielte. Ihre bemalten Gesichter glühten vor Aufregung.

»Ich tue meine Pflicht.« Bolitho widerte das höhnische und verächtliche Benehmen der Frau an.

Stockdale tauchte mit grimmiger Miene hinter ihr auf und keuchte: »Wir haben sie, Sir: Sechs, wie er gesagt hat.«

Bolitho nickte. Stockdale hatte also den hinteren Ausgang gefunden.

»Gut gemacht!« Mit plötzlichem Ärger fügte er hinzu: »Wenn wir schon hier sind, wollen wir uns doch gleich mal nach weiteren ›unschuldigen‹ Bürgern umsehen.«

Lucy packte ihn unvermutet an den Rockaufschlägen und schürzte die Lippen, um ihm ins Gesicht zu spucken. Aber im nächsten Augenblick sah Bolitho nur nackte, strampelnde Beine und gewaltige Oberschenkel, als Stockdale die schreiende und fluchende Person die Stufen zur Straße hinunter trug. Ohne Umschweife steckte er ihren Kopf in einen Pferdetrog und hielt ihn mehrere Sekunden unter Wasser.

Als er sie losließ und sie taumelnd nach Atem rang, sagte er: »Wenn du noch einmal so zu dem Leutnant sprichst, meine Schöne, bekommst du meinen Dolch zwischen die Rippen, verstanden?« Dann nickte er Bolitho zu: »Alles in Ordnung, Sir!«

Dieser schluckte. Noch nie hatte er Stockdale so wütend erlebt. »Danke!« Er sah, wie sich seine Leute grinsend anstießen, und kämpfte um sein altes Selbstvertrauen. »Fangt an mit dem Durchsuchen!« Hinter ihm wurden die sechs Deserteure vorbeigeführt, einer von ihnen hielt sich den Kopf.

Aus einem Nachbarhaus schrie jemand: »Laßt sie doch laufen, ihr Stinktiere!«

Bolitho trat ein und besah sich die umgestürzten Stühle, leeren Flaschen und verstreuten Kleidungsstücke. Es sah eher aus wie in einem Gefängnis als wie in einem Freudenhaus.

Jetzt wurden zwei weitere Männer die Treppe heruntergeschafft, einer entpuppte sich als Hummerfischer, der andere protestierte

laut und behauptete, er sei überhaupt kein Seemann. Bolitho
musterte die Tätowierungen auf seinen Armen und sagte ruhig:
»Ich rate dir, den Mund zu halten. Wenn du von einem Schiff des
Königs bist, wie ich vermute, wäre Schweigen für dich gesünder.«
Der Mann wurde so blaß unter seiner Bräune, als hätte er bereits
die für ihn bestimmte Schlinge des Henkers gesehen.

Ein Seemann polterte die Treppen herunter. »Das ist alles, Sir,
außer diesem Knaben hier.«

Bolitho sah, wie der Junge durch die Reihe der starrenden Mädchen hindurchgeschoben wurde, und entschied sich gegen ihn. Vielleicht war er jemandes Sohn, der in dieser trüben Spelunke ein
erstes aufregendes Erlebnis gesucht hatte.

»Gut. Rufen Sie die anderen!« Er betrachtete den schmalschult-
rigen Jungen, der mit niedergeschlagenen Augen im Schatten
stand. »Das ist kein Ort für dich, Kerlchen. Verschwinde, bevor
etwas Schlimmeres passiert. Wo wohnst du?«

Als keine Antwort kam, streckte Bolitho die Hand aus und hob
des anderen Kinn an, so daß das Lampenlicht voll auf das verängstigte Gesicht fiel.

Bolitho stand einen Augenblick wie versteinert. Dann ging alles
sehr schnell. Der Bursche duckte sich und rannte aus der Tür,
bevor sich jemand bewegen konnte.

Ein Seemann schrie: »*Haltet den Mann!*«

Vor dem Haus hörte Bolitho die Soldaten rufen. Er lief hinaus.
»Wartet!« Aber es war schon zu spät. Der Knall einer Muskete
hallte wie Kanonendonner in der engen Gasse.

Er ging an seinen Leuten vorbei und beugte sich über die ausgestreckte Gestalt, während ein Korporal der Infanterie herbeieilte
und den Körper auf den Rücken rollte.

»Er wollte Ihnen weglaufen, Sir!«

Bolitho kniete nieder, knöpfte die grobe Jacke und das Hemd
auf und legte die Hand auf die schmale Brust. Das Herz schlug
nicht mehr, überall war Blut. Die Haut, so zart wie vorher das
Kinn, war noch warm, und die toten Augen starrten ihn anklagend
aus der Dunkelheit an.

Er erhob sich, ihm war übel. »Es ist ein Mädchen.«

Dann wandte er sich um und rief: »Diese Frau, bringt sie her!«

Die »Lucy« genannte Person trat näher und rang die Hände, als
sie die leblose Gestalt erblickte. Mit ihrer Arroganz war es vorbei.
Bolitho konnte ihre Angst beinahe riechen.

»Wer war sie?« fragte er, erstaunt über den harten Ton seiner Stimme, die ihm selbst fremd klang. »Ich frage kein zweites Mal, Frau!«

Mehr Lärm erfüllte die Straße, und zwei Berittene galoppierten durch die Heerespatrouille. »Was, zum Teufel, geht hier vor?« bellte eine Stimme.

Bolitho berührte grüßend seinen Hut. »Offizier der Hafenwache, Sir!«

Der Fragende war ein Major, der dieselben Abzeichen trug wie der Unteroffizier, der das Mädchen erschossen hatte.

»Oh, verstehe. Also dann.« Er stieg ab und beugte sich über die Leiche. »Die Lampe, Korporal!« Die Hand unter dem Kopf des Mädchens, drehte er dessen Gesicht dem Licht zu.

Bolitho war außerstande, den Blick vom Gesicht der Toten abzuwenden.

Endlich stand der Major auf. »Schöne Bescherung, Leutnant!« Er rieb sich das Kinn. »Es ist wohl besser, wenn ich den Gouverneur wecke. Er wird nicht sehr erfreut sein.«

»Wer war sie, Sir?«

Der Major schüttelte den Kopf. »Was Sie nicht wissen, kann Ihnen nicht schaden.« Dann, in verändertem Ton zu dem zweiten Reiter: »Korporal Fisher! Reiten Sie zur Kommandantur und wecken Sie den Adjutanten. Er soll mit einem Zug Soldaten sofort herkommen.« Er beobachtete, wie der Korporal losjagte, und fügte hinzu: »Dieses verdammte Haus wird jetzt geschlossen und bewacht, und *Sie*«, sein weißbehandschuhter Zeigefinger schoß vor und deutete auf die zitternde Lucy, »sind festgenommen!«

Jammernd sank sie fast zu Boden. »Wieso ich, Sir? Was hab' ich denn verbrochen?«

Der Major trat zur Seite, als zwei Soldaten herbeiliefen und Lucys Arme packten. »Verrat, Madam, das haben Sie verbrochen!«

Etwas ruhiger wandte er sich Bolitho zu. »Ich schlage vor, daß Sie weitermachen, Sir. Ohne Zweifel werden Sie noch mehr über diesen Vorfall hören.« Überraschenderweise lächelte er kurz. »Wenn es ein Trost für Sie ist: Sie sind da auf etwas wirklich Wichtiges gestoßen. Zu viele gute Leute sind schon Verrat zum Opfer gefallen. Aber hier liegt jemand, der nie mehr Verrat üben wird.«

Bolitho ging schweigend zum Hafen zurück. Der Major hatte

das tote Mädchen erkannt, und nach der Feinheit ihrer Glieder, der Glätte ihrer Haut zu urteilten, stammte sie aus guter Familie.

Er versuchte sich vorzustellen, was in dem Haus vor sich gegangen war, bevor er und seine Leute dort eingedrungen waren; aber alles, woran er sich erinnern konnte, waren ihre Augen, mit denen sie ihn angeblickt hatte, als sie beide die Wahrheit begriffen.

VII Hoffnungen und Ängste

Bolitho ging ein paar Schritte auf und ab, wobei er versuchte, im Schatten des großen Besansegels zu bleiben. Es herrschte drükkende Hitze, und die leichte Brise, die über das Achterdeck der *Trojan* wehte, brachte keinerlei Kühlung.

Von der Back ertönten sechs Glasen, während ein Schiffsjunge das Halbstundenglas umdrehte. Noch eine Stunde bis Mittag . . .

Bolitho zuckte zusammen, als die Sonne ihn voll traf und seine Schultern versengte. Aus der Halterung nahm er das Teleskop und richtete es nach vorn, wo das Flaggschiff *Resolute* gerade in der langen Dünung auftauchte. Wie rasch hatten sich doch die Dinge geändert, dachte er. Am Tag nach dem Tod des mysteriösen Mädchens hatten sie Befehl bekommen, mit dem ersten günstigen Wind auszulaufen. Über ihr Ziel war nicht das geringste erwähnt worden, und bis zuletzt hatten die Zyniker in der Messe behauptet, es handle sich wieder nur um eine Übung oder darum, zur moralischen Unterstützung des Heeres Flagge zu zeigen.

Das war vor vier Tagen gewesen, vor vier mühevollen Tagen des langsamen Dahinkriechens in südlicher Richtung. Kaum zeigten ein paar Kräusel rund um das Ruder an, daß sie überhaupt Fahrt machten; in der ganzen Zeit hatten sie nicht mehr als vierhundert Meilen zurückgelegt.

Bolitho schwenkte das Teleskop weiter herum und sah die Sonne auf den Bramsegeln der Fregatte *Vanquisher* leuchten, die sich luvwärts von ihnen zum sofortigen Eingreifen bereit hielt, wenn ihre schwerfälligen Begleiterinnen sie benötigen sollten. Er richtete sein Glas wieder nach vorn auf das Flaggschiff. Gelegentlich, wenn es gerade auf einem Dünungskamm ritt, sah er noch ein kleineres Segel weit voraus, das »Auge« des Admirals.

Beim Passieren von Sandy Hook hatten sie bemerkt, daß auch die Korvette *Spite* Segel setzte und ohne jedes Aufsehen ihren

Ankerplatz verließ. Sie segelte jetzt weit vor ihnen und würde durch Flaggensignale alles melden, was für den Admiral von Interesse sein konnte.

Es war ein prächtiges kleines Schiff, bestückt mit achtzehn Kanonen. Bolitho hatte es wiedererkannt: Es war dasselbe, das kurz vor Sparkes vergeblichem Versuch, die Brigantine zu bergen, auf die *Faithful* gefeuert hatte. Ihr Kommandant war erst vierundzwanzig Jahre alt, aber ebenso wie die anderen drei genau im Bilde darüber, was gespielt wurde.

Geheimhaltung hatte sich in ihre Welt eingeschlichen wie die ersten Zeichen einer Krankheit.

Das Deck zitterte, als sich steuerbords jetzt die Stückpforten des unteren Batteriedecks öffneten und kurz darauf dreißig Zweiunddreißigpfünder ausgefahren wurden, als ginge es ins Gefecht. Wenn sich Bolitho über die Reling beugte, konnte er sie sehen; aber schon bei dem Gedanken, das heiße, zundertrockene Holz zu berühren, war ihm, als habe er sich verbrannt. Was Dalyell – jetzt Kommandierender des unteren Batteriedecks – auszuhalten hatte, wagte er sich kaum vorzustellen.

Die Segel flappten müde, aber vom Wimpel an der Mastspitze las er ab, daß der Wind sich keineswegs drehte. Es wehte weiterhin gleichmäßig aus Nordwest, aber zu schwach, um die brütende, feuchte Hitze aus den Decks zu vertreiben.

Die Geschütze wurden mit lautem Gepolter wieder eingefahren, und er sah im Geiste Dalyell auf die Uhr blicken und feststellen, daß es zu lange gedauert hatte. Kapitän Pears hatte seine Forderung eindeutig formuliert: Gefechtsklar in zehn Minuten oder weniger, beim Feuern drei Salven in zwei Minuten. Die letzte Übung hatte fast doppelt so lange gedauert.

Er konnte sich die Geschützbedienungen vorstellen, wie sie sich schwitzend und mit entblößten Oberkörpern abmühten, die schweren Geschütze auszufahren. Jedes wog über drei Tonnen, und wenn das Schiff auf Backbordbug segelte, mußten sie dieses Gewicht das schrägliegende Deck aufwärts wuchten. Es war nicht das richtige Wetter für eine derartige Arbeit, aber – wie Cairns oft betonte – das war es nie.

Bolitho blickte durch die Netze zur unsichtbaren Küste hinüber, deren Verlauf er sich vor Antritt jeder Wache auf der Karte einprägte. Cape Hatteras mit seinen Untiefen lauerte etwa zwanzig Meilen querab, und dahinter lagen der Pamlico Sound und die

Flüsse North Carolinas.

Die See ringsum war leer. Nur ihre vier Schiffe, weit auseinander, um Wind und Sicht am günstigsten zu nutzen, bewegten sich langsam südwärts, einem unbekannten Ziel entgegen. Die vier Besatzungen zusammen, schätzte Bolitho, mußten rund tausendachthundert Mann zählen.

Kurz vorher hatte er Molesworth, den Zahlmeister und Proviantverwalter, mit seinem Gehilfen den Niedergang hinuntergehen sehen, Molesworth mit seinem großen Hauptbuch unter dem Arm, sein Gehilfe mit dem Werkzeugkasten, den sie zum Öffnen von Fässern und Kisten benötigten.

Es war Montag, und Bolitho konnte sich die gekritzelten Notizen in Molesworths Buch vorstellen: Pro Mann ein Pfund Schiffszwieback, ein halbes Pfund Hafermehl, zwei Unzen Butter, vier Unzen Käse und einen Liter Leichtbier. Danach war es dann Sache von Triphook, dem Koch und seinen Kochsmaaten, was sie aus dieser Tageszuteilung machten.

Kein Wunder, daß Zahlmeister immer sorgenvoll oder unehrlich waren. Wenn man die Tagesration eines Mannes mit der Zahl der Besatzung und dann mit der Zahl der Tage auf See multiplizierte, bekam man eine Vorstellung von ihren Problemen.

Fähnrich Couzens, der diskret mit seinem Glas an der Leereling stand, zischte: »Der Kommandant, Sir!«

Bolitho drehte sich rasch um; schon diese Bewegung ließ Schweiß zwischen seinen Schulterblättern herabrinnen, der sich über dem Gürtel sammelte wie heißer Regen.

Er legte die Hand an den Hut: »Südsüdwest, Sir, voll und bei!«

Pears musterte ihn unbewegt. »Der Wind scheint während der letzten Stunde gedreht zu haben, aber nicht genug, um etwas zu verändern.«

Weiter sagte er nichts, und Bolitho ging hinüber zur Leeseite, um seinem Kommandanten das Luvdeck zu überlassen.

Pears schlenderte langsam auf und ab, anscheinend in tiefe Gedanken versunken. Woran mochte er denken, überlegte Bolitho? An seine Segelorder, an Frau und Kinder in England?

Pears blieb stehen und wandte sich ihm zu. »Lassen Sie ein paar Leute nach vorn pfeifen, Mr. Bolitho. Die Luvfockbrasse ist so schlapp wie diese ganze Wache! Das muß erheblich besser werden!«

Bolitho nickte. »Aye, Sir, sofort!«

Er gab Couzens ein Zeichen, und einen Augenblick später holten einige Seeleute kräftig die Lose der Brasse durch; jeder von ihnen wußte, daß der Kommandant sie beobachtete.

Bolitho grübelte über Pears' Benehmen nach. Die Brasse war nicht loser gewesen als bei diesem schwachen und unregelmäßigen Wind zu erwarten. Wollte Pears sie nur in Bewegung halten? Er dachte plötzlich an Sparke und an sein: *Notieren Sie den Namen dieses Mannes!*

Die Erinnerung stimmte ihn traurig.

Er sah Quinn vom Batteriedeck heraufkommen und nickte grüßend, fügte jedoch ein rasches Kopfschütteln hinzu, um ihn vor Pears' Anwesenheit zu warnen.

Quinn hatte sich rascher erholt, als Bolitho zu hoffen gewagt hatte. Er sah schon wieder frischer aus und konnte aufrecht gehen, ohne das Gesicht vor Schmerzen zu verzerren.

Bolitho hatte die große Narbe auf Quinns Brust gesehen. Wenn sein Angreifer nicht noch im selben Augenblick gestört worden wäre, hätte die Klinge Muskel und Knochen durchbohrt und wäre ins Herz vorgedrungen.

»Mr. Quinn!«

Die Stimme schnellte nach dem jungen Fünften Offizier wie ein Lasso.

»Sir!« Er eilte über das Deck, in seinem Gesicht arbeitete es, als er überlegte, was er falsch gemacht habe.

Pears betrachtete ihn grimmig. »Freut mich, daß Sie wieder auf den Beinen sind.«

Quinn lächelte erfreut. »Danke, Sir.«

Pears nahm seinen täglichen Spaziergang wieder auf. »Sie werden mit Ihren Leuten heute nachmittag das Abschlagen eines Enterangriffs üben. Dann, wenn wir diesen Kurs beibehalten, gehen Sie mit den neuen Leuten in die Takelage zum Exerzieren.« Er nickte kurz. »Das wird Ihnen besser helfen als alle Pillen.«

Couzens rief aufgeregt: »Signal vom Flaggschiff, Sir!« Er blickte angestrengt durch das große Glas und runzelte die Stirn wie ein alter Mann, während er die bunten Flaggen an der Signalrah der *Resolute* entzifferte. »*Setzt mehr Segel,* Sir!«

Pears knurrte: »Alle Mann an Deck, Royals und Leesegel setzen!« Er ging nach achtern, wo jetzt der Master auftauchte, den Bolitho schroffen Tones sagen hörte: »Mehr Segel, das ist alles, was ihm einfällt, verdammt!«

Cairns eilte herbei, als die Pfeifen die Freiwache auf ihre Stationen riefen.

»Klar zum Royalsetzen! Enter auf!«

Cairns sah Bolitho und hob die Schultern. »Der Captain ist schlechter Laune, Dick. Wir setzen jeden Morgen den Kurs ab, aber ich weiß so wenig wie Sie, wo es hingeht.« Er vergewisserte sich, daß Pears nicht in Hörweite war. »Es war doch sonst immer seine Art, uns die Aufgaben zu erklären, seine Ansicht mit uns zu erörtern. Doch wie es scheint, hat unser Admiral eine andere Auffassung.«

Bolitho dachte an des Admirals jugendlichen Enthusiasmus. Vielleicht war Pears schon zu alt und stand den Dingen etwas fern?

Allerdings lag nichts Altes in seiner Stimme und in seinen Augen, als er jetzt schrie: »Mr. Cairns! Treiben Sie die Leute nach oben, lassen Sie sie auspeitschen, wenn es nicht anders geht. Ich will mich nicht noch einmal vom Flaggschiff ermahnen lassen!«

Es wurde Mittag, bis die Royals und die großen, Fledermausflügeln ähnlichen Leesegel gesetzt waren. Das Flaggschiff hatte ebenfalls alles Tuch gesetzt und wurde fast begraben unter der ungeheuren Segelpyramide.

Probyn löste Bolitho ohne seinen sonstigen Sarkasmus ab. Er bemerkte nur: »Ich sehe keinen Sinn in der ganzen Geschichte. Tag für Tag dasselbe, ohne ein Wort der Erklärung. Das wird allmählich unheimlich!«

Zwei weitere Tage sollten jedoch verstreichen, ehe jemand etwas über ihr Ziel erfuhr.

Konteradmiral Coutts' kleines Geschwader behielt zunächst den südlichen Kurs bei und drehte dann nach Südosten, um bei dem jetzt günstigeren Wind Cape Fear in genügendem Abstand zu umrunden, dieses Kap mit dem so treffenden Namen: Angst.

Bolitho war gerade abgelöst worden, als er völlig unerwartet zum Kommandanten befohlen wurde.

Es fand jedoch keine Konferenz statt, der Kommandant saß allein an seinem Schreibtisch. Sein Rock hing über der Stuhllehne, Halstuch und Hemd hatte er geöffnet.

Bolitho wartete. Kapitän Pears wirkte ruhig, es schien sich also nicht um die Erteilung einer Rüge zu handeln für etwas, das er getan oder nicht getan hatte.

Schließlich blickte Pears hoch. »Der Master und jetzt auch der

Erste Offizier kennen unseren Auftrag. Sie werden es seltsam finden, daß ich Ihnen jetzt Einzelheiten anvertraue, noch bevor die anderen Offiziere unterrichtet sind, aber unter den gegebenen Umständen halte ich es für angebracht.« Er nickte in Richtung eines Stuhles. »Nehmen Sie Platz.«

Bolitho setzte sich, plötzlich erregt durch Pears' Vorrede.

»In New York gab es vor unserem Auslaufen Aufregung und Unruhe. Sie spielten dabei keine geringe Rolle –«, Pears lächelte knapp –, »was mich natürlich nicht wundert.«

Bolitho spitzte die Ohren. Er hatte doch geahnt, daß die Affäre mit dem toten Mädchen noch einmal zur Sprache kommen würde, ja sogar, daß ihr Auslaufen irgendwie damit zusammenhing.

»Ich will nicht in Einzelheiten gehen, aber das Mädchen, das Sie in diesem Bordell aufgescheucht haben, war die Tochter eines hohen New Yorker Regierungsbeamten. Das Ganze hätte sich zu keinem ungünstigeren Zeitpunkt ereignen können. Sir George Helpman kam mit Aufträgen von Parlament und Admiralität aus London, um zu untersuchen, womit der Krieg vorangetrieben, aus der augenblicklichen Pattsituation herausgezwungen werden kann. Wenn erst die Franzosen in voller Stärke in den Kampf eingreifen, haben wir hier nicht mehr viel zu bestellen.«

»Ich dachte, wir tun alles, was in unserer Macht liegt, Sir?«

Pears sah ihn mitleidig an. »Wenn Sie etwas mehr Erfahrung hätten, Bolitho . . .« Er blickte ärgerlich zur Seite. »Helpman wird es schon selbst merken. Die korrupten Beamten, diese Laffen beim Militärgouverneur, die tanzen und trinken, während unsere Soldaten draußen die Köpfe hinhalten. Und jetzt dieser Skandal: Die Tochter eines wichtigen Regierungsbeamten arbeitet Hand in Hand mit den Rebellen. Stets fuhr sie in einer Kutsche von zu Hause weg, zog sich Männerkleider an und traf sich mit einem Agenten Washingtons. Alle geheimen Pläne, derer sie habhaft werden konnte, hat sie verraten.«

Bolitho stellte sich die Bestürzung vor, die hierdurch ausgelöst worden war. Mit der rotgesichtigen Hure, die ihm ins Gesicht hatte spucken wollen, verspürte er jetzt beinahe Mitleid. Wenn derartig viel auf dem Spiel stand und es um so wichtige Personen ging, mußte man bei ihrer Vernehmung skrupellos jedes Mittel angewendet haben.

Pears fuhr fort: »Durch ihren Verrat waren die Brüder Tracy ständig in der Lage, unsere Bewegungen zu verfolgen. Ohne die

Eroberung der *Faithful,* beziehungsweise Mr. Bunces gute Verbindungen zum Wettergott hätten wir niemals etwas davon erfahren. Es sind alles Glieder einer Kette. Noch etwas: Diese verdammte Hure hatte wohl ständig ein Ohr am Schlüsselloch. Jedenfalls haben die Kolonisten eine neue Festung errichtet, mit dem ausdrücklichen Auftrag, Waffen und Munition darin zu lagern und von dort aus ihre Truppen und Schiffe zu versorgen.«

Bolitho befeuchtete seine Lippen. »Und dorthin segeln wir jetzt, Sir?«

»Das ist die Absicht, ja. Nach Fort Exeter in South Carolina, etwa dreißig Meilen nördlich von Charlestown.«

Bolitho erinnerte sich an das, was sich vor etwa einem Jahr bei einem anderen Rebellenfort südlich von Charlestown abgespielt hatte. Ein großes Geschwader mit eingeschifften Truppen war damals hingesegelt, um das Fort zu erobern, da dieses den Wasserweg nach Charlestown, dem wichtigsten Hafen südlich von Philadelphia, blockierte. Doch statt eines Sieges hatte es eine schmähliche Niederlage gegeben. Einige Schiffe waren infolge der ungenauen Seekarten bei dem Versuch, die Truppen zu landen, auf Grund gelaufen. An anderen Stellen war das Wasser für die Soldaten zu tief, um wie beabsichtigt an Land zu waten. Und die ganze Zeit über waren die Schiffe dem mörderischen Bombardement der Kolonisten ausgesetzt, die geschützt hinter ihren dicken Festungsmauern hervor feuerten. Schließlich hatte Kommodore Parker, dessen Flaggschiff am stärksten beschädigt worden war, den Rückzug befohlen. Die *Trojan* – auf dem Wege dorthin, um Verstärkung zu bringen – traf auf das bereits geschlagen zurückkehrende Geschwader.

Der Marine, die bis dahin weder Fehlschläge noch Niederlagen gekannt hatte, mußte dies wie eine Katastrophe erscheinen.

Pears, der Bolithos Gesicht beobachtet hatte, sagte plötzlich: »Ich sehe, Sie haben es nicht vergessen. Ich hoffe nur, daß wir später ebenfalls Gelegenheit haben werden, uns an dieses neue Abenteuer zu erinnern.«

Bolitho merkte, daß die Unterhaltung beendet war, und erhob sich. Pears fügte noch hinzu: »Ich habe Ihnen das alles wegen der Rolle erzählt, die Sie dabei spielten. Ohne Ihr Eingreifen hätten wir dieses Mädchen wahrscheinlich niemals entlarvt. Sir George Helpman hätte nicht Himmel und Hölle in Bewegung setzen können.« Er lehnte sich lächelnd zurück. »Und ohne Sir George würde unser Admiral nicht zu beweisen versuchen, daß er schafft, was andere nicht schafften. Alles Glieder in einer Kette, Bolitho, wie ich vorhin schon sagte. Denken Sie daran!«

Bolitho trat ins Freie und prallte beinahe gegen Hauptmann d'Esterre. »Dick, du siehst aus, als hättest du einen Geist gesehen«, scherzte er.

Bolitho zwang sich zu einem Lächeln. »Ja, das habe ich auch: meinen eigenen.«

Als Cairns später die Aufgabe erhielt, den anderen Offizieren den Einsatzbefehl in vollem Umfang zu erläutern, wunderte sich wohl selbst der phantasieloseste unter ihnen über des Admirals Kühnheit.

Noch bevor sie von Land aus gesehen werden konnten, sollte die Korvette *Spite* sämtliche Marineinfanteristen der beiden großen Schiffe übernehmen und bei Dunkelheit, mit mehreren Booten im Schlepptau, in die Bucht segeln. Die beiden Zweidecker *Resolute* und *Trojan*, begleitet von der *Vanquisher*, würden ihre Fahrt entlang der Küste fortsetzen und das Fort ansteuern, das vor einem Jahr Kommodore Parkers Angriff abgeschlagen hatte.

Beobachtern an Land sowie den Offizieren des Forts und der Garnison von Charlestown würde dieser zweite Angriffsversuch plausibel erscheinen. Verletzter Stolz der Engländer und die Tatsache, daß dieses Fort weiterhin die Einfahrt nach Charlestown beherrschte und immer noch als Umschlagplatz für Waffen und Munition diente, waren hinreichende Gründe.

Fort Exeter dagegen war leichter zu verteidigen, besonders gegen Angriffe von See her, und seine Garnison würde sich völlig sicher fühlen, wenn das kleine Geschwader in Sichtweite ihrer Ausgucksposten erst vorbeigesegelt war.

Während Bolitho Cairns' gleichmäßiger, leidenschaftsloser Stimme lauschte, glaubte er, Konteradmiral Coutts aus dessen Mund sprechen zu hören.

Die *Spite* würde die Soldaten, dazu bewaffnete Seeleute und das zum Erstürmen des Forts notwendige Gerät wie Leitern und dergleichen an Land setzen und noch vor Tagesanbruch wieder auslaufen. Der Angriff über Land wurde dem ältesten Offizier der Marineinfanterie überlassen, und das war Major Samuel Paget vom Flaggschiff.

D'Esterre hatte vertraulich über ihn geäußert: »Ein harter

Mann. Was er sich in den Kopf gesetzt hat, führt er aus, nichts kann ihn davon abbringen. Andere Meinungen läßt er nicht gelten.«

Bolitho glaubte das gern. Er hatte Paget einige Male gesehen, er wirkte sehr aufrecht und gerade, tadellos in dem roten Rock mit weißen Aufschlägen und ebensolcher Schärpe. Andererseits hatte er Schwierigkeiten, seine zunehmende Korpulenz zu verbergen. Das Gesicht, einst sehr gut geschnitten, zeigte jetzt, da er die Mitte der Dreißig erreicht hatte, die ersten Spuren starken Trinkens und ungehemmter Tafelfreuden.

Jetzt, da ihre Aufgabe allgemein bekannt war, ging die Besatzung mit dem üblichen Gemisch von Gefühlen ans Werk. Grimmige Resignation auf Seiten derer, die daran teilnahmen, fröhlicher Optimismus bei denjenigen, die an Bord bleiben würden.

Zum vorgesehenen Zeitpunkt begann das Übersetzen der Marineinfanteristen und der Matrosen auf die Korvette. Nach der sengenden Hitze des Julitages brachte der Abend wenig Erfrischung. Die beschwerliche und ermüdende Arbeit erregte die Gemüter, und es kam unter den Leuten oft zu Handgreiflichkeiten.

Bolitho musterte die letzte Gruppe der Seeleute und überzeugte sich, daß alle gut bewaffnet waren und in ihren Feldflaschen Wasser hatten, nicht etwa aufgesparten Rum, als Cairns zu ihm trat und fauchte: »Wieder eine Änderung!«

»Wieso?«

Bolitho wartete in der Annahme, daß der Angriff verschoben worden sei.

Cairns aber sagte bitter: »Ich soll an Bord bleiben!« Er wandte sich ab, um seinen Ärger zu verbergen. »Schon wieder.«

Bolitho wußte nicht, was er sagen sollte. Cairns hatte offenbar damit gerechnet, als ältester Offizier den Angriff führen zu dürfen. Da er schon um seine Chance gebracht worden war, als Prisenkapitän eingesetzt zu werden oder wenigstens an der Eroberung der *Faithful* teilzunehmen, mußte er dieses Landungsunternehmen als seine rechtmäßige Belohnung ansehen, trotz der damit verbundenen Gefahr.

»Wird uns jemand vom Flaggschiff befehligen, Sir?«

Cairns blickte ihn an. »Nein, Probyn soll die Führung übernehmen. Gott helfe Ihnen!«

Bolitho verbarg seine Gefühle. »Und auch der junge James

Quinn geht mit!«

Quinn hatte nichts gesagt, als man es ihm mitteilte, aber er hatte ausgesehen, als hätte ihn jemand geschlagen.

Cairns schien Bolithos Gedanken zu erraten. »Ja, Dick, so wird es vielleicht Ihnen zufallen, unsere Leute zurückzubringen.«

»Aber warum keiner vom Flaggschiff? Sicher haben sie einen, ja sogar mehrere Offiziere, die sie einsetzen könnten?«

Cairns betrachtete ihn seltsam. »Sie verstehen Admirale nicht, Dick. Niemals lassen sie ihre eigenen Leute gehen. Sie müssen immer eine wohlgeordnete Schar von Offizieren und Mannschaften um sich haben. Coutts ist da keine Ausnahme. Er will Perfektion, nicht einen zusammengewürfelten Haufen von alten Männern und Knaben, wie wir es bald sein werden.«

Er hätte noch mehr sagen können, beispielsweise daß Quinn mitgeschickt wurde, damit sich erwies, ob die Verwundung etwa seinen Mut und seine Entschlossenheit beeinträchtigt hatte; Probyn ging, weil man ihn nicht vermissen würde. Dann dachte Bolitho an seine eigene Position und mußte beinahe lächeln. Pears tat nur, was auch der Admiral getan hatte: die Besten behielt er für sich. Jeder nach Rang und Können Geringere wurde zuerst geopfert.

Cairns äußerte: »Gut, daß Sie dem allen noch Humor abgewinnen können. Ich selbst finde es unerträglich.«

Fähnrich Couzens, beladen mit Fernrohr, Dolch, Pistolen und einem großen Sack Lebensmittel, rief atemlos: »Die *Spite* signalisiert, Sir! *Letzte Gruppe einschiffen!*«

Bolitho nickte. »Gut, gehen Sie an Bord.«

Er sah einen weiteren Fähnrich in den Kutter hinabklettern, einen ernsten Sechzehnjährigen namens Huyghue, und sich neben den Bootssteurer setzen, der wohl doppelt so alt war wie er.

»Ich sehe, Sie sind fertig, Mr. Bolitho.«

Probyns unangenehme Stimme riß ihn herum. Der Zweite Offizier konnte erst soeben von der Änderung erfahren haben, aber er wirkte bemerkenswert ruhig. Natürlich war er rot im Gesicht, aber das war bei ihm normal, und als er sich nun über die Reling beugte und in die längsseits liegenden Boote blickte, machte er einen fast gleichgültigen Eindruck.

Cairns richtete sich auf, als er des Kommandanten schweren Schritt hinter sich hörte. »Viel Glück, ihr beiden!« Dann blickte er zu der wie betrunken schwankenden Korvette hinüber. »Ich wäre gern mitgefahren.«

Probyn sagte nichts, legte nur die Hand an den Hut und folgte den anderen in das überfüllte Boot.

Bolitho sah Stockdale in einem der Kutter und nickte ihm zu. Wenn er aus irgendeinem Grunde nicht teilgenommen hätte, wäre ihm das wie ein böses Omen erschienen. Ihn dort im Boot zu sehen – groß, breit und mit ruhigem Gesicht –, machte vieles wieder wett.

Probyn knurrte: »Legen Sie ab, ich habe keine Lust, hier in dieser verdammten Hitze noch länger zu schmoren!«

Als sie bei der Korvette eintrafen, schrie der Kómmandant durch sein Sprachrohr: »Bewegt euch, verdammt noch mal! Dies ist ein Schiff des Königs und kein Hummerboot!«

Erst jetzt zeigte Probyn so etwas wie Erregung. »Hören Sie das? Unverschämter junger Flegel! Mein Gott, wie ein eigenes Kommando die Menschen doch verändert!«

Bolitho warf ihm einen raschen Blick zu. Mit diesen wenigen Worten hatte Probyn einen Teil seines Inneren enthüllt. Bolitho wußte, daß er vor Ausbruch des Krieges mit Halbsold an Land gesessen hatte. Ob es infolge seines starken Trinkens oder ob er durch sein Mißgeschick erst zum Trinker geworden war, ließ sich nicht feststellen. Auf jeden Fall hatte man Probyn bei der Beförderung übergangen, und somit mußte er sich nun von dem jugendlichen Kommandanten der *Spite* anschreien lassen.

Als sie auf dem Deck der Korvette standen, fragte sich Boljtho, wo die vielen Marineinfanteristen geblieben waren. Wie schon auf der *Faithful*, waren sie bereits Minuten nach ihrer Einschiffung unter Deck verschwunden. An der Heckreling sah er Major Paget mit d'Esterre und den zwei Leutnants der Marineinfanterie sprechen.

Der Kommandant der Korvette trat zu ihnen, nickte kurz und rief dann: »Mr. Walker, bringen Sie sie auf Kurs!« Zu Bolitho gewandt, fügte er hinzu: »Ich schlage vor, daß Sie unter Deck gehen. Meine Leute haben alle Hände voll zu tun, und es stört, wenn überall fremde Offiziere herumstehen.«

Bolitho tippte an seinen Hut. Im Gegensatz zu Probyn konnte er des jungen Mannes Schärfe verstehen. Er nahm sein Kommando und die ihm unvermutet übertragene Aufgabe sehr ernst. Dicht bei lagen zwei große Linienschiffe, und sein Admiral sowie mehrere ältere Seeoffiziere beobachteten kritisch alle seine Manöver.

Noch ein letztes Mal sprach er Bolitho an. »Sind Sie nicht der Offizier, der vor zwei Wochen in diesen Zwischenfall mit meinem Schiff verwickelt war?«

Seine Stimme hatte einen scharfen, spöttischen Ton, und Bolitho vermutete, daß mit ihm nicht gut Kirschen essen war. Vierundzwanzig Jahre alt . . . Was hatte Probyn vorhin gesagt? *Wie ein eigenes Kommando doch die Menschen verändert.*

»Nun?«

»Aye, Sir. Ich war zweiter Mann bei dem Unternehmen. Unser Anführer fiel.«

»Aha.« Er nickte. »Mein Geschützführer hätte das kurz davor ebenfalls fast bewirkt.« Damit ließ er Bolitho stehen.

Dieser bahnte sich nach achtern einen Weg durch die Seeleute, die an Brassen und Fallen arbeiteten und niemanden außer ihren eigenen Offizieren sahen.

Die Boote wurden zum Heck gepullt und dort an den bereitgelegten Leinen festgemacht. Noch bevor Bolitho das Niedergangsluk erreicht hatte, holte die *Spite* unter dem Segeldruck über und nahm schäumend Fahrt auf.

Die Messe war überfüllt von Offizieren, und der Zahlmeister brachte mit dem Steward Flaschen und Gläser für die zusätzlichen Gäste herbei.

Als sie Probyn Wein anboten, schüttelte er den Kopf und sagte abrupt: »Für mich nicht, danke! Später vielleicht.«

Bolitho wandte sich ab, um den inneren Kampf des Mannes nicht mit ansehen zu müssen. Noch nie hatte er erlebt, daß Probyn einen Drink ablehnte, es mußte ihn jetzt gewaltige Anstrengung kosten. Aber es war sehr wichtig für ihn, Erfolg zu haben, und dafür gab er einiges auf, offensichtlich sogar das Trinken.

Während der Nacht und des folgenden Tages kreuzte die *Spite* außer Sichtweite der Küste und näherte sich nur langsam ihrem Ziel.

Fort Exeter lag auf einer sandigen, vier Meilen langen Insel, die etwa die Form einer Axt hatte. Bei Niedrigwasser war sie durch einen nicht sehr zuverlässigen Damm aus Sand und Kies mit dem Festland verbunden. Daneben lag die Einfahrt zu einer Art Lagune, ein vom Fort aus mühelos zu verteidigender Ankerplatz, den sorgsam postierte Geschütze bestreichen konnten.

Sobald die Landungstruppen abgesetzt waren, sollte die *Spite* sich zurückziehen und vor der Morgendämmerung wieder außer

Sicht sein. Wenn es zu stark abflaute, würde der Angriff verschoben werden, bis wieder genügend Wind aufkam. Auf keinen Fall sollte er aufgegeben werden, außer wenn der Feind mißtrauisch wurde und sich verteidigungsbereit machte.

Bolitho dachte an Major Samuel Paget, den Mann, der den Angriff führen sollte; es schien ihm nicht einmal sicher, daß er in diesem Fall das Unternehmen abbrach.

VIII   Fort Exeter

Die Landung um ein Uhr nachts verlief ohne Zwischenfälle. Ein günstiger Wind ermöglichte es der Korvette, bis dicht unter Land zu segeln, wo sie ankerte. Dann wurde mit der Ausschiffung der Truppen begonnen, als sei es ein Übungsmanöver in Friedenszeiten.

Major Paget fuhr mit dem ersten Boot an Land, und als Bolitho schließlich auf den nassen Strand watete, bewunderte er seine geschickte Planung. Er hatte zwei Kanadier mitgebracht, wild aussehende, bärtige Männer in grober Trapperkleidung und nach Fellen riechend, von denen er behauptete, sie seien besser als jeder Spürhund.

Einer der beiden, ein traurig dreinblickender Schotte namens Macdonald, hatte früher einige Jahre in South Carolina gelebt, bis er nach der Niederlage der Loyalisten von seinem Grund und Boden vertrieben worden war. Er erinnerte Bolitho an den einfallsreichen Moffitt.

Paget grüßte Bolitho mit der ihm eigenen Abruptheit. »Alles ruhig. Ich will unsere Leute in Stellung bringen, bevor es hell wird. Wir geben hier Verpflegung und Wasser aus.« Dann musterte er den sternenklaren Himmel und knurrte: »Zu verdammt heiß für meinen Geschmack.«

Stockdale krächzte: »Mr. Couzens kommt mit der letzten Gruppe, Sir.«

»Gut.« Bolitho beobachtete Probyn, der aus einem dunklen Gebüsch stolperte und nach allen Richtungen wie ein Fuchs witterte. »Alles an Land, Sir!«

Hinter ihnen stapften die Seesoldaten vorbei, die Waffen sorgsam verhüllt, wie die stummen Gespenster einer längst vergessenen Schlacht.

Probyn ließ sich vernehmen: »Wenn man bedenkt – hier stehen wir jetzt, Meilen von unserem Schiff entfernt, und marschieren wer weiß in was hinein . . . Wofür?«

Bolitho lächelte. Er hatte dasselbe gedacht. Die Seesoldaten schienen an Land genauso zu Hause zu sein wie an Bord, aber er spürte die Vorsicht der Seeleute und ihre Neigung, dicht zusammenzubleiben, als würden sie bereits bedroht.

D'Esterre erschien von irgendwoher und zeigte grinsend die Zähne. »Geh zur Marine, und du siehst die Welt, Dick!« Damit lief er weiter, um seinen Leutnant zu suchen, den Säbel wie einen Spazierstock schwingend.

Bolitho blickte hinunter zum Strand, der in der Dunkelheit schwach heraufschimmerte. Die Boote waren schon weg, und er meinte, die Geräusche des Segelsetzens hören zu können. Dann wurde ihm bewußt: an dieser unbekannten Küste waren sie nur auf die Geschicklichkeit zweier kanadischer Späher angewiesen, die Paget sich von der Armee »entliehen« hatte.

Wenn sie nun schon belauert wurden? Wenn ihr Vormarsch in einen vorbereiteten Hinterhalt hineinführte? Doch die Nacht blieb bis auf das Säuseln des Windes in den Bäumen und den gelegentlichen Schrei eines aufgeschreckten Vogels still. Selbst der Wind klang hier anders, was nicht verwunderlich war, dachte Bolitho, als er die seltsamen Palmen betrachtete, die bis fast zum Wasser hinunter wuchsen und dem Land ein fremdartiges, tropisches Aussehen verliehen.

Leutnant Raye von den Marineinfanteristen der *Trojan* marschierte aus der Dunkelheit heran und meinte fröhlich: »Ah, hier sind Sie. Der Major läßt Ihnen sagen, Sie sollen mit der Nachhut folgen, Mr. Bolitho. Stellen Sie sicher, daß die Leute mit Ihren Leitern und sonstigem Gerät nicht aufeinanderprallen.« Er grüßte Probyn und sagte: »Sie möchten mit zur Hauptgruppe kommen, Sir.«

Probyn nickte und knurrte: »Verdammte Stoppelhopser, das sind wir jetzt, nichts anderes!«

Bolitho trat beiseite und ließ die Seeleute vorbeiziehen. Einige trugen Sturmgerät, andere Gewehre und Munition. Der Rest war beladen mit Proviant und Wasser.

Leutnant Quinn ging ganz hinten, flankiert in einigem Abstand von undeutlichen Gestalten, den Scharfschützen der Marineinfanterie, die ihren Marsch sicherten.

Bolitho fiel etwas zurück, bis er mit Quinn gleichauf war, und fragte: »Was macht die Wunde, James?«

»Ich spüre sie nicht sehr.« Quinns Stimme klang zittrig. »Aber ich wollte, wir wären an Bord und nicht hier.«

Bolitho fiel ein, daß er vor dem letzten Einsatz fast dasselbe gesagt hatte. D'Esterre und Thorndike, der Arzt, hatten damals unter einer Lampe Karten gespielt, alle anderen schliefen schon.

Quinn fuhr fort: »Ich habe Angst vor meinen Reaktionen, wenn es wieder zum Kampf Mann gegen Mann kommt.« Und dann fügte er beinahe flehend hinzu: »Ich fürchte, das kann ich nicht aushalten!«

»Nur die Ruhe, James, sieh keine Gespenster, bevor es wirklich soweit ist.«

Er wußte genau, wie Quinn zumute war. Dasselbe hatte auch er empfunden, damals nach seiner Verwundung. Für Quinn war es schlimmer, denn er war davor noch nie im Einsatz gewesen.

Quinn schien nicht zu hören.

»Ich denke viel an Sparke, wie er tobte und raste. Ich mochte ihn nie richtig, aber ich bewunderte seinen Mut, seinen . . .« Er suchte nach Worten. »Seinen Stil.«

Bolitho griff zu, als ein Seemann mit seiner Ladung Gewehre über eine Wurzel stolperte und beinahe gestürzt wäre. »Stil«, ja das beschrieb Sparkes Art am besten.

Quinn seufzte. »Ich könnte niemals tun, was er getan hat. Nicht in tausend Jahren.«

Plötzlich ertönte ein dumpfes Geräusch; einer der Soldaten stieß gerade zum zweiten Mal mit dem Gewehrkolben in ein Gestrüpp.

»Schlange!« Er wischte sich das Gesicht ab. »Verdammtes Biest, das hat uns gerade noch gefehlt!«

Bolitho sah plötzlich Cornwall im Juli vor sich: Heckenrosen, saftige Wiesen und Felder, über die Hänge Schafe und Kühe verstreut. Er konnte das Land beinahe riechen, konnte das Summen der Bienen hören, das Hacken der Farmarbeiter auf den Feldern.

Fähnrich Couzens sagte keuchend: »Der Himmel wird heller, Sir!«

Bolitho erwiderte: »Dann müssen wir bald am Ziel sein.«

Aber was, wenn sie statt eines günstigen Verstecks, wie es Macdonald, der Kanadier, versprochen hatte, ein Lager des Feindes vorfanden?

Die Nachhut stieß bereits auf den Haupttrupp, wo Pagets

Unteroffiziere die Leute in kleinere Gruppen aufteilten. Man sah die weißen Kreuzgürtel und die karierten Hemden gehorsam in die jeweils zugewiesene Richtung verschwinden.

Im Mittelpunkt der flachen, bewaldeten Senke fanden sich die Offiziere zusammen und erwarteten ihre Weisungen.

Bolitho fühlte sich ungewöhnlich müde und konnte nur mit Mühe ein Gähnen unterdrücken. Sein Kopf war jedoch völlig klar, und er vermutete, daß das Gähnen ein Zeichen von Anspannung war. Er hatte das früher schon erlebt, zu oft schon.

Major Paget, noch immer sehr aufrecht und ohne das geringste Anzeichen von Ermüdung, sagte: »Bleiben Sie bei Ihren Leuten, lassen Sie die Rationen ausgeben, aber passen Sie auf, daß nichts vergeudet wird und daß kein Abfall zurückbleibt. Er blickte d'Esterre bedeutsam an. »Sie wissen, was Sie zu tun haben. Überprüfen Sie alles, verdoppeln Sie die Wachen und schärfen Sie ihnen ein, daß sie in Deckung bleiben.« Zu Probyn sagte er: »Sie übernehmen natürlich hier das Kommando. Aber ich brauche einen Offizier, der mich begleitet.«

Probyn seufzte. »Gehen Sie mit, Bolitho. Wenn ich Quinn schicke, wird der Major ihn zum Frühstück verspeisen!«

Bolitho meldete sich bei Paget, nachdem die anderen in der Dämmerung verschwunden waren. Er nahm statt Stockdale Couzens mit. In einem Kampf oder Sturm auf See war Stockdale unschlagbar, aber behutsames Schleichen durch unbekanntes Gelände war nicht seine Stärke.

Couzens sprudelte vor Aufregung. Bolitho hatte dergleichen noch nie erlebt. Den Jungen schien all das Schreckliche, das er sah und hörte, nicht im geringsten zu beeindrucken, er schüttelte es mit der Elastizität der Jugend ab.

Major Paget trank aus einer silbernen Feldflasche und reichte sie dann herum. Bolitho stockte der Atem, als der starke Brandy über seine Zunge floß. Couzens dagegen leckte sich die Lippen. »Danke, Sir, das schmeckte himmlisch!«

Paget blickte Bolitho an und rief aus: »»Himmlisch!‹ In Dreiteufelsnamen, was für eine Marine ist das?«

Sie drangen in südwestlicher Richtung vor, die Ordonnanz folgte ihnen in respektvoller Entfernung. Das Meer lag zu ihrer Linken, zwar außer Sichtweite, aber doch in tröstlicher Nähe.

Dicht vor ihnen spürte Bolitho einige von d'Esterres Kundschaftern, die geräuschlos wie Waldtiere durch das Gestrüpp zogen und ihren Kommandeur vor einem Überraschungsangriff schützten.

Schweigend gingen sie weiter, über sich den langsam heller werdenden Himmel und die verblassenden Sterne, während die Umgebung allmählich Formen annahm.

Plötzlich erhob sich lautlos eine dunkle Gestalt aus dem Schatten, und Paget sagte: »Aha, der kanadische *Gentleman*!«

Der Späher winkte lässig mit der Hand. »Dies ist nahe genug, Major, den Rest des Weges müssen Sie auf dem Bauch zurücklegen.«

Paget schnippte mit den Fingern, und die Ordonnanz zog etwas hervor, das aussah wie ein kurzes grünes Cape. Paget nahm Hut und Säbel ab und stülpte sich das Gebilde über den Kopf: bis zum Gürtel war seine Uniform nun vollkommen verborgen. Bolitho sah, daß der Späher und auch Couzens offenen Mundes hinstarrten, die Ordonnanz jedoch verzog keine Miene.

»Hab' das Ding letztes Jahr machen lassen«, erklärte Paget. »Keine Lust, mir von irgendeinem Hinterwäldler ein Loch in den Kopf schießen zu lassen.«

Bolitho grinste. »Gute Idee, Sir. Dergleichen habe ich auch schon bei Wilderern gesehen.«

Der Major ließ sich vorsichtig auf Hände und Knie nieder, und sie robbten eine gute halbe Stunde, bis sie einen geeigneten Aussichtspunkt entdeckt hatten. Jetzt war es schon bedeutend heller, und als Bolitho sich ein wenig aufrichtete, sah er die See; der Horizont wirkte wie ein dünner Goldfaden. Er robbte weiter, die scharfen Grasspitzen zerstachen ihm Gesicht und Hände, der Boden wimmelte von Insekten. Die Sonne stand noch unter dem Horizont, daher lag die Lagune in tiefer Dunkelheit, aber das Fort hob sich gegen die hellere See mit ihren leuchtenden Schaumkronen jetzt deutlich ab: ein schwarzer, formloser Schemen am Ende der flachen Insel. Bolitho sah zwei Laternen und etwas wie ein abgeschirmtes Feuer außerhalb der Mauern, sonst nichts.

Schwer atmend richtete Paget sein Fernrohr durch Gras und Gestrüpp auf das Fort. Er schien laut zu denken. »Muß vorsichtig sein bei diesem Winkel. Wenn die Sonne aufgeht, wird sie von dem verdammten Glas reflektiert.«

Couzens zischte Bolitho zu: »Können Sie die Kanonen sehen, Sir?«

Dieser schüttelte den Kopf und stellte sich vor, wie die Marineinfanteristen über den angeblich vorhandenen Damm in einen Kartätschenhagel hineinstürmten. »Noch nicht.« Er blickte angestrengt hinüber. »Das Fort ist nicht quadratisch oder rechteckig, es hat sechs oder gar sieben Seiten. Also vielleicht ein Geschütz pro Seite.«

Der Späher kroch näher. »Sie sollen ein Pontonfloß haben, Major.« Er hob den Arm, worauf sich ein saurer Geruch verbreitete. »Wenn sie Lieferungen von der Landseite her bekommen, packen sie Pferde und Wagen auf den Ponton und ziehen das Ding hinüber.«

Paget nickte. »Wie ich's mir dachte. So werden auch wir morgen früh um diese Zeit übersetzen, wenn die Burschen noch schlafen.«

Der Späher sog an seinen Zähnen. »Nachts wäre es besser.«

Paget erwiderte verächtlich: »Die Dunkelheit ist für alle gleich hinderlich, Mann! Nein, heute beobachten wir sie, morgen früh greifen wir an.«

»Wie Sie wollen, Major.«

Paget wälzte sich schwerfällig zur Seite und blickte Bolitho an. »Sie übernehmen die erste Wache. Schicken Sie den Jungen zu mir, wenn Sie was Besonderes sehen.« Damit verschwand er erstaunlich lautlos im Gestrüpp.

Couzens lächelte etwas gezwungen. »Sind wir allein, Sir?« Zum ersten Mal klang seine Stimme nervös.

Bolitho lächelte ebenso gezwungen. »Scheint so. Aber Sie haben gesehen, wo der letzte Posten steht. Wenn Sie mit einer Meldung zurück müssen, lassen Sie sich von ihm weiterleiten, damit Sie sich nicht verirren.«

Er nahm die Pistole aus dem Gürtel und untersuchte sie sorgfältig, dann zog er den Dolch aus der Scheide und steckte ihn in den Boden, damit die Klinge nicht reflektierte.

Langsam wurde es unerträglich heiß; Bolitho versuchte, nicht an kühles Trinkwasser zu denken.

Nach einer Weile sagte Couzens: »Endlich weiß ich, daß ich etwas tue, etwas *Nützliches*.«

Bolitho seufzte. »Hoffentlich haben Sie recht.«

Als sich nach einiger Zeit die Sonne über den Horizont schob und ihre ersten Strahlen das Fort und den geschützten Ankerplatz in helles Licht tauchten, hatte Bolitho eine ganze Menge über seinen Gefährten erfahren. Couzens war der fünfte Sohn eines Geistlichen aus Norfolk, hatte eine Schwester namens Beth, die den

Sohn des Gutsherren heiraten wollte, wenn sich auch nur die geringste Chance dazu bot, und seine Mutter konnte den besten Apfelkuchen der ganzen Grafschaft backen.

Sie verfielen beide in Schweigen, als sie das nun klar zu erkennende Fort und dessen Umgebung betrachteten. Bolitho hatte hinsichtlich der Form recht gehabt. Es war sechseckig, und der Raum zwischen den dicken Doppelwänden aus Palmenholz war mit Steinen und festgestampfter Erde gefüllt. Sowohl die innere wie auch die äußere Palisade trugen eine Brustwehr. Bolitho schätzte, daß auch die schwerste Kanonenkugel kaum diese Wände durchschlagen konnte.

Auf der Seeseite stand ein gedrungener, viereckiger Turm mit einem Flaggenmast, und ziehender Qualm deutete darauf hin, daß im Innenhof irgendwo eine Küche sein mußte.

Die Wände wiesen die üblichen Schießscharten auf, und als das Licht stärker wurde, sah Bolitho auch zwei Geschützpforten zum Festland hin und den Schatten einer Toreinfahrt dazwischen. Zwei kleine Boote wurden zum Strand gerudert, wo das Gerippe eines anderen Bootes lag, vermutlich das Überbleibsel eines alten Gefechtes.

Couzens flüsterte aufgeregt: »Dort, Sir, der Ponton!«

Bolitho senkte das Teleskop und betrachtete das Fort und den festgemachten Ponton. Es war eine grobe Konstruktion mit Schlepptauen und gerippter Verladerampe für Pferde und Wagen. Der Sand war auf beiden Seiten des Sunds aufgewühlt vom häufigen An- und Ablegen.

Er schwenkte das Glas vorsichtig weiter bis zur Lagune, die zwar klein war, aber genügend Ankerplatz für zwei Schiffe von der Größe einer Brigg oder eines Schoners bot.

Ein Trompetensignal ertönte von drüben, und einen Augenblick später stieg eine Flagge am Mast hoch und wehte lustlos in ihrer Richtung. Ein paar Köpfe bewegten sich über dem Brustwall, dann sah Bolitho eine einzelne Gestalt sich auf dem Pontonfloß erheben und lässig ein Gewehr schultern. Er hielt den Atem an. Das war neu. Er hatte keine Ahnung gehabt, daß auf dem Floß ein Posten stationiert war. Offensichtlich war die Nachtwache des Mannes jetzt vorüber. Für Pagets Plan mußte dieser Posten vorher erledigt werden.

Während der ersten Stunde beobachtete Bolitho das Fort systematisch, schon allein um sich von der glühenden Hitze und dem grellen Licht abzulenken. Es schienen nicht viele Leute in der Garnison zu sein, und die Hufspuren bei dem Ponton deuteten darauf hin, daß vor kurzem eine größere Anzahl Soldaten das Fort verlassen hatte. Vielleicht war dies schon eine Reaktion auf das vorbeisegelnde britische Geschwader.

Bolitho dachte an Konteradmiral Coutts' listigen Plan, der im Grunde so einfach war. Sicher wäre Coutts jetzt gern hier gewesen, um zu sehen, wie gut alles bisher gelaufen war.

Der Kanadier Macdonald lag plötzlich neben ihm, ohne auch nur das geringste Geräusch verursacht zu haben, und zeigte grinsend seine schmutziggelben Zähne.

»Zwecklos, nach dem Dolch zu greifen, Mister.« Sein Grinsen wurde breiter. »Hätte Ihnen mühelos die Kehle durchschneiden können.«

Bolitho schluckte. »Wahrscheinlich.« Er sah Quinn und Fähnrich Huyghue durch das Gestrüpp auf sie zurobben und sagte: »Wir sind abgelöst, scheint mir.«

Später, in Pagets provisorischem Kommandostand, berichtete Bolitho, was er gesehen hatte.

Paget knurrte: »Wir müssen dieses Floß haben.« Dann blickte er Probyn bedeutungsvoll an: »Ein Job für Seeleute, eh?«

Probyn zuckte die Schultern. »Klar, Sir.«

Bolitho lehnte an einer Palme und trank Wasser aus einer Feldflasche. Stockdale hockte sich neben ihn und fragte: »Wird es schwierig?«

»Das weiß man noch nicht.«

Er sah das Floß vor sich, sah, wie der Posten sich reckte, als er aus seinem Versteck kam. Höchstwahrscheinlich hatte er geschlafen. Ein so leicht zu verteidigendes Fort verführte natürlich zur Nachlässigkeit.

Stockdale betrachtete ihn besorgt. »Ich habe ein Lager für Sie hergerichtet, Sir.« Dabei deutete er auf einen vor der Sonne geschützten Platz, der mit Zweigen und Farnwedeln ausgelegt war. »Niemand kann ohne Schlaf kämpfen.«

Bolitho kroch in das Lager; die Erfrischung nach dem Trinken war schon wieder verflogen. Das wird mein längster Tag, dachte er grimmig.

Er drehte sich um, als er neben sich jemanden schnarchen hörte. Es war Couzens, der auf dem Rücken lag, das sommersprossige Gesicht ziemlich verbrannt von der Sonne.

Der Anblick solch offensichtlichen Vertrauens und solcher

Zuversicht beruhigte auch Bolitho. Couzens träumte wahrscheinlich vom Apfelkuchen seiner Mutter oder von dem verschlafenen Dorf in Norfolk, wo jemand die Idee in seinen Kopf gesetzt hatte, Seeoffizier zu werden.

Stockdale lehnte sich an einen Baum und sah zu, wie Bolitho einschlief. Er wachte immer noch, als einer von d'Esterres Seesoldaten durch das Gestrüpp gekrochen kam und zischte: »Wo ist der Leutnant?«

Bolitho erwachte zögernd und fand nur schwer in die Wirklichkeit zurück.

Der völlig erschöpfte Soldat meldete: »Der Major bittet Sie zu sich, dorthin, wo Sie heute morgen mit ihm waren, Sir.«

Bolitho erhob sich, jeder Muskel schmerzte. »Warum?«

»Mr. Quinn hat ein fremdes Segel gesichtet, Sir.«

Bolitho blickte Stockdale an und zog eine Grimasse. »Konnte sich auch keinen günstigeren Zeitpunkt aussuchen!«

Es dauerte diesmal länger, bis er den Ausgucksplatz erreicht hatte. Die Sonne stand hoch am Himmel, und die Luft war so feucht, daß das Atmen Mühe machte.

Paget lag in seinem grünen Cape hinter einem Teleskop, das sorgfältig mit Laub und Zweigen getarnt war. Neben ihm räkelte sich Probyn, und weiter hangabwärts, im dürftigen Schatten eines Gebüschs, lagen Quinn und sein Fähnrich wie die einzigen Überlebenden eines Wüstentrecks.

Paget rückte ein wenig zur Seite. »Sehen Sie selbst!«

Bolitho richtete das Glas auf das näher kommende Fahrzeug. Es war mittschiffs sehr breit und lag so tief im Wasser, daß es voll beladen sein mußte. Im Schneckentempo bewegte es sich vorwärts, die lohfarbenen Segel flappten träge in der schwachen Brise. Drei Masten und ein kleiner, gedrungener Rumpf – offensichtlich ein Küstenlogger, deren es zahlreiche an der gesamte Ostküste gab, gute Hochseeschiffe, aber auch brauchbar in flachen Küstengewässern.

Bolitho wischte sich den Schweiß aus den Augen und richtete das Glas auf den Turm des Forts. Dort beobachteten jetzt eine Menge Köpfe das Herannahen des Loggers. Das Tor stand weit offen, und ein paar Leute schlenderten zum Strand auf der anderen Seite der Insel hinunter.

Keine der Kanonen des Forts war ausgefahren oder auch nur besetzt.

Bolitho sagte: »Sie scheinen das Schiff erwartet zu haben.«

Paget grunzte zustimmend.

Probyn nörgelte: »Das macht unsere Aufgabe nahezu unmöglich. Der Feind steht dann auf zwei Seiten von uns.« Er fluchte greulich. »Typisch für unser Pech!«

»Ich beabsichtige, wie geplant anzugreifen!« Paget betrachtete den Logger. »Ich kann nicht noch einen vollen Tag vergeuden. Jeden Augenblick könnte eine Patrouille auf unsere Leute stoßen, oder die *Spitze* kommt vorzeitig zurück, um nach uns zu sehen.« Er schob seinen mächtigen Unterkiefer vor: »Nein, wir greifen an!« Damit krabbelte er ungeschickt über einige scharfe Steine und stieß hervor: »Ich gehe zurück. Passen Sie gut auf, und sagen Sie mir später Ihre Schlußfolgerungen.«

Probyn starrte ihm nach. »Der Kerl macht mich noch ganz krank!«

Bolitho lag auf dem Rücken und bedeckte das Gesicht mit den Armen. Er wurde von ganzen Mückenschwärmen zerstochen, beachtete es aber kaum, sondern dachte an den Logger und wie dessen unerwartete Ankunft in den Plan mit einbezogen werden könnte.

Probyn grollte weiter: »Er mag natürlich recht haben mit den Nachteilen einer weiteren Verzögerung; auch kann ich mir nicht vorstellen, daß er den Angriff ganz und gar abbläst.«

Bolitho merkte, daß Probyn ihn anschaute, und lächelte. »Und was meinen Sie?«

»Ich?« Probyn griff nach dem Teleskop. »Wer kümmert sich schon um meine Meinung?«

Es war Nachmittag, als der Logger sich endlich um die Spitze der Insel herumgequält und den Ankerplatz erreicht hatte. Nachdem er geankert und seine Segel notdürftig festgemacht hatte, sah man ein Boot zu ihm hinüberrudern.

Probyn fragte müde und gereizt: »Also, was tut sich?«

Bolitho richtete das Glas auf einen Mann, der in das jetzt längsseits liegende Boot ging. War es Eitelkeit oder eine zur Schau gestellte Selbstsicherheit? Aber die Uniform – leuchtend bunt gegen den trüben Hintergrund der Bordwand – sprach eine deutlichere Sprache als jede Botschaft. Ruhig sagte er: »Ein französischer Offizier geht von Bord.« Und seitwärts zu Probyn: »Nun wissen wir Bescheid.«

Fähnrich Couzens kroch auf Händen und Knien zu Bolitho auf dem Steilhang hin.

»Alles erledigt, Sir!« Er blickte hinunter zum Meer und den abweisenden Umrissen des Forts.

Bolitho nickte. Trotzdem gingen ihm noch ein Dutzend Fragen im Kopf herum. Waren die Waffen der Seeleute überprüft worden, um sicherzustellen, daß nicht irgendeine ängstliche Seele keine Munition im Lauf hatte? Hatte Couzens ihnen die lebenswichtige Bedeutung absoluter Lautlosigkeit eingehämmert? Aber jetzt war es zu spät. Er mußte den Männern vertrauen, die er geduckt hinter sich wußte, in der ihnen unbekannten Umgebung nervös die Waffen umklammernd.

Wenigstens schien der Mond nicht; dafür hatte sich jedoch der Wind völlig gelegt, lediglich das regelmäßige Klatschen der Brandung war zu hören. Es würde schwierig sein, die Leute unbemerkt hinunter an den Strand und hinüber zur Insel zu führen, da kaum ein Geräusch ihre Annäherung überdeckte.

Er dachte an d'Esterres kühle Einschätzung der Verteidigungsanlagen. Er hatte das Fort von drei verschiedenen Punkten aus eingehend durch das Glas studiert und herausgefunden, daß es zumindest acht schwere und mehrere kleinere Geschütze besaß. Die Garnison, obgleich offensichtlich nicht vollzählig, schien sich auf rund vierzig Mann zu belaufen. Allerdings war er der Ansicht, daß bereits ein Dutzend Leute zur Verteidigung ausreichten und mit Leichtigkeit einen Frontalangriff abschlagen konnten. Es war ein Wunder, daß nicht schon irgendein Jäger oder Waldläufer auf die verborgenen Soldaten gestoßen war, doch außer den paar Gestalten auf der Insel und den Männern, die das Boot ruderten, hatten sie keine Menschenseele gesehen. Der französische Offizier schien noch im Fort zu sein, obwohl ihnen der Zweck seines Besuchs weiterhin rätselhaft blieb.

Stockdale flüsterte: »Mr. Quinns Gruppe ist eingetroffen, Sir.«

»Gut.« Der arme Quinn sah jetzt schon aus wie der Tod, dabei hatte es noch gar nicht angefangen. »Er soll sich bereithalten.«

Bolitho richtete sein Glas auf den Logger, sah aber nichts als dessen dunkle Silhouette. Kein Ankerlicht verriet seine Anwesenheit, auch der vorher noch zu hörende Gesang Betrunker war verstummt.

Eine Hand berührte seine Schulter, und er hörte den Kanadier flüstern: »*Los!*«

Bolitho stand auf und folgte dem Mann den Steilhang hinab zum Wasser. Dabei trat er Sand und Steine los und fühlte, wie ihm der Schweiß über den Körper lief. Es war, als marschierten sie nackt gegen gespannte Gewehre, die sie jeden Augenblick niedermähen konnten.

Zu spät, zu spät.

Stetig folgte er dem Schatten des Kanadiers und wußte die gesamte Gruppe dicht hinter sich. Er konnte sich sogar ihre Gesichter vorstellen: Rowhurst, der Artilleriemaat, Kutbi, der großäugige Araber, Rabbett, der kleine Dieb aus Liverpool, der nur durch seine freiwillige Meldung zur Marine dem Strick entgangen war.

Die Geräusche der See kamen näher, hießen sie wie alte Freunde willkommen und gaben ihnen Zuversicht.

Sie duckten sich hinter einige trockene Büsche, die von oben viel größer gewirkt hatten, und starrten von dieser letzten Deckung aus hinüber zum Fort.

Der Kanadier beugte sich vor. »Dies sind die Führungstaue für das Floß«, flüsterte er.

Bolitho sah die großen Balken, an denen die Taue befestigt waren, und hoffte nur, daß der von ihnen errechnete Wasserstand stimmte, denn wenn die Ebbe schon stärker fortgeschritten war und das Floß auf Grund saß, hätte man eine ganze Armee gebraucht, um es anzuschieben. Er dachte auch an die beiden schweren Geschütze, die auf das Festland und den jetzt unsichtbaren Damm gerichtet waren. Er bezweifelte, daß die Garnison ihnen in dem Fall Zeit lassen würde, ihren Irrtum zu bedauern.

Ob Paget wohl von einem günstigen Beobachtungspunkt aus, kochend vor Ungeduld, ihren Vormarsch verfolgte?

Dann brachte er seine abschweifenden Gedanken unter Kontrolle. Dies war nicht der rechte Ort, um nervös zu werden.

Der Späher streifte sein Lederwams ab und sagte leise: »Dann gehe ich jetzt los.« Es hätte ebensogut eine Bemerkung über das Wetter sein können. »Wenn ihr nichts hört, könnt ihr nachkommen.«

Bolitho berührte die dick eingefettete Schulter des Mannes und zwang sich zu sagen: »Viel Glück.«

Der Späher verließ den Schutz der Büsche und ging ohne Eile

zum Strand hinab. Bolitho zählte seine Schritte, vier, fünf, sechs, dann hatte er das Wasser erreicht und war kurz darauf verschwunden.

Die Posten auf dem Fort gingen ihre Wache im Dreistundenrhythmus, vielleicht weil so viele Kameraden fehlten. Hoffentlich machte sie das besonders müde.

Die Minuten schlichen dahin, einige Male glaubte Bolitho, etwas zu hören, und erwartete Alarm.

Rowhurst murmelte: »Das sollte lange genug sein, Sir.« Er hatte sein Entermesser bereits gezogen.

Bolitho drehte sich im Dunkeln nach ihm um. War er so ungeduldig, oder dachte er, sein Leutnant habe den Mut verloren, und wollte ihn aufrütteln?

»Noch eine Minute«, sagte er, und dann. an Couzens gewandt: »Mr. Quinn soll sich bereithalten.«

Wieder mußte er seine abschweifenden Gedanken im Zaum halten. Hatte Quinn überprüft, ob die Leitern umwickelt waren? Er mußte einfach daran gedacht haben.

Er nickte Rowhurst zu. »Sie nehmen das linke Tau.« Dann zu Stockdale: »Und wir das rechte.«

Die Seeleute waren in zwei Gruppen aufgeteilt; er sah sie über den offenen Strand zu den schweren Balken schleichen, dann hangelten sie sich an den durchhängenden Tauen entlang, bis ihre Beine und kurz danach der ganze Körper von der starken Strömung erfaßt wurden.

Nach der Hitze des Tages fühlte sich das Wasser wie kühle Seide an. Bolitho zog sich an dem Seil weiter, es war so fettig wie des Spähers Schulter.

Jeder Mann war extra ausgesucht worden, trotzdem hörte er einige von ihnen grunzen und keuchen und fühlte auch seine Arme vor Anstrengung schmerzen.

Dann waren sie plötzlich angelangt und zogen sich schweigend, mit weit aufgerissenen Augen nach einem Angriff aus dem Dunkel ausspähend, auf den Ponton hinauf. Statt dessen trat der Späher aus dem Schatten und knurrte: »Alles erledigt. Er ist nicht einmal aufgewacht.«

Bolitho schluckte. Er brauchte keine weiteren Einzelheiten zu hören. Der unglückliche Posten mußte eingeschlafen sein, um erst aufzuwachen, als des Spähers doppelschneidiges Jagdmesser bereits seine Kehle durchschnitt.

So sagte er nur zu Rowhurst: »Sie wissen, was zu tun ist. Sammeln Sie drüben die anderen auf, und lassen Sie das Ding von der Strömung zurücktreiben.«

Dann stieg Bolitho vorsichtig von der Verladerampe an Land und stieß dabei gegen den Arm des Toten. Er versuchte, sich genau an alles zu erinnern, was er gesehen hatte: Das Fort lag etwa eine halbe Meile entfernt, nein, weniger. Die Posten würden zur Seeseite hin aufpassen, wenn überhaupt. Sie hatten allen Grund, sich sicher zu fühlen. Der Logger hatte eine Ewigkeit gebraucht, um die Spitze der Insel zu umrunden. Selbst wenn sie nur blindlings feuerten, konnten sie ein großes Kriegsschiff im Nu zum Wrack schießen. Niemand würde mit einem Angriff von Land aus rechnen, da nicht einmal Boote zum Übersetzen vorhanden waren.

Stockdale flüsterte heiser: »Das Floß ist freigekommen, Sir.«

Der Ponton glitt geräuschlos zum Festland, sein Umriß verschwamm mit dem Schatten der hohen Steilküste.

Bolitho schlich weiter in Richtung Fort, die Leute schwärmten nach beiden Seiten aus. Jetzt fühlte er sich wirklich allein und abgeschnitten von jeder Hilfe, wenn etwas schiefgehen sollte.

Nachdem sie sich eine Weile vorwärts getastet hatten, entdeckten sie einen flachen Abzugsgraben und krochen dankbar darin weiter.

Bei einem Halt stützte Bolitho sein Glas auf den sandigen Grabenrand und versuchte ein Lebenszeichen zu entdecken; aber das Fort wirkte so ausgestorben wie die ganze Insel. Das ursprüngliche Gebäude war von den ersten Siedlern zum Schutz gegen die Indianer errichtet worden und seit langem durch Feuer und Kämpfe zerstört. Diese verwegenen Abenteurer müßten lachen, wenn sie uns jetzt sehen könnten, dachte Bolitho.

Nach schier endloser Zeit flüsterte ein Seemann: »Mr. Couzens kommt, Sir.«

Geführt von dem kanadischen Späher, fiel Couzens außer Atem in den Graben, glücklich, seine Kameraden gefunden zu haben. Er flüsterte: »Mr. Quinn ist auch schon hier, Sir, dazu Hauptmann d'Esterre mit seiner ersten Abteilung.«

Bolitho atmete langsam aus. Was jetzt auch passieren mochte, er war nicht mehr allein und ohne Unterstützung. Das Floß war wieder auf dem Rückweg, und mit etwas Glück würden bald weitere Seesoldaten landen.

Zu Couzens sagte er leise: »Nehmen Sie zwei Mann und arbeiten Sie sich am Strand zu den beiden Booten vor. Bewacht sie für den Fall, daß wir uns plötzlich zurückziehen müssen.« Er fühlte des Jungen Konzentration. »Ab mit euch!«

Kurz darauf sah er, wie Couzens mit zwei bewaffneten Seeleuten über den Grabenrand kroch. Ein Grund zur Sorge weniger. Es war sinnlos, Couzens bei einem so riskanten Coup in Lebensgefahr zu bringen.

Er konnte sich leicht vorstellen, wie die Seesoldaten jetzt in zwei Gruppen zu den Toren schlichen, während eine dritte Abteilung auf der Festlandsseite der Insel zurückblieb, um den Angriff oder auch einen Rückzug zu decken.

Bolitho vermutete Probyn bei Major Paget, wenn auch nur, um sicherzustellen, daß seine Rolle nicht vergessen wurde, wenn alles vorüber war.

Eine weitere Gestalt rutschte in den Graben. Es war Quinns atemloser Fähnrich, der vor Anstrengung zitterte.

»Nun, Mr. Huyghue?« Bolitho dachte plötzlich an Sparke, der in der Hitze des Gefechts so kühl und distanziert geblieben war. Dies war leichter gesagt als getan. »Ist Ihre Gruppe bereit?«

Huyghue nickte eifrig. »Aye, Sir, mit Leitern und Haken.« Er leckte sich die Lippen. »Mr. Quinn sagt, es wird bald hell.«

Bolitho blickte zum Himmel. Quinn mußte recht nervös sein, wenn er dem Fähnrich gegenüber etwas so Offensichtliches erwähnte. »Dann sollten wir besser anfangen.« Damit stand er auf und lockerte sein Hemd. Wie oft noch würden sich solche Situationen wiederholen? Und wann war es wohl an ihm, zu fallen und nicht wieder aufzustehen?

Heiser sagte er: »Mir nach!« Der unnatürliche Klang seiner Stimme ärgerte ihn. »Mr. Huyghue, Sie bleiben hier und passen auf. Wenn wir zurückgeschlagen werden, verständigen Sie Mr. Couzens bei den Booten.«

Huyghue trat von einem Fuß auf den anderen, als stünde er auf heißen Kohlen. »Und dann, Sir?«

Bolitho sah ihn an. »Das werden Sie allein entscheiden müssen, denn ich fürchte, dann wird Ihnen niemand mehr Befehle erteilen können!«

Er hörte Rabbett kichern und wunderte sich, daß jemand über einen so schwachen, makabren Witz lachen konnte.

Während er auf die Ecke des Forts zuschritt, spürte er die leichte Brise wie eine Liebkosung im Gesicht. Noch zweihundert

Meter, und dabei ständig das Gefühl, als sei er weithin sichtbar, während er sich jetzt Quinns Versteck näherte.

Jemand richtete sich halb auf, Gewehr im Anschlag, ging aber sofort wieder in Deckung, als er Bolithos Gruppe erkannte.

Quinn wartete mit seinen Leuten bei den Leitern gereizt darauf, daß Bolitho die Lage durchs Glas studierte.

»Nichts«, sagte Bolitho. »Alles völlig ruhig. Sie verlassen sich wohl ganz auf einen Angriff von See her und auf den Posten, den wir unten erledigt haben.« Er sah Quinn zusammenzucken und fügte leise hinzu: »Nimm dich zusammen, James. Unsere Leute beurteilen ihre Chancen nur nach dem Eindruck, den wir machen.« Er zwang sich zu einem Grinsen, aber seine Lippen fühlte sich wie eingefroren an. »Dann wollen wir jetzt mal unseren Sold verdienen, wie?«

Rowhurst trat aus dem Schatten. »Fertig, Sir.« Er warf einen raschen Blick auf Quinn. »Keinerlei Bewegung auf der gesamten Brustwehr.«

Bolitho wandte sich um und hob den Arm. Er sah die geduckten Gestalten aus ihren Verstecken kommen und wußte, es gab kein Zurück mehr.

Die Leitern wurden rasch zu den dafür ausersehenen Stellen der Mauer geschleppt; daneben rannten die Seeleute, die mit ihren Entermessern und Beilen wie die Figuren eines alten normannischen Gobelins aussahen, den Bolitho einmal in Bodmin gesehen hatte.

Er ergriff Quinns Handgelenk und drückte es, bis dieser vor Schmerz zusammenzuckte.

»Wir wissen nicht, was wir vorfinden werden, James, aber die Tore *müssen* geöffnet werden. Hörst du?« Er sprach langsam und eindringlich, trotz seiner sich überstürzenden Gedanken. Es war wichtig, daß Quinn jetzt durchhielt.

Quinn nickte. »Ja, ich – ich werde es schon schaffen, Sir.«

Bolitho ließ ihn los und berichtigte: »Dick.«

Quinn starrte ihn verwirrt an. »Dick.«

Die erste Leiter wurde bereits aufgerichtet und hob sich klar gegen die verblassenden Sterne ab. Die zweite folgte, gestützt von den herbeieilenden Seeleuten.

Bolitho vergewisserte sich, daß sein Dolch mit der Schlaufe am Handgelenk festsaß, und lief leichtfüßig zur nächsten Leiter. Er wußte, daß Stockdale ihm folgte.

Rowhurst beobachtete Quinn und tippte ihm dann auf den Arm. »Kommen Sie, Sir!«

Keuchend rannte Quinn zur anderen Leiter und zog sich zu der schwarzen Mauerkrone hinauf.

Bolitho kletterte über die rohbehauenen Stämme und ließ sich hinter die Brustwehr fallen. Es war fast wie auf einem Schiff, dachte er geistesabwesend, bis auf die fürchterliche Stille.

Er tastete sich an einem Schwenkgeschütz vorbei und weiter dorthin, wo er die Tore vermutete. Seine Lungen schmerzten vor Anstrengung, als er den Buckel im Wall sah, der genau über dem Eingang sein mußte. Er roch Holzfeuer, Pferde und Menschen, den Gestank einer zusammengepferchten Garnison, der in aller Welt gleich war.

Er fuhr herum, als Rabbett vorwärtsglitt und mit seinem Beil auf etwas einschlug, das Bolitho für einen Stapel Säcke gehalten hatte. Aber es war ein weiterer Posten oder vielleicht jemand, der auf dem Wall frische Luft schöpfen wollte. Es war ein so schneller und fürchterlicher Hieb, daß der Mann auf der Stelle tot gewesen sein mußte.

Der Schock half Bolitho, sich ganz auf ihr Vorhaben zu konzentrieren. Er fand das obere Ende einer Leiter und wußte, daß die Tore jetzt dicht vor ihnen sein mußten.

Stockdale hockte plötzlich neben ihm. »Ich mache das, Sir.«

Bolitho versuchte, ihm ins Gesicht zu sehen, aber es lag im tiefen Schatten.

»Wir machen es zusammen.«

Während die Männer sich hinter der Brustwehr duckten, stiegen Bolitho und Stockdale vorsichtig die ungleichen Holzsprossen hinunter.

Am gegenüberliegenden Ende der Palisade arbeiteten sich Quinn und seine Abteilung zum Wachturm vor, um Bolitho von drüben Schutz zu geben, wenn die Wache auftauchen sollte.

All das hatte in Konteradmiral Coutts' Kopf begonnen, viele Meilen von diesem unheimlichen Ort entfernt. Und jetzt waren sie hier, obwohl Bolitho damit gerechnet hatte, daß sie entdeckt und zurückgeschlagen wurden, bevor sie das Fort erreichen konnten. Aber es war so lächerlich einfach gewesen, daß ihm unbehaglich wurde.

Bolitho fühlte den Boden des Festungshofes unter seinen Füßen. Die niedrigen Gebäude, die den inneren Wall säumten, konnte er nur erahnen, jedoch erkannte er gegen den heller werdenden Himmel deutlich den Turm und sogar den Flaggenmast.

Stockdale berührte seinen Arm und deutete auf eine kleine, alleinstehende Hütte in der Nähe des Tores, aus der ein schwacher Lichtschimmer drang: anscheinend die Wachstube.

»Komm!« flüsterte Bolitho.

Es waren nur sieben Schritte bis zur Mitte des Tores, aber er zählte jeden so genau, als hinge sein Leben davon ab. Ein langer dicker Balken in eisernen Halterungen sicherte die Torflügel, das war alles. Stockdale legte sein Messer hin und schob eine Schulter darunter, während Bolitho die Hütte im Auge behielt.

Gerade lüftete Stockdale mit seiner ganzen Kraft den Balken an, als ein Schreckensruf ertönte, der zu einem langgezogenen, entsetzten Schrei wurde und dann plötzlich verstummte, als ob eine massive Tür zugeschlagen würde.

Einen Augenblick lang hörte man keinen Laut, dann hallten erregte Stimmen und Getrappel im Hof wider. Bolitho schrie: »Mach auf, schnell!«

Schüsse, aufs Geratewohl abgefeuert, krachten in die Pfähle oder pfiffen harmlos über das Wasser. Er konnte sich die Verwirrung und das Durcheinander bei der Besatzung vorstellen; viele schienen anzunehmen, der Angriff käme von See her, von außerhalb der Mauern.

Licht fiel aus der plötzlich aufgestoßenen Tür der Wachstube, und Bolitho sah nackte Gestalten auf sich zulaufen, von denen eine ein Gewehr abfeuerte und dann von den nachfolgenden über den Haufen gerannt wurde. Die blasse Haut dieser Männer hob sich von dem dunklen Hintergrund deutlich ab. Nun hörte er jemanden schreien: »Laden und feuern, so schnell ihr könnt, Jungs!«

Stahl krachte auf Stahl, Rufe wandelten sich zu schrillen Schmerzenschreien, und noch hatte niemand von Bolithos Gruppe einen Schuß abgegeben.

Ein Mann stieß mit aufgepflanztem Seitengewehr nach ihm, aber Bolitho wich aus, so daß der Angreifer durch seinen eigenen Schwung vornüber fiel, vor Entsetzen keuchend, bis Stockdales Dolch ihm den Garaus machte.

Bolitho schrie: »*Trojaner*, hierher!«

Mehr Schreie, dann Jubelrufe, als der erste Torflügel sich bewegte und Stockdale den gewaltigen Balken wie die Lanze eines Riesen mitten zwischen die verwirrten Gestalten bei der Tür schleuderte.

Weitere Männer erschienen von der anderen Hofseite. Eine Andeutung von Ordnung kam in ihre Reihen, Kommandos erschallten, und eine Gewehrsalve holte zwei Seeleute von der Brüstung herunter.

Stockdale packte sein Entermesser und hieb es mit aller Wucht einem Angreifer quer über die Brust, warf sich dann blitzschnell herum und schlitzte einem anderen den Bauch auf, der versucht hatte, Bolitho zu unterlaufen.

Kutbi, der Araber, raste herum wie ein Amokläufer und wirbelte schreiend sein Enterbeil über den Kopf, völlig dem Drang zu töten verfallen.

Einer der Seeleute fiel, Blut hustend, zu Bolithos Füßen nieder, und er hörte Quinns Leute mit der Wachmannschaft des Turmes die Klingen kreuzen, näher und lauter, je mehr sie zu den Toren zurückwichen. Er glaubte, sein Arm würde brechen, als er auf einen Uniformierten einhackte oder dessen Hiebe parieren mußte. Der Mann hatte sich direkt neben ihm von Boden erhoben. Bolitho spürte des Gegners Stärke und Entschlossenheit, als dieser ihn jetzt Schritt für Schritt zurückdrängte.

Völlig klar und ohne Furcht oder Emotion fühlte er: dies war das Ende, der Augenblick war gekommen.

Sein Arm wurde schwerer und schwerer, der Mann besaß mehr Kraft als er, das bekam er erneut zu spüren, als sich jetzt sein Degengriff an dem des Gegners festhakte. Er hörte Stockdale brüllen, der verzweifelt versuchte, sich zu ihm durchzuschlagen.

Bolithos Instinkt sagte ihm, daß es diesmal keine Hilfe gab. Der Mann riß ihn herum, die verhakten Griffe als Hebel benutzend, als Bolitho eine Pistole aus seinem Gürtel ragen sah. Mit einer letzten, übermenschlichen Anstrengung warf er sich vor, ließ den Degen los und riß die Pistole heraus, sie gleichzeitig abdrückend.

Die Detonation schleuderte ihm die Waffe aus der Hand, aber er sah den Gegner lautlos zusammensinken. Der Schmerz, mit dem die schwere Kugel wie geschmolzenes Blei durch seine Eingeweide fuhr, war wohl selbst zum Schreien zu groß.

Bolitho hob seinen Dolch, um dem Todeskampf des Gegners ein Ende zu bereiten, aber er senkte die Waffe wieder. Es wäre sicher menschlicher gewesen, ihn von seinen Schmerzen zu befreien, aber er brachte es bei einem Wehrlosen nicht fertig.

Im nächsten Augenblick wurde der zweite Torflügel aufgerissen, und durch die Pulverdampfschwaden sah Bolitho die weißen Gür-

tel und schwach glitzernden Bajonette der eindringenden Marineinfanteristen.

Bis auf ein paar Widerstandsnester war alles vorbei. Eine kleine
Gruppe kämpfte noch auf den Palisaden, eine andere versuchte,
sich in einem Keller zu verschanzen; sie wurden alle niedergemäht,
auch als sie sich ergeben wollten. Die wenigen, die aus den Toren
entkommen waren und zum Strand liefen, fielen Pagets zweiter
Schützenreihe zum Opfer.

Probyn hinkte durch das Chaos von Toten, Sterbenden und
Gefangenen, die flehend die Hände hoben, erkannte Bolitho und
grunzte: »Das war knapp.«

Dieser nickte, an einen Pfosten gelehnt und Luft in seine
schmerzenden Lungen pumpend. Er bemerkte Probyns Hinken
und keuchte: »Sind Sie verwundet?«

Probyn erwiderte wütend: »Diese verdammten Idioten mit ihrer
Leiter haben mir fast das Bein gebrochen!«

Es klang inmitten von Schmerz und Tod so absurd, daß Bolitho
an sich halten mußte, um nicht laut zu lachen; denn er wußte,
daß er das Gelächter sonst nicht mehr unter Kontrolle bringen
konnte.

D'Esterre trat unter dem Stalldach hervor. »Das Fort ist genommen. Alles vorüber.« Er ließ sich von einem Soldaten seinen Hut
reichen, wischte ihn sorgfältig ab und fügte hinzu: »Die Teufel
hatten ein Geschütz schon geladen und auf die Mauerkrone gerichtet. Wenn sie uns früher bemerkt hätten, wären wir niedergemäht
worden, ob beim Angriff oder auf der Flucht!«

Rowhurst wartete, bis Bolitho ihn anblickte, und sagte dann
schwer atmend: »Wir haben drei Mann verloren, Sir.« Er wies mit
dem Daumen hinter sich auf den Wachturm. »Und zwei sind
schwer verwundet.«

Bolitho fragte: »Wo ist Mr. Quinn?«

Rowhurst erwiderte schroff: »Ihm geht's gut, Sir.«

Was bedeutete das? Bolitho sah Paget und weitere Marineinfanteristen durch die offenen Tore kommen und beschloß, nicht nach-
zuhaken. Noch nicht.

Paget blickte auf die herumhastenden Soldaten und Seeleute
und schnauzte: »Wo ist der Kommandant des Forts?«

D'Esterre antwortete: »Er war nicht hier, aber wir haben seinen
Stellvertreter.«

»Das genügt«, knurrte Paget. »Führen Sie mich zu seinem

Quartier.« Er sah Probyn an. »Ihre Leute sollen ein paar Geschütze auf den Logger richten. Wenn er auslaufen will, raten Sie ihm davon ab, klar?«

Probyn tippte an seinen Hut und knurrte säuerlich: »Das würde ihm schlecht bekommen!«

Rowhurst blickte bereits mit fachmännischem Blick zu den Geschützen auf. »Ich werde das übernehmen, Sir.« Er lief davon und rief einige Namen, froh über eine Arbeit, von der er etwas verstand.

Der Mann, dessen Pistole Bolitho vor wenigen Minuten gegen ihn selbst gerichtet hatte, stieß einen heiseren Schrei aus und starb. Bolitho blickte ihn an und versuchte, sich über seine Gefühle gegenüber einem Menschen, der ihn hatte umbringen wollen, klarzuwerden.

Plötzlich erschien ein Marineinfanterist, lief über den Hof auf sie zu und konnte sich kaum das Grinsen verkneifen, als er meldete: »Verzeihung, Sir, aber einer Ihrer jungen Herren hat einen Gefangenen gemacht!«

Im nächsten Augenblick kam Couzens mit zwei Seeleuten durch das Tor, anscheinend geführt von dem französischen Offizier, der seinen Rock über dem Arm und seinen Dreispitz keß nach hinten geschoben trug, als sei er auf einem Spaziergang.

Couzens erklärte: »Er rannte zu den Booten, Sir, uns genau in die Arme!« Dabei glühte er vor Stolz über seinen Fang.

Der Franzose blickte von Bolitho zu Probyn und sagte gelassen: »Ich bin nicht gerannt, meine Herren, das versichere ich Ihnen. Ich habe nur die Umstände genutzt.« Er verbeugte sich leicht. »Leutnant Yves Contenay, stehe zu Ihren Diensten.«

Probyn starrte ihn wütend an. »Sie stehen unter Arrest, verdammt!«

Der Franzose lächelte liebenswürdig: »Wohl kaum. Ich befehlige dieses Schiff dort und lief hier ein, um zu . . .« Er hob die Schultern. »Der Grund ist unwichtig.«

Er blickte auf, als einige Seeleute mit Handspaken daran arbeiteten, eins der Geschütze auf den Ankerplatz zu richten. Zum ersten Mal zeigte er Unruhe, ja Furcht.

Probyn sagte: »Soso, unwichtig. Sagen Sie Ihren Leuten, daß sie nicht etwa den Versuch machen, auszulaufen oder das Schiff zu beschädigen. Denn sonst lasse ich ohne Pardon auf sie feuern.«

»Das glaube ich gern.« Contenay wandte sich an Bolitho und

hob die Hände. »Aber auch ich habe meine Befehle, das wissen Sie.«

Bolitho beobachtete ihn, die Nerven zum Zerreißen gespannt. »Ihr Logger hat Schießpulver geladen, nicht wahr?«

Der Franzose runzelte die Stirn. »Logger?« Dann nickte er. »Ah, ja, *Lougre,* verstehe.« Wieder hob er die Schultern. »Ja. Wenn Sie auch nur einen Schuß hineinfeuern, *pouf*!«

Probyn befahl: »Bleibt hier bei ihm, ich melde es dem Major.«

Bolitho sah Couzens an. »Gut gemacht!

Auch der Franzose musterte ihn lächelnd. »Ja, in der Tat.«

Bolitho sah jetzt, daß die Leichen von den Toren und der Wachstube fortgeräumt wurden. Zwei Gefangene in blau-weißen Uniformen hatten bereits Eimer voll Wasser geholt und schrubbten mit Besen das Blut weg.

Zu dem Franzosen sagte Bolitho leise: »Man wird Sie wegen Ihrer Ladung befragen, *M'sieur.* Aber das wissen Sie selbst.«

»Ja. Ich bin in offiziellem Auftrag hier. Es gibt kein Gesetz, das mich aufhalten könnte. Mein Land respektiert die Revolution, nicht die von Ihnen ausgeübte Unterdrückung.«

Bolitho entgegnete trocken: »Und Frankreich handelt dabei natürlich völlig selbstlos?«

Sie grinsten sich beide an wie Verschwörer, während Couzens verwirrt zusah, ein wenig seines Ruhmes beraubt.

Zwei Leutnants, dachte Bolitho, von Krieg und Rebellion wie von einer Flutwelle fortgerissen. Es würde ihm schwerfallen, diesen französischen Offizier nicht zu mögen. Er sagte:

»Ich rate Ihnen, nichts zu tun, was Major Paget reizen könnte.«

»Gewiß.« Contenay tippte sich mit dem Finger an die Nase. »Auch Sie haben also *solche* Offiziere.«

Als Probyn mit einer Eskorte zurückkam, fragte Bolitho: »Wo haben Sie Ihr gutes Englisch gelernt, *M'sieur*?«

»Ich habe lange Zeit in England gelebt.« Sein Lächeln wurde breiter. »So etwas kann sich eines Tages als nützlich erweisen, oder?«

Probyn schnauzte: »Bringt ihn zu Major Paget.« Er sah zu, wie der Franzose abgeführt wurde, und fügte ärgerlich hinzu: »Sie hätten ihn erschießen sollen, Mr. Couzens, verdammt! Jetzt wird er zweifellos gegen einen unserer Offiziere ausgetauscht. Verdammte Freibeuter, ich würde die ganze Bande aufhängen, ihre und unsre!«

Stockdale rief plötzlich: »Die Flagge, Sir!«

Bolitho blickte zur Rebellenflagge auf, die Paget vernünftigerweise hatte hissen lassen. Es wäre unklug gewesen, vorzeitig Verdacht zu erregen, sei es nun an Land oder auf See.

Trotzdem begriff Bolitho, was Stockdale meinte. Anstatt schlapp in Richtung Land zu hängen, zeigte die Flagge jetzt seewärts zum heller werdenden Horizont. Der Wind hatte über Nacht um hundertachtzig Grad gedreht, und in der Erregung hatte dies bisher niemand bemerkt.

Leise sagte er: »Die *Spite* wird nicht einlaufen können.«

Probyn fuhr sich nervös mit der Hand über die Bartstoppeln und meinte: »Er wird auch wieder zurückdrehen, ganz bestimmt!«

Bolitho wandte sich dem Hang zu, auf dem er und Couzens gestern in der Morgensonne geschmort hatten; sorgfältig suchte er ihn mit den Augen ab: er wirkte jetzt dunkel und drohend.

»Aber bis dahin sind *wir* hier die Verteidiger!«

Major Paget stützte sich auf den schweren Tisch und musterte grimmig seine müden Offiziere.

Sonnenlicht flutete durch die Fenster des Kommandeurszimmers, und durch eine Schießscharte sah Bolitho Bäume und einen kleinen Streifen Strand.

Es war schon Vormittag und noch immer weder Freund noch Feind in Sicht.

Mit dem französischen Offizier als Geisel und einer Eskorte Marinesoldaten hatte Probyn sich zum Logger hinüberrudern lassen. Das Schiff war bis unters Deck voll von westindischem Schießpulver, französischen Gewehren, Pistolen und anderem militärischen Gerät.

»Ein wertvoller Fang«, sagte Paget. »Der Feind und Mr. Washington wird ihn schmerzlich vermissen, das kann ich Ihnen versichern, meine Herren. Wenn wir hier angegriffen werden, bevor Hilfe kommt, ist es wahrscheinlich, daß der Feind den Logger samt Ladung in die Luft zu jagen versucht, falls er ihn nicht zurückerobern kann. Auf alle Fälle werde ich verhindern, daß er wieder in Feindeshand fällt.«

Bolitho hörte den Marschtritt der Marineinfanteristen und die schroffen Kommandos ihrer Unteroffiziere. Pagets Feststellung war sinnvoll. Fort Exeter mußte mit allen Waffen und Ausrüstungsstücken vernichtet werden, die während der letzten Monate hier gehortet worden waren.

Aber es würde einige Zeit dauern, alles vorzubereiten; und der Gegenangriff des Feindes konnte nicht lange auf sich warten lassen.

»Ich befehlige dieses Unternehmen.« Paget ließ seinen grimmigen Blick über die Gesichter schweifen, als erwarte er Widerspruch. »Mir steht es also zu, eine Prisenbesatzung für den Logger einzuteilen, die ihn unverzüglich nach New York segelt oder sich unterwegs bei einem Schiff seiner Majestät meldet.«

Bolitho versuchte, seine Erregung zu zügeln. Der Logger hatte eine Besatzung von Eingeborenen aus Martinique. Kein Wunder, daß man einen fähigen Mann wie Leutnant Contenay für solch ein schwieriges Unternehmen ausgesucht hatte; er schien den meisten Offizieren, die Bolitho bisher getroffen hatte, weit überlegen. Es war eine nicht zu unterschätzende Aufgabe gewesen, den Logger von Martinique durch die Karibische See hierher in diese schlecht vermessenen Gewässer zu segeln.

Selbst mit ihrer gefährlichen Ladung war die Prise eine angenehme Abwechslung, jedenfalls besser als dies hier. War er einmal in New York, konnte so manches geschehen, bis er wieder in die strenge Autorität der *Trojan* zurückkehren mußte. Eine Fregatte vielleicht? Zu den jüngeren Leuten auf einer Fregatte zu stoßen, wäre schon Belohnung genug.

Bolitho glaubte, nicht richtig verstanden zu haben, als Paget fortfuhr: »Mr. Probyn erhält das Kommando und wird einige Leichtverwundete mitnehmen, die ihm helfen, die Eingeborenencrew in Schach zu halten.«

Bolitho wandte sich in der Erwartung um, Probyn in lauten Protest ausbrechen zu hören, aber dann wurde ihm klar: Warum sollte dieser nicht genauso denken wie er? Er durfte mit der Prise nach New York segeln, sich beim Oberbefehlshaber melden und hoffen, ein besseres Kommando und einen höheren Rang zu bekommen.

Probyn war so besessen von dieser Idee, daß er bisher keinen Tropfen Wein oder Brandy angerührt hatte, nicht einmal, als das Fort schon genommen war. Er war nicht intelligent genug, um über die neue Prise und sein Einlaufen in Sandy Hook hinauszudenken, war nicht der Mann, der in Erwägung zog, daß andere es sicher seltsam fanden, wenn ein so dienstalter Offizier das Kommando über ein so kleines Schiff erhielt.

Probyn stand auf; sein Gesicht drückte seine Genugtuung besser aus, als Worte es vermocht hätten.

Paget fuhr fort: »Ich werde die nötigen Befehle ausschreiben, außer wenn –«, dabei blickte er Bolitho an, »Sie vielleicht anderer Meinung sind?«

Probyn reckte sein Kinn vor. »Nein, Sir, so kommt es mir zu.«

Der Major starrte ihn an und knurrte: »Nur, wenn ich es befehle.« Er zuckte mit den Schultern. »Gut, es bleibt also dabei.«

D'Esterre murmelte: »Tut mir leid um die verpaßte Gelegenheit, Dick, aber es freut mich, daß du bei uns bleibst.«

Bolitho versuchte zu lächeln. »Danke, aber ich glaube, der arme George Probyn wird bald wieder auf der *Trojan* sein. Möglicherweise trifft er ein größeres Schiff, dessen Kommandant mit der Ladung anderes vorhat.«

Pagets Augenbrauen zogen sich drohend zusammen. »Wenn Sie fertig sind mit Ihrer Unterhaltung, meine Herren . . .«

D'Esterre fragte höflich: »Was geschieht mit dem französischen Leutnant, Sir?«

»Er bleibt bei uns. Konteradmiral Coutts will ihn sicher sprechen, bevor dies die Behörden in New York tun.« Er rang sich ein etwas gezwungenes Lächeln ab: »Sie verstehen, was ich meine?« Damit stand der Major auf und klopfte sich ein paar Sandkörner vom Ärmel. »Bitte weitermachen, meine Herren, und achten Sie darauf, daß die Wachen ihre Pflicht tun.«

Probyn wartete an der Tür auf Bolitho und sagte kurz: »Sie sind jetzt hier der Ranghöchste –«, seine Augen glitzerten trotz seiner Müdigkeit –, »und ich wünsche Ihnen viel Glück mit diesem Sauhaufen!«

Bolitho betrachtete ihn gelassen. Probyn war nicht viel älter als er selbst, sah aber beinahe so alt aus wie Pears. Er fragte: »Warum diese Bitterkeit?«

Probyn schnaubte. »Ich habe niemals wirklich Glück gehabt und auch nicht die guten Beziehungen Ihrer Familie.« Zu Bolithos Ärger hob er drohend die Faust. »Ich kam aus dem Nichts und mußte mich mit Zähnen und Klauen hinaufarbeiten! Denken Sie, ich hätte zu Ihren Gunsten verzichtet? Was ist schon ein elender, kleiner, französischer Blockadebrecher für einen älteren Offizier wie mich – das haben Sie doch gedacht, nicht?«

Bolitho seufzte. Probyn war noch vulgärer, als er sich vorgestellt hatte. »Ja, es ging mir durch den Kopf.«

»Als Sparke fiel, kam meine Chance, und ich habe die Absicht, sie in jeder Weise zu nutzen.«

Bolitho blickte weg; es war ihm unmöglich, Probyn in seiner Raserei länger anzusehen.

»Sie können hier warten, bis Sie blau sind. Und dann sagen Sie Ihrem blöden Cairns und den anderen Idioten, soweit sie überhaupt dafür Interesse haben, daß ich nicht mehr auf die *Trojan* zurückkehre, oder höchstens besuchsweise. Aber dann als Kommandant meines eigenen Schiffes!«

Er drehte sich abrupt herum und ging. Was Bolitho auch an Mitleid oder wenigstens Verständnis für ihn empfunden haben mochte, war verflogen, als er feststellte, daß Probyn nicht einmal die Absicht hatte, noch einmal mit seinen Leuten zu sprechen, bevor er ging, oder die Schwerverwundeten und Sterbenden zu besuchen.

D'Esterre trat zu ihm auf die Brustwehr, und sie beobachteten Probyn, der entschlossen über den Strand zu einem der beiden Boote ging.

»Hoffentlich bleibt er weiterhin nüchtern, Dick. Mit einem Schiff voller Schießpulver und einer verängstigten Eingeborenencrew könnte es sonst eine denkwürdige Reise werden!« Er sah, daß sein Sergeant auf ihn wartete, und ging eilig zu ihm.

Bolitho stieg die Leiter hinunter und fand Quinn an einer Wand lehnen. Er sollte die erbeuteten Waffen und Pulverfässer inspizieren, überließ dies jedoch seinen Leuten.

Bolitho sprach ihn an: »Hast du gehört, was der Major uns zu sagen hatte, und auch, was Probyn mir eben an den Kopf geworfen hat? Ich habe dazu ein paar eigene Ideen, aber erst möchte ich wissen, was heute morgen während des Angriffs vorgefallen ist.« Er dachte an den fürchterlichen Schrei, der so plötzlich verstummt war.

Quinn erwiderte heiser: »Ein Mann kam aus dem Wachturm. Wir waren alle so damit beschäftigt, die Tore zu suchen oder nach Wachtposten Ausschau zu halten, daß ihn niemand bemerkte. Er schien aus dem Nichts zu kommen.« Unglücklich fuhr er fort: »Ich war ihm am nächsten und hätte ihn leicht niederstechen können.« Er schauderte. »Es war ein halbnackter Junge mit einem Eimer, wahrscheinlich sollte er Wasser holen für die Kombüse. Er war unbewaffnet.«

»Was dann?«

»Wir starrten uns an, ich bin mir nicht sicher, wer von uns beiden mehr überrascht war. Ich hatte die Klinge schon an seinem Hals, ein Streich hätte genügt, aber ich konnte nicht.« Quinn blickte Bolitho verzweifelt an. »Er begriff es. So standen wir, bis . . .«

»Rowhurst kam?«

»Ja, mit seinem Dolch. Aber für mich war es zu spät.«

Bolitho nickte. Er erinnerte sich an seine eigenen Gefühle, als er sich über den Mann beugte, den er erschossen hatte, um sich selbst zu retten.

Quinn fuhr fort: »Ich sah den Ausdruck in Rowhursts Augen, er verachtet mich. Es wird durch das Schiff gehen wie ein Lauffeuer, und ich werde ihren Respekt für immer verlieren.«

Bolitho fuhr sich durchs Haar. »Du mußt versuchen, ihn dir von neuem zu erwerben, James.« Er fühlte Sand zwischen seinen Fingern und sehnte sich nach einem Bad. »Aber jetzt haben wir genug anderes zu tun.« Er sah Stockdale und ein paar Seeleute ihn beobachten. »Geh mit diesen Leuten zum Floß, schleppt es in tiefes Wasser und zerstört es.« Er ergriff Quinns Arm und fügte hinzu: »Denk daran, James: *Sag'* ihnen, was sie tun sollen.«

Quinn wandte sich ab und ging niedergeschlagen zu den wartenden Seeleuten. So lange Stockdale dabei war, würde alles in Ordnung gehen, dachte Bolitho.

Ein Unteroffizier tippte sich grüßend an die Stirn und meldete: »Wir haben das Hauptmagazin geleert, Sir.«

Bolitho nahm seine Gedanken zusammen, da Verstand und Körper ihm noch nicht ganz gehorchen wollten. Aber er mußte. Er war jetzt tatsächlich der Dienstälteste, genau wie Probyn gesagt hatte.

»Gut, ich sehe mir an, was ihr gefunden habt«, sagte er.

Die Geschütze mußten unbrauchbar gemacht, die Vorräte in Brand gesteckt werden, bevor das Fort selbst mit seinem eigenen Pulvermagazin in die Luft gesprengt wurde. Er blickte in die leeren Ställe und war froh, daß keine Pferde zurückgelassen worden waren. Der Gedanke, sie schlachten zu müssen, um sie nicht in Feindeshand fallen zu lassen, war schlimm genug; noch schlimmer war es, sich vorzustellen, welche Wirkung ein solches Gemetzel auf die kampfesmüden Seeleute gehabt hätte. Tod, Verwundung oder auch Auspeitschen nahm der Durchschnittsseemann als sein natürliches Los hin, aber Bolitho hatte einmal gesehen, wie ein Bootsmannsmaat in Plymouth einem Mann den Schädel einschlug, nur weil dieser nach einem streunenden Hund getreten hatte.

Marineinfanteristen bastelten überall herum und fühlten sich ganz in ihrem Element, als sie lange Zündschnüre verlegten und diese mit den Pulverfässern verbanden, während andere die kleineren Feldgeschütze zu den Toren schafften.

Das Floß war mittlerweile in tiefes Wasser geschleppt worden; von der Mauer aus sah Bolitho, daß die Seeleute es mit ihren Äxten zerschlugen und die Taue losmachten. Quinn stand dabei und beobachtete sie. Das nächste Mal, wenn sie kämpfen mußten, würde er nicht so glimpflich davonkommen, dachte Bolitho traurig.

Auf dem Wachturm stand Couzens, ein Teleskop auf den Ankerplatz gerichtet. Als Bolitho sich umwandte, sah er, daß auf dem Logger Segel gesetzt wurden, während die Anker tropfend vor den Klüsen hingen.

Derselbe Wind, der das Einlaufen der *Spite* verzögerte, ließ Probyn und seine kleine Schar noch vor Dunkelheit die offene See gewinnen. Mitleid ist niemals eine gute Basis für eine Freundschaft, dachte Bolitho, aber ihr Abschied war derart unerfreulich gewesen, daß er für immer zwischen ihnen stehen würde, falls sie sich je wieder begegneten.

»Ach, da sind Sie, Bolitho!« Paget blickte aus einem Fenster. »Kommen Sie herauf, dann kann ich Ihnen gleich Ihre Instruktionen geben.«

Im Kommandeurszimmer spürte Bolitho wieder seine Müdigkeit, die Nachwirkung von Kampf, Vernichtung und Angst.

Paget informierte ihn: »Als weiteres Mosaiksteinchen für unseren Nachrichtendienst wissen wir jetzt, woher der Feind sein Pulver und einen Teil seiner Bewaffnung bekommt. Alles andere ist Sache des Admirals.«

Es klopfte an die Tür, und Bolitho hörte draußen jemanden eindringlich flüstern.

»Warten Sie!« sagte Paget ruhig. »Ich hatte keine andere Wahl mit dem Logger. Von Rechts wegen hätte er Ihnen zugestanden wegen der Art und Weise, wie Sie das Fort für uns sturmreif gemacht haben.« Er hob die Schultern. »Aber der Marine Wege sind nicht die meinen, und somit ...«

»Ich verstehe, Sir.«

»Gut.« Paget schritt mit bemerkenswerter Geschwindigkeit

durch den Raum und öffnete die Tür. »Ja?«

Es war Leutnant Fitzherbert von den Marineinfanteristen des Flaggschiffs. Er stammelte: »Wir haben den Feind gesichtet, Sir! Er kommt die Küste herauf!«

Zusammen traten sie in das blendende Sonnenlicht, und Paget ließ sich in aller Ruhe von einem Ausguckposten ein Fernrohr geben. Nach einer vollen Minute reichte er es Bolitho.

»Das ist ein Anblick! Ich glaube, Ihr Mr. Probyn wird bedauern, daß er ihm entging.«

Bolitho vergaß sofort seine Enttäuschung und des Majors Sarkasmus, als er das Glas auf die Küste richtete. Es schien ein endloser Zug zu sein, der da dem Strand folgte und fast bis zurück nach Charlstown reichte: ein Band aus Blau und Weiß, hin und wieder unterbrochen vom Braun der Pferde und glänzenden schwarzen Flecken, die nur Artillerie sein konnten.

Paget verschränkte die Arme und schaukelte auf den Hacken vor und zurück. »Hier kommen sie also. Damit ist jedes Täuschungsmanöver überflüssig, denke ich.« Er blickte zur Spitze des Flaggenmastes auf, seine Augen waren rotgerändert vor Arstrengung. »Heiß die Flagge, Sergeant! Wir wollen sie ein bißchen ärgern.«

Bolitho senkte das Glas. Quinn war noch unten bei dem erst zum Teil zerstörten Floß und sah die drohende Marschkolonne auf der Küstenstraße nicht. Probyn draußen schien zu sehr damit beschäftigt, von der Sandspitze freizukommen, um etwas zu bemerken. Vermutlich hätte es ihn auch nicht mehr interessiert.

Er suchte den Horizont ab, seine Augen schmerzten in der gleißenden Helligkeit. Nichts unterbrach die scharfe, blaue Linie, was auf die Anwesenheit eines Segels hingedeutet hätte. Bolitho dachte an den gefangenen französischen Offizier. Wenn er Glück hatte, würde seine Gefangenschaft eine der kürzesten sein, die es je gegeben hatte.

Paget knurrte: »Bewegen Sie sich, Sir! Hauptbatterie auf den Damm richten! Sie haben doch einen guten Läufer unter Ihren Leuten, nehme ich an? Ich möchte jedes der Geschütze voll geladen wissen. An die Arbeit, verdammt!«

Bolitho wandte sich zum Gehen, hörte Paget aber noch wie im Selbstgespräch hinzufügen: »Es interessiert mich nicht, was sie uns anbieten oder versprechen. Wir kamen, um dieses Fort zu zerstören, und das werden wir tun, so wahr mir Gott helfe!«

Als Bolitho den Hof erreicht hatte, blickte er noch einmal zum Turm hinauf. Paget stand barhäuptig in der Sonne und starrte den soeben gehißten Union Jack an, den die Marineinfanteristen mitgebracht hatten.

Dann hörte er einen Seemann zu seinem Kameraden sagen: »Mr. Bolitho sieht nicht sonderlich beunruhigt aus, Bill. Dann kann es nicht so schlimm sein.«

Bolitho sah die beiden an, als er vorbeiging, und sein Herz war zugleich schwer und froh. Sie fragten nicht, warum sie hier waren. Gehorsam, Vertrauen und Hoffnung gehörten genauso zu diesen Leuten wie ihr Fluchen und Raufen.

Er traf Rowhurst am Tor. »Sie haben es zweifellos gehört?«

Rowhurst grinste. »Gesehen auch, Sir. Eine ganze verdammte Armee auf dem Marsch! Und das nur für uns!«

Bolitho lächelte knapp. »Wir haben genügend Zeit, alles zu ihrem Empfang vorzubereiten.«

»Aye, Sir.« Rowhurst blickte beredt auf den Stapel von Pulverfässern und Zunder. »Eins ist sicher – beerdigen müssen sie uns nicht. Sie brauchen nur die paar übriggebliebenen Fetzen aufzusammeln!«

X Nachtgefecht

Bolitho betrat den Raum oben im Turm, wo der frühere Fortkommandant spartanisch einfach gelebt hatte, und fand Paget mit d'Esterre über eine Karte gebeugt, lebhaft diskutierend.

Bolitho fragte: »Sie haben nach mir geschickt, Sir?«

Kaum erkannte er seine eigene Stimme wieder. Die Müdigkeit war fast totaler Erschöpfung gewichen. Den ganzen Tag über war er von einer Aufgabe zur anderen gehetzt, sich ständig der blauweißen Schlange bewußt, die an der Küste entlang auf sie zukam, bald in und bald außer Sicht. Zur Zeit war sie ganz verschwunden, und es schien, als biege die Straße scharf ins Landesinnere ab, bevor ein Seitenweg zur Insel hin abzweigte.

Paget blickte auf. Er hatte sich rasiert und sah in seiner gut gebügelten Uniform frisch und adrett aus.

»Ja. Es wird nicht mehr lange dauern.« Er deutete auf einen Stuhl. »Alles erledigt?«

Bolitho setzte sich steif. »Erledigt.« Was für ein endloses Durcheinander von Aufgaben und Arbeiten sie bewältigt hatten! Tote mußten begraben, Gefangene an einen Platz geschafft werden, wo man sie mit der geringsten Anzahl von Leuten bewachen konnte. Vorräte und Wasser mußten überprüft, Schießpulver in das tiefstgelegene Magazin geschafft werden, damit es eine einzige, vernichtende Explosion gab, sobald der Brand der Zündschnüre sein Ziel erreicht hatte. Die schweren Geschütze mußten gedreht und gegen das Land gerichtet werden, damit sie den Damm und den gegenüberliegenden Küstenstreifen unter Beschuß nehmen konnten.

»Ich habe alle Seeleute ins Fort kommen lassen, wie von Ihnen angeordnet«, ergänzte Bolitho.

»Gut.« Paget schenkte ein Glas Wein ein und schob es über den Tisch. »Trinken Sie, er ist nicht schlecht.« Dann fuhr der Major fort: »Sie müssen wissen, das meiste beruht auf Bluff. Wir wissen eine ganze Menge über diese Burschen, aber sie wissen kaum etwas über uns. Sie werden zwar meine Marinesoldaten bemerken, aber ein Rotrock sieht aus wie der andere. Warum sollten sie uns für Marine halten? Wir könnten ebensogut ein starkes Aufgebot von regulären Truppen sein, das sich durch ihre Linien gekämpft hat. Das wird sie beunruhigen.«

Bolitho blickte d'Esterre an, aber dessen normalerweise so lebhaftes Gesicht war ausdruckslos; daher vermutete Bolitho, daß die Idee, die Anwesenheit der Seeleute geheimzuhalten, von ihm und nicht von Paget stammte.

Es war sinnvoll. Schließlich lagen keine Boote da, und niemand wußte besser als der zurückkehrende Fortkommandant, wie unmöglich es war, ein Kriegsschiff unbehelligt von den schweren Geschützen auf den Ankerplatz zu segeln.

Der ungünstige Wind hatte noch an Stärke zugenommen und den ganzen Nachmittag über Staubwolken von der Marschsäule herangetrieben wie Rauch von Geschützfeuer.

Paget bemerkte: »Etwa eine Stunde bis Sonnenuntergang. Aber sie werden sich noch vor Einbruch der Dunkelheit bemerkbar machen, darauf gehe ich jede Wette ein.«

Bolitho blickte durch ein schmales Fenster auf der anderen Seite. Er konnte einen Teil des Hanges sehen, auf dem er mit dem jungen Couzens gelegen hatte, scheinbar vor tausend Jahren. Die sonnenverbrannten Büsche bewegten sich im Wind wie rauhes Pelzwerk, und die Abendsonne tauchte alles in feurige Farbtöne.

Die Seesoldaten hatten sich unten bei den jetzt umgestürzten

Floßbalken Löcher gegraben, in denen sie vom Festland aus nicht zu sehen waren. D'Esterre hatte gute Arbeit geleistet. Jetzt hockten sie alle darin und warteten auf den Feind.

Bolitho bemerkte mit müder Stimme: »Wasser ist unser Hauptproblem, Sir. Die Garnison hat es immer aus einem Bach weiter landeinwärts geholt. Jetzt ist nicht mehr viel Wasser da. Wenn sie wüßten, daß wir auf ein Schiff warten, könnten sie sich genau ausrechnen, wieviel Zeit uns bleibt.«

Paget holte Luft. »Ich habe natürlich daran gedacht. Sie werden versuchen, uns zu bombardieren, aber da sind wir im Vorteil. Dieser Strand ist zu weich für ihre schweren Geschütze, und es wird mindestens einen weiteren Tag dauern, sie auf den Hügel zu schaffen, um uns von dort aus unter Beschuß zu nehmen. Was den Damm betrifft, so kann ich mir nicht vorstellen, daß sie darüber einen Frontalangriff riskieren würden, nicht einmal bei Niedrigwasser!«

Bolitho sah d'Esterre leise lächeln. Möglicherweise dachte er daran, daß Paget genau das von ihm und seinen Leuten erwartet hatte – für den Fall, daß es Bolitho nicht gelang, die Tore rechtzeitig zu öffnen.

Die Tür wurde aufgestoßen, und der Leutnant vom Flaggschiff meldete aufgeregt: »Feind in Sicht, Sir!«

Paget starrte ihn an. »Wirklich, Mr. Fitzherbert, dies ist eine Garnison und nicht die Bühne im Drury-Lane-Theater!« Trotzdem stand er auf und trat in den heißen Sonnenschein hinaus. Auf der Brustwehr ließ er sich ein Teleskop reichen und schaute hindurch.

Bolitho stützte sich auf das heiße Holz der Brüstung und blickte zum Land hinüber. Zwei Reiter, fünf oder sechs Infanteristen und ein großer schwarzer Hund drängten sich auf dem engen Strand – offenbar eine Vorhut.

Paget sagte: »Sie suchen das Floß. Ich kann beinahe hören, wie ihre Hirne arbeiten.«

Bolitho blickte ihn an. Paget genoß doch tatsächlich die Situation!

Einer der Reiter stieg ab, der Hund lief zu ihm hin und wartete eifrig wedelnd. Sein Herr, anscheinend der Dienstälteste der Gruppe, tätschelte seinen Kopf mit routinierter Gebärde.

Fitzherbert fragte vorsichtig: »Was werden sie tun, Sir?«

Paget antwortete nicht sofort, sondern sagte zu d'Esterre: »Sehen Sie, wie die Hufe der Pferde sich in den Sand graben? Das einzige Stück befestigter Straße führt zum Anlegeplatz für das Floß.« Er senkte sein Glas und lachte in sich hinein. »Das haben die sich nicht träumen lassen, daß *sie* einmal hier die Angreifer spielen müssen!«

Sergeant Shears rief: »Ein paar von ihnen sind schon oben auf dem Hügel, Sir!«

»Von dort können sie uns Gott sei Dank nicht mit Gewehrfeuer erreichen«, sagte Paget und rieb sich vergnügt die Hände. »Sagen Sie Ihrem Artilleristen, er soll einen Schuß auf den Damm setzen.« Er blickte Bolitho scharf an. »Sofort!«

Rowhurst hörte Pagets Befehl mit offensichtlicher Begeisterung. »So gut wie besorgt, Sir!«

Mit Hilfe seiner Leute richtete er das schwere Geschütz auf den nassen Sand am Ende des Dammes. »Klar zum Feuern, Jungs!«

Bolitho schrie: »Haltet euch außer Sicht! Stockdale, sehen Sie zu, daß unsere Leute in Deckung bleiben!«

»Feuer!« Der Krach des Schusses hallte über das Wasser wie Donner. Scharen von Vögeln flatterten schreiend aus den Bäumen, und Bolitho sah gerade noch, wie eine gewaltige Wand feuchten Sandes hochgeschleudert wurde, als die Kugel wie eine Riesenfaust einschlug. Die Pferde scheuten, der Hund rannte wild bellend im Kreise herum.

Bolitho griff grinsend nach Rowhursts Arm. »Wieder laden!« Er schritt zurück zum Turm und sah, daß Quinn ihn von der anderen Brustwehr aus beobachtete.

Paget sagte anerkennend: »Guter Schuß! Gerade nahe genug, damit sie merken, daß wir bereit und gerüstet sind.«

Ein paar Augenblicke später rief Sergeant Shears: »Weiße Flagge, Sir!«

Ein Reiter galoppierte zum Damm, wo eine Rauchfahne noch die Einschlagstelle anzeigte.

Paget befahl: »Klar zum nächsten Schuß, Mr. Bolitho!«

»Es ist die *Parlamentärsflagge,* Sir!« Bolitho vergaß seine Müdigkeit und begegnete trotzig Pagets Blick. »Ich kann Rowhurst nicht befehlen, darauf zu feuern.«

Erstaunt hob Paget die Brauen. »Was soll das? Eine Anwandlung von Ehre?« Er wandte sich an d'Esterre: »Erklären Sie's ihm!«

D'Esterre sagte ruhig: »Sie wollen uns auf den Zahn fühlen, unsere Stärke herausfinden. Diese Leute sind keine Narren. Wenn sie auch nur einen Seemann entdecken, wissen sie, wie wir hergekommen sind.«

Fitzherbert rief: »Der Reiter ist ein Offizier, Sir!«

Was es nicht gerade einfacher machte.

Bolitho hielt die Hand über die Augen, um den fernen Reiter und sein Pferd zu betrachten. Wie konnte er nur in solch einem Augenblick über Ehre und Skrupel diskutieren? Heute oder morgen würde man von ihm erwarten, daß er denselben Mann im Kampf niederstach, ohne einen Gedanken an ihn zu verschwenden. Und doch . . .

Er sagte schroff: »Ich lasse eine Kugel mitten auf den Damm setzen.«

Paget wandte sich vom Studium der kleinen Gruppe ab. »Schön, aber fangen Sie endlich an!«

Der zweite Schuß war genauso gut gezielt wie der erste und schleuderte Gischt und Sand hoch in die Luft, während der Reiter versuchte, sein scheuendes Pferd wieder unter Kontrolle zu bringen.

Dann wendete er und trabte zurück.

»Jetzt wissen sie Bescheid.« Paget schien befriedigt. »Ich gehe ein Glas Wein trinken.« Dann verschwand er wieder in seiner Stube.

D'Esterre lächelte grimmig. »Ich glaube, Kaiser Nero hatte gewisse Ähnlichkeit mit Paget, Dick.«

Bolitho nickte und ging auf die Seeseite des Turmes. Von Probyns Schiff war nichts mehr zu sehen, und er malte sich aus, wie die Distanz bei diesem für ihn günstigen Wind rasch zunahm. Wenn der Feind das Schiff beim Auslaufen wirklich gesehen hatte, so nahm er wohl an, daß es beim Anblick der Rotröcke im Fort umgekehrt sei, denn wenn es ihnen gehörte, warum liefen dann die neuen Besetzer nicht mit ihm aus?

Bluff, Patt, Vermutungen, alles gipfelte in einer Frage: Was sollten sie tun, wenn die Korvette aus irgendeinem Grund nicht kam, um sie abzuholen? Wenn der Wasservorrat zu Ende ging? Würde Paget sich ergeben? Es war nicht sehr wahrscheinlich, daß der feindliche Kommandeur zur Milde neigen würde, nachdem sie sein Fort und alle Waffen in die Luft gejagt hatten.

Bolitho beugte sich über die Brustwehr und betrachtete die Seeleute, die im Schatten darauf warteten, daß es für sie Arbeit gab. Wenn das Wasser ausging, würden diese Leute dann noch genauso gehorsam sein? Konnte man erwarten, daß sie dann ihre Hände von dem großen Rumvorrat ließen, den sie bei den Ställen ans Tageslicht gebracht hatten?

Bolitho rief sich Pagets Worte ins Gedächtnis. Er wußte jetzt, woher der Feind einen großen Teil seiner Munition und seines Pulvers bekam. Doch diese Information würde Konteradmiral Coutts wenig nützen, wenn ihr tapferes Unternehmen hier zu Ende ging.

Wenn er nur erst wieder auf der *Trojan* wäre, dachte er plötzlich. Er wollte sich auch nie wieder beklagen, selbst wenn er den Rest seiner Dienstzeit als Leutnant an Bord dieses Schiffes verbringen mußte.

Der Gedanke ließ ihn trotz seiner Unsicherheit lächeln. Er wußte insgeheim, daß er wieder genauso eifrig nach einem eigenen Kommando streben würde, wenn er diesmal überlebte.

Da hörte er Leutnant Raye von den Marineinfanteristen der *Trojan* die Leiter heraufkommen und d'Esterre Meldung machen.

Für Bolitho war dies eine ganz andere Welt. Eine Taktik, die mit der Geschwindigkeit von Fußvolk oder Kavallerie rechnete, nicht mit majestätischen Segeln, wie verletzlich diese auch sein mochten, wenn die Kanonen donnerten... Nur mit Männern in Uniform, die auf festen Boden fielen, wenn ihre Zeit gekommen war. Aus, vergessen...

Er fühlte eine Kälte im Nacken, als d'Esterre zu den beiden Leutnants sagte: »Ich bin sicher, daß sie heute nacht angreifen werden. Erst einmal, um uns auf den Zahn zu fühlen, dann mit voller Stärke, wenn wir nicht mehr damit rechnen. Ich brauche zwei Züge in Sofortbereitschaft. Die Geschütze werden über ihre Köpfe hinweg feuern, also halten Sie die Soldaten in ihren Löchern, bis ich Angriff befehle.« Er wandte sich um und blickte Bolitho an. »Ich brauche zwei Kanonen unten am Damm, sobald es dunkel ist. Möglicherweise müssen wir sie beim Zurückweichen aufgeben, aber wir haben keinerlei Chance, wenn sie sich nicht gleich zu Anfang ein paar blutige Nasen holen.«

Bolitho nickte. »Ich lasse sie hinschaffen.« Wie ruhig seine Stimme klang, wie die eines Fremden.

Er erinnerte sich an die Gefühle, die ihn beherrscht hatten, als das Floß sich in der Dunkelheit auf das drohende Fort zu in Bewegung gesetzt hatte. Wenn der Feind die Wachen am Damm überrannte, dann war es ein langer Weg bis zu den schützenden

Toren für diejenigen, die sich zurückzogen.

D'Esterre beobachtete ihn ernst. »Es klingt schlimmer, als es ist. Wir müssen nur vorbereitet sein, unsere Leute zusammenhalten und den Wachen einschärfen, daß wir nach Einbruch der Dunkelheit mit Besuchern rechnen müssen wie diesen.« Er wies auf die beiden kanadischen Späher.

Als die Schatten länger wurden, begaben sich die Leute auf ihre Stationen und warteten. Der Strand war wieder leer, nur der aufgewühlte Sand verriet, wo Reiter und Soldaten gestanden hatten.

Paget bemerkte beiläufig: »Eine klare, mondlose Nacht.« Er wischte sich die Augen und fluchte: »Nur dieser verdammte Wind erinnert uns ständig an unseren wunden Punkt!«

Gefolgt von Stockdale, verließ Bolitho das Fort und sah zu, wie die beiden Geschütze zum Damm geschafft wurden. Es war harte Knochenarbeit, man hörte dabei keine Witze, wie sonst üblich.

Nach der Hitze des Tages kam es ihnen jetzt kalt vor, und Bolitho fragte sich, wie er und die anderen eine weitere Nacht ohne Schlaf durchhalten sollten. Er kam an den Löchern vorbei, deren Insassen nur an ihren weißen Brustriemen zu erkennen waren, während sie – das Gewehr im Anschlag – übers Wasser spähten.

Er fand Quinn mit Rowhurst beim Montieren des zweiten Geschützes. Sie legten Munition und Pulver so zurecht, daß im Dunkeln alles griffbereit war.

Stockdale keuchte: »Wer wird bloß freiwillig Soldat, Sir?«

Bolitho dachte an die Soldaten, wie er sie in England erlebt hatte, die Garnison in Falmouth, die Dragoner in Bodmin. Sie exerzierten am Sonntagmorgen zur Freude der Kirchgänger und der kleinen Jungen . . .

Dies hier war etwas völlig anderes: rohe Gewalt und die Entschlossenheit, mit allem fertig zu werden, was sich ihnen in den Weg stellte. Ob in der Wüste oder auf schlammigem Feld, das Los der Infanteristen war immer das schwerste.

Quinn kam herübergelaufen und redete schnell und unzusammenhängend auf ihn ein.

»Sie sagen, es geht heute nacht los. Warum können wir uns nicht ins Fort zurückziehen? Als wir angriffen, hieß es, die Geschütze beherrschen Damm und Floß. Warum gilt dasselbe nicht jetzt auch für den Feind?«

»Leise, James! Wir müssen sie von der Insel fernhalten. Sie kennen sich hier genau aus, wir selbst meinen nur, das Fort zu kennen. Wenn auch nur ein paar von ihnen bis hierher durchbrechen, wer weiß, was dann geschieht.«

Quinn ließ den Kopf hängen. »Ich habe die Leute gehört, sie wollen nicht sterben für eine elende kleine Insel, von der noch nie jemand gehört hat.«

»Du weißt genau, warum wir hier sind.« Er wunderte sich wieder über den Ton seiner eigenen Stimme, sie klang härter, kälter. Quinn mußte das verstehen. Wenn er jetzt nicht durchhielt, war es für ihn kein Rückschlag mehr, sondern eine vernichtende Niederlage.

Quinn erwiderte: »Das Magazin, das Fort, was sind sie wert, wenn wir tot sind? Es ist ein Nadelstich, eine Bagatelle.«

Bolitho sagte ruhig: »Du wolltest unbedingt Seeoffizier werden, auch wenn dein Vater dich lieber in seinem Geschäft in London gesehen hätte.« Er betrachtete Quinns Gesicht, es schimmerte blaß in der Dunkelheit. »Ich denke, er hatte recht damit, mehr als du selbst weißt. Er wußte, daß du niemals das Zeug hättest, ein Offizier des Königs zu werden.« Damit wandte er sich brüsk ab und schüttelte Quinns Hand von seiner Schulter. »Nimm die erste Wache, ich löse dich dann ab.«

Er wußte, daß Quinn ihm unglücklich und verletzt nachstarrte, und haßte sich selbst dafür, daß er so zu ihm hatte sprechen müssen.

Stockdale sagte: »Bei allem, was Sie für den Jungen empfinden – da sind andere, die sich auf ihn verlassen müssen.«

Bolitho blickte ihn an. Stockdale verstand ihn, war immer da, wenn er ihn brauchte.

»Danke, Stockdale.«

Zwei Stunden schlichen dahin. Die Nachtluft wurde kälter, zumindest schien es so, und die Spannung wich der Müdigkeit.

Bolitho stand halbwegs zwischen Fort und Damm, als er plötzlich anhielt und sich dem Festland zuwandte.

Auch Stockdale starrte hinüber und nickte dann heftig. *Rauch!*

Der Qualm wurde mit jeder Sekunde heftiger, beißender, und reizte Augen und Kehle, als er jetzt in dicken Schwaden vom Wind herübergeweht wurde. Man sah auch schon Flammen, die wie böse rötliche Federn herumwirbelten, bis sie zu einer geschlossenen Feuerfront zusammenwuchsen.

Fähnrich Couzens, der dösend hinter ihnen herging, keuchte: »Was ist das?«

Bolitho fing an zu rennen. »Sie haben den Hang angezündet, um im Schutz des Rauchvorhangs anzugreifen.«

Er bahnte sich den Weg durch Gruppen hustender, würgender Seesoldaten, bis er das erste Geschütz erreichte.

»Klar zum Feuern!« Er sah Fitzherbert mit einem seiner Unteroffiziere, die sich Taschentücher um Mund und Nase gewickelt hatten. »Wollen Sie es dem Major melden?«

Fitzherbert schüttelte den Kopf, seine Augen tränten. »Keine Zeit mehr. Er wird es ohnehin merken.« Dann zog er den Degen und schrie: »*Haltet die Front!* Gebt es weiter zur anderen Abteilung!«

Hustend tastete er sich weiter, dabei nach seinen Leuten Ausschau haltend, während mehr Seesoldaten durch den Rauch gerannt kamen, angeleitet von d'Esterres Stimme, der Ruhe forderte und die Ordnung einigermaßen wiederherstellte.

Couzens vergaß sich so weit, Bolithos Arm zu ergreifen, während er murmelte: »Hören Sie! Sie schwimmen!«

Bolitho zog den Dolch und machte die Pistole schußbereit. Ein Flüßchen in der Nähe seines Elternhauses in Cornwall, dessen Furt im Winter bei Hochwasser oft unpassierbar war, wurde von Reitern bisweilen durchschwommen; so kannte er die Geräusche schwimmender Pferde gut genug, um zu begreifen, was sich jetzt vor ihnen abspielte.

»Sie schwimmen mit ihren Pferden herüber!«

Er fuhr herum, als er ein langgezogenes Hurra hörte, das die Geräusche des Feuers und des Wassers noch übertönte.

D'Esterre rief: »Sie kommen auch über den Damm!« Dann drängte er sich durch die Menge und fügte hinzu: »Halten Sie die Leute zurück, Sergeant! Die Kanonen sollen das erste Wort sprechen!«

Einige bewaffnete Seeleute stolperten aus dem Dunkel und rutschten plötzlich in den Stand, als Bolitho rief: »Hierbleiben! Folgt mir zum Strand!« Sein Verstand kämpfte mit dem raschen Wechsel der Ereignisse, dem herannahenden Unheil.

Eine Kanone donnerte, und das Hurra auf der anderen Seite geriet ins Stocken, wurde abgelöst von Schreien und Stöhnen.

Das zweite Geschütz spaltete die Dunkelheit mit langer, leuchtend orangefarbener Zunge; sein Geschoß traf Menschen und Sand. Bolitho malte sich Quinns entsetztes Gesicht aus, als die trotzigen Hurrarufe erneut aufbrandeten, ebenso stark wie vorher.

Stockdale knurrte: »Hier ist einer!«

Bolitho balancierte auf den Fußballen, beobachtete die aus dem Dunkel vorstürzenden Schatten.

Jemand feuerte eine Pistole ab, und er sah die schreckgeweiteten Augen eines Pferdes, als es auf die Seeleute lospreschte; dann schweifte sein Blick ab, als ein weiterer Reiter aus dem Wasser auftauchte und wie ein Racheengel über sie kam.

Er meinte Stockdale zu hören, wie er Couzens gut zuredete: »Ruhig, Sohn! Bleib bei mir! Nicht zurückweichen!«

Dasselbe könnte er zu mir sagen, dachte Bolitho.

Dann vergaß er alles, spürte nur noch, wie sein Dolch gegen Stahl stieß, und warf sich mit voller Wucht in den Angriff.

Leutnant James Quinn duckte sich, als Gewehrsalven über den Damm knatterten und einige Querschläger von den Kanonen abprallten. Er war beinahe blind vom Rauch des brennenden Hanges und des Geschützfeuers.

Hier draußen schien ihm alles weit schlimmer als im Batteriedeck des Schiffes. Über ihren Köpfen pfiffen und heulten die Kugeln, und durch den Rauch stolperten fluchend die Geschützbedienungen, während sie Munition zum Nachladen herbeischleppten.

»*Feuer!*«

Quinn fuhr zurück, als das ihm nächststehende Geschütz Flammen und Rauch ausspie. Bei dem kurzen Aufblitzen sah er rennende Menschen und das Glänzen von Waffen, bis die Dunkelheit alles wieder verschluckte und nur die Schreie der Getroffenen die Luft erfüllten.

Jemand rief ihm ins Ohr: »Die Teufel sind schon auf der Insel, Sir! Kavallerie!«

Leutnant Fitzherbert brüllte wütend durch den Rauch: »Maul halten, du verursachst ja eine Panik!« Damit feuerte er auf den über den Damm vordringenden Feind.

Quinn keuchte: »Er hat *Kavallerie* gesagt!«

Fitzherbert starrte ihn an, seine Augen funkelten weiß über dem Taschentuch.

»Wir wären alle längst tot, wenn das der Fall wäre, Menschenskind! Ein paar Reiter sind es, nicht mehr!«

Rowhurst rief heiser: »Unser Pulver geht zu Ende!« Dann fügte er, an Quinn gewandt, wütend hinzu: »Verdammt, tun Sie was, Sir!«

Quinn nickte, von nackter Angst gepackt. Neben sich sah er Fähnrich Huyghue, der seine Pistole gerade über einem hastig aufgeworfenen Erdwall in Anschlag brachte.

»Sagen Sie Mr. Bolitho, was hier vorgeht!«

Der Junge stand auf, ungewiß, in welche Richtung er laufen sollte. Quinn packte ihn am Arm. »Hier am Strand entlang, so schnell Sie können!«

Eine schrille Stimme rief: »Hier kommen sie!«

Fitzherbert riß sein Taschentuch weg und hob den Degen. »Sergeant Triggs!«

Ein Korporal sagte ruhig: »Ist tot, Sir!«

Der Leutnant wandte sich ab. »Allmächtiger!« Dann, als die Hurrarufe lauter und lauter über das Wasser dröhnten, schrie er: »*Vorwärts*, Seesoldaten!«

Stolpernd und hustend stiegen die Marineinfanteristen aus ihren Löchern, hoben gehorsam die Bajonette und suchten Halt für ihre Füße, während sie mit schmerzenden Augen nach dem Feind Ausschau hielten.

Eine Gewehrsalve peitschte vom Damm herüber, und ein Drittel der Seesoldaten stürzte tot oder verwundet zu Boden.

Quinn starrte ungläubig hin, als die Überlebenden ihre Musketen abfeuerten, nachluden und dabei wieder von einer wohlgezielten Salve getroffen und dezimiert wurden.

Fitzherbert schrie: »Schlage vor, Sie vernageln die Kanonen und lassen Ihre Seeleute unsere Musketen nachladen!«

Dann stieß er einen erstickten Schrei aus und stürzte durch die sich lichtenden Reihen davon: sein Unterkiefer war völlig weggeschossen.

Quinn rief: »Rowhurst, zurück!«

Rowhurst drängte sich mit wilden Blicken an ihm vorbei. »Die meisten sind schon abgehauen!« Selbst angesichts der unmittelbaren Gefahr konnte er seine Verachtung nicht verbergen. »*Sie* können ebenfalls verschwinden!«

Vom Fort hörte Quinn plötzlich Trompetensignale. Die Marineinfanteristen schienen wie von einer Geisterhand gepackt zu werden.

Der Korporal, der eben noch am Rande der Panik war, rief: »Rückzug! Ruhig, Jungens, noch mal laden und zielen!« Er wartete, bis ein paar Verwundete durch die Linien gehumpelt oder gekrochen waren, dann kommandierte er: »Feuer!«

Quinn konnte nicht fassen, was geschah. Er hörte Kommandos, das Schnappen von Gewehrverschlüssen, und ahnte dumpf, daß d'Esterre mit seiner Reserve vorrückte, um ihren Rückzug zu decken. Der Feind war nur noch wenige Meter entfernt, Quinn konnte das Patschen und Rutschen der Füße auf dem nassen Sand hören, spürte fast körperlich die Wut und Entschlossenheit, mit der die Gegner vorwärts drängten, um den Landeplatz zurückzuerobern. Aber alles, woran er denken konnte, war Rowhursts Verachtung und der Zwang, in diesen letzten Minuten seinen Respekt zurückzugewinnen.

Er keuchte: »Welches Geschütz ist geladen?«

Damit stolperte er den Hang hinunter, die Pistole noch ungeladen, den Dolch noch in der Scheide, den sein Vater extra für ihn beim besten Messerschmied der Londoner City hatte anfertigen lassen.

Rowhurst, verwirrt und bestürzt über den Wechsel der Ereignisse, hielt an und starrte auf den sich blind vorwärts tastenden Leutnant.

Es war Wahnsinn, nochmals mit ihm zu den Kanonen zu gehen. Ihre einzige Chance lag in einer schnellen Flucht zu den Toren des Forts, jedes weitere Verweilen verringerte die Aussicht auf Überleben.

Rowhurst war Freiwilliger und stolz darauf, einer der besten Artilleriemaaten der ganzen Flotte zu sein. Wenn das Schicksal ihn weiterhin begünstigte, konnte er in etwa einem Monat mit Beförderung zum Deckoffizier und der Versetzung auf ein anderes Schiff rechnen.

Er beobachtete Quinns jämmerliche Bemühungen, ein Geschütz zu finden, das noch geladen und wegen der Flucht der Bedienungsmannschaft nicht abgefeuert war. So oder so bedeutete es für ihn das Ende. Wenn er blieb, würde er mit Quinn zusammen sterben. Wenn er flüchtete, würde Quinn ihn des Ungehorsams und der Ungebührlichkeit gegenüber einem Offizier beschuldigen.

Er seufzte tief auf und entschloß sich zu bleiben.

»Hier, dieses ist es!« Und mit einem gezwungenen Grinsen fügte er hinzu: »Sir!«

Ein an den Rädern lehnender Leichnam zuckte, als mehrere Schüsse ihn trafen. Es war, als erwachten die Toten wieder zum Leben, um Zeugen dieses äußersten Wahnsinns zu sein.

Das Donnern des Geschützes, als die doppelte Ladung Schrot und

Kugeln in die dichten Reihen der Angreifer schlug, schien Quinn wieder zur Besinnung zu bringen. Benommen tastete er nach seinem wundervoll ziselierten Dolch, seine Augen tränend, seine Ohren betäubt von dem Krach der Detonation.

Alles, was er sagen konnte, war: »Danke, Rowhurst, danke!«

Aber Rowhurst hatte mit seinen trüben Ahnungen recht behalten. Er lag im nassen Sand und starrte mit weit offenen Augen in den Rauch; in der Mitte seiner Stirn klaffte ein kreisrundes Loch. Kein Artilleriemaat hätte besser zielen können.

Quinn ging wie im Traum davon. Die weißen Hosen toter Soldaten schimmerten in der Dunkelheit, starrende, gebrochene Augen und verstreute Waffen kennzeichneten den Ort des Grauens.

Quinn merkte jetzt, daß Lärm und Hurrageschrei vom Damm her verstummt waren. Die anderen hatten wohl auch genug.

Er hielt an, plötzlich wieder gespannt und kampfbereit, als einige Gestalten vor ihm auftauchten. Aber es waren Bolitho, Stockdale und zwei Seesoldaten.

Quinn blickte zu Boden; er wollte sprechen, erklären, was Rowhurst getan, wozu er ihn getrieben hatte. Doch Bolitho ergriff ihn am Arm und sprach beruhigend auf ihn ein. »Der Korporal hat mir alles erzählt. Ohne deinen Einsatz wäre jetzt niemand außerhalb des Forts mehr am Leben.«

Sie warteten, während die Linie der Marineinfanteristen vom Fort her vorrückte und die zerschlagenen und blutenden Reste der Verteidiger in eine vorläufige Sicherheit passieren ließ.

Bolithos ganzer Körper schmerzte, sein rechter Arm war schwer wie Blei. Er verspürte noch immer die Angst und Verzweiflung der vergangenen Stunden: das Stampfen und Schnauben der Pferde, die aus dem Dunkel schlagenden und stechenden Säbel – und dann den plötzlichen, verbissenen Widerstand seiner eigenen, zusammengewürfelten Truppe.

Couzens war von einem Pferd überrannt worden und besinnungslos, drei Seeleute waren tot. Ihn selbst hatte ein Säbelhieb an der Schulter getroffen, die Schneide hatte sich angefühlt wie ein glühendes Messer.

Jetzt waren die Pferde zurückgeschwommen oder mit der Strömung abgetrieben, einige ihrer Reiter aber waren geblieben, für immer.

D'Esterre stieß durch den dünner werdenden Qualm zu ihnen.

»Wir haben sie abgeschlagen. Es hat Verluste gekostet, Dick, aber es kann unsere Rettung gewesen sein.« Er nahm seinen Hut ab und fächelte sich damit das schweißüberströmte Gesicht. »Seht ihr? Endlich hat der Wind gedreht. Wenn unser Schiff draußen steht, dann kann es jetzt hereinkommen.«

Er sah, wie ein Marineinfanterist vorbeigetragen wurde, dessen Bein bis zur Unkenntlichkeit zerschmettert war. In der Dunkelheit schimmerte sein Blut wie frischer Teer.

»Wir müssen Ersatz zum Damm schicken. Ich habe schon neue Geschützbedienungen angefordert.« Couzens taumelte auf sie zu und rieb sich stöhnend den Kopf. »Gut, daß er soweit in Ordnung ist.« D'Esterre setzt den Hut wieder auf, als er seinen Sergeanten sah, der auf ihn zueilte: »Ich fürchte, sie haben den anderen Fähnrich, Huyghue, gefangengenommen.«

Quinn sagte mit gebrochener Stimme: »Ich habe ihn zu dir geschickt. Es war *mein* Fehler.«

Bolitho schüttelte den Kopf. »Nein. Ein paar von den Feinden sind gezielt in unsere Linien eingedrungen, um Gefangene zu machen.« Er steckte den Degen in die Scheide, wobei er feststellte, daß der Griff völlig blutverschmiert war. Seufzend versuchte er, Ordnung in seine jagenden Gedanken zu bringen; aber er empfand immer noch das Grauen des wilden und erbitterten Kampfes Mann gegen Mann. Er sah Gesichter vor sich, hörte Schreie und Stöhnen.

War es diesen ungeheuren Preis wert gewesen?

Und morgen, nein, heute würde all das noch einmal von vorn anfangen.

Er hörte Quinn sagen: »Sie brauchen mehr Pulver für die Kanonen! Kannst du das erledigen?«

Eine anonyme Gestalt in kariertem Hemd und weißer Hose eilte von dannen, um seinen Befehl zu übermitteln.

Quinn blickte ihn an. »Wenn du Major Paget Bericht erstatten willst, dann bleibe ich hier und beaufsichtige das.« Wartend beobachtete er Bolithos angestrengtes Gesicht und fügte hinzu: »Ich kann es, wirklich!«

Bolitho nickte. »Ich wäre dir dankbar, James. Bin gleich wieder zurück.«

Jetzt ließ sich Stockdale vernehmen: »Ohne Rowhurst brauchen Sie einen guten Geschützführer, Sir.« Er lächelte Quinn ermutigend zu: »Weiterhin so viel Erfolg, Sir!«

Bolitho bahnte sich durch Gruppen von Verwundeten einen Weg ins Fort. Jeder von ihnen war ein kleines Eiland des Schmerzes im Schein der Laternen. Das Tageslicht würde ihnen erst den vollen Umfang dessen eröffnen, was sie erlitten hatten.

Paget stand in seiner Stube, und obgleich Bolitho wußte, daß er die Verteidigung vom ersten Augenblick an überwacht und persönlich geleitet hatte, sah er aus, als hätte er den Raum kein einziges Mal verlassen.

Jetzt sagte er zu Bolitho: »Natürlich werden wir den Damm heute nacht auch weiterhin halten.« Er zeigte mit einladender Geste auf eine Weinflasche. »Morgen werden wir jedoch die Evakuierung einleiten. Wenn das Schiff kommt, schicken wir als erstes die Verwundeten an Bord und diejenigen, die während der Nacht Wache gestanden haben. Uns bleibt keine Zeit mehr für Bluff. Da sie Gefangene von uns haben, wissen sie auch, was wir planen.«

Bolitho ließ den Wein genüßlich durch seine Kehle rinnen. Gott, das schmeckte gut! Besser als alles, was er je gekostet hatte.

»Was machen wir, wenn das Schiff nicht kommt, Sir?«

»Nun, das würde die Sache vereinfachen.« Paget musterte ihn kalten Blickes. »Dann jagen wir das Fort in die Luft und kämpfen uns durch.« Er lächelte kurz. »Aber es wird nicht dazu kommen.«

»Ah, ich verstehe, Sir.« Tatsächlich verstand er nichts.

Paget warf ein paar Schriftstücke durcheinander. »Sie sollten jetzt schlafen, eine Stunde wenigstens.« Er hob die Hand. »Das ist ein Befehl! Sie haben gute Arbeit geleistet, und ich danke Gott, daß dieser Narr Probyn sich anders entschieden hat und nicht hiergeblieben ist.«

»Ich möchte noch Mr. Quinn lobend erwähnen, Sir.« Der Major verschwamm bereits vor seinen Augen. »Und die beiden Fähnriche. Sie sind alle sehr jung.«

Paget preßte die Fingerspitzen zusammen und betrachtete ihn, ohne zu lächeln. »Nicht so alter Krieger wie Sie, was?«

Bolitho nahm seinen Hut und ging zur Tür. Bei Paget wußte man sofort, woran man war. Er hatte ihn zum Schlafen abkommandiert, und der Gedanke daran ließ ihn gleich die Augen schließen und sich hinlegen.

Gleichzeitig wußte er auch den wahren Grund von Pagets Fürsorge: Jemand mußte zurückbleiben und die Zündschnur anstecken. Das erforderte ein gewisses Maß an Geschicklichkeit.

Bolitho ging an d'Esterre vorbei, ohne ihn zu sehen. Dieser

ergriff die Weinflasche und sprach: »Haben Sie ihm das wegen morgen gesagt, Sir?«

Paget hob die Schultern. »Nein. Er ist wie ich in seinem Alter. Mußte nicht erst alles *gesagt* bekommen.« Er blickte seinen Untergebenen an. »Im Gegensatz zu gewissen anderen Leuten!«

D'Esterre trat lächelnd ans Fenster. Irgendwo jenseits des Wassers war sicherlich ein Glas auf das Fort gerichtet, auf dieses erleuchtete Fenster.

Genau wie Bolitho hätte auch er sich eine Stunde Schlaf gönnen sollen. Aber dort draußen, noch verborgen im Dunkel, lagen viele seiner Leute in der gleichgültigen Haltung des Todes ausgestreckt. Er konnte es nicht über sich bringen, sie jetzt zu verlassen.

Er wandte sich um, als er hinter sich ein leises Schnarchen hörte. Paget schlief tief und fest in seinem Sessel, das Gesicht ruhig und entspannt.

Ich wäre lieber wie er, dachte d'Esterre bitter. Dann kippte er seinen Wein mit einem Schluck hinunter und trat hinaus in die Dunkelheit.

XI Die Nachhut

Als die Sonne allmählich über dem Horizont erschien und sich vorsichtig landeinwärts tastete, enthüllte sie nicht nur die Schrecken des nächtlichen Kampfes, sondern gab den Überlebenden auch wieder neuen Mut und neue Hoffnung.

Mit dem ersten Sonnenlicht zeigten sich zwei Segel am Horizont; es schien, als habe der Feind damit alle ihre Evakuierungshoffnungen zunichte gemacht. Als aber die beiden Schiffe auf ständig wechselndem Kurs näher kamen, wurden sie erkannt und mit lautem Jubel begrüßt. Es war nicht nur die Korvette *Spite*, sondern auch die mit zweiunddreißig Kanonen bestückte Fregatte *Vanquisher*, vermutlich von Konteradmiral Coutts selbst geschickt.

Sobald es hell genug war, begruben sie ihre Gefallenen. Jenseits des Dammes, der jetzt größtenteils unter Wasser stand, schaukelten ein paar Tote in der Strömung. Die meisten waren schon während der Nacht davongetrieben oder von ihren Kameraden geborgen worden.

Paget war überall zugleich. Er machte Vorschläge, schimpfte, lobte und rief hin und wieder auch ein Wort der Ermutigung dazwischen.

Der Anblick der beiden Schiffe erfüllte sie mit neuem Leben. Trotz ihrer Verwundbarkeit durch Geschütze von Land aus mußten sie das Evakuieren erheblich verkürzen: durch doppelt so viele Boote, frische, ausgeruhte Seeleute und Offiziere, die sofort die Last der Verantwortung übernehmen konnten.

Bolitho verbrachte den größten Teil des Morgens mit Stockdale und einem Korporal der Marineinfanterie unten im Magazin. Es herrschte dort eine Totenstille, die er fast körperlich wie eine kühle Brise spürte. Pulverfaß nach Pulverfaß türmten sie aufeinander, Kiste um Kiste mit Waffen und Ausrüstung, viele davon noch ungeöffnet und gefüllt mit französischen Gewehren und Seitenwaffen. Fort Exeter war ein beredter Beweis für den lebhaften Waffenhandel der Rebellen mit Englands altem Erbfeind Frankreich.

Stockdale summte vor sich hin, während er die Zündschnur unten am ersten Stapel befestigte, völlig vertieft in seine Arbeit und froh, dem geschäftigen Treiben über ihnen entronnen zu sein.

Stiefel stampften im Hof, und man hörte das Kreischen von Metall, als die Kanonen vernagelt und dann an einen Platz über dem Explosionsherd transportiert wurden.

Bolitho saß auf einem leeren Faß, seine Wangen brannten von der Rasur, die Stockdale ihm nach seinem tiefen Erschöpfungsschlaf hatte angedeihen lassen. Er erinnerte sich an die Worte seines Vaters: »Wenn du dich noch nie mit Salzwasser rasieren mußtest, weißt du nicht, wie vergleichsweise bequem das Leben an Land ist.«

Noch hatte er so viel Süßwasser, wie er brauchte, aber man konnte sich seiner Vorräte nie ganz sicher sein, nicht einmal jetzt angesichts der sich nähernden Schiffe.

Er betrachtete Stockdales große Hände, die so geschickt und vorsichtig mit den Zündschnüren umgingen.

Es war und blieb ein Vabanquespiel: die Zündschnüre anstekken, nach oben rennen und dann in den wenigen Minuten in Sicherheit fliehen.

Ein Seemann kam die sonnenbeschienene Leiter herunter.

»Verzeihung, Sir, der Major möchte Sie sprechen!« Dann erst entdeckte er Stockdale und die Zündschnüre und wurde blaß.

Bolitho lief die Leiter hinauf und über den Hof. Die Tore standen offen, er sah den zertrampelten Boden, die eingetrockneten

Blutlachen und die kläglichen Erdhaufen, die hastig ausgehobene Gräber bezeichneten.

Paget sagte langsam: »Wieder einmal die Parlamentärsflagge, verdammt!«

Bolitho schirmte die Augen ab und sah ein paar Gestalten am jenseitigen Ende des Dammes, die eine weiße Flagge hochhielten.

D'Esterre kam eilig von den Ställen her, wo Marineinfanteristen Papiere, Karten und anderes aufhäuften: den Inhalt der Turmstuben.

Er nahm ein Glas, blickte hinüber zu der Gruppe und sagte grimmig: »Sie haben den jungen Huyghue bei sich.«

Paget erwiderte ruhig: »Gehen Sie hin und sprechen Sie mit ihnen. Sie wissen, was ich heute morgen gesagt habe.« Er nickte Bolitho zu. »Sie auch. Es wird Huyghue vielleicht helfen.«

Die beiden gingen zum Damm, Stockdale unmittelbar hinter ihnen, ein altes Hemd an einem Spieß als Flagge hochhaltend. Wie er gehört hatte, was los war, und rechtzeitig auftauchte, um Bolitho zu begleiten, blieb ein Rätsel.

Es schien eine Ewigkeit zu dauern, bis sie den Damm erreichten. Die ganze Zeit über stand die kleine Gruppe am anderen Ende unbeweglich; lediglich die weiße Flagge über dem Kopf eines Soldaten zeigte durch ihr Flattern die unparteiische Gegenwart des Windes an.

Bolitho fühlte, wie seine Füße in Sand und Schlamm einsanken, je mehr sie sich der wartenden Gruppe näherten. Hier und da zeigten sich Spuren des Kampfes: ein zerbrochener Säbel, ein zerschossener Hut, ein Beutel mit Gewehrkugeln. Im tieferen Wasser sah er ein Paar Beine sanft schaukeln, als ob der dazugehörige Körper jeden Augenblick wieder auftauchen würde.

D'Esterre sagte: »Näher können wir nicht heran.«

Die beiden Gruppen standen einander jetzt gegenüber, und obgleich der Mann neben der Flagge keinen Rock anhatte, wußte Bolitho doch gleich, daß es der Offizier von gestern war. Wie um dies zu beweisen, saß der schwarze Hund neben ihm im nassen Sand und ließ die rote Zunge heraushängen.

Ein wenig dahinter stand Fähnrich Huyghue, klein und zerbrechlich gegen die großen, sonnengebräunten Soldaten.

Der Offizier hielt die hohlen Hände vor den Mund und rief mit tiefer, volltönender Stimme, die mühelos die Entfernung überbrückte: »Ich bin Oberst Brown von der Charlestown-Miliz. Mit wem habe ich die Ehre?«

D'Esterre rief: »Hauptmann d'Esterre, Marineinfanterie Seiner Britannischen Majestät.«

Brown nickte langsam. »Ich bin bereit, mit Ihnen zu verhandeln. Ich gestatte Ihren Leuten, das Fort unversehrt zu verlassen, wenn Sie die Waffen niederlegen und keinen Versuch machen, die Vorräte zu zerstören.« Er machte eine Pause und fuhr dann fort: »Andernfalls wird meine Artillerie das Feuer eröffnen und eine Evakuierung verhindern, selbst auf die Gefahr hin, daß wir dabei das Magazin in die Luft sprengen.«

D'Esterre rief: »Verstanden!« Bolitho flüsterte er zu: »Er will Zeit gewinnen. Wenn es ihm gelingt, Geschütze auf den Steilhang zu schaffen, wird er sicherlich ein paar Weitschüsse auf die Schiffe abfeuern können, wenn sie geankert haben. Es bedarf nur eines glücklichen Treffers an der richtigen Stelle.« Laut rief er wieder: »Und was hat der Fähnrich damit zu tun?«

Brown zuckte mit den Schultern. »Ich biete ihn zum Austausch gegen den französischen Offizier an.«

Bolitho sagte leise: »Verstehe. Er wird das Feuer auf jeden Fall eröffnen, möchte aber vorher den Franzosen in Sicherheit wissen, damit er bei der Beschießung weder getroffen noch von uns getötet wird.«

»Ja«, flüsterte d'Esterre, und laut sagte er: »Ich kann in diesen Austausch nicht einwilligen!«

Bolitho sah, wie der Fähnrich einen Schritt nach vorn machte, die Hände wie flehend halb erhoben.

Brown rief: »Das werden Sie noch bedauern!«

Bolitho hätte sich gern umgedreht, um zu sehen, wie weit die Schiffe jetzt waren; aber jedes Zeichen von Unsicherheit konnte sich fatal auswirken, vielleicht sofort einen neuen Frontalangriff bringen. Wenn der Feind gewußt hätte, daß die Kanonen bereits vernagelt waren, dann wäre er längst auf der Insel gewesen. Bolitho fühlte sich plötzlich sehr verwundbar. Aber wieviel schwerer mußte es für Huyghue sein. Mit sechzehn Jahren in einem fremden Land unter Feinden zurückgelassen zu werden, wo sein Verschwinden oder sein Tod kaum Staub aufwirbeln würde.

D'Esterre rief hinüber: »Ich würde lieber Ihren stellvertretenden Kommandeur austauschen.«

»Nein.« Oberst Brown streichelte beim Sprechen den Kopf des Hundes, wie um sich zu beruhigen.

Offensichtlich hat er seine Befehle – wie wir alle, dachte Bolitho.

Die Erwähnung des stellvertretenden Kommandeurs hatte lediglich beweisen sollen, daß Paget seine Gefangenen noch in Gewahrsam hatte und daß sie am Leben waren. Diese Erkenntnis konnte Huyghue vielleicht das Leben retten.

Ein Geschütz bellte plötzlich auf, seltsam hohl und wie erstickt. Die Miliz hat also ihre Kanonen bereits in Stellung gebracht, dachte Bolitho. Die Enttäuschung gab ihm einen Stich ins Herz, bis er ferne Jubelrufe hörte.

Stockdale keuchte: »Eins der Schiffe hat geankert, Sir!«

D'Esterre blickte Bolitho an und sagte: »Wir müssen gehen, ich will des Jungen Elend nicht noch verlängern.«

Bolitho rief hinüber: »Hören Sie, Mr. Huyghue, alles wird gutgehen. Sie werden bestimmt bald ausgetauscht!«

Huyghue mußte wohl bis zum letzten Augenblick an Rettung geglaubt haben. Jetzt versuchte er, ins Wasser zu laufen, und als ein Soldat ihn am Arm ergriff, fiel er auf die Knie und rief schluchzend: »Helft mir doch, laßt mich nicht zurück, bitte, helft mir!«

Selbst der Oberst schien von des Jungen Verzweiflung gerührt; trotzdem bedeutete er den Soldaten, ihn wieder den Strand hinauf zu bringen.

Bolitho und seine Gefährten wandten sich um und gingen zum Fort zurück; Huyghues verzweifelte Schreie folgten ihnen wie ein Fluch.

Die Fregatte hatte ziemlich weitab vom Land geankert, ihre Segel waren aufgegeit, und bereits strebten Boote der Insel zu.

Die kleinere *Spite* segelte näher heran, die Lotgasten lagen im Netz unter dem Klüverbaum und hielten Ausschau nach Riffen oder Sandbänken.

Die Schiffe sahen so sauber, so fern aus, daß Bolitho sich plötzlich vom Land angewidert fühlte, von dem schweren Geruch des Todes, der sogar noch den des nächtlichen Feuers überlagerte.

Quinn stand am Tor und studierte Bolithos Gesicht, als dieser wieder zu den anderen zurückkehrte.

»Ihr habt ihn zurückgelassen?«

»Ja.« Bolitho blickte ihn ernst an. »Ich hatte keine andere Wahl. Wenn wir ihn gegen diesen Gefangenen ausgetauscht hätten, wäre es sinnlos gewesen, überhaupt hierher zu kommen.« Er seufzte.

»Aber ich werde sein Gesicht so bald nicht vergessen.«

Paget blickte auf die Uhr. »Die ersten Verwundeten hinunter zum Strand!« Er blickte Bolitho an. »Meinen Sie, daß die Burschen noch einen Angriff versuchen werden?«

Bolitho hob die Schultern. »Unsere Schwenkgeschütze könnten sie jetzt bei Tageslicht in Schach halten, Sir, aber es würde uns die Arbeit nicht gerade erleichtern.«

Paget blickte auf, als noch mehr Jubelrufe vor dem Fort ertönten. »Einfache Seelen.« Er wandte sich ab. »Gott segne sie!«

Ein Marineinfanterist kam die Leiter vom Wall herabgeeilt. »Mr. Raye hat Soldaten und Artillerie auf dem Hügel gesichtet, Sir.«

Paget nickte. »Richtig. Wir müssen uns beeilen. Signal an *Spite*: schleunigst ankern und die Boote schicken.« Während Quinn mit dem Soldaten zum Turm eilte, fügte Paget, zu Bolitho gewandt, hinzu: »Das wird heiße Arbeit für Sie, fürchte ich, aber was auch geschieht, jagen Sie auf jeden Fall das Magazin in die Luft!«

»Was wird mit den Gefangenen, Sir?«

»Wenn Platz und Zeit reichen, lasse ich sie auf die Fregatte bringen.« Er verzog den Mund zu einem verkniffenen Grinsen. »Wenn ich als Nachhut zurückbliebe, würde ich sie mit dem Magazin zusammen hochgehen lassen, diese verdammten Rebellen. Aber da *Sie* die Nachhut führen, bleibt es Ihnen überlassen.«

Die Boote der *Vanquisher* waren inzwischen am Strand, Seeleute hoben bereits die Verwundeten an Bord und schienen entsetzt über die geringe Zahl der Überlebenden.

Nun kamen auch die Boote der *Spite* und übernahmen Verwundete, um sie in Sicherheit und ärztliche Obhut zu bringen.

Bolitho stand auf dem Wall oberhalb des Tores, das Stockdale in dieser ersten, furchtbaren Nacht, als Quinn die Nerven verlor, geöffnet hatte.

Das Fort wirkte schon leerer, nur unten bei den beiden Geschützen am Damm sah er noch eine kleine Gruppe von Rotröcken. Sobald er den Befehl zum endgültigen Rückzug gab, würden Sergeant Shears und seine Leute an den Geschützen befestigte Zündschnüre in Brand setzen. Zwei kräftige Sprengladungen sollten dann die Kanonen unbrauchbar machen.

Bolitho überlegte, ob man in England jemals von all diesen Ereignissen erfahren würde, von all den kleinen, aber tödlichen Aktionen, die das Ganze ausmachten. Wenig wurde über die wirklichen Helden geschrieben, dachte er. Über die einsamen Männer der Angriffsspitze oder diejenigen, die zurückgelassen wurden, um einen Rückzug zu decken. Sergeant Shears mochte im Augenblick vielleicht dasselbe denken.

Plötzlich gab es einen lauten Knall, dem ein heulender Orgelton folgte, als eine schwere Kanonenkugel über ihre Köpfe flog und sich dann mit Wucht in den Sand bohrte.

Fähnrich Couzens deutete auf den Steilhang jenseits des Wassers: »Sehen Sie, Sir? Dort, der Rauch! Sie haben oben die erste Kanone abgefeuert!«

Bolitho musterte ihn. Couzens sah blaß und kränklich aus. Es würde wohl einige Zeit dauern, bis er sich von den Schrecken des nächtlichen Kampfes erholt hatte.

»Melden Sie es dem Major. Er wird es sicher schon wissen, aber sagen Sie es ihm trotzdem.« Als Couzens zur Leiter lief, fügte er noch hinzu: »Danach melden Sie sich beim dienstältesten Offizier der Boote. Kommen Sie nicht zurück.« Er sah die verschiedensten Gemütsbewegungen im Gesicht des Jungen widergespiegelt: Erleichterung, Sorge und schließlich Trotz, und fuhr fort: »Ich bitte Sie nicht darum, das ist ein Befehl!«

»Aber, Sir, ich möchte bei Ihnen bleiben!«

Bolitho wandte sich um, als ein neuer Knall vom Hang her ertönte. Diesmal flog die Kugel übers Wasser, wo sie von Welle zu Welle sprang wie ein Delphin.

»Ich weiß, aber wie soll ich es Ihrem Vater erklären, wenn Ihnen etwas passiert? Wer wird dann den Apfelkuchen Ihrer Mutter essen?«

Er hörte etwas wie ein unterdrücktes Schluchzen, und als er sich wieder umdrehte, war der Platz neben ihm leer. Noch ein bißchen Zeit gewonnen für dich, dachte Bolitho traurig. Couzens war drei Jahre jünger als Huyghue, ein Kind!

Er sah ein Aufblitzen und hörte die Kugel über das Fort heulen. Sie hatten sich jetzt eingeschossen, das Geschoß schlug dicht bei der Fregatte ins Wasser und überschüttete eins ihrer Boote, das gerade zur Insel zurückkehrte, mit einer Woge von Gischt.

D'Esterre kam die Leiter herauf, um nach ihm zu sehen. »Die letzte Abteilung schifft sich jetzt ein, mit den meisten Gefangenen. Major Paget hat den Franzosen im ersten Boot hinübergeschickt, er will kein Risiko eingehen.« Er nahm den Hut ab und starrte zum Damm hinüber. »Abscheulicher Ort.«

Eine Stimme rief vom Hof herauf: »Die *Vanquisher* geht Anker auf, Sir!«

»Möchte wohl weg, bevor sie von Oberst Brown ein Stück Blei aufs Achterdeck gesetzt bekommt.« D'Esterres Ausdruck wurde besorgt. »Das könnte der Zündfunke sein, der den Angriff auslöst, wenn sie annehmen, daß wir alle abhauen, Dick.«

Bolitho nickte. »Ich mache mich fertig. Hoffentlich habt ihr ein schnelles Boot für uns!«

Es sollte lustig klingen, aber es trug nur dazu bei, die Spannung zu erhöhen, die sogar das Atmen schwer machte.

D'Esterre antwortete: »Die Jolle von der *Spite* wartet dort. Nur für dich, Dick.«

Bolitho entgegnete: »Geh' jetzt. Ich komme schon klar.« Er sah die letzte Gruppe Marineinfanteristen über den Hof laufen, einer von ihnen schleuderte eine brennende Fackel in den Papierstapel vor den Ställen.

D'Esterre beobachtete, wie Bolitho zum Magazin ging, dann wandte er sich um und folgte rasch seinen Leuten durch das Tor.

Eine Kugel heulte dicht über den Turm, aber d'Esterre blickte nicht einmal auf. Sie schien für ihn keine Drohung zu enthalten. Gefahr und Tod waren allein hier unten, eine scheußliche Erinnerung.

Er sah die Silhouette der Fregatte kürzer werden, als sie sich jetzt der offenen See zuwandte, ihre Fock füllte sich bereits, während eins ihrer Boote noch mit äußerster Kraft versuchte, längsseits zu pullen. Für die anderen Boote würde es ein langer und harter Weg sein, ihr Schiff zu erreichen. Aber der Kommandant kannte die tödliche Gefahr gut placierter Artillerie an Land. Eine Fregatte zu verlieren, war schlimm genug, aber noch schlimmer wäre es, wenn sie gekapert und von der Rebellenflotte vereinnahmt würde.

Bolitho vergaß d'Esterre und alles andere, als er Stockdale mit einer brennenden Lunte bei den Zündschnüren sah. Neben ihm standen ein Korporal der Marineinfanterie und ein Seemann, in dem er trotz Schmutz und Bartstoppeln Rabett, den Dieb aus Liverpool, erkannte.

»Legt Feuer!« rief er und zuckte gleich darauf zusammen, als eine schwere Kugel durch die zersplitternde Brustwehr krachte und in den bereits lichterloh brennenden Ställen einschlug.

»Marsch zu den Toren, Korporal, und rufen Sie Ihre Wachtposten zurück, so schnell Sie können.«

Die Zündschnüre erwachten zischend zum Leben, im Dämmerlicht der Kasematte wirkten sie wie wütende Schlangen.

Die Zündfunken schienen mit unheimlicher Geschwindigkeit vorwärtszueilen, wenigstens kam es Bolitho so vor; er berührte Stockdale an der Schulter.

»Zeit für uns, komm.«

Eine Kugel schlug beim Fort ein und schleuderte eins der Schwenkgeschütze wie ein Stück Holz in die Luft.

Zwei weitere, scharfe Detonationen kamen vom Damm her: die beiden Geschütze waren gesprengt worden.

Gewehrfeuer war jetzt zu hören, noch weit entfernt und ohne Wirkung. Aber der Feind würde bald stürmen.

Sie rannten hinaus in das grelle Sonnenlicht, vorbei an brennenden Ställen und Vorratsräumen.

Ein lauter Knall und splitterndes Holz, das einmal die Brustwehr gewesen, bewiesen, daß Browns Leute wie die Teufel gearbeitet haben mußten, um ihre Geschütze auf dem Hang in Stellung zu bringen.

Der Korporal schrie plötzlich: »Sergeant Shears kommt im Galopp, Sir! Und die ganze verdammte Rebellenarmee ist ihm auf den Fersen!«

Bolitho sah die rennenden Marineinfanteristen, einer stürzte vornüber und blieb liegen. Feindliche Soldaten wateten und kämpften sich bereits über den unter Wasser stehenden Damm, sie feuerten im Laufen.

Bolitho schätzte die Entfernung: es war zu weit für den Feind, er konnte sie nicht mehr einholen.

Herum um die Festungsmauer, hinunter über den abschüssigen Strand, wo die Jolle wartete. Er sah, daß die Crew schon die Riemen im Wasser hatte und wie hypnotisiert auf das Land starrte.

Sergeant Shears keuchte den Strand hinunter, seine Männer dicht hinter sich.

»Ins Boot!« Bolitho blickte zum Turm auf, die britische Flagge wehte noch.

Dann merkte er, daß er der letzte auf dem Strand war, daß Stockdale ihn am Arm über das Dollbord zog und ein nervöser Leutnant kommandierte: »Ruder an!«

Wenige Minuten später, als die Jolle schon über die ersten trägen Brecher glitt, erschienen ein paar Soldaten unterhalb des Forts.

Ihre rasch abgefeuerten Schüsse gingen fehl, nur einer schlug dicht neben dem Boot ein und spritzte Wasser über die keuchenden Rotröcke.

Shears murmelte: »An ihrer Stelle würde ich dort schnellstens abhauen.«

Sie waren halbwegs zwischen Strand und Schiff, als die Detonation den hellen Tag zerfetzte. Es war nicht so sehr der ohrenbetäubende Krach als vielmehr der Anblick des in die Luft geschleuderten Forts, das dann Bruchstücke auf die Insel herabregnete, der in Bolithos Gedächtnis haften blieb, noch lange, nachdem das letzte Stück zu Boden gefallen war. Als der Rauchpilz sich langsam hob, sah er, daß nichts mehr den Standort des Forts bezeichnete, nur ein ungeheurer, schwarzer Trichter.

Alle Gefangenen waren schließlich doch abtransportiert worden, und Bolitho überlegte, was sie jetzt wohl empfinden mochten, und auch der junge Huyghue. Dachte er an den Teil, den er selbst zum Gelingen des Unternehmens beigetragen hatte? Oder nur an sein eigenes schweres Los?

Als er den Blick endlich abwandte, sah er über sich die schwankenden Masten und Rahen der *Spite*. Hilfreiche Hände warteten bereits darauf, sie an Bord zu holen.

Er sah Stockdale an, und ihre Blicke trafen sich in wortloser Erleichterung. Dann hörte er die gereizte Stimme des jungen Kommandanten Cunningham von oben herab rufen: »Lebhaft da unten, bewegt euch, wir haben nicht den ganzen Tag Zeit!«

Bolitho lächelte müde. Sie waren zu Hause.

Kapitän Gilbert Brice Pears saß an seinem Schreibtisch, die starken Finger ineinander verschlungen, während sein Sekretär fünf wunderschön geschriebene Ausfertigungen des Berichtes über das Unternehmen Fort Exeter zur Unterschrift vor ihm ausbreitete.

Der Rumpf der *Trojan* knarrte und klapperte in der achterlichen See, Pears jedoch nahm es kaum wahr. Er hatte den Originalbericht sehr sorgfältig durchgelesen, nichts übergangen, und hatte sich von d'Esterre weitere Einzelheiten sowie den genauen Hergang des Angriffs und Rückzugs schildern lassen.

Neben ihm stand Cairns, dessen schlanke Gestalt einen Winkel zum Deck bildete, entsprechend der jeweiligen Schräglage des Schiffes. Er wartete geduldig auf eine Bemerkung des Kommandanten.

Pears hatte sich sehr aufgeregt über die Verspätung, mit der sie den Treffpunkt nach ihrem Scheinangriff auf Charlestown erreicht hatten. Das plötzliche Umspringen des Windes, das völlige Fehlen irgendwelcher Nachrichten und das allgemeine Mißtrauen, das er Coutts' Plan entgegenbrachte, hatten ihn das Schlimmste befürchten lassen. Coutts selbst mußte wohl etwas von Pears' Unruhe gespürt haben, weil er zusätzlich die Fregatte *Vanquisher* zur Unterstützung der kleineren *Spite* entsandt hatte, um beim Aufnehmen des Landetrupps zu helfen. Pears hatte dann später ihre Rückkehr auf die *Trojan* beobachtet, die abgezehrten, trotzig wirkenden Marineinfanteristen – oder vielmehr den kläglichen Rest dieser stolzen Truppe –, die schmutz- und blutverkrusteten Seeleute, dann d'Esterre, Bolitho und schließlich den jungen Couzens, der seinen Fähnrichskameraden halb lachend, halb weinend zuwinkte.

Fort Exeter bestand nicht mehr, und Pears hoffte nur, daß sich der Einsatz gelohnt hatte. Im Geheimen bezweifelte er es.

Grimmig nickte er seinem Sekretär zu. »Gut, Teakle, ich unterschreibe das verdammte Zeug.« Dann blickte er Cairns an: »Muß eine blutige Angelegenheit gewesen sein. Unsere Leute scheinen sich aber wacker geschlagen zu haben.«

Durch die tropfenden Fenster betrachtete er das verschwommene Bild des Flaggschiffs, das auf gleichem Kurs lag, die Segel windgefüllt.

»Und jetzt dies hier, verdammter Mist!«

Cairns folgte seinem Blick. Er wußte wohl besser als jeder andere, was sein Kommandant empfand.

Es hatte ganze sechs Tage gedauert, bis die massigen Linienschiffe sich wieder mit *Spite* und *Vanquisher* vereinigt hatten; dann vergingen zwei weitere Tage, in denen Admiral Coutts die Offiziere seines kleinen Geschwaders zu Besprechungen zusammenholte, den entwaffnend zuversichtlichen Franzosen verhörte und schließlich die Informationen verarbeitete, die Paget aus dem Fort gebracht hatte.

Anstatt nun nach New York zurückzukehren, um sich neue Befehle und Ersatz für die Toten und Verwundeten zu holen, mußte die *Trojan* weiter nach Süden segeln. Pears hatte Order, eine Insel zu finden und schließlich zu zerstören, die – wenn man den Aussagen der Gefangenen Glauben schenken konnte – das wichtigste Glied in der Nachschubkette darstellte, die Washingtons

Armeen mit Waffen und Munition versorgte.

Zu jedem anderen Zeitpunkt hätte Pears diesen Einsatz als willkommene Unterbrechung der langweiligen Liege- und ermüdenden Patrouillenzeiten begrüßt.

Das Flaggschiff *Resolute* würde sie bald verlassen und Coutts' beeindruckende Berichte dem Oberbefehlshaber in New York überbringen, zusammen mit den Schwerverwundeten und den Gefangenen. Aber der jugendliche Konteradmiral selbst hatte den nach Pears' Ansicht noch nie dagewesenen Schritt unternommen, seinen Flaggschiffskommandanten zum stellvertretenden Befehlshaber des Geschwaders zu ernennen, während er seine Flagge auf der *Trojan* hissen ließ, um den Angriff im Süden selbst zu leiten.

Coutts vermutete wohl zu Recht, daß der Oberbefehlshaber ihn, wenn er mit der *Resolute* erst einmal in New York eingelaufen war, anderweitig einsetzen würde, eventuell in Zusammenarbeit oder gar unter direktem Befehl des Gesandten Sir George Helpman. Mit der erfolgreichen Ausführung seiner Eroberungspläne wäre es dann vorbeigewesen.

Es klopfte an Pears' Tür.

»Herein!«

Er blickte auf und in Bolithos Gesicht, der, den Hut unterm Arm, die Kajüte betrat.

Er sah älter aus, fand Pears, abgespannt, aber selbstsicherer. Um die Mundwinkel hatten sich Falten gebildet, aber die grauen Augen blickten fest und – wie die der zerschlagenen Reste der Marineinfanteristen – trotzig.

Pears bemerkte an der Haltung der Schulter, daß Bolitho noch starke Schmerzen haben mußte, sowohl vom Hieb der Klinge wie auch von der Wundbehandlung durch den Arzt. Aber in seiner frischen Kleidung wirkte er wie völlig wiederhergestellt.

Pears begrüßte ihn: »Gut, Sie heil und in einem Stück zu sehen.« Dann wies er auf einen Stuhl und wartete, bis der Sekretär den Raum verlassen hatte. »Sie werden es bald genug erfahren: Wir segeln nach Süden, um dort eine Nachschubbasis aufzuspüren und zu zerstören.« Er zog eine Grimasse: »Auch noch französisch, zu allem Überfluß.«

Bolitho setzte sich vorsichtig. Seit er frisch gewaschen war und saubere, seltsam ungewohnte Kleidung trug, fühlte er die Spannung allmählich nachlassen.

Sie waren alle nett zu ihm gewesen – Cairns, der Weise,

Dalyell, alle –, und er fühlte sich wieder frei und zu Hause in diesem ächzenden, überfüllten Rumpf.

Bis jetzt hatte er keine Ahnung gehabt, was vor sich ging. Nach der schnellen Überfahrt an Bord der Korvette und der Trauer über den Tod weiterer Verwundeter fand er kaum zu etwas anderem Zeit als dazu, seine Version des Erlebten zu Papier zu bringen. Außer ein paar kurzen Worten, als man ihm und den anderen an Bord half, hatte er noch nicht wieder mit Pears gesprochen.

Der Kommandant fuhr nun fort: »Der Krieg fordert einen hohen Zoll. Wir waren knapp an erfahrenen Offizieren, jetzt sind wir noch knapper.« Er starrte auf den leeren Tisch, wo vorher der Bericht gelegen hatte. »Gute Leute sind getötet, andere verstümmelt, die Hälfte meiner Marineinfanteristen fällt aus, und dann sind auch noch zwei Offiziere gefangengenommen! Ich fühle mich wie ein Prediger in einer leeren Kirche.«

Bolitho blickte Cairns an, aber dessen Gesicht verriet nichts. Er hatte morgens eine Brigg mit dem Flaggschiff Signale tauschen und dann in Rufweite gehen sehen, aber über den Inhalt des Gesprächs wußte er nichts. Also fragte er: »Zwei Offiziere, Sir?« Er mußte irgend etwas verpaßt haben.

Pears seufzte. »Erst der junge Huyghue, und dann habe ich heute vom Flaggschiff die Mitteilung erhalten, daß Probyn von einem Kaperschiff aufgebracht worden ist. Und zwar schon einen Tag nach Verlassen des Forts.« Er beobachtete Bolithos Gesicht. »Das war das kürzeste Kommando der Marinegeschichte, scheint mir.«

Bolitho dachte an das letzte Zusammensein mit Probyn – böse, triumphierend, bitter war es gewesen. Jetzt war alles vorbei, hatten sich seine Hoffnungen zerschlagen.

Bolitho empfand Mitleid, nicht mehr.

»Also«, Pears' Stimme brachte ihn mit einem Ruck zurück in die Wirklichkeit, »werden Sie hiermit zum Zweiten Offizier dieses Schiffes ernannt, *meines* Schiffes.«

Bolitho starrte ihn verwirrt an. Vom Vierten zum Zweiten Offizier? Er hatte gehört, daß so etwas vorkam, hatte es sich aber nie für sich vorgestellt.

»Ich – ich danke Ihnen, Sir.«

Pears blickte ihn ernst an. »Freut mich, daß Sie nicht über Probyns Geschick spotten, obwohl ich es verstanden hätte.«

Cairns zeigte sein seltenes Lächeln. »Herzlichen Glückwunsch!«

Pears hob die große Rechte. »Sparen Sie sich das für später auf, Mr. Cairns. Und jetzt an die Arbeit, übertragen Sie einem anderen Fähnrich Huyghues Aufgaben; außerdem schlage ich vor, daß Sie Steuermannsmaat Frowd einstweilen als Offizier einsetzen. Ein vielversprechender Mann.«

Der Posten öffnete zaghaft die Tür. »Verzeihung, Sir, der Fähnrich der Wache ist hier.«

Es war der kleine Forbes, er kam Bolitho jetzt schon etwas reifer vor, in seine Aufgabe hineingewachsen.

»Sir, Mr. Dalyell meldet Signal vom Flaggschiff: ›Drehen Sie bei.‹«

Pears blickte Cairns an. »Führen Sie es aus. Ich bin gleich oben.«

Als die beiden Offiziere hinter dem Fähnrich her an Deck eilten, fragte Bolitho: »Warum das ganze Manöver?«

Cairns starrte ihn an. »Sie sind wirklich ein wenig hinterm Mond, Dick!« Er wies auf einen Unteroffizier mit einer aufgetuchten Flagge unterm Arm. »Heute hissen wir die Admiralsflagge im Kreuztopp. Konteradmiral Coutts wird unser Helfer in der Not.«

»Die *Trojan* wird *Flaggschiff*!«

»Vertretungsweise.« Cairns glättete seinen Hut, während sie nach vorn zur Querreling gingen. »Bis Coutts Ruhm erntet oder sein Kopf auf dem Block liegt.«

Seeleute liefen bereits auf ihre Stationen; Bolitho hatte jetzt die Aufsicht über den ungeheuren Großmast, an dem er einst so manchen Befehl und Anranzer von Sparke erhalten hatte. Nun war er selbst Zweiter Offizier, obwohl ihm zwei Monate bis einundzwanzig fehlten.

Er sah Stockdale, der ihn beobachtete und ihm zunickte. Stockdale und einigen jetzt fehlenden Gesichtern hatte er es zu verdanken, daß er überhaupt hier war.

»Klar zum Beidrehen!«

Cairns' Stimme erreichte ihn durch das Sprachrohr. »Mr. Bolitho! Treiben Sie Ihre Leute an die Brassen! Die bewegen sich heute wie die Krüppel!«

Bolitho tippte an seinen Hut. »Aye, Sir!«

Zwischen den durcheinanderhastenden Seeleuten sah er Quinn herüberstarren, noch etwas unsicher auf seiner ebenfalls neuen Station. Bolitho lächelte ihm zu und versuchte, die Spannung zu lockern, die fühlbar zwischen ihnen bestand.

»Lebhaft, Mr. Quinn!« Er zögerte, etwas tauchte in seinem Gedächtnis auf.

»Stellen Sie den Namen dieses Mannes fest!«

XII Rivalen

Am Tage nach dem Setzen der Admiralsflagge auf der *Trojan* und Konteradmiral Coutts' Anbordgehen schritt Bolitho auf dem Achterdeck auf und ab, warf gelegentlich ein Auge auf die Vormittagswache und genoß im übrigen die frische Nordwestbrise. Während der Nacht waren die *Resolute* und die Fregatte *Vanquisher* achteraus verschwunden und kreuzten nun nach New York zurück, was der Wind ihnen nicht gerade leicht machte.

Für die *Trojan* sahen die Dinge anders aus, als habe Coutts' unerwartete Ankunft zugleich eine Änderung der Verhältnisse bewirkt. Sie muß einen prächtigen Anblick abgeben, dachte Bolitho, während er, geschickt die Bewegungen des Schiffes ausnutzend, fast schwerelos in Luv des Decks auf und ab ging. Sie hatte ihre Schönwettersegel gesetzt und fuhr Vollzeug, von Zeit zu Zeit warf ihr Bug aus dem azurblauen Wasser Gischtschleier bis weit über den Wellenbrecher hoch.

Der Kompaß zeigte stetig nach Südsüdost. Dieser Kurs führte den stattlichen Zweidecker mit sicherem Abstand von Land hinunter zu der langen Inselkette, die den Atlantik vom Karibischen Meer trennt.

Der Wind hielt die Hitze fern und gestattete es den weniger schwer Verwundeten, sich an Deck aufzuhalten, was wesentlich zu ihrer Genesung beitrug. Die Schwerverwundeten waren auf das Flaggschiff transportiert worden, jedoch würde wohl mancher von ihnen das Land nie wiedersehen.

Von den Gefangenen war nur einer an Bord geblieben, der Franzose Contenay. Er machte regelmäßige Spaziergänge an Deck, ohne jede Bewachung, und schien sich auf einem Schiff des Königs ganz zu Hause zu fühlen.

Bolitho wußte noch immer wenig über seinen eigenen Kommandanten. Die Freundlichkeit der Begrüßung an Bord war wieder Pears' strenger und unnahbarer Haltung gewichen. Bolitho hatte den Eindruck, daß des Admirals Anwesenheit erheblich dazu beitrug.

Coutts war morgens an Deck erschienen. Jugendlich, entspannt und anscheinend interessiert an allem, war er vom Achterdeck über die Luvtreppe hinabgestiegen und hatte den mit bloßem Oberkörper arbeitenden Seeleuten, dem Zimmermann und dem Segelmacher zugesehen und schließlich dem Küfer, der wie üblich das Deck eines Kriegsschiffes in eine Art Ladenstraße verwandelte.

Er hatte mit den Offizieren und einigen der dienstälteren Leute gesprochen, den Master durch seine Kenntnis der Arktis beeindruckt und Midshipman Forbes durch ein paar wohlgezielte Fragen zu einem errötenden Stotterer gemacht.

Wenn Coutts beunruhigt war über die zweifelhafte Aussicht, ein weiteres Nachschubdepot des Feindes zu zerstören, oder über die Kommentare des Oberbefehlshabers zu seinem eigenmächtigen Handeln, so zeigte er das nicht im geringsten. Seine Pläne behielt er für sich, denn nur Ackerman, sein weltgewandter Flaggleutnant – es war der Offizier, den Bolitho damals bei dem Fest mit der halbnackten Frau in einer Kammer gesehen hatte –, und sein Privatsekretär besaßen sein Vertrauen.

Bolitho war klar, daß dies Pears über alle Maßen kränken mußte.

Er hörte Schritte an Deck; Cairns trat zu ihm an die Reling. Mit einem Blick umfaßte sein geschultes Auge die arbeitenden Gruppen an Deck und den Stand jedes einzelnen Segels.

Zu Bolitho sagte er: »Der Admiral ist bei unserem Captain, es gibt wohl dicke Luft.« Er wandte sich um und blickte bedeutungsvoll zum Kajütsoberlicht. »Ich war froh, die hohen Herren alleinlassen zu können.«

»Noch keine Neuigkeiten?«

»Nicht viele. Wie d'Esterre beim Pokern spielt der Admiral eine harte Hand. Er wird aufsteigen wie ein Komet, oder –«, er zeigte mit dem Daumen nach unten, »– fallen wie eine Sternschnuppe.«

Seit Coutts an Bord war, tauschte Cairns häufiger seine Gedanken mit dem Zweiten Offizier aus.

Langsam fügte er jetzt hinzu: »Unser Kommandant wollte wissen, warum die Trojan und nicht das Flaggschiff für diese Aufgabe ausgewählt wurde.« Er lächelte grimmig. »Der Admiral erklärte ihm eiskalt und seelenruhig, daß die Trojan das schnellere Schiff sei, und daß die Besatzung für ihre Tapferkeit eine Belohnung verdient hätte.«

Bolitho nickte. »Das glaube ich. Die *Resolute* ist schon viel länger hier draußen und hatte kaum eine vernünftige Überholung. Sie muß bewachsen sein wie eine Wiese.«

Cairns musterte ihn bewundernd. »Wir werden doch noch einen Politiker aus Ihnen machen.« Bolithos Verwirrung mit einer Handbewegung beiseite fegend, fuhr er fort: »Sie begreifen das doppelsinnige Kompliment? Coutts schmiert Pears Honig um den Bart mit Worten wie ›Belohnung‹ und ›besseres Schiff‹, um ihm im nächsten Augenblick beizubringen, daß sein eigenes Flaggschiff es eher verdient hätte.«

Bolitho schürzte die Lippen. »Das ist clever.«

»Schelme muß man erkennen, Dick.«

»Aber was ist dann der wahre Grund?«

Cairns runzelte die Stirn. »Ich vermute, er möchte das Flaggschiff auf der zuständigen Station haben. Aus demselben Grund hat er wohl auch die *Vanquisher* zurückgeschickt, weil er weiß, daß sie dringend im Geleitdienst benötigt wird, jetzt, da die Zahl der Kaperschiffe ständig zunimmt. Das alles wäre sinnvoll.«

Cairns senkte die Stimme, als Sambell, Steuermannsmaat der Wache, betont gleichgültig vorbeischlenderte.

»Er wird diesen Plan auch ausführen, die Belohnung einstecken oder die Fehler so gut wie möglich vertuschen. Unserem Kommandanten möchte er den Angriff nicht allein überlassen, traut es ihm wohl auch nicht zu. Außerdem braucht er einen Sündenbock für den Fall, daß alles schiefgeht, womöglich in einer Katastrophe endet; und das sollte nicht gerade sein eigener Flaggschiffkommandant sein.« Cairns beobachtete Bolithos Gesicht. »Ich sehe, Sie haben begriffen.«

»Solche Winkelzüge werde ich niemals verstehen.«

Cairns zwinkerte. »Eines Tages werden Sie sie sogar anderen beibringen.«

Weitere Schritte erklangen auf dem von der Sonne ausgedörrten Deck. Bolitho sah Pears und den Master aus dem Kartenraum kommen, letzterer trug die Ledertasche, in der er normalerweise seine Navigationsinstrumente aufbewahrte.

Bunce sah aus wie immer. Er blickte kurz auf den Kompaß, prüfte die Windrichtung und musterte die beiden Rudergänger, wobei seine lebhaften dunklen Augen unter den buschigen Brauen hervorblitzten.

Pears dagegen schien müde und übellaunig, als warte er ungeduldig darauf, die ungeliebte Aufgabe, die man ihm zumutete, anpacken und beenden zu können.

»Bald werden wir wissen, wo diese verdammte Insel liegt, Dick.« Cairns lockerte seufzend sein Halstuch. »Hoffentlich ist sie kein zweites Fort Exeter.«

Bolitho blickte ihm nach, als Cairns seinen täglichen Rundgang durchs Schiff fortsetzte, und überlegte, ob dieser wohl noch immer nach einer Gelegenheit suchte, von der *Trojan* wegzukommen, um ein eigenes Schiff zu übernehmen.

Soweit hatten die Offiziere der *Trojan* kein Glück gehabt, sobald sie ihren Schutz verließen. Sparke war gefallen, Probyn gefangen, nur er selbst war jedesmal zurückgekehrt wie der verlorene Sohn.

Dann sah er Quinn, ohne Rock und mit durchgeschwitztem Hemd, das ihm am Rücken klebte, zwischen dem Segelmacher und seinen Maaten einhergehen. Sein Gesicht war noch immer blaß und sah weit älter aus. Die Folgen des fürchterlichen Säbelhiebes über die Brust machten ihm noch zu schaffen, man sah es an seiner Haltung, seinem Gang, seinem verkniffenen Mund. Auch plagte ihn wohl ständig die Erinnerung an sein Versagen im Fort und an seinen selbstmörderischen Einsatz am Geschütz, ausgelöst durch Rowhursts offen zur Schau getragene Verachtung.

Fähnrich Weston rief plötzlich: »Die *Spite* signalisiert, Sir!«

Bolitho nahm das Glas aus der Halterung und stieg rasch in die Luvwanten. Es dauerte eine Weile, bis er die kleine Korvette gefunden hatte, ihren einzigen Begleiter bei diesem ›Abenteuer‹, wie Cairns es bezeichnete. Jetzt hatte er die hellen Bramsegel der *Spite* erfaßt und entdeckte auch die leuchtenden Signalflaggen, die von der Rah wehten.

Weston hatte bereits im Signalbuch geblättert und rief aus: »Von *Spite*: Segel in Sicht im Süden!«

Bolitho wandte sich ihm zu und betrachtete ihn. Weston war jetzt der dienstälteste Fähnrich, und an ihm nagte wohl Pears' Rat, Mr. Frowd an seiner Stelle zum kommissarischen Leutnant zu befördern. Der »Rat« eines Kommandanten war so gut wie ein Befehl.

Bolitho hatte beinahe Mitleid mit Weston. Beinahe. Denn er war ungeschlacht, feist, streitsüchtig und würde einen schlechten Offizier abgeben, wenn er lange genug lebte.

»Gut. Behalten Sie die *Spite* im Auge. Ich werde dem Kommandanten noch keine Meldung machen.«

Bolitho setzte seinen Spaziergang auf dem Achterdeck fort. Die Luft wirkte frisch, aber wenn man stehen blieb, spürte man die Kraft der Sonne. Bolithos Hemd war klitschnaß, und die Schulterwunde schmerzte wie ein Schlangenbiß.

Der Kommandant der Korvette würde jetzt vermutlich Überlegungen anstellen und ungeduldig auf des Admirals Entscheidung warten, ob er zur näheren Untersuchung des fremden Schiffes beordert wurde.

Eine halbe Stunde verging. Rauch quoll fettig aus dem Kombüsenschornstein, und Molesworth, der Zahlmeister, erschien mit seinem Assistenten auf dem Weg zur Proviantlast, um die tägliche Ration Rum oder Branntwein auszugeben.

Ein paar Marineinfanteristen, die auf der Back die Abwehr von Enterern geübt hatten, marschierten nach achtern und gaben ihre Lanzen wieder ab. Es war auch ein kleines Kontingent vom Flaggschiff dabei, das die Lücken auffüllen sollte, bis regulärer Ersatz eintraf. Bolitho dachte an all die kleinen Erdhügel auf der Insel. Wen interessierten sie jetzt noch?

Weston rief: »Von der *Spite,* Sir: ›Voriges Signal gestrichen‹.

Wahrscheinlich also ein Holländer auf erlaubter Fahrt, jedenfalls war Cunningham beruhigt. Möglicherweise war das fremde Fahrzeug auch mit äußerster Kraft geflüchtet, sowie es die Bramsegel der *Spite* gesichtet hatte. Mißtrauen machte sich in diesen Tagen bezahlt.

Stockdale kam über das Achterdeck auf seinem Weg zur Steuerbordbatterie. Im Vorbeigehen flüsterte er Bolitho zu: »Der Admiral, Sir.«

Bolitho straffte sich und wandte sich um, als Coutts aus dem Schatten in das grelle Sonnenlicht trat. Er legte die Hand an den Hut und fragte sich, ob Weston ihn absichtlich nicht gewarnt hatte.

Coutts lächelte unbekümmert. »Guten Morgen, Bolitho. Noch immer auf Wache, wie ich sehe.« Er hatte eine angenehme, ruhige Stimme, ohne jedes Pathos.

Bolitho erwiderte: »Nur noch wenige Augenblicke, Sir.«

Coutts nahm ein Glas und studierte mehrere Minuten lang die weit entfernte *Spite.* »Guter Mann, Cunningham. Wird mit etwas Glück bald Kapitän werden.«

Bolitho sagte nichts, dachte aber an Cunninghams Jugend, an sein »Glück«. Mit Coutts' *Segen* würde er Kapitän werden, und wenn der Krieg andauerte, dann war er wahrscheinlich in drei weiteren Jahren Flaggoffizier, sicher vor Degradierung und unaufhaltsam auf dem Weg nach oben.

»Ich kann Ihre Gedanken beinahe hören, Bolitho.« Coutts reichte Weston das Glas, ohne sich umzudrehen. Wieder war die Bewegung beiläufig, aber genau berechnet. »Grämen Sie sich nicht. Wenn Sie an der Reihe sind, werden Sie entdecken, daß eines Kapitäns Leben nicht nur aus Bordeaux und Prisengeld besteht.« Einen Augenblick lang wurde sein Blick hart. »Aber eine Chance bietet sich immer, allerdings nur denen, die etwas wagen und Befehlsausführung nicht als Ersatz für Eigeninitiative gelten lassen.«

Bolitho sagte: »Ja, Sir.«

Er wußte nicht, was Coutts damit andeuten wollte. Daß für ihn Hoffnung bestand? Oder wollte er damit lediglich seine Gefühle Pears gegenüber zum Ausdruck bringen?

Coutts zuckte mit den Schultern und fügte hinzu: »Essen Sie heute abend mit mir zusammen. Ackerman wird noch ein paar andere einladen.«

Wieder spürte Bolitho die jugendliche Frische und Härte in Coutts' Stimme.

»In meinen Räumen natürlich. Ich bin sicher, daß der Kommandant nichts dagegen haben wird.«

Er schlenderte von dannen und nickte Sambell und Weston im Vorbeigehen zu, als seien sie Bauerntölpel auf dem Dorfanger.

Die neue Wache sammelte sich bereits auf dem oberen Batteriedeck, und Bolitho wußte, daß Dalyell ihn gleich ablösen würde. Im Gegensatz zu George Probyn kam er nie zu spät.

Bolitho war verwirrt von dem Gehörten. Er fühlte sich geehrt durch Coutts' Interesse, das ihn aber gleichzeitig beunruhigte; es kam ihm vor wie Treulosigkeit Pears gegenüber. Er lächelte über seine Verwirrung. Pears mochte ihn möglicherweise gar nicht, weshalb also die Skrupel?

Dalyell erschien, blinzelnd im grellen Sonnenlicht. An seinem Rock hingen noch ein paar Krümel.

»Wache ist angetreten, Sir.«

»Danke, Mr. Dalyell.«

Sie blinzelten sich vergnügt zu, ihre Fröhlichkeit vor den Leuten hinter einer Maske von Förmlichkeit verbergend.

Quinn hatte die beiden von der Backbordtreppe aus beobachtet, während sie das übliche Gewühl bei der Wachablösung beaufsichtigten. Die Sehnsucht, seinen Schmerz endlich zu meistern, überkam ihn mit Macht. Bolitho hatte es nach seiner Verwundung geschafft oder zumindest die Erinnerung daran aus seinem Gedächtnis gestrichen, während er selbst noch jeden Schritt, jede Bewegung sorgfältig berechnen mußte. Er sagte sich ständig, daß sein für einen Augenblick aufwallender Mut kein Zufall gewesen war, daß er zwar einmal versagt, aber dann gekämpft hatte, um den Fehler wiedergutzumachen. Doch er spürte, daß die Besatzung ihn beobachtete, sein Selbstvertrauen abschätzte. Dies war auch der Grund, weshalb er an der Treppe auf Bolitho wartete, bevor er zum Essen ging. Bolitho war sein Halt, seine einzige Chance, wenn es überhaupt noch eine für ihn gab.

Dieser nickte ihm zu. »Noch nicht hungrig, James? Man hat mir erzählt, wir bekämen heute besonders gutes Rindfleisch, lag erst knapp ein Jahr im Faß!« Er legte Quinn die Hand auf die Schulter. »Finde dich damit ab, James.«

Als Quinn ihn ansah und den plötzlichen Ernst in Bolithos Augen bemerkte, wußte er, daß diese Worte nichts mit dem Essen zu tun hatten.

Die Rahen waren gebraßt, und die gewaltige Fläche der Segel füllte sich knallend. Die *Trojan* lag auf ihrem neuen Kurs.

Bolitho blickte Cairns an und tippte an seinen Hut. »Kurs liegt an, Sir.«

Cairns nickte. »Schicken Sie bitte die Freiwache unter Deck.«

Als die Seeleute, so schnell sie konnten, verschwanden, warf Bolitho rasch einen Blick auf Pears, der mit dem Admiral zusammen auf der Luvseite des Achterdecks stand.

Es war einer jener feurigen Sonnenuntergänge dieser Breiten. Die beiden Männer hoben sich als Silhouetten gegen den blutroten Himmel ab, ihre Gesichter lagen im Schatten. Es war kein Irrtum möglich, man spürte Coutts' Gereiztheit, Pears' verbissenen Eigensinn.

Das vergnügte Abendessen in der großen Kajüte schien schon weit zurückzuliegen. Coutts hatte den größten Teil der Unterhaltung mit Witz und guter Laune bestritten, Pausen gab es nur, wenn die Gläser nachgefüllt wurden. Er hatte die Leutnants in seinen Bann geschlagen – mit Geschichten über Intrigen und Korruption bei der Militärregierung in New York, über die großen, alten Londoner Häuser, deren Herren – und noch öfter Damen –, in ihren Händen die Zügel der Macht hielten.

Als erst einmal Pears und der Master ihre navigatorischen Berechnungen beendet hatten, war der Zweck der Fahrt und der Zielort wie ein Lauffeuer durch die Decks gegangen.

Es war also eine kleine Insel in einer ganzen Inselgruppe, die in der Monapassage zwischen Santo Domingo und Puerto Rico lag. Von den meisten wegen der schwierigen Navigation gemieden, war sie ein idealer Umschlagsort für Waffen und Munition, bestimmt für Washingtons wachsende Flotte von Versorgungsschiffen.

Als Coutts seine Hoffnung auf eine rasche Beendigung ihrer Mission begründet hatte, spürten Bolitho und die anderen seinen Eifer, seine Erregung bei der Aussicht auf einen schnellen Sieg. Diesmal sollte ihm niemand mit einer Warnung zuvorkommen, kein noch so schneller Reiter konnte die Nachricht vom Nahen der Briten übermitteln. Diesmal nicht. Mit der Breite des Atlantik in ihrem Rücken, der scharfäugigen *Spite* vor ihnen, hatte Coutts guten Grund zur Zuversicht.

Aber das war vor fünfzehn Tagen gewesen. Inzwischen hatte es Verzögerungen gegeben, die Coutts und seinen Offizieren den Stempel der Ungeduld aufgedrückt hatten. Mehrmals war die *Trojan* zum Beidrehen gezwungen, während die *Spite* unter vollen Segeln davonbrauste, um ein fremdes Schiff zu untersuchen, und dann mühselig zur Berichterstattung wieder zurückkreuzen mußte. Der Wind hatte auch verschiedentlich geschralt, wie Bunce vorausgesagt hatte. Im großen und ganzen war er ihnen jedoch günstig gewesen.

Jetzt, da wieder ein Sonnenuntergang Dunkelheit über das Schiff breitete, spürte Bolitho die wachsende Ungeduld, ja den Ärger in Coutts' raschen Bewegungen.

Wieder einmal war die *Spite* vorausgeschickt worden um festzustellen, ob die kleine Insel in der Tat diejenige war, die in den von Paget gefundenen Dokumenten beschrieben wurde. Falls dies zutraf, sollte Cunningham ein Boot an Land schicken und nach Möglichkeit die Stärke des Feindes feststellen. Wenn er niemanden antraf, sollte er sofort zurückkommen und berichten. In jedem Fall hätte er inzwischen zurück sein müssen. Bei dem in den Tropen üblichen raschen Hereinbrechen der Dunkelheit war mit einer Kontaktaufnahme vor morgen früh nicht mehr zu rechnen: wieder ein Tag verstrichen, weitere Ungewißheit.

Bolitho stand stramm und berührte grüßend seinen Hut, als Pears mit lauten Schritten an ihm vorbeiging. Das Zuschlagen der Kartenraumtür war ein weiterer Beweis seiner schlechten Laune.

Bolitho wartete nun darauf, daß Coutts ihn ansprach.

»Ein langer Tag, Bolitho.«

»Aye, Sir.« Bolitho blickte ihn an und versuchte, des Admirals Gefühle zu ergründen. »Das Barometer steht gleichmäßig hoch, wir sollten diesen Kurs die Nacht über beibehalten können.«

Coutts hatte gar nicht hingehört. Er stützte sich auf die Reling und starrte hinunter zur Backbordbatterie von Achtzehnpfündern. Er trug keinen Hut, und der Wind blies ihm das Haar in die Stirn, was ihn noch jugendlicher erscheinen ließ.

Dann fragte er leise: »Sind Sie wie die anderen, Bolitho? Halten auch Sie mich für verrückt, weil ich dieses Unternehmen mit aller Gewalt zu Ende führen will, obwohl es auf nichts weiter fußt als auf einem gekritzelten Zettel?«

»Ich bin nur ein Leutnant, Sir. Ich wußte gar nicht, daß Zweifel daran bestehen.«

Coutts lachte bitter. »Zweifel? Mein Gott, Mann, ganze Berge davon!«

Bolitho wartete. Er fühlte des Admirals Ungeduld, seine Enttäuschung.

Coutts fuhr fort: »Wenn Sie den Rang eines Flaggoffiziers erreichen, glauben Sie, die Welt gehört Ihnen. Aber das stimmt nur zum Teil. Ich war Kommandant einer Fregatte, und kein schlechter.«

»Ich weiß, Sir.«

»Danke.« Coutts schien überrascht. »Die meisten Leute, die einen Admiral sehen, scheinen zu denken, er sei nie etwas anderes gewesen – kein Seemann, kein Leutnant.« Vage zeigte er auf das Gewirr von Wanten und Spieren über ihnen. »Aber ich halte diese Information für wertvoll, sonst würde ich nicht meine Schiffe und meinen Ruf aufs Spiel setzen. Es kümmert mich nicht, was ein weichlicher Regierungsbeamter von mir denkt. Ich möchte, daß dieser Krieg rasch beendet wird, mit mehr Trümpfen auf unserer Seite als auf der des Feindes.« Er sprach schnell, seine Hände unterstrichen mit knappen Bewegungen seine Worte, seine Befürchtungen. »Jeder verstrichene Tag bringt uns mehr Feinde, dem Gegner mehr Schiffe, mehr Waffen. Wir haben keine Geschwader mehr übrig, aber die Aktivität des Feindes ist so groß, daß wir jede seiner Bewegungen überwachen und abdecken müssen. Kein Handelsschiff ist ohne Geleitschutz mehr sicher. Wir sind sogar gezwungen, Kriegsschiffe in die Davis Strait hinaufzuschikken, um unseren Walfang zu schützen! Dies ist keine Zeit für Furchtsame oder Zauderer, die darauf warten, daß der Feind zuerst handelt.«

Seine knappe, eindringliche Art zu sprechen, seine Gedanken mitzuteilen, war etwas Neues für Bolitho. Es kam ihm vor, als öffne sich seine enge Welt weit über den Rumpf des Schiffes hinaus und weiter in alle Seegebiete, wo Britanniens Autorität herausgefordert wurde.

»Ich habe mich gefragt, Sir . . .« Bolitho zögerte und fuhr dann fort: »Warum Sie das nicht von Antigua aus erledigen ließen. Wir sind die vierfache Entfernung gesegelt, die ein Patrouillenschiff von dort bis zur Insel zu bewältigen gehabt hätte.«

Coutts betrachtete ihn forschend und zunächst schweigend; sein eigenes Gesicht lag im Schatten, als suche er in Bolithos Frage nach Spuren von Kritik.

Dann sagte er: »Ich hätte die *Spite* zum Admiral nach Antigua schicken können, das wäre zweifellos schneller gegangen.« Er wandte sich ab. »Aber hätten sie dort etwas unternommen? Kaum. New York und die Bedrohung durch Washingtons Armeen scheinen von der Karibik aus unendlich weit entfernt zu sein. Nur vom Oberbefehlshaber hätte diese Anforderung kommen können, und da Sir George Helpman ihm über die Schulter sieht, zweifle ich, daß er mehr getan hätte, als einen Bericht an die Admiralität nach London zu schicken.«

Bolitho verstand. Eine siegreiche Seeschlacht war etwas anderes als der zähe Kleinkrieg hinter den Kulissen.

Coutts hatte Beweise in Händen, aber sie genügten nicht. Zu viele Leute waren gefallen, und jetzt, nach Probyns Gefangennahme und dem Verlust der Prise würde im fernen London möglicherweise sogar die Zerstörung von Fort Exeter als unbedeutend angesehen. Mit der Genehmigung eines weiteren risikoreichen Unternehmens war kaum zu rechnen.

Andererseits konnte ein rascher, entschlossener Angriff auf eine Nachschubbasis direkt vor der Nase der Franzosen, die ihre Neutralität wie eine falsche Flagge zur Schau stellten, das Gleichgewicht wiederherstellen; besonders dann, wenn er erfolgreich beendet war, bevor ihn irgend jemand verbieten konnte.

Coutts schien seine Gedanken zu lesen. »Merken Sie sich eins, Bolitho. Wenn Sie einen hohen Rang erreicht haben, fragen Sie nie oben nach, was Sie tun sollen. Die höheren Geister bei der Admiralität neigen stets viel eher dazu, nein zu sagen, als ein Risiko einzugehen, das ihre wohlgeordnete Existenz gefährden könnte. Selbst wenn Sie Ihre Karriere, ja Ihr Leben aufs Spiel setzen, handeln Sie immer so, wie Sie es für richtig halten, und wie es für Ihr Land am besten ist. Wer nur handelt, um seinem Vorgesetzten zu gefallen, dessen Leben ist eine Lüge.«

Pears trat, kaum sichtbar in dem schwindenden Licht, auf sie zu und sagte schroff: »In einer Stunde können wir Segel kürzen, Mr. Bolitho, aber ich werde nicht beidrehen, dafür ist die Strömung hier zu stark.« Er blickte den Admiral an und fügte hinzu: »Wir müssen auch für die zurückkehrende *Spite* auf Position sein.«

Coutts nahm Pears' Arm und führte ihn weg, aber nicht weit genug, als daß Bolitho den Ärger in seiner Stimme hätte überhören können, als er sagte: »Mein Gott, Sie treiben es zu arg, Kapitän! Ich nehme von Ihnen keine Anmaßung hin, weder von Ihnen noch von jemand anderem, hören Sie?«

Pears knurrte etwas Unverständliches.

Bolitho sah Couzens, dessen Gesicht im Schein der Kompaßbeleuchtung aufglühte, als er seine Eintragungen auf der Schiefertafel des Steuermannsmaaten machte. Er schien etwas zu symbolisieren: Jugend, Unschuld, Unwissenheit, je nachdem, wie man es ansah. Sie trieben alle auf etwas zu, das möglicherweise in einer Katastrophe enden würde. Coutts' Gier nach einem Sieg würde sie vielleicht schon bald nach Strohhalmen greifen lassen. Pears' Mißtrauen seinem Vorgesetzten gegenüber konnte ebenso ihnen allen gelten.

Bolitho fühlte sich zwischen den beiden hin und her gerissen. Er bewunderte Coutts mehr, als er sich eingestehen wollte, konnte aber auch Pears' Vorsicht verstehen. Pears stand auf dem Gipfel seiner Karriere, während der Admiral sich selbst in einer weitaus größeren Rolle sah, und zwar schon in nächster Zukunft.

Er hörte Cairns auf dem oberen Batteriedeck mit Tolcher, dem Bootsmann, sprechen.

Die Routine des nächsten Tages wurde festgelegt, die niemals ins Stocken geraten durfte, weder im Krieg noch im Frieden, und wer auch in herrischem Schweigen auf dem Achterdeck auf und ab spazieren mochte. Das Schiff kam zuerst, morgen und an jedem weiteren Tag. Anstreichen, einen Mann auspeitschen, einen anderen befördern, Tauwerk und Spieren überholen, es hörte niemals auf, nie gab es ein Ende.

Bolitho fiel plötzlich ein, was Probyn über das Ausnutzen einer unvermuteten Chance gesagt hatte. Es war, als hörte er ihn sprechen.

Cairns würde das Schiff bald verlassen. Selbst Pears konnte ihn das nächste Mal nicht zurückhalten. Bolitho seufzte und fand keinen Trost in der Aussicht, daß er in einigen Wochen, ja vielleicht sogar Tagen, Cairns' Arbeit verrichten würde, bis Pears einen erfahreneren Ersatz gefunden hatte.

Cairns würde einen guten Kommandanten abgeben, fair, energisch, intelligent. Ein paar Offiziere mehr wie er, und es würde genügend Siege geben, um jeden zufriedenzustellen, dachte er bitter.

Couzens kam auf seine Seite herüber und fragte: »Wird es wieder Kämpfe geben, Sir?«

Bolitho überlegte. »Sie wissen so viel wie ich.«

Couzens trat zurück, um seinen Gesichtsausdruck zu verbergen. Er hatte gesehen, daß der Admiral mit Bolitho wichtige Dinge erörterte. Natürlich konnte dieser so entscheidende Informationen nicht mit ihm, dem Fähnrich, teilen; aber zu wissen, daß Bolitho diese Informationen besaß, war beinahe so, als hätte er selbst sie erfahren.

Zu jedermanns Erleichterung wurden die obersten Segel der *Spite* bereits in der ersten Morgendämmerung gesichtet: eine kleine, blasse Pyramide, die mit so qualvoller Langsamkeit näher kam, daß Bolitho die schlechte Laune und Spannung rings um sich her wie eine Drohung spürte.

Die Decks wurden gerade mit Sand und Steinen gescheuert, und die verschwitzten Seeleute spülten ihr Frühstück mit Bier hinunter. Dann traten sie an zur Einteilung der vielen Aufgaben, die die Tagesroutine erforderte. Die Unteroffiziere hatten diesmal alle Mühe, die Leute davon abzuhalten, über die Reling zu blicken und das Näherkommen der Korvette zu beobachten.

Als diese so dicht herangekreuzt war, wie ihr Kommandant für vertretbar hielt, drehte sie in Lee der *Trojan* bei, ein Boot wurde rasch zu Wasser gelassen, und Cunningham kam herüber, um persönlich seinen Bericht zu erstatten.

Bolitho stand mit der Wache am Fallreep, um den jungen Kommandanten zu empfangen. Er beneidete ihn nicht, nachdem er gesehen hatte, wie Coutts ungeduldig an Deck auf und ab ging, wobei er wütend auf die *Spite* starrte. Auch aus Pears' bissig erteilten Rügen für Kleinigkeiten, die er normalerweise nicht bemerkt hätte, konnte man dessen schlechte Laune spüren.

Cunningham jedoch zeigte keinerlei Befangenheit, als er durch die Pforte stieg, zur Flagge hin grüßte und den Blick ohne das geringste Zeichen eines Wiedererkennens gleichgültig über Bolitho schweifen ließ. Er ging nach achtern, um den Kommandanten zu begrüßen.

Später wurde Bolitho in die Kajüte gerufen, wo Cairns und Ackerman bereits warteten.

Es überraschte ihn nicht, daß er hinzugezogen wurde, denn es war üblich, daß der Erste Offizier und sein unmittelbarer Untergebener an solchen wichtigen Besprechungen teilnahmen.

Sie hörten Pears' laute und ärgerliche Stimme aus dem Speiseraum, und Cunninghams knappen, beinahe beiläufigen Ton, mit dem er etwas erklärte.

Cairns blickte Ackerman an. »Sie scheinen heute alle schlechter Laune zu sein.«

Ackermans Gesicht blieb ausdruckslos. »Der Admiral wird sich durchsetzen.«

Die Tür wurde aufgestoßen, und die drei Offiziere traten so abrupt ein wie verspätete Zuschauer im Theater. Bolitho sah, daß aus Coutts' Gesicht alle Ungewißheit verschwunden war.

Der Admiral meinte leichthin: »Meine Herren, Major Pagets Information hat sich als richtig erwiesen.« Er nickte Cunningham zu. »Sagen Sie es ihnen.«

Cunningham berichtete, wie er die kleine Insel entdeckt und im Schutz der Dunkelheit ein Landungskommando abgesetzt hatte. Es dauerte länger als erwartet, aber da Rauch von Holzfeuern in der Luft lag, mußten sie vorsichtig zu Werke gehen, um nicht entdeckt zu werden.

Bolitho vermutete, daß Cunningham sich diesen Bericht sorgfältig überlegt hatte, um von vornherein allen kritischen Fragen zu begegnen, die eventuell seinen Verdienst hätten schmälern können.

Der junge Kapitän fuhr fort: »Im Inneren der Insel liegt ein guter Ankerplatz, nicht groß, aber zur offenen See hin völlig abgeschirmt. Mehrere Hütten stehen dort, auch sind Hinweise für häufiges Laden und Löschen in ausreichender Menge vorhanden; außerdem gibt es Vorrichtungen für das Ausführen einfacher Reparaturen.«

Pears fragte scharf: »Wen haben Sie an Land geschickt?«

Bolitho sah Coutts' kurzes Lächeln, als Cunningham ebenso scharf antwortete: »Ich ging selbst, Sir! Es gibt keinen Zweifel an meinen Beobachtungen.«

Coutts fragte: »Was sonst noch?«

Der junge Kommandant blickte Pears weiterhin fest an. »Ein Schoner mittlerer Größe liegt dort vor Anker, offensichtlich ein Freibeuter.«

Coutts warf ein: »Sicherlich wartet er auf ein Rebellenschiff. Ich möchte wetten, daß dort genug Waffen sind, um zwei bis drei Regimenter damit auszurüsten!«

Pears fragte hartnäckig: »Aber angenommen, es ist weiter nichts da als der Schoner?« Er blickte sich in der Kajüte um. »Das hieße doch, ein Ei mit der Keule aufklopfen!«

»Der erste Teil der Information hat sich als richtig erwiesen, Kapitän Pears.« Coutts beobachtete ihn intensiv. »Warum bezweifeln Sie den Rest? Die Insel ist offensichtlich wegen ihres günstigen Zugangs gewählt worden. Sie ist von den Großen wie von den Kleinen Antillen, ja sogar vom spanischen Kolonialreich im Süden gleich gut zu erreichen und liegt ideal für den Warenumschlag oder für die Bewaffnung eines Handelsschiffes.« Vor Ungeduld fing er an, im Raum auf und ab zu gehen.

»Diesmal werden wir das Übel an der Wurzel packen, ein für alle Mal. Denken Sie daran. Wir brauchen ihnen nur auf ihrem Ankerplatz aufzulauern und jedes Schiff zu kapern, das einzulaufen versucht. Die Franzosen werden es sich überlegen, ihre Leute künftig dieses schmutzige Geschäft ausführen zu lassen. Und ein solcher Rückschlag wird auch ihren spanischen Freunden zu denken geben, bevor sie sich wie Schakale über die Abfälle hermachen.«

Bolitho versuchte, es als Außenstehender zu beurteilen, nicht als Meinung seines Vorgesetzten, sondern als die eines Fremden, den er erst seit ein paar Wochen kannte.

War diese Entdeckung wirklich so wichtig? Spielte Coutts sie nicht hoch, ließ sie nur wichtig erscheinen?

Ein paar Hütten und ein Schoner, das klang nicht sehr vielversprechend; Bolitho sah an Pears' ärgerlicher Miene, daß dieser genauso dachte.

Als er wieder aufblickte, hatte sich die Szene gewandelt. Foley, der Steward, stand mit einem Tablett da, und Wein wurde bereits herumgereicht, um Cunninghams Neuigkeiten zu feiern.

Coutts hob lächelnd sein Glas: »Auf einen Sieg, meine Herren, einen Sieg mit möglichst geringen Verlusten!«

Er wandte sich um und blickte aus den Heckfenstern; so sah er nicht, daß Pears' Glas unbenutzt auf dem Tablett stand.

Bolitho kostete, aber wie seine Stimmung, so war auch der Wein plötzlich bitter.

XIII Die Vorwände fallen

»Der Kommandant, Sir!« Das Flüstern des Bootsmannsmaaten klang in der Stille des Morgengrauens unnatürlich laut.

Bolitho wandte sich um und sah Pears' mächtige Gestalt zum Kompaß gehen. Er sagte etwas Unverständliches zu Sambell, dem Steuermannsmaaten, und trat dann an die Querreling.

Bolitho schwieg wohlweislich. Es war früher Morgen, und während die *Trojan* unter Bramsegeln und Außenklüver stetig ihrem Südkurs folgte, war es, als wäre sie noch immer mitten in einem tropischen Regenguß. Er war mit ungeheurer Heftigkeit über sie hereingebrochen, war aus dem Dunkel mit lautem Rauschen und Prasseln gekommen, über Segel und Decks hinweggebraust wie ein Sturm und dann wieder in der Dunkelheit verschwunden. Jetzt, fast eine volle Stunde später, lief und plätscherte das Wasser noch immer aus der Takelage, floß über die Decks in Wassergänge und Speigatten. Nach Sonnenaufgang würde es eine derartige Dampfentwicklung geben, daß sie aussehen mußten, als stünden sie in Brand, dachte Bolitho.

Aber Pears wußte das alles selbst, es bestand keinerlei Grund, es ihm zu sagen. Er hatte so viele Morgendämmerungen auf so vielen Meeren erlebt, daß er nicht von einem Leutnant darauf hingewiesen werden mußte.

Es war noch dunkel im Batteriedeck, aber Bolitho wußte, daß jedes Geschütz besetzt war, klar zum sofortigen Einsatz. Es verursachte ihm ein unheimliches Gefühl, dieses große, kampfbereite Schiff, das lautlos wie ein Schatten durch die Dunkelheit glitt. Nichts verriet seine Anwesenheit als ein gelegentliches Klatschen der Segel oder ein Knarren des Rades beim Ruderlegen.

Irgendwo dort vorn lag ihr Ziel, die kleine, entlegene Insel, auf der Coutts so viel zu finden hoffte – oder vielmehr zu finden beabsichtigte. Die Isla San Bernardo war nicht mehr als ein Punkt auf Erasmus Bunces Seekarte. Es hieß, dieses Eiland sei die letzte Zuflucht eines Mönchsordens gewesen, der sich vor mehr als hundert Jahren dort niedergelassen habe. Bunce hatte bissig bemerkt, die Mönche seien wohl nur durch Zufall gelandet oder in der irrigen Annahme, daß es sich um eine der Hauptinseln handele. Das schien leicht möglich, dachte Bolitho, denn die Passage zwischen Santo Domingo und Puerto Rico war über neunzig Meilen breit, fast ein Ozean für ein kleines Fahrzeug mit unerfahrener Besatzung. Die Mönche waren längst in Vergessenheit geraten, umgebracht von Piraten oder ausgesetzten Gefangenen.

Die *Spite* lag jetzt dort und blockierte den Hafen. Cunningham rieb sich wohl die Hände und sah im Geiste schon den Artikel in der *Gazette*, in dem er lobend erwähnt wurde.

Bolitho hörte Pears näher kommen und sagte: »Der Wind ist stetig Nord zu West, Sir.« Er wartete und spürte des Kommandanten Sorgen und Zweifel.

Pears murmelte: »Danke, Mr. Bolitho. Wir werden gleich genügend Tageslicht haben, um unseren Weg in die Einfahrt zu finden.« Dann blickte er nach oben zu den großen, fahlen Rechtecken der Segel und den allmählich verblassenden Sternen.

Bolitho folgte seinem Blick und malte sich Pears' Gefühle aus, die drückende Verantwortung, die Unsicherheit. Ein Scheitern des Unternehmens würde in jedem Falle zu seinen Lasten gehen. So ganz konnte er sich nicht in Pears' Lage versetzen, Cairns, der jetzt ebenfalls an Deck auftauchte, konnte das wohl besser, aber der würde das Schiff bald verlassen. Ob das ihn selbst dem Kommandanten näherbrachte? Er bezweifelte es.

Cairns trat jetzt zu ihnen, begrüßte sie in seiner üblichen ruhigen Art, und sagte: »Ich war gerade im unteren Batteriedeck, dort fehlen noch einige Leute. Aber ich glaube nicht, daß wir heute gegen eine ganze Flotte kämpfen müssen.«

Bolitho erinnerte sich an Coutts' Erregung anläßlich eines einzelnen Schoners und mußte lächeln. Er sagte: »Mit Hilfe der *Spite* werden wir uns bewähren, hoffe ich.«

Pears wandte sich in plötzlichem Ärger ihm zu. »Entern Sie auf, Mr. Bolitho! Oben im Krähennest können Sie Ihre Witze anbringen. Melden Sie alles, was Sie sehen!« Und dann, im Weggehen: »Wenn Ihnen nicht wieder schlecht wird, wie sonst im Topp.«

Sein Spott wurde vom Rudergänger und von der Geschützbedienung auf dem Achterdeck gehört. Bolitho war überrascht und verwirrt über diesen Ausbruch, und er sah, wie sich einer der Seeleute umwandte, um sein Grinsen zu verbergen.

Cairns jedoch sagte ruhig: »Daran können Sie ermessen, wie ihm selbst zumute ist, Dick.«

Diese einfache Bemerkung gab Bolitho sein seelisches Gleichgewicht wieder, während er die Wanten zum Großtopp aufenterte. Seine Empörung über Pears' Worte trieb ihn ohne den geringsten Schwindelanfall bis zur Bramstenge, und als er ein wenig atemlos oben beim Ausguck ankam, merkte er, daß er es bedeutend schneller geschafft hatte als sonst.

Der Seemann im Ausguckskorb bemerkte seelenruhig: »Es wird bald hell werden, Sir. Ein schöner Tag, glaube ich.«

Bolitho erkannte ihn. Es war ein älterer Toppsgast namens Buller, »älter« nach Marinemaßstab, das heißt, etwa dreißig. So gegerbt wie er war von Wind, See und Sonne, ausgemergelt von den zahllosen Kämpfen mit wildgewordenem Segeltuch, die Muskeln beansprucht bis zum äußersten, würde man ihn wohl bald zu einer weniger harten Arbeit unten an Deck abstellen.

Das Wichtigste schien Bolitho, daß der Mann nicht im geringsten beunruhigt war, weder durch die beträchtliche Höhe noch durch das unerwartete Auftauchen seines Zweiten Offiziers.

Er dachte an das Grinsen des Seemannes unten an Deck, auch das erschien ihm plötzlich wichtig. Es war ohne jede Bosheit oder Schadenfreude gewesen.

Bolitho erwiderte schließlich: »Auf jeden Fall wird es heiß werden.« Er deutete am Fockmast vorbei nach vorn. »Kennen Sie diese Gewässer, Buller?«

Der Mann überlegte. »Weder ja noch nein, Sir. Gewesen bin ich hier schon, aber ein Ort sieht für einen Seemann aus wie der andere.« Er lachte. »Außer wenn er an Land geht, natürlich.«

Bolitho dachte an das Bordell in New York, an die Frau, die ihm Obszönitäten ins Gesicht geschrien hatte, an die noch warme Brust des toten Mädchens.

Ein Ort war wie der andere. Das mochte stimmen, auch für die Matrosen der Handelsschiffe. Jede Reise war immer die letzte, man wollte nur noch so viel Heuer und Prisengeld verdienen, daß es zum Kauf der Hafenkneipe, des Krämerladens oder des Häuschens reichte. Aber es kam nie dazu, außer wenn der Mann als Krüppel an Land gesetzt wurde. Die See gewann am Ende immer.

Die Nock der Fockmarsrah wurde allmählich blasser, und als Bolitho sich umwandte, sah er die ersten Anzeichen des nahenden Tages. Er blickte hinunter und schluckte. Das Deck schien eine Meile unter seinen baumelnden Beinen zu liegen, umgeben von dem Kranz der dunkel starrenden Geschütze. Er mußte es einfach beherrschen. Die Angst vor großen Höhen hatte ihn geplagt, seit er mit zwölf Jahren sein erstes Schiff bestiegen hatte. Es war nicht anzunehmen, daß sie sich jetzt noch legen würde.

Bolitho fühlte den Mast und die Rahen unter sich vibrieren und schwanken. Er war 1768 als Kadett zur See gegangen, in dem Jahr, als die *Trojan* vom Stapel lief. Er hatte schon früher daran gedacht, aber heute morgen, hier oben in der seltsamen Isolation, erschien es ihm wie ein böses Omen, wie eine Warnung. Er fröstelte. Allmählich wurde er noch genauso ängstlich wie Quinn.

Auf dem nassen Achterdeck, nichts ahnend von den Phantasien seines Zweiten Offiziers, ging Pears auf und ab.

Cairns beobachtete ihn, und achtern auf dem Heckaufbau stand d'Esterre mit verschränkten Armen, dachte wohl an Fort Exeter und seine toten Marineinfanteristen.

Eine Tür ging auf und wieder zu, Stimmen auf dem Achterdeck verkündeten des Admirals Ankunft. Hinter ihm kam Ackerman, sein Flaggleutnant; selbst in der schwachen Beleuchtung wirkte Coutts munter und hellwach.

Am Ruder blieb er stehen und sprach mit Bunce, nickte Cairns zu und sagte: »Guten Morgen, Kapitän. Alles klar?«

Cairns überlegte. Wenn Pears beteiligt war, dann gab es nichts anderes, alles war klar.

Pears erwiderte gelassen: »Aye, Sir, gefechtsklar, aber die Geschütze sind noch nicht geladen.« Trocken fügte er hinzu: »Und noch nicht ausgefahren.«

Coutts blickte ihn böse an. »Das sehe ich.« Dann wandte er sich ab. »Die *Spite* müßte jetzt auf Position sein. Ich schlage vor, Sie setzen mehr Segel, Kapitän. Die Zeit des Abwartens ist vorbei.«

Cairns gab den Befehl weiter, Sekunden später legten die Toppsgasten auf den oberen Rahen aus, das nasse Segeltuch fiel herab und bauschte sich dann träge im Wind, während die *Trojan* sich unter dem erhöhten Druck stärker überlegte.

198

»Ich habe noch mal auf die Karte gesehen –«, Coutts beobachtete aus dem Augenwinkel die Arbeiten in der Takelage, »– es scheint kein anderer Ankerplatz vorhanden zu sein. Im Süden haben wir genügend Wassertiefe, nur zur Küste hin liegen ein oder zwei Sandbänke. Cunningham setzte sein Landungskommando im Süden ab. Sehr clever. Er zumindest überlegt jeden seiner Schritte.«

Pears wandte den Blick von den schlanken Gestalten der an Deck zurückkehrenden Toppsgasten und sagte: »Schließlich ist es der einzige Ankerplatz, nicht wahr, Sir?«

Coutts ging mit seinem Flaggleutnant von dannen. Der Hieb hatte gesessen.

Ein paar Möven tauchten auf und umkreisten das Schiff, sie schienen die Nähe des Landes anzukündigen; ihr zur Schau getragenes Desinteresse deutete darauf hin, daß sie andere Nahrungsquellen in unmittelbarer Nähe besaßen.

Von seinem Sitz in schwindelnder Höhe beobachtete Bolitho die Vögel, die unter ihm vorbeizogen. Sie erinnerten ihn an die vielen Landfalls, besonders aber an Falmouth, an die kleinen Fischersiedlungen in den felsigen Buchten der Küste von Cornwall, an die heimkehrenden Fischerboote, an die gierig schreienden Möwenschwärme, die sie begleiteten.

Er schreckte aus seinen Gedanken, als Buller sagte: »Die *Spite* ist von ihrer Position abgewichen, Sir!« Zum ersten Male zeigte er eine gewisse Erregung. »Da wird gleich der Teufel los sein!«

Bolitho fand Zeit, sich darüber zu wundern, wie genau Bullers Schlußfolgerung war, und daß es ihn überhaupt interessierte. Coutts würde wütend sein. Es konnte die *Trojan* einen vollen Tag kosten, zu ihrer Ausgangsposition zurückzukreuzen, um Cunningham eine zweite Chance zu geben.

»Ich glaube, ich gehe besser hinunter und melde es dem Kommandanten«, überlegte er laut.

Warum hatte er es ausgesprochen, überhaupt bedacht? War es, um dem Schiff die neue Enttäuschung zu ersparen, oder nur, um Coutts' Glaubwürdigkeit zu schützen?

Buller bemerkte: »Vielleicht hat sie einen Mann verloren?«

Bolitho antwortete nicht. Er überlegte, ob Cunningham tatsächlich bereit wäre, wertvolle Zeit zu opfern, um nach einem über Bord gefallenen Matrosen zu suchen. Er bezweifelte es. Er legte das Teleskop auf seinen Arm und stemmte die Schulter gegen den bebenden Mast.

»Ich lasse das Glas hier, Buller. Machen Sie Meldung, sobald Sie erkennen können, was los ist.«

Er versuchte, nicht daran zu denken, wie lange sein Körper wohl benötigen würde, bis er an Deck aufschlug, wenn das Schiff plötzlich überholte. Es war, als blicke er durch eine dunkle Flasche. Ein paar angedeutete Schaumkronen, ein glasiger Schimmer an der Oberfläche zeigten das Nahen des Morgens an. Jetzt sah er das blaße Viereck aus Segeltuch, das aus der Dunkelheit aufstieg wie ein Eisberg.

Die *Spite* schien unterwegs erheblich Kurs geändert oder auf andere Weise Zeit verloren zu haben, denn sie hätte schon Meilen weiter, längst auf dem verborgenen Ankerplatz sein müssen. Buller hatte recht, bald würde der Teufel los sein. Das gab bestimmt . . . Er straffte sich plötzlich, seinen gefährlichen Aufenthaltsort im Augenblick vergessend.

»Was ist, Sir?« Buller merkte alles.

Bolitho wußte noch nicht, was er sagen sollte. Es stimmte natürlich nicht, konnte gar nicht stimmen.

Er konzentrierte sich mit aller Gewalt, hielt mit äußerster Anstrengung das vibrierende Glas genau auf das ferne Segel gerichtet. Er strapazierte seine Augen, bis die alte Stirnnarbe im Takt seines Herzschlages zu schmerzen begann. Dann ließ er das Glas sinken.

Es lag noch tief im Schatten, war aber da. Er wünschte, es wäre ein Traum gewesen, ein Fehler im Teleskop. Aber statt des schnittigen Einzeldecks der *Spite* hatte er dort etwas Solideres gesehen, so hoch wie eine doppelte Spiegelung.

Er gab Fuller das Glas, hielt die Hände trichterförmig vor den Mund und schrie:

»An Deck! Segel Steuerbord voraus!« Er zögerte einen Augenblick und malte sich das plötzliche Erstaunen aus, das unten gleich um sich greifen mußte. Dann fügte er hinzu: »Ein *Linienschiff*!«

Buller meinte trocken: »Womit die Katze aus dem Sack wäre, Sir.«

Doch Bolitho glitt bereits abwärts und angelte nach einer Pardune, um an ihr herunterzurutschen, den Blick noch immer auf die drohende Silhouette gerichtet.

Coutts wartete bereits auf ihn, das Kinn vorgestreckt. »Sind Sie sicher?«

Pears ging rasch an ihnen vorbei, seine Augen waren überall, während er sein Schiff für die nächsten, über Leben und Tod entscheidenden Stunden vorbereitete.

Nur einmal musterte er kurz Bolitho, dann fauchte er Coutts an: »Natürlich ist er sicher, absolut *sicher*, Sir!«

Cairns sagte seelenruhig: »Ein tolles Ding, Dick. Es ist bestimmt keins von unseren Schiffen.«

Der Admiral hörte es und sagte kurzangebunden: »Es kümmert mich nicht, wo es herkommt, Mr. Cairns. Wenn es sich gegen uns stellt, dann soll es der Teufel holen. Bei mir steht es dann als Feind zu Buch!« Er blickte hinüber zum Kommandanten und hob die Stimme: »Lassen Sie die Geschütze laden, wenn ich bitten darf!« Er schien Pears' Gegenargumente über die Breite des Decks hinweg zu spüren und fügte laut hinzu: »Und lassen Sie mich sehen, was dieses Schiff zu leisten vermag!«

Auf beiden Seiten des oberen Batteriedecks arbeiteten die Geschützbedienungen mit Taljen und Handspaken, um die schweren Kanonen zu den Stückpforten zu transportieren.

Bolitho stand oben bei den Booten und strengte seine Augen an, um bei der trüben Beleuchtung einen Geschützführer des oberen Batteriedecks nach dem anderen die Hand heben zu sehen als Zeichen, daß sein Geschütz geladen und klar zum Feuern war.

Fähnrich Huss steckte den Kopf aus der Hauptluke und schrie: »Unteres Batteriedeck fertig, Sir!«

Bolitho malte sich Dalyell bei seinen dreißig schweren Zweiunddreißigpfündern aus. Wie jeder der Offiziere war auch Dalyell zweimal im Rang gestiegen, aber seine Erfahrung hatte mit diesen Beförderungen nicht Schritt gehalten. Bolitho war es klar, daß jeder von ihnen bei einem Kampfeinsatz der *Trojan* auf die härteste Probe gestellt wurde.

Quinn kam von der anderen Seite und fragte: »Was ist eigentlich los, Dick?« Er wurde beinahe umgerannt, als einige Schiffsjungen mit Munition für die Heckgeschütze vorbeiflitzten.

Bolitho blickte durch das schwankende Gewirr von Takelage und Segeln zum Großtopp auf und rief sich seine Gefühle ins Gedächtnis, die ihn noch vor kurzem dort oben erfüllt hatten, als er das andere Schiff durch das Fernglas betrachtete. Das war schon vor fünf Minuten gewesen, aber das Tageslicht schien nur zögernd den Blick auf den Ankömmling freizugeben; nur die Ausgucks in den Mastspitzen konnten ihn klar sehen.

Er erwiderte: »Vielleicht ist das Schiff nur unterwegs zu einem anderen karibischen Hafen.«

Aber während er dies sagte, wußte er bereits, daß er sich selbst etwas vormachte oder Quinns Ängste zu beschwichtigen versuchte. Es war kein Engländer. Jedes größere ihrer eigenen Schiffe fuhr mit anderen im Verband, schon für den Fall, daß Frankreich offen in den Kampf eingriff. Es war auch kein Spanier, denn deren Großkampfschiffe hatten genug damit zu tun, ihre silber- und goldbeladenen Transportschiffe durch die von Piraten wimmelnden Gewässer nach Santa Cruz zu geleiten. Nein, es mußte ein Franzose sein.

Bolitho fröstelte vor Erregung. Er hatte schon genügend französische Schiffe gesehen. Sie waren hervorragend konstruiert, formschön, und sollten sehr gute Besatzungen haben.

Er blickte vorbei an den Booten und sah Coutts, der sich mit auf dem Rücken verschränkten Händen mit Pears und Bunce unterhielt. Alle machten einen ruhigen Eindruck, obwohl man das bei Pears nicht so ohne weiteres erkennen konnte. Es war seltsam, derartigen Betrieb zu so früher Stunde auf dem Achterdeck zu sehen. Geschützbedienungen arbeiteten auf beiden Seiten, und weiter achtern, vor den Hängemattsnetzen, standen d'Esterres kläglliche Reste an Unteroffizieren. Dicht bei einer Neunpfünderbatterie entdeckte er Libby, einstmals Signalfähnrich, jetzt Fünfter Offizier. Was mochte er wohl denken? Er war siebzehn Jahre alt, und wenn eine volle Kartätschenladung das Achterdeck leerte, fand er sich womöglich vorübergehend im Besitz der Kommandogewalt, bis jemand anderer ihn erreichen konnte. Frowd war auch dort, vor kurzem noch Steuermannsmaat, jetzt Sechster. Es war verrückt, wenn man es sich überlegte: er war ein oder zwei Jahre älter als Cairns. Frowd stand in der Nähe von Sambell, dem anderen Steuermannsmaaten. Bevor Sparke fiel und Probyn gefangengenommen wurde, hieß es »Jack« und »Arthur«. Jetzt hieß es »Sir« und »Mr. Sambell«.

Er hörte Cairns' Ruf: »Einen Strich abfallen!«

Dann, später, rief der Rudergänger: »Neuer Kurs liegt an, Sir! Südost zu Süd!«

Die Brassen wurden besetzt und die Rahen entsprechend der geringfügigen Kursänderung getrimmt. Außer dem Pfeifen in den Segeln und den anderen Geräuschen des Schiffes herrschte absolutes Schweigen.

Bolitho stellte sich die Karte vor: voraus lag die Insel, wie sie den Ausgucksleuten im Topp jetzt erscheinen mußte. Die Hauptmasse des Landes erstreckte sich nach Steuerbord, hinter der Landzunge lag der Eingang zum Ankerplatz, wo die *Spite* jetzt vermutlich auf Position lag. Es würde eine böse Überraschung für sie geben, wenn der Franzose über die flach auslaufende Landzunge für sie sichtbar wurde. Cunninghams Ausgucksposten würden ihn möglicherweise für die *Trojan* halten.

»An Deck!« Bullers heisere Stimme. »Das andere Schiff kürzt Segel, Sir!«

Jemand sagte: »Vermutlich hat er die *Spite* gesichtet.«

Die Backbordbatterie tauchte ein, als die *Trojan* sich leicht überlegte, und Bolitho sah die festgezurrten Geschütze plötzlich im ersten Sonnenlicht aufblitzen.

Die Farben kehrten zurück, alle Dinge wurden wieder wie sonst, das fahle Morgenlicht war der Sonne gewichen. Hier und da bewegte sich jemand, schoß ein Tau auf, strich sich das Haar aus den Augen oder legte sich das Enterbeil zurecht.

In Abständen standen die Unteroffiziere und Fähnriche, kleine, blau-weiße Markierungspunkte in der Reihe der Seeleute.

Hoch über dem Deck, an der Spitze des Großmastes, wehte der lange Wimpel wie eine rote Schlange. Der Wind blieb stetig, trotzdem bestand keine Möglichkeit, dem anderen Schiff den Weg abzuschneiden.

Quinn flüsterte: »Was wird der Admiral tun? Wir sind nicht im Krieg mit Frankreich.«

Fähnrich Forbes flitzte über das Deck, wie ein Kaninchen sprang er über Tauwerk und sonstige Hindernisse.

Er grüßte und meldete: »Der Kommandant läßt Ihnen bestellen, Sir, Sie möchten den französischen Leutnant nach achtern bringen.«

Bolitho nickte. »Gut.«

Forbes genoß offensichtlich die Situation. Er stand mit den Mächtigen des Schiffes auf dem Achterdeck und war noch zu jung und zu aufgeregt, um die heraufziehende Gefahr zu sehen.

Quinn sagte: »Ich hole ihn.«

Bolitho schüttelte den Kopf und lächelte zugleich über die Absurdität. *Er* mußte den französischen Offizier bringen, weil Cairns im Augenblick zu tun hatte und alle anderen zu jung

203

waren. Die Etikette mußte gewahrt werden, dachte er, selbst noch am Tor zur Hölle.

Er fand den Franzosen unten im Orlopdeck, wo er mit dem Schiffsarzt vor dem Lazarett saß, während Thorndikes Assistenten den Operationstisch herrichteten und die Instrumente bereitlegten.

Der Arzt fragte nervös: »Was ist los, zum Teufel?« Er blickte seine Helfer an. »Das kostet nur Zeit und macht meine Instrumente schmutzig. Die haben wohl nichts zu tun dort oben!«

Bolitho ging nicht darauf ein, sondern sagte zu Contenay: »Der Kommandant möchte Sie sehen.«

Zusammen stiegen sie durch das untere Batteriedeck hinauf, wo fast völlige Dunkelheit herrschte, da alle Pforten geschlossen waren, und nur die Lunten einen trüben Schein auf ihre unmittelbare Umgebung warfen.

Contenay fragte: »Gibt es Ärger, *mon ami*?«

»Ein Schiff. Eins von Ihnen.«

Seltsam, dachte Bolitho, aber es fiel ihm leichter, mit dem Franzosen zu sprechen, als mit dem Arzt.

»*Mon Dieu!*« Contenay nickte grüßend einem Posten zu und fuhr fort: »Dann muß ich mir wohl jedes Wort überlegen.«

An Deck war es jetzt erheblich heller als vorher. Bolitho schien es fast ein Wunder, daß sich die Sicht während der kurzen Zeit seines Weges zum Lazarett und zurück so verändert hatte.

Auf dem Achterdeck meldete Bolitho: »*M'sieu* Contenay, Sir.«

Pears blickte auf. »Kommen Sie hier herüber.« Er schritt zu den Netzen, wo Coutts und der Flaggleutnant ihre Gläser auf das andere Schiff gerichtet hielten.

Bolitho warf einen raschen Blick hinüber. Er hatte sich nicht getäuscht, es war ein Linienschiff und ein stolzer Anblick. Es fuhr hart angebraßt mit Steuerbordhalsen, die Bramsegel und das Großsegel waren bereits aufgegeit, während es jetzt, leicht nach Backbord überliegend, die Einfahrt ansteuerte.

»Der Gefangene, Sir.« Pears blickte ebenfalls zu dem anderen Schiff hinüber.

Coutts ließ sein Glas sinken und musterte den Franzosen kühl. »Ach ja! Das Schiff dort, *Monsieur*, kennen Sie es?«

Contenays Mundwinkel zogen sich nach unten, als sei er im Begriff, die Antwort zu verweigern. Dann zuckte er resignierend mit den Schultern und erwiderte: »Es ist die *Argonaute*.«

Ackerman nickte. »Das dachte ich mir, Sir, ich habe sie vor

Guadeloupe gesehen. Schönes Schiff, vierundsiebzig Kanonen.«

Pears sagte zu Contenay: »Sie fährt ebenfalls unter Konteradmiralsflagge.« Er sah den Franzosen fragend an.

Dieser antwortete: »Ja, unter *Contre-Amiral* André Lemercier.«

Coutts musterte ihn. »Sie waren einer seiner Offiziere, habe ich recht?«

»Ich *bin* einer seiner Offiziere, *Monsieur*!« Contenay blickte zu dem anderen Zweidecker hinüber. »Das ist alles, was ich Ihnen sagen kann.«

Pears explodierte: »Benehmen Sie sich, Sir! Wir brauchen nicht mehr zu wissen. Sie haben des Königs Feinden geholfen, eine ungesetzliche Rebellion begünstigt, und jetzt erwarten Sie, wie ein unbeteiligter Zuschauer behandelt zu werden!«

Coutts schien überrascht von diesem Ausbruch. »Gut gesprochen, Kapitän, aber ich glaube, der Leutnant weiß genau, in welcher Lage er ist.«

Bolitho hörte gebannt zu und hoffte nur, Pears werde ihn nicht wegschicken. Ein privates Drama rollte da ab, das jeden anderen ausschloß und das doch ihrer aller Zukunft entscheiden konnte.

Cairns trat zu Bolitho und sagte leise: »Ein Problem für den Admiral, Dick. Ist es ein wirkliches Patt, oder werden wir dem Franzosen unseren Standpunkt klarmachen?«

Bolitho betrachtete Coutts' jugendliches Profil. Zweifellos bedauerte er jetzt seinen Flaggenwechsel. Die mit neunzig Kanonen bestückte *Resolute* wäre den vierundsiebzig Geschützen des Franzosen erheblich überlegen gewesen, ein Vorteil, der bei der *Trojan* entfiel. Sie waren etwa gleich stark, denn ihre sechs Kanonen mehr wurden durch die Unterbesetzung und den Mangel an erfahrenen Offizieren wettgemacht.

Wenn Contenay ein typischer Vertreter des Offizierskorps' der *Argonaute* war, dann gab sie in der Tat einen beachtlichen Gegner ab. Was würde Cunningham wohl tun? Eine Korvette war viel zu schwach, um am Kampf der Linienschiffe teilzunehmen, trotzdem wäre dann Hilfe willkommen, so gering Cunninghams Möglichkeiten auch sein mochten.

»Führen Sie den Gefangenen wieder ab. Er soll sich weiterhin bereithalten, vielleicht brauche ich ihn noch.« Coutts wandte sich an d'Esterre. »Erledigen Sie das.« Zu Bolitho sagte er: »Warnen Sie die Ausgucksleute, sie sollen melden, was die *Spite* macht, sowie sie in Sicht kommt.«

Bolitho eilte zur Treppe. Der Ausguck war wahrscheinlich mehr Franzosen interessiert als an der *Spite,* wie jeder hier unten.

Die *Trojan* behielt ihren Kurs bei. Jedes Glas war auf das andere Schiff gerichtet, als dieses jetzt quer vor ihrem Bug vorbeizog, näher und näher auf das Land zu.

Coutts mußte beunruhigt sein. Er konnte nicht ankern, aber wenn er andererseits an der Einfahrt vorbeisegelte, verlor er seine Luvposition und mußte mühsam zurückkreuzen. Das konnte Stunden dauern. Genauso war es, wenn er wieder zur offenen See hin manövrierte. Das einzige war, dem Franzosen zu folgen, der offenbar die *Trojan* völlig ignorierte.

Das Land wurde jetzt flacher und gab dadurch den Blick auf die gegenüberliegende Seite der Bucht frei. Es sah aus, als seien zwei grüne Arme zu ihrem Empfang weit geöffnet.

Bolitho fühlte bereits die stärker werdende Sonnenhitze, die Trockenheit in Mund und Kehle, als der Ausguck plötzlich rief: »An Deck! Die *Spite* sitzt auf Grund, Sir!«

Etwas wie ein vielfacher Seufzer lief durch die Decks der *Trojan.*

Zu allem Unglück nun auch noch dieses! Cunningham mußte die Strömung in der Einfahrt unterschätzt haben. Es war demütigend für Coutts, aber für Cunningham mußte es das Ende der Welt bedeuten.

Stockdale flüsterte: »Der Franzmann kann jetzt machen, was er will.«

Der Ankerplatz war allmählich voll einzusehen: das ruhige Wasser im Inneren der Bucht, die kabbelige Strömung an der Einfahrt, die drei Masten der *Spite,* die schräg und unbeweglich standen. Im Hintergrund sah man einen Schoner dicht unter Land vor Anker liegen.

Der Ausguck rief: »Sie versuchen, sie freizuschleppen, Sir!«

Ohne Glas konnte Bolitho keine Einzelheiten erkennen und wartete auf weitere Meldungen von oben, genau wie die Seeleute ringsherum. Cunningham hatte offenbar Boote ausgesetzt, um einen Warpanker auszufahren, mit dessen Hilfe sie das Schiff freischleppen wollten.

Quinn fragte: »Was macht der Franzose?« Seine Stimme klang, als sei er völlig außer sich vor Besorgnis.

»Er wird zweifellos ankern, James, nun, da er schneller bei der Insel ist als wir. Ihn dort anzugreifen, bedeutete den sicheren

Kriegsausbruch.«

Er blickte verwirrt und verbittert zu Boden. Was sie auch taten, wie ihre Begründung auch sein mochten, das Schicksal schien in jedem Falle gegen sie zu entscheiden.

Wahrscheinlich brachte die *Argonaute* eine weitere umfangreiche Ladung Geschütze und Munition, die zum Teil für den Schoner bestimmt war. Der Rest würde dann an einem sicheren Ort versteckt werden und auf die nächsten Transporter oder Freibeuter warten. Contenay war von hier aus wohl schon mehr als einmal zur Küste gesegelt – kein Wunder, daß er die Einfahrt zum Fort Exeter ohne Schwierigkeiten gefunden hatte.

Wie zur Bestätigung, rief jetzt ein anderer Ausguck aufgeregt: »Segel an Steuerbord voraus, Sir!«

Gestalten hasteten über das Achterdeck, Sonnenlicht blitzte auf erhobenen Ferngläsern, als der Ausguck fortfuhr: »Eine Brigg, Sir! Sie geht gerade über Stag!«

Bolitho blickte in Quinns blasses Gesicht. »Das kann ich ihr nicht verdenken, James. Schon unser Anblick wird ihr genügen. Sie ist doch bestimmt gekommen, um Ladung zu übernehmen.«

»Gibt es denn nichts, was wir tun könnten?«

Quinn blickte überrascht auf, als Buller jetzt rief: »An Deck! Die *Spite* ist freigekommen, setzt bereits Segel!«

Quinn packte Bolitho aufgeregt am Arm, während die Nachricht bei den Seeleuten wilden Jubel auslöste.

Sie sahen, daß plötzlich Leben in Fähnrich Westons Signalgasten kam und sie eine Gruppe leuchtender Flaggen an der Rah hißten.

Bolitho nickte. »Gerade noch rechtzeitig!« Coutts hatte an *Spite* signalisiert: »Ankerplatz verlassen und Brigg verfolgen.« Selbst die Verzögerung beim Einholen der Boote würde für Cunningham nicht viel bedeuten. Bei günstigem achterlichem Wind konnte er die Brigg noch vor Mittag eingeholt und gekapert haben, zumal jetzt seine Ehre auf dem Spiel stand.

Dann war da noch der Schoner. Wenn er ein Freibeuter war, konnten die Franzosen nicht verhindern, daß Coutts ihn aufs Korn nahm, sobald er auslaufen sollte.

Er schirmte die Augen ab, sah mehr Segel sich an den Rahen der Korvette entfalten und malte sich die Erleichterung an Bord aus, die alle vorangegangene Enttäuschung beiseitefegte.

»Die *Spite* hat bestätigt, Sir!«

Fähnrich Couzens sauste mit irgendeinem Auftrag vorbei, seine

Sommersprossen glühten vor Begeisterung.

»Jetzt ist der Franzose in der Rolle des Zuschauers, Sir«, rief er im Vorbeilaufen.

Bolitho fuhr herum, als der Ankerplatz plötzlich vom Dröhnen einer Geschützsalve widerhallte. Er sah dicken Rauch von der ruhigen Wasserfläche aufwirbeln und sich wie eine düstere Wolke vor die Sonne schieben.

Alles schrie durcheinander, betroffen von der unerwarteten Wendung der Ereignisse. Die *Spite* legte sich über, noch immer schwankend von der ungeheuren Wucht der aus geringster Entfernung abgefeuerten Breitseite. Wie ein Orkan war der Eisenhagel aus den Rohren der *Argonaute* durch ihre Takelage gefegt und hatte die *Spite* innerhalb von Sekunden zum Wrack gemacht. Der Fockmast war weg, und während sie noch hinstarrten, stürzte der Großmast über Bord, eingehüllt in ein Gewirr von zerfetztem Tauwerk und aufgepeitschtem Gischt. Die *Spite* bewegte sich nicht mehr, Bolitho vermutete, daß sie wieder auf Grund saß, auf einem Ausläufer derselben Sandbank. Ihre plötzliche Starre wirkte so, als sähe man etwas Wunderschönes sterben.

Die *Argonaute* hatte sichergestellt, daß die Brigg nicht gekapert werden konnte, und ging nun über Stag. Ihr langer Klüverbaum schwang drohend durch den Qualm ihrer einzigen mörderischen Salve.

Quinn rief mit erstickter Stimme: »Mein Gott, sie kommen heraus!«

Bolitho blickte nach achtern, von wo Cairns' Stimme durch das Sprachrohr dröhnte.

»Enter auf zum Segelkürzen! Mr. Tolcher, bringen Sie die Netze an!«

Die leuchtend rote Admiralsflagge stieg an der Gaffel in die Höhe, und Stockdale spuckte sich in die Hände. Coutts hatte seine Flagge gehißt. Er würde kämpfen.

Schon wurden die Netze über dem Batteriedeck ausgebreitet, die Männer arbeiteten verbissen und mechanisch, wie sie es so oft geübt hatten.

Bolitho beobachtete, wie die *Argonaute* bei ihrer Drehung auf die Ausfahrt zu kürzer zu werden schien. Auch sie hatte jetzt die Flagge gesetzt, das weiße Banner Frankreichs: Es gab keinerlei Vorwand mehr, keinerlei Verstellung.

Später mochten sich höhere Stellen über ihre Rechtfertigung

oder Entschuldigung streiten. Hier und jetzt hatte jeder der Kommandanten seinen eigenen eindeutigen Grund zum Kampf.

»*Die Pforten auf!*«

Taljenblöcke quietschten, und auf jeder Seite öffnete sich die Doppelreihe der Stückpforten, gleichzeitig mit denen der leichteren Heckbatterien.

»*Ausfahren!*«

Bolitho holte tief Luft und zwang sich zuzusehen, wie seine eigenen Geschütze geräuschvoll zu ihren Pforten polterten und die schwarzen Läufe wie Schnauzen ins grelle Sonnenlicht streckten.

Zwei Linienschiffe unter sich, nicht einmal ein Zuschauer war da, um ihre geballte Kraft zu begutachten, während sie jetzt auf einander zu manövrierten, ohne Hast, in völligem Schweigen. Er warf einen Blick aufs Achterdeck und sah, daß Coutts sich vom Bootssteurer des Kommandanten den Degen umschnallen ließ.

Bolitho war es klar, daß der Admiral niemals nachgeben würde, nicht nachgeben konnte. Für ihn gab es heute nur Sieg, nichts anderes.

»Steuerbordbatterie, *klar zum Feuern!*«

Bolitho zog seinen Dolch und zerrte den Hut tiefer über die Augen.

»Fertig, Jungs!«

Er blickte nach rechts und links, die vertrauten Gesichter verwischten sich und verschwanden, als er nur noch den Feind vor sich sah.

Irgendwo fing ein Mann heftig an zu husten, einen anderen hörte man nervös mit dem Fuß trommeln.

»*Feuer!*«

XIV Ein zu hoher Preis

Als die obere Batterie, unmittelbar gefolgt von den Zweiunddreißigpfündern des unteren Batteriedecks, ihre volle Breitseite herausdonnerte, bebte die *Trojan* so heftig, als wolle sie auseinanderbersten.

Obwohl jedermann es erwartet und sich darauf vorbereitet hatte, war der betäubende Krach der Salve unvorstellbar. Der Donner rollte und rollte weiter, während jedes Geschütz durch den Rückstoß wieder binnenbords geschleudert wurde.

Bolitho beobachtete, wie der dichte Qualm mit dem Wind davonzog, und starrte dann auf das französische Schiff, das umgeben war von aufbrandenden Wassersäulen. Die See hatte sich in eine Masse weißer Springbrunnen verwandelt. Die *Argonaute* steuerte auf konvergierendem Kurs, die Rahen hart angebraßt, um von der nächsten Landspitze freizukommen. Ohne Fernglas konnte man unmöglich feststellen, ob sie getroffen worden war, obgleich bei einer so massiven Breitseite ein paar Treffer dabeisein sollten. Aber die *Trojan* hatte bei erstbester Gelegenheit gefeuert, Bolitho schätzte die Entfernung auf mindestens acht Kabellängen.*

Auf beiden Seiten schrien die Geschützführer wie die Teufel, die Bedienungsmannschaften rammten frische Ladungen in die Rohre, während andere mit Handspaken bereitstanden, um die schweren Geschütze wieder auszufahren.

Es klang alles verschwommen, unwirklich, und Bolitho rieb sich heftig die Ohren, um wieder hören zu können. Das Schiff holte leicht über, da Pears eine Kursänderung zu dem Franzosen hin befohlen hatte. Wie unverwundbar der aussah! Mit killenden Marssegeln und Fock versuchte der Kommandant der *Argonaute*, höher an den Wind zu gehen, um der Umklammerung des Landes zu entkommen und freien Seeraum zu gewinnen.

Was hatte er vor? fragte sich Bolitho. Was mochte Coutts' Gegenspieler beabsichtigen? Vielleicht wollte er die *Trojan* von der Insel weglocken, um dem Schoner Zeit zum Entkommen zu verschaffen, oder wollte er – nachdem er die *Spite* außer Gefecht gesetzt hatte – sich vielleicht davonstehlen und jeden weiteren Konflikt vermeiden? Vielleicht hatte er andere Befehle, sollte womöglich im Falle der Behinderung sofort einen anderen Treffpunkt aufsuchen und dort seine Ladung löschen?

Es war unglaublich, daß Bolitho überhaupt denken konnte. Er blickte das Deck entlang, sah die Geschützführer die Hände heben, ihre Gesichter wirkten maskenhaft vor Konzentration.

Er blickte nach achtern. »Fertig, Sir!«

Wieder schob der älteste Midshipman des unteren Batteriedecks den Kopf durch die Luke und schrie: »Fertig, Sir!«

Couzens lief mit einer Meldung an Cairns auf dem Achterdeck vorbei.

Als er bei Fähnrich Huss vorbeikam, rief er: »Ihr wart diesmal

* 1480 m

die letzten!« Sie grinsten sich an, als wäre das Ganze ein ungeheurer Spaß.

Bolitho wandte sich wieder dem Feind zu. Jetzt war er näher gekommen, das Deck lag ein wenig schräg durch den Winddruck, die Reihen der Geschütze blitzten in der Sonne wie Zähne.

Bolitho wußte im Innersten seines Herzens, daß der französische Admiral dem Kommandanten der *Argonaute* nicht befehlen würde, abzufallen. Er würde kämpfen. Was die Welt später einmal dazu sagte, das zählte hier draußen wenig. Rechtfertigung konnten beide Seiten suchen und finden, aber der Gewinner hatte das gewichtigere Wort zu reden.

Die Bordwand des französischen Schiffes verschwand unter wirbelndem Rauch, unterbrochen nur durch orangefarbene Zungen, als es jetzt auf die Herausforderung der *Trojan* antwortete.

Bolitho biß die Zähne aufeinander in der Erwartung, den Rumpf beim krachenden Einschlag der Salve erbeben zu spüren. Aber nur ein paar Kugeln schlugen in den oberen Teil der Bordwand, während über ihnen die Luft zu heulendem, pfeifendem Leben erwachte, als die Kettenkugeln durch die Takelage fegten.

Er sah, wie die Schutznetze unter dem Aufprall herabstürzender Blöcke und abgerissener Takelage federten. Jetzt stürzte ein Marineinfanterist kopfüber aus dem Großmars, schlug auf dem Fallreep auf und verschwand über Bord, ohne einen einzigen Laut von sich zu geben.

Bolitho schluckte heftig. Das erste Blut! Er schaute nach achtern und sah Pears, den Blick auf den Feind gerichtet, die Hand bis auf Schulterhöhe heben, und rief rasch: »Fertig, Jungs!«

Des Kommandanten Arm fiel herab, und wieder war die Luft erfüllt vom Donner der Geschütze.

»Auswischen! Laden!«

Die Seeleute, die Kommandant und Offiziere verflucht hatten, wenn sie immer und immer wieder gedrillt worden waren, führten ihre Bewegungen jetzt völlig mechanisch aus. Sie blickten nicht einmal hin, als einige ihrer Kameraden aufenterten, um in der Takelage die notwendigsten Reparaturen vorzunehmen.

Bolitho sah den großen Riß im Fockmarssegel sich rasch ausbreiten, als der Wind hineinstieß. Es war ihm klar, daß der Feind eine bestimmte Taktik verfolgte, und zwar die, den Gegner durch Zerfetzen der Takelage möglichst schnell manövrierunfähig zu schießen. Wenn das feindliche Schiff dann sein ungeschütztes Heck darbot, kam die Gelegenheit für eine mörderische Breitseite. Bei Gefechtsbereitschaft war jedes Linienschiff im Inneren von vorn bis achtern offen und ohne Trennwände, so daß eine wohlgezielte Salve durchs Heck die Batteriedecks in ein Schlachthaus verwandeln mußte.

Auch die *Argonaute* zeigte schon einige Spuren des Kampfes: Durchschüsse in den Segeln, ein großes, klaffendes Loch beim Backbord-Fallreep, wo zwei Kugeln zugleich getroffen hatten.

Fünf Kabellängen, eine halbe Meile also*, betrug jetzt die Entfernung zwischen ihnen, und beide Schiffe gewannen noch an Fahrt, da sie inzwischen nicht mehr unter Land waren.

Wieder die wirbelnde Rauchwand, wieder das schrille Heulen und Pfeifen der Ketten über ihnen. Es war unglaublich, daß noch keine Stenge getroffen worden war, aber das schreckliche Kreischen ließ manchem der Männer das Mark in den Knochen gerinnen.

Stockdale hielt in seinen Anstrengungen kurz inne und rief: »Wir halten den Wind, Sir, trotz der Löcher im Tuch!« Sein zerschlagenes Gesicht war rußgeschwärzt, er wirkte unerschütterlich.

»*Klar zum Feuern!*«

Bolitho hörte, wie Fähnrich Huss das Kommando an Dalyell unten im Deck weitergab.

»*Feuer!*«

Das Deck stieß, als sei das Schiff auf Grund gelaufen, dann hörte man lautes Jubelgeschrei, als des Gegners Großbramstenge wild schwankte, bevor sie splitternd abbrach und wie eine Lanze herabschoß.

Ein glücklicher Treffer. Niemand würde je wissen, wer ihn abgefeuert hatte.

Pears' dröhnende Stimme übertönte mühelos das Poltern und Knirschen beim Laden der Geschütze.

»Gut gemacht, Trojaner! Gebt es ihnen!«

Weitere Jubelrufe wurden erstickt durch des Gegners Feuererwiderung, durch das fürchterliche Krachen von Eisen, das in die Bordwand schlug und in einige der unteren Pforten.

Bolitho fuhr zurück und fragte sich, warum der Franzose seine Taktik geändert hatte. Er hörte das fürchterliche Donnergepolter einer Kanone, die durch das untere Batteriedeck geschleudert

---

* 926 m

wurde, bis sie mit lautem Knall gegen etwas Hartes prallte. Männer schrien dort unten seltsam erstickt wie gemarterte Seelen.

Die *Argonaute* schien sich langsam nach vorn zu schieben, als ob ihr Klüverbaum den Bugsprit der *Trojan* berühren wolle. Mit dem Windvorteil auf seiner Seite würde Pears möglicherweise abfallen, mehr Segel setzen und versuchen, des Gegners Heck zu kreuzen.

Schon hörte er Cairns' Stimme durch das Sprachrohr: »Enter auf! Bramsegel los!«

Bolitho nickte wie in Zustimmung. Das Schiff drehte zunächst nur ein paar Strich, während die Bramsegel von den Rahen fielen und sich dann strafften.

Er beobachtete die *Argonaute*, seine Augen brannten vor Rauch. Zwischen ihnen lag das blaue Wasser wie eine ungeheuer große Pfeilspitze, beide Schiffe schienen demselben unsichtbaren Ziel zuzustreben, das sie am Ende zusammenbringen würde.

»*Feuer!*«

Die Seeleute sprangen beiseite, als ihre Kanonen wieder binnenbords schnellten, griffen halb blind vor Qualm nach den Schwämmen, um die Mündungen auszuwischen, bevor sie die nächste Ladung hineinrammten.

Bolitho merkte am Beben des Schiffsrumpfes, daß auch der Feind wieder gefeuert hatte. Er sah einen Teil des Fallreeps wie unter den Hieben einer unsichtbaren Axt zersplittern. Ein Seemann rannte schreiend und stolpernd hinter seine Gefährten, die Hände vors Gesicht geschlagen.

Ein Marineinfanterist schob ihn an den Rand einer Luke, andere griffen zu und zogen ihn herab.

Bolitho sah Quinn würgen. Aus dem Auge des Seemannes hatte ein Holzsplitter von der Größe eines Marlspiekers geragt.

Der härtere Knall der Neunpfünder sagte ihm, daß deren Bedienung endlich auch ihre Heckgeschütze zum Einsatz bringen konnte.

Der Lärm schwoll an, als die beiden Schiffe unerbittlich aufeinander zutrieben. Holzsplitter, Bruchstücke der Takelage und ein weiterer Leichnam vermehrten das Gewirr auf den Netzen, und von unten hörte man einen Mann schreien wie ein gemartertes Tier.

Wieder ein rascher Blick nach achtern. Pears stand noch unbeweglich, mit grimmigem Gesicht, den Blick dem Feind zugewandt.

Coutts, anscheinend ungerührt von dem Kampfgetöse, einen Fuß auf einem Poller, zeigte Ackerman etwas auf dem Deck des Franzosen.

»Feuer!«

Die Kanonen schossen jetzt ungleichmäßiger, denn die Bedienungsmannschaften waren erschöpft, betäubt vom ständigen Donner der Detonationen.

Bolitho ging über das Deck, bückte sich und blickte in jede der Stückpforten, während die Männer ihre Kanonen schußfertig machten. Sie waren Vierecke verqualmten Lichts, durch die jede Mannschaft nur ein winziges Stück des Feindes sehen konnte.

Er fühlte sich unsicher auf den Beinen, sein Gang war ruckartig, als er wieder hinter die Leute zurücktrat. Sein Gesicht war gezeichnet von der Anstrengung, und er hatte das Gefühl, daß er halb grinsend, halb schielend dreinsah.

Stockdale erblickte ihn und nickte ihm zu; ein anderer Mann, es war Moffitt, winkte und rief: »Heiße Arbeit, Sir!«

Weitere schwere Einschläge krachten unten in die Bordwand, dann stieg eine schwarze Rauchsäule aus einer der Luken und löste sofort einen Chor von Alarmrufen aus. Der Schwelbrand wurde jedoch schnell unter Kontrolle gebracht, die Leute hatten so etwas oft genug geübt.

»Feuer einstellen!«

Als die Bedienungsmannschaften von ihren rauchenden Geschützen zurücktraten, empfand Bolitho die Stille fast so schmerzhaft wie den vorherigen Lärm. Der Feind hatte sich weiter vor ihren Bug geschoben, so daß sie ihn nicht mehr treffen konnten. Cairns rief: »Schickt ein paar Leute nach Backbord!« Er winkte auffordernd mit seinem Sprachrohr. »Wir feuern, wenn wir sein Heck passieren!«

Bolitho sah, wie die Unteroffiziere ein paar der benommenen Leute zur Backbordseite hinüberschoben, um den erschöpften Mannschaften dort zu helfen. Pears hatte es zeitlich gut abgepaßt. Mit einer weiteren Kursänderung und mehr Segelfläche würde die Trojan des Feindes Kielwasser kreuzen und dann eine Breitseite im Einzelfeuer in sein Heck jagen können. Selbst wenn er noch nicht entmastet war, würde ihn das so schwächen, daß er das nächste Aufeinandertreffen nicht überstehen konnte.

Er rief: »Fertig, James!« Wieder hatte er das Gefühl, als sei sein Unterkiefer in einem wilden Grinsen erstarrt. »Diesmal hast du die Ehre!«

Ein Geschützführer berührte Quinns Arm beim Vorüberhasten. »Wir werden es denen zeigen, Sir!«

»An die Brassen!«

Bolitho fuhr herum, als er Cairns' Stimme vom Achterdeck hörte.

Stockdale keuchte: »Der Franzmann luvt an, bei Gott!«

Bolithos Körper war zu Eis erstarrt, als er die *Argonaute* in den Wind schießen und mit ihren zerfetzten Segeln ein großartiges Wendemanöver ausführen sah, damit sie dem Feind wieder die Stirn bieten konnte.

Es geschah alles in Minutenschnelle, aber er fand doch Zeit für die Bewunderung dieser hervorragenden Seemannschaft. Immer weiter drehte sie, und nach dem Manöver würde sie auf dem anderen Bug liegen, während die *Trojan* dann noch damit zu tun hatte, ihren Fahrtüberschuß zu verringern.

»Enter auf! Bramsegel bergen!«

Masten und Spieren bebten und quietschten, als das Ruder hart übergelegt wurde; aber es dauerte alles viel zu lange.

Während die Leute wie wild wieder zu den Steuerbordgeschützen zurückliefen, sah Bolitho bereits den Feind Rauch und Feuer speien, fühlte das Schiff taumeln, als eine sorgfältig gezielte und genau zum richtigen Zeitpunkt abgefeuerte Breitseite einschlug. Sie traf die *Trojan* vom Bug bis zum Heck. Wegen des spitzen Auftreffwinkels richteten viele Geschosse kaum Schaden an, aber andere, die in die Geschützpforten einschlugen oder nur auf so schwache Hindernisse wie Fallreepstreppen und Hängemattsnetze stießen, wirkten verheerend. Drei Geschütze wurden umgeworfen, ihre Bedienungen zerschmettert oder wie Abfall beiseite geschleudert. Bolitho hörte es krachen und splittern, als weitere Geschosse neben ihm durch die Boote fegten und einen Hagel von Splitterpfeilen auf die andere Seite schleuderten. Leute fielen oder taumelten überall, und als er einmal zufällig auf seine Beine blickte, bemerkte er, daß sie über und über blutbespritzt waren.

Ein Gewirr von Schreien ließ ihn herumfahren, und er sah die Vorbramstenge erst auf die Back und dann über Bord stürzen, verfilzte Takelage, Segel, Rahen und zwei schreiende Seeleute mit sich reißend.

Einen Augenblick außer Kontrolle geraten, drehte die *Trojan* wie betrunken vom Feinde weg, während die *Argonaute,* vom

Jubel ihrer Leute begleitet, einen vollen Kreis beschrieben hatte. Dann, als sie auf Parallelkurs und ein wenig vor der *Trojan* lag, eröffnete sie das Feuer auch mit ihren achteren Geschützen.

Blind vor Rauch und verzweifelt versuchend, sich aus dem Gewirr von Takelage zu befreien, konnten die vorderen Geschützmannschaften der *Trojan* höchstens die Hälfte der Schüsse beantworten.

Bolitho fand sich auf und ab laufen und zusammenhangloses Zeug schreien, bis er vor Heiserkeit keinen Ton mehr hervorbrachte.

Um ihn herum kämpften und starben die Leute oder lagen bereits in der Starrheit des Todes.

Andere hasteten vorüber, hinter dem Bootsmann und seinen Maaten her, um mit Äxten und Beilen die Trümmer zu beseitigen, bevor sie das Schiff bewegungsunfähig machen und damit völlig dem feindlichen Feuer ausliefern konnten.

Achtern stand Pears mit steinerner Miene, beobachtete das alles, gab seine Befehle und wich keine Handbreit zur Seite, als Splitter an ihm vorbeipeitschten und weitere Leute der geduckten Geschützbedienungen zu Boden rissen.

Fähnrich Huss erschien an Deck, die Augen vor Angst weit aufgerissen. Er sah Bolitho und schrie wild: »Mr. Dalyell ist gefallen, Sir! Ich . . . Ich kann . . .« Er drehte sich um die eigene Achse, das Gesicht erstaunt glotzend und dann erstarrend, als er nach vorn taumelte und zu Bolithos Füßen fiel.

Bolitho rief: »Hinunter, James, übernimm das Kommando im unteren Batteriedeck!«

Quinn aber starrte wie gebannt auf den Fähnrich. Blut strömte aus einem großen Loch in dessen Rücken, eine Hand bewegte sich noch, als wolle sie das entweichende Leben festhalten.

Ein Seemann drehte den Jungen herum und sagte: »Erledigt, Sir.«

»Hast du gehört?« Bolitho ergriff Quinn am Arm, Huss und alles andere vergessend. »Geh hinunter!«

Quinn wandte sich halb um, seine Augen weiteten sich, als noch mehr Schreie aus dem unteren Batteriedeck heraufdrangen.

Er stammelte: »Kann – kann – nicht . . .«

Sein Kopf fiel vornüber, und Bolitho sah Tränen über sein Gesicht rinnen, die helle Streifen durch den Ruß zogen.

Eine unbekannte Stimme knarrte: »Dann gehe ich hinunter.« Es war Ackerman, der makellose Flaggleutnant. »Ich kenne mich aus.« Er starrte Quinn an, als könne er nicht glauben, was er sah. »Der Admiral hat mich geschickt.«

Bolitho blickte nach achtern, schockiert durch Quinns Kollaps, benommen durch all den Schrecken und das Blut des Schlachtfeldes um ihn herum. Durch ziehenden Qualm und baumelndes Gewirr abgerissener Takelage trafen sich ihre Blicke. Dann winkte Coutts kurz ab und deutete ein Schulterzucken an.

Das Deck erzitterte; Bolitho wußte, der zerbrochene Mast war freigehackt.

Die *Trojan* luvte an und bekam den Feind wieder in Sicht, war aber fast außer Reichweite.

»Feuer!«

Die Männer sprangen zurück, griffen zu ihren Rammstöcken, zugleich fluchend und jubelnd wie irr.

Quinn stand unbeweglich noch immer an derselben Stelle, blind gegen den heulenden Eisenhagel über seinem Kopf, gegen die an Deck liegenden Verwundeten, gegen die Gefahr, die ihm drohte, als des Gegners Besanmast, schließlich auch der Großmast sich über ihren Netzen auftürmten.

Fünfzig Yards entfernt, nicht mehr, dachte Bolitho erregt. Beide Schiffe feuerten blind durch den dichten Qualm, der zwischen den Rümpfen hing wie ein Kissen, das den Zusammenprall abschwächen sollte.

Ein Seemann lief von seinem Geschütz davon, verrückt von Kampflärm und Gemetzel, und versuchte, eine Luke zu erreichen, tiefer und tiefer bis zum Kiel zu flüchten wie ein verängstigtes Tier. Ein Marineinfanterist hob sein Gewehr, um ihn niederzuschlagen, ließ es aber wieder sinken, als sei auch er überzeugt von der Sinnlosigkeit des Ganzen.

Couzens zerrte an Bolithos Ärmel, sein rundes Gesicht war entrückt, als wollte es den fürchterlichen Anblick ringsum ausschließen.

»Ja?« Bolitho hatte keine Ahnung, wie lange der Junge schon neben ihm gestanden hatte. »Was ist?«

Der Fähnrich riß seinen Blick von Huss' Leichnam los. »Der Kommandant sagt, daß der Feind versuchen wird, uns zu entern.« Während des Sprechens starrte er Quinn an. »Sie sollen das Kommando im Vorschiff übernehmen.« Dann kehrte sein alter Trotz zurück. »Ich werde bei Ihnen bleiben.«

Bolitho ergriff Couzens an der Schulter; durch den dünnen, blauen Stoff fühlte sich der Körper des Jungen glühendheiß an, als habe er Fieber.

»Holen Sie sich ein paar Leute von unten.« Als der Junge losrannte, rief er: »Langsam, Mr. Couzens. Zeigen Sie den Leuten, wie ruhig Sie sind.« Er zwang sich zu einem Lächeln. »Gleichgültig, was Sie in Wirklichkeit empfinden.«

Er wandte sich wieder den Geschützen zu, erstaunt darüber, daß er so ruhig sprach, da er doch in der nächsten Sekunde tot sein oder, noch schlimmer, festgeschnallt auf dem Operationstisch liegen konnte.

Er sah sich die Stellung der feindlichen Rahen an, sie standen so, daß die beiden Fahrzeuge zwangsläufig kollidieren mußten. Die Geschütze legten keinerlei Feuerpause ein, obwohl sie auf kürzeste Entfernung einander direkt beschossen, zum Teil sogar mit glühenden Mündungspfropfen, die beinahe ebenso gefährlich waren wie die Kugeln.

Plötzlich hörte er neue Geräusche: das ferne Knattern von Gewehrfeuer, das dumpfe Knallen von Einschlägen in Deck, Fallreep oder in den dichtgepackten Hängemattsnetzen.

Aus dem Großmars hörte er das Bellen eines Schwenkgeschützes und sah eine Gruppe Scharfschützen aus dem feindlichen Kreuzmast stürzen, von einem Kartätschenhagel beiseite gefegt wie welkes Laub.

Jetzt konnte man auf der *Argonaute* einzelne Gesichter erkennen, und Bolitho sah einen Unteroffizier, der einen Scharfschützen auf ihn ansetzte. Der aber wurde von einem Marineinfanteristen gefällt, als er gerade seine Muskete auf Bolitho richtete.

Er hörte Leute aus dem unteren Batteriedeck herbeieilen, hörte das Klirren von Stahl, als sie die Enterbeile, Entermesser und Piken ergriffen, die Balleine, der Bootsmannsmaat, an sie ausgab.

»Wir kollidieren Bug gegen Bug.« Bolitho hatte laut gesprochen, ohne es zu wissen. »Nicht viel Zeit.« Er zog seinen Degen und schwang ihn über dem Kopf. »Backbordbatterie, her zu mir!«

Eine einzelne Kugel krachte durch eine offene Pforte und köpfte einen Seemann, der gerade herbeieilen wollte. Der kopflose Körper stand noch einen Augenblick lang stocksteif da, als überlege er, was zu tun sei. Dann fiel er vornüber und war vergessen, als die Seeleute fluchend und Hurra rufend auf die Back stürmten und nichts anderes mehr sahen als die bereits über ihnen aufragenden fremden Segel und die roten Flammen des Gewehrfeuers.

Bolitho starrte den ragenden Klüverbaum des Feindes an, der sich jetzt durch den Rauch bohrte und über ihre Back schob, als könne nichts ihn aufhalten. Schon feuerten die ersten Franzosen von oben auf die *Trojan* herab oder schwangen ihre Waffen, während unter ihnen ihre wildäugige Galionsfigur grimmig und drohend auf das Getümmel herabblickte.

Mit einer heftigen Erschütterung krachten beide Schiffsrümpfe gegeneinander. Hauend, hackend und stechend schwärmten die Leute der *Trojan* aus, um die eindringenden Enterer zurückzuschlagen, während von achtern d'Esterres Soldaten ein wohlgezieltes, vernichtendes Feuer auf des Feindes Achterdeck legten.

Bolitho sprang über einen gefallenen Seemann und schrie: »Hier kommen sie!«

Ein französischer Enterer versuchte, über die Reling zu klettern, aber ein Schlag mit einem eisernen Belegnagel schleuderte ihn zur Seite; fast gleichzeitig warf ihn ein Lanzenstoß über Bord zwischen die beiden Schiffe.

Bolitho sah sich plötzlich einem jungen Leutnant mit gezogenem Säbel gegenüber. Sein rechter Arm schoß hoch, die beiden Klingen kreisten trotz des wogenden Kampfes vorsichtig umeinander.

Der französische Offizier machte einen Ausfall, doch im nächsten Augenblick weiteten sich seine Augen vor Schreck, als Bolitho auswich und den gestreckten Arm des Gegners mit seinem Degen zur Seite schlug. Der Ärmel wurde aufgeschlitzt, und das Blut schoß heraus wie rote Farbe.

Einen Augenblick nur zögerte Bolitho, hieb dann aber mit voller Wucht auf den Halsansatz oberhalb des Schlüsselbeins und sah den Mann sterben, noch bevor er über Bord fiel und klatschend aufschlug.

Mehr Seeleute eilten ihm jetzt zu Hilfe, aber bei einer kurzen Blickwendung sah er Quinn noch an derselben Stelle stehen wie vorher, als sei er gelähmt.

Rauch wirbelte auf und hüllte die kämpfenden und keuchenden Männer ein. Bolitho stellte fest, daß der Wind auffrischte und die beiden Schiffe in ihrer fürchterlichen Umklammerung jetzt rascher vorwärts trieb.

Eine weitere Gestalt blockierte ihm den Weg, wieder beherrschte der Klang von Stahl alles andere.

Scharf beobachtete er das Gesicht seines Gegners, parierte

distanziert, gefühllos jeden Schlag, erprobte seine Stärke und erwartete jeden Augenblick den tödlichen Stich in seinen Magen, wenn er das Gleichgewicht verlor.

Andere kämpften neben ihm: Leutnant Raye von den Marineinfanteristen, Joby Scales, der Zimmermann, einen riesigen Hammer schwingend, Varlo, der Seemann, der in der Liebe enttäuscht worden war, Dunwoody, der Müllerssohn, und natürlich Stockdale, dessen riesiges Entermesser einen fürchterlichen Blutzoll forderte.

Etwas traf Bolitho am Kopf, er fühlte Blut am Hals herabfließen, aber der Schmerz half ihm, seine Wachsamkeit zu verdoppeln, die Bewegungen des Gegners wie unbeteiligt zu beobachten.

Ein sterbender Seemann fiel stöhnend gegen seinen Gegner und lenkte ihn den Bruchteil einer Sekunde ab, aber es genügte. Bolitho sprang über den gefällten Feind, die blutige Klinge hoch erhoben, während er seine Leute um sich sammelte. Er konnte sich nicht einmal daran erinnern, daß seine Klinge durch Fleisch und Knochen gedrungen war, es war alles so schnell gegangen.

Jemand rutschte in einer Blutlache aus und krachte gegen seinen Rücken. Bolitho stürzte zu Boden, seinen Degen behielt er nur in der Hand, weil er am Gelenk festgebunden war.

Als er sich wieder aufrichtete, sah er mit Staunen, daß ein Streifen Wasser zwischen den Schiffen klaffte, der ständig breiter wurde. Mit zerfetzten Flaggen drifteten sie auseinander.

Auch die französischen Enterer hatten es bemerkt. Während einige rasch auf den noch über ihnen aufragenden Klüverbaum kletterten, versuchten andere, hinüberzuspringen. Die Entfernung war jedoch schon zu groß, die meisten fielen ins Wasser, zwischen die treibenden Leichen und Verwundeten.

Einige hoben die Hände, um sich zu ergeben, als aber noch ein Marineinfanterist durch einen feindlichen Schützen erschossen wurde, trieb man auch sie über die Bordwand.

Bolitho fühlte, wie die Kräfte ihn verließen; er mußte sich auf die Reling stützen. Einige Geschütze schossen noch aufs Geratewohl durch den Qualm, aber der Kampf war vorbei. Die Segel der *Argonaute* wurden rundgebraßt, allmählich entfernte sie sich, das Heck jetzt dem Achterdeck der *Trojan* zugewandt.

Bolitho merkte, daß er auf dem Rücken lag und in den Himmel schaute, der ihm unnatürlich klar und blau und sehr weit weg schien. Seine Gedanken begannen zu driften wie der Rauch und wie die beiden schwer beschädigten Schiffe.

Ein Schatten fiel über ihn, und er erkannte verschwommen, daß Stockdale neben ihm kniete, das zerschlagene Gesicht angsterfüllt.

Bolitho versuchte, ihm zu erklären, daß alles in Ordnung sei, daß er sich nur ein wenig ausruhe. Da dröhnte eine Stimme an sein Ohr: »Tragt Mr. Bolitho sofort ins Lazarett!«

Er versuchte zu protestieren, aber die Anstrengung war zuviel für ihn; ihm wurde schwarz vor Augen.

Bolitho öffnete die Augen und blinzelte mehrmals, um klare Sicht zu bekommen. Als der Schmerz in seinen Kopf zurückkehrte, merkte er, daß er unten im Orlopdeck vor dem Lazarett lag. Im Schein der von der Decke baumelnden Lampen wirkte der sonst dunkle Raum wie ein Inferno. Er lehnte halb gegen ein Spant und spürte, wie sich der Schiffsrumpf durch eine hohe Dünung arbeitete. Als sich seine Augen an die Dunkelheit gewöhnt hatten, sah er, daß der ganze Raum voller Menschen war. Einige lagen still, waren wohl schon tot, andere krochen von Schmerzen gepeinigt hin und her.

In der Mitte des Decks, direkt unter den Lampen, arbeiteten Thorndike und seine Assistenten in grimmigem Schweigen an einem bewußtlosen Seemann auf dem Tisch, während ein Gehilfe mit einem Eimer weglief, aus dem ein amputierter Arm ragte.

Bolitho betastete seinen Kopf: er war blutverkrustet und hatte eine eigroße Beule, aber sonst konnte er keine Verletzung feststellen. Er spürte, daß die Erleichterung darüber, von seiner Magengegend ausgehend, ihn wie eine Flutwelle durchströmte. Hinter seinen Augen staute sich der Schmerz und trieb ihm Tränen übers Gesicht. Als wieder eine Gestalt zum Operationstisch getragen und aus den geschwärzten Kleidern geschält wurde, fühlte Bolitho sich beschämt. Er hatte Angst gehabt vor dem, was kommen würde, aber verglichen mit dem Mann, der jetzt den Arzt anflehte, war er so gut wie unverletzt.

»*Bitte*, Sir!« Der Mann schluchzte so wild, daß einige der anderen Verwundeten ihren Schmerz vergaßen und aufschauten.

Thorndike kam aus einem Verschlag und wischte sich den Mund ab. Er sah aus wie ein Fremder, seine Hände und Schürze waren rot von Blut.

»Tut mir leid.«

Thorndike nickte seinem Assistenten zu, und Bolitho sah erst jetzt das zerschmetterte Bein des Verwundeten. Er erkannte, daß es ein Mann aus seiner eigenen Batterie war, dem eine umgestürzte Kanone das Bein zerquetscht hatte.

Der arme Kerl jammerte und bettelte noch immer: »Nicht mein Bein, Sir!«

Eine Flasche wurde ihm zwischen die Zähne geschoben, und als er den Kopf nach hinten fallen ließ, noch würgend an dem unverdünnten Rum, steckte man ihm einen Lederriemen zwischen die Zähne.

Bolitho sah das Messer aufblitzen und wandte sich ab. Es war grauenhaft, daß ein Mensch so leiden mußte, schreiend und fast an seinem eigenen Erbrochenen erstickend, während seine schreckerstarrten Kameraden schweigend zusahen.

Thorndike knurrte: »Zu spät. Schafft ihn an Deck.« Dann griff er wieder zur Flasche. »Der nächste!«

Neben Bolitho kniete ein Seemann, dem einige große Holzsplitter aus dem Rücken gezogen wurden. Es war der Ausgucksmann Buller.

Er zuckte vor Schmerz, sagte aber: »Ich habe heute noch mal Glück gehabt, Sir.« Das war alles, was er von sich gab, aber es sprach Bände.

»Sind Sie in Ordnung, Sir?« Das war Fähnrich Couzens. »Mich schickt der Erste Offizier.« Er wandte sich voller Schrecken um, als jemand tierisch zu schreien begann. »O Gott, Sir!«

Bolitho reichte ihm die Hand. »Helfen Sie mir auf. Ich muß hinaus.« Mühselig taumelte er auf die Füße und klammerte sich wie betrunken an des Jungen Schulter. »Das hier werde ich nie vergessen!«

Stockdale kam ihnen mit vor Sorge zerfurchtem Gesicht entgegen und duckte sich unter dem Decksbalken hindurch.

»Ich übernehme ihn!«

Der Weg nach oben war ebenfalls ein Alptraum. Im unteren Batteriedeck hing noch immer Rauch und verbarg barmherzig die schlimmsten Spuren des Kampfes.

Plötzlich sah er Dalyell mit seinen zwei verbliebenen Fähnrichen Lunn und Burslem. Die drei besprachen mit den Geschützführern, was zu tun war.

Als Dalyell ihn entdeckte, kam er herübergelaufen, sein offenes Gesicht leuchtete vor Freude.

»Gott sei Dank, Dick! Ich hatte gehört, du seist tot!«

Bolitho versuchte zu lächeln, aber der Schmerz in seinem Schädel verhinderte das.

»Dasselbe habe ich von dir gehört.«

»Aye. Eine Kanone explodierte, von dem Schlag wurde ich besinnungslos. Ohne die Leute neben mir wäre ich jetzt tot.« Er schüttelte traurig den Kopf. »Der arme Huss! Er war ein braver Junge.«

Bolitho nickte nachdenklich. Mit neun Fähnrichen waren sie von England abgefahren. Einer war befördert worden, einer in Gefangenschaft geraten, und jetzt war einer gefallen. Das Fähnrichslogis würde in Zukunft ein trauriger Ort sein.

Dalyell wandte den Blick ab. »Das ist aus des Admirals Strategie geworden. Ein sehr hoher Preis für das, was wir erreicht haben.«

Bolitho setzte mit seinen beiden Helfern den Weg zum oberen Batteriedeck fort, stand dort einen Augenblick still, atmete tief die frische Luft ein und blickte zum klaren Himmel über dem verstümmelten Fockmast auf.

Weitere Verwundete wurden hinuntergetragen, und Bolitho fragte sich, wie lange Thorndike wohl noch so weitermachen konnte: schneiden, sägen, nähen, stundenlang. Ihn schauderte. Andere wurden unter die Laufplanken geschleppt, wo sie steif und namenlos darauf warteten, daß der Segelmacher und seine Maaten sie für ihre letzte Reise in Hängematten aus Segeltuch einnähen würden. Was hatte Bunce gesagt? Das Wasser war hier rund dreitausend Meter tief. Eine lange, dunkle Fahrt, aber vielleicht fanden sie dort unten Frieden.

Bolitho schüttelte sich und wand sich vor stechendem Schmerz. Wieder verschwamm alles vor seinen Augen. Das mußte aufhören.

Cairns erschien, total erschöpft. »Gut, Sie zu sehen, Dick. Ich könnte etwas Hilfe brauchen –«, er zögerte –, »wenn Sie sich kräftig genug fühlen.«

Bolitho nickte, gerührt davon, daß Cairns, der jetzt so viel um die Ohren hatte, sich die Zeit genommen hatte, im Lazarett nach seinem Befinden fragen zu lassen.

»Es wird mir nur guttun.«

Er blickte über das aufgerissene, zersplitterte Deck, wo er noch vor kurzer Zeit gestanden hatte: umgestürzte Geschütze, große Stapel von herabgefallenem Tauwerk und zerrissenen Segeln. Männer, die sich wie Überlebende auf einem Wrack ihren Weg durch diese Trümmer bahnten. Wie konnte überhaupt jemand überlebt haben? Angesichts dieses Chaos' mußte sich das jeder fragen.

»Wie geht es James?« erkundigte sich Bolitho.

Cairns' Augen blickten finster. »Der Vierte Offizier ist am Leben, glaube ich.« Er klopfte Bolitho auf die Schulter. »Ich muß weiter. Sie bleiben hier und unterstützen den Bootsmann.«

Bolitho ging zur ersten Division der Achtzehnpfünder, wo er den größten Teil des Kampfes über gestanden hatte. Er sah die *Argonaute* gut drei Meilen leewärts stehen. Selbst wenn sie rasch die dringendsten Reparaturen ausführten, konnten sie den Franzosen jetzt nicht mehr einholen.

Stockdale sprach für sie beide: »Immerhin haben wir sie abgeschlagen, so knapp an Leuten wir auch sind. Wir haben ihnen mit gleicher Münze heimgezahlt.«

Couzens sagte heiser: »Aber die Brigg ist entkommen.«

Des Masters hohe Gestalt erschien oben an der Querreling. Bunce brummte: »Los, Mr. Bolitho, an die Arbeit! Ich soll ein Schiff segeln und einen Kurs absetzen. Dafür brauche ich Segel, Brassen und Fallen, und zwar mehr, als ich hier sehe!« Seine Augen verschwanden fast unter den buschigen Brauen, als er hinzufügte: »Sie haben sich heute bewährt, soviel ich sehen konnte.« Er nickte, als habe er schon zu viel gesagt.

Den Rest des Tages arbeitete die Besatzung verbissen daran, die *Trojan* einigermaßen zu reparieren. Die Toten wurden bestattet, die Verwundeten so gut wie möglich versorgt. Samuel Pinhorn, der Segelmacher, legte sich noch einen beträchtlichen Vorrat an Segeltuch bereit, da er damit rechnete, daß noch mancher Verwundete sterben würde, bevor die *Trojan* einen Hafen erreichte.

Es war erstaunlich, daß die Leute nach alldem, was sie durchgemacht hatten, noch so wacker arbeiten konnten. Vielleicht war es gerade diese Arbeit, die sie rettete, denn kein Schiff kann ohne Segel und ständige Wartung segeln.

Ein Notmast war an Stelle der über Bord gegangenen Bramstenge festgelascht worden; als die Seeleute hoch oben daran arbeiteten, hing das Tauwerk zu beiden Seiten herab wie Schlingpflanzen. Hammer und Säge, Teer und Farbe, Nadeln und Garn waren jetzt das wichtigste Gerät.

Das einzige, was die Leute in ihrer Arbeit innehalten und über die Reling blicken ließ, war das plötzliche Auftauchen des Schoners vom Ankerplatz der Isla San Fernando. Die *Sprite* war als hoffnungsloses Wrack von der Besatzung verlassen und angezündet worden, damit der Feind sie nicht wieder instandsetzen konnte.

In einem kurzen wilden Bootsangriff hatte Cunningham den Schoner gekapert. Dies stellte den einzigen Gewinn des ganzen Unternehmens dar.

Bolitho war sich über eines klar: Die Prise, was sie auch an Informationen einbringen mochte, würde nicht imstande sein, den Schmerz in Cunninghams Herz zu stillen, den er bei der Aufgabe seines eigenen Schiffes empfunden haben mußte.

Bei Sonnenuntergang befahl Cairns Halt. Eine doppelte Ration Rum wurde an alle ausgegeben, dann kürzten sie Segel für die Nacht; auf der *Trojan* war man es zufrieden, sich in Ruhe seinen Wunden widmen zu können.

Bolitho wurde in die Kajüte gerufen, verspürte jedoch diesmal keine Neugier. Wie die meisten der Besatzung, so fühlte auch er sich viel zu erschöpft, um noch einer solchen Regung fähig zu sein.

Als er den Kopf unter dem Decksbalken vor der Kajüte einzog, hörte er Pears' Stimme deutlich durch die beiden Türen schallen: »Ich kenne Ihren Vater, sonst hätte ich Sie sofort degradiert!«

Bolitho zögerte und fühlte, daß der Posten ihn beobachtete.

Es ging natürlich um Quinn, den armen, gebrochenen Quinn. Er sah ihn noch auf dem Batteriedeck vor sich, wie gelähmt zwischen Trümmern, Toten und Sterbenden.

Der Posten sah ihn an. »Sir?«

Bolitho nickte müde, der Posten stampfte mit seinem Gewehrkolben auf und rief: »Der Zweite Offizier, Sir!«

Die Tür öffnete sich; Teakle, der Sekretär, führte ihn hinein. Er hatte ein verbundenes Handgelenk und sah mitgenommen aus. Bolitho wunderte sich, weshalb ihm nie in den Sinn gekommen war, daß ein Schreiber genauso der Gefahr ausgesetzt war wie sie alle.

Quinn kam, weiß wie ein Laken, aus der Kajüte. Er erkannte Bolitho und schien etwas sagen zu wollen. Dann stürzte er jedoch an ihm vorbei und verschwand in der Dämmerung.

Pears trat ihm entgegen. »Na, nicht zu sehr angeschlagen?« Er wirkte ruhelos, erregt.

Bolitho erwiderte: »Ich hatte Glück, Sir.«

»Das hatten Sie, in der Tat.« Pears wandte sich um, als Coutts aus dem Nebenraum trat.

Der Admiral sagte: »Bei Tagesanbruch steige ich auf die Prise über, Bolitho. Ich werde nach Antigua segeln und von dort mit einer Kurierbrigg oder einer der Fregatten nach New York zurückkehren.«

Bolitho sah ihn an und versuchte zu erraten, worauf Coutts hinauswollte. Er spürte die Spannung zwischen den beiden Männern, sah die Bitterkeit wie physischen Schmerz in Pears' Augen.

Coutts fuhr fort: »Die *Trojan* folgt mir natürlich. In Antigua kann eine volle Reparatur ausgeführt werden, bevor sie wieder zum Geschwader stößt. Ich werde dafür sorgen, daß man dort alles für sie tut und daß auch Ersatz beschafft wird für . . .«

Pears unterbrach ihn barsch: »Für all die armen Teufel, die heute ihr Leben lassen mußten!«

Coutts wurde rot, wandte sich aber weiterhin nur an Bolitho.

»Ich habe Sie beobachtet, Sie sind aus dem richtigen Holz geschnitzt und besitzen die Fähigkeit, Menschen zu führen.«

Bolitho sah in Pears' grimmiges Gesicht und war erschüttert; es trug den Ausdruck eines Menschen, der soeben seine Verurteilung erfahren hatte.

»Danke, Sir!«

»Daher –«, das Wort hing in der feuchten Luft –, »biete ich Ihnen ein eigenes Kommando an, sowie Sie in Antigua eintreffen. Mit mir.«

Bolitho starrte ihn an. Ihm wurde klar, was das für Pears bedeutete. Da Coutts in Antigua oder womöglich schon in New York eintreffen würde, bevor die *Trojan* den Hafen erreichte, hatte Pears dann niemanden außer Cairns, der für ihn aussagen konnte. Er sollte den Prügelknaben, den Sündenbock abgeben und dafür herhalten, Coutts' kostspieliges Abenteuer zu decken.

Bolitho wunderte sich selbst, daß er ohne zu zögern antworten konnte. Das Angebot bedeutete schließlich die Erfüllung alles dessen, was er sich immer gewünscht hatte: die Versetzung auf ein kleineres, schnelleres Schiff wie die *Vanquisher* oder eine Fregatte. Mit Coutts' Protektion hätte er die besten Beförderungschancen gehabt.

»Ich danke Ihnen, Sir.« Er blickte Pears an. »Aber mein Platz ist hier unter Kapitän Pears. Ich möchte, daß es so bleibt.«

Coutts musterte ihn erstaunt. »Was für ein seltsamer Mensch Sie doch sind, Bolitho! Ihre Sentimentalität wird Ihnen eines Tages noch den Hals brechen.« Er nickte kurz und engültig. »Guten Abend.«

Benommen stieg Bolitho die Treppe hinunter und in die Messe, die erstaunlicherweise keinerlei Spuren des Kampfes aufwies.

Cairns folgte ihm einen Augenblick später, ergriff ihn am Arm und rief den Messesteward.

»Mackenzie, Sie alter Gauner! Den besten Brandy für diesen Offizier hier!«

D'Esterre erschien mit seinem Leutnant und fragte: »Was ist denn los?«

Cairns setzte sich Bolitho gegenüber und betrachtete ihn aufmerksam.

»Was los ist, meine Herren? Ich war soeben Zeuge, wie ein schlechtberatener, aber *ehrenhafter* Mann sich für das Richtige entschieden hat.«

Bolitho wurde rot. »Ich – ich wußte nicht . . .«

Cairns nahm die Flasche, die Mackenzie ihm reichte, und lächelte traurig.

»Ich stand draußen und lauschte wie ein Schuljunge.« Er wurde plötzlich ernst. »Das war anständig von Ihnen. Obwohl Pears es Ihnen niemals danken wird, zumindest nicht mit vielen Worten.« Cairns hob sein Glas. »Aber ich kenne ihn besser als die meisten. Sie haben ihm etwas gegeben, was ihn ein bißchen entschädigen wird für das, was Coutts seinem Schiff angetan hat.«

Bolitho dachte an den Schoner irgendwo leewärts der *Trojan*. Morgen früh würde er sie verlassen und seine Beförderungschance mit sich nehmen.

Und er erlebte noch eine Überraschung: Es kümmerte ihn nicht mehr.

XV Noch eine Chance

Bolitho stand im Schatten des gewaltigen Großmastes und beobachtete das geschäftige Treiben rund um das Schiff. Es war jetzt Oktober, und seit zwei Monaten lag die *Trojan* in English Harbour, Antigua, dem Hauptquartier des Karibischen Geschwaders. Eine Menge Schiffe waren hier versammelt und warteten auf Reparaturen und Überholung; bei den meisten sollten jedoch nur Abnutzungsschäden durch Sturm oder Alter ausgebessert werden. Die Ankunft der *Trojan*, deren Flagge wegen der vielen Toten auf halbmast wehte, hatte beträchtliches Aufsehen erregt.

Wenn man jetzt ihre straffgespannte Takelage betrachtete, die neuen Wanten und ordentlichen Segel, die säuberlich ausgebesserten Decks, konnte man sich kaum mehr den Kampf vorstellen, der all diese Schäden angerichtet hatte.

Er beschirmte die Augen, um zur Küste hinüberzublicken: verstreute weiße Gebäude, das vertraute Bild von Monk's Hill. Eine wahre Prozession von Booten, Werftprähmen und Wasserleichtern war unterwegs, dazwischen die unvermeidlichen Händlerboote, die den unerfahrenen oder törichten Seeleuten ihre zweifelhaften Waren anboten.

An Bord hatte es eine Menge Änderungen gegeben. Neue Leute kamen von anderen Schiffen, aus England und aus den karibischen Häfen, die alle erprobt und in die Besatzung eingereiht werden sollten.

Ein Leutnant John Pointer war eingetroffen und auf Grund seines Dienstalters als Vierter Offizier eingestuft worden, wie einstmals Bolitho. Es war ein fröhlicher junger Mann mit ausgeprägtem Yorkshire-Dialekt, anscheinend tüchtig und willig.

Der junge Fähnrich Libby, dem man seinen zeitweiligen Rang wieder abgesprochen hatte, war eines schönen Morgens zum Flaggschiff gerufen worden, um sein Leutnantsexamen abzulegen. Er bestand mit Auszeichnung und war selbst der einzige, der sich über dieses Ergebnis wunderte. Anschließend wurde er gleich als Leutnant auf ein anderes Linienschiff versetzt. Sein Abschied war eine traurige Angelegenheit, sowohl für ihn wie für die anderen Fähnriche. Zwei neue waren inzwischen aus England eingetroffen, nach Bunces Ansicht »noch schlechter als nutzlos«.

Von Coutts hatten sie nur gehört, daß er nach New York zurückgekehrt war. Beförderungen schienen angesichts der letzten Ereignisse unwichtig.

Auf dem Festland sollte General Burgoyne, der in den Anfangstagen der Revolution mit einigem Erfolg von Kanada aus operiert hatte, die Kontrolle über den Hudson River sicherstellen. Mit der ihm eigenen raschen Entschlossenheit war er mit etwa siebentausend Mann in das betreffende Gebiet aufgebrochen und hatte erwartet, von der New Yorker Garnison Verstärkung zu erhalten. Nun hatte dort aber jemand entschieden, daß in New York kaum genug Soldaten zur eigenen Verteidigung bereitstünden.

General Burgoyne hatte vergeblich gewartet und sich dann mit all seinen Truppen bei Saratoga ergeben.

Sofort hörte man auch wieder von größerer Aktivität der französischen Kaperschiffe, welche die militärische Niederlage ermutigte.

Die *Trojan* würde bald wieder in die Kämpfe eingreifen können, aber Bolitho sah keinerlei Chance, auch nur einen Zipfel der abgefallenen Kolonie zurückzugewinnen, selbst wenn Britannien die See beherrschte. Und bei stärkerer französischer Einmischung war nicht einmal das sicher.

Bolitho ging ruhelos auf und ab und beobachtete ein weiteres Händlerboot, das gerade das glitzernde Spiegelbild der *Trojan* passierte. Es war heiß, aber nach den vorangegangenen Monaten und den tropischen Regengüssen erschien es ihm beinahe angenehm.

Er blickte nach achtern, wo die Flagge schlaff und reglos herabhing. In der Kajüte mußte es sogar noch heißer sein als hier an Deck.

Er versuchte, an Quinn wie an einen Fremden zu denken, den er gerade erst kennengelernt hatte. Aber in seiner Erinnerung lebte er fort als der jüngste Leutnant, der neu an Bord gekommen war, achtzehn Jahre alt und direkt vom Fähnrichslogis, so wie Libby jetzt. Dann sah er ihn wieder im Todeskampf keuchen, mit der ungeheuren Säbelwunde quer über seine Brust. Und das nach seiner ruhigen Zuversicht, seiner Entschlossenheit, gegen den Willen seines wohlhabenden Vaters Seeoffizier zu werden.

Diese letzten Wochen mußten für Quinn die Hölle gewesen sein. Er war von seinen Pflichten entbunden worden, und wenn er vorläufig auch seinen Dienstgrad behielt, so war er jetzt doch sogar dienstjünger als der neuangekommene Leutnant Pointer.

Wegen der Aktivität innerhalb des Geschwaders und der allgemeinen Erwartung stärkeren französischen Engagements hatte der Fall Quinn zunächst nur eine untergeordnete Rolle gespielt.

Jetzt, im Oktober 1777, wurde Quinn in Pears' Kabine von einem Untersuchungsausschuß vernommen. Es war die letzte Stufe vor dem eigentlichen Kriegsgericht.

Bolitho betrachtete die anderen Schiffe, die so ruhig in diesem geschützten Hafen lagen, jedes über seinem eigenen Spiegelbild, mit aufgespannten Sonnensegeln, die Stückpforten weit offen, um auch den leisesten Hauch einzufangen. Sehr bald würden diese und auch andere Schiffe das durchmachen, was die *Trojan* vor den Geschützen der *Argonaute* durchgemacht hatte. Sie würden dann nicht mehr gegen wackere, aber schlecht ausgebildete Rebellen kämpfen, sondern gegen die Besten Frankreichs. Die Disziplin mußte gestrafft, ein Versagen konnte nicht mehr hingenommen werden. All dies ließ Quinns Chancen schrumpfen.

Bolitho wandte sich um, als Leutnant Arthur Frowd, der wachhabende Offizier, das Deck überquerte und zu ihm herüberkam. Wie Libby, so hatte auch er die begehrte Beförderung erhalten und erwartete nun seine Versetzung auf ein anderes Schiff. Obwohl der dienstjüngste Leutnant, war er doch der älteste an Jahren. In seiner prächtigen neuen Uniform, das Haar ordentlich im Nacken zusammengebunden, sah er so gut aus wie ein Kapitän, dachte Bolitho bewundernd.

Frowd fragte: »Wie, nehmen Sie an, wird es ausgehen?« Er nannte Quinn nicht einmal mit Namen. Wie viele andere, fürchtete er wahrscheinlich, mit Quinn in irgendeinen Zusammenhang gebracht zu werden.

»Ich bin mir nicht sicher.«

Bolitho nestelte nervös an seinem Degengriff und fragte sich, warum es so lange dauerte. Cairns war nach achtern gerufen worden, ebenso d'Esterre und Bunce. Es war eine gräßliche Sache, ähnlich wie der Anblick der Kriegsgerichtsflagge oder wie die rituelle Prozession von Booten bei einem öffentlichen Auspeitschen oder beim Erhängen.

Er sagte: »Ich hatte auch Angst, also muß es für ihn noch viel schlimmer gewesen sein. Aber . . .«

Frowd sagte heftig: »*Aber*, Sir, dieses kleine Wort macht den Unterschied. Jeder einfache Seemann würde schon längst von der Großrah baumeln.«

Bolitho sagte nichts, sondern wartete darauf, daß Frowd wegging, um mit dem Wachboot zu sprechen, das längsseits lag. Frowd verstand dies nicht. Wie sollte er auch? Es war schwer genug für einen jungen Mann, den Rang eines Leutnants zu erwerben. Auf dem Weg über das untere Deck war dies noch viel, viel schwerer. Frowd hatte es mit Schweiß, aber wenig Erziehung geschafft. Er mußte Quinns Versagen eher als Verrat denn als Schwäche ansehen.

Sergeant Shears marschierte über das Achterdeck und berührte grüßend seinen Hut.

Bolitho sah ihn an. »Ich?«

»Ja, Sir.« Shears warf einen raschen Blick auf die Umstehenden. »Es sieht nicht gut aus, Sir.« Er senkte die Stimme zu einem Flüstern. »Mein Hauptmann machte seine Aussage, und ein Ausschußmitglied bemerkte hochnäsig: ›Was weiß schon ein Marineinfanterist über Seeoffiziere!‹« Wütend fügte Shears hinzu: »Ich habe noch nie solche Arroganz erlebt, Sir!«

Bolitho ging rasch nach achtern und packte dabei seinen Degengriff mit aller Kraft, um sich innerlich vorzubereiten.

Pears' Salon war ausgeräumt worden, an Stelle der Möbel stand ein großer, kahler Tisch da, an dem drei Kapitäne saßen.

Andere Offiziere saßen ringsum an den Wänden, größtenteils waren sie ihm unbekannt; aber er sah auch die Zeugen: Cairns, d'Esterre und, die Hände im Schoß gefaltet, Kapitän Pears.

Der älteste Kapitän musterte ihn kühl. »Mr. Bolitho?«

Bolitho klemmte den Hut unter den Arm und sagte: »Aye, Sir. Zweiter Offizier.«

Der Kapitän zur Rechten, ein scharfgesichtiger, schmallippiger Mann, fragte: »Waren Sie an Deck, als sich der Vorfall, der zu diesem Verfahren führte, ereignet hat?«

Bolitho sah des Schreibers Feder über dem Papier warten. Dann blickte er sich das erste Mal nach Quinn um.

Der stand steif an der Tür zum Speiseraum und schien nur mit Mühe Luft zu bekommen.

»Das war ich, Sir.« Wie absurd, dachte er. Sie wußten alle genau, wo sich jeder einzelne bis hinunter zum Schiffskoch aufgehalten hatte. »Ich führte das Kommando auf dem oberen Batteriedeck, wir schossen nach Steuerbord.«

Der Vorsitzende des Ausschusses, ein Kapitän, den Bolitho schon in New York gesehen hatte, sagte trocken: »Vergessen Sie die Formalitäten. *Sie* stehen hier nicht unter Anklage.« Dann, mit einem Seitenblick auf den schmallippigen Kapitän: »Es wäre gut, wenn alle daran dächten.« Sein ruhiger, ausgeglichener Blick wandte sich wieder Bolitho zu. »Was haben Sie gesehen?«

Bolitho fühlte, wie die hinter ihm Sitzenden ihn beobachteten, auf seine Aussage warteten. Wenn er nur gewußt hätte, was bisher ausgesagt worden war, besonders von Pears.

Er räusperte sich. »Wir hatten nicht erwartet, daß es zum Kampf kommen würde. Aber die *Argonaute* hatte die *Spite* ohne jede Herausforderung von deren Seite und ohne Warnung entmastet. Uns blieb keine andere Wahl.«

»Uns?« Die Frage klang milde.

Bolitho wurde rot und fühlte sich unter den Blicken der drei

Augenpaare unbehaglich. »Ich hörte den Admiral die Ansicht äußern, daß wir, wenn nötig, kämpfen würden, Sir.«

»Aha.« Ein winziges Lächeln. »Fahren Sie fort.«

»Es war ein blutiger Kampf, Sir, und wir waren schon vor dem Gefecht äußerst knapp an Leuten.« Er sah die Verachtung im Blick des schmallippigen Kapitäns und fügte ruhig hinzu: »Das soll nicht als Entschuldigung gelten, Sir. Hätten Sie gesehen, wie unsere Leute an diesem Tage kämpften und starben, dann wüßten Sie, was ich mit meinen Worten gemeint habe.«

Er spürte ihr Schweigen, es war unheimlich wie die Ruhe vor dem Sturm. Aber er konnte jetzt nicht mehr aufhören. Was wußten sie schon von alledem? Sie hatten vielleicht noch nie mit so unerfahrenen Offizieren und so schlecht ausgebildeten Leuten kämpfen müssen. Bolitho dachte an den Mann auf dem Operationstisch, der um sein Bein flehte, an den Marineinfanteristen, der als erster aus dem Mast gestürzt und in der See davongetrieben war. So viele waren es. Zu viele.

Er fuhr fort: »Der Franzose kam längsseits. Sie enterten uns oder versuchten es wenigstens . . .« Er stockte, sah wieder den französischen Leutnant zwischen die Schiffsrümpfe fallen. »Denn wir schlugen sie zurück.« Er wandte sich ab und blickte direkt in Quinns verzweifeltes Gesicht. »Mr. Quinn half mir bis zu diesem Augenblick und stand im feindlichen Feuer, bis der Kampf abgebrochen wurde.«

Der Vorsitzende ergänzte: »Dann wurden Sie nach unten geschafft. Wie alt sind Sie eigentlich?«

»Diesen Monat werde ich einundzwanzig, Sir.« Er glaubte, jemanden hinter sich kichern zu hören.

»Und Sie traten mit zwölf Jahren in die Marine ein, wie die meisten von uns, wenn ich recht unterrichtet bin. Außerdem kommen Sie aus einer alten Seefahrerfamilie.« Seine Stimme wurde plötzlich hart. »Nach Ihrer Erfahrung als Offizier des Königs, Mr. Bolitho – hatten Sie zu irgendeinem Zeitpunkt während dieser unglückseligen Ereignisse den Eindruck, daß Mr. Quinns Verhalten Mangel an Können oder Mut aufwies?«

Bolitho erwiderte: »Nach meiner Meinung, Sir . . .« Er kam nicht weiter.

Der Vorsitzende beharrte: »Nach Ihrer *Erfahrung*!«

Bolitho fühlte sich verzweifelt, wie in einer Falle. »Ich weiß nicht, wie ich antworten soll, Sir.«

Er erwartete, zurechtgewiesen oder von der Verhandlung ausgeschlossen zu werden, aber der Vorsitzende fragte lediglich: »Er war Ihr Freund, stimmt's?«

Bolitho blickte zu Quinn hinüber, haßte plötzlich die drei Kapitäne, die atemlosen Zuschauer, alles hier, und sagte mit fester Stimme: »Er *ist* mein Freund, Sir.« Er hörte das überraschte Gemurmel und fügte hinzu: »Vielleicht hatte er Angst, aber die hatten wir alle. Dies zu leugnen, wäre töricht.«

Bevor er sich wieder dem Tisch zuwandte, sah er, daß Quinn in einer rührenden Anwandlung von Trotz das Kinn hob.

Bolitho fuhr fort: »Sein Ruf war gut, er begleitete mich auf mehreren schwierigen und gefährlichen Unternehmen. Er wurde schwer verwundet und . . .«

Der schmallippige Kapitän lehnte sich vor und blickte seine beiden Kameraden an. »Ich glaube, wir haben genug gehört. Der Zeuge hat dem wenig hinzuzufügen.« Dann sah er Bolitho an. »Ich weiß, daß Sie ein eigenes Kommando abgelehnt haben, das Konteradmiral Coutts Ihnen anbot. Sagen Sie mir doch, geschah das aus Mangel an Ehrgeiz?«

Der Vorsitzende runzelte die Stirn und wandte sich dann um, als er das Scharren von Füßen hörte.

Ohne hinzublicken, wußte Bolitho, daß Pears aufgestanden war.

Der Vorsitzende fragte: »Sie wollen etwas sagen, Kapitän Pears?«

Die wohlbekannte, heisere Stimme war bemerkenswert ruhig. »Diese letzte Frage – ich möchte darauf antworten. Es war nicht Mangel an Ehrgeiz, Sir. In meiner Familie nennen wir es Treue, verdammt noch mal!«

Der Vorsitzende hob die Hand, um die plötzliche Erregung zu dämpfen. »Genauso ist es.« Bedauernd sah er Bolitho an. »Ich fürchte jedoch, daß Treue im Fall des Leutnant Quinn nicht genügt.« Damit stand er auf, und alle in der Kajüte erhoben sich ebenfalls, Zeugen wie Zuschauer. »Die Verhandlung wird vertagt.«

Draußen auf dem sonnenüberfluteten Achterdeck wartete Bolitho auf das Abrücken der Zuschauer.

Dalyell und der neue Leutnant Pointer standen bei ihm, als Quinn an Deck erschien. Er ging hinüber zu Bolitho und murmelte: »Ich danke dir für deine Worte, Dick.«

Der zuckte mit den Schultern. »Es scheint leider nicht viel genützt zu haben.«

Dalyell sagte: »Du hast mehr Mut als ich, Dick. Dieser fischäugige Kapitän hat mich völlig unsicher gemacht. Ich hatte schon Angst, wenn er mich nur ansah!«

Quinn sagte: »Trotzdem, der Vorsitzende hat recht. Ich konnte mich überhaupt nicht mehr bewegen, ich war wie tot, konnte keinem mehr helfen.« Er sah Cairns herankommen und fügte rasch hinzu: »Ich bin in meiner Kammer.«

Der Erste Offizier beugte sich über die Reling und warf einen Blick auf die längsseits liegenden Boote. »Hoffentlich sind wir bald wieder auf See.«

Die anderen entfernten sich, und Bolitho fragte: »Hat der Kommandant Quinns Chancen zunichte gemacht, Neil?«

Cairns betrachtete ihn nachdenklich. »Nein, ich tat es. Ich wurde Zeuge seines Versagens, war aber nicht so beteiligt wie du. Stell dir vor, du wärst von einem französischen Scharfschützen oder von einer Kettenkugel getroffen worden – meinst du, Quinn hätte das Vorschiff halten und die Enterer zurückschlagen können?« Er lächelte traurig und ergriff Bolithos Arm. »Ich verlange nicht von dir, daß du einen Freund verrätst, aber du weißt so gut wie ich, daß wir vor der *Argonaute* hätten die Flagge streichen müssen, wenn Quinn vorn das Kommando gehabt hätte.« Er blickte zur Back, wahrscheinlich sah er die Szene noch einmal vor sich, wie auch Bolitho sie wieder durchlebte. Er fügte hinzu: »Diese Menschenleben zählen mehr als die Ehre eines jungen Mannes.«

Bolitho fühlte sich elend. Er wußte, daß Cairns recht hatte, empfand aber nur Mitleid für Quinn. »Wie werden sie entscheiden?«

Cairns erwiderte: »Der kommandierende Admiral wird die Umstände in Betracht ziehen. Es hat lange genug gedauert, bis alles ans Licht gekommen ist. Er wird auch Quinns Vater kennen, dessen Macht in London.« Bolitho hörte Bitterkeit heraus, als Cairns hinzufügte: »Aufhängen wird man ihn nicht.«

Nach dem Lunch trat der Ausschuß wieder zusammen, und es erwies sich, daß Cairns recht gehabt hatte.

Der Untersuchungsausschuß hatte entschieden, daß Leutnant James Quinn wegen seiner im Kampf erhaltenen Verwundung nicht mehr in der Lage war, aktiven Dienst zu leisten. Nach Bestätigung des Urteils durch den Oberbefehlshaber sollte er ausgeschifft werden, um auf dem Festland eine Gelegenheit zur Rückkehr nach England abzuwarten. Dort würde man ihn dann entlassen.

Niemand außerhalb der Marine brauchte von dieser Schande zu erfahren – außer dem einen, den es wirklich anging. Bolitho bezweifelte, daß Quinn diese Bürde lange mit sich herumtragen konnte.

Zwei Tage später, als Quinns Schicksal noch unbestätigt war, lichtete die *Trojan* Anker und lief aus.

Er sollte offenbar doch noch eine Gnadenfrist bekommen.

Zweieinhalb Tage nach dem Auslaufen aus English Port steuerte die *Trojan* bei steifem, achterlichem Wind rechtweisend West unter Fock und gerefften Marssegeln. Es war eine gute Gelegenheit, die neuen Leute bei den verschiedensten Segelmanövern einzuexerzieren, zumal bei dem groben Seegang, der Spritzwasser über das Achterdeck schickte, während der Klüverbaum zum dunstigen Horizont wies.

Bis auf ein paar kleine Inseln weit an Steuerbord war die See leer, eine endlose, blaue Wüste mit langer, schaumgekrönter Dünung, welche für die Stärke des Windes zeugte.

Bolitho wartete am Backbord-Laufsteg; der Duft starken Kaffees wärmte ihm den Magen, während er sich auf die Übernahme der Nachmittagswache vorbereitete. Bei so vielen neuen Gesichtern und Namen, der ständigen Mühe, die guten Seeleute zu entdecken und auch die ungeschickten, die an jeder Hand fünf Daumen zu haben schienen, war er ständig hart eingespannt. Aber er spürte trotzdem die gespannte Atmosphäre an Bord: verwirrte Resignation in den unteren Decks, Verbitterung bei den Offizieren.

Die *Trojan* war nach Jamaika beordert worden, bis zum Deck vollgepackt mit Marineinfanteristen, die der Admiral schickte, um dort Gesetz und Ordnung aufrechtzuerhalten, und zwar auf des Gouverneurs dringende Bitten hin. Schwere See hatte viele von Jamaikas örtlichen Handelsschiffen zu Wracks geschlagen, und um das Maß voll zu machen, gab es Nachrichten von einem neuen Sklavenaufstand auf zwei größeren Plantagen. Rebellion schien überall in der Luft zu liegen. Wenn Britannien seine karibischen Besitzungen halten wollte, dann mußte es jetzt handeln und durfte nicht warten, bis Frankreich und möglicherweise auch Spanien einige der zahlreichen Inseln besetzte.

Bolitho vermutete, daß Pears diese Rolle mit anderen Augen

sah. Während sich die Flotte auf die unvermeidliche Ausweitung des Krieges vorbereitete, während jedes Linienschiff dringend gebraucht wurde, schickte man ihn nach Jamaika. Seine *Trojan* hatte die Aufgabe eines Truppentransporters übernommen, mehr nicht.

Selbst des Admirals Erklärung, daß die *Trojan* keinen Geleitschutz brauche und daher andere Schiffe für weitere Einsätze freimache, hatte keine Wirkung. Jeden Tag ging Pears auf seinem Achterdeck auf und ab, zwar noch wachsam alles überblickend, was sein Schiff und dessen Routine betraf, aber im Innersten allein und distanziert von allem.

Es half ihm nicht gerade, dachte Bolitho, daß dicht unter dem Horizont die Südostküste von Puerto Rico lag, so nah der Stelle, wo Coutts sie alle in eine aussichtslose Schlacht verwickelt hatte. In mancher Beziehung wäre es besser gewesen, wenn die *Argonaute* den Kampf nicht abgebrochen hätte. Wenigstens wäre dann eine klare Entscheidung gefallen. Vielleicht machten auch die Franzosen jetzt ihren Kommandanten zum Sündenbock?

Aber, so hatte Cairns gesagt, es war besser, auf See zu sein und voll ausgelastet, als vor Anker zu liegen und darüber nachzudenken, was hätte sein können.

Bolitho blickte hinunter zum Batteriedeck, auf das Gewimmel von roten Uniformen und Waffen, als d'Esterre und der Hauptmann, der das Kontingent befehligte, alles zum hundertsten Male inspizierten.

»An Deck!«

Bolitho blickte auf, die Sonne brannte auf seinem Gesicht wie heißer Sand.

»Segel Steuerbord voraus!«

Dalyell hatte Wache, und in Augenblicken wie diesem kam seine Unerfahrenheit zum Vorschein.

»Was, wo?« Er schnappte sich ein Teleskop von Fähnrich Pullen und lief zu den Steuerbordwanten.

Die Stimme des Ausgucks verwehte mit dem Wind. »Kleines Segel, Sir! Anscheinend Fischer!«

Sambell, Steuermannsmaat der Wache, bemerkte säuerlich: »Gut, daß Admiral Coutts nicht hier ist, sonst müßten wir jetzt den blöden Fischer jagen!«

Dalyell blickte ihn an. »Entern Sie auf, Mr. Sambell. Melden Sie mir, was Sie sehen.« Er sah Bolitho an und lächelte verlegen.

»So lange ohne jeden Kontakt, ich war nicht darauf gefaßt.«

»So schien es, Sir.« Pears schritt über das Achterdeck, seine Schuhe quietschten auf dem Teer der Decksnähte. Er musterte die Stellung der Segel und trat dann zum Kompaß. »Hm.«

Dalyell blickte zu Sambell hinauf, der eine Ewigkeit brauchte, um den Aufstieg zu schaffen.

Pears ging zur Reling und musterte die Marineinfanteristen. »Ein Fischer? Mag sein. Aber diese kleinen Inseln bieten gute Versorgungschancen an Wasser und Feuerholz, es ist nicht zu gefährlich, wenn man die Augen offenhält.«

Er runzelte die Stirn, als Sambell schrie: »Er fällt ab, steuert eine der Inseln an, Sir.«

Dalyell leckte sich die trockenen Lippen und beobachtete den Kommandanten. »Hat uns gesichtet, glauben Sie nicht, Sir?«

Pears hob die Schultern. »Unwahrscheinlich. Unsere Mastspitze bietet einen viel besseren Überblick als ein tiefliegender Schiffsrumpf.«

Er rieb sich das Kinn, und Bolitho meinte, einen seltsamen Schimmer in Pears' Augen zu sehen. Plötzlich sagte er heiser: »An die Brassen! Mr. Dalyell, wir ändern den Kurs um drei Strich. Steuern Sie Nordwest zu West.« Er schlug die riesigen Hände zusammen. »Los, beeilen Sie sich, Sir! Das muß aber noch schneller werden!«

Die Kommandos und das Getrampel brachten Cairns an Deck, der seine Augen bald überall hatte, während er zugleich nach einem Schiff Ausschau hielt.

Pears sagte: »Segel Steuerbord voraus, Mr. Cairns. Könnte ein Fischerboot sein, ist aber wenig wahrscheinlich. Sie fahren in diesen unsicheren Zeiten meist zu mehreren.«

»Ein Kaperschiff, Sir?«

Cairns sprach sehr vorsichtig. Bolitho vermutete, daß er während der vergangenen Wochen allerhand von Pears zu hören bekommen hatte.

»Möglich.«

Pears rief nach d'Esterre, der von den eingeschifften Marineinfanteristen gestoßen und angerempelt wurde, als diese den Seeleuten an den Brassen auszuweichen versuchten.

»Hauptmann d'Esterre!« Pears blickte nach oben, als die Rahen herumflogen und das Schiff sich auf dem neuen Kurs überlegte. »Wie beabsichtigen Sie, Ihre Leute auf Jamaika zu landen, wenn dort Rebellion herrscht?«

D'Esterre erwiderte: »In Booten, Sir. Wir landen gruppenweise außerhalb des Hafens und besetzen sofort die Höhen, bevor wir Kontakt mit dem örtlichen Kommandeur aufnehmen.«

Pears lächelte beinahe. »Einverstanden!« Er zeigte hinüber zum Bootsdeck. »Wir werden später das Ausschiffen bei Dämmerung üben.« Er ignorierte d'Esterres erstaunten Blick. »Auf einer dieser Inseln dort drüben.«

Bolitho hörte ihn zu Cairns sagen: »Wenn dort ein verdammtes Piratennest ist, können wir es dabei mit Marineinfanteristen überschwemmen. Noch dazu wird es eine gute Übung für die Leute sein. Wenn die *Trojan* schon als Truppentransporter eingesetzt wird, dann soll sie das auch gut machen. Nein, besser als gut.«

Cairns lächelte, froh über Pears' alten Enthusiasmus. »Aye, Sir.«

Der Rudergänger rief: »Nordwest zu West liegt an, Sir!«

»Recht so, Mann.« Cairns wartete ungeduldig darauf, daß Bolithos Wache Dalyell ablöste, und sagte dann: »Ich wünschte bei Gott, wir könnten wieder einmal ein Schiff kapern. Schon um dem Herrn Konteradmiral Coutts etwas vorzeigen zu können!«

Pears hörte ihn und murmelte: »Kommen Sie, Mr. Cairns, nun ist es aber genug!« Das war auch alles, was er sagte.

Bolitho überwachte die Ablösung, ließ einen Teil seiner Leute auf ihre verschiedenen Posten gehen, den Rest hinunter zum Essen. Er war noch immer der Meinung, daß Coutts' Versuch richtig gewesen war. Aber seiner Gründe dafür war er sich nicht mehr ganz so sicher.

Warum machte Pears sich die Mühe, die Marineinfanteristen wegen solch einer Nebensache zu landen? Aus verletztem Stolz? Oder erwartete er, sich auf Coutts' Betreiben vor einem Kriegsgericht wegen des Gefechtes mit der *Argonaute* verantworten zu müssen?

Er hörte Pears zu Bunce sagen: »Wir legen sofort wieder ab, sobald die Truppen 'gelandet sind. Ich kenne diese Gewässer und habe eine Idee – oder sogar zwei.«

Bunce ließ ein glucksendes Lachen hören. »Und ob Sie diese Gewässer hier kennen, Käpt'n! Ich denke, es ist Gottes Wille, daß wir heute hier sind.«

Pears zog eine Grimasse. »Höchstwahrscheinlich, Mr. Bunce. Wir müssen abwarten –«, er wandte sich ab, »– und beten.«

Bolitho blickte Cairns fragend an. »Was meint er?«

Cairns hob die Schultern. »Er kennt diesen Teil der Welt wirklich, genau wie der Weise. Ich habe die Karte studiert, aber außer einigen Riffen und Strömungen fand ich keinerlei Grund zur Aufregung.«

Pears kam über das Achterdeck auf sie zu. »Ich gehe jetzt essen. Am Nachmittag werden wir die gesamte Besatzung mustern und die Boote ausrüsten. Schwenkgeschütze kommen in die Kutter und in die Prähme. Nur ausgesuchte Leute gehen mit.« Er blickte Bolitho an. »Sie überwachen die Landevorbereitungen, Mr. Frowd wird Sie dabei unterstützen. Hauptmann d'Esterre übernimmt das Kommando über den Landungstrupp.« Er nickte kurz und schritt nach achtern, die Hände auf dem Rücken.

Cairns sagte leise: »Es freut mich für ihn, aber ich weiß nicht, ob sein Plan sehr klug ist.«

Brunce murmelte: »Meine Mutter hatte ein Sprichwort, Sir, über zu kluge Köpfe auf zu jungen Schultern. Das tut nicht gut, sagte sie.« Er kicherte in sich hinein und verschwand im Kartenraum.

Cairns schüttelte den Kopf. »Ich wußte gar nicht, daß der alte Kerl überhaupt je eine Mutter hatte!«

Die *Trojan* segelte bis auf etwa eine Meile an die nächste Insel heran und lag dann beigedreht, während die Boote zu Wasser gelassen und mit Marineinfanteristen besetzt wurden.

Die meisten Soldaten waren seit langem in Antigua gewesen und hatten nur durch einlaufende Schiffe von dem Krieg in Amerika gehört. Obgleich nur wenige von ihnen wußten, warum sie zu der Insel geschafft wurden, und diese wenigen es als eine Art Spaß auffaßten, waren sie doch alle willig und guter Stimmung.

Die aufgelockerte Atmosphäre veranlaßte Sergeant Shears zu dem ärgerlichen Ausruf: »Mein Gott, Sir, sie scheinen das für einen lächerlichen Sonntagsausflug zu halten!«

Die See war noch immer kabbelig, deshalb dauerte das Einschiffen und Ablegen länger als vorgesehen. Es wurde bereits dunkel, und der Sonnenuntergang vergoldete die Wellenkämme.

Bolitho stand im Heck des führenden Kutters, eine Hand auf Stockdales Schulter, der die Ruderpinne hielt und das Boot nach Bolithos Anweisungen steuerte. Es war schwierig, die Bucht zu finden, in der sie landen sollten, obgleich auf der Karte alles so klar und einfach ausgesehen hatte. Die grimmige Wahrheit war, daß niemand die genaue Position der Riffe und Sandbänke wußte. Sie hatten schon verschiedene schroffe Felszacken gesehen, die in der diffusen Beleuchtung seltsam glänzten und die jetzt schweigsamen Soldaten zu einigen ängstlichen Bemerkungen veranlaßten. In ihren schweren Stiefeln, über und über mit Waffen und Gepäck behangen, mußten sie wie Steine untergehen, wenn eins der Boote kentern sollte.

D'Esterre sagte: »Es steht fest, Dick, daß sie uns schon gesichtet haben. Sie werden sich nicht dem Kampf mit den vielen Soldaten stellen, aber wir werden sie auch nicht mehr vorfinden.«

Wieder zog ein Felsen in der kochenden Brandung dicht an ihren Steuerbord-Riemen vorbei, und Bolitho signalisierte mit einer weißen Flagge den Booten hinter ihnen: »Kurs genau halten.« Die *Trojan* war nur noch ein verschwommener Schatten und wollte offenbar den günstigen Wind nutzen, um in Lee der Insel zu warten.

»Land voraus, Sir!«

Das war Buller vorn im Bug. Ein guter Mann, wie sich verschiedentlich gezeigt hatte. Seine Verwundung hatte er anscheinend vergessen. Er war glücklich dran, es so leicht verwinden zu können, dachte Bolitho.

Wie Mönche in dunklen Kutten, so ragten einige schroffe Felsen auf beiden Seiten des Bootes auf, während genau vor dem Schwenkgeschütz im Bug ein Streifen leuchtenden Sandes sichtbar wurde.

»Auf Riemen! Riemen ein!«

Seeleute sprangen bereits über Bord und in die schäumende Brandung, um das Boot an Land zu schieben.

D'Esterre stand im hüfttiefen Wasser und rief seinem Sergeanten zu, als erstes die höher gelegenen Stellen besetzen zu lassen.

Es war eine kleine Insel, nicht mehr als eine Meile lang, ihre Nachbarn waren sogar noch kleiner. Aber es gab hier Gesteinsmulden, in denen sich Süßwasser sammelte, und auch genügend Brennstoff für kleine, genügsame Fahrzeuge.

Bolitho watete an Land und mußte plötzlich an Quinn denken. Er hatte gehört, wie dieser Cairns bat, an dem Landungsunternehmen teilnehmen zu dürfen.

Cairns war aber kalt und förmlich, beinahe grob gewesen. »Wir brauchen erfahrene, ausgesuchte Leute, Mr. Quinn.« Das letzte war wie ein Schlag ins Gesicht gewesen: »Und zuverlässige.«

Fähnrich Couzens kam mit dem nächsten Kutter, und diesem folgte die rotgestrichene Barkasse der *Trojan.* Bolitho lächelte ein wenig. Frowd und der andere Hauptmann waren darin. Sie sollten etwas zurückbleiben für den Fall, daß die ersten Boote überraschend Abwehrfeuer ausgesetzt wurden.

»Stellungen wie befohlen besetzt!«

Stockdale schritt aus der Brandung, sein großes Entermesser wie ein Schwert über der Schulter tragend.

Unter geflüsterten Befehlen und Drohungen ihrer Unteroffiziere formierten sich die Marineinfanteristen zu ordentlichen Zügen, und auf ein weiteres Kommando hin marschierten sie den Hang hinauf, mit zunächst auf dem Sand knirschenden Stiefeln, dann dröhnend auf sonnengehärteter Erde.

Eine Stunde später war es dunkel, die Luft feucht und schwer von den Gerüchen verrotteter Vegetation und dem Kot der Seevögel.

Während Späher auf beiden Seiten vorauseilten, standen Bolitho und d'Esterre auf einem schmalen Hügelrücken, vor und hinter sich die jetzt dunkle See, kenntlich nur an dem gelegentlichen Aufleuchten eines Wellenkamms.

Alles schien verlassen und tot. Das unbekannte Fahrzeug war wohl zu einer anderen Insel oder in nordwestlicher Richtung zu den Bahamas gesegelt. Wenn Sambell das Schiff nicht selbst gesehen hätte, wäre dem Ausguck ein Irrtum zuzutrauen gewesen, vielleicht hätte er eine Lichtspiegelung, ein Dunstgebilde für ein Segel halten können.«

»Die ist nicht Fort Exeter, Dick.« D'Esterre stützte sich auf seinen Degen, die Ohren gespitzt, und lauschte auf das Rauschen des Windes in den Büschen.

»Ich wünschte, wir hätten die Kanadier bei uns.« Bolitho sah ein paar Seeleute auf dem Rücken liegen und in den Himmel starren. Sie konnten alles den anderen überlassen, hatten nur zu gehorchen, notfalls auch zu sterben.

Da hörten sie den nervösen Anruf eines Postens, und dann kam Shears den Hügel herauf. Er trug ein Gewirr von Schlingpflanzen über seiner Uniform, weshalb der Posten so überrascht gewesen war. Es erinnerte Bolitho an Major Pagets kleines grünes Cape.

»Ja?« D'Esterre beugte sich vor.

Shears rang nach Luft. »Es liegt dort, Sir! Dicht unter Land geankert. Kleines Fahrzeug, dem Aussehen nach eine Yawl.«

D'Esterre fragte: »Irgendwelche Lebenszeichen?«

»Es ist eine Wache an Deck, aber kein Licht, Sir. Die haben nichts Gutes im Sinn, wenn Sie mich fragen.« Er sah d'Esterres Lächeln und fügte mit fester Stimme hinzu: »Ein Fischer aus Antigua meint, sie müßten jetzt eigentlich Lichter an Deck und Fangnetze außenbords haben, Sir. Es ist eine bestimmte Fischart, die sie hier auf diese Weise fangen. Kein echter Fischer würde jetzt daliegen und schlafen!«

D'Esterre nickte. »Das hat Hand und Fuß, Sergeant Shears. Ich werde sehen, daß der Mann eine Guinea bekommt, wenn wir wieder an Bord sind, und Sie auch.« Er wurde wieder dienstlich und knapp. »Holen Sie Mr. Frowd, wir werden dann entscheiden, was zu tun ist. Lassen Sie die Yawl beobachten, und melden Sie es sofort, wenn jemand dort an Land geht.«

Als der Sergeant davoneilte, sagte d'Esterre: »Na, Dick, denkst du dasselbe wie ich? Ein Überraschungsangriff auf die Yawl?«

»Aye.« Er versuchte, sich das vor Anker liegende Schiff vorzustellen. »Der Anblick all deiner Marineinfanteristen sollte genügen, aber zwei bewaffnete Kutter wären sicherer, falls sie von deiner kleinen Armee nicht sonderlich beeindruckt sein sollten.«

»Einverstanden. Du und Mr. Frowd, ihr nehmt die Kutter, ich behalte den Fähnrich hier und schicke ihn zu euch, wenn etwas schiefgehen sollte. Also macht euch auf den Weg um den Felsen herum, aber geht kein Risiko ein. Nicht für eine verdammte Yawl!«

Bolitho wartete auf Frowd und dachte dabei an Pears' beiläufige Erwähnung dieser kleinen Inseln. Für ihn war alles klar gewesen. Wenn das Schiff nichts Gutes im Schilde führte, mußte es beim ersten Warnzeichen sofort flüchten, wahrscheinlich unter Ausnutzung des günstigen Windes auf die offene See oder in ein anderes Versteck zwischen den Inseln. Sollte die Besatzung jedoch die Yawl verlassen und an Land fliehen, so liefen sie den Marineinfanteristen genau in die Arme. Auf alle Fälle würde die *Trojan* auf Lauer liegen wie ein Raubtier, würde den günstigen Strom und den ablandigen Wind geschickt ausnutzen und das kleine Fahrzeug in Blitzesschnelle überwältigen.

Auf offener See gab es kaum ein Schiff, das die langsame und schwerfällige *Trojan* nicht aussegeln konnte, aber in engen Gewässern, wo ein einziges falsches Ruderlegen Grundberührung oder

Schlimmeres bedeuten konnte, mußte die schwere Artillerie der *Trojan* jeden Fluchtversuch vereiteln.

Frowd erschien und bemerkte grämlich: »Also ein Bootsangriff!«

Bolitho betrachtete ihn neugierig. Frowd konnte wahrscheinlich an nichts anderes denken als an sein nächstes Kommando, konnte nicht schnell genug von dem Schiff wegkommen, wo so viele seinesgleichen dienten, deren Vorgesetzter er jetzt sein sollte.

»Ja. Suchen Sie Ihre Leute aus, und dann ab in die Boote!«

Er bemerkte selbst die Schärfe in seiner Stimme. Warum reagierte er so? Sah er Frowds Einstellung als eine Herausforderung, wie Quinn einst Rowhurst gesehen hatte?

Mit umwickelten Riemen pullten die beiden Kutter leise in die Dunkelheit hinaus, weg von den anderen Booten, nach Osten zum entfernteren Ende der Insel. Der widrige Wind und die kurze steile See machten jeden Schlag schwierig und anstrengend.

Aber Bolitho kannte seine Leute allmählich. Sie waren bestimmt wieder frisch, wenn es nachher erforderlich wurde. Das hatte sich schon bei früheren Gelegenheiten erwiesen. Er kämpfte sich durch die kabbelige See ohne den geringsten Zweifel an diesen schweigsamen, hart arbeitenden Männern und hoffte nur, daß sie ihm das gleiche Vertrauen entgegenbrachten.

Es wäre ein Witz, wenn sie nach dieser Schleichfahrt lediglich verängstigte Händler oder Fischer anträfen, die bei den rüden Weckrufen der Marineleute erschreckt auffuhren. Nicht so witzig wäre es allerdings, nachher dem Kommandanten davon Bericht zu erstatten.

»Da scheint jemand zu kommen, Sir!«

Bolitho kletterte nach vorn zum Ausgucksmann. Er sah die beiden Seeleute, die er an Land geschickt hatte, sich klar gegen den helleren Himmel abzeichnen. Einer von ihnen hob ganz langsam den Arm über den Kopf.

Wie laut alles schien – das um die verankerten Boote glucksende Wasser, das ferne Donnern der Brandung und das Zischen, mit dem sie aus einer verborgenen Höhle wieder ausströmte.

Sie hatten diesen winzigen Einschnitt vor ein paar Stunden erreicht und sich hier erst einmal vor Anker gelegt, um noch so viel Schlaf wie möglich nachzuholen. Die meisten Seeleute schienen sich keinerlei Sorgen zu machen. Sie konnten überall schlafen, unbeeindruckt vom Dümpeln der Boote oder dem Gischt, der gelegentlich über ihre ohnehin feuchte Kleidung sprühte.

Frowd im anderen Boot meinte: »Es ist anscheinend schiefgegangen.«

Bolitho wartete noch ab und stellte dabei fest, daß die Leute an Land jetzt besser zu sehen waren. Der Morgen würde bald anbrechen.

Stockdale bemerkte trocken: »Das ist Mr. Couzens, nicht der Feind!«

Couzens rutschte den sandigen Hang herunter, watete und schwamm dann zu den Kuttern.

Als er Bolitho sah, keuchte er: »Hauptmann d'Esterre läßt sagen, daß Sie in einer halben Stunde mit dem Angriff beginnen sollen.«

Es klang so erleichtert, daß Bolitho vermutete, Couzens habe sich auf dem Weg hierher verirrt.

»Gut.« Angriff, das klang endgültig. »Welches Signal?«

Stockdale hob den Fähnrich wie ein Kind völlig unzeremoniell über das Dollbord.

»Ein Pistolenschuß, Sir.« Couzens sank erschöpft auf eine Ducht, aus seinen Kleidern rieselte das Wasser auf die Bodenbretter.

»Gut. Ruf die beiden Leute zurück.« Bolitho stieg nach achtern und hielt seine Uhr an die abgeschirmte Lampe. Es blieb nicht mehr viel Zeit. »Weckt die Leute, klarmachen zum Ablegen.«

Die Männer rührten sich, husteten und blickten sich um, um sich zu orientieren.

Aus der Richtung des Stromes konnte Bolitho erraten, wie die Yawl verankert war. Ihm fiel plötzlich Sparke ein, wie er den Angriff geplant und Gefühle beiseite geschoben hatte, nachdem der blutige Kampf vorüber war.

»Ladet eure Pistolen, aber laßt euch Zeit dabei.«

Wenn er sie antrieb oder sie seine Besorgnis über den rasch heller werdenden Himmel spürten, konnte wohl einer durchdrehen und vorzeitig abdrücken. Ein einziger Schuß hätte genügt.

Stockdale schwankte einmal über das Boot und kehrte dann nach achtern zurück. »Alles bereit, Sir!«

»Mr. Frowd?«

Der Leutnant bestätigte: »Fertig, Sir!«

Trotz seiner angespannten Nerven mußte Bolitho fast lächeln.

Sir. Frowd würde ihn nie beim Vornamen nennen, nicht in hundert Jahren.

»Klar bei Riemen!« Er hob den Arm. »Leise, Männer, wie die Feldmäuse. Riemen bei!«

Stockdales Stimme klang beruhigend. »Absetzen vorn!« Laß laufen an Backbord, Steuerbordseite, Ruder an!«

Ganz langsam, nur auf einer Seite pullend, drehten sie das Boot wie eine Krabbe und entfernten sich dann von ihrem kleinen Hafen.

Frowd folgte ihnen, und Bolitho sah den Bugmann das Schwenkgeschütz von einer Seite zur anderen drehen, als sollte es den Feind wittern.

Couzens flüsterte: »Da ist die Ecke, Sir!«

Bolitho studierte den Felsvorsprung, Couzens' »Ecke«. Einmal um diese herum, waren sie in offenem Wasser und für jeden aufmerksamen Wachtposten sichtbar.

Es wurde so rasch hell, daß er das Grün an Land erkennen konnte, den aufsteigenden Gischt an einem Felsen am Strand, die Waffen im Bug, den Toppsgast Buller.

»Donnerwetter, da ist sie, Sir!«

Bolitho sah den schwankenden Großmast und den kleineren Besanmast der vor Anker liegenden Yawl klar gegen den Himmel, obwohl der Rumpf noch im Schatten lag.

Eine Yawl war genau das richtige Fahrzeug für diese Gewässer zwischen den Inseln.

Er hörte das Gurgeln des Wassers am Bug und von achtern das gleichmäßige, gedämpfte Geräusch der umwickelten Riemen von Frowds Boot.

Stockdale legte die Pinne hart über und drehte den Bug des Kutters seewärts, so daß die Yawl jetzt zwischen ihnen und d'Esterres Marineinfanteristen lag.

Gleich war es soweit, gleich würde es losgehen. Bolitho hielt den Atem an und zog vorsichtig seinen Degen, obgleich er aus Erfahrung wußte, daß ein müder Posten kaum etwas anderes hören würde als die Geräusche seines eigenen Schiffes. Ein Fahrzeug vor Anker war stets erfüllt mit Geräuschen verschiedenster Art.

Aber es war noch immer ein gutes Stück zu rudern, darum rief er gedämpft: »Los, Jungs, legt euch in die Riemen!«

Der Kutter bewegte sich jetzt rasch auf den Backbordbug der Yawl zu. Bolitho sah die Ankerkette unter dem schnittigen Bugsprit, die lässig festgemachten Segel.

Der Knall eines Pistolenschusses klang wie die Detonation eines Zwölfpfünders in der stillen Morgenluft. Ein erregter Ausruf war an Deck der Yawl zu hören, als eine wellenförmige Linie von Köpfen, Gewehren und aufgepflanzten Bajonetten auf dem Hügelkamm der Insel erschien. Dann wurde die Linie rot, als die Soldaten ihren Marsch hinab zum Wasser fortsetzten.

»Pullt! Mit allem, was ihr habt!« Bolitho beugte sich vor, als könne er durch die Gewichtsverlagerung noch zur Erhöhung der Geschwindigkeit beitragen.

Gestalten waren an Deck der Yawl erschienen, und ein einzelner Schuß erhellte den Großmast wie eine Flamme.

Über das Wasser hinweg hörten sie alle die Aufforderung d'Esterres an die Yawl, sich zu ergeben; die Reaktion war wirres Geschrei, gefolgt vom Quietschen der Blöcke, durch die Tauwerk mit aller Geschwindigkeit hindurchgeholt wurde.

Bolitho vergaß einen Augenblick seine eigene Rolle in diesem Geschehen, als die Linie der Marineinfanteristen mit Präzision und ohne jede Eile anhielt und dann eine Salve über das Deck des Schiffes feuerte.

Danach gab es drüben keinerlei Bewegung mehr, und Bolitho befahl laut: »Klar zum Entern! Enterhaken fertig!« Aus dem Augenwinkel sah er Frowds Boot vorbeischießen, sah den Enterhaken durch die Luft und über das Schanzkleid der Yawl fliegen und die hierfür ausgesuchten Männer mit gezücktem Entermesser oder Beil über die Reling springen.

Schreiend und hurrarufend kletterten die Seeleute auf beiden Seiten an Bord, während die Schiffsbesatzung sich vor dem Großmast zusammendrängte, zu erschrocken, um sich zu rühren, geschweige denn Widerstand zu leisten. Ein paar Gewehre waren an Deck geworfen worden, und Bolitho lief mit Stockdale nach achtern, um sicherzustellen, daß keine weiteren Leute unter Deck verborgen waren und jetzt womöglich versuchten, ihr Schiff zu versenken.

Nicht einen einzigen Mann hatten sie verloren, und an Land sah er die Soldaten ihre Hüte schwenken und jubeln.

Frowd knurrte: »Ein Freibeuter, ganz klar!« Er zerrte einen Mann aus der Menge heraus. Er hatte zwar seine Waffen weggeworfen, war aber so behängt mit Pulver- und Munitionsbeuteln, daß er wie ein Pirat aussah.

Bolitho steckte seinen Degen in die Scheide. »Gut gemacht, Jungs! Ich schicke jemanden hinüber zu den Soldaten und . . .«

Es war Couzens, der den Alarmruf ausgestoßen hatte. Er deutete nach vorn, seine Stimme schnappte über: »Ein Schiff, Sir! Kommt dort um die Ecke!«

Gleichzeitig hörte er d'Esterre mit eindringlicher Stimme durch das Sprachrohr·rufen: »Sofort von Bord! In die Boote!«

Frowd starrte noch immer auf die hübschen, rahgetakelten Masten und Segel des Ankömmlings, als dieser plötzlich Kurs änderte, wobei das leichte Schiff stark überholte.

Er fragte: »Wer, zum Teufel, ist das?«

Bolitho fühlte Finger auf seinem Arm und sah Buller, der die Augen nicht von dem schmucken Fahrzeug ließ.

»Das ist sie, Sir! Die Brigg, die ich gesehen habe und die dann abhaute, als die *Spite* entmastet wurde!«

Alles drehte sich in Bolithos Kopf wie ein Mühlrad: die Brigg, die Yawl, die darauf wartete, mehr Waffen und Munition zu laden oder zu löschen, d'Esterres letzter Befehl und seine eigene Entscheidung, die tief unter seinen rasenden Gedanken wartete.

Ein Blitz, gefolgt von einem dumpfen Knall, und eine Kanonenkugel orgelte über sie hinweg und schlug schwer auf der Insel ein. Die Marineinfanteristen marschierten in ungebrochener Ordnung zurück, und Bolitho spürte die Veränderung, die mit der Besatzung der Yawl vor sich ging. Furcht wandelte sich in Hoffnung, schlug sogar angesichts der unerwarteten Unterstützung in Jubel um.

»Was tun wir?« Frowd stand am Spill, den Degen noch in der Hand. »Die Brigg wird die Yawl durchsieben, wenn sie uns mit allen Geschützen beharkt!«

Bolitho dachte an Pears, an Coutts' Enttäuschung, an Quinns Gesicht bei der Verhandlung.

Er schrie: »Kappt die Kette! Klar bei Großfall! Mr. Frowd, übernehmen Sie hier die Aufsicht! Stockdale, ans Ruder!«

Eine weitere Kugel schoß aus dem Frühdunst und krachte in einen der Kutter, der neben dem Bug dümpelte. Bevor er sich überlegte und versank, explodierte das geladene Schwenkgeschütz, und der Schrotthagel riß den Seemann nieder, der gerade nach vorn lief, um die Ankerkette zu kappen.

Mit nur noch einem einzigen Boot bestand keinerlei Aussicht mehr, d'Esterres Befehl auszuführen. Bolitho starrte die Brigg an, sein Herz war eiskalt vor plötzlicher Wut und unerwartetem Haß.

Und er wußte tief in seinem Innern, daß er gar nicht die Absicht hatte zu gehorchen.

Das Großsegel schwang an seinem Baum nach außen und donnerte wild, als die Ankerkette gekappt war und die Yawl unkontrolliert abfiel.

»Stützruder!«

Die Männer rutschten und taumelten zu den Schoten, die verblüffte Besatzung völlig ignorierend, während sie darum kämpften, die Yawl unter Kontrolle zu bringen.

Bolitho hörte verwehtes Geschützfeuer und wandte sich gerade rechtzeitig, um den kleinen Besanmast über die Reling stürzen zu sehen, um Haaresbreite an Stockdale vorbei.

»Kappen!«

Ein weiterer Einschlag erschütterte den Rumpf, und Bolitho hörte die Kugel durch das untere Deck donnern. Viele von solchen Treffern konnten sie nicht vertragen.

»Schickt die Gefangenen an die Pumpen!« Er drückte Couzens seine Pistole in die Hand. »Schießen Sie, wenn sie versuchen sollten, Sie anzugreifen!«

»Schiff ist unter Kontrolle, Sir!« Stockdale stand stämmig wie eine Eiche am Ruder und blickte auf das sich blähende Großsegel und den jetzt auch gesetzten Klüver, während das Land am Bug vorbeiglitt.

Aber die Brigg holte auf, krängte stark beim Wenden, um auf dem neuen Kurs an ihrem Gegner vorbeizusegeln.

Die Yawl hatte zwei leichte Schwenkgeschütze, aber sie waren so nutzlos wie eine einzelne Lanze gegen eine Kavallerieattacke. Die Männer waren wertvoller an den Schoten als an den Geschützen.

Wieder eine Reihe von Blitzen, und diesmal schlugen die Kugeln unterhalb der Wasserlinie ein.

Bolitho sah die Flagge an der Gaffel der Brigg, von der er schon gehört hatte: rote und weiße Streifen und einen Kranz von Sternen auf blauem Grund. Die Brigg war ganz neu und wurde offenbar von einem Könner geführt.

»Wir machen stark Wasser, Sir!«

Bolitho wischte sich das Gesicht ab und lauschte auf das Kreischen der Pumpen. Aber es war vergeblich, sie konnten der Brigg nicht entkommen.

Bösartiges Pfeifen hinter dem Ruder sagte ihm, daß sie jetzt in

Reichweite der Gewehre waren.

Jemand schrie, dann sah er Frowd straucheln und gegen das Schanzkleid fallen, beide Hände um sein zerschmettertes Knie gekrallt.

Couzens erschien an der Luke, mit dem Rücken voran, die Pistole in den Niedergang gerichtet.

»Wir sinken, Sir! Das Wasser steht im Laderaum!«

Eine Kugel schlug durch das Großsegel und durchschnitt Wanten und Stagen wie ein unsichtbarer Säbel.

Frowd keuchte: »Setzen Sie sie auf den Strand, das ist unsre einzige Chance!«

Bolitho schüttelte den Kopf. Saßen sie erst einmal auf, so wäre die Ladung – und er zweifelte nicht daran, daß sie aus Waffen bestand – noch immer intakt.

Mit plötzlicher Wut kletterte er in die Wanten und schüttelte drohend die Faust.

Seine Stimme ging unter im Wind und erneutem Kanonendonner, aber es verschaffte ihm eine gewisse Genugtuung, als er nun schrie: »Ich werde sie versenken, ihr verdammten Hunde!«

Stockdale beobachtete ihn, während die Insel jenseits der vom Kugelhagel aufgewühlten See langsam zurückblieb.

Gebe Gott, daß die *Trojan* rechtzeitig kommt, dachte er verzweifelt. Für uns ist es dann zu spät, aber von denen würde wenigstens keiner am Leben bleiben.

XVI Ein eigenes Kommando

Als sie weiter aus dem Schutz der Insel ins offene Wasser trieb, wurde die Yawl rasch manövrierunfähig. Mit den schweren Schäden im Schiffskörper und dem Gewicht der Waffen und Munition ging sie mit jeder Welle ihrem sicheren Untergang entgegen.

Die Brigg hatte wieder gewendet und lag nun annähernd auf Parallelkurs, während ihre Geschützbedienungen weiter auf das kleinere Fahrzeug einhämmerten, um es zur Aufgabe zu zwingen. Da gab es keinen Gedanken an Schonung oder Rettung; selbst viele der entsetzten Gefangenen fielen unter dem mörderischen Feuer.

Bolitho fand immerhin noch so viel Zeit festzustellen, daß die Brigg, offensichtlich von einer hervorragenden Werft erst vor kurzem gebaut, nicht voll bewaffnet war, sonst wäre das Gefecht längst vorüber gewesen. Nur aus der Hälfte ihrer Stückpforten wurde gefeuert, und er nahm an, daß der Rest der Geschütze wohl noch im Laderaum seiner Yawl lag. Dies war der zweite Versuch: der erste hatte viele Menschenleben und den Verlust der *Spite* gekostet. Es schien, als sei die Brigg gefeit gegen alle Gefahren und würde auch jetzt wieder entkommen.

Es gab einen gewaltigen Ruck an Deck, der Großtopp stürzte mitsamt der Saling in einem Gewirr von Takelage und flatterndem Segeltuch herab. Sofort bekam das Schiff schwere Schlagseite, die Männer rutschten auf dem schiefliegenden Deck, und noch mehr abgetrennte Takelage kam von oben.

Aus der offenen Luke hörte Bolitho den heftigen Wassereinbruch und die Schreie der Gefangenen, als die See durch die zersplitterten Planken der Bordwand über sie hereinbrach. Er klammerte sich an die Reling und rief: »Entlassen Sie diese Männer, Mr. Couzens! Helft den Verwundeten!« Er starrte Stockdale an, der das nutzlos gewordene Ruder losließ. »Helfen Sie ihnen!« Er bückte sich, als weiteres Gewehrfeuer dicht über ihre Köpfe pfiff. »Wir müssen von Bord!«

Stockdale warf sich einen bewußtlosen Seemann über die Schulter und schritt dann an die Reling, um sich zu vergewissern, daß der übriggebliebene Kutter noch schwimmfähig war.

»Ins Boot! Reicht die Verwundeten hinunter!«

Bolitho spürte, wie das Schiff sich noch mehr überlegte, das schrägliegende Deck noch steiler wurde. Sie sackte über den Achtersteven ab, die Heckreling und der Stumpf des Besanmastes wurden schon überspült.

Wenn nur die Brigg mit dem verdammten Beschuß aufgehört hätte! Es bedurfte nur noch einer einzigen Kugel, und die Yawl mußte den Kutter mit sich in die Tiefe reißen. Er musterte die bewegte Wasserfläche mit ihren lebhaften, weißen Schaumkämmen. Sie hatten ohnehin nur eine geringe Überlebenschance. Auf der Insel, die Meilen entfernt schien, konnte er ein paar Rotröcke erkennen und vermutete, daß der größte Teil der Marineinfanteristen zurückrannte, um in die Boote zu gehen. Aber die Rotröcke waren keine Seeleute. Bis sie sie erreicht hatten, war vermutlich alles vorbei.

Couzens stolperte keuchend heran. »Der Bug ist noch aus dem Wasser, Sir!« Er duckte sich, als ein weiterer Schuß das Großsegel in Fetzen riß.

Stockdale versuchte, wieder an Deck zu klettern, aber Bolitho rief: »Bleiben Sie weg, sie sinkt rasch!«

Mit versteinertem Gesicht, das wie eine Maske wirkte, warf Stockdale die Fangleine los und ließ den Kutter mit der Strömung freitreiben. Bolitho sah Frowd mit seinem zerschmetterten Knie sich im Boot nach achtern kämpfen, um die sinkende Yawl im Auge zu behalten, sah ihn mit blutigen Fingern den hocherhobenen Degen über seinem Kopf schwenken.

Die Brigg kürzte Segel, die Fock verschwand ganz und gab den Blick auf den Rest ihres schnittigen Rumpfes frei.

Wollen sie uns retten oder umbringen? Bolitho sagte: »Wir müssen schwimmen, Mr. Couzens.«

Der Knabe nickte heftig, unfähig zu sprechen, schleuderte die Schuhe von den Füßen und zerrte krampfhaft an seinem nassen Hemd.

Ein Schatten bewegte sich in der offenen Luke, und Bolitho glaubte, ein Verwundeter sei noch unten, aber es war ein Leichnam, der in dem jetzt hochstehenden Wasser trieb.

Couzens starrte ins Wasser und murmelte: »Ich bin kein guter Schwimmer, Sir!« Er klapperte trotz der heißen Sonne mit den Zähnen.

Bolitho blickte ihn an. »Warum, in Dreiteufels Namen, sind Sie dann nicht in den Kutter gegangen?« Im selben Augenblick bereute er seine Worte und fügte ruhiger hinzu: »Wir werden zusammenbleiben. Ich sehe dort eine geeignete Spiere . . .«

Die Brigg feuerte wieder, die Kugel sprang über die Wellenkämme, an dem schwankenden Kutter vorbei und schlug wie ein angreifender Schwertfisch zwischen einige zappelnde Schwimmer.

Das war also der Grund des Segelkürzens! Sie wollten sichergehen, daß die britischen Streitkräfte auch wirklich vollständig vernichtet wurden, so daß jeder Offizier es sich künftig überlegen würde, wenn er ihnen den dringend benötigten Nachschub wegnehmen wollte.

Die Yawl legte sich jetzt ganz auf die Seite, wobei sie loses Gerät und Leichen in die Wassergänge und Speigatten kippte.

Bolitho behielt die Brigg im Auge. Ohne Couzens wäre er an Bord geblieben und hier gestorben, das war ihm klar. Wenn er ohnehin sterben mußte, war es besser, dem Gegner sein Gesicht zu zeigen. Aber Couzens verdiente einen solchen Tod nicht. Für ihn mußte es noch eine Chance geben.

Die Brigg legte das Ruder hart über, ihre Rahen gerieten in Unordnung, als sie von dem treibenden Wrack abdrehte. Er konnte den Namen lesen, als sie ihm das Heck zuwandte: *White Hills.* Aus dem Heckfenster starrte ihn ein entsetztes Gesicht an.

»Er dreht ab! Was denkt sich dieser Verbrecher?« Bolitho sprach laut mit sich selbst, ohne es zu wissen. »Gleich wird er sich festsegeln!«

Der Wind war zu stark für die wenigen noch stehenden Segel der Brigg. In kürzester Zeit war sie hilflos, ihre Segel standen alle back, ein einziger chaotischer Protest.

Dann gab es einen halberstickten Knall, und im ersten Augenblick glaubte Bolitho, ein Mast oder eine der großen Rahen sei gebrochen. Dann sah er mit ungläubigen Augen ein riesiges Loch im Vormarssegel der Brigg klaffen, das nun vom Wind in Streifen gerissen und an den Mast geklatscht wurde.

Er fühlte, wie Couzens ihn am Arm packte: »Das war die *Trojan*, Sir! Sie ist gekommen!«

Bolitho wandte sich um und sah den Zweidecker scheinbar bewegungslos im Dunst stehen, starr wie eine Fortsetzung der Inselkette.

Pears mußte es auf die Sekunde genau berechnet, mußte abgewartet haben, bis der die Brigg behindernde Wind ihn langsam quer vor deren einzigen Fluchtweg trieb.

Zwei leuchtende Zungen zuckten aus der Back, Bolitho sah im Geiste die Geschützführer vor sich, als sei er mitten unter ihnen. Wahrscheinlich überwachte Bill Chimmo, der Stückmeister der *Trojan,* selbst jeden sorgfältig gezielten Schuß.

Er hörte den splitternden Krach, mit dem die beiden Achtzehnpfundkugeln sich ihren Weg ins Innere der Brigg bohrten.

Dann begann das Deck unter seinen Füßen wegzusacken, und während Couzens sich wie eine Riesenschnecke an ihn klammerte, sprang er über das Schanzkleid, aber nicht bevor er ein wildes Jubelrufen vom Kutter gehört und gesehen hatte, wie die leuchtende neue Flagge an der Gaffel der Brigg niedergeholt wurde!

Selbst auf diese Entfernung hätte die *Trojan* mit ihrer Steuerbordbreitseite die Brigg in wenigen Minuten zerschmettern können, und ihr Kapitän wußte es. Ein bitterer Augenblick für ihn, aber viele seiner Leute würden ihm dafür danken.

Keuchend und spuckend erreichte Bolitho mit Couzens die treibende Spiere und klammerte sich daran fest.

Er brachte es fertig zu sagen: »Ich denke, Sie haben *mich* gerettet!« Denn im Gegensatz zu Couzens hatte er vergessen, sich seiner Sachen zu entledigen oder wenigstens seinen Degen abzuschnallen; jetzt war er dankbar für den Halt, den die Spiere ihnen gab.

Als er den Kopf über die steilen Wellenkämme zu heben versuchte, sah er den Kutter wenden und auf sie zukommen; die Seeleute lehnten sich über Bord, um einige der Schwimmer aufzunehmen oder ihnen zu gestatten, sich außen am Boot anzuklammern, da es total überfüllt war. Weiter entfernt näherten sich jetzt auch die anderen Boote: die Marineinfanteristen und die kleine, zurückgelassene Bootswache, die aus Seeleuten bestand, schafften es besser und schneller, als Bolitho erwartet hatte.

Er rief: »Was macht die Brigg?«

Couzens starrte hinüber und antwortete: »Sie hat beigedreht, Sir! Sie läßt die Boote unbehelligt.«

Bolitho nickte, außerstande mehr zu sagen. Die *White Hills* hatte keine andere Wahl, besonders da d'Esterres Bootsgruppe es vermied, zwischen sie und die schreckliche Artillerie der *Trojan* zu geraten.

Die Kaperung der Brigg wog nicht all die Toten auf, aber sie bewies der Besatzung der *Trojan*, was sie zu leisten vermochte, und gab ihr einen Teil ihres Stolzes zurück.

Die restlichen Boote der *Trojan* waren ebenfalls zu Wasser gelassen worden und kamen rasch herbei, um sich an der Rettungsarbeit zu beteiligen. Bolitho sah die beiden Jollen und sogar die Gig über das Wasser tänzeln. Dennoch dauerte es noch eine volle Stunde, bis er und Couzens von dem über das ganze Gesicht grinsenden Fähnrich Pullen an Bord der Gig genommen wurden.

Bolitho konnte wohl ermessen, was die Verzögerung für Stockdale bedeutet hatte. Der aber kannte ihn gut genug, um sich mit seinem von Verwundeten und halb Ertrunkenen überladenen Boot fernzuhalten, anstatt einem gesunden, unverletzten Leutnant den Vorzug zu geben, der noch dazu in vorläufiger Sicherheit war.

Ihre schließliche Rückkehr auf die *Trojan* war von gemischten Gefühlen begleitet: Trauer darüber, daß einige der älteren und erfahreneren Seeleute gefallen oder verwundet worden waren, gleichzeitig aber eine wilde Freude, weil sie allein gehandelt und gewonnen hatten.

Als die hübsch angestrichene Brigg unter das Kommando einer

Prisenbesatzung gestellt worden war und die Seeleute auf beiden Seiten des Fallreeps der *Trojan* die zurückkehrenden Sieger mit Jubel begrüßten, hatten sie das Gefühl eines ungeheuren Triumphes.

Aber solche Augenblicke hielten niemals lange vor.

Als ein Seemann im Boot seinen Freund wachzurütteln versuchte, um ihm zu sagen, daß sie jetzt längsseits ihres eigenen Schiffes seien, stellte er mit ungläubigem Entsetzen fest, daß dieser tot war.

Die Jubelrufe wichen Gelächter, als Couzens nackt wie am Tage seiner Geburt durch die Pforte stieg mit aller Würde, derer er fähig war, während zwei grinsende Marineinfanteristen vor ihm das Gewehr präsentierten. Und als Stockdale Bolitho entgegenschritt, um ihn zu begrüßen, wobei sein schiefes, glückliches Willkommenslächeln mehr aussagte, als alle Worte es vermocht hätten.

Aber trotz allem war es Pears' großer Tag. Breit und massig wie seine geliebte *Trojan* selbst, so stand er und beobachtete alles schweigend.

Als Couzens versuchte, sich möglichst schnell zu verstecken, rief er barsch: »Das ist keine Art, sich zur Schau zu stellen, nicht für einen Offizier des Königs, Sir! Wirklich, ich weiß nicht, was Sie sich dabei denken, Mr. Couzens!« Als der Junge mit hochrotem Kopf zum nächsten Niedergang rannte, fügte er hinzu: »Bin trotzdem stolz auf Sie!«

Bolitho überquerte das Achterdeck, seine nassen Stiefel quietschten laut.

Pears blickte ihn grimmig an. »Die Yawl verloren, eh? Beladen war sie wohl auch noch?«

»Aye, Sir, ich glaube, sie sollte die Brigg ausrüsten.« Er sah seine Leute vorbeihinken, teerige Hände klopften ihnen auf die Schultern, und fügte leise hinzu: »Unsere Leute haben sich tapfer geschlagen, Sir.«

Er beobachtete, wie die Brigg wieder Segel setzte, das zerschossene Marssegel bestand nur noch aus Fetzen. Er vermutete, daß Pears einen Steuermannsmaaten hinübergeschickt hatte, während die Marineinfanteristen die gefangene Besatzung durchsuchten. Frowd wurde möglicherweise als Prisenkommandant eingesetzt, das mochte ihn etwas aussöhnen mit seinem schlimm zugerichteten Knie, denn was Thorndike und später vielleicht ein Krankenhaus auch für ihn tun konnten, hinken würde er wohl bis an sein

Lebensende. Er hatte den Rang eines Leutnants erreicht, wußte aber wohl selbst am besten, daß diese Verwundung jeden weiteren Aufstieg verhindern würde.

Es war später Nachmittag, bis beide Schiffe die Inseln und, zu ihrer Erleichterung, auch die Riffe und Wirbel hinter sich gelassen und freien Seeraum gewonnen hatten.

Als d'Esterre auf die *Trojan* zurückkehrte, hatte er einen weiteren wichtigen Fund zu melden.

Der Kapitän der *White Hills* war kein anderer als Jonas Tracy, der Bruder des Mannes, der beim Kapern des Schoners *Faithful* getötet worden war. Er hatte die feste Absicht gehabt, sich auch unter dem Beschuß der *Trojan* einen Weg freizukämpfen, ob hoffnungslos oder nicht. Aber das Glück war ihm nicht hold gewesen. Seine Besatzung war zum größten Teil neu und noch nicht auf einem Kriegsschiff ausgebildet, ein Umstand, der dazu beigetragen hatte, daß man einem alten Fuchs wie Tracy dieses Kommando übertragen hatte. Sein Ruf und die Liste seiner Erfolge hatten den Ausschlag gegeben. Tracy hatte gerade den Befehl zum Wenden gegeben, um eine unbekannte, schmale Durchfahrt zwischen den Inseln, von der er einmal gehört hatte, zu suchen. Seine Leute, ohnehin schon völlig verängstigt durch das plötzliche Auftauchen der *Trojan,* waren am Ende, als die zweite, sorgfältig gezielte Salve in den Rumpf der Brigg schlug. Eine Kugel war auf eine Lafette geprallt und zersplittert, ein Metallstück hatte Tracys Arm an der Schulter abgerissen. Der Anblick ihres zähen, stets fluchenden Kommandanten, der jetzt vor ihren Augen niedergerissen und verstümmelt worden war, hatte ihnen den Rest gegeben und sie bewogen, rasch die Flagge niederzuholen.

Bolitho wußte nicht, ob Tracy noch lebte. Es war eine Ironie des Schicksals, daß er mit seinen Kanonen auf den Mann gefeuert hatte, der mitverantwortlich war für den Tod seines Bruders.

Bolitho wusch sich in seiner kleinen Kabine, als er eine Bewegung an Deck hörte und den fernen Ruf eines Ausgucks vom Mast, daß ein Segel in Sicht sei.

Das andere Schiff erwies sich bald als eine Fregatte, die sich rasch näherte, dann beidrehte und ohne viel Umstände ein Boot zu Wasser ließ, das den Kommandanten herüberbrachte.

Bolitho warf sein Hemd über und eilte an Deck. Die Fregatte war die *Kittiwake,* die er schon in Antigua gesehen hatte.

Mit einem Zeremoniell, als läge sie sicher verankert auf der

Reede in Plymouth, empfing die *Trojan* den Besucher. Während die Wachen das Gewehr präsentierten und die Bootsmannspfeifen schrillten, schritt Pears herbei, um den anderen Kommandanten zu begrüßen. Bolitho erkannte ihn, es war einer der Beisitzer des Untersuchungsausschusses bei Quinns Verhandlung gewesen, nicht der dünnlippige, sondern der andere, der, soweit sich Bolitho erinnerte, überhaupt nichts gesagt hatte.

Der Sonnenuntergang stand kurz bevor, als der Kapitän der *Kittiwake* sich verabschiedete, wobei sein Schritt nicht mehr ganz so fest war wie beim Anbordkommen.

Die Fregatte setzte wieder volle Segel, ihr Tuch glänzte wie goldene Seide in den letzten Strahlen der Sonne. Bald würde sie außer Sicht und ihr Kommandant frei sein von Admiralen und sonstigen Obrigkeiten. Bolitho seufzte.

Cairns gesellte sich zu ihm, beobachtete dabei die Wache, die das Segelsetzen vorbereitete.

»Sie kam mit Depeschen von Antigua«, sagte er. »Ist von ihrem Geschwader entlassen worden, um vor uns her nach Jamaika zu segeln. Wir sind also doch keine Ausgestoßenen mehr.« Seine Stimme klang, als sei er in Gedanken ganz woanders.

»Ist irgend etwas los?«

Cairns blickte ihn an, sein Gesicht glühte im letzten Sonnenlicht. »Kapitän Pears denkt, daß der Seekrieg im karibischen Raum beendet wird.«

»Nicht in Amerika?« Bolitho verstand das nicht.

»Wie ich ist auch er der Ansicht, daß der Krieg schon vorbei ist. Siege wird es geben, muß es geben, wenn wir auf die Franzosen treffen und sie sich stellen. Aber einen Krieg zu gewinnen, dazu gehört mehr als das, Dick.« Er klopfte ihm auf die Schulter und lächelte traurig. »Ich halte dich auf, der Kommandant möchte dich sprechen.« Damit ging er weiter und rief: »Mr. Dalyell, was ist das für ein wüstes Durcheinander? Schicken Sie die Toppsgasten nach oben und pfeifen Sie die Leute an die Brassen. Das ist hier ja der reinste Fischmarkt!«

Bolitho tastete sich durch den bereits in tiefem Dunkel liegenden Gang zu Pears' Kabine.

Der saß an seinem Tisch und betrachtete mit grimmiger Konzentration eine vor ihm stehende Weinflasche.

»Setzen Sie sich!« befahl er.

Bolitho hörte das Stampfen nackter Füße über seinem Kopf und fragte sich, wie sie wohl mit dem Manöver zurechtkamen, ohne daß der Kommandant an seinem gewohnten Platz an der Querreling stand.

Er setzte sich.

Die Kajüte wirkte behaglich. Bolitho fühlte sich plötzlich müde, als sei alle Kraft aus ihm gerieselt wie Sand aus einem Stundenglas.

Pears verkündete langsam: »Wir bekommen gleich neuen Bordeaux.«

Bolitho leckte sich die Lippen. »Danke, Sir.« Er wartete ratlos. Erst Cairns, jetzt Pears, was hatten sie bloß?

»Kapitän Viney von der *Kittiwake* brachte Befehle vom Flaggschiff aus Antigua. Mr. Frowd ist mit sofortiger Wirkung auf die *Maid of Norfolk* versetzt worden. Ein bewaffneter Transporter.«

»Aber sein Bein, Sir?«

»Ich weiß. Der Arzt hat ihn notdürftig wieder zurechtgeflickt.« Sein Blick traf den Bolithos. »Was wünscht er sich am meisten?«

»Ein Schiff, Sir. Vielleicht eines Tages ein eigenes Kommando.«

Er sah im Geiste Frowds Gesicht an Bord der Yawl vor sich. Wahrscheinlich hatte er sogar dort an nichts anderes gedacht: ein Schiff, selbst ein bewaffneter Transporter, würde ihm für den Anfang genügen.

»Ich stimme mit Ihnen überein. Wenn er hier herumliegt, wird es zu spät. Wenn er dann nach Antigua zurückkommt –«, er hob die Schultern, »– kann sich sein Glück vielleicht schon gewendet haben.«

Bolitho blickte Pears an, fasziniert von seinem Sachverstand und Einfühlungsvermögen. Er hatte in Schlachten gekämpft, fuhr mit seinem Schiff jetzt Gott weiß welchen Unternehmungen in Jamaika entgegen und fand doch die Zeit, sich über Frowds Verwendung Gedanken zu machen.

»Dann ist da noch Mr. Quinn.« Pears öffnete die Flasche, wobei er sich zur Seite neigte, um die Bewegung des Schiffes auszugleichen. »Er ist nicht vergessen worden.«

Bolitho wartete und versuchte, Pears' wahre Gefühle zu erraten.

»Er wird nach Antigua zurückkehren und dort eine Passage nach England bekommen. Den Rest wissen wir schon. Ich habe einen Brief an seinen Vater geschrieben, auch wenn das nicht viel helfen wird. Er soll aber verstehen, daß sein Sohn nur eine bestimmte Menge Mut besaß, und als ihn dieser verließ, war er hilflos wie Frowd mit seinem Bein.« Pears schob mit der Flasche einen dicken Briefumschlag in die Mitte des Tisches. »Aber er hat es *versucht*, und wenn mehr junge Leute wenigstens das täten, statt bequem zu Hause zu sitzen, sähe es besser bei uns aus.«

Bolitho blickte auf den dicken Brief: Quinns Leben.

Pears wurde beinahe lebhaft. »Aber genug jetzt davon. Ich habe anderes zu tun, Befehle zu diktieren.«

Er schenkte zwei große Gläser Bordeaux ein und schob sie über den Tisch, bis Bolitho eines davon nahm. Das Schiff holte so stark über, daß sie beinahe vom Tisch gerutscht wären.

Seltsam, daß sonst niemand anwesend war. Bolitho hatte d'Esterre erwartet oder vielleicht Cairns, sobald dieser mit dem Manöver an Deck fertig war.

Pears hob sein Glas und sagte: »Ich nehme an, dies wird eine lange Nacht für Sie werden. Aber glauben Sie mir, es gibt noch längere.«

Das erhobene Glas wirkte in seiner gewaltigen Faust wie ein Fingerhut.

»Ich wünsche Ihnen Glück, Mr. Bolitho, und, wie unser Master sagen würde, segeln Sie mit Gott.«

Bolitho starrte ihn an, sein Wein war noch unberührt.

»Ich übertrage Ihnen hiermit das Kommando über die *White Hills*. Wir werden die Prisenbesatzung morgen früh einteilen, wenn es hell genug ist, und die Verwundeten hinüberbringen.«

Bolitho versuchte, seines Erstaunens Herr zu werden. Er stotterte: »Der Erste Offizier, Sir, mit allem Respekt . . .«

Pears hielt sein Glas hoch. Es war leer, wie Probyns einst zu sein pflegte.

»Ich wollte ihn hinüberschicken. Zwar brauche ich ihn hier an Bord, mehr denn je, aber er verdient längst ein eigenes Kommando, und wenn es auch erst nur eine Prise wäre. Aber er tat dasselbe wie Sie bei Konteradmiral Coutts und wies meinen Vorschlag zurück.« Er lächelte ernst. »So liegen also die Dinge.«

Bolitho sah, daß auch sein Glas wieder gefüllt wurde, und sagte verwirrt: »Ich danke Ihnen, Sir!«

Pears zog eine Grimasse. »Also kippen Sie Ihren Bordeaux hinunter und gehen Sie sich verabschieden. Von nun an können Sie jemand anderem Ihre Meinung sagen!«

Bolitho stand draußen vor der Kajüte neben dem bewegungslosen Posten, als wäre alles nur ein Traum gewesen.

Er fand Cairns noch an Deck, gegen das Luvwant gelehnt und zu den Lichtern der Brigg hinüberblickend.

Bevor Bolitho den Mund öffnen konnte, sagte Cairns energisch: »Du gehst morgen als Prisenkommandant hinüber, das ist beschlossene Sache, und wenn ich dich in Eisen hinschaffen lassen muß.«

Bolitho stand neben ihm und nahm fast unbewußt die verschiedenen Geräusche wahr, das Knarren des Ruders, das Schlagen des Tauwerks gegen Mast, Stagen und Segel.

Ich nehme an, dies wird eine lange Nacht für Sie werden.

»Was war denn los, Neil?«

Er fühlte sich diesem ruhigen Schotten mit seiner weichen Sprache sehr nahe.

»Der Kommandant hat einen Brief bekommen. Ich weiß nicht, von wem, es ist nicht sein Stil, sich zu beklagen. Es war eine ›freundliche‹ Mitteilung, wenn man es so nennen will, aus der Kapitän Pears erfuhr, daß er bei der Beförderung zum Flaggoffizier übergangen wurde. Kapitän wird er bleiben.« Er blickte zu den Sternen über der dunklen Takelage auf. »Und wenn die *Trojan* einmal außer Dienst gestellt wird, dann ist das das Ende seiner Laufbahn. Coutts ist nach London zur Admiralität beordert worden, um sich dort zu verantworten.« Cairns konnte seinen Ärger, seinen Schmerz nicht verbergen. »Aber er hat Vermögen und eine gesellschaftliche Stellung. Pears dagegen hat nur sein Schiff.«

»Ich danke dir, daß du mir das alles erzählt hast.«

Cairns' Zähne leuchteten sehr weiß in dem schwachen Licht. »Weg mit dir, Mann! Los, pack deine Kiste!«

Als Bolitho sich zum Gehen wandte, fügte er leise hinzu: »Aber du verstehst? Ich konnte ihn doch jetzt nicht verlassen.«

Früh am nächsten Morgen lagen beide Schiffe beigedreht, und die Boote der *Trojan* begannen, die Verwundeten auf die Brigg hinüberzuschaffen. Auf der Rückfahrt brachten sie nach und nach die Besatzung der *White Hills* herüber in Gefangenschaft. Es mußte eines der kürzesten Kommandos der Seegeschichte gewesen sein, dachte Bolitho.

Noch immer erschien ihm alles unwirklich, und er ertappte sich dabei, verschiedene wichtige Dinge vergessen, andere dafür mehrmals getan zu haben.

Jedes Mal, wenn er an Deck ging, mußte er zu der Brigg hin-
überblicken, die in der steilen See heftig stampfte. Einmal unter
Segel, konnte sie jedoch fliegen, wenn es erforderlich wurde. Der
Anblick war noch zu frisch in seiner Erinnerung.

Cairns hatte ihm mitgeteilt, daß Pears ihm gestatte, seine Prisenbesatzung selbst auszuwählen, und zwar genug Leute, um die
Brigg in Sicherheit zu bringen oder einem schweren Sturm oder
mächtigen Gegner davonzusegeln.

Stockdale brauchte er nicht erst zu fragen, der wartete bereits
mit einem gepackten kleinen Seesack, seiner weltlichen Habe.
Pears hatte Bolitho auch aufgetragen, den schwerverwundeten
Kapitän Tracy nach Antigua mitzunehmen. Sein Zustand war so
ernst, daß man ihn nicht mit den anderen Gefangenen zusammen
abtransportieren konnte; andererseits würde er wenig Mühe verur-
sachen.

Als die Zeit der Trennung näher rückte, spürte Bolitho, wie
bewegt er war. Kleine Ereignisse aus den letzten zweieinhalb Jahren kamen ihm schlagartig in den Sinn. Es schien unglaubhaft, daß
er die *Trojan* jetzt verlassen und sich zur Verfügung des Komman-
dierenden Admirals in Antigua halten sollte. Es war wie der
Beginn eines neuen Lebens mit anderen Gesichtern, unbekannter
Umgebung.

Er war überrascht und nicht wenig bewegt über die Anzahl der
Leute, die freiwillig mit ihm gehen wollten.

Carlsson, der Schwede, der ausgepeitscht worden war; Dunwoody, der Müllerssohn; Moffitt, der Amerikaner; Rabbett, der
ehemalige Dieb aus Liverpool, und der alte Buller, der Toppsgast,
der die Brigg als erster wiedererkannt hatte. Er war zum Unteroffizier befördert worden, und das war ihm so unglaubhaft
erschienen, daß er immer wieder erstaunt den Kopf schüttelte, als
es ihm offiziell mitgeteilt wurde.

Da waren noch andere, ebenso feste Bestandteile der *Trojan* wie
ihr Kommandant oder wie die Galionsfigur.

Er beobachtete, daß Frowd auf einem Bootsmannstuhl in den
Kutter gefiert wurde, sein geschientes, bandagiertes Knie ragte her-
vor wie ein Elefantenzahn. Er schien wütend zu sein über die
Würdelosigkeit, mit der er sein Schiff verlassen mußte.

Quinn hatte schon hinübergesetzt. Es würde schwierig sein, zwischen den beiden zu stehen, dachte Bolitho. Er hatte gesehen, daß
Frowd Quinn voller Bitterkeit betrachtete. Wahrscheinlich sagte er

sich, ob es gerecht war, daß Quinn, der von der Marine Ausgestoßene, verschont geblieben war, während er selbst zum Krüppel geschossen wurde.

Die meisten Verabschiedungen hatte Bolitho im Lauf der Nacht und des Morgens schon hinter sich gebracht: rauhes Händeschütteln vom Stückmeister und vom Bootsmann, verlegenes Grinsen von anderen, die er vom Knaben zum Mann hatte reifen sehen.

D'Esterre hatte schon einen Teil seines privaten, vorzüglichen Weinvorrats auf die Brigg hinübergeschickt; Sergeant Shears überreichte ihm eine kleine, aus Silberstücken selbstgefertigte Kanone zum Abschied.

Cairns überprüfte die Liste der Gegenstände und der Tätigkeiten, die notwendig waren, und sagte dann: »Der Weise sagt, daß es aufbrisen wird, Dick. Du gehst jetzt besser hinüber.« Er streckte ihm die Hand hin. »Ich sage dir hier Lebewohl.« Dann blickte er sich in der Offiziersmesse um, wo sie so viele gemeinsame Stunden verlebt hatten. »Es wird hier einsamer werden, wenn du weg bist.«

»Ich werde dich nicht vergessen, Neil.« Bolitho ergriff fest die dargebotene Hand. »Niemals!«

Sie schritten gemeinsam zur Niedergangstreppe, als Cairns plötzlich sagte: »Noch etwas. Kapitän Pears ist der Meinung, daß du noch einen Offizier mitnehmen solltest, der dich beim Wachegehen unterstützt. Einen Steuermannsmaaten können wir nicht entbehren, und Leutnants sind so rar wie Nächstenliebe, bis der Ersatz eintrifft. Es kommt also nur ein Fähnrich in Frage.«

Bolitho überlegte.

Cairns fuhr fort: »Weston wird jetzt kommissarischer Leutnant, Lunn und Burslem bleiben besser hier, um ihre Ausbildung zu beenden, also kommen nur Forbes und Couzens in Frage, die jung genug sind, wieder neu anzufangen.«

Bolitho lächelte. »Ich werde es ihnen selbst überlassen.«

Während die Offiziere zusahen, rief Erasmus Bunce, der Master, die beiden dreizehnjährigen Fähnriche herbei.

»Ein Freiwilliger wird gesucht, Gentlemen –«, Bunce betrachtete sie verächtlich, »– obgleich mir nicht klar ist, welchen Nutzen Mr. Bolitho von eurer Anwesenheit haben sollte.«

Beide traten vor, Couzens mit derart flehentlichem Blick in seinem runden Kindergesicht, daß Bunce ihn fragte: »Sind Ihre Sachen gepackt?«

Couzens nickte eifrig, aber Forbes war den Tränen nahe, während er den Kopf schüttelte.

»Los«, sagte Bunce, »laufen Sie, Mr. Couzens, lebhaft! Dem Herrn sei Dank, daß das Schiff endlich von Ihrem Übermut und Unfug befreit wird!« Er blinzelte Bolitho an. »Zufrieden?«

»Aye.«

Bolitho schüttelte die letzten Hände und versuchte, seine Bewegung zu verbergen.

D'Esterre war der allerletzte. »Viel Glück, Dick. Wir werden uns wieder begegnen. Du wirst mir fehlen.«

Bolitho blickte zur *White Hills* hinüber, sah, wie die Schaumkämme ihren Rumpf streichelten.

Die Segelorder war in seiner Tasche verstaut, in einem mehrfach versiegelten Umschlag. Er ging zur Pforte, sah die längsseits liegende Gig steigen und fallen. Es wird auffrischen, hatte Bunce gesagt. Vielleicht war das ganz gut, es würde ihn in Trab halten, ihm keine Zeit für Abschiedsschmerz lassen.

Cairns schaltete sich ein: »Hier ist der Kommandant.«

Pears kam gemächlich über das Achterdeck, seine Rockschöße blähten sich auf beiden Seiten wie Leesegel, während er seinen goldverbrämten Hut mit einer Hand festhielt.

»Wir wollen segeln, Mr. Cairns. Ich möchte diesen günstigen Wind ausnutzen.« Bolitho schien er zum ersten Mal zu sehen: »Noch immer hier, Sir?« Seine Augenbrauen hoben sich. »Bei meiner Seele . . .« Er vollendete den Satz jedoch nicht, sondern hielt Bolitho seine große Hand hin.

»Ab mit Ihnen. Grüßen Sie Ihren Vater, wenn Sie ihn das nächste Mal sehen.« Dann wandte er sich um und ging zum Kompaß.

Bolitho grüßte die Flagge, hielt seinen Degen an die Hüfte gepreßt und stieg eilig in das wartende Boot.

Die Riemen tauchten ins Wasser, und sofort blieb die *Trojan* achteraus; die Leute traten von der Reling zurück, um mit ihrer Arbeit fortzufahren, während andere aufenterten, um die Marssegel loszumachen.

Couzens starrte zum Schiff zurück, der Wind trieb ihm Tränen in die Augen. Es sah so aus, als ob er weinte. Was Bolitho nicht wußte: Es war der glücklichste Tag in des Fähnrichs bisherigem kurzem Leben.

Bolitho hob noch einmal grüßend die Hand und sah Cairns dasselbe tun. Von Pears war nichts zu sehen. Wie die *Trojan*, blieb auch er achteraus.

Bolitho wandte sich um und studierte die *White Hills*. Sie war sein, für kurze Zeit nur, aber immerhin.

Wie Bunce vorausgesagt hatte, wuchs der Wind rasch zum Sturm an, und damit verwandelten sich auch die weißen Schaumkämme in lange, tiefe Wellentäler mit gelblichem, verwehtem Gischt.

Die Prisenbesatzung ging mit grimmigem Ernst an die Arbeit. Sie wandten das Schiff nach Süden, während der Wind schralte, und braßten es so hart an, daß die Rahen keinen Finger breit zu bewegen waren.

Bolitho legte Rock und Hut ab und stand neben dem ungeschützten Ruder; seine Ohren dröhnten vom Brausen des Windes und der See, sein Körper triefte von Gischt.

Es war ein Glück, daß die *White Hills* en Ersatzsegel für das zerschossene Vormarssegel an Bord hatte. Das zerrissene konnte nur noch zum Flicken verwandt werden.

Nur unter gereeften Marssegeln und Klüver, hart am Wind, jagte die *White Hills* nach Süden, weg von den Inseln und Riffen.

Quinn arbeitete mit steinernem Gesicht und fast wortlos an Deck, und Bolitho fragte sich, was er ohne ihn hätte tun sollen. Couzens hatte die Entschlossenheit und den Eifer von zehn Männern, aber Erfahrung mit der Takelage in einem ausgewachsenen Sturm, die besaß er nicht.

Stockdale kam nach achtern und verstärkte die beiden Männer am Ruder. Wie Bolitho, so war auch er bis auf die Haut durchnäßt, seine Kleidung schmutzig von Teer und Salz. Er lächelte Bolitho durch die peitschenden Gischtschwaden zu.

»Feine kleine Dame, nicht?«

Den größten Teil des Tages fuhren sie nach Süden, aber gegen Sonnenuntergang flaute der Wind etwas ab, und die zerschundenen, atemlosen Seeleute konnten aufentern, um Großsegel und Fock zu setzen. Das zusätzliche Tuch gab der Brigg zwar noch mehr Schlagseite, aber sie lag jetzt stetiger und ließ sich besser steuern.

Bolitho rief Quinn zu: »Übernimm die Wache, ich gehe nach unten!«

Nach dem Lärm und dem Gewühl an Deck schien es unten beinahe ruhig zu sein, sobald er sich durch den engen Niedergang gezwängt hatte.

Wie klein sie wirkte nach den gewaltigen Ausmaßen der *Trojan*. Er tastete sich nach achtern zur Kajüte, einer Miniaturausgabe von Pears' geräumigem Quartier. Sie wäre kaum groß genug gewesen, um Pears mächtigen Tisch aufzunehmen, dachte er. Aber es wirkte alles einladend und zu neu, um Spuren des vorherigen Bewohners zu zeigen.

Er wirbelte herum, als eine kochende See am Achterschiff vorbeidonnerte, dann trat er an die beiden Heckfenster. Nirgends konnte er aufrecht stehen, nur unter dem geschlossenen Oberlicht. Wie es dann in den Messen aussah, konnte er sich gut vorstellen. Als Fähnrich hatte er einst auf einer ähnlichen Brigg Dienst getan. Auch sie war schnell, lebhaft und fast niemals ruhig gewesen.

Er überlegte, was wohl aus Tracys anderem Schiff, der gekaperten Brigg geworden war, die er *Revenge* genannt hatte. Ob sie noch immer britische Geleitzüge angriff, reiche Ladung für willig angebotenes Prisengeld erbeutete?

Die Kabinentür flog auf, und Moffitt kam herein, einen Krug mit Rum und ein Glas in der Hand.

Er sagte: »Mr. Frowd meint, Sie könnten jetzt einen Schluck vertragen.«

Bolitho verabscheute Rum, aber er brauchte etwas Belebendes. Also trank er das gefüllte Glas auf einmal leer, obwohl er beinahe daran erstickte.

»Ist bei Mr. Frowd alles in Ordnung?« Er mußte ihn bald besuchen gehen, aber vorläufig wurde er noch an Deck benötigt.

Moffitt nahm das geleerte Glas und grinste bewundernd. »Aye, Sir. Ich habe ihn in seiner Koje festgelascht, dort ist er sicher.«

»Gut. Schicken Sie Buller zu mir.«

Bolitho lehnte sich zurück und fühlte, wie das Heck unter ihm erst hochstieg, dann wegsackte, während die See das Ruder wie ein Stück Treibholz schüttelte.

Buller kam in die Kajüte, den Kopf wegen der Decksbalken gesenkt.

»Sir?«

»Sie übernehmen die Aufsicht über die Lebensmittel. Suchen Sie sich jemanden, der kochen kann. Wenn es weiter abflaut, machen Sie das Kombüsenfeuer wieder an und sehen zu, daß die Leute etwas Heißes in den Magen bekommen.«

Buller zeigte seine starken Zähne. »Allright, Sir.« Dann war er auch schon wieder draußen.

Bolitho seufzte, das Aroma des Rums umwehte ihn wie eine Droge. Kommandokette. Er mußte sie aufbauen, niemand sonst war hier, der ihn hätte ermutigen oder tadeln können.

Sein Kopf fiel zur Seite, aber er schnellte mit plötzlichem Widerwillen hoch. Wie George Probyn, das war ein feiner Anfang! Er sprang auf und fluchte, als sein Kopf gegen einen Decksbalken krachte. Aber das machte ihn sofort wieder nüchtern.

Er ging weiter nach vorn, schwankend und sich bei den heftigen Bewegungen der Brigg festhaltend.

Winzige Kabinen auf beiden Seiten eines kleinen, quadratischen Raumes: die Messe. Vorräte, Schießpulver, dann weiter vorn im Gang schwankende Hängematten. Alles roch neu, bis hinunter zu den Messetischen, den großen Rollen aufgeschossenen, starken Tauwerks im Vorschiff.

Er fand den verwundeten Tracy in einer winzigen, noch nicht ganz fertiggestellten Kammer. Ein Seemann mit rotgeränderten Augen saß in einer Ecke, die Pistole in den Händen.

Bolitho betrachtete die Gestalt in der Koje: ein mächtiger, hartgesichtiger Mann von etwa dreißig Jahren, der trotz seiner fürchterlichen Wunden und des Blutverlustes sehr lebendig aussah. Aber mit dem an der Schulter abgerissenen Arm stellte er keine große Gefahr mehr dar.

Die anderen Verwundeten waren einigermaßen gut untergekommen und verhielten sich ruhig. Sie waren alle verbunden und mit Kissen, freien Hängematten, Decken und Kleidungsstücken einigermaßen gegen die heftigen Schiffsbewegungen abgestützt.

Bolitho hielt unter einer wild hin und her schwingenden Lampe inne und fühlte den Schmerz der Verwundeten, ihr fehlendes Verständnis der Situation. Er schämte sich, an seinen eigenen Vorteil zu denken. Die armen Teufel wußten nur, daß sie von ihrem Schiff weggeschafft wurden, das – gut oder schlecht – ihr Heim gewesen war. Wohin ging es jetzt? Mit irgendeinem heimkehrenden Schiff nach England, und dann was weiter? An Land geworfen, ein weiterer Haufen verkrüppelter Seeleute. Helden für die einen, Witzfiguren für die anderen.

»Bald bekommt ihr etwas Heißes zu essen, Jungs.«

Ein paar Köpfe wandten sich ihm zu. Einen Mann erkannte er als Gallimore, einen Seemann, der auf der *Trojan* als Anstreicher eingesetzt gewesen war. Er war durch Kartätschentreffer schwer verwundet, hatte den größten Teil der rechten Hand verloren und war von großen Holzsplittern im Gesicht getroffen worden.

Es gelang ihm zu flüstern: »Wo segeln wir hin, Sir?«

Bolitho kniete neben ihm nieder. Der Mann würde sterben. Er wußte nicht, wieso, aber es war ihm klar. Andere hier waren schwerer verwundet, trugen aber ihren Schmerz mit Trotz, mit wütender Resignation. Sie würden überleben.

Er antwortete: »Nach English Harbour. Die Ärzte dort können Ihnen helfen. Das werden Sie sehen.«

Der Mann faßte nach Bolithos Hand. »Ich will nicht sterben, Sir. Ich habe Frau und Kinder in Plymouth.« Er versuchte, den Kopf zu schütteln. »Ich muß doch nicht sterben, Sir?«

Bolitho fühlte einen Klumpen in seiner Kehle. Plymouth. Genausogut hätte es Rußland sein können.

»Ruhen Sie sich aus, Gallimore.« Er entzog ihm vorsichtig die Hand. »Sie sind unter Freunden.«

Er ging wieder nach achtern zum Niedergang, tief gebeugt wegen der Decksbalken.

Wind und Gischt waren ihm jetzt beinahe willkommen. Er fand Couzens mit Stockdale am Ruder, während Quinn sich mit zwei Seeleuten nach vorn hangelte.

Stockdale sagte mit seiner rauhen Stimme: »Alles hält gut, Sir. Mr. Quinn sieht nach den Luvbrassen.« Dann blickte er zum dunklen Himmel auf. »Der Wind hat noch einen Strich weiter geschralt, auch etwas abgeflaut.«

Der Bug hob sich himmelwärts und stürzte dann mit Donnern und Beben in ein Wellental. Es hätte genügt, einen Mann von den Rahen zu schleudern, wäre einer oben gewesen.

Stockdale murmelte: »Muß schlimm sein für die Verwundeten unten, Sir.«

Bolitho nickte. »Gallimore wird sterben, glaube ich.«

»Ich weiß, Sir.«

Stockdale drehte das Rad ein paar Speichen weiter und sah das vibrierende Großmarssegel an, das prall wie ein Ballon an seiner Rah zerrte, als wolle es sich selbständig machen.

Bolitho musterte ihn. Natürlich wußte es Stockdale. Er hatte den größten Teil seines Lebens mit Leidenden und Sterbenden verbracht, erkannte den nahenden Tod mit sicherem Blick.

Quinn kam über das Deck nach achtern, taumelnd und strauchelnd bei jedem Sturz des Bugs in ein neues Wellental, der das ganze Schiff erzittern ließ.

Er rief: »Der Backbordanker hatte sich freigearbeitet, wir haben ihn wieder gekattet.«

Bolitho erwiderte: »Geh hinunter, stell zwei Wachen auf, nachher sprechen wir darüber.«

Quinn schüttelte den Kopf. »Ich möchte nicht allein sein, ich muß etwas zu tun haben.«

Bolitho dachte an den Mann aus Plymouth. »Geh zu den Verwundeten, James, nimm etwas Rum oder sonst etwas mit, was du unten findest, und gib es an die armen Teufel aus.«

Es wäre sinnlos gewesen, ihm von Gallimore zu erzählen, besser war es, den Sterbenden bis zuletzt am Trost, den die Flasche den Seeleuten spendet, teilhaben zu lassen.

Ein kleiner dunkler Italiener namens Borga schlüpfte mit Buller zusammen den Niedergang hinab. Also schien dieser bereits einen Koch gefunden zu haben. Hoffentlich war es eine gute Wahl. Heißes Essen nach einem harten Tag, das war etwas Gutes, konnte aber einen Aufruhr hervorrufen, wenn es nichts taugte. Er sah Stockdale an und mußte lächeln. Wenn sich das letztere einstellte, so würde es rasch erledigt werden.

Noch eine Stunde, und die Sterne schauten hervor, die rasenden Wolken waren vertrieben wie eine Bande Landstreicher.

Bolitho fühlte, daß die Brigg jetzt ruhig lag, und fragte sich, ob es wohl eintreten würde, was Bunce vorausgesagt hatte: zwei Tage Sturm, dann wieder Flaute.

Wie versprochen, wurde eine warme Mahlzeit fertiggestellt und zuerst an die Verwundeten ausgegeben, dann an die Seeleute, die in kleinen Gruppen zum Essenholen hinuntergingen.

Bolitho aß seinen Anteil mit großem Wohlbehagen, obgleich er nicht wußte, was es war. Es entpuppte sich dann als ein Gemisch aus gekochtem Fleisch, Hafermehl, gemahlenem Schiffszwieback, das Ganze mit etwas Rum abgeschmeckt. Er hatte noch nie etwas Derartiges gegessen, aber im Augenblick hätte das Mahl an der Tafel eines Admirals bestehen können.

Zu Couzens sagte er: »Tut es Ihnen jetzt leid, daß Sie unbedingt auf die *White Hills* wollten?«

Couzens schüttelte den Kopf, den Magen bis zum Bersten gefüllt mit Borgas erstem Produkt.

»Warten Sie, bis ich nach Hause komme, Sir. Die werden es mir nicht glauben!«

Bolitho dachte an Quinn, der unten allein bei den Verwundeten arbeitete, und dachte auch an den Brief, den Pears an Quinns Vater geschrieben hatte: *Er hatte es versucht.*

Weiter dachte er an die Post, die er für den Admiral in Antigua bei sich führte. Es war vielleicht besser, nicht zu wissen, was Pears über ihn geschrieben hatte, obwohl dies zweifellos seine nächste Zukunft beeinflussen würde. Aber er verstand Pears noch immer nicht so richtig, wenn er sich auch eingestand, daß er unter dessen Kommando mehr gelernt hatte, als er zuerst wahrhaben wollte.

Bolitho blickte zum Himmel auf. »Ich denke, das Schlimmste haben wir hinter uns. Sie holen jetzt besser Mr. Quinn an Deck.«

Couzens platzte heraus: »Aber ich kann allein Wache gehen, Sir!«

Stockdale grinste ein wenig. »Aye, Sir, er kann das jetzt. Ich werde an Deck bleiben.« Vor dem Fähnrich verbarg er sein Grinsen. »Obgleich ich sicherlich nicht benötigt werde.«

»Gut.« Bolitho lächelte. »Rufen Sie mich, wenn Sie Zweifel haben.«

Er zwängte sich durch den Niedergang, froh darüber, daß er Couzens Gelegenheit gegeben hatte, Verantwortung zu übernehmen, und überrascht, daß er es ohne Zögern getan hatte.

Auf dem Weg zu seiner Kabine hörte er aus Frowds Kammer lautes Schnarchen und das Hin- und Herrollen eines Glases auf dem Boden. Morgen würde es viel Arbeit geben. Erst einmal mußte ihr Standort und die Abdrift bestimmt werden, dann galt es, den neuen Kurs abzusetzen, der sie mit etwas Glück nach Antigua bringen sollte.

Auf der Karte erschien es nicht sehr weit, aber bei der jetzigen, widrigen Windrichtung mußten sie kreuzen; außerdem konnte es Tage dauern, bis sie die Strecke wieder wettgemacht hatten, die der Sturm sie nach Süden getrieben hatte.

Einmal in Antigua, was dann? Ob wohl der französische Leutnant noch dort war und einsame Spaziergänge in der Sonne unternahm, frei nur auf Grund seines Ehrenwortes?

Bolitho legte sich auf die Bank unter den beiden Heckfenstern, bereit, beim ersten ungewöhnlichen Geräusch an Deck zu eilen. Aber in wenigen Sekunden war er fest eingeschlafen.

Es war Mittag, zwei Tage nach ihrer Trennung von der *Trojan.* Was hatten diese Tage für eine Menge neuer Erfahrungen und

Probleme mit sich gebracht!

Das Wetter stellte keine hohen Anforderungen mehr, die *White Hills* lag schräg, aber stabil auf Backbordhalsen. Sogar der mächtige Besan war gesetzt und stand prall gefüllt über dem Achterdeck. Das Schiff war jetzt trocken und sauber nach dem Sturm, und die Behelfsroutine, die Bolitho zusammen mit Quinn und Frowd ausgearbeitet hatte, funktionierte gut.

Frowd saß auf der Ladeluke, sein Bein als ständige Mahnung ausgestreckt.

Couzens stand am Ruder, während Bolitho und Quinn ihre Sextanten ablasen und ihr Besteck verglichen.

Bolitho sah Dunwoody an die Leereling gehen und ein Gefäß mit Unrat auskippen. Er kam gerade aus dem Mannschaftsdeck, wahrscheinlich von Gallimore. Dieser war ins Kabelgatt verlegt worden, den einzigen Ort, wo der starke Teergeruch des Tauwerks den Gestank einer brandig gewordenen Wunde erträglich machte.

Quinn sagte müde: »Ich glaube, wir haben beide recht, Sir. Wenn der Wind so bleibt, sollten wir morgen Land sichten.«

Bolitho gab Couzens seinen Sextanten. Quinn war also wieder beim *Sir* angelangt, das letzte Bindeglied zerbrochen.

Er sagte: »Ja. Morgen müßten wir die Insel Nevis in Sicht bekommen, dann bis Antigua nichts mehr.«

Er spürte einen unerträglichen Schmerz bei dem Gedanken, die *White Hills* wieder abgeben zu müssen. Es war natürlich lächerlich nach den paar Tagen, aber welches Selbstvertrauen hatte sie ihm gegeben, welche neuen Erkenntnisse vermittelt! Er blickte über das sonnenbeschienene Deck, und auch dieses erschien ihm nicht mehr so klein und eng wie in den ersten Tagen, als er es noch mit den gewaltigen Decks der *Trojan* verglich.

Einige der Verwundeten ruhten im Schatten, gemütlich plaudernd und die Tätigkeit der anderen mit fachmännischen Blicken begutachtend.

Bolitho fragte Quinn: »Was wirst du später machen, James?«

Quinn wandte den Blick ab. »Wahrscheinlich das, was mein Vater möchte. Mir scheint, es ist mein Los, immer Befehlen gehorchen zu müssen.« Er blickte Bolitho plötzlich voll an. »Eines Tages, wenn du möchtest, ich – ich meine, wenn du nichts Besseres vorhast, würdest du mich dann mal in London besuchen?«

Bolitho nickte und versuchte, seine Verzweiflung abzuschütteln. Es brachte Quinn genauso um wie Gallimore seine Wunden.

»Ich komme gern, James –«, er lächelte, »– obwohl dein Vater nicht begeistert davon sein wird, einen kleinen Leutnant in seinem Haus zu empfangen. Ich rechne damit, daß du bereits ein reicher Mann bist, wenn ich nach London komme.«

Quinn blickte ihm forschend ins Gesicht. Irgend etwas in Bolithos Ton schien ihn zu trösten, und er sagte: »Ich danke dir dafür, und für vieles andere auch.«

»An Deck! Segel in Luv voraus!«

Bolitho starrte hinauf zum Ausguck, er sah die *White Hills* vor sich wie ein Kreuz auf der Karte. Es gab hier so viele Inseln, französische, britische, holländische. Das Segel gehörte möglicherweise zu einem Schiff einer dieser Nationen.

Seit die *Kittiwake* Antigua verlassen hatte, konnte sich alles mögliche ereignet haben: Frieden mit den amerikanischen Rebellen, Krieg mit Frankreich.

Plötzlich merkte er, daß alle ihn ansahen.

»Entern Sie auf, Mr. Quinn, nehmen Sie ein Glas und melden Sie, was Sie sehen«, sagte er.

Frowd stöhnte, als Quinn an ihm vorbeilief. »Das verdammte Bein! Ich wäre schon längst oben, wenn dieser . . .« Bis er sich eine passende Beleidigung für Quinn ausgedacht hatte, war dieser allerdings schon in den Wanten.

Bolitho schritt aufgeregt an Deck auf und ab, wenn er sich auch bemühte, äußerlich ruhig zu erscheinen. Vielleicht war es ja ein Spanier, südwestwärts zum Festland unterwegs mit all seinen Schätzen. Unter diesen Umständen würde er sicher die *White Hills* für einen Freibeuter halten und bald abdrehen. In diesen Gewässern konnte man unter einem Dutzend von Feinden wählen.

»An Deck! Es ist eine Brigg!«

Einer der Verwundeten rief mit dünner Stimme: »Hurra, Jungs, dann ist es eine von den unsrigen!«

Aber Frowd knurrte gequält: »Sie wissen, was ich denke, nicht wahr?«

Bolitho blickte ihn an, ihm lief es kalt über den Rücken.

Natürlich, die grausame Möglichkeit bestand. Dabei waren sie schon so weit gekommen, und, wie er glaubte, mit Erfolg.

Es gab noch eine Chance.

Er versuchte, seine Stimme zu beherrschen, als er nun rief: »Behalte sie im Auge!« Zu Couzens sagte er etwas ruhiger: »Wir werden sie bald näher zu Gesicht bekommen, denke ich.« Er sah, wie das Begreifen den Glanz von Couzens' Augen löschte.

»Alarm! Klar Schiff zum Gefecht! Laden, aber noch nicht ausfahren!«

Er beobachtete das Deck, die wenigen Geschütze, die ihnen zur Verfügung standen. Genug, um eine unbewaffnete Yawl zu versenken, aber wenn das herankommende Fahrzeug wirklich Tracys früheres Schiff sein sollte, dann waren sie nutzlos.

XVII Die Besten von allen

Bolitho wartete, bis das Schiff einigermaßen still lag, und richtete dann sein Teleskop auf die andere Brigg. Er sah ihre Bram- und Marssegel, die sich klar gegen den blauen Himmel abhoben, aber der untere Teil des Schiffes verschwamm im Dunst.

Wenn es die *Revenge* war, die alte *Mischief*, würde ihr Kapitän die *White Hills* sofort erkennen, sobald sie in entsprechender Entfernung war. Möglicherweise hatte er sie schon erkannt. Den Kurs zu ändern und vor den Wind zu gehen, würde ihm rascher verraten, was sich ereignet hatte, als wenn man es darauf ankommen ließe.

Bolitho blickte hinauf zum Wimpel. Der Wind hatte um einen weiteren Strich geschralt. Die Versuchung, abzudrehen, war groß. Aber ein Entkommen war bei den häufigen Kursänderungen trotzdem nicht möglich, denn die andere Brigg konnte sie bald einholen. Mit ihrer kleinen Prisencrew hatten sie keine Aussicht, die Manöver so rasch und exakt auszuführen wie die andere, wahrscheinlich vollzählige Besatzung.

Er sagte: »Fallen Sie einen Strich ab, Stockdale.«

Aus dem Mast hörte er Quinns Stimme: »Ich kann sie jetzt genau erkennen! Es ist die alte *Mischief*! Da bin ich ganz sicher!«

Frowd fluchte: »Verdammter Mist! Wir würden ihr besser die Hacken zeigen!«

Stockdale meldete vom Ruder: »Nordost zu Ost liegt an, Sir!«

Bolitho rief durch die hohlen Hände: »An die Brassen! Buller, mehr Leute an die Luvbrassen!«

Er paßte genau auf, wie die Rahen langsam herausschwangen, so daß sich jedes Segel bis an den Rand seiner Kapazität füllte. Die Kursänderung war jedoch zu geringfügig, um den Anschein einer Flucht zu erwecken.

Couzens kam nach achtern gerannt, die Hände schmutzig, das Hemd an mehreren Stellen zerrissen.

»Schiff ist klar zum Gefecht, Sir, alle Geschütze sind geladen!«

Bolitho lächelte dünn. Alle Geschütze, das bedeutete kümmerliche acht Sechspfünder. Die *White Hills* war für vierzehn Kanonen und für ein paar Schwenkgeschütze konstruiert, aber all diese Waffen waren wohl mit der Yawl auf den Grund des Meeres gesunken. Acht Geschütze, also lediglich vier auf jeder Seite. Der Versuch, alle Kanonen auf eine Seite zu bringen, würde zweifellos von der anderen Brigg bemerkt werden. Ihre Größe nahm überraschend schnell zu, und Bolitho sah das Sonnenlicht von Metall oder vielleicht auch von verschiedenen Ferngläsern reflektieren.

Sie steuerte einen konvergierenden Kurs mit der *White Hills* und lag jetzt mit dieser auf gleicher Höhe.

Ihr Kapitän kannte Tracy persönlich, sie mußten sich also bis zum Einbruch der Dunkelheit weit genug entfernt halten und sich irgendeinen Trick ausdenken, um Tracys Abwesenheit glaubhaft erscheinen zu lassen.

»Land in Lee, Sir!« Der Ausguck hatte die Augen offengehalten, während Quinn ausschließlich die Brigg beobachtete.

Bolitho sah Frowds Verzweiflung. Das Land war höchstwahrscheinlich eine oder mehrere der kleinen Inseln, die nach dem Passieren von Nevis ihren Kurs säumen sollten, fünfzig Meilen lang bis Antigua. So nah lag das Land, und doch so fern.

»Die Brigg ändert Kurs, Sir!« Dann noch ein Ruf: »Sie hat ihre Flagge gesetzt!«

Bolitho nickte grimmig. »Heißen Sie die gleiche Flagge, Mr. Couzens!« Er sah, wie die Flagge mit den roten und weißen Streifen an der Gaffel hochging und dann auswehte.

Frowd richtete sich mühsam auf. »Es ist zwecklos, verdammt! Sie schließt immer dichter auf und hat außerdem noch den Windvorteil.«

»Vielleicht wollen sie mit uns sprechen und feststellen, ob wir die Geschütze und Munition an Bord haben. Vielleicht sollten die beiden sich hier irgendwo treffen.« Bolitho dachte laut und sah Frowd zustimmend nicken.

Stockdale zog Couzens am Ärmel. »Halten Sie auch unsere Flagge bereit, Mr. Couzens. Ich kann mir nicht vorstellen, daß unser Kommandant unter falscher Flagge kämpfen will.«

Frowd knurrte verzweifelt: »Wie könnten wir kämpfen, Sie

Narr! Diese Kaperschiffe sind immer bis ans Schanzkleid bewaffnet! Sie müssen einen Feind so schnell wie möglich besiegen, bevor er Hilfe bekommt und sie vertreibt.« Er stöhnte: »Kämpfen? Sie müssen verrückt sein!«

Bolitho hatte sich jetzt entschieden. »Wir beginnen mit Segelkürzen, als ob wir mit ihnen sprechen wollten. Wenn wir nahe genug herankommen, ohne ihren Argwohn zu erregen, beharken wir ihr Achterdeck und erledigen so viele von ihren Offizieren wie möglich. Dann machen wir, daß wir wegkommen.«

Stockdale nickte. »Später können wir zwei Geschütze nach achtern schaffen, Sir. Eine Hecksalve ist besser als gar nichts.«

Bolitho stand ganz still, um in Ruhe zu überlegen. Er hatte keine andere Wahl, und auch dies war kein Ausweg. Aber es gab nur entweder einen raschen, tollkühnen Überraschungsangriff oder Übergabe.

»Gei auf Großsegel!«

Bolitho sah die paar überzähligen Leute aufentern, um das Großsegel zu bergen. Der andere Kapitän würde die geringe Besatzungszahl sehen und wohl daraus folgern, daß sie in einem Gefecht gewesen waren. Das klaffende Loch in der Bordwand, das vom Achtzehnpfünder der *Trojan* herrührte, sprach ebenfalls eine deutliche Sprache.

Er richtete sein Glas auf das andere Schiff, ohne sich um das Fluchen seiner Leute zu kümmern, die auf der Großrah mit dem störrischen Segeltuch kämpften. Frowd hatte recht, sie war schwer bewaffnet, und es wimmelte an Deck von Leuten.

Er überlegte, was wohl mit ihrem ursprünglichen Kommandanten geschehen war, nachdem die Freibeuter sie gekapert hatten. Vierzehn Kanonen und eine entschlossene Besatzung machten sie zu einem beachtlichen Gegner. Bolitho sah ihr Deck, als sie jetzt stark überholte. Die Geschütze auf der abgewandten Seite waren alle unbesetzt, auf der ihm zugekehrten Seite ragten ein paar Köpfe über die geschlossenen Geschützpforten, jedoch waren die Kanonen wohl geladen und schußbereit.

Moffitt kam über das Deck und sagte: »Sie werden mich brauchen, Sir, ich weiß schon, wie ich mit diesen Halunken sprechen muß!«

»Ja, halten Sie sich bereit.«

Er studierte ihre Segelstellung, ihre schäumende Bugwelle, als sie jetzt noch näher kam. Ihre Rahen schwangen so rasch und exakt herum wie bei einem Modell, das von einer einzigen Hand bedient wird.

Eine halbe Meile, nicht mehr.

Er wandte den Blick von der Brigg ab und binnenbords seinen eigenen Leuten zu, die sich aufgeregt und mit lebhaften Gesten unterhielten; selbst die Verwundeten reckten den Hals, um über die Reling zu sehen.

»Kommen Sie herunter, Mr. Quinn!« Er rief Stockdale und Buller zu: »Paßt auf, daß die Leute ihre Waffen nicht sehen lassen. Sobald ich das Kommando gebe, fahrt ihr diese vier Geschütze so schnell aus und feuert, was ihr könnt. Wenn es uns gelingt, ihre Offiziere zu dezimieren, werden wir die Verwirrung ausnutzen und zu verschwinden versuchen.«

Quinn erschien atemlos neben ihm, den Blick auf den Gegner gerichtet.

»Denkst du, sie werden uns angreifen?«

»Nein.« Bolitho verschränkte die Arme und hoffte, daß er jenseits des glitzernden Wasserstreifens so entspannt wirkte, wie er sich den Anschein gab, in Wirklichkeit aber keineswegs fühlte. »Sie hätten sonst schon längst gefeuert, sie haben alle Vorteile auf ihrer Seite.«

Wenn der Wind jetzt drehte ... Er schloß diese Möglichkeit aus, fixierte die Segel und den Wimpel an der Mastspitze. Es blies frisch und gleichmäßig aus Nordwest. Die Rahen standen richtig, an Backbord bei fast halbem Wind angebraßt. Wenn sie nur den Argwohn des anderen Kommandanten weiterhin zerstreuen und ihn bis zur Dunkelheit hinhalten konnten, dann schafften sie es vielleicht, ihn im Lauf der Nacht abzuschütteln und zwischen den Inseln zu verschwinden.

Selbst wenn der feindliche Kapitän sie dann nach Tagesanbruch wiederfand, konnten sie ihm möglicherweise in dem engen Fahrwasser zwischen Nevis und St. Christophers entkommen oder ihn gar auf Grund locken.

Ihr einziger Verbündeter in dieser gefährlichen Lage war der Wind. Beide Schiffe hatten den größten Teil ihrer Segel noch stehen, so konnte jeder von ihnen ohne Schwierigkeit wenden oder halsen, wenn es erforderlich werden sollte.

Stockdale bemerkte: »Sie muß beinahe Südost steuern, Sir, mit achterlichem Wind.«

Bolitho nickte. Er wußte, daß Stockdale ihm helfen wollte, und wenn es auch nur durch einen solchen Kommentar war.

Der Abstand hatte sich jetzt auf eine Viertelmeile verringert, man sah deutlich die beobachtenden Gestalten auf dem anderen Schiff.

»Wenn der Kapitän uns anruft, Moffitt, sagen Sie ihm, daß Tracy nach einem Gefecht mit den Briten schwer verwundet ist.« Er sah, wie Moffitt die Lippen zusammenkniff. »Es ist keine Lüge, also machen Sie's so glaubhaft wie möglich, klar?«

Moffitt entgegnete kalt: »Ich werde denen die Wahrheit geigen, Sir, aber nur die halbe, und wenn sie uns entern sollten, werde ich dafür sorgen, daß Tracy sich nicht wieder erholt!«

In Luv krochen die Seeleute auf allen vieren wie seltsame Anbeter um die vier Kanonen herum. Sie schafften weitere Munition und Pulver dorthin. Ein stattlicher Zweidecker wie die *Trojan* hätte ihre Schüsse kaum gespürt, aber eine gutsitzende Salve quer über das Achterdeck der Brigg konnte allerhand Schaden anrichten. Zeit, Zeit, Zeit. Es war wie der Schlag eines Hammers auf den Amboß.

Zwei Schatten bewegten sich auf der Bordwand der *Revenge*, und Bolitho hörte erregtes Gemurmel von einem Verwundeten. Die *Revenge* hatte zwei ihrer Geschützpforten geöffnet, und beim genauen Hinsehen entdeckte er zwei schwarze Rohre, die rasch ins Sonnenlicht vorstießen.

Frowd murmelte unsicher: »Der Halunke weiß Bescheid!«

Bolitho schüttelte den Kopf. »Ich glaube nicht. Wenn er mit einem Feind rechnete, würde er die gesamte Breitseite ausfahren und wahrscheinlich versuchen, unser Heck zu kreuzen.« Wieder war es, als teile er seine Gedanken mit allen rings um ihn her. »Er wird uns die ganze Zeit ebenso beobachtet haben wie wir ihn. Tracys Abwesenheit wird schon bemerkt worden sein. Wenn der Kapitän der *Revenge* erst vor kurzem ernannt worden ist, wird er zögern, etwas zu unternehmen, andererseits aber vor seinen Leuten keine Unsicherheit zeigen wollen. Der Nachfolger eines Mannes wie Tracy hat es bestimmt nicht leicht.«

Er sah, wie einige seiner Seeleute sich ansahen, als suchten sie beim anderen Unterstützung, neue Hoffnung.

Der Kapitän der *Revenge* war möglicherweise noch erfahrener als Tracy. In diesem Augenblick hielt er vielleicht nur Kurs, um gleich aus den ebenfalls geladenen und schußfertigen anderen Geschützen eine fürchterliche Breitseite in die *White Hills* zu feuern.

Moffitt ergriff das Sprachrohr und kletterte lässig in die Luvwanten. Es war noch viel zu früh, konnte aber dazu beitragen, einen eventuell keimenden Verdacht beim Gegner zu zerstreuen.

Wenn nicht, dann würde auf diesem Deck in spätestens fünfzehn Minuten der Kampf toben.

Bolitho sagte beiläufig: »Tragt Mr. Frowd und die anderen Verwundeten nach unten. Wenn wir von Bord müssen, steht das achtere Boot zu ihrer ausschließlichen Verfügung.«

Frowd fuhr auf seinem Lukendeckel wie ein wütender Terrier herum.

»Verdammt, ich will nicht sterben wie ein krankes Weib!« Er verzog das Gesicht, als der Schmerz der heftigen Bewegung ihn durchfuhr, und sprach dann in gemäßigterem Ton weiter: »Ich wollte nicht undiszipliniert sein, Sir, aber versuchen Sie, meinen Standpunkt zu verstehen.«

»Und der wäre?«

Frowd schwankte wie ein Busch im Wind, als die Brigg sich in dem groben Seegang hob und senkte.

»Wenn Ihr Plan funktioniert, Sir, und ich bete zu Gott, daß er es tut, dann wird es eine Jagd, die nur Glück und überlegene Seemannschaft entscheiden.«

Bolitho lächelte. »Möglich.«

»Aber da ich vermute, daß wir kämpfen müssen, lassen Sie mich um Gottes willen mitmachen. Ich bin in der Marine, seit ich denken kann. Zu enden, indem ich mich unten verstecke, während oben Metall durch die Luft fliegt, würde mein Leben so nutzlos machen wie das eines Galgenvogels.«

»Gut.« Bolitho sah Couzens an. »Helfen Sie dem Leutnant nach achtern, und sehen Sie zu, daß er genügend Munition bekommt, um die Pistolen und Musketen nachzuladen, damit wir den Eindruck von Stärke und größerer Zahl vermitteln.«

Frowd rief aus: »Genau das ist es, Sir, nichts weiter erbitte ich. Diese Teufel sind mindestens viermal stärker als wir. Ein paar von ihnen werden wir bestimmt mit ins Jenseits nehmen, wenn wir rasches Feuer beibehalten können.«

Es war unglaublich, dachte Bolitho. Die Aussicht auf sicheren Tod klang aus Frowds Worten und doch war die vorherige Angst und Besorgnis verschwunden. Das Warten war das schlimmste, die einfache Aufgabe des Kämpfens und Sterbens dagegen verstanden sie alle. Ihm war, als hörte er Sparke sprechen: »Halte sie in Trab, keine Zeit zum Klagen und Schwachwerden.«

Er wandte sich wieder der *Revenge* zu, deren killender Klüver und Stagsegel anzeigten, daß sie ein wenig abfiel, um noch dichter heranzuschließen. Nun wirkte sie noch imponierender und stärker bewaffnet.

Ihr Rumpf war vom Wetter mitgenommen, ihre Segel ausgeblichen und verschiedentlich geflickt. Sie war zum Kämpfen gebaut, dachte Bolitho grimmig, jetzt sogar gegen ihre früheren Eigentümer.

»Wir halten noch ein paar Minuten durch, Stockdale, dann gehen Sie auf Ostkurs. Das wird am natürlichsten erscheinen, wenn wir zum Sprechen dicht genug heran sind.«

Er zuckte zusammen, als eine Handspake an Deck polterte und ein Mann sie unter einem Strom von Flüchen und Drohungen aus Bullers Mund wieder aufhob.

Er sah die Entermesser und Pistolen, die jeder bereithielt, sah, wie sie ihre Muskeln und Sehnen geschmeidig zu halten versuchten, während sie die qualvoll verstreichenden Minuten durchlebten.

»An die Brassen!« Bolitho trat näher und zischte: »Langsam Leute, laßt euch Zeit!« Er bemerkte die verdutzten Gesichter einiger. Nach Jahren des Dienstes in des Königs Marine erschien es ihnen fast wie Blasphemie, wenn ihnen gesagt wurde, sie sollten sich Zeit lassen. Aber Bolitho fügte hinzu: »Denkt daran, ihr seid *Landratten*, keine Seeleute!« Es war unglaublich in dieser Situation, aber die meisten grinsten und kicherten über diesen billigen Witz. »Vergeßt, daß ihr erstklassige Matrosen seid!«

Buller rief: »Aber nicht für lange, Sir!« Auch er lachte.

»Jetzt, Stockdale!«

Ruder und Rahen bewegten sich in schwerfälligem Gleichklang, die kleine Brigg fiel drei Strich ab, die Masten der *Revenge* schienen achteraus zu wandern, bis beide auf parallelem Kurs lagen. Bugsprit und Klüverbaum der *Revenge* überlappten die Heckreling der *White Hills*, der Abstand war jetzt etwa eine halbe Kabellänge*.

Gehorsam, so schien es, folgte das andere Fahrzeug, es schloß bis auf fünfzig Yards** heran, lag aber noch ein wenig zurück. Jede Kursänderung hatte der *White Hills* ein paar kostbare Minuten

* ca. 90 m
** ca. 46 m

Zeitgewinn verschafft und ein klein wenig Vorsprung vor ihrem unerwünschten Gefährten.

Frowd zischte durch zusammengepreßte Zähne: »Gott sei Dank haben sie kein verabredetes Erkennungssignal.«

»Sie reden schon wie der Weise.«

Aber Frowd hatte recht. Der Feind hätte sie in sicherer Entfernung auf die Probe stellen können, wenn er ein einwandfrei funktionierendes Signalsystem gehabt hätte, wie es die älteren Seemächte besaßen. Aber dazu hatte den Amerikanern wohl bisher die Zeit gefehlt.

Abgesehen vom Rauschen des Wassers und dem gelegentlichen Klatschen eines Segels war es vollkommen still an Deck.

Moffitt bemerkte leise: »Ich kann einen sehen, der eine Flüstertüte in der Hand hat, Sir.« Ruhig blickte er Bolitho an: »Ich weiß, was ich zu sagen habe. Ich werde Sie nicht enttäuschen.«

Rabbett fuhr auf: »Das läßt du auch besser bleiben, Kumpel. Ich bin schon in zu vielen Gefängnissen gewesen, als daß ich jetzt in einem von denen verrotten möchte!«

Moffitt grinste und winkte dann mit seinem Sprachrohr zur anderen Brigg hinüber. Beide Schiffe blieben mit verhältnismäßig hoher Fahrt auf gleichem Kurs; zu jeder anderen Zeit wäre es ein prächtiger, erfreulicher Anblick gewesen. Jetzt hatten sie beide etwas Drohendes an sich, wie zwei sich argwöhnisch belauernde Tiere, die keine Furcht zeigen möchten.

In diesem Augenblick – es winkte gerade jemand vom Achterdeck der *Revenge* zurück – wurde die spannungsgeladene Stille durch einen markerschütternden Schrei zerrissen. Es klang unmenschlich, wie in höchster Todesangst.

Die Seeleute an den Brassen und an den Geschützen blickten sich unruhig um, entsetzt und dann wütend, als der Schrei anhielt und sogar noch lauter wurde.

Quinn keuchte: »Was ist das, um Gottes willen?«

Stockdale sagte: »Gallimore, Sir. Seine Wunden müssen aufgeplatzt sein.«

Bolitho nickte, Galle auf der Zunge schmeckend, als er sich das brandige Fleisch vorstellte, dessen Gestank so unerträglich geworden war, daß er den armen Gallimore ins Kabelgatt hatte verlegen müssen.

»Sagt Borga, er soll ihn zum Schweigen bringen.«

Er versuchte, seine Ohren vor dem Schreien zu verschließen, das

Bild des gemarterten Mannes aus seinem Kopf zu vertreiben.

Eine Stimme ertönte von drüben über das Wasser, sie brachte Bolitho in die gefährliche Wirklichkeit zurück.

»*White Hills* ahoi! Was, zum Teufel, war das?«

Bolitho schluckte. Des armen Gallimores Todesschrei hatte sowohl den Feind wie seine Kameraden völlig entnervt.

Moffitt schrie zurück: »Ein Verwundeter!« Er schwankte ein wenig, als die Brigg in ein steiles Wellental glitt, aber Bolitho wußte, daß es fingiert war. Moffitt war so gewandt wie eine Katze, es verschaffte ihm nur etwas Zeit. »Hatten einen Zusammenstoß mit den Briten! Verloren ein paar gute Leute!«

Das Schreien erstarb mit so dramatischer Plötzlichkeit, als sei der Mann enthauptet worden.

Über das Wasser fragte die andere Stimme: »Und Kapitän Tracy? Ist er gesund? Ich habe Order für ihn!«

»Er ist auch verwundet.« Moffitt griff mit der freien Hand ins Want und flüsterte über die Schulter: »Die zwei Kanonen, Sir. Ihre Bedienung ist nach unten gegangen.«

Bolitho wollte sich die Lippen lecken, den Schweiß aus den Augen wischen, irgend etwas tun, um das entsetzliche Warten und Beobachten zu unterbrechen. Moffitt hatte gesehen, was er selbst nicht einmal zu hoffen gewagt hatte. Vielleicht war es Gallimores Schreien gewesen, zusammen mit Moffitts zur Schau gestellter Ruhe und Zuversicht, dazu die Tatsache, daß die *White Hills* das richtige Schiff beinahe an der richtigen Stelle war, was den Kapitän der *Revenge* überzeugte, daß alles mit rechten Dingen zuging.

Aber da war immer noch die Sache mit Tracys neuer Order: vielleicht Einzelheiten über das nächste Rendezvous oder über einen anzugreifenden Geleitzug?

Im nächsten Augenblick würde der Kapitän der *Revenge,* nach Tracys jetzt bekanntem Ausfall in der Position des älteren Kommandanten, entscheiden müssen, was zu tun sei.

Bolitho sagte leise: »Er wird vorschlagen, daß wir beide beidrehen, damit er herüberkommen und Tracy sprechen kann.«

Quinn starrte ihn an, das Gesicht wie eine Maske. »Wir werden also abdrehen, Sir?«

»Aye.« Bolitho warf einen raschen Blick auf den Wimpel. »Sobald er Segel kürzt und in den Wind dreht, nutzen wir unsere Chance.« Er rief der nächsten Geschützbedienung zu: »Fertig, Jungs!« Sofort sah er einen übereifrigen Seemann aufstehen und nach einer Lunte greifen. »Belege das! Wartet auf mein Kommando!«

Der Kapitän der *Revenge* rief jetzt herüber: »Wir drehen bei. Ich komme hinüber, sobald . . .«

Weiter kam er nicht. Wie ein Gespenst, das einem Sarg entsteigt, kam Kapitän Jonas Tracy durch den vorderen Niedergang an Deck getaumelt; die Augen quollen ihm vor Wut und Anstrengung fast aus dem Kopf.

Er trug eine Pistole, die er auf einen herbeieilenden Seemann abfeuerte. Der Schuß traf diesen in die Stirn und warf ihn hintüber aufs Deck, wo er in einer rasch größer werdenden Blutlache liegenblieb.

Und die ganze Zeit über brüllte Tracy mit lauter Stimme, die alle anderen weit übertönte:

»Behark diese Hunde! Es ist ein Trick, du verdammter Narr!«

Von der anderen Brigg ertönten lautes Rufen und verwirrte Kommandos, und dann brachen auf der ganzen Länge der Bordwand die Kanonen aus den Pforten hervor.

Ein anderer Seemann stürzte auf die schwankende Gestalt am Niedergang zu, aber nur, um mit dem Pistolenknauf besinnungslos geschlagen zu werden. Diese letzte Anstrengung war jedoch zu viel für den Verwundeten. Das Blut schoß aus dem Polster von Bandagen um seine Achselhöhle, und das von Bartstoppeln bedeckte Gesicht wurde kreideweiß, als er jetzt versuchte, sich zum nächsten Geschütz hin zu hangeln. Es sah aus, als ströme das letzte Leben aus ihm heraus.

Bolitho sah das alles wie in einem wilden Traum, die einzelnen Ereignisse zwar im selben Zeitablauf, aber völlig getrennt von einander. Gallimores plötzliche Schreie hatten Tracys Wachposten also bewogen, seinen Platz zu verlassen; wer konnte es ihm verdenken? Tracys furchtbare Wunde hätte jeden anderen Mann längst umgebracht.

Als dann die ihm bekannte Stimme des Kapitäns der *Revenge* herüberklang, mußte sie Tracy aus seinem Dahindämmern aufgeschreckt und zu einer plötzlichen Anstrengung befähigt haben.

Was die Ereignisse auch ausgelöst hatte, Bolitho wußte, daß für die Ausführung seines ziemlich dürftigen Plans keine Möglichkeit mehr bestand.

Er schrie: *»Geschütze ausfahren!«*

Die Leute stürzten sich auf die Taljen, die vier Kanonen bewegten sich kreischend zu den offenen Pforten, Verzweiflung und Wut verlieh den Männern doppelte Kräfte.

»Feuer!«

Während die Kanonen in einer unordentlichen Salve losdonnerten, rief Bolitho: »Stockdale! Hart Backbord!«

Stockdale und der andere Rudergänger legten das Rad über, Bolitho zog seinen Degen und war sich klar, daß nichts auf Erden den Ablauf des Geschehens noch einmal ändern konnte.

Er hörte überraschte Rufe seiner eigenen Leute und Gewehrfeuer von der *Revenge*, als die *White Hills* auf das Ruder reagierte und mit voller Fahrt und wild schlagenden Segeln in den Wind schoß, auf die jetzt durch die Drehung quer vor ihrem Bug liegende *Revenge* zu.

Ein paar vereinzelte Gewehrschüsse waren zu hören, eigene oder feindliche, das wußte Bolitho nicht, während er, so schnell er konnte, nach vorn rannte, zum Ort des zu erwartenden Rammstoßes, wobei er in Tracys Blutlache fast ausrutschte.

Wie der Stoßzahn eines riesigen Elefanten, so schmetterte ihr Klüverbaum durch Wanten und Takelage der *Revenge* in den Schiffsrumpf hinein. Die Wucht des Aufpralls erschütterte beide Fahrzeuge so, als seien sie mit äußerster Geschwindigkeit auf einen Felsen gelaufen.

Wind und Fahrtmoment der *White Hills* trieben diese noch tiefer in das andere Schiff hinein, bis Rahen oder Masten der Spannung nachgaben und mit ohrenbetäubendem Krachen barsten. Beide waren jetzt unlösbar ineinander verkeilt.

In Bolithos Ohren dröhnte der Lärm herabstürzender Takelage und des Zerreißens von Segeln, als die Marsstenge der *Revenge* mitsamt dem Marssegel und einer Masse weiteren Segeltuchs von oben kam und noch zu der allgemeinen Zerstörung und Verwirrung beitrug.

Aber er war wütend, stürmte mit geschwungenem Degen durch den ziehenden Geschützqualm und schrie: »Los, Jungs, *auf sie*!«

Er sah, wie die verblüfften Gesichter sich jählings wandelten, wie sie Wut, Erregung und äußerste Entschlossenheit widerspiegelten. In einer nicht sehr großen Angriffswelle fluteten sie über die Back auf das Deck der *Revenge*, während vom Achterdeck das Gewehrfeuer von Frowd und seiner Krüppelgarde zu hören war.

Und hier war der Feind, genau unter ihnen: starrende Augen, verzweifeltes Bemühen, aus dem Gewirr der Takelage und Holztrümmer freizukommen.

Ein Bajonett schnellte vor und schleuderte einen angreifenden Seemann schreiend in den schwelenden Qualm, aber Bolitho und seine Leute rechts und links hatten jetzt auf dem Deck der *Revenge* Fuß gefaßt und stürmten weiter vor. Der Mann mit dem Bajonett wirbelte herum und stieß nach Bolitho, aber Stockdale ergriff ihn und schlug ihm mit voller Wucht den Griff seines schweren Entermessers in den Mund. Als der Mann zurücktaumelte, hieb ihm Stockdale ins Genick, so daß er tot zusammenbrach.

Die erste Überraschung würde bald der Wut und dem Verteidigungswillen des Gegners weichen, das war Bolitho klar, aber irgendwie schien es ihn nicht zu berühren.

Einmal, als er sich unter einer herabgestürzten Rah durchwand, um einem Mann, der eine Pistole auf einen der Ihren anlegte, den Arm abzuschlagen, konnte er einen Blick auf die *White Hills* werfen, sein einst so stolzes Schiff. Die Großrah war wie der Bogen eines Riesen in zwei Hälften zerbrochen, und auf der Back türmte sich so viel herabgestürzte Takelage, Segel und Trümmer, daß die Brigg wie ein Wrack aussah.

Über diesem Gewirr und Rauch sah er einen scharlachroten Klecks, und es wurde ihm klar, daß er trotz der sich überstürzenden Ereignisse wohl doch noch den Befehl zum Setzen der britischen Flagge gegeben haben mußte, aber er konnte sich nicht daran erinnern.

»Hier entlang, Jungs!« Es war Buller, der Enterbeil und Pistole schwang. »Kämpft euch nach achtern durch!« Dann fiel er, einen Ausdruck völliger Überraschung im Gesicht.

Bolitho knirschte mit den Zähnen. Die wertvolle Zeit, die sie mit so viel Mühe gewonnen hatten, war verstrichen.

Vom Achterdeck der *Revenge* kam jetzt das Bellen eines leichten Schwenkgeschützes, und Bolitho hörte über den Kampflärm hinweg, daß auch die Kanonen der *White Hills* noch feuerten. Er stellte sich Frowd vor, wie er trotzig den Widerstand organisierte, bereit zu sterben.

Irgendwie hatten sie sich bis zur Mitte des Decks durchgekämpft, wo die aufgehäuften Trümmer jede Bewegung doppelt schwer machten, aber wo ein Verweilen sicheren Tod bedeutete.

Er sah Dunwoody, der auf dem blutüberströmten Deck mit einem Seemann der *Revenge* kämpfte. Sie rollten am Boden, Dunwoodys Hand war bereits zerfetzt von dem Versuch, des Mannes Entermesser abzuwehren, während er nach seinem eigenen suchte, das ihm entfallen war. Ein weiterer Mann kam aus dem Qualm, in der Hand eine Pike, mit der er Dunwoodys Hals durchbohrte und den zuckenden Körper an Deck festspießte, bis das Entermesser ihn erlöste.

Bolitho sah das alles, und als er über ein umgestürztes Boot sprang, fand er sich Auge in Auge mit dem Kapitän der *Revenge*. Neben ihm sah er das verlassene Ruder, die aufgerissenen Splitter, die aus dem Achterdeck ragten wie Federn, die verstreuten Körper der Toten, die den doppelten Ladungen der vier Sechspfünder zum Opfer gefallen waren.

Bolitho duckte sich, als des Mannes Klinge über seinen Kopf zischte, verfing sich in einer Tauschlinge und stürzte schwer zur Seite. Er beobachtete, wie die Klinge wieder hochgerissen wurde und dann auf ihn niederfuhr. Mit seinem Degen parierte er den Schlag, spürte aber die Wucht des Hiebes wie einen schmerzhaften Treffer in seiner Schulter. Der Kapitän sprang zurück und lief nach achtern, um einen Zusammenstoß mit den jetzt heranjagenden Enterern zu vermeiden. Da kamen sie gerannt, Rabbett, sein Entermesser blutig bis zum Griff, Carlsson, der Schwede, in der Hand eine Muskete mit aufgepflanztem Bajonett, die er einem sterbenden Gegner entrissen haben mußte, und sogar Borga, der römische Koch, bewaffnet mit einem Schwert wie einst seine Vorfahren in der Gladiatorenarena. Sie alle waren noch am Leben und voller Kampfeswut.

Auf der anderen Seite des Decks sah er Quinn mit der zweiten Gruppe der Enterer, blaß und mit einer Stirnwunde, aus der das Blut strömte. Sie waren in einem Kampf mit mindestens der doppelten Anzahl von Gegnern verwickelt.

Bolitho entdeckte plötzlich Couzens und schrie heiser: »Zurück an Bord! Ich hatte Ihnen gesagt, Sie sollten bei Mr. Frowd bleiben!«

Er duckte sich keuchend, als ein Schatten vor ihm auftauchte. Mit einem scharfen Ruck seines Handgelenks riß er rechtzeitig den Degen hoch, um den Stoß eines Entermessers aufzufangen.

Der Angreifer war ein Unteroffizier und bestimmt so englisch wie Bolitho selbst.

»Diesmal haben Sie ein zu großes Stück abgebissen, *Sir*!«

Bolitho fühlte des Gegners Kräfte, er wurde zurückgedrängt, die

Klinge war nur noch fingerbreit von seiner Brust entfernt. Der Dialekt des Mannes war Cornish, wahrscheinlich stammte er aus Bolithos engerer Heimat.

Moffitt hob jetzt den Kopf wie ein Preisboxer, das Blut troff noch von seinem Dolch.

»Aber *du auch*!«

Bolitho brach unter dem Gewicht des sterbenden Unteroffiziers zusammen. Moffitts Klinge war mit solcher Wucht in dessen Rücken gedrungen, daß sie nur durch ein Wunder nicht alle beide aufspießte.

Couzens duckte sich und sprang immer wieder rasch zur Seite, wenn die Gestalten um ihn herum nach ihm schlugen und stachen. Stahl prallte auf Stahl, und von achtern erscholl jetzt ein Chor entsetzter Schreie, als ein Schwenkgeschütz inmitten seiner eigenen Bedienungsmannschaft explodierte.

Couzens keuchte atemlos: »Ich will nur helfen, Sir!«

Bolitho schüttelte ihn am Arm und fühlte, wie Couzens bei seinem Anblick zusammenzuckte. »Nehmen Sie zwei Mann und gehen Sie nach unten. Sagen Sie ihnen, ich möchte, daß diese Brigg in Brand gesetzt wird!« Er spürte, daß der Junge entsetzt war über seine Wildheit und Wut. »Los, tun Sie, wie Ihnen befohlen!«

Schüsse schlugen ins Deck ringsum, trafen die Leichen, die zusammenzuckten wie Lebende. Der Kapitän der *Revenge* hatte Scharfschützen in die Takelage geschickt, die Frowds kleine Gruppe und alles, was wie ein Offizier oder zumindest ein Anführer aussah, aufs Korn nehmen sollten.

Stockdale brüllte: »Vorsicht, Sir!« Er warf sich nach vorn, als ein Mann mit einem Entermesser Bolitho ansprang, war aber nicht schnell genug. Bolitho sah das wutverzerrte Gesicht des Gegners und fragte sich, ob auch er so aussah und Couzens sich deshalb so vor ihm geängstigt hatte.

Das schwere Entermesser knirschte gegen Bolithos Degengurt und verbeulte die starke Messingplatte wie der Einschlag einer Gewehrkugel.

Er sah den Ausdruck des Gesichts sich wandeln von Wut in Furcht, dann zu völliger Leere, als Bolithos Degen es vom Auge bis zum Kinn aufriß und den röchelnden Mann hintenüber warf.

Bolitho fühlte sich elend, erschöpft und wie gelähmt durch die Wildheit des Kampfes. Couzens hatte es wohl nicht geschafft, die Brigg in Brand zu setzen, denn im Vorschiff fingen die Gegner jetzt an mit Hurrarufen. Der Kampf schien zu Ende zu sein. Wie Quinn hatte er es immerhin versucht.

Da war es wieder, laut und wild: »Hurra, Hurra!«

Bolitho starrte Stockdale an. »Das ist nicht der Feind!«

Er wirbelte herum, ließ zum ersten Mal seinen Degen sinken und sah verblüfft, wie aus dem vorderen Niedergang eine Schar schmutziger, unrasierter Gestalten hervorbrach.

Couzens rannte mit ihnen. Völlig außer sich vor Aufregung rief er: »Gefangene, Sir!«

Dann wurde er von den Befreiten beiseite gefegt, die vorbeistürmten wie ein Wasserfall, bewaffnet mit allem, was sie packen konnten: heruntergefallenen Entermessern, Beilen, eisernen Belegnägeln, irgend etwas, womit sie ihre alten Gegner treffen, umbringen oder jene zu Krüppeln schlagen konnten, die sie so lange gefangengehalten hatten.

Bolitho glaubte, einem Wahn zu erliegen, aber das Ganze erwies sich als Wirklichkeit. Offensichtlich handelte es sich um englische Seeleute, die man in früheren Kämpfen gefangengenommen hatte, vielleicht war es sogar die ursprüngliche Besatzung dieser Brigg. Sie fegten durch die stark gelichteten Reihen wie eine Flutwelle, alles niederschlagend oder über Bord werfend, was sich ihnen in den Weg stellte. Unaufhaltsam drangen sie zum Achterschiff vor.

Bolitho schrie: »Kommt, Jungs, eine letzte Anstrengung!«

Dann rannte er hurrarufend und sinnlose Worte brüllend mit den anderen nach achtern. Sein Arm war schwer wie Blei, als er jetzt hackte, schlug und parierte, schnitt und niederstieß, was ihm in den Weg kam.

Ein paar Schüsse schlugen noch im Deck ein, und ohne Warnung rutschte ein Mann ein Stag herab und zog eine Pistole aus dem Gürtel. Sein Gesicht war erstarrt vor Konzentration, als er auf die heranstürmenden Gestalten zielte.

Er mußte längst wissen, daß nichts mehr zu retten war, aber ein letzter Funke von Wut oder Stolz ließ ihn ausharren.

Couzens fand sich plötzlich Auge in Auge mit diesem Mann. Bolitho sah, was sich abspielte, war aber mehrere Schritte entfernt, und Stockdale noch weiter weg.

Bolitho schrie, so laut er konnte: »Wenn du schießt, bringe ich dich um!«

Des Gegners Blick irrte keinen Zoll breit ab, und Bolitho wußte, daß er feuern würde; er sah sogar den Abzugshahn sich bewegen, als der Besessene den Finger krümmte.

Plötzlich flog eine Gestalt wie ein Pfeil über den Haufen von Tauwerk und Segeln und warf sich zwischen die Pistole und den wie gelähmt dastehenden Couzens, genau im Augenblick des Schusses.

Bolitho rannte weiter und fing Quinn, denn dieser war es, noch im Fallen auf. Er sah nicht mehr, wie Stockdales gewaltiges Entermesser zuschlug, aber er hörte das erstickte Grunzen, als der Mann starb.

Bolitho hielt Quinn in seinen Armen und ließ ihn langsam an Deck gleiten. Er sah, daß nichts mehr zu retten war. Die Kugel hatte Quinns Magen durchschlagen, alles schwamm in Blut.

Quinn keuchte: »Tut mir – leid . . . Sie zu – verlassen, Sir!«

Bolitho hielt ihn fest, er wußte, daß Stockdale ihm den Rücken deckte und daß Couzens auf der anderen Seite von Quinn hemmungslos schluchzend auf dem Deck kniete.

»Dick«, sagte er, »nicht ›Sir‹!«

Er fühlte sich selbst den Tränen nahe. Was alles noch schlimmer machte, waren die Hurrarufe. Achtern – in einer anderen Welt – holten seine jubelnden Seeleute und die befreiten Gefangenen die Flagge herunter, beobachtet vom Kapitän der *Revenge*, der im letzten Ansturm noch schwer verwundet worden war.

Bolitho sagte zu Quinn: »Wir haben gesiegt, James. Es ist geschafft!«

Quinn lächelte, sein Blick richtete sich nach oben auf die zerrissene Takelage und die zerfetzte Flagge.

»*Du* hast gesiegt!«

Es fiel ihm schwer zu sprechen, seine Haut sah aus wie feuchtes Wachs. Er knöpfte Quinns Hemd auf und sah die ungeheure, grauenhafte Narbe von dessen erster Verwundung.

Mit seiner freien Hand löste er Quinns Gürtel und sagte sanft: »Und du solltest als Passagier mitfahren. Aber ohne dich wäre der junge Couzens jetzt tot. Ich werde dafür sorgen, daß sie in England von deiner Tapferkeit hören!«

Quinns Augen wandten sich Bolitho zu. »Ich habe keine Angst mehr –«, er hustete, etwas Blut floß über sein Kinn –, »Dick.«

Bolitho wollte noch etwas sagen, aber im selben Augenblick sah er das Licht in Quinns Augen verlöschen wie eine Kerze, die ausgeblasen wird.

Sehr vorsichtig ließ er den leblosen Körper auf das Deck gleiten und stand auf.

Stockdale berührte ihn am Ellbogen. »Sir, die Leute blicken Sie an.«

Bolitho nickte, seine Augen waren beinahe blind vor Anstrengung und innerer Bewegung.

»Danke, Stockdale. Ja.«

Er trat den abgekämpften, aber strahlenden Seeleuten gegenüber. Der Sieg war wirklich sehr knapp gewesen, aber diese Männer hatten ihr Allerletztes gegeben. Sie verdienten jetzt auch seine letzte, äußerste Anstrengung, ohne Rücksicht darauf, was er im Augenblick empfand.

Ruhig sagte er zu ihnen: »Das habt ihr gut gemacht! Eine so kleine Besatzung, aber *die beste von allen!*«

Drei Tage danach liefen die beiden Prisen unter den Blicken des gesamten Geschwaders in English Harbour ein.

Es waren drei harte Tage gewesen: Sie mußten den Schaden gerade so weit ausbessern, daß sie bis Antigua kommen konnten, die befreiten Gefangenen registrieren und zwischen den beiden Schiffen aufteilen.

Es hätte ein stolzer Augenblick für Bolitho sein sollen, aber die Trauer über Quinns Tod überwog noch alles andere in seinem Inneren, als der Ausgucksmann »Land in Sicht« meldete.

Er selbst hatte das Kommando auf der *Revenge* übernommen, und eine der ersten Tätigkeiten, der er nach dem Riggen eines Behelfsmastes und der Bestattung der Toten befohlen hatte, war die Entfernung des neuen Namens.

Als das Land allmählich aus dem Dunst wuchs und die beiden Briggs Kurs auf die Einfahrt nahmen, kam ihnen eine dort patrouillierende Fregatte entgegen.

Couzens fragte: »Was soll ich melden, Sir?«

Stockdale blickte Bolitho an und glaubte, verstanden zu haben.

Er sagte: »Ich mache das, Mr. Couzens.«

Dann rief er durch das Sprachrohr, so daß alle es hören konnten:

»Seiner Majestät Brigg *Mieschief* meldet sich zur Flotte zurück!« Und nun kam ein ganz besonderer Augenblick für ihn, als er stolz hinzufügte: »*Kommandant* ist Leutnant Richard Bolitho!«

Alexander Kent

Die Richard-Bolitho-Romane

Ullstein